хочет участвовать в великом деле. У нас скорее найдешь святого, чем честного и успешного. Читайте русскую классику…

– Почему, когда наши люди уезжают за границу, они там нормально вписываются в …? А дома все любят поговорить о «суверенной демократии», об …зации и о том, что «в русской жизни нет основы для капитализма». … правильный…

… другой капитализм…

…зм как бы есть, а капиталистов нет. Нет новых Демидовых. …архи – это не капиталисты, а просто воры. Ну какие могут быть …ммунистов и комсомольцев? Мне Ходорковского не жалко. Пусть …ко, что он один там сидит. Должен же кто-то ответить за то, что я …обрали до нитки. Сделали безработным. Капиталистические …елезный Винни-Пух… рыжий Чубайс… Ставили эксперименты на …людях, как естествоиспытатели…

– Ездил в деревню к матери. Соседи рассказали, как кто-то поджег ночью усадьбу фермера. Люди спаслись, сгорели животные. Деревня пила на радостях два дня. А вы говорите: капитализм… У нас при капитализме живут социалистические люди.

– При социализме мне обещали, что места под солнцем хватит всем. Теперь говорят другое: жить надо по законам Дарвина, тогда у нас будет изобилие. Изобилие для сильных. А я – из слабых. Я – не борец… У меня была схема, я привыкла жить по схеме: школа, институт, семья. Копим с мужем на кооперативную квартиру, после квартиры – на машину… Схему сломали. Нас бросили в капитализм… По образованию я инженер, работала в проектном институте, его еще называли «женский институт», потому что там были одни женщины. Сидишь и складываешь целый день бумажки, я любила, чтобы аккуратно, стопочкой. Так бы и просидела всю жизнь. А тут начались сокращения… Не трогали мужчин, их было мало, и матерей-одиночек, и тех, кому до пенсии остался год или два. Вывесили списки, я увидела свою фамилию… Как жить дальше? Растерялась. Меня жить по Дарвину не учили.

Долгое время надеялась, что найду работу по специальности. Я была идеалистка в том смысле, что не знала своего места в жизни, свою цену. Мне до сих пор не хватает девочек из моего отдела, именно девчонок, нашего трепа. Работа у нас была на втором плане, а на первом – общение, этот задушевный треп. Раза три за день мы пили чай, ну и каждая рассказывала о своем. Отмечали все праздники, все дни рождения… А сейчас… Хожу на биржу труда. Безрезультатно. Требуются маляры, штукатуры… Моя подруга, мы вместе в институте учились, она убирает дом у одной бизнесвумен, собаку выводит… Прислуга. Первое время плакала от унижения, а сейчас привыкла. А я не могу.

– Голосуй за коммунистов – это круто.

– Все-таки нормальному человеку сталинистов не понять. Сто лет России коту под хвост, а они: слава советским людоедам!

– Русские коммунисты уже давно не коммунисты. Частная собственность, которую они признали, и коммунистическая идея несовместимы. Я могу сказать о них, как Маркс говорил о своих последователях: «Я знаю только одно, что я не марксист». А еще лучше выразился Гейне: «Я сеял драконов, а пожал блох».

– Коммунизм – будущее человечества. Альтернативы нет.

Александр Порфирьевич Шарипо – пенсионер, …

Из рассказа соседки Марины Тихоновны Исайчик

– Чужие люди, что вам надо? Ходят и ходят. Ну… смерть без причины… причина всегда есть. Смерть найдет причину.

Горел человек на своей грядке с огурцами… Облил голову ацетоном и поджег спичкой. Сижу, телевизор включила, слышу – крики. Старый голос… знакомый… Сашкин, вроде, голос, и какой-то молодой. Шел мимо студент, техникум у нас тут рядом, и видит – человек горит. Ну, что ты скажешь! Прибежал, стал тушить. Сам обгорел. Когда я прилетела, Сашка уже на земле лежал, стонал… голова желтая… Чужие люди, ну что вам… Что вам чужая беда?

Всем на смерть посмотреть охота. О-ой! В общем… в общем… В нашей деревне, где я в девках у родителей жила, был старик, он любил приходить и смотреть, как умирают. Бабы стыдили, гнали его из хаты: «Уходи, черт!», а он сидит. Жил долго. Может, и вправду черт! Что смотреть? Куда… в какую сторону? После смерти ничего нет. Умер – и все, закопали. А живой, пусть и несчастливый, и по ветрику походит, и по садику. А когда дух вышел, нет человека, есть земля. Дух – это дух, а все остальное – земля. Земля – и все. Один в колыбели умирает, другой до седины живет. Счастливые люди не хотят умирать… и те… те, кого любят, тоже не хотят. Отпрашиваются. А где они, счастливые люди? По радио когда-то говорили, что после войны все счастливые будем, и Хрущев, помню, обещал… что скоро коммунизм наступит. Горбачев клялся, так красиво говорил… Складно. Теперь Ельцин клянется, на рельсы грозился лечь… Ждала я и ждала я хорошей жизни. Маленькая ждала… и когда подросла… Теперь уже старая… Если короче, все обманули, жизнь еще хуже стала. Подожди-потерпи, за подожди-потерпи. Подожди-потерпи… Муж помер. Вышел на улицу, упал и все – отказало сердце. Ни метром не перемерить, ни на весах не перевесить, сколько мы всего пережили. А вот – живу. Живу. Дети разъехались: сын – в Новосибирске, а дочь в Риге с семьей осталась, теперь, считай, за границей. На чужбине. Там уже по-русски не говорят.

Иконка в углу у меня, и песика держу, чтобы было с кем поговорить. Одна головешка и в ночи не горит, а я стараюсь. Во-о-о… Хорошо, что Бог дал человеку и собаку, и кошку… и дерево, и птицу… Дал для того он это все, чтобы человек радовался и жизнь не показалась ему длинной. Не надокучила. А мне одно, что не надоело – глядеть, как пшеница желтеет. Наголодалась я за свою жизнь так, что больше всего люблю, как хлеба спеют, колосья колышутся. Мне это – как вам картина в музее… И сейчас не гонюсь за белой булкой, а вкуснее всего черный посоленный хлеб со сладким чаем. Подожди-потерпи… да подожди-потерпи… От всякой боли одно у нас средство – терпение. Так и жизнь прошла. Вот и … Порфирьич… Терпел, терпел, да не вытерпел. Притомился человек. Это телу … на ответ идти. *(Вытирает слезы.)* Во как! Тут плачем… и когда … другой надежды. А когда-то мы в школе … ссыпали, бураки свозили. Так

...блю Родину, но жить тут не буду...

...ет, я дура... Но я не хочу уезжать, хотя могу.

...не уеду. В России веселее жить. Этого драйва нет в Европе.

...ше любить нашу Родину издали...

...одня стыдно быть русским.

...ши родители жили в стране победителей, а мы в стране, проигравшей холо...
...рдиться нечем!

...лить не собираюсь... У меня тут бизнес. Я могу точно сказать, что нормально ...
можно, не надо только лезть в политику. Все эти митинги за свободу слова, пр...
...ов – мне по барабану...

...се говорят о революции... Вон Рублевка опустела... Богатые бегут, капиталы ув...
...шу. Закрывают свои дворцы на ключ, полно объявлений: «Продаю...» Чувству...
...од решительно настроен. А никто ничего добровольно не отдаст. Тогда загово...
...ковы.

...дни орут «Россия – за Путина!», а другие – «Россия без Путина!»

...что будет, когда нефть подешевеет или станет совсем не нужной?

...7 мая 2012 года. По телевизору показывают торжественный кортеж Путина, едет ...
...ь на инаугурацию по совершенно пустому городу. Ни людей, ни машин. Образцова...
...ка. Тысячи полицейских, военных и бойцов ОМОНа дежурят у выходов из метро ...
...подъездов. Очищенная от москвичей и вечных московских пробок столица. Мертвый...

...Царь-то ненастоящий!

О будущем

Сто восемьдесят лет назад Достоевский закончил «Братьев Карамазовых». Там он писал ... о «мировых вопросах», не иначе... ...ных «русских мальчиках», которые всегда толкуют ... и не о социализме и об ... ли Бог, есть ли бессмертие? А которые в Бога не веруют, ну те о социализме ... переделке всего человечества по новому штату, так ведь это один ... выйдет, все те же вопросы, только с другого конца»

...ября 2011 года ... стотысячный ...

Призрак революции опять бродит по ... прекращаются. О...

– Я хожу на митинги, потому что хватит ...
Первый раз на Болотной площади собралось сто ...
людей. Терпели, терпели, и в какой-то момент ...
Все смотрят выпуски новостей или читают новост...
оппозиции стало модно. Но я боюсь... Я боюсь, чт...
покричим и вернемся к своим компам и будем сид...
«Как мы славно потусили!». Уже я с этим столкну...
нарисовать плакаты, разнести листовки – все быстро...

– Я раньше была далека от политики. Мне хвата...
улицам ходить бесполезно. Меня больше привлека...
хосписе, летом, когда горели леса под Москвой, воз...
Разный опыт был... А мама все время сидела у телевизо... работала в ... вещи погорельцам ...
ворье с чекистским прошлым, она все мне пересказывала... видно, достало это вранье и
вместе, а маме моей семьдесят пять лет. Она – актриса. Купили на всякий случай цветы. Не
будут же стрелять в людей с цветами!

Я родился уже не в СССР. Если мне что-то не нравится, я выхожу на улицу и
протестую. А не болтаю об этом на кухне перед сном.

– Я боюсь революции... Знаю, будет русский бунт, бессмысленный и беспощадный. Но
отсиживаться дома уже стыдно. Мне не нужен «новый СССР», «обновленный СССР»,
«истинный СССР». Со мной нельзя так, что мы, мол, тут сели вдвоем и решили: сегодня – он
президент, а завтра – я. Пипл схавает. Мы – не быдло, мы – народ. На митингах я вижу тех,
кого никогда раньше там не видел: закаленные в борьбе шестидесятники-семидесятники и
много студентов, а недавно им было наплевать на то, что там, в зомбоящике, нам
втюхивают... И дамы в норковых шубках, и молодые ребята, которые приехали на митинг на
«мерседесах». Недавно их увлекали деньги, вещи, комфорт, но оказалось, что этого мало. Им
этого уже не хватает. Как и мне. Идут не голодные, а сытые. Плакаты... народное
творчество... «Путин, уйди сам!», «Я не голосовал за этих сволочей, я голосовал за других
сволочей!» Мне понравился плакат: «Вы нас даже не представляете». Мы не собирались
штурмом брать Кремль, мы хотели сказать, кто мы. Уходили и скандировали: «Мы еще
вернемся»

– Я – человек советский, я всего боюсь. Еще десять лет назад я ни за что бы не вышла на
площадь. А сейчас ни одного митинга не пропускаю. Была на проспекте Сахарова и на новом
Арбате. И на Белом кольце. Учусь быть свободной. Я не хочу умереть такой, какая я сейчас –
советской. Вычерпываю из себя свою советскость ведрами...

– Я хожу на митинги, потому что туда ходит мой муж...

– Я – человек немолодой. Хочу еще пожить в России без Путина.

– Достали евреи, чекисты, гомосексуалисты.

– Я – левый. Я убежден: мирным путем ничего нельзя добиться. Я жажду крови! Без
крови у нас большие дела не делаются. Зачем мы выходим? Я стою и жду, когда мы пойдем
на Кремль. Это уже не игры. Кремль давно надо было брать, а не ходить и орать. Дайте
команду взять вилы и ломик! Я жду.

– Я вместе с друзьями... Мне семнадцать лет. Что я знаю о Путине? Я знаю, что он
дзюдоист, получил восьмой дан по дзюдо. И, кажется, это все, что я о нем знаю...

– Я не Че Гевара, я трусиха, но я ни одного митинга не пропустила. Хочу жить в стране,
за которую мне не стыдно.

– У меня характер такой, что я ...
отец добровольцем поехал на ликвидацию после... а с фотограф...
рано умер. Инфаркт. С детства я живу не с папой, а с фотограф... Подру...
каждый сам должен решить. Мой отец сам поехал... а мог не ехать... «Понимаешь, у меня ма...
пойти со мной на Болотную площадь, потом позвонила: ...она сосет валидол. Но я все равно иду...
ребенок». А у меня старенькая мама. Я ухожу, ...

– Хочу, чтобы дети мною гордились.

– Мне это нужно для самоуважения...

– Надо попытаться что-то сделать...

– Я верю в революцию... Революция – это долгая и упорная работа. В 1905 ...
русская революция закончилась провалом и разгромом. А через двенадцать лет – ...
рванула так, что разнесло царский режим вдребезги. Будет и у нас своя революц...

– Я иду на митинг, а ты?

– Я лично устал от девяносто первого... от девяносто третьего... Не...
революций! Во-первых, революции редко бывают бархатными, а во-вторы...
опыт: даже, если мы победим, будет как в девяносто первом. Эйфория бы...
Поле боя достанется мародерам. Придут гусинские-березовские, абрамовичи...

– Я против антипутинских митингов. Движуха в основном в сто...
Петербург за оппозицию, а провинция за Путина. Мы что плохо живем? Р...
лучше, чем раньше. Страшно это потерять. Все помнят, как настрадал...
Никому неохота опять сломать все нахер и кровью залить.

– Я не фанат путинского режима. Надоел «царек», хотим сменяем...
Перемены, конечно, нужны, но не революция. И когда швыряют асфаль...
тоже не нравится...

– Все проплатил Госдеп. Западные кукловоды. Один раз по их ...
перестройку, и что из этого вышло? Нас погрузили в такую яму! Я хож...
на митинги за Путина! За сильную Россию!

– За последние двадцать лет картинка несколько раз полностью ...
«Путин уходи! Путин уходи!» – очередная мантра. Я не хожу на ...
Путин. И сядет на трон новый самодержец. Как воровали, так и бу...
заплеванные подъезды, брошенные старики, хамские чиновники...
дать взятку будет считаться нормальным... Какой смысл менять...
сами не меняемся? Ни в какую демократию у нас я не ве...
феодализм... Попы вместо интеллектуалов...

– Не люблю толпу... Стадо... Толпа никогда ничего не ...
Власть постаралась, чтобы наверху не было ярких личностей. У ...
ни Ельцина. Не родила «снежная» революция своих героев. ...
собираются? Походят покричат... И тот же Немцов... Навальн...
поехали на каникулы на Мальдивы или в Таиланд. Любуются ...
что Ленин в семнадцатом году поехал после очередной де...
покататься на лыжах в Альпах.

– Я не хожу на митинги и не хожу голосовать. Я не питаю ...

...На диссидентской кухне... М...
...мье... На диссидентской кухне... Вместе с ними я ...
...няли самиздат. Вместе с ними я ...
...влатова... Слушал «Свободу». И ...
...того дома, готов был пожертвоват...
...рузей не было коммунистов. Комму...
...ой. Мы думали, что он мертв. Нав...
...сына – и вижу, у него на столе леж...
...Троцкого... Не верю своим глазам...
...Сын учится в университете, у не...
...рам. Пьют чай на кухне и ...
...арксизм снова в законе, в тренд...
...ы и Ленина. *(В отчаянии.)* Ничег...

...екдот... Революция. В одном у...
...ах кони жуют овес и мочатся. Д...
...этом храме?». – «Это не страшно...
... Вот они выросли...

...нуться к социализму, но только ...
...иста. У русского человека счаст...
...личается «русская идея» от «ам...

...кратия, а монархия. Сильный и ...
...престол является Глава Рос...
...имировна, а затем – ее потомки...

...рри предлагал...

...хлая старина!

...слабо и неосновательно перед...

...авилась только тогда, когда ...
...идентом страны станет подло...

...к свободе...

...братство... Кровищи эти сл...

...ное слово в России. Путин-...

...ет мы много чего про себ...
...герой. Вышли десятки кни...

...Время суро...
...ание на рабо...
...в карьер по...
...опоздание н...
...жно жили. Без...
...Гвозди на по...
...или... строили...
...что в палатках...
...розил... Но все рав...
...у него партбилет...
...Прошла жизнь, пр...
...а молоком – и мне н...
...околад, мыло... По...
...не взяла. *(Перек...*
...лесу, а мы – в болоте...
...чат. Коровы, как люд...
...нья! Где – мое? Мои...
...Подожди-потерпи...
...ракам.

...быть... Все можно пер...
...на мебельной фабрике...
...сы подарили. Но без ра...
...но был не веселый. Скуч...
...жизни! Там уже дом ...
...ел, а внутри в бархате...
...трогали – невидаль! Ко...
...чтобы живым было ...
...Кто-то из родственни...
...все. А что пропить? ...
...ты принесешь. Любил...
...что социализм кончился...

...люди, что вам надо? Что?...
...рп хоп – и задавил. Все ра...
...ассказала, как Лизка плака...

二手時代

ВРЕМЯ СЕКОНД ХЭНД

winner of the 2015
Nobel Prize in Literature

Алексиевич С. А.

斯維拉娜·亞歷塞維奇——著　呂寧思——譯

那有如複調音樂般的作品，為當代世人的苦難與勇氣樹立了一座紀念碑。

——二〇一五年諾貝爾文學獎

二手時代

目次

第一部　啟示錄的慰藉

第二部　空虛的魅惑

■總導讀

亞歷塞維奇的口述紀實文學——聆觀世人的心聲與風塵

劉心華／政治大學斯拉夫語文學系教授

二〇一六年七月底，甫從波蘭返台，旅程中，實地訪視了其境內的奧斯威辛集中營，這是二戰期間德國納粹屠殺猶太人的發生地；令人真正感受到聆觀世間風塵的靜默與激盪，內心糾結，久久不能平息。

當代「新物質主義」談論到，物質或物件本身有著默默陳述它與人們生存活動之間相互關係的話語功能，譬如博物館所展出的文物正是呈現不同時代的文明內涵。奧斯威辛集中營所展現的遺留物，也正哭訴著當年被屠殺者悲慘命運的心聲，是那麼淒厲！是那麼悲鳴！當人們在現場看到一間間的陳列室——散落的鞋子、慌亂中丟棄的眼鏡⋯⋯，立即在腦中浮現出當年他們是在怎麼樣的情境下被毒氣集體屠殺；另外，當人們再看到以死者頭髮做成的毯子，更可以了解他們在生死兩岸間的生命尊嚴是如何被踐踏的，真是慘絕人寰啊！這些遺留的物件真的會說話；它們正細述著物主在那個年代所承受的種種苦難。是怎樣的時空環境，又是怎樣的錯置，悲慘竟發生在他們的身上——他們的生命就這樣消失了，無聲無息，身體在極端的痛苦中、心靈在無助和驚恐的煎熬下，讓人熱淚盈眶；透過物件反映著當年的哀號，思想跨越時空的體會，喚起了人們對二戰這段歷史的傷痕記憶。

無論在歐洲、亞洲，甚至全世界，施暴者與被殘害者，是什麼樣的年代讓人類承受這樣的痛苦，甚至到了今天還牽扯著後代的子子孫孫。這也令人想起同時代承受相同苦難的中國人，還有發生在其他地區無數的痛苦靈魂。凡此種種都讓我想起一位白羅斯女作家斯維拉娜・亞歷塞維奇（Светлана А. Алексиевич）——二〇一五年諾貝爾文學獎得主。她的大部分作品描述著上個世紀的戰爭、政治、環境汙染等事件，帶給人類的迫害，陳述得那樣深刻、那麼令人感動。

斯維拉娜・亞歷塞維奇是一九四八年出生於烏克蘭斯坦利斯拉夫城的白羅斯人；出生後，舉家又遷回了白羅斯。一九七二年她畢業於國立白羅斯大學新聞系，前後在報社與雜誌社工作。一九九〇年起，因批判白羅斯的當權者，先後移居義大利、法國、德國等地。她的主要文學作品有：《戰爭沒有女人的臉》（原文直譯為：戰爭的面孔不是女人的，一九八五年出版）、《我還是想你，媽媽》（原文直譯為：最後的證人，一九八五年出版）、《鋅皮娃娃兵》（一九九一年出版）、《被死亡迷住的人》（一九九三年出版，目前已絕版）、《車諾比的聲音》（原文直譯為：車諾比的祈禱，一九九七年出版）、《二手時代》（二〇一三年出版）。

亞歷塞維奇的創作手法有別於傳統文本模式的文字敘述，也與一般的報導文學相異，而是透過現場訪談採取一種口述記錄的方式，呈現事件的真實感情。口述紀實文學是二十世紀後半葉發生於世界文壇的一種新文學體裁。它與電子科技的發展有密切的關係，譬如，錄音電子器材的廣泛運用，讓口述紀實文學的創作便捷可行。若與其他文學體裁相比，它最凸顯的特點在於作者本身放棄了敘述的話語權，將自己置身於受話者（聽眾）和記錄者的地位，但又維護了自己身為作者的身分。另外，這種創作，不像傳統文學，以「大敘事」為主，而是選擇「小人物」擔任敘事者，激發他們對事件的看法及觀點，抒發感情，讓眾聲喧譁，以致開放了作者／敘事者／讀者對故事或事件的對話空間，創造了多元共生的事件情境。

儘管口述紀實文學的文體尚未發展成熟，然而它具備了一些傳統文學所不及的特性：

一、作者在文本中的存在與缺席

口述紀實文學最突出的特點是作者於文本建構中所扮演的角色與發揮的功能。作者讓出了講述的發言權利，作為中立者隱身於文本之後，但是又成功地以引導訪談方向保有作者的地位。也就是說，一般的文學敘事，作者通常扮演著主要講述者的角色，無論講述自己的所見所聞，或是運用虛構人物講述事件，或是參與事件，或是隱身於事件之後，講述者終歸是作者。作者因此可藉此建立穩固的話語霸權。而在口述紀實文學中，作者處於受話者（receiver or listener）的地位，換句話說，作者已經不再是一般所認知的「作者」，他成了相關事件講述者的第一聽眾；他不再顯示自己的價值觀或偏好，對事件的人、事、物做直接的判斷或評論。然而，作者並非完全放棄自己的功能和身分，文本的總體構思仍掌握於作者本身；他雖然放棄講述者的地位，並不意味著他放棄了選擇、刪節與整合的功能和任務。因此，在口述紀實文學中，從讀者的閱讀和感覺來看，作者好像是缺席的，可是他又始終在場。

二、以多元的小人物為主角，並採取集結式整合的論述結構

大多數的口述紀實文學作品皆以「小人物」作為主角，以廣大、普遍、世俗的市民生活為主。作者面對所有人的是是非非只是真實記錄，而不隨意妄加判斷或褒貶；他將此權利保留給讀者。在眾多小人物從不同角度或途徑所呈現的表述中，真是名副其實的眾聲喧譁，對於事件常常表現出既矛盾又統一、既傳統又現代的面貌，其特色就是可以完整保留事件的「第一手文獻」。其實，從眾多小人物的言說中往往才能看到事件的真實性及完整性，也才能展示出當時背景的標本與足跡。

然而，從另一個角度來說，小人物畢竟是「人微言輕」，對事件的觀察或陳述過於表象，不夠深入；因此，口述內容也常出現陳述失衡的現象，這種現象就需由作者來調和。一般而言，大部分的口述紀實文學都不約而同採用了獨特的結構形式——集結式整合，亦即集合多數人的訪問稿，依事件的理路邏輯整合而成。讀者如果把一篇篇的個人訪問從整部作品中抽離出來，其陳述的內容就會顯得單薄而不具代表性與說服力。但是，一旦將它們納入整體，內容連貫起來，那麼每個單篇作品就會超越其原有的局限，從整體中獲得新的生命，共同結合成為一個有機的完整結構，呈現出深遠的意義和文學內涵。當然，為了使結構不分散，每部作品一定會環繞一個中心的話題發展，呈現出既向中心集中又如輻射般的放射結構。

三、採用作者與講述者之間直接對應方式的話語

一般的文學敘事，受話者即是讀者，是一個不確定的群體。因此，可以確定的是一種個體

（講述者）對群體（讀者）的單向對應話語。而口述紀實文學的講述者是受訪者，他雖是被採訪者的身分，卻是事件陳述的實際作者；在整個創作過程中，形式上，採訪者是次要身分出現，然而在受訪者與作者之間卻能夠形成一種直接而明確的個體對應關係，也只有在這種對應關係中才能產生真實、坦率、鮮活的話語，呈現著真相，吸引著讀者。

由於受到複雜社會關係和其他種種因素的限制，人在現實生活中的話語常常會加以偽裝，甚至於個人的自傳作品也不可信，往往最後呈現出來的是別人的他傳。因此，只有無直接利害關係的陌生人或事件的旁觀者，才可能講出真實的觀感。口述紀實文學中的作者（採訪者）與受訪者都是素不相識的陌生人，一般也不會繼續交往，因此，其間的個體對應話語成為最能坦露心扉、最真實的話語。

了解了口述紀實文學的特性後，接著我們回頭來探討白羅斯女作家亞歷塞維奇的文學作品；它是有關戰爭事件的口述紀實，這裡將進一步分析她的創作特色及其作品的價值。

亞歷塞維奇之所以會採用此種獨特的方式從事文學創作，主要是來自於童年的經驗。她曾如此描述這種經驗：「我們的男人都戰死了，女人工作了一整天之後，到了夜晚，便聚在一起彼此分享她們的心事。我從小就坐在旁邊靜靜聆聽，看著她們如何將痛苦說出來；這本身就是一種藝術。」除此之外，她的創作也深受亞當莫維奇（一九二七～一九九四）的影響，這位文學界前輩可以說是其寫作生涯的領航者。亞當莫維奇的作品《我來自燃燒的村莊》（一九七七），描寫二戰期間，隸屬蘇聯紅軍的白羅斯軍隊在前線與納粹德國的交戰情景，戰況慘烈，死傷人數多達白羅斯的四分之一人口。亞當莫維奇親自下鄉訪問生還者，這種寫作的模式和作品呈現的內容帶給了亞歷塞維奇莫大的震撼。

亞歷塞維奇也曾這樣描述自己的寫作方式：「我雖然像記者一樣蒐集資料，但可是用文學的手法來寫作。」她在寫一本書之前，都得先訪問好幾百個事件相關的人，平均需要花五到十年的時間。其實，透過採訪、蒐集資料，並非一般人想像得那麼容易。她也特別提到：「每個人身上都有些祕密，不願意讓別人知道，採訪時必須一再嘗試各種方法，幫助他們願意把噩夢說出來。……每個人身上也都有故事，我試著將每個人的心聲和經驗組合成整體的事件；如此一來，寫作對我來說，便是一種掌握時代的嘗試。」

亞歷塞維奇在文壇初露頭角的作品《戰爭沒有女人的臉》，就是以二戰為背景，對當時蘇聯女兵進行採訪的話語集結；這部作品在一九八四年二月刊載於蘇聯時代的重要文學刊物——《十月》，其主要內容是陳述五百個蘇聯女兵參與衛國戰爭的血淚故事。作品問世後，讚譽有加，評論界與讀者一致認為該書作者從另一種新的角度成功展現了這場偉大而艱苦的戰爭。當時，大家都難以置信，一位名不見經傳的白羅斯女作家，一位沒有參加過戰爭的女性，竟然能寫出男性作家無法感受到的層面。亞歷塞維奇用女性獨特的心靈觸動，揭示了戰爭的真實面，深刻陳述了戰爭本質的殘酷。她以非常感慨的口吻說：「按照官方的說法，戰爭是英雄的事蹟，但在女人的眼中，戰爭是謀殺。」

在這本文學作品的寫作過程，亞歷塞維奇用了四年的時間，跑了兩百多個城鎮與農村，用錄音機採訪了數百名參與這場衛國戰爭的婦女，記錄了她們的陳述，刻繪了她們的心聲與感受。作品最後做了動人的結語，它說到：戰爭中的蘇聯婦女和男人一樣，冒著槍林彈雨，衝鋒陷陣，爬冰臥雪，有時也要背負比自己重一倍的傷員。戰爭結束後，許多婦女在戰爭的洗禮下改變了自己作為女人的天性，變得嚴峻與殘酷；這也可以說是戰爭所導致的另一層悲慘的結局。

亞歷塞維奇成功讓這本書中的女人陳述了男人無法描述的戰爭，一場我們所不知道的戰爭面向——戰場上的女人對戰爭的認知。

男人喜歡談功勳、前線的布局、行動與軍事長官等事物；而女人敘述了戰爭的另一種面貌：第一次殺人的恐怖，或者戰鬥後走在躺滿死屍的田野上，這些屍體像豆子一樣撒落滿地。他們都好年輕：有德國人和我們俄國士兵。

接著，亞歷塞維奇又寫道：

戰爭結束後，女人也要面臨另一場戰鬥；她們必須將戰時的紀錄與傷殘證明收藏起來，因為她們必須回到現實生活再學會微笑，穿上高跟鞋、嫁人……而男人則可以忘了自己的戰友，甚至背叛他們，從戰友處偷走了勝利，而不是分享……

這本書出版後，亞歷塞維奇於一九八六年以其另一部著作《我還是想你，媽媽》獲頒列寧青年獎章。

《我還是想你，媽媽》基本上也是描述戰爭，只不過不是從女人眼光和體驗看戰爭，而是透過二到十五歲孩子的眼睛，陳述他們如何觀察成人的戰爭以及戰爭帶給家庭與人們的不幸。這部作品和《戰爭沒有女人的臉》一樣，它不是訪談錄，也不是證言集，而是集合了一百零一個人回憶發生在他們童年時代的那場戰爭。主角不是政治家，不是士兵，不是哲學家，而是兒童。書中彙集了孩子的感受和心聲：在童稚純真的年齡，他們如何面對親人的死亡，以及生存的鬥爭；在親眼目睹戰爭的殘酷與非理性時，他們如何克服心中的恐懼與無奈。書中雖然沒有描述大規模的戰爭場面，許多受訪的孩子都表示，從目睹法西斯份子發動戰爭、進行殘忍大屠殺的那一刻起，他們就已經不是孩子了。他們也不自覺學會了殺人。

……戰爭爆發的很長時間以來，一直有一個相同的夢折磨著我；我經常夢見那個被我打死的德國人……他一直跟著我不放，一直跟著我幾十年，直到不久前他才消失。當時在他們的機關槍掃射下，我目睹了我的爺爺和奶奶中彈而死；他們用槍托猛擊我媽媽的頭部，她黑色的頭髮變成了紅色，眼看著她死去時，我打死了這個德國人。因為我搶先用了槍，他的槍掉在地上。不，我從來就不曾是個孩子。我不記得自己是個孩子……

整體來說，毫無疑義，亞歷塞維奇的紀實文學擺脫了傳統戰爭文學的視角。與擅長描寫戰爭題材的蘇聯男性作家，如西蒙諾夫（一九一五～一九七九）、邦達列夫（一九二四～）、貝科夫（一九二四～二〇〇三）等人相較起來，她的作品既沒有表現悲壯宏大的戰爭場面，也沒有刻意塑造的英雄形象和歌頌衛國的民族救星，更沒有以戰爭作為考驗人民是否忠誠的試金石。亞歷塞維奇所關注的是對戰爭本身的意義及個人生命價值的思考；她力圖粉碎戰爭的神話，希望能喚起參戰民族自我反省的意識；她應該可以說是一位典型的反戰作家。

其次，就敘事的風格而言，亞歷塞維奇的口述紀實文學是透過實地訪談的資料整理，是眾多被採訪者的心聲所共構的合唱曲。其中除了清唱獨白，有詠嘆曲調，也有宣敘曲調。而作家既是沉默的聆聽者，也是統籌調度眾聲的協調者。作者從眾人深刻的內心感受和記憶中，拼貼出時代的悲劇，並喚起大眾對生命與人性尊嚴的重視。

亞歷塞維奇還有另外一部關於戰爭的紀實作品——《鋅皮娃娃兵》；它並非描述蘇聯人民衛國戰爭的作品，反而是敘述從一九七九年十二月蘇聯入侵阿富汗到一九八九年二月撤軍，這段期間所歷經的戰爭故事。這場戰爭的蘇聯士兵已經不是保衛國家的英雄，而是成為入侵的殺人者，變成破壞別人家園的罪犯。在這本作品中，亞歷塞維奇寫出了蘇聯軍隊的內幕，描述了蘇聯軍隊上下官兵的心態和他們在阿富汗令人髮指的行徑。

該作品同樣是由數十位與入侵阿富汗有關人員的陳述內容組合而成的。這場戰爭歷時長達十年，時間比蘇聯衛國戰爭多出一倍，死亡人數不下萬人，而且主要的士兵是一群年僅二十歲左右的青年，即稚嫩的娃娃兵。也就是說，他們將十年的青春葬送在一場莫名其妙的戰場廝殺中。

《鋅皮娃娃兵》中的陳述者除了參戰的士兵、軍官、政治領導員外，還有等待兒子或丈夫歸來的母親與妻子等人，內容都是他／她們含著血淚的回憶。作品中幾乎沒有作者任何的描述，但是透過戰爭的參與者描述出來的潛在思維與意識，讓人有更深一層的感受。從這部作品開始，亞歷塞維奇對於生命有更高、更深的看法，也讓她的作品有了新的發展方向：她企圖更深入探討人類生命的意義、揭露人間的悲劇與人內心的觸動。

在作品的創作上，亞歷塞維奇宣稱自己是以女性的視角探討戰爭中人的情感歷程，而非描述戰爭本身；她不諱飾訪談者的錄音紀錄，以毫不遮掩的方式，試圖探索一種真實。然而，除了真實外，讀者也可以感受到作者的反戰意態和情感；她反對殺人，反對戰爭（無論何種戰爭），她想明白告訴人們，戰爭就是殺人，而軍人就是殺人的工具。亞歷塞維奇就是極力想喚醒人們的認知：戰爭是一種將人帶進情感邊緣的極端場景，而文學作家就是要在這種特殊環境下重塑人的心靈感受與情感世界。

在《鋅皮娃娃兵》的作品裡，亞歷塞維奇對阿富汗戰爭進行了深刻的反思，進而還原了士兵在戰場上的真實面目，例如一位普通士兵回憶他在戰場上殘忍地殺死阿富汗孩子的瘋狂行為，與回國後的心理矛盾和反思：

> 對於打仗的人來說，死亡已沒有什麼祕密了。只要隨隨便便扣一下扳機就能殺人。我們接受的教育是：誰第一個開槍，誰就能活下來；戰爭的法則就是如此。指揮官說：「你們在這裡要學會兩件事，一是走得快，二是射得準。至於思考嘛，由我來承擔。」他讓我們往哪裡射擊，我們就往哪裡射。我就學會了聽從命令執行射擊。射擊時，沒有一個人是可憐的，就算擊斃嬰兒也行，因為那裡的男女老少都在和我們作戰。有一次，部隊經過一個村子，走在前面的汽車突然馬達不響了，司機下了車，掀開車蓋……一個十來歲的孩子，一刀子刺入他的背後……正刺在心臟上。士兵撲倒在發動機上……那個孩子

被子彈打成了篩子……如果此時此刻下了命令，這座村子就會變成一片焦土。每個人都想活下去，沒有考慮的時間。我們的年齡都只有十八到二十歲啊！但我已經看慣了別人死，可是也害怕自己的死。我親眼看見一個人在一秒鐘內變得無影無蹤，彷彿此人根本不曾存在過。

作品當中亦有許多母親敘述著她們接到兒子死訊或屍體時那種難以形容的傷痛，例如有一位母親每天到墓地去探望在戰爭中死去的兒子，持續了四年，內心的痛楚一直無法平復。

……我急急忙忙向墓地奔去，如同趕赴約會。我彷彿在那兒能見到自己的兒子。頭幾天，我就在那兒過夜，一點也不害怕。到了現在，我非常理解鳥兒為什麼要遷飛，草兒為什麼要搖曳。春天一到，我就等待花朵從地裡探出頭來看我。我種了一些雪花蓮……為的就是儘早得到兒子的問候……問候是從地下向我傳來的……是從他那兒傳來的……我在他那兒一直坐到傍晚，坐到深夜。有時候，我會大喊大叫，甚至把鳥兒都驚飛了，可是卻聽不見自己的聲音。烏鴉像一陣颶風掠過。牠們在我的頭頂上盤旋，拍打翅膀，這時我才會清醒過來……我不再大叫了……一連四年，我天天到這兒來，有時早晨，有時傍晚。當我患了血管栓塞症，躺在醫院病床不許下床時，我有十一天沒去看他。等我能起來，能悄悄走到盥洗室時……我覺得我也可以走到兒子那兒去了。如果摔倒了，就撲倒在他的小墳頭上……我穿著病服跑了出來……

在這之前，我做了個夢：瓦列拉出現了！他喊著：
「媽媽，明天你別到墓地來，不要來了。」
可是我來了，悄悄地，就像現在悄悄地跑來了。
彷彿他已不在那兒，而我的心也覺得他不在那兒了。

書中，來自各個階層類似這樣哀慟的敘述比比皆是。然而，這種真實情景的呈現，在讀者眼前，卻換來兩極化的批評。有人感動不已，感謝終於有人說出真相；但是，同時也招致了許多嚴厲的批評，有些民族主義者就認為作者在汙衊蘇聯軍隊所做出的貢獻；甚至還有人告上法院，認為這種陳述是誹謗為國家付出貢獻的人。對於這些批評，亞歷塞維奇也在其作品的最後書頁中忠實反映出來。例如，書中把某位以電話表達的讀者批評摘錄如下：

好吧！我們不是英雄，照你說，我們現在反而成了殺人的凶手——殺婦女、殺兒童、殺牲畜的凶手。或許再過三十年，說不定我會親口告訴自己的兒子：「兒子啊，一切並不像一般書中寫得那麼英雄豪邁，也有過汙泥濁水。」我會親口告訴他，但是這要過三十年以後……而現在，這還是血淋淋的傷口，剛剛開始癒合，結了一層薄痂。請不要撕破它！痛……痛得很……

您怎麼能這麼做呢！您怎麼敢往我們孩子的墳上潑髒水，他們自始至終完成了自己對祖國應盡的責任。您希望將他們忘掉……全國各地創辦了幾百處紀念館、紀念堂。我也把兒子的軍大衣送去了，還有他學生時代的作業本。他們應該可以做榜樣！您說的那些可怕的真實，對我們有什麼用呢？我不願意知道那些！您根本就是想靠我們兒子的鮮血撈取榮譽。我堅信：他們是英雄！是英雄！您應當寫出關於他們優美的書來，而不是把他們當成砲灰。

亞歷塞維奇的戰爭紀實文學，表面上看來，是作家在受訪者面前傾聽並錄音，然後將這些口述的錄音資料轉成文字；而實際上，作者在這過程中並非單純的聽眾，她一方面要設法打開敘述者的沉痛記憶，同時必須將所有的痛苦先吞下，然後再吐出來，細細咀嚼，最後再組合成具有邏輯性、說服性、感性及共鳴性的文本。這對於受訪者與作者來說，他們的工作皆非易事。受訪者須遭受第二次的傷害，喚起他們沉重的回憶，共同回顧那段殘酷的歲月。通常他們開始講述的時候，語調還很平靜，講到快結束時，他們已經不是在說，而是在嘶喊，然後失魂落魄地呆坐著；那一刻，作者真覺得自己是個罪人。另外，還有許多自阿富汗回來的受訪士兵對作者的詢問懷有敵意，他們不願打開傷痛的記憶；有的退伍士兵走了，有的不願意說，有的又回頭再來找到作者。

亞歷塞維奇在這本書的後記放上了自己的日記談到，她是**「透過人說話的聲音來聆聽世界的」**，這是作者觀察世界的一種方法。開始，她覺得前兩部戰爭作品的「講話體」會成為之後寫作的障礙；然而，作者的擔心似乎成了多餘之物。亞歷塞維奇不願在作品中時時刻刻地重複自己的角色及自己的觀點。她在寫作中認為，將娃娃兵們從日常生活、學校、音樂、舞蹈等地強拉出來，投入汙穢的戰場之中，將會扭曲他們的價值觀，以為自己參加的是偉大的衛國戰爭。但是，有一天他們終究會了解，自己投入的是另一場不是保國衛民的戰爭。引用某些娃娃兵的話說：**「我本想當英雄，如今我卻不知道自己變成了什麼人」**；根據這樣的訪談，亞歷塞維奇深信，總有一天，人性會覺醒的。顯然，口述戰爭紀實文學讓人以多角度的途徑看到了事件的真實面向，其作品帶給人們的震撼和感動，不亞於傳統的書寫文學經典，它們必然會在歷史的記憶中留下足跡。

除了上述三部戰爭題材的作品外，亞歷塞維奇的另外三部作品寫的是人類的災難：《被死亡迷住的人》寫的是政治災難；《車諾比的聲音》寫的是生態的災難；而二〇一三年的《二手時代》則是闡述共產主義的災難。

其中，《車諾比的聲音》描述一九八六年四月二十六日車諾比核電廠發生嚴重爆炸的核洩漏事故，該事故造成了蘇聯人生命與財產的巨大損失，並震驚了全世界。車諾比核電廠雖然位於烏克蘭境內，但由於氣流風向等因素，受害最嚴重的反而是相毗鄰的白羅斯，導致的災害難以估計。於是，亞歷塞維奇再次投入蒐集傷亡文獻的創作，著手書寫另一部口述紀實文學作品。與過去不同的特點在於此次的主題由戰爭轉向了人與科技發展、人與自然關係的哲學思考。

《二手時代》是屬於晚近的作品，談的是蘇聯瓦解前後之間各加盟共和國人們的生活寫照。蘇聯解體前後，許多曾經活在蘇聯時代的人認為，七十多年來馬、列實驗室的最大貢獻在於創造出獨特進化類型的人種——「蘇維埃人種」——這個詞充滿了負面的涵義，諷刺當年的共產主義政權堅信蘇聯體制將創造一個嶄新的、更進步的新蘇維埃人。然而，到了一九九一年的年終，這個夢想終究幻滅了。蘇聯解體後，人們極力避免去談它，現在二十多年過後，人們從創傷中走出來，反而開始回憶那段屬於彼此的共同歲月。這種情感的失落及殘餘，亞歷塞維奇有著深入的觀察及細緻的描述，她這樣寫道：

共產主義有很瘋狂的計畫——改造亞當「舊」人。而這件事實現了……，也許是唯一的，但是做到了。七十多年以來，馬克思－列寧實驗室製造出獨特的人種——蘇維埃人。有些人認為這是悲劇性的人物，有些人稱他為蘇維埃公民。我知道這個人，我和他很熟識，我在他身旁，並肩活了多年，他就是我。這是我認識的人、朋友、父母。若干年以來，我走遍了前蘇聯，因為蘇維埃人不只是俄國人，他們也是白羅斯人、土庫曼人、烏克蘭人、哈薩克人……。現在我們住在不同的國家，說著不同的語言，但是我們不會和其他的人弄混，你立即就認出他們！我們所有的人都是從共產主義走過來的人，與其他世界的人相像，但又不相似：我們有自己的字典，自己對善與惡、悲哀與苦難的認知，我們對死亡有特別的態度。我所抄錄的小說裡，那些「射擊」、「槍決」、「整肅」、「驅離」等字眼已漸漸被拿掉；或者蘇聯時期的用語，如「逮捕」、「十年無權通信」、「移民」都消失了。個人的生命價值多少？如果我們還記得不久前才死了好幾百萬人。我們充滿了恨與偏見。所有的人都從「古拉格」（集中營）和可怕的戰爭走來。集體化、清算富農、人民大遷徙……

事實上，亞歷塞維奇本人可能也存有部分的「蘇聯人」殘留意識或情感；她承認自己在寫《二手時代》的時候，還是能感受到史達林不只是無所不在，甚至曾經是生活的價值座標。**「……我們告別了蘇聯時代，告別了那個屬於我們的生活。我試圖忠實聆聽這部社會主義戲劇每個參與者的聲音……。」**接著，她又回頭去探索人們對那一段歷史的殘留感情，**「歷史其實正在走回頭路，人類的生活沒有創新……多數人仍活在『用過』的語言和概念，停留在自己仍是強國的幻覺裡……」**。受到這種「蘇維埃人」殘留的優越感，這些人對於外來的挑戰，油然發出了對抗的意識，亞歷塞維奇談到：**「……莫斯科的街頭，到處都可聽到有人在辱罵美國總統歐巴馬，全國人的腦袋裡住著一個普丁，相信俄羅斯正被敵國包圍。」**

從人類文明的進化路程來看，人類行為雖然一再犯下重複性的錯誤，然而透過文學作品的記錄與反省，深刻認知到人類具有的殘酷本質，也讓人們能夠從歷史的真相與經驗中學習與成長，期待能夠在上帝的救贖下，引領自我救贖，創造和諧的世界。

二〇一六・八・十五

■二〇一六初版導讀

一手空間、二手時代與三手迴響——回到過去的永遠鄉愁

陳相因／中央研究院中國文哲研究所副研究員

上個世紀中，英美與蘇聯冷戰顛峰期間，英國著名搖滾樂團披頭四（The Beatles）唱了一首流行歌曲名為〈回到蘇聯〉（Back in the U.S.S.R.），收入在一九六八年與他們同名的「白色專輯（*White Album*）」內。此專輯發行後，不僅在樂壇上所向披靡，政治上也因為這首〈回到蘇聯〉而轟動了東、西兩大對立陣營；不少英美反共人士指責披頭四的左翼傾向，而蘇維埃官方卻將他們視為是西方文化排放的廢氣團體，直到蘇聯解體之前都不允許該團團員進入蘇聯國境。然而弔詭的是，就在東西兩大政治陣營質疑披頭四的政治與文化立場的「當下」（我將此稱為「一手」），披頭四成為英美地上與蘇聯地下樂壇最火紅的團體，無人能出其右。即使多年之後（此乃所謂的「二手」，下文詳解），變成俄羅斯聯邦總統的普丁（Владимир Владимирович Путин，一九五二～），亦忍不住向西方媒體坦承，自己從青壯年時代開始就十分喜愛披頭四，由此可見披頭四對蘇聯地下文化的巨大影響力。同時，這也說明了為什麼團員之一的保羅・麥卡尼（Sir James Paul McCartney，一九四二～）能在普丁主政之下進入紅場演唱。有趣的是，這首

〈回到蘇聯〉的歌詞，如作曲人麥卡尼所云，在一手空間內寫成時其實是為了向美國流行文化的前輩致敬，不料在二手時間內卻不斷發酵。除了前述的政治迴響之外，歌詞中提到的喬治亞共和國和烏克蘭不但一一在蘇聯解體後離開俄羅斯聯邦，如今又恰恰成為俄國的死對頭。於是，「回到蘇聯」隨著時空流轉，成為了想望、諷刺、緬懷、唾棄等五味雜陳的絕響。如此後果，絕非寫歌前後一手空間或二手時間內的麥卡尼所能預見和想像的。而這種「看不見」卻能「無遠弗屆」的滲透及發酵，正是本文意欲表達在「三手」的後座力和影響力。

筆者如此大費周章地述說披頭四在英美、蘇聯與後共產俄羅斯的故事，意在使讀者了解，區區一首〈回到蘇聯〉，在不同時空中竟能產生如此錯綜又迥異的政治、社會與文化意義。那麼不難想像，關於「回到蘇聯」這一主題的感情、記憶、意識形態和歷史則益加萬千倍複雜。斯維拉娜．亞歷珊德羅夫娜．亞歷塞維奇（Светлана Александровна Алексиевич，一九四八～）不愧記者出身，善於為文章訂立醒目、符合內容要旨又具多重意義的標題。此書取名為「二手時代」（Время second-hand），其中俄文字 время 的原始意義乃指「時間」，後發展為「時代」與「歲月」之意。亞歷塞維奇對語言的掌握程度十分高明，她使用了英文 second-hand 作為原文標題，而非俄語，因為俄語本身沒有這個單字。second-hand 此字在英文中不僅意指形容詞或名詞的「二手」，當成名詞亦可用於表達「秒針」，是時間的刻度。有趣的是，外來字一旦放到俄文名詞後面沒有也無法變格時，這個詞彙既可以解釋成形容詞，亦可以被視為名詞使用。因此，在翻譯上既可以作「秒數計時」、「瞬息時代」解，來暗喻蘇聯解體前的倒數計時與之後的瞬息萬變，或／和解體過後消化著衝擊所帶來災難的「二手時間」或「二手歲月」等，故作者乃有意為之，創造多重意義的匠心獨具。

本書中所有故事皆將蘇聯解體這一重大事件作為時間的起始點，分為兩個十年：一九九一年到二〇〇一年，以及二〇〇二年至二〇一二年，藉由記錄每個故事主角生活的當下來述說過去，從「回到蘇聯時期」，抑或後來「回想葉爾欽時代」，其中變化，表面上是指陳過去，但實際上現在卻是無所不在的。然而，由於現狀與過去的變化過於極端，而使過去記憶中的一切在當下看來顯得相對且相當陳舊，猶如已盡其用的二手物品：有些變成奇貨可居的古董珍品，有的卻成現下難以處理的破銅爛鐵，有些偉大是難再企及的魔魅，有的謊話卻是揮之不去的夢魘。每一位主角在述說的當下，彷彿過去並不真實存在過，而那些「二手的」記憶都不是自己的，同時影射著現在也未曾好好活過，因為「一手的」當下並未使人滿意。

關於個人與群體是否「活過、存在過（жили-были）」，「道德良心（совесть）」，以及挖掘社會真相和追求人類真理的「勇氣（храбрость）」一直是俄羅斯文學探討的幾個重要主題。亞歷塞維奇承繼了此一文學傳統，以紀實風格來記錄每一個十年的訪談形式，藉由蘇聯解體後在俄羅斯發生一連串重大政治事件的歷史發展，來引發不同階層的訪談者說出自己的故事和想法，使他們自然而然地回憶起蘇聯或回想九〇年代。依此安排，本書涵蓋了俄語訪談者的過去，第一人稱敘述者敘述的與作家寫作的當下，以及來自不同文化和政治背景的讀者閱讀此書的此刻，產生了多重時空中虛實的交錯、交織，加上正反意見的交晃，甚至是交戰。作家利用數量龐大的訪談與來自不同階層的聲音，試圖趨近歷史事件發生的彼時，使人們的真實生活與每一個可能的個人存在，感受躍然紙上。儘管如此，作者卻相當明白，不管怎麼回到過去，記憶的拼湊就像拼貼藝術創作一樣，處在一種「被需要和召喚的」變形，抑或「被使用過的」扭曲。由是，「二手」或許外貌可以保存地如嶄新一般，但絕不可能「還原」且完好如初，故這些二手的口述資料不足以成為歷史，但卻能在編輯處理後成為一種探索真相與思考真理的文學作品類型。

《二手時代》一書的內容雖以二十個獨立的文題（literary themes）為發展主軸，但事實上每一個文題下的故事都緊繫著蘇聯與俄羅斯歷史的重大事件。亞歷塞維奇運用了俄國民間故事常見的口耳相傳形式，讓每一位敘述者口中的故事又常與他人的故事相連，於是形成了口述中含口述、故事內有故事的型態。又或者，有時候作者安排了幾個故事圍繞著一重大事件，但讓不同視角相互並排，或者正反意見相互對立，形成了南轅北轍、雞同鴨講的滑稽與諷刺效果，抑或彰顯愛恨情仇、感傷悲哀的張力衝突。舉例而言，從第一部分第一個故事一開始，就將時空背景聚焦於蘇聯解體後不久的葉爾欽時代，第一人稱敘述者的角色由一位女共產黨員伊蓮娜擔任，娓娓道出她對蘇聯解體這一事件的心聲，以及發生在她與她家人身上的故事。她首先指責了她這一代共產黨領導的軟弱多變，以致造成現狀的混亂，緊接又從自己的故事中回溯了她父輩的故事，闡述蘇聯時代的人們如何強悍，懷抱對社會主義烏托邦美好的理想。然而，正當伊蓮娜與隱形的訪問者談話中途，她的朋友安娜卻出來插話，第一人稱敘述者於是換了角色。安娜和伊蓮娜的家庭背景與命運不同，所以對蘇聯改革到解體這段期間有著截然不同的看法。她敘述當時自己由於改革開放而感到無比的自由與幸福，因此而愛上戈巴契夫和他的妻子。儘管如此，後來的發展與當初想像的全然不是一回事。兩位敘述者一方面回味過去的美好（一者是蘇聯的全盛時期，一者為戈巴契夫的改革開放），另一方面卻同時放大了現狀的不堪與不滿。如此對照，字裡行間的諷刺意味不言自喻。然而，我們在伊蓮娜的口中讀到充滿批判與恨意的字眼，在安娜敘述裡卻充滿失落的感傷，一剛一柔，形塑著兩個極端的蘇聯。

亞歷塞維奇顯然對傳統俄國與蘇聯文學十分熟稔，她的創作不僅時常對俄蘇（「俄羅斯－蘇聯」學術專有名詞之簡稱，當中「俄羅斯」一字涵蓋十九世紀與蘇聯解體後的政體與文化共同體）作家、作品如數家珍，更擅長應用她所繼承的文藝遺產，並以一種俄羅斯文學中特有的知識份子姿態，展現其深思與獨立的精神，追求真相與真理，全然不畏強權。她在蘇聯官方威權統治的恫嚇中，訪問了多位來自車諾比事件的當事人、受難者及其家屬，寫下她認為應該讓未來的下一代明白事情的真相，避免重蹈覆轍，使讀者思索何謂「真理」，那遠非黨中央與權威昭告的「事實」，因而撰寫《車諾比的聲音》（*Чернобыльская молитва*，一九九七）。又如，在蘇聯的強悍時代絕口不提失敗的阿富汗戰爭，也在她的創作《鋅皮娃娃兵》（*Цинковые мальчики*，一九九一）中得到不同於官方視野的呈現。為此，她的生活與生命飽受政治恐嚇和政權迫害。即使如此，她依舊承繼俄羅斯知識份子的良心與勇氣，持續著為真理而奮鬥的理想和精神。《二手時代》一書延續她過往寫作的風格，其內展示的一手口述資料在在顯示，個人的存在不因蘇聯解體而有所改變，相反地，失去了群體的信念後個人生活的空間卻益加渺小和荒謬，於是無盡的詛咒、痛罵與酗酒成了一種正常合理的日常生活。然而這背後與醉後的清醒換來的是對蘇聯無垠的緬懷與悼念，個人與群體產生了一種失落感，永遠回不去的鄉愁。正如同書內一位亞美尼亞的主角所說的：「莫斯科曾是蘇聯的首都，可是現在已經是另一個國家的首都了。而我們的祖國，在地圖上已經找不到了。」站在自己的土地上感嘆著「鄉關何處是」，恐怕是所有活過蘇維埃政權進入後共產時代的前蘇聯人共同體認的愁緒與悲哀：國家之大，卻找不到一己容身之處；自由無限，窮者與弱者卻不配擁有。

閱讀《二手時代》需要基礎的蘇聯歷史知識，至少要具備幾個重大事件的歷史常識，方較容易進入這些龐大的二手口述空間，去理解他們回憶蘇聯的二手時間概念。面對本書，讀者首當其衝必須明白的是，為何一九九一年的八一九事件衝擊了共產黨政權，隨後引發了蘇聯解體。這當中，又為什麼是葉爾欽取代了戈巴契夫？此外，從史達林、赫魯雪夫到布里茲涅夫時代，共產高層政權如何交替轉移？蘇聯後期發生的幾次對外與對內戰爭，例如書中所提到的「蘇聯阿富汗戰爭（一九七九～一九八九）」，以及亞美尼亞與亞塞拜然之間的「納卡戰爭（亦即納哥諾卡拉巴克戰爭，一九八八～一九九四）」，大致發生的日期、起因與結果。藉由這些知識，對照這些第一人稱敘述者的故事，我們較能勾勒一部蘇聯亡國人的「心態史」，從中理解他們的經歷、情緒與命運變化。正因如此，此書需要耗費讀者較多時間細細品味、研究和思索。追求真相與探索真理從來就不是一條容易的捷徑，非一蹴可幾，如俄國知識份子相信的，這是一條布滿苦痛、孤獨又哀傷的荊棘道路。

筆者有幸（不幸？）「躬逢」蘇聯解體後的葉爾欽時代，那時在俄國留學的台灣學生也真如《二手時代》的主角一樣，曾經面對過超市架上空無一物，餐廳似若懸磬，肚內卻飢腸轆轆的生活窘境。當時我們最愛開的玩笑是唱薛岳的歌曲《如果還有明天》，或者是「像熱帶的人們永遠不懂下雪的冬季」。此書中許多主角的命運，可能是富裕一代成長的台灣人民一輩子都無法感受與體會的。如今我回到「祖國」台灣，一手空間裡三手閱讀著二手時間的過去，不禁百感交集。

朋友常問俄國經驗帶給我的影響，萬千情緒不知從何說起，只能笑說每年人家邀我去參加「飢餓三十」的活動，我總直接掏錢奉獻，至於挨餓就敬謝不敏了！這就是我直接能舉出的二手時間帶給我三手影響的具體例證。如同書內常出現的蘇聯政治笑話，這些經歷當下講出來很好笑，但細細回味時很悲傷。

其實台灣和蘇聯的關係很近，我們常常忘記我們的歷史出過一個留學蘇聯十二年（一九二五～一九三七）的蔣經國總統和一位永遠聽不見聲音的白羅斯第一夫人。在舊制轉新的一手空間中，如亞歷塞維奇在本書中直指，那些從「純真年代」活過來的人們，當年號稱如此「天真無邪」，進入後共產或是我們熟習的後威權時代，有許多人成了今天的豺狼虎豹。閱讀亞歷塞維奇的《二手時代》之際，當中的一手資料與我們所處的時代相去不遠，即便不少當時重大的歷史事件已化成塵埃，隱藏在日常生活的各個角落裡。然而，我們卻不能不思索與警覺，我們活著，是否存在著，是否摸著良心過活，能否誠實地面對歷史，能否堅持挖掘真相和追求真理的信念，至死不渝。台灣的讀者是否準備好面對兩岸歷史共業的「二手時代」，能否決定自己的未來，考驗著我們的智慧。這些，才是這本書留給我們的第三手意義。

■二〇二四再版推薦文

受訪者的生命經驗與文學性——對《二手時代》的寫作思索

阿潑／文字工作者

從事採訪與田野工作多年，我感知到：若能遇到好的受訪者或報導人，作品就已成功大半。所謂的「好」，並不意味著受訪者學識淵博、能言善道，或生花妙語，而是這個人真正「活過」、「經歷過」，這些生命經驗不僅深深烙印在他的心裡，恐怕還反覆翻攪過，每次翻攪，就是一次對話，一次「加工」，而形成一個獨一無二的個人故事。而採訪者的工作，就是把他的故事挖出來，透過採訪對話再次加工，再透過寫作或剪接等第三次加工，最後呈現在閱聽眾面前——剩下就是閱聽眾如何在心裡詮釋這些故事，並再次轉述它們，讓這些故事成為一個世代的記憶或歷史。

換句話說，在我看來，當一個採訪者挑選了受訪者，並與之對話時，其實就是成為這個故事的聽眾或讀者，如若要書寫成文或剪輯成片，這個創作者的身分又添加上「編輯」的角色——將故事交給作者的，是這個受訪者，決定它如何呈現在大眾面前的，是創作者或記者。

每次讀到好的報導或非虛構寫作時，我都不免讚嘆：如果作者很會問，能勾起對方訴說的慾望，且有感受敘事者生命重量的能力，就算作者的筆不帶文采，也能納些平凡小人物閃閃發光，因為光是對方活過的痕跡，就相當動人。例如我曾看過台灣鄉下老人講述二戰時遭遇空襲的記憶，每個描述都活靈活現，作者的文筆反而被比下去了。

若能認真聆聽受訪者的話語，忠實呈現受訪者的訴說，就會發現那些語句自帶文學性，乃至於哲思，作者本人再如何才華洋溢都比不上真切活過的歲月與經歷。因為，受訪者會用自己的語言去描述那個曾經存在的人事物乃至心情。

但光是「語言使用」，也不是那麼自然而然。亞歷塞維奇的著作《二手時代》中，有個受訪者如此說道：「我是語言的僕人，我絕對相信語言，我總是等待人們說話⋯我也準備好說話，可是每當我開始對某人說話的時候，卻又找不到我想說的要點了。⋯總要等很長時間，記憶才能回來，所以我只能沉默。我在自己的大腦裡反覆加工製作自己的記憶。平時的活動，複雜的緒，狹小的地穴。」

「人講故事時，他們會進行加工創造。他們與時間角力，他們是演員，也是創作者。我對小人物感興趣。我認為他們是渺小卻偉大的人物，因為痛苦能塑造人」諾貝爾文學獎得主亞歷塞維奇的作品，便是這一切的證明。她的方法是借錢買了錄音機，跑遍蘇聯乃至其影響之地，採訪形形色色的人物，將他們的聲音轉成文字，輯成一種多聲調的作品。

這樣的寫作方法，在泛社會科學領域並不以為奇。在文史界素有口述歷史傳統，社會學界探討話語（discourse）的能量，人類學界耙梳的神話傳說多是口耳相傳的記事。如若以當代、最新穎的新聞媒介來論，像蘋果日報、周刊設置的「坦白講」這類第一人稱敘事欄目並不少，作者

（記者）大量採訪過後，剪輯梳理，擷取最讓人印象深刻的金句，採以令人共鳴的節奏，呈現一篇篇動人的自我敘事。

「我雖然像記者一樣蒐集資料，可是用文學手法來寫作。」亞歷塞維奇也說她如此處理的原因：「我們的男人都戰死了，女人工作了一整天後，到了夜晚，便聚在一起彼此分享她們的心事。我從小就坐在旁邊靜靜的聆聽，看著她們如何將痛苦說出來；這本身就是一種藝術。」

大量採訪，並採用文學技巧這樣的切入角度，並不足以解釋她作品的獨特，也不是她獲得瑞典皇家學院肯定的理由。她的書寫之所以有價值，是來自她「代言」的那些小人物，以及她筆下濃濃的人道精神與批判性。

《二手時代》即是這樣的作品。每個受訪者的敘事都有其個人立場與觀點，充滿智識、見解、個性與情感，儘管讀者可以察覺這些走過蘇聯時代的受訪者大多喜好閱讀、對於文學作品有所涉略，擅長語言，自認為是語言大師，但也可以發現他們從自身的經驗提煉出哲思或感懷，隨口一句都飽含文學性，像是：「我發現，這個新世界不是我的，不是為我而存在的。這個世界需要的另一些人。老爺的靴子踢到弱者的眼睛上，我們上升之後又狠狠跌了下去。」

閱讀《二手時代》的過程讓我很享受：被各種立場、位置、角度不同的人開拓了對蘇聯解體前後時代的視野，也滿足於帶有飽滿情感、思考與文字語言力量的句子。全書在自由、西方資本主義、時代等關鍵字中來回論述，展開多層次的風貌之外，也有非常內裡的歷史真實的敘述及見證。

而出於職業本能，我也不免關注亞歷塞維奇如何與受訪者互動、如何挑選受訪者，何時錄音，何時不能錄，受訪者會不會介意被寫出來，什麼可以寫什麼不行？亞歷塞維奇並不隱藏自己的出現，這些問題在書中都有線索。

儘管這本書是呈現一個時代，但亞歷塞維奇也強調自身立場：「歷史只關心事實，把情感屏除在外。人的情感是不會被納入歷史的。然而，我是以一雙人道主義的眼睛去看世界，而不是歷史學家的眼睛，我只對人感到好奇。」

如諾貝爾文學獎給予的肯定：「亞歷塞維奇以複調（polyphony）寫作，成為我們時代裡，苦難與勇氣的一座紀念碑。」

---

1 曾任記者、NGO工作者。著有《憂鬱的邊界》、《介入的旁觀者》，《日常的中斷》等。

編者弁言

1.本書集結多人採訪，每篇文章中，有單一個人的敘述，也有兩三人分別回憶某個人物或事件的說話片段，甚至有眾人輪流發言，你一言我一語的情境。為了呈現這些不同情況，本書用引號來表現同一個人的講述內容，有時僅是一句話，有時則是連續數頁敘述都含括在同一組引號之間，表均為同一人所言。

2.除訪談內容外，在採訪文字前後或之間，偶有作者的發言或觀察。本書中沒有引號的文字，即是作者講述的內容，穿插於採訪之中的作者視角，則以括弧內楷體字呈現。

3.除兩篇「街談巷語和廚房對談」之外，第一、二部各收錄十篇故事。每篇故事標題旁的楷體字，表故事中重要角色或是事件主角的個人資訊。他們有時是故事的講述者，有時是被回憶或談論的對象。

4.俄國人的名字，有時會變換語尾，可以理解為暱稱或小名。比如書中名為安娜的女性，母親和朋友可能會叫她安妮卡。此類情形不再另外加注說明。

5.本書在二〇一六年初版中的「白俄羅斯」一詞，已於此次二〇二四年新版改為「白羅斯」。以往習慣譯為「白俄羅斯」，二〇一八年三月十六日白羅斯大使館聲明表示「白羅斯」為正確譯名，新版以此作調整。

受害者和劊子手同樣可惡，勞改營的教訓在於兄弟情誼被踐踏。

——大衛・魯塞[1]，《我們死亡的日子》

任何時候我們都必須記住，若惡勢力在全世界獲勝，要被追究的，首先不是盲目作惡之人，而是清醒冷靜的旁觀者。

——費多爾・斯特本[2]，《過去的和未曾出現的》

---

1 大衛・魯塞（David Rousset，一九一二～一九九七），法國作家，左翼社會活動者。

2 費多爾・斯特本（Fedor A. Stepun，一八八四～一九六五），德國哲學家、作家。生於莫斯科，俄國二月革命後參加過臨時政府，一九二二年被蘇聯政府驅逐出境，在柏林等地著書教學，是德國的俄羅斯問題專家。

參與者筆記

告別了蘇聯時代，我們也告別了自己的一種生活。我試圖聽到這齣社會主義大戲所有參與者的真實講述。

我們的共產主義，本來有個瘋狂的計畫：要把亞當以來的舊人類改造為新人類，而且也付諸行動了，這算是它唯一做成的事情。七十多年間，在我們的馬克思列寧主義實驗室裡，製造出了另一類人種：蘇維埃人。有人認為這是一種悲劇人物，另一些人把他們稱為「老蘇維埃」。我覺得我懂得這種人、熟悉這種人，我和他們共同生活了多年。他們就是我自己，是我的親人、我的朋友、我的父母。幾年來，我為此遊歷了整個前蘇聯地區，因為蘇維埃人不僅是俄羅斯人，還有白羅斯人、土庫曼人、烏克蘭人、哈薩克人……現在我們生活在不同的國家，說著不同的語言，但我們不會和其他人類混淆。在芸芸眾生中，你會立刻發現我們這一類人！我們這類人，全都有社會主義基因，彼此相同，與其他人類不一樣。我們有自己的語彙，有自己的善惡觀，有自己的英雄和烈士。我們與死亡有一種特殊的關係。在我記錄過的故事中，這些語彙常常縈繞於耳：槍斃、屠殺、消滅、抹去，或者一些蘇聯特有的消失方式：逮捕、剝奪十年通信權、放逐。如果我們還記得，不久前有幾百萬人慘遭殺戮，人的生命又價值幾何？我們是充滿仇恨和偏見的種族，一切都來自於那個被稱為古拉格[1]的地方和那場恐怖的戰爭，還有集體化、沒收剝奪、大遷徙……

這就是我們的社會主義，這種社會主義曾經是我們的全部生活，但那時我們很少談論。而今，世界已經發生了不可逆轉的變化，我們的生活開始被所有人關切，它曾經是怎樣一回事並不重要，只因為它曾是我們的生活。我寫這本書，是希望透過一點一滴，透過一鱗半爪，發現家的故事，尋找社會主義的內核，比如社會主義在人的靈魂中究竟是怎樣的。我總是被狹小的空間所吸引，一個人的空間，只有一個人。實際上，在一個人的身上會發生所有一切。

為什麼書中有這麼多自殺者的故事，而不是普通蘇聯人民和平凡的蘇維埃人物傳記？其實說到底，他們結束自己的生命要麼是出於愛，要麼是因為年老，甚至只是為了興趣，想要解開死亡之謎。我找到了這樣的一些人，他們執著於理想，將理想深深根植於自己內心，絕對不妥協——國家成了他們的宇宙，取代了他們的一切，甚至生命。他們無法擺脫偉大的歷史，無法和那段歷史告別，無法接受另外一種幸福，不能像今天的其他人這樣，完全潛入和消失於個體生活中，把渺小看成巨大。人類其實都願意單純地過日子，哪怕沒有偉大的思想；但這在俄羅斯人的生命中卻從來沒有過，俄羅斯文學也從來不是這樣的。舉世皆知我們是戰鬥民族，要麼打仗，要麼準備打仗，從來沒有其他的生活。我們的戰爭心理由此形成，就是在和平生活中，也是一切都按戰爭的思維。聽到密集的鼓點，看到揮舞的旗幟，心臟就快要跳出胸口……人不僅不會在意自己的奴性，反而甚至會鍾愛自己的奴性。我還記得我讀書時，放學後全班同學一起去開墾荒地，我們鄙視那些不去的同學。我們會為了自己沒有參加過革命、沒有經歷過戰爭，而難過得哭出來。回首往事，難道我們真的曾經這樣？我真的曾是這樣的人？我和我的主人翁一起回憶。他們當中有些人說：「只有蘇聯人能夠理解蘇聯人。」我們就是這樣一群有著共產主義記憶的人，因為同樣的記憶而惺惺相惜。

父親曾經回憶，說他自己是在加加林[2]飛上太空之後信仰共產主義的。我們是第一個進入宇宙的國家！我們無所不能！爸爸和媽媽也是這樣培養我們的。我也曾經是十月黨人，佩帶著一個十月革命徽章，先是少年先鋒隊（以下簡稱少先隊）的一員，然後是共產主義青年團（以下簡稱共青團）的成員。而絕望，是後來才出現的。

改革開始後，所有人都在等待歷史檔案開放。直到後來真的開放了，我們才了解歷史，那段一直對我們隱瞞的歷史……

「生活在蘇維埃俄國的一億人口中，我們必須吸引九千萬人追隨我們。剩下那些無法溝通的，必須被消滅。」（季諾維也夫[3]，一九一八年）

「吊死不下於一千個頑固不化的富農和有錢人（必須的，而且要公開示眾）……要沒收他們所有的糧食，並扣押人質……這樣做是要讓方圓幾百里的人都看到，震懾他們。」（列寧，一九一八年）

「莫斯科正在死於飢餓。」庫茲涅佐夫[4]對托洛斯基[5]說。「這不是飢餓。當年提圖斯奪取耶路撒冷時[6]，猶太母親還吃自己的孩子呢。所以，要是哪天我強迫母親吃自己的孩子，你們才能過來跟我說：我們好餓。」（托洛斯基，一九一九年）

人民看報紙讀雜誌，沉默不語。撲面而來的，是叫人喘不過氣來的恐怖！怎麼能如此生活？許多人把真相視為敵人，也把自由視為敵人。我的一位朋友說：「我們不了解自己的國家，不了解大多數人的想法。雖然我們每天看到他們，但哪怕天天見面，對於他們心裡在想什麼，對於他們想要什麼，我們一無所知；我們鼓起勇氣教導他們，不過當我們知道了一切，卻感到害怕退縮。」我們經常坐在我家廚房討論，還跟他爭論。這是在一九九一年……那是多麼幸福的時光！我們都寄望明天，深信明天自由一定會到來。一切都是從虛無開始，從我們的願望開始。

沙拉莫夫[7]在《科雷馬筆記本》中寫道：「我參與了那一場為了生活徹底翻新而進行的壯觀、最終卻告失敗的戰役。」這是一位在史達林勞改營裡蹲了十七年的人所寫的話，他跟理想主義談了一場苦戀。我想可以把蘇聯人劃分為四代人：史達林時代、赫魯雪夫時代、布里茲涅夫時代，以及戈巴契夫時代。我屬於最後這一代人。我們這一代人比較能接受共產主義思想的瓦解，因為我們不是生活在理想主義生機勃勃、實力雄厚的時代，那個時候，要命的浪漫主義魔法和烏托邦願望方興未艾。我們是在克里姆林宮的「長老」監督下長大的，那是一個清教徒加素食主義的時代。共產主義的血脈已被遺忘，傷感和悲情主義高漲，保留下來的認知就是：烏托邦不可能變成現實。

那是在第一次車臣戰爭[8]期間，我在莫斯科火車站認識了一個女人，她是從坦波夫州來的，正準備去車臣，想把兒子從車臣戰爭中帶回家。「我不希望他死；但也不想要他殺人。」國家已經不能夠再控制這個女人的心了，她是一個自由人了。但這樣的人並不多，多數人還是對自由感到惱火：「我買了三份報紙，每份報紙都在說自己寫的是真相。但真正的真相到底在哪兒？以前，只要早上看了《真理報》，就什麼都知道，什麼都了解了！」直到如今，眾人從各種思想的麻醉中醒轉過來的速度還是太緩慢了。如果我開始談起懊悔，聽到的回應就是：「我為什麼要懊悔？」每個人都覺得自己是受害者，而不是參與者。這個人說「我也坐過牢」，那個人說「我打過仗」，而第三個說的是：「我曾經在一片廢墟上建設起一座城市，沒日沒夜地搬磚運石。」出乎意料的是，人人都因自由而陶醉，但誰也沒有準備好面對自由。自由，它到底在哪兒？人民仍然只習慣於在廚房裡繼續痛罵政府，痛罵葉爾欽和戈巴契夫。他們咒罵葉爾欽改變了俄羅斯。那麼，戈巴契夫呢？人們咒罵戈巴契夫是因為他改變了一切，改變了整個二十世紀。而現在，我們變得像其他人一樣，像全球所有人一樣，意識到這次是真的，一切都變了。

俄羅斯一邊在變化，一邊在痛恨自己的變化。我想起馬克思對於俄羅斯的那句評語：「一個呆板停滯的韃靼。」

蘇聯的文明是什麼？我匆匆地捕捉它的遺跡，那一張張熟悉的面孔。我向眾人詢問的不是關於社會主義，而是關於愛情、嫉妒、童年、老年，關於音樂、舞蹈、髮型，關於已經消失的生活中成千上萬個細節。這是把災難驅趕到習慣思維的範圍中，並且說出或猜出某些真諦的唯一方法。我總是對普通小人物的生活驚嘆不已，樂此不疲地探究無邊無際、數不勝數的人性真相……歷史只關心事實，把情感摒除在外。人的情感是不會被納入歷史的。然而，我是以一雙人道主義的眼睛去看世界的，而不是歷史學家的眼睛。我只對人感到好奇。

父親不在了，所以我無法把我們之間的對話進行到底。父親說過，他們那一代人死於當年的戰爭，要比現在這些沒有戰爭經驗卻要死於車臣的男孩輕鬆得多。在一九四〇年代，他們是從一個地獄換到另一個地獄的。戰前父親是明斯克新聞學院的學生，他還記得，在他們過完假期返校時，見到的往往已經不是原來認識的那個老師了。因為老師一個接著一個被逮捕。他們不明白這是怎麼回事，只感覺很害怕。就像在戰爭中那樣害怕。

我和父親之間很少有坦誠的對話，那是因為他愛憐我。我是不是也愛憐著他？我很難回答這個問題。我們通常都對自己的父母很無情。我們覺得自由是非常簡單的；但一段時間過後，我們親自感受到了它的沉重，因為沒有人教給我們什麼是自由，我們只被教育過怎麼為自由而犧牲。

這就是自由！但，我們期盼的自由真是這樣的嗎？我們曾準備為自己的理想而死，準備為理想而戰鬥。可是開始的卻是「契訶夫式」[9]的生活，一種沒有歷史的生活。所有價值觀都崩潰了，除了生活價值。生活是最廣泛的。我們有了新的夢想：建一幢房子、買一輛好車、種一些鵝莓……自由原來就是恢復小市民生活，那是以前的俄羅斯生活中羞於啟齒的。消費主義就是自由之王。巨大的陰暗，欲望的陰暗，蟄伏在人類生命中的本能，而我們對於這種生活只有模糊的認識。在整個歷史中，人只是熬過了，而不是活過了。現在已經不再需要軍事經驗，它應該被遺忘。在現在的生活中，出現了成千上萬的新情感、新狀態、新反應……不知怎的，突然之間一切都不同了：標誌、事物、金錢、旗幟，還有人本身。人類變得更有色彩，也更加獨立，同質性的整體被摧毀，生活散為碎片、細胞和原子。就如達里[10]所說的：「自由意志，就是無拘無束的意志，自由的空間。」大惡已成為遙遠的傳說，或者只存在於政治懸疑劇之中。已經沒有人還去暢談理想，只是侃侃而談貸款、利率、票據。錢不是掙來的，而是「做」出來和「贏」出來的。這些能夠持久嗎？茨維塔耶娃[11]寫道：「金錢就是欺騙，此言銘刻在俄羅斯人的心靈中。」可是如今，奧斯特洛夫斯基和薩爾特科夫－謝德林[12]作品裡的主人翁們好像紛紛復活了，而且在我們的大街小巷四處遊盪。

不管採訪誰，我都會提出一個相同的問題：「自由到底是什麼？」父與子的回答截然不同。生於蘇聯時代和後蘇聯時代的人絕對沒有共同的體驗：他們猶如來自不同的星球。

父親說：自由就是去除恐懼；八月的那三天我們戰勝了政變；一個人在商店裡有上百種香腸可以挑選，就比只能選擇十種香腸的人更自由；不被鞭撻就是自由，可是我們永遠等不到不被鞭撻的後代了；俄羅斯人不理解自由，他們所需要的就是哥薩克和鞭子。

兒子說：自由就是愛；內心的自由就是絕對價值；當你不擔心自己的欲望時，你就是自由的；當你有很多錢的時候，你就會有一切；當你不需要思考自由也能活下去時，你就是自由的；自由應該是司空見慣的。

我在尋找語言。一個人有許多語言，比如和孩子交談時的語言、戀愛時的語言等等。其中還包括一種，那就是跟自己對話的語言，我們常常要對自己做內心獨白。在大街上、在工作中、在旅途中，到處都有不同的話語。但變化中的不僅是語言，還有其他東西；甚至同一個人在早晨和晚上說的話，也會不同。而深夜裡，在兩個人之間發生的事情則完全從歷史中消失了。我們只和白天的人，只和白天發生的故事打交道。至於自殺則是夜晚的主題，一個人處於生存與死亡的邊界線上。那也許是一種夢境。我想以一個白晝人的追根尋柢來理解這些。但我聽到的是：「要是喜歡上這個東西，您不害怕嗎？」

我們行駛在斯摩棱斯克地區，到了一個村莊，在一家商店外停了下來。我多麼熟悉這些美好而善良的人（我從小在農村裡長大），這裡的人過著如此卑賤有如乞丐般的生活。我和他們談起了生活。「您是問自由嗎？走進我們的商店看看吧。您想要什麼樣的伏特加都有，標準牌、戈巴契夫牌、普丁牌，還有散裝香腸、乳酪和魚，香蕉就在那兒擺著。還需要什麼樣的自由？我們有這一點兒就足夠了。」「給你們土地了嗎？」「有誰能堅守土地？有人想要的話，就拿去好了。我們這裡只有瓦西卡·克魯托伊得到了。一個才八歲大的孩子，就要出去和父親一起犁地。要是去他那兒工作，也不能偷揩油，也不能打瞌睡。法西斯！[13]」

杜斯妥也夫斯基的〈宗教大法官〉[14]中有一場關於自由的爭執，說的是自由之路的艱難、痛苦和悲慘：「要付出的代價這麼高，為什麼還要弄清楚該死的善惡？」但是人總是面臨選擇：要自由，還是要生活富足安定？自由總是與痛苦相伴，幸福卻往往失去自由。大多數人都是選擇走第二條路。

那位大法官對重回人間的基督說：

「你為什麼又要來打擾我們？你自己也知道，你的到來會打擾我們啊。」

「你是如此尊重他們（人類），但你所做的一切又似乎不再同情他們，因為你對他們的要求太多……尊重他們少些，要求他們就少些，這樣才更接近於愛，因為他們的負擔會輕些。人是懦弱而膽怯的……一個脆弱靈魂的罪過，不就是無力接納如此可怕的餽贈嗎？」

「對於人類，沒有什麼憂慮能比得上成為自由人之後，還要快快找到頂禮膜拜的對象更無止盡、更折磨人的了。把自由的禮物給了誰，隨之而來就會產生不幸。」

＊　＊　＊

是的，在一九九〇年代，我們曾經十分幸福，但那時候的天真如今已經一去不復返了。我們那時覺得，選擇已經做出，蘇聯共產主義毫無希望地完敗。一切才剛剛開始……

二十年過去了。「別拿社會主義嚇唬我們。」現在的孩子這樣對父母親說。

在與一個熟識的大學老師談話時，他對我說：「在九〇年代末，每當我回憶起蘇聯時期，學生會吃吃地笑了起來，他們都堅信一個嶄新的未來已經在自己眼前開啟了。但今天情況又不同了，如今學生已經領教和體驗了什麼是資本主義：不平等、貧困、厚顏無恥地炫富。他們清楚地看到自己父母是如何生活的，從一個被掠奪的國家那裡，他們的父母一無所得。於是學生的情緒激進，夢想進行革命。他們穿紅色T恤，上面繪有列寧和切．格瓦拉[15]的畫像。」

社會上又出現了對蘇聯的嚮往，對史達林的崇拜。十九到三十歲之間的年輕人中，有半數認為史達林是「最偉大的政治人物」。在這個史達林殺掉的人不比希特勒少的國家裡，居然出現了新一波的史達林崇拜？蘇聯的一切又都成了時尚。例如「蘇維埃餐廳」，裡面滿滿是蘇聯稱呼和蘇聯菜名。還有「蘇維埃糖果」和「蘇維埃香腸」，從味道到口感都是我們童年起就熟悉的，更不用說「蘇維埃伏特加」了。電視上有幾十個節目，網路上也有幾十個蘇聯懷舊網站。史達林時代的勞改營，從索洛夫卡到馬加丹，居然都成了旅遊景點。廣告文案裡還承諾遊人將會得到充分的勞改營體驗，會發送勞改犯人的服裝和幹活用的鋤頭，並向遊人展示經過翻修的勞改犯居住區，最後會組織遊客在勞改營釣魚……

舊式的思想再次復活：關於偉大帝國，關於「鐵腕」，關於「獨特的俄羅斯路線」……蘇聯國歌回來了，共青團還在，只是改名為「我們的」[16]，執政黨就是複製版的蘇聯共產黨。總統大權在握，如同當年的總書記，擁有絕對權力。而代替馬克思列寧主義的，是東正教[17]。

在一九一七年革命之前，亞歷山大．格林[18]就曾寫道：「不知怎麼回事，未來並沒有站在自己的位置上。」一百年過去了，未來又一次沒有到位。出現了一個二手時代。

對藝術家來說，街壘是個危險的地方，是一個陷阱。它會使視力惡化，瞳孔變窄，使世界失去色彩。那裡只有黑與白，從那裡分辨不出人形，只能看到一個黑點，一個目標。我這輩子都是在街壘上面，我也想離開那裡，學會享受生活，讓自己恢復正常視力。但是，數萬人再次走上了街頭，手攜著手。他們在外套上掛著白絲帶，那是復興的符號、光明的象徵。我與他們站在了一起。

在大街上，我遇到了身穿印有鐵錘鐮刀和列寧肖像T恤的年輕人。但他們真的知道什麼是共產主義嗎？

---

1 古拉格是蘇聯勞改及監禁管理總局的縮寫。索忍尼辛最有影響力的一本書《古拉格群島》，即是描寫蘇聯奴隸勞動和集中營的真實情形，「古拉格群島」一詞指的是到處都是監獄和集中營。

2 加加林，蘇聯紅軍上校飛行員，人類第一個進入太空的人，一九六一年四月十二日完成史無前例的繞行地球一周的宇宙飛行。

3 季諾維也夫，蘇聯革命家，蘇聯共產黨早期的領導人之一，在十月革命時是列寧的助手。

4 庫茲涅佐夫（一九〇四～一九七四）是蘇聯海軍高級將領，最高軍銜為「蘇聯海軍元帥」，在二次大戰期間擔任蘇聯海軍總司令。托洛斯基（一八七九～一九四〇）是蘇聯十月革命的指揮者及紅軍創建者。

5 列夫·達維多維奇·托洛斯基（一八七九～一九四〇），布爾什維克主要領導人、十月革命指揮者、蘇聯紅軍締造者。

6 此指古羅馬皇帝提圖斯曾以主將身分攻破耶路撒冷，終結猶太戰役。

7 瓦爾蘭·沙拉莫夫（一九〇七～一九八二），蘇聯作家。因參加托洛斯基派的地下活動，兩次被政府逮捕，囚禁於科雷馬集中營，一九五七年獲釋後，以此為素材創作了小說集《科雷馬筆記本》，死後才得以在蘇聯出版。

8 第一次車臣戰爭發生於一九九四年至一九九六年間，是俄羅斯聯邦與謀求分裂的車臣武裝軍之間的一次軍事衝突。

9 契訶夫的作品，常常可以看到大家各說各話，沒有什麼特殊的情節，有時平淡乏味，甚至是連故事性都沒有，但背後的情緒張力十分強大。他筆下常見的角色是一種活著但沒有好好生活的人。

10 弗拉基米爾·伊萬諾維奇·達里（一八〇一～一八七二），著名的俄國方言學家、人種學家、民族誌學家，第一部俄語大詞典的編撰者。

11 瑪琳娜·茨維塔耶娃（一八九二～一九四一），俄羅斯詩人、作家，自縊身亡，被視為二十世紀俄羅斯最偉大的詩人之一。

12 奧斯特洛夫斯基是描寫俄國內戰的小說《鋼鐵是怎樣煉成的》的作者；薩爾特科夫－謝德林是十九世紀俄羅斯著名的諷刺作家及小說家。兩人的作品都充滿了對自由的渴望。

13 對蘇聯時期的人而言，如果一份工作讓人揩不到油、打不了瞌睡，就是一份艱辛的工作。所以把那個人喊做法西斯，表示嚴苛沒有人情味。

14 杜斯妥也夫斯基小說《卡拉馬佐夫兄弟》中的一節。

15 著名的國際共產主義革命家，古巴革命的核心人物之一。

16 音譯為「納什」青年運動，是二〇〇五年一個全俄青年社會政治運動，主訴求是反法西斯主義，由官方

（俄羅斯總統府）所支持而展開。

17 俄羅斯在沙皇時代，東正教是國教。進入蘇聯時期，信奉馬克思主義的國家均推行無神論政策，東正教失去國教地位。在蘇聯解體後，東正教某種程度上恢復主要地位。

18 亞歷山大．格林（一八八〇～一九三二），蘇聯作家，曾當過水手、漁夫、淘金工、鐵匠、士兵等，多次被捕入獄，三次被流放。

第一部

啟示錄的慰藉

街談巷語和廚房對談（一九九一～二〇〇一）

傻子伊凡和金魚的故事

「你問我明白什麼？我明白一個時代的主人翁很少會是另一個時代的主人翁，除了傻小子伊凡和艾米力這些俄羅斯童話中最招人喜歡的主角之外。我們的童話故事，講的都是人的運氣和當下的成功，等待奇蹟出現，一切危難都煙消雲散。躺在爐灶邊，心想事就成。爐灶自己就能烤出大餅，一條小金魚能滿足你所有欲望。要這要那，要啥有啥。我想要美麗的公主，我想要住在一個王國裡！河裡川流的是牛奶，岸上流淌的是蜂蜜。我們天生都是夢想家。但精神卻是疲憊而痛苦的，事情窒礙難行，因為力量遠遠不夠，事業停滯不前。神祕的俄羅斯靈魂，人人都試圖了解它。大家都在讀杜斯妥也夫斯基，但在靈魂的後面又是什麼？我們的靈魂後面，還是只有靈魂。我們喜歡在廚房裡高談闊論，或者讀書思考。我們的主要職業是讀者和觀眾。在這種情況下，我們總是感覺到俄羅斯的特殊性和優越性，雖然對此沒有任何根據，除了擁有石油和天然氣之外。一方面，這阻礙了生活的變化；另一方面，又產生了某種莫名的理性。始終懸而未決的問題是：俄羅斯究竟可以做些什麼，才能向世界展示自己有多出色和與眾不同。我們是上帝的選民，俄羅斯之路是獨一無二的。很多時候，我們有很多奧勃洛莫夫——而不是希托爾茲[1]，他們就這樣整天躺在沙發上等待奇蹟出現。靈活能動的希托爾茲倒是受到我們鄙視，因為他們砍掉了人民最喜歡的樺樹林和櫻花園，他們要在那裡建立小工廠賺錢。對我們而言，希托爾茲這類人太陌生。」

「來談談俄羅斯廚房。那是十分簡陋的赫魯雪夫式小廚房，九到十二平方公尺（那還算是幸福的），隔壁就是不隔音的廁所。蘇聯式的格局就是如此。窗邊上擺著舊沙拉罐子，裡頭栽種著小蔥，還有種植蘆薈的花盆。我們的廚房，不僅僅是做飯的地方，也是飯廳和客廳，還是辦公室和講台，是可以進行集體心理輔導的地方。在十九世紀，全部俄羅斯文化都存在於貴族的莊園裡，到了二十世紀就產生於廚房了。改革思想也是從廚房催生出來的。所有『六〇年代精英群』[2]的生活方式，都是廚房生活方式。感謝赫魯雪夫！正是在他的領導下，人們才走出公共宿舍，轉入私人廚房，在那裡可以臭罵政府，重要的是不再害怕，因為在廚房裡大家都是自己人。在廚房裡產生出各種思想、天馬行空的計畫，胡扯政治笑話，那時候的政治幽默真是遍地開花！例如：『共產主義者是讀馬克思的人，反共產主義者是懂馬克思的人。』我們都是在廚房裡長大的，還有我們的孩子，他們和我們一起聽加里奇和奧庫賈瓦[3]，熟知維索茨基[4]。我們偷偷聽ＢＢＣ（英國廣播公司），什麼話題都敢聊：尖刻的抨擊、生活的意義、普世的幸福。我還記得一件有趣的事，那天我們坐在廚房裡，一直聊到午夜，我們的女兒，當時她十二歲，就在一個小沙發上睡著了。我們暢所欲言大聲爭吵，女兒在睡夢中也不斷喊叫：『不要再談政治啦！總是索忍尼辛、薩哈羅夫[5]……史達林。』（笑）

沒完沒了地續茶，一杯接一杯的咖啡，還有伏特加。七〇年代我們喝的是古巴蘭姆酒。那時候所有的人都迷戀卡斯楚，嚮往古巴革命！還有切．格瓦拉式的貝雷帽，好萊塢明星般的帥哥！嘮叨無休無止，恐懼無處不在，擔心有人在竊聽，甚至隱約感覺正在被竊聽。交談中，一定會有人打趣地望望吊燈或牆上的插座問道：『您還在聽嗎？少校同志！』既有冒險的感覺，又有遊戲的意味，我們甚至從這種虛假的生活中獲得快感。只有極少數人敢於公開與當局做對，大多數人都只是『廚房裡持不同政見的人』，只敢在口袋裡豎中指。」

「如今，貧困成了恥辱，甚至不健身也要羞愧。簡單來說，就是顯得你跟不上時代。我屬於打掃庭院和看門人那一類。曾經有一種內心流亡的方式，就是只過自己的日子，不去注意周遭，不去管窗外的事。我妻子和我畢業於聖彼德堡（當時叫列寧格勒）大學哲學系，她找到了一份掃院子的工作，而我的工作是在鍋爐房做司爐工。連續工作一晝夜，然後兩天在家輪休。那時工程師掙一百三十盧布，而我在鍋爐房掙九十盧布，就是說我情願少得到四十盧布，以換取絕對的自由。我們可以讀書，讀很多書。我們有時間交談。我們認為自己在產生思想。我們夢想著一場革命，但又害怕，怕等不到那一天。那時候，在一般情況下，人民都過著封閉的生活，不知道世界上正在發生什麼。我們都是『室內盆栽植物』。大家都在冥思苦想，就如後來才明白的那樣，其實都是幻想和杜撰，關於西方世界、資本主義或俄羅斯民族。我們都置身在海市蜃樓之中。這樣的俄羅斯，不管是書本裡的，還是我們廚房中的俄羅斯，其實從來都不曾有過。它只能存在於我們的腦海中。

一切都在改革中結束了，資本主義猛烈襲來。九十盧布變成了十美元，這樣根本活不下去，於是我們就從廚房走到了大街上，結果發現原本就沒有什麼真正的思想理念，這麼多年，我們只是坐在那裡夸夸其談說空話罷了。也不知道從哪兒鑽出來一幫完全另類的人，一幫年輕傢伙，穿著深紅色的夾克、戴著金戒指，還有新的遊戲規則：有錢，你就是個人；沒錢，你啥都不是。誰在乎你是否通讀過黑格爾？『人文科學家』聽起來就像一種症狀，他們所能做的一切，就是把曼德爾施塔姆[6]的作品舉在手上。很多未知的東西都打開了。知識份子貧困到顏面盡失。每逢休息日，印度教黑天神的崇拜者就在公園安置臨時廚房，發放湯食和一些二手貨。老人排起整齊的隊伍等候領取，令人哽咽。他們之中的一些人用手掩住了臉。我們那時候有兩個年幼的孩子，餓肚子是很自然的。我和妻子開始做起生意。到工廠去批發四到六箱冰淇淋，再拿到市場上賣，那裡有很多人。由於沒有冰箱，幾小時後冰淇淋就融化了。我們會分給那些飢餓的男孩，他們好開心啊！妻子賣冰淇淋，我就來來回回地搬運，我什麼都可以做，就是不能拋頭露臉賣東西。在很長一段時間裡，我都覺得渾身不舒服。

以前經常回憶起我們的『廚房生活』，那是什麼樣的愛情啊！多麼美麗的女人！那些女人鄙視富人，不可能用金錢買到她們。但現在世道變了，沒有任何人有真感情，大家都為了賺錢。金錢欲望的膨脹，就像原子彈爆炸一樣。」

我們對老戈是如何從愛到不愛的

「戈巴契夫時代，人人洋溢著幸福的笑臉。自由啦！大家都呼吸到自由的氣息。報紙熱銷。

那是一段充滿巨大希望的時光，我們簡直是一腳踏入了天堂。民主是個我們不認識的野獸。那時候我們多瘋狂，跑來跑去，到處遊行抗議：我們知道了有關史達林的所有事情，知道了有關古拉格的真相，我們讀到了雷巴科夫的禁書《阿爾巴特街的兒女》[7]和另外一些好書，我們全都成了民主黨人。我們犯了多麼大的錯誤！所有電台都在高聲宣布真相……愈快愈好！快去看啊！快去聽啊！然而，並非所有人都為此做好了準備，大多數人其實並沒有反蘇情緒，他們想的只有一件事：好好過日子。他們想要買到牛仔褲，想要買到一部錄影機，而終極夢想就是有部車子！每個人都想要鮮豔的衣服、美味的食物。當我把索忍尼辛的《古拉格群島》帶回家時，母親嚇壞了：『如果你現在不扔掉這本書，那麼我馬上就把你踢出家門。』在二次大戰之前，外婆的第一個丈夫被槍決了，她卻說：『瓦希卡不值得同情，逮捕他是正確的，誰讓他舌頭那麼長。』我問她：『外婆，您怎麼什麼都沒有告訴我？』『只有讓我的生活經歷和我一起咽氣，你才不會受到傷害。』我們的父母和父母的父母就是這樣生活的。一切都被壓路機碾平了。老百姓無法發起改革，能進行改革的只有一個人，就是戈巴契夫。只有戈巴契夫和少數的知識份子……」

「戈巴契夫是美國的祕密代理人，是共濟會成員，他出賣了共產主義，把共產黨人拋進了垃圾桶，把共青團員送到了垃圾掩埋場。我痛恨戈巴契夫，他偷走了我的祖國。我一直把蘇聯護照當作最寶貴的物品珍藏著。是的，我們曾經排長隊領取枯瘦的死雞和腐爛的小馬鈴薯，但她畢竟是我的祖國，我愛她。你們住在『布滿導彈的上伏塔』[8]，而我住在一個偉大的國家裡。西方人一直視俄羅斯為敵，他們害怕她，如鯁在喉。不管是不是共產黨掌權，誰都不想看到一個強大的俄羅斯。我們只被他們當成一個石油、天然氣、木材和有色金屬的倉庫。我們以石油換內褲。這是沒有私人衣物和破爛家具的文明，蘇聯的文明！總是有人想要讓她消失。這是中情局的行動計畫，美國人已經在統治我們了。他們付給戈巴契夫高額報酬，不過人們遲早會審判他。我們希望猶大活到人們發怒的那一天。要是能夠在布托夫斯基刑場親手射穿他的後腦勺，我會十分滿意。（用拳頭重擊桌子）幸福來到了，是嗎？現在是有香腸和香蕉了；但我們卻是躺在狗屎中，吃的都是嗟來之食。超級市場代替了祖國。如果這就是所謂的自由，那我不需要這種自由。呸！他們把人民踩在了地上，我們成了奴隸，奴隸！正如列寧所說的，在共產主義下，廚師是國家的管理者，還有工人、擠奶女工、紡織工人。可現在呢？坐在議會中的都是土匪強盜，揣著美元的億萬富豪。他們應該坐在監獄裡，而不是在議會上。他們用改革欺騙了我們！

我出生在蘇聯，而且我很喜歡蘇聯。我的父親是共產黨員，他用《真理報》教我認字。每到假日我就跟著他去遊行。淚水濕透了眼睛……我曾經是一個少先隊員，戴著紅領巾。戈巴契夫上台了，我就沒來得及成為共青團員，無比難過。我是個『老蘇維埃』，對吧？我的父母也是『老蘇維埃』，爺爺和奶奶也是『老蘇維埃』。我的『老蘇維埃』爺爺一九四一年戰死於莫斯科城下，我的『老蘇維埃』奶奶是游擊隊員。那些自由派的老爺正在製作自己的規矩，希望我們把自己的歷史當成黑洞。我恨他們這些人：戈巴契夫、謝瓦納茲[9]、雅科夫列夫[10]，請用小寫字母寫他們的名字，因為我痛恨他們。我不想去美國，我只想回到蘇聯。」

「那是非常好、非常純真的年代。那時我們都相信戈巴契夫，現在我們已經不輕易相信任何人了。許多移民西方的俄羅斯人返回祖國，形成了熱潮！我們以為自己正在打破舊架構，構建新制度。我畢業於莫斯科國立大學的語言學系，又進入博士班繼續學習，我的夢想是從事科學研究。那些年阿維林采夫[11]是眾人偶像，在他的講堂上聚集了莫斯科所有的文化知識精英。我們大家會面時，都相互支援著彼此的幻覺，好像我們將很快成為另一個國家，我們要為此而奮鬥。當我得知一個同班同學移民去以色列的時候，我非常驚訝：『你難道真的捨得離開嗎？我們的一切都才剛剛開始。』

愈多的人在談論和書寫『自由！自由！』等字眼，貨架上的乳酪和肉，甚至鹽和糖，也就消失得愈快。空空如也的商鋪，令人感到恐懼。所有商品都得憑券購買，就像進入了戰爭狀態。我們的奶奶救了一家人，她從早到晚跑遍整個城市尋找購物券。陽台堆滿了洗衣粉，臥室裡則是一袋又一袋的砂糖和方糖。當買襪子也要憑券的時候，爸爸叫了起來：『這就是蘇聯的末日啊。』他已經有了預感。爸爸曾在一家軍工廠的設計處工作，從事導彈研究，這是他瘋狂迷戀的工作。他有兩所大學的畢業文憑。不做導彈後，工廠開始大量生產洗衣機和吸塵器，爸爸被裁員了。爸爸和媽媽本來都是熱心的改革支持者：寫海報，發傳單，然而結局卻是這樣。他們對此困惑不已，無法相信自由竟然是這樣的，他們不能忍受。街道上已經有人在高喊：『戈巴契夫一文不值，保護葉爾欽！』還有人舉著布里茲涅夫掛滿勳章的畫像，戈巴契夫的畫像上則掛滿了購物券。葉爾欽王朝開始了，進行蓋達爾[12]式的改革，就是我恨透了的『一手買一手賣』。為了活下去，我背著一袋袋的燈具和玩具，來往於波蘭和俄羅斯。車廂中全都是教師、工程師、醫生，人人都大包小袋的。我們整個晚上坐在車廂裡討論巴斯特納克的《齊瓦哥醫生》、沙特羅夫[13]的短劇集，就像還在莫斯科廚房裡一樣。

我還記得大學時的朋友，雖然沒有人成為語言學家，但我們成了各種人，有廣告公司經理、銀行職員、跑單幫的，而我在一家房地產公司打工。公司是外省[14]一位夫人開的，她以前是共青團幹部。今天誰在開公司？誰在賽普勒斯和邁阿密有別墅？都是以前的黨內權貴，這涉及到一些需要追回黨產的地方。哪像我們的領導人，六〇年代精英群，他們在戰爭中流過血，卻天真得像孩子一樣。我們整日整夜都在廣場上，要把這個志業進行到底，把蘇共送到紐倫堡法庭。可是我們太早就解散回家了，結果讓投機份子和叛徒上了台。不同於馬克思的理論，社會主義之後我們反倒建設起資本主義。（沉默）但是話說回來，能生活在這個時代，我還是很幸福。蘇聯共產主義垮台了，一去不復返了。我們生活在另一個世界，並且以另一種眼光看世界。我永遠不會忘記那些自由呼吸的日子。」

正在戀愛，窗外卻開來了坦克

「我當時正沉浸於戀愛，其他事情一概不去想，就為了這事而活。那天早晨媽媽匆匆叫醒我：『窗外都是坦克，好像政變了！』我睡得迷迷糊糊：『媽媽，那是在演習吧？』他媽的！我睜眼一看就呆了！窗外停著一排排真正的坦克，我從來沒有這麼近看過坦克。電視還在播放芭蕾舞劇《天鵝湖》。媽媽的朋友跑來了，她很擔心，好幾個月以來，她都是借錢交黨費。她說她們學校有座列寧半身像，她把它搬進了雜物間，現在拿那尊列寧像怎麼辦呢？突然一切都各就各位，這樣也不行，那樣也不行。女播音員在播出國家進入緊急狀態的聲明，母親的朋友每聽到一個字都一哆嗦：『我的上帝，我的上帝！』父親朝著電視連聲『呸』。

我給奧列格打電話：『我們去白宮[15]吧？』『現在就走！』我戴上了戈巴契夫像章，切了一片三明治。在地鐵裡，人人都默不作聲，大家都等待著災難降臨。到處都是坦克、坦克，在鐵甲上坐著的軍人完全不像凶手，而是一些面孔帶著負疚感、怯生生的男孩。老婦人為他們送去煮雞蛋和煎餅。當我看到白宮周圍聚集了幾萬人，心情就輕鬆了！大家的情緒都很高昂，感覺我們無所不能。人們高喊：『葉爾欽，葉爾欽，葉爾欽！』組成了一排排自衛人牆。但只讓年輕人登記，上年紀的人被拒絕，這讓他們很不滿。一位老人憤怒地說：『共產黨人已經奪走了我的生活，至少要讓我死得美好些吧！』『老伯伯您還是離開吧！』

現在大家都說，我們那時候是要捍衛資本主義，這是不正確的！我要捍衛的是社會主義，不過，是另外一種社會主義，不是蘇聯式的。我也曾經捍衛過它，我就是這麼認為的。我們全都這樣想。三天之後坦克離開了莫斯科，它們都已經變成了善良的坦克。勝利了！我們互相親吻，親吻……」

* * *

我坐在莫斯科友人的廚房裡。這裡聚集了很多人，有朋友，也有從外省來的親戚。我們想起來，明天又是八一九政變紀念日了。

「明天是個節日。」

「那有什麼好紀念的？一場悲劇。人民輸了。」

「在柴可夫斯基的音樂聲中，為紅色帝國送葬。」

「我當時做的第一件事，就是拿錢衝進商店。我知道，不管政變以什麼方式怎樣結束，物價一定都會上漲。」

「我是歡欣鼓舞的：老戈要下台了！我早就厭倦了這個說謊精。」

「革命只是裝飾，是給人民看場戲。我記得當時完全漠不關心，跟誰都懶得說話。大家只是等待。」

「我打電話給工作單位——我搞革命去了。我從碗櫥把家裡所有的刀都拿出來。我明白，要是戰爭打起來，……需要武器。」

「我擁護共產主義！我們家所有人都是共產黨員。媽媽從未唱過搖籃曲，從小她就給我們唱革命歌曲，她現在還給孫子們唱。我說：『你瘋了吧？』她說：『我不會唱別的歌。』我外公是老布爾什維克，外婆也是。」

「你們還在說，共產主義是一個美麗的童話。我的爺爺奶奶都在莫爾多瓦的勞改營裡失蹤了。」

「我和父母一起走到白宮，爸爸說：『我們一起去。不然以後就沒有香腸和好書了。』人們正在扒出鋪路石去搭建街壘路障。」

「現在人民清醒了，對共產黨員的態度變了，不用再躲著了。我曾在共青團區委工作，第一天我就把所有共青團員證、空白表格和團徽帶回家，藏在地下室，後來連馬鈴薯都沒處放。我不知道我為什麼需要它們，只是擔心以後這裡會被查封，可能一切都會被銷毀。這些證件和徽章對我來說，非常珍貴。」

「我們本來會互相殘殺，上帝救了我們！」

「我們的女兒當時正在產房裡，我去看她，她問我：「媽媽，會發生革命嗎？內戰要開始了嗎？」」

「呃，我畢業於軍校，在莫斯科服役。如果上級下令讓我們去逮捕某個人，那麼毫無疑問，我們會執行任務。很多人都會熱情地執行任務。我們厭倦了國家的混亂。早先一切都是清晰而明確的，一切都按照規矩，按照秩序。軍人喜歡這樣生活；一般情況下，人們也喜歡這樣生活。」

「我害怕自由，來一個醉鬼就可以燒掉我們的度假小木屋。」

「朋友們，什麼他媽的理想啊？生命是短暫的。讓我們乾杯！」

二〇〇一年八月十九日，是八一九政變十週年。我在伊爾庫茨克這個西伯利亞首府的大街上，做了幾個簡短的採訪：

問題：「如果國家緊急狀態委員會[16]成功了，會怎樣？」

大家的回答如下：

「他們會守住一個偉大的國家吧。」

「看看人家中國啊，還是共產黨掌權。中國現在已成為世界第二大經濟體了。」

「戈巴契夫和葉爾欽會被當成祖國的叛徒受到審判。」

「那國家就要血流成河，……集中營就人滿為患了。」

「要是沒背叛社會主義，就不會貧富差距愈來愈大。」
「那麼，就不會有接下來的車臣戰爭了。」
「那就沒有人敢說希特勒是被美國人打敗的了。」
「當年我就站在白宮外面，現在我有種受騙的感覺。」
「還問如果政變成功會怎樣？現在勝利的是那個人！捷爾任斯基紀念碑被推翻，但盧比揚卡還在[17]。我們在建設ＫＧＢ[18]領導下的資本主義。」
「就算政變成功，我的生活也不會有變化。」

物質如何與理想和言語平起平坐

「世界已經破裂為幾十個顏色各異的碎片。如我們所願，灰色的蘇聯日常生活很快變成了美國電影中的甜美畫面！至於我們當時站在白宮前面的情景，已經很少有人記得了。震撼全世界的那三天，卻沒有震撼到我們。兩千人在集會，其他人都像看白痴一樣地冷眼旁觀。很多人在喝酒，我們國家總是有很多人喝酒，但那時候喝酒的人尤其多。社會停滯了：我們要往何處去？是搞資本主義，還是搞發達的社會主義？資本家都是腦滿腸肥、面目可憎，這是我們從小就被灌輸的。（笑）

整個國家都被銀行和市場攤位覆蓋了，出現了全然不同的物品。不再是笨拙的大靴子和老氣的衣裙，而是那些我們夢寐以求的物品：牛仔褲、大衣、性感內衣和精美器皿，琳琅滿目，美不勝收。我們蘇聯的物品都是灰色的、古板的，就像軍隊一樣。圖書館和劇院都給騰空了，改成了集貿市場和商業店鋪。所有人都想得到幸福，馬上就得到幸福。人人都像個孩子，為自己打開了一個新世界，在大超市裡也不再暈頭轉向了。我熟悉的一個小夥子也跟著去做買賣，他告訴我，第一次弄了一千罐即溶咖啡，兩天就脫手了，又進了一百台吸塵器，也是馬上賣光。至於夾克、針織衫這些小商品，都是輕而易舉就賣掉了！所有人都在換新衣換新鞋，換設備換家具，翻修度假木屋，都想要蓋出漂亮的圍牆和屋頂。我們有時和朋友一起回憶起來，簡直都要笑死……野人出山了！那時候窮得叮噹響，必須去學習一切。在蘇聯時期，只允許存有大量書籍，不允許擁有昂貴汽車和房子，但我們學會了好好穿衣服，學會了烹調，學會了早上喝果汁和優酪乳。

我先前一直很鄙視金錢，因為我不知道它有什麼用處。在我們家裡不能談錢，認為這是一件丟人的俗氣事。可以說，我們是在一個缺錢的國家長大的。就像大家一樣，我的收入是一百二十盧布，對我來說，足夠了。拜金潮是隨著改革出現的，是跟著蓋達爾來的。真金白銀。到處懸掛的標語已經不再是『我們的未來，是共產主義』，而是『買吧！請您買吧！』如果你願意，可以環遊世界，去巴黎或西班牙，去看嘉年華或鬥牛場……我在海明威的書中讀到過這些情景，讀過就明白了：我永遠都看不到這些西洋景色了。那時候是書籍代替了生活，但如今廚房徹夜暢談的時代結束了，開始要掙錢了，開始要賺外快了。金錢已經成為自由的同義詞，令所有人亢奮激動。最有能力、最有進取心，就是做生意人。列寧和史達林被遺忘了。我們就這樣避免了內戰，不然又得再度陷入白軍和紅軍、自己人和非自己人之爭[19]。物質追求代替了流血，生活至上！人人選擇追求美好的生活，再也沒有人願意光榮地死去，每個人都想體面地活著。然而，另一個事實是：蜜糖餅是不夠大家分的……」

「蘇維埃時代，這是一個神聖又富有魔力的詞彙。由於習慣使然，在知識份子的廚房裡，大家仍然在談論巴斯特納克，一邊熬湯，手中還拿著阿斯塔菲耶夫和貝科夫[20]的書。然而，生活最終已經證明這些不重要了；語言已經沒有任何意義了。一九九一年，我們把身患嚴重肺炎的媽媽送進醫院，但她像女英雄一樣回來了，她那張嘴巴哪怕在醫院也閉不上，大談史達林，大談基洛夫遇刺[21]，大談布哈林[22]，人們希望白天黑夜聽她不停地說。當時的人就是想了解這些事情。最近她又進了醫院，但這回她卻一連幾天都緘默不語了。五年過去了，現實已經完全不同，如今的女主角換成了大商人的老婆。所有人聽了這個故事都說不出話來了……那個女人的房子有多大？三百平方公尺！有多少僕人？一個廚師、一個保母、一個司機，還有園丁……她跟老公去歐洲度假，逛博物館——這可以理解，但精品店，是精品店耶！一枚戒指就有多少多少克拉，另外還有配飾，純金的金耳環！根本沒有人再談古拉格或類似的話題了。過去的事已經過去了。現在還和老爺爭論什麼呢？

我有逛二手書店的習慣，店裡靜靜地擺著兩百卷《世界文庫》和《歷險書庫》，橙色封面，我的至愛。望著那一排排書背，深呼吸一口書的味道。書如高山啊！知識份子卻紛紛賣掉了自己的藏書。大眾當然是貧窮的，但並不是因此就要把書從家裡搬出去，也不單純只為了錢，還因為對書的失望。徹底絕望。就連對別人提出這樣的問題都會顯得不禮貌：「你現在讀什麼書呢？」生活中發生了太多的改變，只有書中一切如故。俄羅斯長篇小說從來不教讀者如何在生活中取得成功，或如何致富。你瞧，奧勃洛莫夫一直躺在沙發上，契訶夫的主人翁永遠是邊喝茶邊抱怨生活……（沉默）中國人說，老天保佑，千萬不要生在改革的年代。我們當中很少有人還是原來的自己。體面的人都不知消失到哪去了，到處都是你爭我奪。」

「說到一九九〇年代，我絕不會說那是一個美好的時代，反而認為那是個讓人噁心的世道。大家的腦袋發生了一百八十度大轉彎，有人承受不住就瘋了，精神病院人滿為患。我到那裡去探望過朋友，有人高喊：『我是史達林，我是史達林！』另一個大叫：『我是別列佐夫斯基[23]！我是別列佐夫斯基！』他們那個病區全都是史達林和別列佐夫斯基。大街上總是發生槍擊案，殺人案數量很多。每天都有人火拚，忙著弄錢或把錢弄到手，汲汲營營，搶在其他人之前。有人傾家蕩產，有人鋃鐺入獄，從寶座到地下。另一方面，太嗨了，一切都在你眼前發生。

銀行排起了長長的人龍，大家都想借錢創業，這個想開一家麵包店，那個要銷售電子產品。我也在隊伍中，還很驚訝有那麼多人和我一樣。一個頭戴針織貝雷帽的阿姨，一個穿運動夾克的男孩，一個體格健壯的男人，他看起來像個囚犯。七十多年來的歷史告訴我們，金錢買不來快樂，生命中最美好的就是人人都能免費獲得的，比如愛情。但是，講台上卻在這樣大聲嚷嚷著：『做生意吧，致富吧！』大家把一切都忘光了。所有蘇聯書籍都被遺忘了。這些人已經完全不像曾經跟我一起彈吉他彈到凌晨的人了，我就是在那時候學會了三和弦和聲。唯一能把他們同廚房之友連接在一起的，就是他們也對紅色旗幟和浮誇感到厭倦，比如共青團員會議、政治教育等等，社會主義總以為人人是傻瓜。

對於什麼是夢想，我是有親身體會的。整個童年時期，我一直懇求大人給我買一輛自行車，可是偏偏他們就一直沒有買。家裡太窮了。我在中學就做牛仔褲的黑市交易，讀大學時就往黑市賣各種蘇聯軍服，加上各種軍銜，買的都是一些外國人。很普通的黑市。在蘇聯時代，這些行為會被判處入監三到五年。父親揮舞著皮帶追我，大叫大喊：『你這個投機份子，我在莫斯科保衛戰中[24]流過血，怎麼養出了你這種扶不上牆的爛泥！』昨天叫犯罪，今天叫生意。在一個地方買釘子，在另一個地方買水龍頭，裝在塑膠袋裡就成為一個新產品銷售了。我把錢帶回家，給家裡買了很多東西，買全新的冰箱。父母就在家裡坐著，等人來抓我。（哈哈笑著）我還賣家用電器、蒸鍋、壓力鍋……我從德國弄來一輛帶拖斗的汽車，這可是個好東西。一切運轉順利，我的辦公室電腦下面有個盒子，裡面裝滿了錢，我只知道這是錢。拿吧，取吧，這個盒子從來就沒有空過。我幾乎什麼都買過，車子、公寓、勞力士等等，想起來就叫人陶醉，你能滿足所有的欲望和祕密的幻想。我這才了解自己許多：第一，我沒有品位；第二，我很執著。我不知道該怎麼處理金錢。我不知道大筆資金應該拿去投資，不能擱在那裡。對於人來說，金錢就像權力和愛情一樣，是一種考驗。我連做夢都想著錢。後來我去了摩納哥，在蒙地卡羅賭場輸了一大筆錢，非常多。我受到了懲罰。我成了那個金錢盒子的奴隸，那裡面到底有沒有錢？有多少錢？應該愈來愈多。這下子我不再像以前那麼對錢感興趣了。政治、集會……，然後薩哈羅夫死了，我前去向他告別。那裡有成千上萬的人，大家都在痛哭，我也哭了。然而最近，我在報上讀到一篇關於薩哈羅夫的文章：「一個偉大的俄羅斯聖愚[25]死了。」我認為薩哈羅夫之死是恰逢其時。索忍尼辛從美國回來，所有人都湧去迎接他。但他不明白我們，只有我們了解他。他已經是個外國人了，他來到俄羅斯，卻猶如身處芝加哥。

如果沒有改革，我會是怎樣的人？工程師那點可憐巴巴的薪水（笑）……現在，我自己開了一家眼科診所。有好幾百個病人和他們的家人，爺爺和奶奶，都依賴我的診所。你們要反覆地自我思考和反省，我沒有這個問題。我夜以繼日地工作，購買新設備，送外科醫生到法國去實習。我不是一個利他主義者，我賺的錢，都是靠自己爭取來的。起初我口袋裡只有三百美元，我是和夥伴一起創業的，要是他們現在走進來，您準會暈倒。他們長得就跟大猩猩一樣，目露凶光！現在他們都不在了，像恐龍一樣消失了。我那時候進進出出都穿防彈背心，因為有人會朝我開槍。要是有人吃的香腸比我吃的差，那關我什麼事。資本主義是你們大家都想要的，是大家都夢寐以求的！所以不要哭喊，說你們被騙了。」

我們是在劊子手和受害者之間長大的

「那天晚上我們從電影院一出來，就看到血泊中躺著一個男人，後背的外衣上還有彈孔。在他旁邊站著一名員警。這是我第一次看到被殺死的人，不過我很快就習慣了這種畫面。我們那幢樓很大，有二十個出入口。每天早上院子裡都有一具屍體，我們已經不再驚恐了。真正的資本主義就是這樣開始的，從流血開始的。我以為自己會受到震撼，但是沒有。史達林死後，我們對於流血有了不同的態度。我還記得自己人是如何殺死自己人的[26]，而大屠殺的犧牲者自己也不知道為何被殺死。所有這些情景都留下來了，存在我們生活中。我們是在劊子手和受害者中間長大的，這兩種人住在一起，對我們來說很正常。就像戰爭與和平狀態，兩者之間也沒有界限一樣。我們始終在打仗。打開電視，所有人都在說行話，政治家、商人，還有總統；大家都在說回扣、賄賂、裁員……人的一生，也就是吐一口痰，再用腳蹭去。就像勞改營的犯人那樣。」

「我們為什麼不審判史達林？我來回答你吧。要是審判史達林，就得審判我們自己的親屬和朋友，那些都是我們最親近的人。我來說說我的家庭。一九三七年，我父親被打入勞改營，感謝上帝，他活著回來了，但被監禁了十年。回來後，他就是想好好生活。連他自己都驚訝，經歷那麼多苦難之後，仍舊想好好生活。不是所有人都會這樣，絕對不是所有人。在我們這一代人的成長過程中，父輩就是這樣的人，要麼從勞改營回來，要麼從戰場上回來。他們唯一可以告訴我們的事情就是暴力，還有死亡。他們都很少言笑，沉默寡言。就是喝酒、喝酒，最後喝死自己。第二個類型是，那些沒有被抓走的人，天天在擔心被抓走。這種感覺並不是一兩個月，而是延續好多年，好多年啊！而如果你沒有被抓走，問題又來了：為什麼所有人都被捕了，而你卻沒有？是你沒有做什麼嗎？其實他們可以逮捕你，但是也可以把你派到內務人民委員部去工作，要看黨的要求、黨的命令。雖然是一個令人厭惡的選擇，但是許多人都得去做。現在來說說那些劊子手吧，他們其實也都是平常人，並不可怕。舉報爸爸的是我們的鄰居，尤拉叔叔。媽媽說，就是因為一些雞毛蒜皮的小事。那年我七歲，先前尤拉叔叔常常帶著他的孩子和我一起騎馬、一起釣魚，他還幫我家修理柵欄。您瞧，一個劊子手完全是另一種形象——一個普通人，甚至是好人、正常人。爸爸被捕後的幾個月，他的弟弟也被抓走了。到了葉爾欽時代，他們把爸爸的檔案給了我們，其中有幾封檢舉信，一封是奧麗雅阿姨（爸爸的表妹）寫的。奧麗雅是一個美麗開朗的女人，歌唱得很好。現在她已經老了，我問她：『奧麗雅阿姨，講講一九三七年吧。』『那是我一生中最快樂的一年，我在戀愛。』她對我說。爸爸的弟弟，我的叔叔終究沒能回家，他失蹤了，消失在監獄或勞改營，沒人知道。雖然很難開口，但我還是問了這個一直折磨我的問題：『奧麗雅阿姨，你為什麼要那樣做？』『在史達林時代，你在哪裡看過一個誠實的人？』（沉默）還有一位巴維爾叔叔，曾在西伯利亞的內務人民委員會部隊裡服役。您明白，其實不存在如同化學式定義那樣純粹的邪惡，不僅史達林和貝利亞[27]如此，尤拉叔叔和美麗的奧麗雅阿姨也一樣……」

＊　＊　＊

五月一日。這一天，共產黨人都在莫斯科街頭舉行成千上萬人的大遊行。首都又「紅」了：紅旗、紅色氣球，還有印有鐵錘和鐮刀的紅色T恤。人人高舉列寧和史達林的畫像，史達林的畫像更多。標語上寫著：「我們已經看到你們的資本主義進入了墳墓」、「紅旗插上克里姆林宮」。普通的莫斯科人站在人行道上，「紅軍」在車道上像洪流一般湧過。雙方總是互相推推搡搡，有時還會打起來。這是警方無力分開的兩個莫斯科。而我沒有來得及錄下我聽到的全部……

「把列寧的遺體埋掉吧，不需要任何儀式。」

「美國走狗！你們為什麼要出賣祖國？」

「你們是傻瓜啊，老兄。」

「葉爾欽和他的匪幫搶劫了我們的一切。喝酒吧！致富吧！總有一天這一切都會結束……」

「他們不敢向人民說實話，說我們正在建設資本主義。所有人都準備拿起武器了，就連我的母親，一個家庭主婦，都準備好了。」

「用刺刀可以做很多事情，但是坐在刺刀上並不舒服。」

「我真想用坦克碾死那些該死的資產階級！」

「共產主義就是猶太人馬克思發明出來的。」

「能拯救我們的只有一個人：史達林同志。我們只需要他回來兩天，他會殺死他們所有人，然後我們就讓他離開，繼續安息。」

「謝謝你，上帝！我向所有的聖人鞠躬。」

「史達林的走狗，你們手上的血還沒涼呢！為什麼要殺害沙皇一家，甚至連孩子也不放過？」

「偉大的俄羅斯不能沒有偉大的史達林。」

「他們毀了人的大腦……」

「我是一個普通人。史達林沒有碰過普通百姓，在我們家沒人受到傷害，所有工人也都沒有受到傷害。領導的腦袋掉了，老百姓還在安靜地生活。」

「紅色員警！你們很快就會說從來都沒有過任何勞改營，只有少年先鋒隊。我的祖父是一位看門人。」

「我祖父是礦山測量師。」

「我祖父是工程師……」

白羅斯火車站的集會開始了，人群中時而爆發出熱烈的掌聲，時而高喊：「萬歲！萬歲！光榮！」最後，整個廣場爆發出一首歌曲〈華沙革命歌〉，那是俄羅斯的〈馬賽曲〉[28]。不過歌詞是新的：「擺脫自由主義的鎖鏈，拋棄血腥的犯罪政權。」然後，大家把紅旗捲了起來，有些人匆忙去擠地鐵，有些人到附近賣小餡餅和啤酒的小店外排起隊。民間娛樂活動開始了，眾人跳舞唱歌，快快樂樂。一個戴著紅色紗巾的老婦人圍繞著手風琴手旋轉著跳起舞：「我們快樂地起舞／在聖誕樹旁／在我們的祖國／我們是那麼幸福／我們快樂地起舞／我們大聲地歌唱／我們的歌聲／獻給史達林……」在地鐵站，幾個醉醺醺的人唱著打油詩追上我：「讓所有壞事都滾開／讓好事情快快來。」

我們必須選擇：偉大的歷史還是平庸的生活？

啤酒館裡永遠鬧哄哄的，各色人等來此買醉，有教師、工人，還有大學生和小商販。大家一邊痛飲一邊談哲學，爭論同一個話題：俄羅斯的命運，共產主義……

「我是一個貪杯的人。為什麼我喜歡喝酒？因為我不喜歡我的生活。我想用酒精製造出失去理性的翻騰，體會一下挪移到另一個地方的感覺。到一個一切都美好的地方去。」

「對我來說，問題更加具體：我想住在哪裡？一個偉大的國家，還是一個正常的國家？」

「我愛帝國，沒有了帝國，我的生活很苦悶很無趣。」

「偉大理想需要流血，而今天沒有人願意死在戰場上。就像那首歌唱的：『到處都是錢、錢、錢／遍地都是錢，先生……』如果您堅持我們有一個目標，它又是在哪裡？每個人都要開著賓士在邁阿密度假嗎？」

「俄羅斯人需要信仰，相信光明，相信崇高。在我們的精神細胞中，有帝國主義和共產主義的基因。英雄主義離我們更近。」

「社會主義強迫人人生活在歷史中，沉溺於某種偉大……」

「操！我們是精神的人，我們是特殊的人。」

「我們從來沒有過民主，我們和你們都算民主份子嗎？」

「我們生活中最後一個偉大事件，就是改革。」

「俄羅斯只有偉大，或者什麼都不是。我們需要強大的軍隊。」

「偉大的國家跟我有啥關係？我只想住在一個小國，比如丹麥。沒有核武器，沒有石油和天然氣，也沒有誰用左輪手槍打爆我的腦袋。說不定我們也會學習如何用洗髮精沖洗人行道呢！」

「共產主義是人類力所不及的任務，我們總是這樣：不是寄望於憲法，就是寄望於鱘魚配辣根。」

「我真羨慕有思想的人！我們現在就是在過著毫無思想的生活。我想要偉大的俄羅斯！我不記得她，但我知道她曾經存在過。」

「那是一個排隊買衛生紙的偉大國家……蘇聯食堂和蘇聯商店的氣味我記得很清楚。」

「俄羅斯將拯救世界，她自己也將被拯救！」

「我父親活到九十歲。他說他一輩子都沒過上好日子，只有戰爭。這就是我們能做的。」

「神是全能的，祂就在我們身體裡。我們就是按照祂的形象和樣子造出來的。」

關於一切……

「我身體中百分之九十都是蘇聯元素，我不明白發生了什麼事。我只記得蓋達爾在電視上講話：『學習交易吧……市場會拯救我們……在這條街上買一瓶礦泉水，到另一條街上賣了它，這就是做生意。』人民聽了都莫名其妙。我回到家，關上門，大哭起來。媽媽被這一切嚇得中了風。也許他們是想要做好事情，但他們對自己的人民沒有足夠的同情心。我永遠不會忘記那些年老的乞討者，他們排隊沿著路邊乞求施捨。褪色的帽子、破舊的外套……我上下班路過那裡都一路小跑，不敢抬起我的眼睛……我在一家香水廠工作。工廠發不出工資，就給我們發香水和化妝品。」

「我們班上有個貧窮的女孩，她的父母在一次車禍中死亡，留下她和奶奶相依為命。她長年只有一件衣服穿，但是沒有人同情她。怎麼這麼快啊，貧窮成了一種恥辱……」

「我不為九〇年代後悔，那個沸騰和光明的時代。我以前對政治沒有興趣，也從來不看報，但現在要去投票選舉國會議員了。誰是改革的工程師？作家、藝術家、詩人……在第一次全蘇人民代表大會上能夠收集簽名。我丈夫是一位經濟學家，他為此都要發瘋了：『用華麗詞藻去燃燒人心，這是詩人做的事情。你們搞革命，但接下來呢？接下來怎麼辦？你們怎麼建立民主制度？誰去建設？現在我可明白了，你們在幹什麼。』他嘲笑我。我因此跟他離婚了……但事實上，他是對的。」

「局面太可怕了，於是市民都去了教堂。當時我信仰共產主義，我不需要教堂。我的妻子跟我一起去，因為在教堂裡一個神父叫她『小天使』。」

「我父親是個誠實的共產黨員。我不怪罪共產黨員，我怪罪的是共產主義。直到現在，我仍然不知道該如何對待戈巴契夫，不知道該如何對待葉爾欽……比起插上德國國會大廈上的紅旗[29]，購物的人龍和空空的櫃檯那麼快就被遺忘了。」

「我們勝利了，可是打敗了誰？怎麼回事？電視台的一個頻道播放紅軍打白軍的電影，另一個頻道是勇敢的白軍在打紅軍。都精神分裂了！」

「所有的時間我們都在談論痛苦，這就是我們學習的方式。在我們看來西方人很天真，因為他們不曾遭受過我們一樣的苦難，任何小膿瘡他們都有治癒的藥方。但我們是蹲過勞改營的，我們是在戰爭中從成堆的屍體中爬出來的，我們是在車諾比用光裸的雙手撥開核燃料過來的……現在我們又坐在社會主義的廢墟上。好像戰爭剛剛結束，我們都被磨碎了，我們都已經散架了。我們的語言，只有痛苦的語言。

我嘗試和我的學生談論這些，他們卻直接對我發出訕笑：『我們可不要吃苦。對我們來說，生活是另一種東西。』我們對不久前的世界還一無所知，就已經生活在另一個新世界了。整個文明都建立在廢墟上……」

1 奧勃洛莫夫是十九世紀批判現實主義作家岡察洛夫（一八一二～一八九一）代表作《奧勃洛莫夫》的主角，善良正直但消極懶散，對現實不滿，卻不想靠行動來改變現實，滿足於躺在床上空想，就是個「多餘的」人。希托爾茲是奧勃洛莫夫的朋友，性格積極勤奮。

2 特指赫魯雪夫改革後成長起來的那一代蘇聯知識份子和黨內幹部。

3 亞歷山大．加里奇（一九一八～一九七七），蘇聯詩人和劇作家；布拉特．奧庫賈瓦（一九二四～一九九七），蘇聯詩人和音樂家。

4 弗拉基米爾．謝苗諾維奇．維索茨基（一九三八～一九八〇），蘇聯著名演員、詩人和歌手，以扮演哈姆雷特著稱。

5 薩哈羅夫（一九二一～一九八九），蘇聯物理學家，曾主導蘇聯第一枚氫彈的研發，同時也是異議人士，支持蘇聯改革，一九七五年獲諾貝爾和平獎。

6 奧西普．艾米里耶維奇．曼德爾施塔姆（一八九一～一九三八），俄羅斯白銀時代著名詩人，一九三八年被指控犯有反革命罪，十二月二十七日病逝於海參崴勞改營，在布里茲涅夫執政時期，因為表達對蘇聯內外政策的不同主張，而被取消「社會主義」英雄稱號及國家發給他的一切獎勵。他也公開反對出兵阿富汗。

7 此為雷巴科夫的長篇小說，透過描寫莫斯科阿爾巴特街的年輕人命運，反映一九三〇年代蘇聯的社會現實。

8 上伏塔，即今天的非洲小國布吉納法索。

9 愛德華．阿姆夫羅西耶維奇．謝瓦納茲（一九二八～二〇一四），喬治亞共和國第二任總統及前蘇聯戈巴契夫執政期間的外交部長。

10 亞歷山大．尼古拉耶維奇．雅科夫列夫（一九二三～二〇〇五），戈巴契夫當政時期任蘇共中央宣傳部部長。

11 著名學者、文學研究者。

12 葉戈爾・蓋達爾（一九五六～二〇〇九），俄羅斯經濟學家和政治家。一九九二年六月至十二月擔任俄代總理期間，曾竭力推行被稱為「休克療法」的激進經濟改革。

13 米哈伊爾・沙特羅夫（一九三二～二〇一〇），蘇聯、俄羅斯劇作家，以創作列寧題材劇作著稱。

14 在俄羅斯的外省，就像台灣說的（首都以外的）外縣市一樣。

15 白宮指的是莫斯科白色的議會大樓，在一九九三年十月事件中被俄羅斯總統葉爾欽下令砲擊，後改為俄羅斯聯邦政府大樓。

16 或稱「八人集團」，是由八位分別來自蘇聯政府，蘇共等高層人物組成的團體，因為反對戈巴契夫而成立。他們在一九九一年八月十九日軟禁戈巴契夫，史稱八一九事件。隨著政變失敗，該組織隨之覆滅。

17 捷爾任斯基（一八七七～一九二六），布爾什維克黨和蘇維埃國家領導人之一，是彼得格勒十月武裝起義的領導人之一。盧比揚卡，莫斯科地名，蘇聯國家安全委員會（簡稱克格勃）總部所在地，常用來代指克格勃。

18 蘇聯時期的祕密警察情治單位。

19 指一九一七年十一月到一九二二年十月，蘇聯發生的一場戰爭，交戰雙方是紅軍和由反布爾什維克力量組成的鬆散的聯合力量白軍。

20 阿斯塔菲耶夫（一九二四～二〇〇一），蘇聯和俄羅斯聯邦的著名抒情小說家；瓦西里・貝科夫（一九四二～二〇〇三），蘇聯及白羅斯作家、社會活動家，作品大都描寫衛國戰爭（二戰時德國進攻蘇聯）。

21 基洛夫（一八八六～一九三四）是蘇聯布爾什維克革命者和早期重要領導人，在擔任列寧格勒州委書記時，於辦公室內被開槍打死。此遇刺事件直接觸發了被稱為「大清洗」的恐怖鎮壓，但真相至今仍撲朔迷離。

22 布哈林（一八八八～一九三八），蘇聯共產黨領導人及理論家，史達林早期的政治盟友，後與史達林產生分歧，以叛國罪被判處死刑。

23 別列佐夫斯基（一九四六～二〇一三），俄羅斯金融寡頭之一，在葉爾欽時代官商勾結起家，後資助普丁上台，後被迫流亡英國，二〇一三年離奇死亡。

24 指衛國戰爭期間（二戰）德軍進攻莫斯科的戰役。

25 聖愚是俄羅斯東正教的一個人物形象，多為流浪漢外貌，看起來半瘋半清醒，時常說出人人不敢說的真話，類似大智若愚的濟公。

26 指祕密警察和告密盛行的那個年代。

27 貝利亞（一八九九～一九五三），蘇聯高層領導人，長期擔任內務人民委員部首腦，是「大清洗」的主要執行者之一，在史達林死後被撤職並祕密處決。

28 即〈馬賽進行曲〉，法國的國歌。

29 此指二戰期間歐洲戰場的最後一役——柏林戰役。二戰開始後，希特勒就把國會大廈當成軍事工事，一直到一九四五年四月二十日，百萬蘇俄紅軍兵臨柏林市區，開始從不同方向砲轟，四月三十日成功攻進國會大廈後，蘇軍戰士把紅旗插上樓頂。

赤色裝潢中的十個故事

專政之美和水泥中的蝴蝶之謎

伊蓮娜・尤里耶夫娜・C，地區黨委第三書記，四十九歲

有兩個人在等我，伊蓮娜本人和她的朋友安娜・依琳尼奇娜。這次訪問是我和伊蓮娜約好的，而安娜是從莫斯科來她家做客，馬上也加入了我們的談話：「我早就想有誰能跟我說說，我們身邊到底發生了什麼事。」她們兩人的故事中沒有任何相同之處，除了戈巴契夫和葉爾欽等名人的名字。不過，她們兩人心中都有各自的戈巴契夫和葉爾欽，有她們自己的一九九〇年代。

伊蓮娜・尤里耶夫娜：

「還需要談論社會主義嗎？和誰講？大家全都是證人。老實說，我很驚訝您會來到我家。我是共產黨員，一個黨員幹部，他們現在不讓我說話，要我閉上嘴巴。現在都說列寧是匪幫，還有史達林，說我們全都是罪犯，雖然我手上從沒有沾過一滴血。但我們身上打著烙印，我們所有人都有烙印……

也許過了五十或一百年後，被我們稱為社會主義的那段生活，將被客觀地寫下來。沒有眼淚，也沒有咒罵。人們將開始挖掘它，像挖掘古代特洛伊城一樣。不久之前，還不能說社會主義

的好話。連西方人在蘇聯崩潰後，都明白馬克思的理想並沒有結束，還需要發展，而不是奉為圭臬。馬克思在西方從來就不是偶像，不像我們這裡把他封為聖人！我們先是把他尊為上帝，然後又對他大加詛咒，抹殺他的一切。科學也曾給人類帶來過無數災難，那時候怎麼沒有滅絕科學家！我們詛咒原子彈之父，最好從火藥發明者開始，先詛咒他們。我說得不對嗎？（我都來不及回答她的問題）是的，走出莫斯科是對的，這麼做才可以走進俄羅斯。當你在莫斯科散步時，覺得自己是在歐洲：豪華轎車、高檔餐廳，教堂的金色圓頂閃閃發亮。但你聽聽我們外省人是怎麼說的：『莫斯科並不是俄羅斯，薩馬拉、陶里亞蒂、車里雅賓斯克，還有羅賓斯克這些地方才是俄羅斯。』在莫斯科廚房裡，就可以了解俄羅斯嗎？在聚會中，就可以了解俄羅斯嗎？哇啦哇啦，夸夸其談……莫斯科，那是另一個國家的首都，而不是外環路之外那些地方的首都。莫斯科只是個旅遊天堂。不要相信莫斯科。

來到我們這兒的人馬上就可以看出：對，這是些『老蘇維埃』。甚至按照俄羅斯標準，這兒的人生活也很貧窮。這裡的人都痛罵富人，大罵國家，詛咒一切，大家都認為自己受騙了，從來沒有人對他們說要搞資本主義，他們還以為在改善社會主義呢。這裡的人所知道的生活，就是蘇聯式的生活。當他們在集會上扯破喉嚨大喊『葉爾欽！葉爾欽！』時，他們已經被洗劫了。沒有經過他們同意，工廠就被分掉了，還有如俗話所說的，老天給的石油和天然氣也都被分掉了。到現在我們才明白過來。而在一九九一年，大家都參與了革命，紛紛設置街壘。人人都想自由，可是最終得到了什麼？葉爾欽式的強盜革命……我友人的兒子差點因為社會主義思想而被殺死。『共產黨員』幾個字成了一種恥辱。那小夥子在院子裡幾乎被其他男人殺死，他們本來還都是熟人、朋友呢。他們幾個本來在一起聊天彈吉他，忽然有人說我們去收拾共產黨吧，把他們吊到燈籠上。米沙・斯魯采爾的爸爸在我們區委會工作，他是一個喜歡讀書的男孩，給他們引用英國作家卻斯特頓的作品：『沒有烏托邦的人比沒有鼻子的人更可怕。』就為了這句話，他挨了一頓靴子和皮鞋的痛毆。『你這個猶太佬。一九一七年革命是誰幹的？』我還記得改革初期，人民眼中那灼灼的眼神，我永遠不會忘記。有人準備對共產黨員動私刑，把他們押解出去。馬雅可夫斯基和高爾基[1]的作品都被扔進垃圾箱，列寧的著作被當成了廢紙。但我把它們都收集起來了，是的！就要這樣，我絕不會拋棄！永遠不會慚愧！絕不改變顏色，絕不會把紅色變成灰色。就是有這樣一種人，紅軍來了，他們歡天喜地去迎接；白軍來了，他們也喜洋洋地歡迎。這種人變臉之快令人驚訝，昨天還是共產黨，今天就變成了激進民主派。我眼看著那些『忠誠』的共產黨員，變成了東正教信徒和自由主義者。我很愛『同志』這兩個字眼，也絕不會變心。多麼美好的詞彙！知道『老蘇維埃』吧？品味一下這個詞吧！蘇維埃人是很好的人，他們可以去烏拉爾山，去戈壁荒漠，為了理想，不是為了美元，不是為了外國人的綠鈔票。第聶伯水力發電站、史達林格勒大會戰[2]、進入外太空，都是蘇維埃人做的。偉大的老蘇維埃！至今我最喜歡寫的幾個字母就是CCCP（蘇聯的俄文縮寫）。那曾經是我的國家，而現在我所身處的，不是自己的國家，我是住在別人的國家裡。

我生來就是蘇維埃人。我奶奶不信上帝，只信共產主義；而我爸爸至死都在盼望社會主義復辟。柏林圍牆倒塌了，蘇聯解體了，他還是義無反顧地等待。他一遇到好朋友就吵架，因為那位說紅旗變成了紅抹布，爸爸說那永遠是紅旗，永遠是我們的旗幟！爸爸參加過蘇芬戰爭[3]，他至今也還不明白當時是為了什麼打仗，只知道是必須的，他就去了。關於那場戰爭，所有人都沉默，不稱其為戰爭，只叫芬蘭戰役。可是爸爸講給我們聽過，在家裡悄悄講的。其實他講得很少，但是一喝酒就會回憶一番。他記得的戰爭景象是在冬天，茂密的森林和幾公尺厚的積雪。芬蘭人踩著雪橇打仗，穿著白色的掩護服，出其不意地到處出現，就像天使一樣。像天使一樣，爸爸就是這樣說的。芬蘭人總在夜間除掉我們的哨所，有時殺死我們一整連的人。死者遍地，在爸爸的回憶中死者總是躺在血泊中，睡著的人血流得很多很多，把幾公尺厚的白雪都染紅了。戰爭之後爸爸甚至從來都不殺雞，連隻小兔子都不傷害。只要看到任何被殺死的動物，聞到熱血的氣味，他就大發脾氣。他特別害怕進入枝枒繁茂的森林，當時這些森林裡通常隱藏著芬蘭狙擊手，他們稱之為『杜鵑』。（沉默）我個人還想補充一下，勝利後我們這個小鎮都被花海淹沒了。最重要的花是大理花，必須保證它的莖稈冬天不被凍壞。上帝保佑！我們就像是照顧嬰兒一般包裹它，呵護它。花在房子周圍生長，在房子後面生長，沿著籬笆種植，還要靠近水井。恐懼之後，特別想過幸福的生活。後來，那種花消失了，現在已經完全沒有了。但是我一直記得，直到現在都記得。（沉默）回頭來說我爸爸……我爸爸只打了半年仗就當了俘虜。他是怎麼被俘的？他們在冰凍的湖面上進攻，敵人用大砲打碎了冰層。很少有人游到對岸，到達對岸的人已經沒有力量、沒有武器了，幾乎赤裸著上身。芬蘭人向他們伸出雙手。芬蘭人救了他們，有的人抓住了伸出援助的手，也有人沒有。很多人都沒有伸手接受敵人的援救，上級是這樣教他們的。但我爸爸抓住了那隻手，他被拉上了岸。我記得爸爸很驚訝地說：『他們給了我杜松子酒喝，讓我暖身子，又給我乾衣服穿。他們還笑著拍打我的肩膀：『你活下來了，伊凡！』爸爸從來沒有這麼近看過敵人，他也不明白他們為何那麼高興。

一九四〇年芬蘭戰役結束，蘇聯和芬蘭交換戰俘，一排一排地迎面交換。芬蘭人走到自己人那邊時，互相擁抱握手。我們這邊不是這樣，就像遇到敵人一樣對待我們。『弟兄們！同胞們！』爸爸他們向自己人跑去。『站到一邊去，否則我們就開槍了！』士兵帶著軍犬把自己的戰俘隊伍包圍起來，趕入特別準備的木板營房中，四周環繞著鐵絲網。審訊開始……『說說你怎麼被俘的？』調查員問爸爸。『芬蘭人把我從湖裡拉上岸的。』『你是叛徒！只顧自己的性命，而不管祖國。』爸爸也認為自己有罪。他們就是這樣被教育的。連個審判都沒有，就把他們都趕到操場上宣讀命令：『以叛國罪判處六年勞改，馬上押送到沃爾庫塔。』他們在那裡的永凍土上修建鐵路。天啊！那是在一九四一年，當時德國人已經快打到莫斯科城下，然而沒有人告訴他們戰爭已經開始了——因為他們被視為敵人，會為此而高興。白羅斯已經全部被德軍控制，他們奪取了斯摩棱斯克。當爸爸他們得知這一切，希望能立即上前線，於是給集中營的長官寫信，給史達林寫信。他得到的回答是：『你們這些豬，就在後方工作到勝利吧，我們不需要叛徒上前線。』於是他們，當然包括我爸爸，全都哭了。這些我是從爸爸那兒聽到的。（沉默）我本來可以帶您去見一些當事人，不過我爸爸已經不在了。勞改營縮短了他的生命，再加上改革。他內心很痛苦，不知道為什麼會這樣，不知道國家怎麼了，黨怎麼了。我爸爸在勞改營的六年當中，已經忘記了蘋果和捲心菜，忘記了床單和枕頭，每天三餐只給他們吃粥和麵包渣。二十五個人睡在一起，木床板直接放在地上，沒有床墊。我爸爸，他的行為很古怪，和別人的爸爸不同。他下不了手鞭打馬或牛，也不會踢狗。我總是覺得爸爸很可憐。其他男人就取笑他：『嘿，你算是什麼男人啊？娘兒們似的！』媽媽為他這樣子而哭，因為他和其他男人不一樣。手上拿著一顆白菜，他都會看上半天，番茄也是。起初，他沒說過什麼，什麼都不跟我們說。十年之後他才開口，這段沉默的時間只會多不會少……是的。有段時間他在勞改營搬運屍體，一天要處理十到十五具屍體。活人要自己走回到營房，死了的就放在雪橇上。上頭還下令他們必須把死者身上的衣服剝下來，躺在雪橇上的裸屍，就像一隻隻跳鼠。這都是我爸爸說的，我聽到時很困惑。那種感覺，讓人心裡很亂。在勞改營的頭兩年，誰都不相信能活著出來；刑期五、六年的人會回憶家庭，刑期十至十五年的人從來不提家庭。他們誰都不敢想，不管是妻子，還是孩子，或者父母，從來都不提。『如果你想家的話，那你是活不下去的。』這也是爸爸的原話。但我們一直在等爸爸。『爸爸會回來的，爸爸會不認識我了吧。』『我們的好爸爸……』我們好想多叫一次『爸爸』。他終於回來了，那天奶奶在籬笆門外看見一個穿著士兵大衣的人，就問：『當兵的，你找誰呀？』『媽媽，你都不認識我了？』奶奶站在那兒愣了一會兒，突然就暈倒在地上。爸爸就這樣回來了。他全身都凍僵了，腿腳和手臂都不能夠暖過來。媽媽呢？媽媽說，爸爸從勞改營回來以後變得和善了。她本來很害怕，因為別人嚇唬媽媽說，從勞改營回來的人都變得很凶惡。可是我爸爸回家是想過好日子的，不論什麼情況，他嘴上都掛著那句諺語：『鼓起勇氣吧，更壞的事情還在前面呢！』

我忘記了，忘了這是在哪裡發生的？在什麼地方發生的？在勞改營嗎？人四肢著地在大院子裡爬行和吃草，滿眼都是皮膚粗糙、營養不良的人。爸爸活著的時候，我們不能對生活多加抱怨，他知道『一個人要活下去，只需要三樣東西——麵包、洋蔥和肥皂』，只有三樣東西……這就是全部。我們父母這代人已經不在了，如果誰留下來，那麼他們應該會被送進博物館，存放在玻璃後面，不能用手去碰。他們經歷了多少苦難啊！我爸爸被平反時，只給他發了雙倍的士兵軍餉，以補償他全部的苦難。但我們家裡很長時間裡都高掛著史達林的巨幅畫像，很長一段時間，我記得很清楚。爸爸活得很大度，他認為那個時代就是這樣。那是一個殘酷的時代，但是人民建設了強大的國家，戰勝了希特勒！這些都是爸爸的話。

從小到大，我都是一個嚴肅認真的女孩，是一個真正的少先隊員。現在大家認為以前加入少先隊都是被迫的，但其實從來沒有被迫。那個時候，所有的孩子都夢想成為少先隊員。走在一起，敲著小鼓吹著小號唱著歌：『親愛的國土多美好／親臨其境更可愛！』『百萬雛鷹飛向高空／國家以我們為榮。』可是我家畢竟有個汙點，就是爸爸進過監獄，媽媽因此很擔心我不能加入少先隊，或不能很快入隊。我也很想和大家一起進步，這是必須的。『你支持誰，月亮還是太陽？』班級裡的男孩對我進行審訊。回答要非常小心：『月亮。』『正確！你支持蘇維埃國家。』要是你說『太陽』，那就是你『支持該死的日本人』，他們經常這樣對我進行嘲諷和捉弄。我們那時彼此發誓時都會這樣說，『以少先隊員的誠實』或『向列寧保證』，而最毒的發誓是『向史達林保證』。連父母都知道，如果我說向史達林保證，那就說明我沒有說謊。天啊！我現在回憶的不是史達林，而是在回憶自己的一生。我報名參加課外小組，學習彈手風琴；媽媽也因為工作優秀而獲得過突擊手獎章。我可以說沒有任何缺點，就像在兵營生活一樣。在勞改營時，爸爸經常看到有教養的文化人，他在別處再也沒見過這麼有知識的人。有些人會寫詩，他們往往都能生存下來。還有那些經常禱告的神職人員，也一樣生存了下來。我爸爸也想讓他所有的孩子接受高等教育，這是他的夢想；而我們家四個孩子真的都大學畢業了。但是，爸爸也教我們犁地和割草。我很擅長將乾草裝車和曬草堆。爸爸一直認為『身有薄技，走遍天下』。他是對的。

我現在很願意回憶往事，我想弄明白過去是怎麼走過來的。不僅我自己的生活，還有我們一起的蘇聯經歷。我不是一味讚揚自己的人民，既不誇耀共產黨員，也不太喜愛我們共產黨的領袖。今天尤其如此。他們打碎了一切，全都資產階級化了，人人只想過好日子，生活過得甜滋滋。除了消費還是消費，全都在掠奪！我們的共產黨也不是原來那些人了，有的黨員年收入幾十萬美元，成了千萬富翁。在倫敦有公寓，在賽普勒斯有城堡。他們還是共產黨員嗎？他們的信仰都去哪兒了？但是，如果你提出這個問題，別人就會像看傻瓜一樣看你。『不要對我們講蘇聯童話。現在不需要這個了。』他們把這個國家毀了！把國家賤賣了。這是我們的祖國啊！就為了有人可以一邊罵馬克思，一邊環遊歐洲。這個時代和史達林時代一樣，都很可怕。我會為自己的話負責！您寫下這個了嗎？我不信。（我看她確實不相信）早就沒有了區黨委，也沒有了州黨委。人們和蘇維埃政權分手了。可是又得到了什麼？戒指、巧克力……小偷政權，搶劫一樣，誰夠快誰就能搶到餡餅。我的天！那個丘拜斯[4]，那個改革的積極參與者，現在他到處吹牛，周遊全世界演講。說是在其他國家建立資本主義要幾百年，而在我們國家用外科手術方法，只用了三年時間。如果有人偷竊，謝天謝地，但願他們的孫子輩成為遵守秩序的人。呵！這些民主派……（沉默）他們按照美國體型剪裁西裝，他們聽山姆大叔的。可是美國西裝不適合我們，一坐下來就出洋相了。不是嗎？不是追求自由，而是追求牛仔褲，追逐大超市，買的是鮮豔包裝。現在我們商店裡倒是什麼都有，琳琅滿目，但是香腸堆成山與幸福無關。這是榮譽問題。曾經的偉大人民，如今卻出了推銷員和強盜，出了店鋪夥計和經理。

戈巴契夫上台了，他們開始大談列寧主義原則回歸。這相當鼓舞人心，激發全社會的熱情。人民早就期待變化了。當時大家很相信安德羅波夫[5]，對，他是一個ＫＧＢ（國家安全委員會）……怎麼和您解釋呢？人們已經不再害怕蘇共了。男人可以在啤酒館內外大罵共產黨，卻不敢對ＫＧＢ說一個字，你說怎麼辦。一切都變成了記憶。我們都知道鐵腕、燒紅的鐵、葉若夫的手套[6]，這些傢伙能夠維持秩序。我們不想重複平庸，但是成吉思汗毀了我們的基因，建立了農奴制……[7]我們都習慣於打壓人民，不打壓就一事無成。為此，安德羅波夫開始『擰緊螺絲帽』，因為所有人都遊手好閒了：工作時間去看電影，去澡堂洗澡，去購物喝茶。民警展開了突擊搜查，檢查身分證，直接上街糾察，在餐廳、商店抓住懶散的遊蕩者，勒令他們去工作，要麼罰款、要麼辭退。可惜安德羅波夫患了嚴重疾病，很快就去世了。我們那時一直在為領袖們送葬、送葬，布里茲涅夫、安德羅波夫、契爾年科[8]……在戈巴契夫之前流傳最廣的笑話是：『現在播出塔斯社[9]消息。你們以為是個大玩笑，但是排隊就任的蘇共中央總書記又去世了。』哈哈哈，人民在廚房裡大笑不已，我們也在自己的廚房裡大笑。在自由的方寸之地，在廚房裡喋喋不休。（笑）我記得特別清楚，交談時一定要大聲開著電視機或收音機。這是一門學問。人們互相學習如何用計謀，讓電話監聽的ＫＧＢ聽不到我們聊天的內容：撥動一下數字盤（老式電話都是撥號盤），在數字洞中插入一支鉛筆固定，當然用手指也可以，不過指尖會很累。也許您也學過這招？還記得嗎？需要說一些『祕密內容』時，就要距離電話聽筒兩、三公尺遠。那時候，打小報告和竊聽電話這種事到處都是，整個社會從上到下告密成風，就連我們區黨委的人也互相猜疑：『我們當中誰會告密？』後來弄清楚了，我懷疑過的一個人其實是無辜的，但是告密者往往不只一個人，而是有好幾個人。有些人是我從來都想不到的，其中之一竟然是我的女清潔工。一個友善和氣的女人，她倒是很不幸，丈夫是個酒鬼。我的天啊！連蘇共中央總書記戈巴契夫本人也提心吊膽，我讀過他的一篇專訪，說他在自己的辦公室內談到保密內容時也這樣做：把所有電視機和廣播放到最高音量。這通常是最基本的動作。要是有很認真的談話，就得邀請人家到城外的度假小屋去。他們在那裡走進樹林，一邊散步，一邊談話。鳥兒是不會告密的。那個時候誰都擔驚受怕，連被別人害怕的人自己也害怕。我就一直很害怕。

關於蘇聯時代的最後幾年，我還記得什麼？揮之不去的羞辱感。因為胸前掛滿獎章和紅星勳章的布里茲涅夫，因為被人民稱為舒適養老院的克里姆林宮，因為空空的貨架。我們總是完成或超額完成計畫，但是商店還是空空如也，我們的牛奶去哪兒了？豬肉去哪兒了？我現在還不明白，這些東西怎麼都消失了。商店開門一小時後，牛奶就沒了。午飯過後，售貨員就待在洗得乾乾淨淨的貨架旁了。在貨架上，三升的樺樹汁罐和鹽包不知何故總是濕漉漉的。罐子裡原來裝的是鯡魚。真相大白！香腸剛剛擺上貨架，馬上就被一搶而空，小灌腸和餃子這些美味佳餚也是這樣。區委會總是會分發一些東西給下面的人：給這家工廠十台冰箱和五件皮大衣，給那個集體農莊兩套南斯拉夫家具和十個波蘭女用小皮包，還有鍋子和女性內衣、褲襪……這樣的社會，只能在恐懼中維持。在非常時期，就得有較多的槍決和逮捕。現在我們的社會主義，隨著集中營、勞改營一起結束了。我們需要另外一種社會主義。

改革開始了，有那麼一瞬間有些人再次被我們所吸引，一些人要求入黨，大部分的人抱有期待。那個時候的人是那麼天真，不管是左派或是右派，共產黨員或是反蘇份子，全都是浪漫主義者。到了今天，我們才會為這些而羞愧，為天真而慚愧。大家都在為索忍尼辛，那位從美國佛蒙特州回來的偉大老人祈禱！不只是索忍尼辛，很多人都已經明白，我們不能夠繼續這樣活著，不能這樣生活了。我們都在自欺欺人。共產黨員也全明白這一點，您相不相信我？共產黨中有不少聰明誠實的人，心地真誠的人。我就認識這樣的人，尤其是在外省經常能遇到這樣的人，像我父親那樣的人。不過，我父親沒有被接受入黨，黨讓他吃過很多苦，但是他卻依舊相信黨。相信我們的黨和國家。每個早晨，他都是從讀《真理報》開始，一份《真理報》從頭看到尾。沒有黨證的共產主義者，比持有黨證的黨員要多得多，他們從骨子裡就是共產黨員。（沉默）在所有的遊行中，他們都高舉這樣的標語：『黨和人民融為一體！』這不是空話，是真的。我這麼說沒有偏向任何人，我實事求是。大家全都忘記了，很多人入黨是憑著良心，不僅是為了找份職業或務實考慮：『如果我不是黨員，要是偷東西就會把我抓起來；如果我入了黨，再偷東西的話，就不會入獄而只是開除黨籍。』我很反感有些人在談到馬克思主義時那種輕蔑和不屑的樣子，他們甚至要把馬克思主義扔進垃圾桶，送進廢棄物處理場。這是個偉大的學說，經受過所有壓制，也一定能夠承受我們蘇聯這次的失敗。因為很多理由，社會主義不僅僅有勞改營、政治告密和鐵幕，也是正義和光明的世界，比如公平分享、同情弱者、善良待人，而不是自私自利。我說，那時候沒有人有辦法買車，但也沒有人有車子。那時候沒有人穿凡賽斯西裝，也沒有人在邁阿密買房產。我的天！當時蘇聯最高領導人的生活水準，也不過就是現在商人的平均水準，遠遠沒有那些寡頭政客那麼高。甚至可以說清貧！他們也沒有為自己建造那種用香檳淋浴的豪華遊艇。想想看吧！

像電視廣告播出的那樣：一間鍍金浴室的價格，就相當於一套兩房一衛的房子了。您能告訴我這是給什麼人準備的嗎？連房門把手都是鍍金的。這就是自由？一個普普通通的小人物，什麼都不是，等於零，在生活的最底層，但是蘇聯時期他可以寫信給報紙，走進區委會投訴，給領導或對不好的服務提意見，也可以舉報丈夫不忠。我不否認這些也都挺愚蠢的，但是今天有誰還會聽普通人說話？誰還需要普通人？您還記得蘇聯時期的街道名稱吧，冶金學家大街、愛好者大道、工廠街、無產階級大街……那時候，小人物是最重要的，要是你過得太好，物質生活充裕，單位會發申報單幫忙掩飾，就像你說的。到了現在，誰也不用再為自己的富有遮遮掩掩了。沒有錢就走開，躲到長凳下面去！街道重新命名了：小市民大街、商人大街、貴族大街，我甚至看到連賣香腸的商標上寫的也是公爵牌，還有將軍牌紅酒。反正不是拜金主義，就是崇拜成功者。強者生存，實力致勝。但並不是所有人都擅長踩著別人往上爬，撕搶點別人擁有的。一部分人的天性就是，如果他們自己不行，就和別人作對。

我當然和她談過這些（朝友人那邊點了點頭）……她企圖說服我，真正的社會主義是需要有理想的人，但是現在沒有這種人。理想都是廢話和童話。不論怎樣，我們的人都不會用進口的舊汽車和申根簽證護照去交換蘇聯式的社會主義了。而我仍舊相信，人類還是要走向社會主義，走向公平公正，沒有其他道路。您看看德國，看看法國，還有瑞典方案。俄羅斯式的資本主義有什麼價值？對『小人物』那麼蔑視，對沒有百萬金錢、沒有賓士的人那麼蔑視。取代紅色旗幟的是基督教復活和消費崇拜，人們在入睡前所想的不是崇高的事情，而是今天他沒有買到什麼東西。想想看，一個國家的分崩離析難道只是因為知道了古拉格的真相？那些寫書的人就是這樣想的。

而人類，正常的人類不是活在歷史中的，他們活得很簡單——戀愛、結婚、生子、蓋房子。一個國家居然會由於缺乏女靴和衛生紙而垮台，因為買不到柳丁，因為買不到該死的牛仔褲而消失掉！現在我們的商店像博物館一樣，像劇院一樣。他們想讓我確信凡賽斯和亞曼尼的那些碎布片，是人類所必需的，但是這些東西已經夠多了。生活就是一場金融騙局和一張張的票據。自由就是金錢，金錢就是自由；而我們的生活一文不值。瞧，就是這樣，就是這樣……您明白嗎？我甚至找不出一個詞語來形容它。我很同情我的小孫子，他們真可憐，每天在電視上被灌輸這些東西。我很不認同。我過去是，現在仍然是個共產黨員。」

我們的談話中斷了好一會兒。茶也沒有換，不過這次端來了女主人自己製作的櫻桃果醬。

「一九八九年，那時候我已經是區黨委第三書記了。我從一所中學被調去專職做黨的工作，在學校時我教的是俄語和文學，最喜歡的作家是托爾斯泰和契訶夫。當上級提議我當區委書記時，我很害怕。這是一種責任啊！但是我毫不猶豫，我有一種真誠的衝動，就是為黨工作。那年夏天我放假回到家鄉，平時我不戴首飾，但那次我為自己買了一些廉價項鍊，媽媽看著我驚奇地說：『你看著像女王一樣。』她為我而欣喜，當然不是因為項鍊。爸爸對我說：『我們誰都不會來找你要求任何照顧。你必須廉潔奉公。』父母為我驕傲，為我感到幸福！而我自己呢，我還擔心什麼？我是否相信黨？誠實地回答：『我那時相信，現在也相信。』不管發生什麼事情，我是不會和我的黨證分開的。我是否相信共產主義？坦白地說（我不會說謊），我相信建立一個公平社會是有可能的。即使是現在，我也如此相信。說什麼社會主義時代的生活很糟糕，這些話我都聽膩了。我為蘇聯時代驕傲！那時候當然沒有奢華的生活，但是正常生活是有的，愛和友誼是有的，裙子和鞋子是有的。那時候，我們都聚精會神地聽作家和藝術家的演講和歌唱，現在都不再有了。在體育場裡，那些原本屬於詩人的位置被巫師和通靈者占據了。現在，人們就像非洲人一樣相信女巫。而我們呢，只要你願意，只要你有激情，我們的蘇聯生活追求的是另一種文明，權力屬於人民。反正我心裡很不平靜！今天您在哪裡還能看到擠牛奶的女工、車工和地鐵機械師？哪兒都沒有他們了。報紙上沒有他們，電視螢幕上沒有他們，克里姆林宮頒發勳章獎章時也沒有他們，哪兒都沒有他們了。到處都是『新英雄』：銀行家、商人、模特兒和電影明星，還有經理。年輕人還能適應，老年人只能在沉默中死去，被擋在新世界大門外，在貧困中死去，被人遺忘。我的退休金只有五十美元。（笑）我從報紙上看到，戈巴契夫的退休金也是五十美元。有人還這樣說我們：『共產黨員住在豪華宮殿裡，用大調羹吃魚子醬。他們為自己建造了共產主義。』天哪！我帶你們到我的『豪華宮殿』來看看吧。普普通通的一套兩房居室，總面積只有五十七平方公尺，什麼都沒有隱藏：蘇聯式的水晶器皿，蘇聯式的金飾品……」

我問：「那麼特權醫院、特供口糧，以及內部排隊分住房和官方別墅，還有黨幹療養院什麼的呢？」

「實話實說？這些……是有過的，在那邊更多（她舉起手朝上邊指了指）。但是我一直是在基層，是最底下的一層。和基層群眾在一起，永遠受到群眾監督。如果確實在哪些地方有您說的那種情況，那我不爭辯，不否認。和你們一樣，我也是在改革派報紙上看到的，說中央書記的孩子飛到非洲去打獵、買鑽石。不過，那也比不上現在的『新俄羅斯人』的那種生活，比不上『新俄羅斯人』的城堡和遊艇。看看他們在莫斯科周圍建造了什麼：宮殿！兩公尺高的石頭圍牆、電網、監視器、武裝警衛，就像是國中之國或者祕密軍事目標。難道是電腦天才比爾．蓋茲住在這裡？還是國際象棋世界冠軍卡斯帕羅夫？反正是贏家。國內戰爭沒有打，勝利者卻已經出現。他們就用石頭牆防禦，他們要防範誰？防範人民？那時候人民只想趕走共產黨員，盼著美好時光來臨，過上天堂般的日子。不料自由的人民沒有出現，卻出現了這些千萬富豪和十億富豪，一群黑幫！光天化日之下有人開槍，在我們這裡，人們砸了一個商人的陽台。但他們不害怕任何人，他們搭乘裝了鍍金廁所的私人飛機，還到處自誇。我在電視上親眼看見，有個富豪還顯擺他那塊價格等於一架轟炸機的手錶；而另一個富豪的手機上鑲滿了鑽石。整個俄羅斯沒有一個人高喊這是一種恥辱！卑鄙！曾幾何時有烏斯賓斯基和柯羅連科[10]，還有肖洛霍夫[11]寫信給史達林捍衛農民的利益。現在我也想這麼做。您問我，我倒是想請問您：『我們的精英都在哪裡？為什麼我每天在報上看到的都是順著別列佐夫斯基和波塔寧[12]的理由所寫的觀點，而不是奧庫扎瓦、伊斯坎德爾[13]……』這些到底是怎麼發生的，你們讓出了自己的位置？放棄自己的椅子，卻第一個奔到寡頭的桌子上去吃麵包屑，去為他們服務？俄羅斯知識份子以前是不逃跑，也不做僕人的。現在誰都沒有留下來，沒有人再談精神，除了牧師。到底那些改革份子都在哪裡？

我們這一代共產黨員和保爾．柯察金[14]很少有共同點，與提著皮包、帶著左輪手槍的第一代布爾什維克也沒有什麼相似之處。我們從他們那裡繼承下來的，只有一些軍事用語：黨的戰士、勞動前線和豐收會戰。我們早已感覺不到自己是黨的戰士了，只是黨的服務員和職員。留存下來的，只剩『光明未來』的行禮如儀：列寧畫像掛在大禮堂，紅旗放在角落裡。只是典禮和徒具形式。已經不需要戰士了，需要的是表演者：『來吧，做吧！』而不再像從前那樣：『把黨證放在桌子上。』上級下令，立即執行，隨時報告。黨已經不再是軍事指揮部，而是一部機器，官僚機器。我黨很少招募人文科學家，從列寧時代起，黨就不完全相信他們。關於知識階層，列寧曾經這樣寫道：『他們不是大腦，而是國家的糟粕。』所以，像我這樣學習文學的幹部是很少見的。幹部都是從工程師、畜牧師中培養出來——從製造機器、生產肉類和穀物的專家中提拔起來的，而不是從人文學者中提拔。集體農莊大學是幹部的熔爐，需要的就是工農子弟。幹部要來自於人民，這項政策已經貫徹到可笑的程度：可以徵召獸醫做黨務工作，但一個全科醫師卻不行，絕對不行。我也從來沒有見到過抒情詩人和物理學家擔任黨的幹部。怪吧？黨的內部從屬關係，就像軍隊一樣，晉升很慢，得一個台階一個台階向上爬：先是區委的文員，然後是科室主任、指導員、第三書記、第二書記……我在十年時間裡走過了所有階梯。但現在，初級科研員或者實驗室主任就可以執掌國家，集體農莊主席或者電工可以直接成為總統。從集體農莊一步就升到國家級別！這種情況只有在革命中才會發生（這個問題好像是針對我，又像是針對她自己）。但是我不知道怎麼定義一九九一年的事情。

那是革命，還是反革命？甚至沒有人嘗試解釋一下，我們到底生活在一個什麼樣的國家。除了香腸之外，我們還有什麼思想？我們在建設什麼？我們向前進，走向資本主義的勝利，真是這樣的嗎？我們罵資本主義罵了一個世紀：怪物、魔鬼，現在我們又因為要與他們一樣而感到驕傲了。如果我們和所有人都一樣了，又有誰對我們有興趣？替天行道的民族，全體人類的希望（諷刺）。所有人對資本主義的感覺，就像不久前對共產主義的感覺那麼美好。都在做夢啊！他們審判馬克思，譴責理想，理想成了殺手！但我認為應該歸咎於那些執行者，我們實行的是史達林主義，不是共產主義。現在我們既不是社會主義，也不是資本主義；既不是東方模式，也不是西方模式；既不是帝國，也不是共和國。東闖西撞，就像是……我還是閉上嘴吧！史達林！史達林！大家都要埋葬他，埋葬他，可是根本就不可能真正埋葬他。不知道在莫斯科怎麼樣，反正在我們這裡，史達林的肖像都放在汽車擋風玻璃上，掛在公共汽車上。拖車司機尤其喜歡他，穿著大元帥禮服的史達林。人民！人民！人民是什麼？人民就這樣說自己：『棒子和偶像都是自己造出來的，就像木刻一樣，想要什麼，就能做出什麼。』我們的生活就是在勞改營和暴亂之間搖擺，現在這個鐘擺正好懸在中間，全國一半人都期待出來一個新的史達林。只有他來到，才能帶來秩序。（再次停頓）在我們區委，當然也有很多人議論史達林。黨的神話代代相傳。大家都喜歡談論以前是如何在大老闆管制下生活的。史達林時代的規矩是這樣的：要是中央部長級的幹部喝茶配三明治，一般幹部就只有喝茶，至於副部長這個級別呢？喝茶時也沒有配三明治，不過可以配一塊白色餐巾。他們已經夠顯赫了，都爬到奧林帕斯山諸神和英雄的地位了，也還要爭先恐後地擠位置。這種狀況不論是在凱撒大帝或是在彼得大帝時代都一樣，而且將永遠如此。你們看看那些民主派，他們抓住權力後也是馬上就利用起來，為啥呢？也是要為自己多吃多占，找一個聚寶盆。沒有一次革命能消除這種非法謀私。我們都看得清清楚楚。葉爾欽曾經與特權鬥爭，自稱民主鬥士，可是現在呢？當人們奉承他是伯里斯沙皇[15]時，他不是很喜歡嗎？他成了民主教父……

伊凡．布寧[16]的《該詛咒的日子》我讀了好幾遍（她從書架上拿下這本書，翻到書籤位置讀起來）：『我記得，就在《奧德薩新聞》所在的那幢大樓外，曾經有一個年老的工人，那是布爾什維克當權的第一天。突然從大門裡跳出一幫男孩，帶著一包包剛印好的號外大聲叫賣：「奧德薩的資產者捐出五百萬！」那位老工人氣喘吁吁，好像被憤怒和幸災樂禍嗆得說不出話來：「太少了！太少了！」』您不覺得這話聽起來很熟悉嗎？我覺得……是的，似曾相識。在戈巴契夫年代，第一波造反開始的時候，人民聚集到廣場上要求麵包、要求自由、要求伏特加和菸草，真可怕啊！很多黨員幹部因為中風和心肌梗塞而死。就像黨教導我們的那樣，『在敵人環伺下』，『在陷入圍困的要塞中』。我們一直為迎接世界大戰做準備，更擔憂核子戰爭，卻沒有料到內部的崩潰。沒有預料到，從來沒有……我們已經習慣五月和十月的隊伍和標語：『列寧事業永存！黨，是我們的舵手。』而現在的人並不是有組織的隊伍，而是自發的一股勢力。他們不是蘇聯人民，而是另一種人，我們從來沒有見過的人。標語也完全不同：『把共產黨員送上法庭審判』、『打爛共產主義害人精』，讓人立刻想起新切爾卡斯克[17]。當時的消息被封鎖了，但我們都聽說了，就像赫魯雪夫時代飢餓工人走上街頭一樣，當時也對他們開了槍。那些活下來的人都被送到了各個勞改營，至今他們家人也不知道他們的下落。而現在，現在是改革了，不可能開槍，也不能鎮壓，必須對話。但是我們當中誰能夠走到人群中去演講？開始對話，苦口婆心地勸說……我們只是機關工作人員，不是演說家。我也在課堂上痛斥過資本家，捍衛美國黑人。我的辦公室裡擺著五十五卷的《列寧全集》，但有誰真正讀過？在大學裡，都是考試前瀏覽過一遍而已，比如

『宗教是人民的鴉片』、『所有的神像崇拜都是戀屍癖』等等。

恐慌變成了恐怖。普通幹部、指導員、區委和州委書記，都不敢走到工廠面對工人，走到校舍面對學生，連電話鈴聲都讓我們害怕。如果他們突然又問到薩哈羅夫或者布科夫斯基[18]，我們該怎麼回答？他們到底還是不是蘇維埃政權的敵人了？如何評價雷巴科夫的《阿爾巴特街的兒女》[19]和沙特羅夫[20]的短劇集？上面沒有任何指令下來。早先上級對你說：『你完成了任務，在生活中貫徹了黨的路線。』可是現在呢？教師罷工要求提高工資，年輕導演在工廠俱樂部排練被禁的話劇。上帝啊！在一個紙板工廠，工人們用手推車把廠長推到了大門外。他們憤怒地咆哮，砸碎玻璃。晚上又有人把鐵索繞上列寧紀念碑，拉倒了它。人群向列寧做出輕蔑的手勢。黨組織消失了……我還記得失魂落魄的黨員，拉下窗簾坐在辦公室裡。在區委大樓入口處，白天黑夜都有全副武裝的民警值班。我們害怕人民，人民起初也習慣性地害怕我們。後來他們不再害怕了，數千人聚集在廣場上，我還記得他們的標語：『來個一九一七吧！革命吧！』我都驚呆了。專業技校的學生怎麼也和他們站在一起了，年輕的孩子，還是一群小公雞啊！有一次，一群人民代表到區委來了：『給我們看看你們的特供店！你們那兒應有盡有，我們的孩子卻餓得暈倒在課堂上。』他們在我們的餐廳沒有發現貂皮和魚子醬，但還是不相信：『你們在欺騙老實的人民。』一切都動搖了，被撼動了。戈巴契夫很軟弱，搖擺不定。他應該是想捍衛社會主義的，但是又想搞點資本主義；而他想得更多的是如何在歐洲受到讚揚，在美國受到歡迎。在歐美那邊，人們對他拍手稱好：『戈爾比[21]！戈爾比！戈爾比真是棒！』他只是空談改革。（沉默）

社會主義就在我們眼前死亡了。這些鐵血小青年衝了出來。」

安娜・依琳尼奇娜：

「這雖然是不久前發生的事，但已經屬於另一個時代和另一個國家了。我們的天真和我們的浪漫都留在那裡了，那個時候我們太輕信。有的人不想回憶，因為那是令人難過的，我們經歷了太多的失望。可是，誰又能說我們什麼變化都沒有？過去連《聖經》都不能帶過境，難道忘記了？我從莫斯科把麵粉和麵食帶到卡盧加當禮物送給親友，他們還開心得不得了。都忘了嗎？現在已經沒有人需要排隊買糖和肥皂了，買外套也不用票證了。

當時我是立刻就愛上了戈巴契夫！現在他們都譴責他：『蘇聯的叛徒！』『戈巴契夫為了披薩就出賣了國家！』但我還記得我們當時的驚奇和震撼！我們終於有了一位正常的領導人。我不為他感到羞恥。那時候，大家彼此傳頌戈巴契夫如何在列寧格勒叫停了保安隨從的阻擋，走到人民中間，還在一個工廠拒絕了昂貴的禮物，在一個傳統的晚宴上只喝了一杯茶，等等。他總是微笑，講話從來不念稿子，年富力強。我們沒人會相信，就在商店裡出現香腸的時候，就在大家不必為了購買進口胸罩而排上幾公里隊伍的時候，蘇維埃政權竟然終結了。我們以前都習慣於辦事找熟人，比如預訂博覽會入場券，買巧克力和德國運動服。為了買到一塊肉，就得和屠夫交朋友。蘇維埃政權似乎是牢不可破的，還要子子孫孫傳下去。可是，誰都沒有料到它突然就終結了。現在很清楚的是，連戈巴契夫自己都沒有想到，他還想繼續改革，但是不知道該怎麼辦了。誰都沒有準備，沒有人做準備！甚至想推倒這堵牆的人也沒有想到。我是個普普通通的技術員，不是英雄，也不是共產黨員。感謝我的丈夫，他是個藝術家，所以我早就進入了波西米亞圈子。

那裡有詩人、畫家，我們中間沒有英雄，誰都沒有足夠的勇氣成為異議份子，沒有勇氣為了自己的精神信念入監或者住進瘋人院。我們只能偷偷在口袋裡比中指來表達憤怒。

我們坐在廚房裡罵蘇維埃政權，說政治笑話，讀地下出版物。如果有人搞到新書，他可以在任何時候去敲開朋友的家門，哪怕是凌晨兩三點，他都是被渴盼的客人。我清楚地記得那種莫斯科的夜生活，特殊的夜生活。那裡有我們心目中的英雄、懦夫和叛徒，也有我們自己的快樂。這無法向圈外人說清楚。首先，我無法解釋我們為何開心，又不能細說別的。就是這樣，我們的夜生活和白天真的完全不同，截然不一樣！一到早上，我們就都各自去上班，又變成了普通的蘇聯人，和其他人完全一樣，老老實實中規中矩地上班。要麼你順從，要麼你就去掃院子當保安，沒有其他方式保護自己。等到離開工作崗位回到家，就又開始在廚房聚會，一邊喝伏特加，一邊收聽受到高度干擾的美國之音。我至今還記得那種劈劈啪啪的無線電干擾聲。但那個時候，我們徜徉於無休止的浪漫、戀愛和分手的循環中。當時許多人都自認為是國家的良心，認為自己有權開啟民智。可是我們對人民了解嗎？也就是從屠格涅夫的《獵人筆記》中，從我們的『鄉村作家』那裡，還有拉斯普京和別洛夫[22]的作品中，才有些了解。我甚至連自己的父親都不理解，我曾經對著他大叫：『爸爸，如果你不把黨證退給他們，我就不和你說話了。』爸爸哭了。

戈巴契夫的權力比沙皇還大。他有無上的權力，但他出來都這樣說：『不能再這樣生活下去了。』這是戈巴契夫的名言。於是，國家變成了一個辯論場所。人民在家裡爭論，在工作中爭論，在公車上也爭論。有的家庭因為不同觀點而瓦解，子女與父母因為爭吵而分離。我有一個熟識的朋友就是這樣，她與兒子媳婦因為列寧而爭吵，最後把他們都趕到街上，兒子媳婦大冬天只能住到城外冰冷的小木屋裡頭。劇院空蕩蕩，因為大家都聚在家裡的電視機前，觀看全蘇首次人民代表大會[23]的現場直播。還有在此之前我們如何選出人民代表的完整故事。那是首次的自由選舉，真正的民主選舉！兩名候選人在我們選區四處遊說，一個是黨的幹部，一個是青年民主派、大學教師。我現在還清楚記得他叫馬雷舍夫，尤拉・馬雷舍夫。我現在還偶爾能看到他，他現在從事農產品生意，買賣番茄和黃瓜。當時他是一個革命者，到處演講，鼓動造反，說些聞所未聞的事。他把馬列主義文獻稱為『小薄書』，說它們散發著樟腦味，還要求廢除憲法第六條[24]，而正是這一條規定了蘇共的領導作用。馬克思列寧主義是國家基石，我聽到他說的話，真是不可想像，簡直是瘋了。誰讓他……誰允許他這樣說的？全都崩潰了，簡直就是重創。我們以前真是太僵化了，這麼多年我硬是把自己打造成了一個蘇聯人，付出了多少代價啊。（沉默）我們組織了團隊，聚集了二十名志願者，下班後就到選區內的一棟棟公寓樓房宣傳鼓動。我們在標語上寫著『請投馬雷舍夫一票』。您想像一下，他贏了！取得了壓倒性勝利。那是我們的第一次勝利！然後我們全都看了第一次人民代表大會的電視直播，我們欣喜雀躍：『代表們的發言，比我們在廚房裡的言語更加坦率大膽，或者說和我們的廚房言論很相近。』所有人都像毒癮發了一樣留在電視前，捨不得離開：『瞧啊，特拉夫金要教訓他們了！是啊！波爾德廖夫呢？噢，現在他上台了……真是好樣的！』

那時候眾人對報章雜誌的激情簡直無可描述，遠遠超過書籍。那些厚厚的刊物發行量動輒突破數百萬冊。從早到晚在地鐵上總是同樣的景象：全車乘客，坐著的、站著的，都在閱讀。素不相識的人也都互相交換報紙看。我和我先生訂閱了二十種雜誌，把工資全花在雜誌上了。我一下班就會儘快跑回家，就為了換上浴袍開始閱讀。不久前我媽媽去世了，她說過：『我會像一隻垃圾場中的老鼠似的死去。』她那間小套房簡直就像閱覽室：從書架到壁櫥，從地板到走廊，堆滿了雜誌、報紙，其中有珍貴的《新世界》、《旗幟》和《道加瓦》，到處是裝剪報的大盒子。我把所有的盒子都運到了小木屋，因為扔掉太可惜，可是能送給誰呢？現在全都是廢紙了！我就一遍一遍重讀，許多內容都用紅筆和黃筆畫線，紅色標的是最重要的內容。我想我的報章雜誌總有半噸多吧，小木屋全都塞滿了。

那時候的信仰是真誠的，也是天真的。我們都相信：『時候到了，那台等著把我們載往民主的公車，已經停在街上了。』我們憧憬著住進美麗的房子，而不是灰色的赫魯雪夫建築，我們會建成高速公路取代破舊的公路，一切都將變得美好。但誰都沒有去尋求合理的證明，而其實，根本就不存在任何證明。但是，為什麼還要相信？因為我們是用心去信，而不是用理智去信。我們是用心去投票的。誰都沒有具體說應該做什麼，反正自由就是一切了。如果你被關在一個封閉的電梯裡，那麼你的夢想就只有一個：打開電梯門。而當電梯門開啟時，你就會感到幸福，無比的幸福。這時你還不會去想自己此刻應該做些什麼，因為你終於能夠暢快地呼吸了，你就是單純感覺到快樂！我有個友人嫁給了一個在駐莫斯科大使館工作的法國人。那個人聽她一個勁地說著：『看看吧，我們俄羅斯人現在多麼有幹勁。』他問她：『你告訴我，這種幹勁是要用來做些什麼？』不管是她或是我，都無法對他說清楚。我只是這樣回答他說：『朝氣勃勃、幹勁十足，就是這樣。』我看見周圍都是生氣勃勃的人，生氣勃勃的面孔。那時候的一切，都是那麼美麗！這些人都是從哪裡冒出來的？昨天他們都還不存在啊！

我們家裡的電視從來都不關，每小時都要看整點新聞播報。那時候我剛剛生了兒子，每次抱著他到院子裡，也一定要帶個收音機。鄰居連外出遛狗，也要帶著收音機。現在我總是拿兒子開玩笑：『你和我們在一起，生來就是政治家。』可是他一點都不感興趣，整天就是聽音樂、學外語，想去看看外面的世界，過另一種生活。我們的下一代完全不像我們，他們到底像什麼人呢？只有同一時代的人，彼此才是相像的。我們那個時候都是這種樣子的：哇噢！索布恰克[25]上台演講了，然後所有的人都會放下手中的事跑到電視機前。我喜歡索布恰克那身漂亮西裝，看上去像是燈芯絨的，還喜歡他用歐洲方式紮領帶。然後薩哈羅夫登上講台了。社會主義也有可能『人性化』[26]？話是這樣說的，但對我來說，人性的社會主義，就是利哈喬夫[27]院士的面孔，而不是雅魯澤爾斯基[28]大將的樣子。而在我說到戈巴契夫時，我的丈夫必須補充一句『戈巴契夫，還有萊依莎·馬克西莫夫娜[29]』。那時是我們第一次見到總書記的妻子，從來沒有覺得她讓我們難堪。秀美的身材、漂亮的服裝，他們夫婦相親相愛。有人給我們帶來一本波蘭雜誌，上面寫道：『萊依莎，是一種氣質！』我們為此多麼驕傲啊！人民沒完沒了地參加集會遊行，街道都被傳單覆蓋了。一個集會結束了，另一個又開始了。人人都像趕場一樣奔波，每個人都覺得自己要去得到某種啟示。這正是正確的人尋得正確答案的時刻。前方還有未知的生活在等待我們，它吸引了所有人，就好像我們已經到了自由天國的大門口。

但是生活卻變得愈來愈糟糕。很快地，除了書籍，什麼都買不到了。貨架上只剩下書。」

伊蓮娜·尤里耶夫娜：

「一九九一年八月十九日，我照例來到區黨委。在走廊裡，我就聽到各樓層所有辦公室的收音機都開著。女祕書告訴我，『一號』（第一書記）讓我去他那兒一下。我過去了。『一號』的辦公室開著電視，音量很高，他一臉愁容，坐在收音機旁，一會兒調到自由電台，一會調到德國之聲和ＢＢＣ，有啥聽啥。桌上放著國家緊急狀態委員會的名單。他語帶敬意地對我說：『只有瓦連尼科夫讓我尊敬，畢竟是將軍，在阿富汗打過仗。[30]』這時，第二書記和組織部長陸續進來了，我們開始談話。『太恐怖了！會流血的。血流成河。』『不會所有人都流血，但那些該要流血的人得流。』『早就該挽救蘇聯了。』『會堆屍如山啊。』『瞧吧，老戈玩砸了，終於有正常人出來了，將軍登場掌權了。胡鬧該結束了。』最後『一號』發話了，決定不開每天上午例行的工作會議，有什麼可報告的？任何指令都無法執行了。當著我們的面，他打電話給警察局：『你們有什麼消息嗎？』什麼消息都沒有。大家接著談戈巴契夫，他到底是真的病了，還是被逮捕了？結果呢，大家愈來愈傾向於第三種可能——戈巴契夫和家人一起溜到美國去了，不然還有哪裡可去？

我們就這樣整天坐在電視和電話旁邊，心惶惶然：『上面到底誰在掌握權力呢？』大家都在焦急等待。老實跟您說，那時候我們也只能等待。一切都有些像赫魯雪夫被推翻時那樣，關於那時的回憶錄都要讀爛了。當然，現在的談話多了一個新主題——自由。自由是什麼？自由對我們的人來說，就像猴子想戴眼鏡一樣，誰都不知道該怎麼辦。到處都是小商小販，但是他們不需要精神啊。我記得前幾天遇到以前幫我開車的司機，這可是一個精采的故事……那個小夥子退役後直接就到我們區委了，當司機關係廣、路子多，他開心死了。但改革開始後，允許開公司了，他就從機關離開去做生意。這樣一來，我簡直認不出他了。他剃了光頭，穿皮夾克和成套的運動服。我明白那是他們這種人的標準服飾。他吹牛說他一天賺的錢超過區委第一書記一個月的工資。他做的是穩賺不賠的生意——牛仔褲。他和別人合夥租用了一家普通洗衣店，在那裡仿製石磨牛仔褲。工藝很簡單（真是窮極智生）：把普通的廉價牛仔褲扔進漂白劑中，裡面加上碎磚頭，煮上幾小時，褲子上就多了條紋、汙漬、圖案，成了抽象藝術。烘乾後再貼上『Montana』的標籤，就成了。我忽然間生出了一個念頭：『如果一切不變的話，這些牛仔褲的小販很快就會來管理我們了，他們可是新經濟政策的產物啊！』他們會提供所有人的吃穿用，不管這有多麼可笑。工廠建在地下室裡，產品就這樣出貨了！現在這個小夥子已經是百萬富翁或億萬富翁了（對我來說，一百萬和十億都是一樣大的數目），而且還是下議院的議員，在加那利群島有一幢樓，在倫敦也有一幢樓。沙皇時代，在倫敦居住的是赫爾岑和奧加遼夫[31]，現在變成了這些人，我們的『新俄羅斯人』……牛仔褲、家具和巧克力大王，還有石油大亨。

晚上九點，『一號』再次召集大家到他辦公室開會。地區ＫＧＢ局長報告形勢，他談到人民的情緒。按照他的話說，人民是支持國家緊急狀態委員會的，沒有表現出憤怒，所有人都討厭戈巴契夫。除了鹽巴，市面上什麼都要憑票購買，伏特加根本買不到。ＫＧＢ人員在整個城市奔走，到處記錄人民的對話。人民一邊排隊搶購，一邊還在爭吵：『政變了！國家會怎樣啊？』『你家裡還能有什麼東西翻掉[32]？床鋪還好好地在那兒，伏特加不也是。』『自由就這麼結束了。』『啊哈！自由就像香腸一樣被切掉了。』『有誰還想嚼口香糖，還想抽萬寶路香菸啊。』

『早就應該這樣啦！國家瀕臨崩潰！』『戈巴契夫是猶大！他想把祖國拿去換美元。』『看來要流血了。』『我們不可能不流血……』『為了拯救國家，拯救黨，我們需要牛仔褲、漂亮的內衣和香腸，而不是坦克。』『想要過好日子？去你的吧！別想了。』（沉默）

一句話，人民在等待，我們也是。黨委圖書室的偵探小說到晚上全都沒了，都被拿走了。（笑）我們這些人本該讀列寧著作，而不是偵探小說。列寧和馬克思的書，就是我們的聖經。

我還記得國家緊急狀態委員會的記者發布會，亞納耶夫的手一直在顫抖。他還在那兒為自己辯護：『戈巴契夫值得尊敬，他是我的朋友……』他的眼睛都不敢跟人對視。看到他膽怯的眼神，我的心一下子就沉下去了。這不是能夠成事的人，不是可以期待的人。他們是侏儒，是平庸的黨務官僚，靠他們哪能拯救國家，哪能拯救共產主義！他們誰都救不了。電視上，莫斯科的街道上已經是人山人海了！在火車總站和城外的火車站，人潮還在繼續湧入莫斯科。葉爾欽站到了坦克車上，向人群分發傳單。『葉爾欽！葉爾欽！』人人像唱聖歌一樣齊聲高喊：『勝利了！』（她神經質地摩搓著桌布邊緣）這條桌布就是中國製造的，整個世界充滿了中國產品。中國就是成功處理緊急狀態的國家，而我們現在在哪兒？已經成了第三世界國家了。那些曾經大喊『葉爾欽！葉爾欽！』的人現在都去哪兒了？他們以為我們將要生活在和美國德國一樣的國家，其實是生活在哥倫比亞了。我們輸了，輸掉了國家，當時我們有一千五百萬共產黨員啊！黨是能夠做到的，但是人民背叛了它。一千五百萬的黨員中居然找不出一個領袖，一個都找不出來。而對方就有領導人，就是葉爾欽！我們都輸光了！至少有一半的人民希望我們能勝利吧。現在這個國家沒有了，已經成了另一個國家。

那些自稱共產黨員的人，突然宣稱他們從小就仇恨共產主義。他們放棄了自己的黨證。一些人是默默地把黨證交上來，還有一些人是丟進來的；也有人是夜晚悄悄溜進區黨委大樓，像小偷一樣。請誠實地跟共產主義道別吧，不要那樣偷偷摸摸的。早上看門人打掃院子時，收集到很多黨證和共青團員證，用很大的透明塑膠袋裝著交給了我們。該怎麼處理呢？送到哪兒去？沒有任何上級指示，上面沒有信號，死一樣的沉寂。（她陷入沉思）這就是那個時代，人開始改變一切，絕對是一切，改變得乾淨又徹底。一些人離開了，改變了他們的國籍；另一些人改變了信念和原則；第三種人改變了家裡的東西，改變了東西的品質，把舊蘇聯的產品扔掉，所有東西都買進口貨。那些跑單幫的，什麼東西都能弄進來：水壺、電話、家具、冰箱，從不知道什麼地方弄來的散裝零組件自己組裝。『我有 Bosch 洗衣機。』『我買了西門子電視。』人人談的都是松下、索尼、飛利浦……我遇到一個鄰居，她說：『因為有了一個德國咖啡機而開心，實在不好意思，但我太幸福了！』但不久前，就在不久前，她還徹夜排隊購買阿赫瑪托娃[33]的詩集，現在卻為一個咖啡機而瘋狂，為了一些破東西而開心。他們與黨證分手，就好像和什麼廢棄物告別似的。雖然很難相信，但是幾天之內真的一切都變了。就像你在回憶錄中讀到的，沙皇俄國只有三天就消失了，蘇聯的共產主義也一樣，都是幾天而已。人的腦袋還不能接受，真的，仍然有人把自己的小紅本黨證藏起來，用各種形式保存著。不久前，在一個朋友家裡，他們從牆壁的夾層中找出列寧半身像給我看。他們都在保留著，以為說不定突然間又可以拿出來了。共產黨一旦回來了，他們就會第一批戴上紅色領結。（沉默）我的書桌上放著幾百份退黨聲明，很快就當成垃圾運走了，在垃圾堆中腐爛。（她在桌上的資料夾中尋找什麼）我保存了一兩頁紙，總有一天有人

會找我，要我把它們送交博物館。他們會來的……（她讀了起來）

『……我是個忠誠的共青團員，又懷著真誠的心入了黨。現在我想說，黨對我再也沒有任何權威可言了。』

『……時代把我引入歧途，我曾相信偉大的十月革命。但是在我讀了索忍尼辛之後，才明白美好的共產主義理想原來是很血腥的。這是個騙局……』

『……是恐懼促使我入黨……列寧的布爾什維克槍殺了我爺爺，史達林的共產黨員在莫爾多瓦的集中營毀滅了我的父母。』

『……我以自己的名義和我死去丈夫的名義，宣布退出共產黨。』

這是必須要熬過去的經歷，恐怖得令人窒息。人們在區黨委排隊，就像在商店排隊一樣。他們是排隊交還黨證的，一個普通的女人朝我走過來，她是個擠牛奶女工。她哭了：『我該怎麼辦？該做什麼？報紙上都說黨證得扔掉。』她辯解說她有三個孩子，她為他們擔心。有人散布流言說要審判共產黨員，把共產黨員流放出去。還說在西伯利亞已經修復了勞改營的木板房，手銬都運到了警察局……還有人說看見從卡車上卸下的手銬，都是用油布蓋著的。真是驚心動魄的現實！但是我也記得一些真正的共產黨員，對中心的思想忠誠。有一個年輕教師，他是在國家緊急狀態委員會成立前不久才被接受入黨的，但是黨證還沒發給他，他就請求說：『你們馬上就會被查封了，請趕快給我簽發黨證，不然我就永遠都拿不到了。』這個時候，人的個性特別鮮明。有個老兵，全身掛滿戰鬥勳章，胸前就像是一面聖像牆壁，他把戰爭前線發給他的黨證退了回來，說：『我不想留在叛徒戈巴契夫的黨裡了！』人人都在展示著自己，清楚分明。不論是陌生人或熟人，甚至親戚，以前相遇時都會說：『你好嗎，伊蓮娜．尤里耶夫娜？』『身體還好嗎，伊蓮娜．尤里耶夫娜？』可是，現在他們大老遠看到你，馬上就會穿越馬路到對面去，就是不想打招呼。有一位原是地區重點中學的校長，在這一切發生前不久，我們還按照布里茲涅夫的《可愛的土地》和《重生》兩本書的精神，在他們學校召開過黨的科學工作會議。那時候，他還發表過激情四射的報告，大談共產黨和布里茲涅夫同志在偉大衛國戰爭中的領導作用，我還曾經授予他證書。忠誠的共產黨員！列寧主義者！我的天，一個月不到，他在街上遇到我就開始辱罵：『你們的時代結束了，你們要對一切負責！首先是為史達林負責！』我委屈得喘不過氣，他這是對我說話嗎？對我，這個父親曾經被關進勞改營的人……（幾分鐘後她才平靜下來）我從來沒有愛過史達林。爸爸原諒他了，但是我沒有。我不原諒。（沉默）赫魯雪夫在蘇共第二十屆代表大會上做了報告後，開始平反政治犯。但是真正的平反，已經是戈巴契夫時代了，我被任命為地區政治鎮壓受害者恢復名譽委員會主席。我知道，一開始被提名的是其他人——檢察官和區委第二書記，但是他們拒絕了。為什麼？也許他們害怕。在我們那兒，人們至今仍然害怕與KGB有瓜葛。但我一分鐘也沒有猶豫，是的，我同意了。我父親受過苦。我為什麼要害怕？第一次他們把我帶到一個地下室，那裡有成千上萬的資料夾。有的一個案子只有兩頁紙，另一個卻是厚厚的卷宗。像一九三七年的計畫那樣，按照《查出人民公敵並連根拔起》[34]的檔案進行分類……在八〇年代，從區裡到州裡都規定了平反人數，計畫必須完成或超額完成。還是史達林的風格：開會、批評、處分。快做快做……（她搖著頭）我整夜整夜地翻閱那些卷宗，恐懼得頭髮都豎起來了。兄弟告發兄弟，鄰居陷害鄰居，只是為了一塊菜園，為了國有住宅的一個房間。在婚禮上還舉杯高唱：

『感謝喬治亞人史達林[35]，讓我們穿上了橡膠鞋。』事情太多太多了。一方面，是體制把人碾碎了；另一方面是人與人之間的冷酷無情。人隨時都可以……

一個普普通通的國有住宅，一起住著五個家庭，二十七個人共用一個廚房和一個浴室。有兩個鄰居是朋友，一個有五歲的女兒，另一個是獨身一人。在國有住宅中，很常見的事就是互相監視和偷聽。房間只有十平方公尺的人，就嫉妒那些有二十五平方公尺房間的人。於是，有一天夜晚『黑烏鴉』[36]來了，那個有小女兒的女人被抓走了。她被帶走之前，還對自己的鄰居喊道：『如果我回不來，請好好照顧我的女兒。不要把她送到孤兒院。』從此，她的鄰居兼好友就接手了那個女孩，房間也轉到了她的名下。女孩開始叫她媽媽，安妮雅媽媽。十七年之後，生母回來了，她感激得幾乎把她的姊妹從手到腳親吻了個遍。童話通常應該在此結束了，但現實生活卻有其他結局，並不是幸福結局。在戈巴契夫時代，檔案開放後，上面來了個人問這位當時的勞改營女囚犯：『您想看看自己的檔案嗎？』『我想。』她拿起了自己的卷宗，打開一看，最上面一行是告發者的名字，那麼熟悉，原來就是自己的好鄰居『安妮雅媽媽』，就是她告的密。您懂了吧？可是我不明白。我想那個女人，她也無法明白。回到家裡之後，她就上吊自殺了。（沉默）我是無神論者，但是我有很多問題想問上帝。我記得，我爸爸說過的話：『勞改營可以忍受，不能忍受的是人。』他還說過：『要是你今天不死，明天就會輪到我死。我不是在勞改營裡第一次聽到這些話，是從我們的鄰居卡爾普沙那兒聽到的。』卡爾普沙和我父母吵了一輩子的架，就因為我們家的雞踩了他的小菜園。他還拿著獵槍跑到我們家窗戶下。（沉默）

八月二十三日，國家緊急狀態委員會的成員被捕了。內務部長普戈開槍自殺。自殺之前，他先槍殺了妻子。人民高興地歡呼：『普戈自殺了！』阿赫羅梅耶夫[37]元帥在克里姆林宮的辦公室裡上吊自殺；還有一些離奇的死亡……蘇共中央總務部長尼古拉斯從五樓窗戶摔了下去，自殺還是他殺？至今還是未解之謎。（沉默）怎麼活下去？怎麼敢上街？只要一上街，就會和別人碰面。我那幾年都是獨自生活。女兒嫁給了軍官，去了海參崴；丈夫死於癌症。每天晚上我獨自回到空蕩蕩的公寓。我不是弱者，但是想得太多，難免害怕。一些想法總是不時出現，說實話，想法很亂。（沉默）有一段時間我們還是會到區委上班，把自己關在辦公室裡，看電視新聞，等待著事態發展，也抱著一些希望。我們的黨在哪裡？我們列寧的黨是戰無不勝的！世界崩潰了。有一個集體農莊打電話過來：『一群男人帶著鐮刀和乾草叉子，還有獵槍，聚集在農莊的辦公室外，要捍衛蘇維埃政權。』一號下令說：『讓員工都回家去吧。』恐懼，我們所有人都在害怕，也有些人情緒很堅定。我知道幾個這樣的事例。我們還是感到畏懼……

果然有一天，有人從區委會打電話過來：『我們必須查封你們的辦公室。給你們兩個小時過來收拾東西。』（她說到這兒難掩激動）只有兩小時，兩小時。所有房間都要被一個專門委員會查封，那些所謂的民主份子，其實就是一個鎖匠、一個年輕記者，以及一個生養五名孩子的媽媽，我先前就在集會遊行上認識她了。她常常寫信給區委，給報社投訴，因為她家人口多，住的板房很簡陋，就到處找人要求一套公寓，也到處罵共產黨。我還記得她的模樣，她這時可高興了。當他們來到『一號』的辦公室時，第一書記抓起一把椅子扔向他們。在我的辦公室，一個委員會成員走到窗口示威似地把窗簾撕了，是為了不讓我把窗簾帶回家嗎？我的上帝！他們還逼著我打開包包檢查。幾年後，我在街上又遇見這個母親。甚至我現在還記得她的名字：加琳娜·

阿芙傑伊。我問她：『您拿到公寓了嗎？』她朝地區政府大樓揮舞著拳頭說：『這些下三濫騙了我。』回過頭接著說。當時在區委大樓的出口，一堆人等待著我們：『把共產黨員送上法庭！馬上把他們趕到西伯利亞去！』『現在要是有機關槍，就朝那些窗戶掃射！』我一轉身，發現身後有兩個醉醺醺的男人，就是他們在大喊機關槍。我回答說：『你們教我一下吧，我自己開槍算了。』一個員警站在一邊，假裝什麼也沒聽見。這個員警也是我認識的熟人。

那段時間總有一種感覺，背後像是有鬼鬼祟祟的聲音，不是只有我一個人這樣覺得。我們區委一位指導員的女兒在中學讀書，她班裡有兩個女孩來找她說：『我們不能再和你交朋友了，因為你爸爸在區黨委工作。』『我爸爸是好人。』『好爸爸不會在那種地方工作。我們昨天參加了抗議……』才五年級的孩子，已經是雨果筆下的野孩子伽弗洛什，準備去運送子彈匣了。[38]『一號』突發心臟病，沒來得及送到醫院，死在了救護車上。我以為像以前一樣，會有很多人送花圈奠祭。實際上，卻像什麼事都沒發生一樣，沒有什麼人來，送葬者只有我們一群同志。他的妻子想在墓碑上刻上鐮刀和鐵錘[39]，第一行字是蘇聯國歌的歌詞：『自由的共和國，牢不可破的聯盟。』但大家都嘲笑她，我一直聽到鬼鬼祟祟的聲音。我想自己是有神經病了。一個素不相識的女人在商店衝著我大叫：『瞧，就是這些共產婆娘，毀壞了一個國家！』

有什麼能救我？幾通電話救了我。友人來電話說：『要是把你送到西伯利亞，就不必害怕。那裡可美了。』（笑）她當時正在西伯利亞旅遊，可喜歡那裡了。表姐也從基輔打來了電話：『到我們這兒來吧。我把鑰匙給你，可以在我們的度假小木屋躲一下，在這裡沒人能找到你。』我又不是罪犯，我不會躲起來的。父母每天都打電話來：『你在幹什麼？』『在醃黃瓜。』我那時候整天在家用開水煮醃菜用的罐子。心情當然很糾結，我不讀報紙不看電視，只看偵探小說，一本接一本地讀。電視只會帶來恐懼，報紙也是。

好久都找不到工作。人人都以為我們分了黨的錢，或者我們每個人都有石油管道的份額，至少也有個小加油站。反正我是既沒有加油站，也沒有商店，也沒有攤位。那種人現在叫作『買辦』。除了買辦、跑單幫，在偉大的俄羅斯語言裡也找不到這些新詞彙：禮金、兌換走廊、國際貨幣管道……我們都用外語說話了。我回到學校教書，帶學生重讀最喜愛的托爾斯泰和契訶夫的作品。其他人怎麼樣？我那些同志的命運各自不同。一位指導員自殺了，黨委辦公室主任得了精神分裂症，在醫院躺了很久；還有人成了商人──區委第二書記有了一家電影院。還有一個區委指導員，當起了牧師。我跟他見過面，談了好久。人可以等待第二次生命。我很羨慕他。我想起來了，我還在一家畫廊工作過，我記得，有一幅畫，畫面很亮很亮，一個女人站在橋上看著散發著光芒的遠方。看著這張油畫，我久久不想離開，離開又轉身回來，她太吸引我了。我也可以有另一種生命，只是我不知道，那時候又會是怎樣的一種生命？」

安娜．依琳尼奇娜：

「我被轟鳴聲驚醒，打開窗戶。整個莫斯科，整個首都的街道上停滿了坦克和裝甲車。聽廣播！我趕快打開收音機。正在廣播《告蘇聯人民書》：『祖國正面臨危亡……陷入暴力和不法行為的深淵……要清除街道上的犯罪，終止目前的混亂時期。』戈巴契夫到底是由於健康原因辭職，還是被逮捕了，一切都不得而知。我打電話給人在小木屋的丈夫：『國家發生政變了，大權旁落到……』『傻瓜！快放下電話，他們現在就會把你抓走。』打開電視，所有頻道都在播放芭蕾舞劇《天鵝湖》。我眼前浮現出另外一組畫面，我們全都是蘇聯宣傳培養出來的孩子：智利聖地牙哥……總統府在燃燒，薩爾瓦多．阿葉德[40]的聲音……電話開始不斷打來：『城裡全都是軍事裝備，坦克已經開上了普希金廣場和大劇院廣場。』當時正好我婆婆到我家，她嚇壞了：『不要上街啊。我是在獨裁下生活過的人，我知道那是什麼。』但是我不想生活在獨裁之下！

到了下午，我先生從小木屋回來。我們坐在廚房，抽了很多菸。因為害怕電話被竊聽，我們還把枕頭壓在電話上。（笑）在此之前，我們讀了很多表達不同政見的文學作品，也聽了很多言論。此時正躬逢其時，獲益匪淺。我們好不容易吸到了一點新鮮空氣，現在窗戶卻又砰的一聲關上了，又把人趕回了籠子裡，又把我們砌在了柏油馬路中。我們將如同水泥中的蝴蝶……我們又想起不久前發生的天安門事件，想起喬治亞首府提比里斯的示威怎樣被員警用工兵鏟驅散，想起維爾紐斯電視中心的風暴[41]……『當我們讀沙拉莫夫和普拉托諾夫[42]的時候，』我先生說，『內戰已經開始了。以前大家在廚房裡爭論，到廣場去遊行抗議，現在要互相開火了。』情緒就是如此，某種災難在降臨。收音機一直開著，轉過來轉過去，都是在播放音樂，古典音樂。突然間，奇蹟出現了！俄羅斯電台出聲了：『依法選舉的俄羅斯總統被中止權力，這是一場厚顏無恥的政變企圖……』我們從廣播中得知有數千人已經走上街頭，戈巴契夫處於危險之中。出去還是不出去，這已不需要討論了。婆婆先是勸我：『你瘋了，為孩子想想吧，你要去哪裡啊？』我無話可說。當她看到我們收拾好東西一定要去時，又說：『既然你們這麼傻，那就帶上些蘇打水，一旦施放瓦斯，你們可以用濕紗布捂到臉上。』我就準備了一個能裝三升蘇打水的罐子，又把一張床單撕成碎片。我們還把家裡所有的食物都帶上了，從櫥櫃取走了所有罐頭。

很多人和我們一樣走向地鐵站，也有人在排隊買冰淇淋、買鮮花。我們經過一對快樂的情侶身邊時，聽到他們在說：『如果我們明天因為坦克的阻攔而不能去聽音樂會，我永遠不會原諒他們。』迎面跑來一個男人，穿著內褲，拎著一個袋子，袋子裡面都是空瓶子。他追上我們問：『建設大街怎麼走，可以指個路嗎？』我告訴他從哪兒向右轉，然後繼續往前走。他說謝謝，好像對什麼都無所謂，一心要去扔空瓶子。這和一九一七年有什麼不同嗎？一些人在開槍，另一些人在舞會跳舞，而列寧在裝甲車上……」

伊蓮娜．尤里耶夫娜：

「鬧劇，全都是鬧劇！如果國家緊急狀態委員會勝利了，今天我們就生活在另一個國家；如果戈巴契夫沒有膽怯，他們就不會用輪胎、洋娃娃，還有洗髮精發工資。工廠也是，製造鐵釘的發鐵釘當工資，做香皂的就發香皂。我對所有人都說：『看看人家中國人，他們就是走自己的路。不依賴任何人，不模仿任何人。全世界今天都怕中國人……』（又對我提問了）我相信，您一定會刪掉我這些話。」

我向她保證，每個故事都有兩個版本。我希望做一個冷靜的歷史學家，而不是點燃火炬的歷史學家。讓時間做法官吧。時間是公正的，但那是說遙遠的時間，而不是最近的時間。要等到我們已經不在的時代，不會被我們的偏好所影響的時代。

安娜．依琳尼奇娜：

「其他人可能會嘲笑我們的那些日子，說那是一場輕喜劇、滑稽劇。但是當時我們所有人都是十分嚴肅、認真和誠實的。全都是真實的，我們也都是真心實意的。手無寸鐵的人民面對坦克，準備犧牲。我就坐在街壘上看著這些人，他們來自全國各地。還有莫斯科的老婦人，就像上帝派來的蒲公英，送來肉餅，帶來裹在毛巾裡的熱馬鈴薯，分送給所有人吃，也送給坦克兵吃。她們說：『吃吧，孩子。可不能開槍啊。真的會開槍嗎？』那些士兵其實也是什麼狀況都不明白。當他們打開頂蓋鑽出坦克時，同樣也看得目瞪口呆。大街上全是莫斯科人！女孩爬上他們的裝甲車，擁抱親吻他們，給他們烤餅吃。孩子戰死在阿富汗的母親哭道：『我們的孩子死在了外國的土地上，你們怎麼倒要死在自己的土地上啊？』有一個少校被女人團團圍在中間，精神崩潰了，大喊起來：『是啊，我自己就是個父親。我不會開槍！我向你們發誓——絕不會開槍！我們不會反對人民！』當時有很多有趣的事和感人的眼淚。人群中會突然有人大喊起來：『誰那裡有救心丸啊，這裡有人發病了。』馬上救心丸就出現了。有個推嬰兒車的女人（她看上去特別像我婆婆）拿出一塊孩子的尿布，想在上面畫一個紅十字。用什麼畫呢？『誰有口紅？』馬上有人遞給她廉價的口紅，還有蘭蔻、迪奧、香奈兒的口紅。很遺憾的是，當時沒有拍下照片，沒有人把這些詳細記載下來。非常遺憾。人心齊，有秩序，也很感人。然後又出現了旗幟和音樂，所有的一切都值得被紀念。不過生活中的一切都已支離破碎、泥濘骯髒或狼狽不堪，眾人徹夜坐在地上，圍著篝火，睡在報紙和傳單上。因為餓著肚子，憤怒不已。不少人一邊罵人一邊喝酒，但是沒有醉漢。有人送來香腸、乳酪、麵包，還有咖啡。他們說這是私人公司的商人送來的。有一次我甚至看見幾個魚子醬罐頭，當然魚子醬馬上消失在某些人的口袋裡。香菸也免費分發。坐在我旁邊的一個小夥子，身上紋著老虎圖騰，還有飆車族、龐克青年、彈吉他的大學生和教授，所有人都在一起。這就是人民！這就是我們的人民！我在那裡遇到了至少十五年沒有見面的大學同學，有人住在沃洛格達，有人在雅羅斯拉夫爾，他們都是搭火車到莫斯科的，一起來捍衛對我們所有人都至關緊要的東西。早上我們把他們帶回自己家裡，吃早餐、洗漱後，再返回現場。每次從地鐵出來，都有人發給我們一段鋼筋或者一塊石頭。『鵝卵石，是無產階級的武器。』我們笑著說。我們構築街壘，推翻無軌電車，鋸倒大樹。

講台也搭起來了。講台上掛著大標語：『向軍政權說不』、『人民不是腳下的泥土』，上台的人都用擴音器演講。不論是普通人或是著名政治家，他們開始還是用正常話語表達，但是幾分鐘後就覺得正常話語已經不帶勁了，就開始飆起了髒話。『是的，我們都是渾蛋……』附加一個髒字，痛快淋漓的俄羅斯國罵！『他們的時代結束了……』威力驚人的偉大俄語！國罵就是戰鬥的吶喊，所有人都能明白，這和那個時刻很相符。多麼亢奮的時刻啊！這就是力量！舊的詞彙已經不夠用了，而新的語言還沒產生。大家時時等著鎮壓開始，但仍是一片寂靜，特別是夜晚，寂靜得簡直令人難以置信。所有人都異常緊張。成千上萬的人，在寂靜中等待。我記得還聞到了瓶子中流出的汽油味道。這是戰爭的味道……

都是一些好人，優秀的人！現在有很多人寫文章，說那時候的活動與伏特加甚至毒品有關，說哪裡是什麼革命，街壘前都是一批批醉漢和癮君子。這是在說謊！那裡的所有人全都是真誠去赴死的。我們知道，七十年了，這台機器把人都磨碎了，沒有人認為能不經過重大流血犧牲就可以將這部機器輕易打破。有傳言說：『政變當局在橋上布了雷，很快就會施放毒氣。』於是，就有醫學院的學生到場為大家解釋如何在遭受毒氣攻擊時保護自己。形勢每半小時都在改變。有可怕的消息傳來，三個男人死在了坦克車下，但是沒有人發抖，沒有人離開廣場。不管後來的結果是什麼，但這些日子對我們的一生都很重要。不管多麼失望，我們都撐過來了，我們就是這樣的人！（她哭了）晨光初現，廣場上響起了一片歡呼：『萬歲！萬歲！』接著又是國罵、眼淚、尖叫……眾口相傳：『軍隊倒向了人民，阿爾法特種部隊的成員拒絕參與鎮壓。』坦克駛離了首都。當宣布政變份子被逮捕時，廣場上的人跳起來彼此擁抱，歡天喜地。我們勝利了！我們捍衛了自己的自由，那是我們團結一起做到的！天上下著雨，腳下一片泥濘，身體都濕透了，但是我們久久都不想解散回家。我們互相寫下地址，發誓永不忘記，永遠是朋友。地鐵上的員警非常禮貌，我之前從來沒有看過，之後也沒有再見過如此禮貌的員警。

我們勝利了。戈巴契夫從福羅斯[43]回到了完全不同的國家。大家走在城市大街小巷，臉上都掛著微笑。我們勝利了！這種感覺久久沒有消失。我經常回憶，當時的場景歷歷在目，就像身邊還有人喊道：『坦克！坦克來了！』大家手牽著手站成一條人鏈。又一次深夜兩三點，身邊有個男人拿出一包餅乾遞給我：『你要吃餅乾嗎？』於是，所有人都來拿他的餅乾吃。我們全都笑了。我們想要餅乾，更想要生活！至今我都會為那時候的我感到幸福，為當時和丈夫在一起、和朋友在一起的我，感到幸福。那時候，所有的人是那麼真誠。但是，我也為當時的我們感到遺憾，我們已經不復過去的樣子了，真的特別遺憾。」

臨別前，我問她們是怎麼維繫友誼的，據我所知，她們在大學時就是閨密。

「我們有個約定，不涉及這些話題，不能傷害對方。我們曾經爭論過，兩個人的關係也因此破壞了。我們許多年都沒說過話，不過這都過去了。」

「現在我們只談論孩子和孫子，只談論誰的小木屋栽種了什麼。」

「我們的朋友相聚時，也完全不談政治。每個人都以自己的方式走到現在。紳士和同志、白軍與紅軍，大家都生活在一起了。已經沒有人還想要開槍，血已經流得太多了。」

---

1 馬雅可夫斯基是蘇聯著名詩人，代表作長詩〈列寧〉從正面描寫列寧光輝的一生，描寫群眾對列寧的深厚感情。高爾基是蘇聯無產階級作家，社會主義現實主義文學的奠基者。

2 人類史上最血腥和規模最大的陸軍戰役之一，是二次大戰的主要轉折點。蘇軍為了保衛史達林格勒，與德軍對戰六個多月，也是蘇聯人口中稱頌的一次偉大的衛國戰爭。

3 即冬季戰爭，一九三九年十一月三十日蘇聯向芬蘭發動進攻，雙方最後於一九四〇年簽訂和平協定。雖然表面上蘇軍獲勝，卻付出了重大代價。

4 丘拜斯（一九五五〜），曾任俄羅斯第一副總理、財政部部長等職，主導了俄羅斯私有化進程。「都是丘拜斯惹的禍！」是俄羅斯流行的一句口頭禪，用以描述因為將國有財產私有化，而造成賤賣國家產業、貧富懸殊的困境。

5 安德羅波夫（一九一四〜一九八四），長期擔任蘇聯黨政領導職務，曾任蘇聯KGB首腦及總書記。

6 葉若夫（一八九五～一九四〇），蘇聯KGB首腦，是史達林大清洗計畫的主要執行者之一，後因失勢被處決。葉若夫的手套指的就是戴皮手套的祕密警察。

7 一二四〇年成吉思汗的孫子拔都汗率軍攻入基輔，開啟了兩百年的蒙古統治。

8 契爾年科（一九一一～一九八五），曾任蘇共中央總書記等重要職務。

9 俄羅斯國家通訊社。

10 烏斯賓斯基（一八七八～一九四七），蘇聯時代的哲學家、記者及作家。柯羅連科（一八五三～一九二一）批判現實主義作家。

11 肖洛霍夫（一九〇五～一九八四），俄羅斯作家，在蘇聯文學史中占有重要地位，作品主要反映頓河地區哥薩克人民的生活，一九六五年獲諾貝爾文學獎。

12 波塔寧（一九六一～），俄羅斯礦業巨頭、傳媒大王，是葉爾欽時期七大金融寡頭之一。

13 奧庫扎瓦（一九二四～一九九七），俄國吟遊詩人，能歌能譜能詩、不合汙世局，以一種微妙的方式反抗當時的蘇聯文化當局。伊斯坎德爾（一九二〇～二〇一六），蘇聯時代廣受歡迎的作家，也是具有高度社會威望的活動家。

14 保爾·柯察金是奧斯特洛夫斯基的小說《鋼鐵是怎樣煉成的》的主角，是一個在布爾什維克黨的培養下、在革命烽火和艱苦環境中鍛鍊出來的共產主義新人的典型形象。受訪者描述當時的報紙對以上人物的評價，從一個側面反映出當時社會瀰漫的歷史虛無主義風氣。

15 葉爾欽的全名是伯里斯·葉爾欽（Boris Yeltsin）。

16 伊凡·布寧（一八七〇～一九五三），俄國詩人、作家，在十月革命後流亡法國，一九三三年獲諾貝爾文學獎。《該詛咒的日子》是他在十月革命期間的日記和隨筆集。

17 此指一九六二年五月三十一日，新切爾卡斯克工人罷工及聚眾抗議調降工資，政府派出軍隊強行鎮壓的事件，造成二十三人死亡。

18 弗拉基米爾．康斯坦丁諾維奇．布科夫斯基（一九四一～），蘇聯時期持不同政見者。因抨擊蘇聯的政治制度和人權狀況多次被捕，一九七二年被判處七年監禁、五年流放。一九七六年蘇聯政府以布科夫斯基與西方交換智利共產黨總書記科爾巴蘭，同時被驅逐出境。

19 雷巴科夫（一九一一～一九九八）在這部反史達林的小說，描寫一九三〇年代一群生活在阿爾巴特街上的年輕人跌宕起伏的人生經歷。

20 沙特羅夫（一九三二～），劇作家，擅長寫歷史題材歌頌列寧及十月革命。

21 戈爾比是戈巴契夫的暱稱。

22 瓦連京．拉斯普京（一九三七～二〇一五），著名蘇聯及俄羅斯作家，被視為俄羅斯鄉村文學及戰爭文學的代表，曾兩度榮獲蘇聯國家獎。瓦西里．別洛夫（一九三二～），鄉村散文名家，曾獲蘇聯國家獎和俄羅斯國家獎。

23 一九八八年六月蘇共第十九次代表會議通過《關於蘇聯社會民主化和政治體制改革》的決議，提出改革最高國家權力機構，成立蘇聯人民代表大會。

24 蘇聯憲法（一九七七年版）第六條內容為：蘇聯共產黨是蘇聯社會的領導力量和指導力量，是蘇聯社會政治制度以及國家和社會組織的核心。蘇共為人民而存在，並為人民服務……。

25 索布恰克（一九三七～二〇〇〇），俄羅斯政治家、辯論家、改革派領袖、《俄羅斯聯邦憲法》起草人之一，是俄羅斯總統梅德韋傑夫、普丁在讀大學法律系時的老師。

26 戈巴契夫倡導人道及民主的社會主義，但最後失敗，蘇聯也解體了。

27 利哈喬夫（一九〇六～一九九九），俄羅斯著名的知識份子、文藝理論家及基督教活動家，在戈巴契夫支持下發起成立俄羅斯文化基金會。

28 雅魯澤爾斯基（一九二三～二〇一四），波蘭政治和軍事人物，波蘭社會主義政權最後一任國家元首。

29 戈巴契夫的夫人。

30 指一九七九～一九八九年蘇聯入侵阿富汗的十年戰爭。

31 赫爾岑（一八一二～一八七〇），俄國哲學家、革命活動家；奧加遼夫（一八一三～一八七七），俄國詩人、政論家、革命活動家。兩人為終生好友，反對沙皇專制和農奴制，後流亡海外。

32 政變及翻覆兩字的俄文為同一詞根。

33 俄羅斯『白銀時代』的代表性女詩人，以寫情詩出名，後期則專寫抒情史詩。

34 一九三七年蘇共中央下達《查出人民公敵並連根拔起》命令，掀起了向黨獻忠心、向專政機關靠攏的「告密、揭發」浪潮，一時之間舉報信滿天飛。

35 史達林出生於東歐國家喬治亞的哥里（Gori）。

36 當時對KGB探員的稱呼，因為他們都穿著黑色風衣或西裝行動。

37 阿赫羅梅耶夫（一九二三～一九九一），蘇聯元帥，參加過衛國戰爭，曾出任蘇聯國防部第一副部長及武裝力量總參謀長。本書〈孤獨的紅色元帥和被遺忘的那三天革命〉中的主角。

38 伽弗洛什是雨果小說中《悲慘世界》的角色，在法國大革命期間，為了幫起義者收集子彈而身亡。

39 俄國革命時用來代表共產主義的標誌，鐮刀代表農民，鐵錘代表勞工。

40 薩爾瓦多．阿葉德（Salvador Allende），社會主義者，智利前總統。

41 提比里斯事件：一九八九年喬治亞要求民族獨立，軍隊使用橡膠棒、工兵鏟驅逐示威者，造成十六人喪生，二百多人受傷。維爾紐斯事件：一九九〇年三月立陶宛宣布從蘇聯獨立，隔年蘇聯派軍隊前往干預，特種部隊進攻維爾紐斯的廣播電視中心，與立陶宛人發生暴力衝突。

42 普拉托諾夫（一八九九～一九五一），蘇聯作家，因諷刺官僚主義，揭露現實，作品直到一九六〇年代後才得以發表。

43 福羅斯是烏克蘭的城鎮，位於克里米亞半島，一九九一年八月戈巴契夫在此休假期間發生了八月政變，又稱八一九事件。

兄弟和姊妹，劊子手、受害者和選民

薩沙・波爾菲里奇・沙爾皮羅，六十三歲，退休

鄰居瑪琳娜・吉洪諾夫娜・伊薩伊齊克的講述故事

「陌生的人，你們想要什麼？他們來來往往。嗯，死亡不會沒有理由，理由永遠都有。死神會為自己找理由。

有人在自家黃瓜園裡放火。把酒精澆到頭上，劃著了一根火柴。當時我正坐在家裡，電視開著，我聽到了慘叫聲，是老人家的聲音，熟悉的聲音，似乎是薩沙的聲音，還有一個年輕點的聲音。我們附近有個理工大學，一個路過的大學生看到有人自焚。又能說什麼，他趕緊跑了過去，那人已經燒黑了。當我飛奔到那裡時，薩沙已經躺在地上，呻吟著，頭變成了黃色。陌生人，這和你們有什麼關係，別人的苦難與你們有關嗎？

所有人都樂意觀看死亡。唉！一般來說是的。在我們村子裡，我從小和父母居住的地方，就有這麼一個老頭子，他就是喜歡去看人是怎麼死的。女人看到他就覺得不吉利，總是驅趕他：『走開走開，該死的！』但他就是坐著不走。他還很長壽，也許他真的是個倒楣鬼！看什麼？朝哪個方向看？人死了就什麼都沒有了，死後都一樣挖坑埋了。可是一個活人，就算一副鬱鬱寡歡的樣子，倒還能隨風走走，到小花園繞繞。如果沒了靈魂，就沒有人，而是塵土了。靈魂就是靈

魂，剩下的全都是塵土，一切都歸於塵土。一個人死在搖籃中，另一個人活到白髮蒼蒼，其實歸宿都一樣。幸福的人不想死，還有得到愛的人也不願意死，他們是有牽掛的。但是，幸福的人都在哪兒呢？廣播曾經說過，戰爭之後我們都會很幸福。我記得赫魯雪夫也保證過，共產主義很快就會到來。戈巴契夫也發誓要為人民帶來幸福，他說得很漂亮，有條有理。現在輪到葉爾欽發誓，說人民不幸福他就去臥軌……我這一生，都在等待好日子。小時候就等待，長大了還等待，現在都老了。簡單說吧，所有人都在撒謊，結果生活變得更糟了。等待加忍耐，又是等待加忍耐，等得我先生都死了。他是走在街上忽然倒下的，心臟不跳了。我從來沒有斤斤計較過，沒有任何抱怨或不滿，但我們經歷了多少痛苦啊！這就是生活。我就是這樣活著的。孩子都離開了，兒子在新西伯利亞，女兒全家留在了里加[1]，現在那裡被認為是外國了，是異國他鄉。那裡的人已經不說俄語了。

在我家角落裡還有尊聖像，我還養著一隻小狗，為的是可以和牠說說話。最後一塊炭火到夜裡都熄滅了，我還在操勞著。哦，幸好上帝給人類送來了狗和貓、樹和鳥，給人類這一切，是讓人類歡樂，讓他們不要覺得一生漫長無盡，不讓人太厭煩。我有一件事永遠不會厭煩，就是眼看著麥穗一天天變黃。我一輩子被餓壞了，所以最喜歡看莊稼成熟，看稻穗迎風搖曳。這對我來說，就像博物館的油畫之於你們。就是現在我也不再追求白麵包了，只要有加鹽的黑麵包和甜茶就是最美味的。等待一下堅持一下，忍耐一下等待一下，我們戰勝痛苦的唯一手段就是忍耐。日子就是這樣過下來的。薩沙也一樣，我們的波爾菲里奇[2]。忍耐，忍耐，最後終於忍受不下去，厭倦了人生。最後就這樣，身體躺在地上，靈魂出去尋找答案了。（擦眼淚）怎會這樣？我們都在哭，離開的時候也哭。

人又開始相信上帝了，因為沒有其他的希望。我們上學那時，列寧就是上帝，馬克思也是上帝。教堂院子裡都種了小麥，種了甜菜，那都是在戰爭之前。戰爭開始後，史達林開放了教堂，把祈禱詞修改為祈求俄羅斯的武器能打勝仗，並向人民發出請求：『兄弟姊妹，我的朋友們……』可是在那之前，我們又是誰？是人民的敵人，富農和富農的走狗。在我們的農村，一些穩定殷實的家庭，比如說院子裡有兩匹馬和兩頭牛的，都被劃為富農，把他們送到西伯利亞，拋到荒蕪的森林中。女人在那裡都會掐死自己的孩子，為了不讓他們活著受苦。唉，苦難啊，人的淚水比地上的泉水還多。忽然間史達林來求我們了：『兄弟姊妹……』我們就這樣相信了他，原諒了他。我們戰勝了希特勒！希特勒是開著裝甲車來的，是乘著鋼鐵坦克來的，但我們還是勝利了。現在我又是誰了？我們是誰？成了選民。我看電視不放過任何消息，因為現在我們是選民。我們的事業就是正確投票，這就足夠了。我那次生病了，沒去參加地區投票，他們就親自開車來找我，帶著紅色的投票箱。只有在這一天，他們才想起了我們，就是這樣。

我們怎樣活著，就怎樣死去。我常常去教堂，戴著小十字架，但還是和過去一樣沒有幸福感。我不是去尋求幸福，早就不孜孜以求了。我希望能快點死，快點歸西上天堂，我不想忍受現世了。薩沙就是這樣，已經躺在墓地裡了，終於能好好休息了。（她在胸前畫了個十字）我們流著眼淚放著音樂為他送葬，每個人都哭了。那天很多人都哭了，大家都很難過，可是還懺悔什麼？死後誰能聽到？薩沙只留下了一間兩房的小木屋、一畦小菜園，還有紅色證書和『社會主義競賽勝利者』獎章。我也有這樣的小獎章，都放在櫥櫃裡。我曾經是斯達漢諾夫先進份子[3]和人民代表，一日三餐未必能吃飽，但上級發給了紅色證書，還給我們拍了照片。在我們這個木板房裡有三戶家庭，我們年輕時候就來了，原先只打算住兩年，結果卻在這裡度過了一生，至死都在木板房裡了。有人住了二十年，還有人是三十年。住公寓樓房是要排隊等候的。現在蓋達爾發表演講，笑著說：『快來買吧。』怎麼買？我們的錢都不見了。一次改革，又一次改革，把我們都搶光了！他們把國家都沖進了馬桶。每個家庭兩個小房間、一個小板棚和一畦小菜園。我們全都一樣，他們卻在大發其財！我們一生都相信會過上好日子，謊言！大騙局！什麼美好的生活，最好還是別去回憶，要忍耐、勞作和吃苦。現在已經不是生活了，只是過日子罷了。

我和薩沙是一個村子的，就在這兒，布列斯特郊外。傍晚，我常常和他坐在長凳上回憶往事。關於他，該說什麼呢？他是個好人，雖然孤獨一人，但不喝酒，更不是醉鬼。單身男人通常都做些什麼？就是喝了睡，睡了喝。我在院子裡踱來踱去，一邊蹓躂一邊想一個問題：『塵世生活不該是一切的終點，死亡為靈魂展開了空間……薩沙在那邊會做些什麼呢？是不是也會想想我們這些鄰居？』他不會忘記的。破舊的木板房是戰爭之後搭蓋的，乾燥的木頭就和紙張一樣，只要一著火，就全都燒起來。瞬間就燒毀了，只要一秒鐘！還會燒到草地，燒到沙地。他給幾個孩子留了便條：『好好養育孫子，永別了。』紙條放在一個顯眼的地方，然後他就去了自己的園子，自己的菜園。唉，簡而言之，救護車來了，人家要把他抬上擔架，但是他渾身燒傷卻還極力站起來，想自己走。『你這是要幹什麼啊，薩沙？』我陪他走到救護車。他說：『活著太累了。請打電話給我兒子，讓他到醫院來。』他還跟我說了一會兒話。外套都燒爛了，肩膀上露出了白色，刺眼的白色。他留下五千盧布，這在當時可是不少錢。錢是用存摺領出來的，放在桌子上，和便條紙一起。這是他一生的積蓄。改革之前，這筆錢能夠買一輛伏爾加牌轎車，最昂貴的那種！而現在？只夠買一雙新鞋加上花圈。這就是改革！他躺在擔架上，渾身都燒黑了，就在我眼前繼續發黑。醫生找來了那個救下薩沙的小夥子，小夥子當時把我晾的濕床單（我白天剛剛洗過）連繩子一起抓下來扔向他。小夥子是外地來的，是個大學生。路過這裡，看見一個人在自焚。看到他默默坐在菜園子裡，弓著腰點燃自己，燒掉自己！這是小夥子後來講給我們聽的：『他一聲不響地就點燃了自己。』那是一個大活人啊。他兒子第二天早上過來敲我的門：『爸爸死了。』薩沙躺在棺材裡，胳膊和手都燒毀了，燒成了黑色的，可是他那雙手卻是黃金，百般手藝都會，木匠和泥瓦匠的活都能做。村裡每個人都會記住他，因為他們的桌子、書架和物品架都是出自薩沙之手。他生前常常在院子裡刨木頭到深夜，現在我彷彿還能看到他站在那裡刨木頭。他喜歡樹木，光憑氣味和木屑就能知道是什麼樹。他說每一種樹都有獨特的味道，氣味最濃的是松樹：『松樹的氣味聞起來就像上等茶葉，而楓樹的氣味是愉快舒心的。』他工作到最後一天。諺語說得對：『手上有鎖鏈，嘴裡才有麵包。』如今靠退休金是無法過活的。我自己還做保母，要出去照顧別人的孩子。他們給的一點小錢，我只能買一些糖和博士牌香腸。我們的養老金算什麼？只夠買麵包和牛奶，夏天穿的拖鞋就不用談了。以前老人家坐在院子的長凳上無憂無慮地說閒話，現在不行了。有人滿城裡撿空瓶子，有人站在教堂外乞討，也有人在公共汽車站賣香菸瓜子、伏特加券。我們那兒的人都常常泡在酒鋪裡，喝到死。伏特加現在比什麼都貴，甚至比……那叫什麼來著？唉，就那個美金！只要你有伏特加，在我們那裡就可以買到一切。水管工自己就會來，電工也會來，不然你怎樣也找不到他們的。總而言之，生命在流失，只有時間是金錢買不到的。在上帝面前，不管你怎樣哭怎樣求，反正時間是買不到的。我是這樣想的。

薩沙是自己不想活了，拒絕活下去，親自退票給上帝了。唉，老天啊！現在員警一次一次開車來，到處盤查……（聽）嗯，火車鳴笛了，這是莫斯科來往於布列斯特的車次，我連錶都不需要看。早上六點鐘鳴笛的，就是華沙開來的火車。還有去明斯克的火車，去莫斯科的頭班火車。早上和晚上分別發出不同的聲響，我已經習慣了，通宵達旦都是火車的聲音。垂暮之年，夢飛得很遠。我如今能跟誰聊天？就獨自一人在小店裡坐坐。那時我安慰過他：『薩沙，找個好女人，討個老婆吧。』『麗思卡會回來的，我要等她。』從麗思卡離家後，我都七年沒見過她了，她和一個軍官好上了，拋棄了薩沙。她年紀輕，比薩沙年輕很多。他太愛她了。她在葬禮上用頭撞著薩沙的棺木大哭：『是我毀了薩沙的一生！』總而言之，愛情不是頭髮，不能那麼快剪斷，愛情也不能靠十字架維繫。怎麼事後才想起來哭啊？誰能從地底下聽到你啊。（沉默）唉，上帝啊！四十歲之前什麼都可以做，也可以造孽。四十歲之後就應該懺悔了，上帝還來得及原諒你。

（笑）你都寫下來了嗎？寫吧，寫吧，我還要說給你聽，我的痛苦可不止一口袋。（她抬起頭）哦哦哦，燕子飛來了，天氣要轉暖了。老實說，已經有記者來找過我一次，他想談的是戰爭。院子裡的一切我給出去都沒關係，就只求不發生戰爭。沒有比戰爭更可怕的了！在德國機槍下我們都挺住了，但我們的房屋卻由於大火燒毀了。小菜園也燒光了。我和薩沙每天都會回憶戰爭，他父親失蹤了，弟弟在游擊隊裡犧牲。他們把俘虜趕到布列斯特，烏雲一般黑壓壓的隊伍。一路就像趕馬群一樣驅趕俘虜，把他們隔離在圍牆內。不斷有俘虜死亡，屍體就像垃圾一樣被丟棄。整個夏天，薩沙和媽媽都在尋找爸爸。他一說起這事，就停不下來。他們在死人堆裡找，在活人群裡找。那時候沒有人害怕死亡，死亡成了普通的事情。戰前我們唱道：『從原始森林到不列顛海／我們的紅軍天下無敵……』我們唱歌的時候，可驕傲了。春天冰雪消融，冰塊在河上漂動，村子後頭的河流上全是屍體，赤裸著的，全身發黑了的，只有皮帶扣閃著亮光，配著紅五星的皮帶。沒有無水的海洋，也沒有無血的戰爭。上帝給了人類生活，又在戰爭中把許多生命都收回去……（哭）我在院子裡來回踱步，停不下來，就像薩沙就站在我背後，我聽得到他的聲音，但回頭望去，卻空無一人。總而言之，薩沙，你都做了什麼啊？選擇這樣的罪受！也許，是有一個可能：在人間燃燒了，在天國就免除了苦難，不再受折磨。我們所有的眼淚都會儲存在什麼地方……其他人在那裡會怎麼迎接他？殘疾者在地上爬著，癱瘓者在地上躺著，啞巴一樣活著。這不是由我們決定，我們的意志不能決定這些問題……（在胸前畫十字）

我永遠不會忘記戰爭。德國人開進村莊，他們年輕而愉快。汽車轟鳴！他們乘坐很大很大的車子，還有三輪摩托車。我以前從來沒見過摩托車。集體農莊的車子都是木板邊的貨車，車身也很短。可是德國人的汽車，就跟大房子一樣！我還看見了馬，那不是馬，簡直是座高山！他們用油漆在我們學校裡寫道：『紅軍拋棄了你們！』德國統治開始了，我們村裡住著許多猶太人：奧蘭姆、揚克爾、默多克……德國人把他們抓起來圈在一個地方。他們還隨身帶著枕頭和毛毯，但是德國人一下把他們都殺了。從區裡各地搜捕來的猶太人，同一天被槍斃，埋到一個坑裡，有好幾千人，據說血流了三天三夜。大地都在呻吟，土地是有生命的。那個大屠殺的地址，現在是座公園，休養地。棺材裡沒有發出聲音，誰都沒有叫喊，就是這樣，我覺得就是這樣……（她哭了）

我不知道，那件事情是怎麼回事？是他們找到了她，還是她在森林發現了他們？反正是我們一位鄰居把兩個猶太小男孩藏在穀倉裡，那兩個猶太男孩漂亮極了，像天使一樣。所有人都被槍殺了，只有他們兩人藏了起來，躲過了屠殺。一個八歲，一個十歲。我媽媽給他們喝牛奶，媽媽還叮囑我們：『孩子，絕對不能對任何人說一句啊。』那個家裡有一個很老很老的老爺爺，他連第一次對德戰爭都仍然記得。他一邊餵兩個孩子吃飯，一邊哭：『可憐的寶貝，要是他們抓到你們的話，你們就苦了。要是可以，不如我自己殺了你們。』他就是這樣說的，卻被一個魔鬼全聽到了。（在胸前畫十字）三個德國人騎著黑色摩托車，帶著一條黑色大狼狗來了。有人告密，總是有這樣的人，他們的心很黑，活著，但沒有靈魂，他們只有醫學上說的心臟，而不是人類，對任何人都殘酷無情。兩個猶太小男孩逃到野地，鑽進玉米田。德國人放出狼狗搜他們，後來有人找到他們，身體都被撕成碎片了，衣服也成了碎片，連埋葬都沒辦法，沒人知道他們的姓名是什麼。德國人把我們的鄰居綁在摩托車後面，她拚命地跑，一直跑到心臟迸裂。（她已經不擦眼淚了）在戰爭中，人最害怕的就是人，不論是自己人還是外國人。你白天說話鳥兒會聽到，夜裡說話老鼠會聽到，都不怕。媽媽教我們禱告，她說，要是沒有上帝，連蟲子也會把你吞食。

五月六日是我們的節日。我和薩沙會一起喝一杯，一起哭一下，淚水總是止不住。總而言之，十年來他代替了父兄，在家裡待了下來。戰爭結束時我剛滿十六歲，在一個水泥廠幫媽媽幹活。我要搬運五十公斤重的水泥袋，要往載重卡車上裝沙子、碎石、材料。我很想去上學……人趕著牛犁地，牛都累得嚎叫了。可是吃什麼呢？哪裡有什麼吃的？只能到森林裡採橡果和松果。即便那樣，我也還保持著夢想。整個戰爭中我都有夢想：中學畢業後當個老師。記得戰爭的最後一天，天氣溫暖，我和媽媽在田野裡。一個騎著戰馬的員警飛奔過來大喊：『勝利了！德國簽字投降了！』他跑遍整個田野，對著所有人大聲歡呼：『勝利了！勝利了！』當時大家都逃到鄉下來了，他們尖叫、哭喊，痛快地大罵，最多的還是哭。但第二天，大家就開始發愁了：如何繼續生活？小屋子裡空空蕩蕩，穀倉裡只有穿堂風。杯子是舊的空罐頭，還是德國士兵留下來的；燭台是子彈殼做的。戰爭中的人已經忘記了鹽，到處逃亡，所有人的骨頭都勞損了。德軍撤退時把我們的種豬都拉走了，我們最後幾隻母雞也被抓走了。在此之前，游擊隊晚上也過來把母牛牽走了。媽媽不讓他們牽走母牛，一個游擊隊員就朝天上開槍，打在屋頂上。他們把縫紉機，還有媽媽的衣服都裝到麻袋裡。這些是游擊隊，還是土匪啊？他們有武器……總而言之，人總是要活吧，即使在戰爭中也一樣。在戰爭中你會了解很多，人比野獸還要壞，殺死人的是人，不是子彈。我親愛的您啊！

媽媽找來一個女巫，那個女人占卜後說：『一切都會好的。』我們沒有什麼可以付給她的，媽媽從地窖找到兩個樺樹盒子，她很高興，女巫也很高興。後來正如我夢想的那樣，我上了師範學院。入學需要填寫表格，我回答了所有的問題：『你或你的親屬是否曾經被俘或在占領區居住過？』我答案『是』，當然是。校長把我找到辦公室：『小女孩，請拿回你的證件。』他是在前線打過仗的，少了一隻手臂，一隻衣袖是空的。因為這樣我才知道，我們所有在占領區生活過的人，都是不可靠的，都是嫌疑人。這時候已經沒有人說我們是『兄弟姊妹』了，直到四十年之後，才廢除了這些問卷。四十年啊！廢除這個表格時，我的生命都要結束了。當時我問校長：『是誰把我們丟給德國人的啊？』『小聲些，女孩，安靜些……』校長把門關上，為了不讓別人聽到，『小聲些，安靜些……』你怎麼能逃過命運呢？抽刀哪能斷水……薩沙報考軍校時，也在資料表上寫了他們家曾經住在占領區，父親失蹤；結果立刻被開除了……（沉默）我告訴你我的這些事情，講述我自己的生活，沒關係吧？我們過的都是一樣的日子。不要因為這些話而把我抓起來。蘇維埃政權是否還會存在，或者它就這麼完全消失了呢？

在苦難的背後，我忘記說善良了。就像所有年輕人一樣，我們也曾愛過。我參加了薩沙的婚禮，他愛的人是麗思卡，追了她很久，為她害了相思病。白色婚紗是從明斯克買來的，他抱著新娘進木板房，這是我們古老的風俗，新郎必須抱著新娘進新房，像抱孩子一樣，為的是不要讓家庭小精靈[4]跟進來，不讓它盯上。家庭小精靈不喜歡外人，要把不認識的人攆走。它是房子的主人，入住的人必須討它喜歡。啊……（她揮了揮手）現在已經沒有人相信這種事了，不管是家庭小精靈或共產主義。現在的人沒有任何信仰地活著！不過，愛情還是相信的。『苦啊！好苦啊！』[5]我們在薩沙家裡圍著桌子大叫。那時候喝的算什麼酒啊？一張桌子十個人，只有一瓶酒，現在都是每個人一瓶酒。那時候要幫兒子或女兒舉行婚禮，得賣掉一頭牛呢。他很愛麗思卡，但是娶來了人，卻吸引不到心，就像你不能揪著我的耳朵讓我跟你走一樣。總而言之，她總是偷溜出去，像貓一樣。孩子長大後，她就真的離開了他，頭也沒回。我勸他：『薩沙，找個好女人吧。然後兩人一起喝個小酒。』『我只喝一小杯，看花式溜冰，然後就是睡覺。』一個人睡覺，被子不暖和，即便在天堂，一個人也苦悶。他喝酒，但從不酗酒、不多喝，不像別人那樣酗酒。哦！我們還有個鄰居，他把『康乃馨』花露水當酒喝，還喝化妝水、酒精和洗滌劑，還活著呢！現在一瓶伏特加的價格，相當於以前一件外套。下酒菜？半公斤香腸的錢，就相當於我半個月的退休金。你們就去喝自由，吃自由吧！沒有開過一槍，就把這麼一個超級大國賣了！我有一點不明白，為什麼就沒有人問我們一聲？我這一生都在建設偉大的國家，他們是這樣告訴我們的，這樣向我們保證的。

我曾經去森林伐木，自己把木頭拽回家。為了共產主義建設，我和丈夫去了西伯利亞。我還記得那裡有很多大河：葉尼塞河、比留薩河、瑪律哈河……我鋪設過阿巴坎－泰舍特鐵路。當時把我們用貨車車廂送到那裡：兩層鋪位，沒有床墊，沒有床單床組，頭下枕的是拳頭；車廂地板上開一個洞當成廁所（用一張床單遮著）。列車停在野地裡，我們都下去割乾草，鋪我們的床！車廂裡沒有燈光，我們全程高唱〈共青團之歌〉，喉嚨都唱啞了。火車整整開了七天，終於到了！茂密的原始森林，積雪和人一樣高。沒多久，每個人都開始患上了壞血病，牙齒鬆動，全身長蝨子。但是勞動量很高！只有當男人去狩獵，到森林裡去打熊時，我們鍋裡才會有肉，不然就總是喝粥。我還記得，打熊就要往眼睛打。所有人都住在工棚裡，沒有淋浴間也沒有澡盆，只有夏天才去城市洗溫泉。（笑）你想繼續聽的話，我再補充……

我忘了講我怎麼嫁人的事了。那年我十八歲，已經在磚廠工作。水泥工廠關閉後，我就去了磚廠，先是做黏土工。那個時候都是人工鏟挖泥土，我們把土卸下車，在院子裡鋪平等它『成熟』。過了半年，我已經能夠把原料從載重車上送到烘爐中。爐子裡是沒有經過窯燒的磚，然後再燒烤加熱。我們自己把磚從爐裡取出來，瘋狂的高溫！每一班要出產四千到六千塊磚，最多有二十噸。這些工作都是女人來做，還有年輕的女孩。磚廠裡也有小夥子，但是男人的工作主要是開機器、開車。有個小夥子開始追求我，他走過來，朝我笑，把手放在我的肩上。他開口說：

『跟我一起過去吧？』『好啊。』我甚至沒有問要去哪裡。我們就是這樣被招募到西伯利亞建設共產主義的。（沉默）如果是現在……哼！總而言之，全都是白做工了，白白受了那些折磨。想承認這一點很難，那樣日子會更難熬。我們做了這麼多的工作，就是這樣建設國家的，全憑一雙手。那個嚴酷的時代！我在磚廠工作的時候，有一次睡過頭了。戰後上班遲到是要受重罰的，遲到十分鐘就要進監獄。幸好隊長救了我：『就說我派你去工作了。』那時要是有誰告密的話，班長就得被審判。一九五三年後，遲到已經不懲罰了。史達林死後，人才開始有了笑容，之前的生活都是人人謹小慎微，臉上從來沒有笑容。

啊，我還記得什麼呢？在一場火災的廢墟中收集釘子，東西全都燒毀了，我們整個生活，我們所有的東西都沒了。我們建設，一直在建設，薩沙去墾荒了。他也在建設共產主義，建設光明的未來。他說冬天在帳篷裡睡覺，沒有睡袋，只能蜷縮在自己的衣服裡。他的手凍傷了，但還是感到自豪！『一條道路漫無止境，祝福你，處女地！』他已經有了黨證，那是一個有列寧像的紅色小本子，他無比珍視。和我一樣，他也是先進工作者和人民代表。生活就這樣飛一般地過去了。毫無痕跡，無法追尋。昨天我花了三小時排隊買牛奶，排到我就沒有了。他們曾經帶來德國的包裹要送給我，裡面有麥片、巧克力、肥皂……戰敗者送給戰勝者的。我不需要德國的包裹，不要，我不去拿。（畫十字）德國人總是帶著狼狗，狗毛閃閃發光，他們在森林裡圍剿，我們陷入沼澤，水都漫到脖子以上。女人和孩子，還有牲畜，都不出聲音。牛和人一樣沉默，牠們也明白一切。所以我不想要德國的糖果、德國的餅乾。可是我的呢？我們的勞動成果呢？我們這麼相信，相信有一天會過上好生活的。我們耐心等待，是的，等待、堅持，一生都在軍營、集體宿舍和木板房裡度過。

你又能做什麼呢？只能如此。什麼都可以撐過，除了死亡。你不必經歷死亡。薩沙幹了三十年的家具廠，不讓他再去工作了。他累得腰都彎了，一年前退休，上級送了一塊手錶當禮物。但是他也沒有因此不工作，有人還是來向他下訂單，就這樣。反正退休後，他就不愉快了，苦悶了，不剃鬍鬚了。三十年都在一家工廠，可以說是大半輩子了，那裡的人已經成了親人。他所在的工廠為他做了一口棺材，一口豪華的棺材！金光閃閃，裡頭鋪上天鵝絨。如今只有給匪幫和將軍送葬才有這種規格。所有人都用手摸摸，很是羨慕。當棺木從木板房裡抬出來時，有些人把米撒在門前。這樣做是為了讓生者更容易生活，傳統的習俗。大家把棺材擺在院子裡，他的親戚中有人出來禱告：『請善良的人寬恕吧。』『上帝寬恕了。』大家簡單地回答。寬恕什麼呢？大家都和睦得像一家人。你沒有的，我給你；我沒有的，你送過來。我們都喜歡過節。我們一起建設了社會主義，可是現在廣播上卻說社會主義結束了，而我們還停留在這裡。

火車一趟一趟地敲擊著，敲擊著地面，陌生的人，你想要什麼？什麼？沒有相同的死亡……我的大兒子在西伯利亞出生，但白喉殺死了他；而我還活著。昨天夜裡我跑到薩沙墳上，和他坐了一會，講麗思卡如何為他痛哭，用頭撞棺木的事。愛情不會隨歲月老去……

我們都將死去，但一切都會好的。」

1 里加是拉脫維亞的首都。一九九一年拉脫維亞宣布脫離蘇聯獨立。

2 此為薩沙的父稱。俄羅斯人的姓名中含有三個部分：名字、父稱及姓氏。父稱是由父親的名字構成，通常晚輩對長輩、下對上的稱呼或是正式場合中，多以名字加父稱作為稱謂。

3 指的是在社會主義中超額完成生產定額的工人。斯達漢諾夫曾在五小時四十五分鐘的工作時間裡，採煤一〇二噸，超出定額的十三倍。在發展的需要下，蘇聯開始推行「斯達漢諾夫運動」，那些創紀錄的工作者，就統一用斯達漢諾夫先進份子稱呼。

4 俄羅斯文化中有相當大的部分和精怪有關，家庭小精靈為其中一種，多數時候它會幫忙做家事，守護住屋裡的人；但有時，也會不安分地搗蛋。

5 形同俄羅斯版的鬧洞房，為了拱新人接吻，都會藉口說酒水苦，要用吻來把苦澀變香甜。

耳語、吶喊，還有狂喜

瑪格麗特・柏格列比茨卡雅，醫生，五十七歲

「我心中最重要的節日是十一月七日[1]，一個光明的偉大日子，我童年印象最深的是紅場的大閱兵。

我在爸爸的肩膀上，手上綁著一個紅色小球。遊行隊伍的上方天空，是列寧、史達林和馬克思的巨幅畫像，還有由紅色、藍色、黃色小球組成的花環和花束。紅色是我喜愛的顏色，最最喜歡的。那是革命的顏色，流動著革命鮮血的顏色。偉大的十月革命現在被說成是『軍事政變』、『布爾什維克陰謀』、『俄羅斯的災難』……還說列寧是德國間諜，革命是逃兵和醉酒的水兵發動的。我充耳不聞，不想聽。這超出了我的接受範圍。我一生保持著這樣的信仰：我們出生在史無前例的美麗國家，是最幸福的人。再也沒有這樣的國家了！我們有紅場，那兒有救世主大鐘樓，報時的聲音讓全球的人校對時間。爸爸就是這樣對我說的，媽媽和奶奶也這樣說：『十一月七日這一天，是日曆上最美麗的一天。』在這個偉大日子的前夕，我們很晚都不上床睡覺，全家人用皺紋紙和心形紙板製作花朵，增添色彩。一大清早，媽媽和奶奶就留在家裡準備節日午餐。那天一定會有客人上門，帶來蛋糕和葡萄酒禮盒，那時還沒有玻璃包裝紙。奶奶烤出來自家獨特的餡餅，是包心菜餡和蘑菇餡的，而媽媽會像變戲法一樣，做出奧利維耶沙拉[2]，煮出天下無雙的肉凍。而我，就和爸爸一起！

大街上人很多，所有人的大衣和西裝上都有紅絲帶。紅色條幅光彩奪目，軍樂團在演奏，主席台上站著一群國家領導人。喇叭裡播放著歌曲：『和平的首都／祖國的首都／你用繁星點亮克里姆林宮／全宇宙都為你驕傲／花崗岩的美人－莫斯科……』我希望窮盡一生的力氣高喊：『萬歲！』擴音器裡不斷傳出：『光榮屬於莫斯科列寧勳章及勞動紅旗勳章兩次獲得者，莫斯科利哈喬夫製造廠的勞動者！萬歲，同志們！』『萬歲！萬歲！』『光榮屬於我們英勇的列寧共青團，光榮屬於共產黨，光榮屬於我們的榮譽退伍軍人……』『萬歲！萬歲！』太美了！令人振奮！每個人在哭泣，是因為喜極而泣。軍樂隊奏起進行曲和革命歌曲：『命令他前往西線／而她要去另一方向／共青團員出發／走向國內戰爭……』我能背下所有歌曲的歌詞，從來都沒有忘記，經常會唱，自己唱給自己聽（哼唱起來）：『我的祖國多寬廣／很多森林田野和河流／我不知道還有其他國家／還有這樣自由呼吸的人……』不久前，我還在櫃子裡發現了舊唱片，從閣樓上搬下留聲機，整個晚上都在回憶往事。杜那耶夫斯基和列別捷夫－庫馬奇[3]的歌都曾是我們的最愛！（沉默）我總是很高很高，因為爸爸雙手把我高高舉起來，再高點，再高一點……最重要的時刻來了，蓋著護套的導彈、坦克、大砲出來了。『要牢記一輩子！』爸爸對我大聲說，他總是想壓過喧囂的聲音。我知道，一定會記住！在回家路上，我們又走進商店，我得到了最愛的果汁汽水。這一天我想要的東西都到手了：哨子、棒棒糖……

我喜歡夜晚的莫斯科，焰火漫天。十八歲那年，我墜入了愛河。當我意識到這是戀愛，我就出門去了，你永遠也猜不到我去哪裡，我去紅場了。我想做的第一件事，就是在這個時刻待在紅場，要看到克里姆林宮牆、雪中的黑色雲杉樹，以及被雪堆覆蓋的亞歷山大羅夫花園。我看著這一切，就知道我會幸福的。一定會幸福！

不久前，我和我先生又來到莫斯科。第一次，我頭一次沒去紅場，沒有去向紅場致敬。第一次……（眼中噙滿淚水）我先生是亞美尼亞人，我們在大學時代就結婚了。當時他有被子，我有小床，我們就一起開始了生活。從莫斯科醫學院畢業後，我們被分配到明斯克。我所有的女性朋友都分開了，有人去了摩爾多瓦，有人去了烏克蘭，也有人在伊爾庫次克。那些去伊爾庫次克的，我們叫她們是『女十二月黨人』[4]。那時候還是同一個國家，想去哪兒都行！沒有邊界，也沒有簽證和海關。畢業後，我先生想回老家，回亞美尼亞。『我們去塞凡吧，帶你去看看阿拉巴特海岬，嘗嘗真正的亞美尼亞白麵包。』他向我許諾。但上級建議我們去明斯克。於是我們就說：『好，我們就去白羅斯吧。』『好吧！』當時我們還年輕，還有很多時間——似乎有用不完的時間。於是，我們就來到了明斯克。我們都很喜歡這裡，走遍了山山水水，湖泊和森林，適合打游擊戰的森林、沼澤地和密林，以及森林中零星的原野。我們的孩子在這裡長大，他們最喜歡的食物是煎餅，白羅斯的莫千卡[5]。『馬鈴薯煮一下，馬鈴薯炸一下……』其次喜歡亞美尼亞的雜湊[6]。但是每年我們全家都要去一次莫斯科。為什麼不呢！沒有這些我是生活不下去的，我必須在莫斯科走一走，呼吸她的空氣。我總是期待著，一直按捺不住地期待這個時刻，當火車接近莫斯科的白羅斯車站，廣播中開始放送進行曲，我的心臟就跟著歌詞跳動：『乘客同志們，我們的火車抵達了祖國的首都，英雄城市莫斯科！』『沸騰的、強大的、不可戰勝的莫斯科／我的莫斯科，我的國家／你是我的最愛……』然後我就伴著這些音樂走出車廂。

可是這次，我們是在哪兒？我們見到的是一個完全陌生的城市。大街上的風都是骯髒的包裝袋味道，滿街的報紙碎片，腳下踩著空啤酒罐匡噹作響。在火車站和地鐵站，到處都是灰濛濛的人群，所有人都在賣東西：女性內衣和床單、舊鞋子和玩具，香菸可以一根一根分開買，就像在戰爭片所見的那樣，我只有在電影裡才看到有這樣賣菸的。一些撕碎的紙及紙盒上，直接擺著香腸、肉、魚，就擺在地上賣；有些地方還有用撕爛的玻璃紙包裝的。就算是這樣的東西，莫斯科人也買得下手，還討價還價。針織襪子、餐巾紙，賣釘子的旁邊擺著食物、衣服。人們操著烏克蘭語、白羅斯語、莫爾達瓦語……『我們來自文尼察。』『我們來自布列斯特。』還有許多乞丐，打哪兒來這麼多人？還有殘疾人，就跟電影裡一樣，像蘇聯老電影的畫面。我好像在看電影……

在我最愛的老阿爾巴特街，我看見了一排商品——俄羅斯娃娃、茶炊、聖像、沙皇和家人的照片；還有白軍將軍的照片：高爾察克、鄧尼金[7]，以及列寧半身像。有各種各樣的俄羅斯娃娃，連戈巴契夫俄羅斯娃娃、葉爾欽俄羅斯娃娃都有。我不認識自己的莫斯科了，這座城市怎麼回事？老人就直接坐在地上、坐在磚上演奏手風琴，身上佩帶著動章，唱著軍歌，腿前擺著軍帽，裡頭有幾枚硬幣。他們唱著我們心愛的歌曲：『小火爐中緊張跳動著火焰／樹脂如淚……』我剛想要走過去，他就被外國人圍住了。外國人開始拍照，一些人對他喊義大利語、法語和德語，拍著他的肩膀說：『唱吧！唱吧！』他們很開心，很滿足。到底怎麼了！他們曾如此害怕我們，可是現在……竟然這樣！大廈傾倒，帝國一場空！俄羅斯娃娃和茶炊旁邊就堆著紅旗、錦旗、黨證和團證，還有蘇聯戰爭獎章、列寧動章和紅旗動章、勇敢獎章和戰功獎章，各種各樣。我摸著它們，輕輕擦亮它們……我不相信，我不敢相信。還有『保衛塞凡堡』獎章、『保衛高加索』獎章，都是真的。那麼親切。還有蘇聯的軍裝：夾克、大衣、帶五角星的大簷帽，價格都按美元計算。『多少錢？』我丈夫指指勇敢獎章。『二百美元賣你。那好吧，給你個折扣——一千盧布。』『列寧勳章呢？』『一百美元……』『良心多少錢？』我先生準備和他們幹架了。『你是瘋子啊？從哪個洞裡鑽出來的？這是極權主義時代的產品啊。』那人還說，這只是一個鐵片，但是外國人喜歡，他們管它叫蘇聯時代的紀念品、旅遊商品。我尖叫起來，引來了員警。我大叫著：『你們看看！你們看看。』員警向我們確認說：『這些是極權主義時代的物品，但我只負責稽查毒品和色情……』一個黨證賣十美元，還說這不是色情？光榮勳章或是帶有列寧像的紅旗，用它們換美元？我有一種感覺，連我們都是某種裝飾品的一部分，他們在拿我們尋開心。我們好像來錯地方了。我站在那兒就哭了。旁邊的義大利人還在試穿試戴軍大衣和紅星大簷帽，一邊用生澀的俄語說：『好，好！』滿嘴生泡，拙劣的俄語。

我第一次瞻仰列寧墓是跟媽媽一道去的。我記得那天下著雨，冷冷的秋雨。我們排隊等了六個小時。一節節的台階，半明半暗的花圈，眾人耳語著：『走過去，不要停留。』因為流著眼淚，我什麼都沒看清，但我感覺列寧的身體在發光。小的時候，我對媽媽保證：『媽媽，我永遠不會死。』『你為什麼會這麼想？』媽媽問我，『所有人都會死的，就連列寧也死了。』就連列寧……我不知道自己應該怎樣去描述這一切，我應該要說得細緻些。我本來想說，但不知道跟誰說。說什麼？說說我們曾經是多麼幸福！現在我還絕對相信這點。我們是在貧窮和天真中長大的，但從來沒有人懷疑我們是否幸福，也沒有人嫉妒別人。念書時，我們使用便宜的鉛筆盒，以及四十戈比一支的原子筆。夏天穿帆布鞋，用牙粉把鞋子擦得乾淨又漂亮。冬天就穿一雙橡膠套靴，嚴寒中鞋底還在發燙。真快樂！我們都相信明天會比今天更好，後天比明天更好。我們擁有未來和過去，所有東西我們全都有了！

我們熱愛、無限熱愛祖國，祖國是最最好的！推出第一輛蘇聯製汽車——萬歲！沒讀過書的工人，用蘇聯的不鏽鋼發明了祕密技術——勝利！但其實這個祕密全世界早就知道了，只是我們後知後覺。那時候，第一次飛越北極的是我們，我們學會了駕馭北極光。我們讓浩蕩的河水倒流，灌溉常年乾旱的戈壁。信仰！信仰！信仰！信仰！這是超出理性的東西。每天不是鬧鐘叫醒我，而是在國歌聲中醒來：『牢不可破的自由共和國聯盟／偉大的俄羅斯永遠團結……』在學校我們唱過很多歌，我還記得我們的歌曲（吟唱起來）：『父輩夢想自由幸福／為此不懈奮鬥／列寧史達林在鬥爭中創立了／我們大家的祖國……』回到家裡，還是想著這些……第二天是我加入少先隊的日子，早上就奏起了國歌，我跳起來直直站在床上，等到國歌結束。少先隊員宣誓：『我加入隊伍，面對自己的同志……鄭重承諾：熱愛祖國。』那天家裡就像過節一樣，飄著餡餅的香味，大家都向我祝賀。我的紅領巾從來不離身，每天一定洗好熨平，不能有一點皺褶。甚至上了大學後，我的團巾也像紅領巾那樣紮。我的共青團團證，直到現在還帶在身邊。當年為了早些加入共青團，我還虛報年齡，硬是給自己加了一歲。我愛走那條總是播放廣播的大街，這就是我們的生活，就是全部。一打開窗戶，音樂就飄了進來，這種音樂馬上激勵你起床，並在家裡踢起正步，彷彿你正在隊伍裡一樣。或許有人會說這是個牢籠，但對我來說這是溫暖的牢籠。

我們都習慣了這樣的生活，甚至到現在，我們仍然喜歡人貼人地擁擠著排隊，有一種團結的感覺。你注意到了嗎？（再次哼唱）『史達林是我們戰鬥的榮譽／史達林是我們青春的飛翔／我們高唱歌曲，取得戰鬥勝利／我們人民緊跟史達林前進……』

是的！是的！是的！我們那時最大的夢想，就是為國家獻出自己的性命。共青團的誓言是：『只要人民需要，我甘願獻出自己的生命。』這不是嘴上說說的，我們實際上就是這樣被培養起來的。那時候街上走來一隊士兵，所有人都會停下來致意。戰爭勝利後，軍人是最非同尋常的人。入黨時，我在志願書上寫道：『本人了解黨章內容並承諾鞠躬盡瘁，如果需要，我的生命隨時屬於祖國。』（仔細端詳著我）您心裡是怎麼想我的？覺得我像個白痴吧？天真又幼稚，我認識的一些人，他們也這樣坦率地嘲笑我是情感社會主義、書本理想主義。我從他們的眼神中就可看出對我的譏諷：『愚蠢！唐吉訶德！』您是人類靈魂的工程師，您想安慰我嗎？我們這兒的作家不只是作家，還身兼教師和神父。但這都是以前的事，現在已經不是這樣了。很多人現在都去做禮拜，但真正虔誠的信徒很少，大多數是心靈痛苦的人，像我一樣有創傷的人。我不是那種唱讚美詩的信徒，我是心靈信徒。我不知道怎樣祈禱，但是我會祈禱。我們那兒有位教士，是個退役軍官，他的布道說的全是軍隊，還大談原子彈，大談俄羅斯的敵人和共濟會的陰謀。但我想聽的是另一種語言，完全不同的說法，而不是這類信徒的話。當然，周圍全是這類人，充滿仇恨，沒有可以心靈交流的地方。打開電視也一樣，電視上也是同樣的詛咒，所有人都要拋棄從前的一切。大家都在詛咒。我原來最喜歡馬克·扎哈羅夫導演[8]，現在我不喜歡他了，也不再像以前那樣相信他。我從電視上看到他燒了自己的黨證，在眾目睽睽之下。這不是戲劇，這就是現實生活。我的生活。難道我能夠這樣生活？難道我能這樣生活嗎？我才不要看這種表演呢。（哭）

我趕不上變化，我屬於那些趕不上車的人。本來在奔向社會主義的火車上，眾人突然間換乘了另一列開往資本主義的火車。我遲到了，大家嘲笑『老蘇維埃』是頭腦簡單的土包子，不開竅，他們也這樣嘲笑我，說紅軍已經成了野獸，白軍才是騎士。但我從心靈和大腦都反對他們，因此身體本能上也不能接受。我不行，沒有這個能力了。我尊敬戈巴契夫，雖然我也批評他，他是一位……現在我想清楚了，他和我們一樣，都是夢想家，天真又浪漫。但是對於葉爾欽，我真的沒有想到，而對於蓋達爾的改革也沒有任何準備。錢一夜之間就沒有了，還有我們的生活，所有的一切都在一瞬間大貶值。不再說光明的未來，都改口說：『富有起來吧，金錢至上，向野獸卑躬屈膝！』全體人民都沒有做好準備，做夢都沒想過要去搞資本主義，準確來說，我自己就沒有夢想過資本主義，我喜歡社會主義。就是到了布里茲涅夫的年代，清貧的年代，我也沒遇見過吃人的年代。我喜歡唱帕赫姆托娃[9]的歌：『在飛機機翼下歌唱綠色海洋般的原始森林……團結大家一起建設蔚藍色的城市……』那時候充滿了夢想！『我知道城市將會……將變成大花園。』我喜愛馬雅可夫斯基，喜歡愛國詩歌和歌曲。這在當時是很重要的，對我們來說意味著很多東西。那時候，沒有人向我灌輸生活只是為了吃好睡好，而現在的英雄都是那些在一個地方買進又到其他地方多加三塊錢賣出的傢伙。現在的事實都是在向我灌輸這些。結論是，那些為他人、為崇高理想而獻出生命的都是傻瓜。我不接受，不能接受！昨天我在商店櫃檯，看到前面一個老太太翻來覆去地計算錢包裡的零錢，最後只能買一百克最便宜的香腸和兩顆雞蛋。我認識她，她教了一輩子的書……

我無法為這種新生活而高興。這樣的生活我不會好過的，我永遠不會只想著自己一個人享福。我感到被孤立了，生活一次次把我拉向泥淖，掉落在地上。我的孩子已經按照新法則生活了，他們不需要我，我成了所有人的笑料。我這一輩子，都成了所有人的笑料。我最近整理了舊物，找到了我年輕時的日記，裡頭記錄著我的初戀、初吻，以及所有我如何熱愛史達林、準備死也要見到史達林的全部內容。簡直是狂人日記，我想要扔掉它們，但捨不得，藏起來又害怕。只要被人發現，他們會對此大開玩笑，譏諷我嘲笑我。絕對不能讓任何人看到……（沉默）我記得很多事情，用正常思維無法解釋。罕見的例子，是的！任何心理治療師都會喜歡……真的嗎？您遇上我算是幸運……（又哭又笑）

您問吧！您該問這些都是怎樣攙雜在一起的：我們的幸福，以及在夜晚摸黑跟蹤某人，然後又抓走他……有的人消失了，有的人在門後哭喊。但是我怎麼不記得？我不記得了！我只記得春天盛開的丁香花和群眾遊園活動，還有被陽光烤熱的林蔭道，太陽的味道。我記得眼花撩亂的體育大軍檢閱、紅場上的人群和鮮花拼成的名字：列寧、史達林。我總是問媽媽這個問題……

我們還記得貝利亞，還記得盧比揚卡[10]嗎？媽媽沉默。只有一次她回憶過，有一年夏天她和爸爸兩人從克里米亞休假回來後的見聞。那時他們去了烏克蘭各地旅行，時間是一九三〇年代集體化運動時期，烏克蘭發生了大饑荒。幾百萬人餓死，整村整村的人都死光了，竟然沒有人收屍埋葬。大批烏克蘭人被飢餓殺死，因為他們不想組織集體農莊。現在我才知道這些……歷史上，烏克蘭曾經爆發哥薩克大起義，人民還記得自由的滋味。烏克蘭的土地太肥沃了，即便插上一根木樁，都能長出一棵大樹。但是他們卻死了，就像牲畜一樣倒下了。他們所有的東西都被沒收，連教堂的圓頂都給拆走了。軍隊把農民包圍起來，就像在集中營一樣。現在我知道真相了……我有個同事是烏克蘭人，她從自己祖母那兒聽說了這一切。在他們村子裡，一名母親用斧子砍死了自己的孩子，把他煮熟養活其他孩子。親生孩子啊，這是發生過的真實事件。誰都怕把孩子放出家門，因為有人會像捕捉貓狗一樣抓孩子。大家都在園子裡挖蚯蚓。有辦法的人就往城裡去，往火車站去，盼著有人會扔些麵包皮給他們。士兵用大皮靴踢他們，用槍托打他們，列車經過那些地區的時候，都要像賽跑一樣全速開過去。車掌把車窗全關上，窗簾全部放下。車窗外面發生了什麼，既沒有人說，也沒有人問，就這樣一直開到莫斯科。遊客帶著葡萄酒和當令水果，回憶著海濱度假，為曬得黝黑的膚色而得意。（沉默）我那時候很喜歡史達林，喜歡了很長一段時間。即使後來大家開始說他個頭矮小、紅髮、手臂枯萎，我仍然愛他；即使他槍殺了自己的妻子，即使他被人揭穿，即使他從列寧墓中被移走，我仍然喜歡他。

我很長時間，都是一個史達林時代的女孩。是的，這是事實，一直伴隨著我，伴隨著我們。沒有那樣的生活，我就會雙手空空，失去這一切，我就會像個乞丐！我曾經為我們的鄰居瓦尼亞叔叔而驕傲，他是個英雄人物！他從戰場回來，失去了雙腿，常常坐在一個自製的木頭輪椅上，在院子裡蕩來蕩去。他叫我『我的小瑪格麗特』，他給院子裡所有人修補靴子和鞋子。他喝多了就唱歌：『我親愛的兄弟姊妹／我英雄般在戰場上搏鬥……』史達林死後幾天，我去瓦尼亞叔叔家，卻聽到他說：『嗯，小瑪格麗特，這傢伙終於咽氣了。』他怎能這樣說我的史達林！我奪回靴子說：『您怎麼敢這樣說？您是英雄，是得過勳章的！』我整整想了兩天，做出了決定：我是少先隊員，也就是說，我必須到內務部去檢舉瓦尼亞叔叔。我寫了一封揭發信。那時候絕對是認真的，真的，真的！就像帕夫利克・莫洛佐夫[11]一樣，我連自己的父親母親，都可以揭發，是真的！我已經準備好了！我從學校回來時，卻看到瓦尼亞叔叔喝醉酒躺在大門外。他自己弄翻了輪椅，爬不起來。然後，我開始有點可憐他了。

我就是這樣一個人。我會一直坐著，耳朵緊挨著擴音器，聽每小時廣播一次的史達林同志健康報告，邊聽邊哭，真心難過。那時候就是這樣！那是史達林時代，我們都是史達林的人。我媽媽出身貴族家庭，革命爆發前幾個月她嫁給了一名軍官，後來他曾在白軍中作戰。他們在奧德薩分手，他和白軍領袖鄧尼金的殘部流亡到海外，而媽媽不能離開癱瘓在床的母親。她被『契卡』[12]當作白軍的妻子抓走了。負責這個案子的調查員愛上了媽媽，想辦法把她救了出來，卻強迫媽媽嫁給他。那個人經常在工作時喝得酩酊大醉，回家後用槍柄打媽媽的頭。後來那個人突然消失了。這就是我媽媽，一個美女，熱愛音樂，通曉多種語言，但她對史達林愛到頭腦發昏。如果爸爸偶爾對什麼事情感到不滿，她會威脅爸爸：『我會到區委去告訴他們，說你是個什麼樣的共產黨員。』說到我爸爸，他早年參加過革命，在一九三七年遭到鎮壓，不過很快就獲釋。因為當時在布爾什維克高層中有個人是他的老朋友，替他說了話，把他保釋出來。但是爸爸再也沒有恢復過黨籍，他不能忍受這種打擊。他在監獄裡被人打掉了牙齒，打破了腦袋。但是爸爸仍然沒有改變，依然認為自己是共產黨員。您能給我解釋一下嗎？您是否認為他們都是傻瓜？天真？不是的，他們都是一些受過良好教育的聰明人。媽媽讀莎士比亞和歌德的原著，爸爸畢業於季米里亞捷夫農學院。勃洛克[13]、馬雅可夫斯基、伊涅薩．阿爾曼德[14]都是我的偶像、我的典範。他們的作品伴隨著我成長……（深思）

我曾經在航空俱樂部學習飛行，至於我們是怎麼飛行的，現在都還令人驚訝，我們居然能活下來！那不是滑翔翼，只是一個木造的自製機體，外面包上墊子而已。操縱要用手柄和腳蹬，所以當你飛起來時，你可以看到鳥兒，從空中看到地面。你覺得自己插上了翅膀！天空改變了人類，高度也是，您能明白我的意思嗎？我說的就是我們那種……我可憐的不是自己，而是我們所熱愛的一切……

我實事求是地回憶一切，我甚至不知道為什麼跟人講這些會感到尷尬。

加加林飛上太空了，眾人走上街頭，開懷大笑，素不相識的人互相擁抱，喜極而泣。從工廠直接過來的工人穿著工作服，醫生護士戴著白色帽子，眾人把他們拋上空中，喊道：『我們是第一個進入太空的！』那個場面是我永遠不會忘記的！多麼令人興奮，令人驚奇。至今我一聽到那首歌，心情仍然不能平靜：『我們沒有夢見隆隆的火箭發射場／沒有夢見冰冷的藍色／我們只夢見青草，房外的青草／綠色的草場……』古巴革命爆發了，年輕的卡斯楚。我大喊：『媽媽！爸爸！他們勝利了！古巴萬歲！』（唱起來）『古巴，我的愛／紫色黎明之島／清晰的歌聲響徹地球上空／古巴，我的愛！』不少西班牙戰爭的老兵到我們學校來，我們一起唱起〈格瑞那達〉：『我離開小屋，去打仗／把格瑞那達[15]的土地給農民……』我桌上有伊巴露麗[16]的照片。是的，我們先是夢想去格瑞那達，然後是古巴。幾十年之後，另一批年輕人為了阿富汗也是這麼瘋狂。我們都是很容易受騙的。但不管怎樣，都無所謂！我不會忘記這些，不會忘記我們整個十年級全部出動去開墾荒地。他們排著隊，揮舞著旗幟，一些人還背著吉他。『這就是英雄！』我當時是這麼想的。他們之中有許多人後來都因為生病回來了，他們根本無法在荒地中生存，在大森林中建造鐵路，當時鋼軌都是蹚著齊腰深的冰水用人力背過去的。他們還缺乏技術，吃腐爛的馬鈴薯，所有人都染上了壞血病。但是他們還是堅持下去了，做得好！還有個女孩陪著他們一同興奮激動，那就是我！這是我的記憶，我不會留給任何人，不管是共產黨員，還是民主黨員，更不要說那些生意人。我的記憶只屬於我一個人！即使一無所有，我也能夠活下去。我不需要很多錢，也不用錦衣玉食、豪華汽車。我們開著日古利車[17]走遍了全蘇聯，我看到了卡列利雅、塞凡湖和帕米爾高原。這些曾經都是我的祖國，我的祖國叫蘇聯。哪怕沒有很多物質，我也可以過活，我只是無法捨棄曾經擁有的一切。（她沉默良久，我只好叫了她一聲）

不要擔心我，我現在一切都不錯，生活已經正常了。我坐在家裡，撫摸著小貓，編織手套。如此簡單的事情，比如編織，就能夠讓我心情舒暢……是什麼支撐我？我不會走極端的，不會。身為一名醫生，我什麼都了解，所有瑣事；而死亡是醜陋的，從來不是美麗的。我見過上吊自殺的人，在最後一刻大小便失禁；煤氣中毒的人皮膚是藍色或紫色的。對於女人來說，自殺是一種很可怕的想法。我不可能有任何關於死亡的美麗幻想。那樣子，就像什麼東西離你而去，似乎在催促著你，逼著你衝動。你在絕望中掙扎……還有呼吸和心跳，還可以掙扎，但那時候已經很難支撐了。要按下停止鍵，停！我就支撐住了。扔掉曬衣繩跑了出去，任由傾盆大雨淋濕身體。被大雨濕透後，我是多麼喜悅，多麼高興！（沉默）在這之後我很久都不說話，在壓抑中躺了八個月，都不會走路了。最後才又重新站起來，學會了走路。我終於又堅強起來了，雖然感覺還是很糟，我像球一樣被人踢來踢去。這對我算是什麼？夠了！夠了（坐下哭泣）……

一九九〇年，在我們明斯克屋子的三個房間住進了十五個人，還有個吃奶的孩子。第一批客人是我先生那邊從巴庫[18]來的親戚，包括姊姊一家人和姊夫的堂兄弟。他們不是來做客的，而是帶來了『戰爭』這個詞。他們驚呼著走進我家，從他們的眼睛看得出來，他們很久沒睡過好覺了。他們是秋天或冬天來的，那時已經很冷了。對，他們是秋天來的，因為冬天我們這兒的人更多了。冬天，從塔吉克來了客人，我姊姊一家和姊夫的父母從杜尚貝[19]來。那時候就是這樣的形勢，到處都睡著人，夏天甚至睡到陽台上。他們說話時就像是哭喊，就像他們在逃難，戰爭就在身後追趕，腳後跟冒煙。他們所有人都和我一樣，是蘇聯人，絕對的蘇聯派。百分之百！我們都為此而驕傲。可是突然間，什麼都沒有了，全沒了！一早醒來時，他們向窗外望去——已經生活在另一面國旗下了。在另一個國家，成了外國人。

我一直在聽，聽他們沒完沒了地說：

『那是個什麼時代啊！戈巴契夫上台了……窗外突然響起了槍聲。耶穌啊！那可是在首都，在杜尚貝啊。所有人都坐在電視機前，生怕錯過最新消息。我們工廠以女工為主，大部分是俄羅斯人。我問她們：『女孩，會發生什麼呢？』戰爭已經開始了，在砍殺俄羅斯人。過了幾天，一家商店大白天被搶劫，接著是第二家……』

『頭幾個月我只是哭，後來不哭了，眼淚很快就哭乾了。最怕的就是男人，不管是熟人或陌生人都怕。他們衝進家裡，衝進車子裡……「美人啊，女孩啊，來打一炮吧……」鄰居家的女孩遭到同學強姦，是我們認識的塔吉克男孩。女孩的母親找到男孩家裡，那家人卻對她大吼大叫：「你們來這裡幹什麼？滾回你們自己的俄羅斯吧。你們俄國人很快就不能留在這裡了。穿上你們的內褲快滾吧。」』

『我們為什麼要去那裡？是因為共青團的派遣證明，是去建設水電站，建設鋁製品工廠。我學會了幾句塔吉克語：茶壺、碗、溝渠、杜松子、梧桐……他們叫我們舒拉維，意思就是俄羅斯兄弟。』

『我時常還夢見玫瑰山上茂密的杏樹，醒來時滿臉淚水……』

『在巴庫，我們住在一幢九層樓房裡。早上有人把亞美尼亞家庭都趕到院子裡，把他們團團圍住，有多少人算多少人，全都衝向他們，每個人都拿著東西去打人。一個小男孩，只有五歲，他也跑過來，揮著兒童鏟子打人。一個亞塞拜然婆婆撫摸著他的腦袋……』

『我們的朋友，也是亞塞拜然人，他們把我們藏在地下室。拿垃圾、破箱子當掩飾，晚上才能給我們帶些吃的過來……』

『早上我跑步去上班，看到街上躺著屍體。躺在地上或靠牆坐著，就像活著一樣。有人用桌布蓋住他們，也有的沒有蓋或來不及蓋。大多數都是衣衫被剝光，有男人也有女人。又有人坐在路邊，有人沒有被剝去衣服，因為他們沒有被打倒……』

『我以前認為塔吉克人就像孩子一樣單純，從來不怨恨別人。但是半年後，可能還不到半年，我已經認不出杜尚貝了，人與人也互相不認識了。太平間人滿為患。早上沒有人上街，柏油路上全都是血塊，就像肉凍一樣。』

『整天都有人拿著標語在我們大樓外面示威：「亞美尼亞人去死吧！死吧！」有男人也有女人，有老人也有年輕人。憤怒的人群，都沒有人樣了。報紙上全是小廣告：「用巴庫的三房公寓換俄羅斯任何城市的任何公寓……」我們的公寓賣了三百美元，也就是一台冰箱的價格。如果不同意按這個價格賣出，就會被殺死。』

『我們用自己的公寓換來了一件中國羽絨服，還有一雙保暖鞋。家具、餐具、地毯……所有東西都扔掉了。』

『我們在沒有電燈、煤氣、水的狀況下生活。市場上價格很嚇人。我們家附近開了間小鋪子，賣鮮花和花圈，只賣鮮花和花圈。』

『晚上有人摸黑在鄰居的外牆上寫著：「恐懼吧，俄羅斯的混蛋！你的坦克兵不能幫你了。」俄羅斯人被剝奪了領導地位，有人從角落裡朝俄羅斯人開槍，城市馬上陷入髒亂，就像村子，突然就變成了一個外國城市，不再是蘇聯的了。』

『什麼事都可以殺人，不是在那裡出生的要殺，不是說他們語言的要殺，帶槍的人看來不順眼的要殺……先前我們是怎麼生活的？每逢假期，我們第一次敬酒都要說「為了友誼」，還要用亞美尼亞語說「我愛你」，用亞塞拜然話說「我愛你」。我們原本是生活在一起的……』

『都是普通的老百姓，我們認識的塔吉克人都把孩子鎖在屋子裡，不讓他們出門，不讓別人教他們，不讓他們學殺人。』

『我們離開了，坐上了火車，火車輪子已經開始動了，就在這最後幾分鐘裡，有人用自動步槍朝車輪掃射。士兵組成人牆掩護我們。如果不是士兵，我們可能都不能活著跑到車上。現在我看到電視上播放戰爭片，都會立即感覺到這種氣味，人肉烤焦的氣味，如糖果般的甜膩味道……』

半年後，我先生的心臟病發作過一次，再過半年又發作了一次，接著他妹妹又中風。因為這些事，我都快瘋掉了。你知道發瘋時，頭髮是什麼樣子的嗎？變得很硬很硬，就像釣魚線一樣。每根髮絲都是先瘋掉的……有誰能受得了？我的小女兒卡琳娜白天還是個正常的孩子，窗外一暗下來，她就渾身顫抖，大喊大叫：『媽媽別離開我！我一睡著，他們就會殺掉你和爸爸！』我早上去上班，都是在馬路上跑，希望汽車把我撞死。我以前從來不去教堂，但是現在一跪就是幾個小時：『最神聖的聖母！祢能聽到我的話嗎？』我睡不著覺，吃不下飯。我不是政治家，我也不想弄清楚政治。我只是害怕。您還想問我什麼？我都說了……所有的！」

1 此指一九一七年十一月七日（俄羅斯舊曆是十月二十五日）由列寧領導的十月革命的發動日期。

2 俄式酸黃瓜馬鈴薯沙拉。

3 伊薩克．奧西波維奇．杜那耶夫斯基（一九〇〇～一九五五），蘇聯著名作曲家，從二十世紀三〇年代起到五〇年代寫過不少輕歌劇，其中最著名的是《金色的山谷》、《自由的風》和《白色的金合歡》。瓦西里．列別捷夫－庫馬奇（一八九八～一九四九），蘇聯詩人，早期作品主要是諷刺詩、故事和小品文，從二〇年代末以後，寫了許多膾炙人口的大眾歌曲，如《快樂青年進行曲》、《祖國之歌》等。

4 一八二五年十二月，尼古拉一世在位時期的一場革命，所有參加者稱為「十二月黨人」。後來他們大多被流放到西伯利亞的伊爾庫次。

5 白羅斯民間食品套餐，馬鈴薯奶油湯＋香腸＋煎餅。

6 亞美尼亞式肉湯。

7 高爾察克（一八七四～一九二〇），沙皇俄國將領，白軍領袖之一，十月革命後加入白軍，後成為西伯利亞政權領袖，被紅軍擊敗後遭處決。鄧尼金（一八七二～一九四七），沙皇俄國將領，白軍領袖之一，在十月革命後組織了一支白軍，後來流亡海外。

8 扎哈羅夫（一九三三～），俄羅斯著名演員、電影導演，多次獲得蘇聯與俄羅斯人民藝術家稱號。

9 亞歷山卓・尼古拉耶夫娜・帕赫姆托娃（一九二九～），俄羅斯著名作曲家，創作過四百多首蘇聯歌曲。

10 貝利亞（一八五五～一九五三），蘇聯祕密警察首腦，史達林大清洗計畫的主要執行者之一，在史達林死後被祕密處決。盧比揚卡大樓是KGB情治單位總部，在此審訊犯人並附屬監獄，現在為俄羅斯聯邦國家安全局所在地。

11 帕夫利克・莫洛佐夫（一九一八～一九三二），蘇聯史上著名的小英雄，據說他親自向當局告發父親，導致父親被送進勞改營。

12 即肅反委員會，契卡是由俄文縮寫音譯而來。

13 亞歷山大・勃洛克是二十世紀早期俄羅斯詩人及戲曲家。

14 伊涅薩・阿爾曼德（一八七四～一九二〇），列寧的情人，國際社會主義婦女運動和共產主義運動活動家。

15 位於加勒比海的小島，曾輪流被法國、英國殖民，一九七四年獨立，一九七九年左派革命黨人發動政變，廢除憲法。一九八三年經過另一次內部鬥爭，美國和加勒比海其他國家，如古巴出兵介入。最後再次成為大英國協的一員。

16 多洛莉絲・伊巴露麗（一八九五～一九八九），著名的西班牙國際共產主義運動活動家，以「熱情之花」一名聞名於世，後來出任西班牙共產黨總書記。

17 日古利是蘇聯在一九七〇年代生產的小型國產車。

18 現為亞塞拜然的首都。

19 現為塔吉克的首都。

孤獨的紅色元帥和被遺忘的那三天革命[1]

謝爾蓋・費多羅維奇・阿赫羅梅耶夫（一九二三〜一九九一），蘇聯元帥、蘇聯英雄（一九八二），蘇聯武裝力量總參謀長（一九八四〜一九八八），一九八〇年獲頒列寧獎章，自一九九〇年起擔任蘇聯總統軍事顧問。

紅場實地採訪（一九九一年十二月）

「我當時是個女大學生⋯⋯

一切發生得那麼快，三天後革命就結束了。電視新聞報導：『緊急狀態委員會成員被捕，內政部長普戈自殺，阿赫羅梅耶夫元帥自縊。』我們家裡對此討論了很久。記得爸爸說過：『這些人是戰爭罪犯。他們應該遭到如同德國赫斯和史佩爾[2]的命運。』所有人都在等待『紐倫堡審判』。

我們那時還年輕⋯⋯革命了！當人民主動走上街頭抵抗坦克車時，我開始為自己的國家驕傲。先前在維爾紐斯[3]、里加及提比里斯都發生了類似的事件。在維爾紐斯，立陶宛人保護自己的電視中心，我們都從電視上看到了，而我們是什麼，是傻子嗎？早先哪兒都不會去，只會坐在廚房裡憤怒的人，現在終於走上了街頭，他們終於走出去了。我和好友帶著雨傘，既是為了擋雨，也是為了打架。（笑）當葉爾欽站在坦克上時，我很為他自豪，我明白了這就是我的總統，我們真正的總統！那裡有很多的年輕人，都是大學生。我們都是讀《星火》雜誌上維塔利．柯洛季奇的文章，還有《六〇年代》的雜誌成長起來的。形勢在朝著軍事鎮壓發展……擴音器中傳來一個男人的聲音，用請求的口吻喊道：『女孩請趕緊離開，他們將會開槍，將會有很多屍體。』我旁邊的一個小夥子把懷孕的妻子送回家了，她哭著說：『那你為什麼留下來？』『我必須這麼做。』

我錯過了很重要的時刻。這一天是如何開始的？那天早上，我是被媽媽的哭聲驚醒的。媽媽問爸爸：『這個緊急狀態是怎麼回事？你覺得他們會對戈巴契夫做什麼？』外婆從電視前跑到廚房聽廣播：『誰都沒有被捕嗎？沒有開槍嗎？』外婆生於一九二二年，這一輩子已看夠了殺人、被殺和抓人、被捕，她一輩子就是這樣過來的。外婆不在了以後，媽媽才跟我講了她們家的祕密，布幕這才揭開……一九五六年，外公從勞改營獲釋後，被帶回來交給外婆和媽媽，那時他瘦得只剩下一副骨頭架子了。他是從哈薩克勞改營出來的，有人陪同他回家，他病得很嚴重。媽媽她們都不敢承認這是父親、這是丈夫，因為害怕，她們對外聲稱，他只是個遠親，和我們家沒什麼關係。一起生活了幾個月後，她們把外公送到醫院。他在那裡，上吊自殺了。得知這些事情後，我需要在這些往事的伴隨下活下去，帶著這些訊息生活下去，我必須理解這些……（重複）要和這些歷史一起活下去。我們的外婆最害怕出現新的史達林和戰爭，她一生都在為應付逮捕和饑荒做準備。她在窗台擺上盒子，在裡面種大蔥；她總是熬一大鍋白菜，買很多糖和油儲備起來，閣樓上堆滿了貨品和糧食。她總是教訓我：『你別說話！閉緊嘴巴！』我在中學從來不多話，在大學也不多話，我就是這樣長大的，在這樣的人群中。我們沒有理由喜歡蘇維埃政權，我們全家都擁護葉爾欽。可是媽媽不放我們離開家門：『除非從我的屍體上踏過去！你難道不知道一切都會變成原樣嗎？』我們就讀於盧蒙巴人民友誼大學，學校裡有來自世界各地的學生，其中許多人對蘇聯的認識是：那是有巴拉萊卡琴和原子彈的國家。我們為此感到難堪，我們還想生活在另一個國家呢。」

「那時我在工廠當技師……

我是去沃羅涅什州看望姑姑時得知政變的。那裡的人都聲嘶力竭地歌頌偉大的俄羅斯——根本全在放屁。人人都是喬裝的愛國者，都坐在電視旁邊，每天看動畫片。駛離莫斯科五十公里開外，大家就可以看到一些房子，看到那裡的人如何生活，看到他們那裡過節是如何一醉方休。村裡幾乎沒有男人，都死掉了，都是往死裡喝，人的意識已降到了畜生的層次，就是要喝到死。只要沒有倒下，就一直喝。只要能點燃的東西他們都喝，從蔬菜洗潔劑到汽油。喝完酒就打架鬧事，每家都有人進出過監獄，或者正在蹲監獄。員警根本不管。有些女人不放棄，她們在菜園裡挖地。如果還有幾個不喝酒的男人，也早就去莫斯科找工作了。（我開車去的那個村莊）只剩下一個農民，他三次被人放了『紅公雞』[4]，直到下了地獄！眼紅，天生的嫉妒，心理上嫉妒……

莫斯科的坦克、路障，在農村裡沒有人因此而特別緊張，都不太介意。他們更擔心的，還是地裡的科羅拉多甲蟲和小菜蛾。科羅拉多甲蟲存活力很強……而年輕小夥子的腦袋，只有嗑瓜子和女人，只關心晚上要去哪兒泡妞。但是普遍來說，人民畢竟還是更支持緊急狀態委員會的。我明白這個，他們都不是共產黨員，但是都支持偉大的國家。大家都害怕改變，因為每一次改變之後，農民都是被愚弄的對象。我還記得爺爺說過：『以前我們的生活還馬馬虎虎，之後就愈來愈糟。』從戰前到戰後，這裡的人都沒有護照。上邊不給鄉下人護照[5]，不許他們進城。簡直就是把他們當奴隸，當囚犯。打完仗回來，掛滿了勳章，征戰了半個歐洲，卻沒有護照！

在莫斯科，我知道朋友全都站到了街壘上，像在參加大派對。（笑）而我只得到一個小紀念章……」

「我是個工程師……

以前我也是『老蘇維埃』，但是我不想再繼續下去了。阿赫羅梅耶夫這個老蘇維埃狂熱份子，他是真心忠誠於共產主義理想的。他是我的敵人，他講的話在我心裡激起了仇恨。我明白這個人會戰鬥到最後。他是自殺的嗎？顯然這是一種非凡的舉動，他喚起了尊重。死亡應該得到尊重。但是我問自己：『如果他們勝利了呢？』您可以看看隨便哪本教科書，歷史上沒有一次政變能避免恐怖，一定會以流血結束。在中世紀要割下舌頭、剜去眼睛。這都不用歷史學家說……

我一早就在電視上聽到『戈巴契夫由於嚴重疾病而沒有能力管理國家』，然後看到窗外都是坦克。我打電話給朋友，大家都支持葉爾欽，反對軍政權。我們要去保衛葉爾欽！我打開冰箱，拿出一塊乳酪放進口袋，抓起桌上放著的麵包。武器呢？必須帶點什麼，桌上放著一把菜刀，我把它拿在手上，又放回原處。（思索）擔心要是……要是他們贏了呢？

現在電視上放的都是這些畫面：大指揮家羅斯特羅波維奇從巴黎飛來，座位邊放著一把槍，女孩請士兵吃冰淇淋，畫面還帶到坦克上面的花束……但我看到的是另外一些畫面，莫斯科的老奶奶給士兵送來三明治，還讓他們給家裡寫信。他們讓一個坦克師團開進首都，卻沒有乾糧也沒有廁所。從坦克艙口探出頭的，都是長著細嫩脖子的男孩，就是這樣子。他們睜著膽怯的大眼睛，一臉茫然。到了第三天，他們都坐到坦克外面，面露凶相，又餓又困。女人把他們團團圍住：『乖孩子，你們會向我們開槍嗎？』士兵不說話，一個軍官大喊了一聲：『上面下命令時，我們就會開槍。』士兵馬上就不見了，都躲進艙口裡了。就是這樣！我記憶中的畫面與你們的不一樣。我們站在人鏈中，等待進攻。傳言紛紛擾擾：『快要放瓦斯了，狙擊手就在屋頂上……』一個老婦人走向我們，上衣掛滿勳章：『你們要保護誰？保護資本家嗎？』說什麼呢，老太太？我們在這兒是支持自由的。『我曾經為蘇維埃政權作戰，為工人和農民作戰。不是為了商人和公司。要是上級現在給我一把自動步槍的話……』

一切都命懸一線。我聞到了血腥味，我可不記得那是個節日。」

「我，只是個愛國者……

請讓我也說幾句話。（他穿著敞開的羊皮外套，胸前掛著大十字架，走了過來。）我們生活在國家歷史上最可恥的時代，我們是懦夫和叛徒的一代。我們的孩子以後會這樣說：『我們的父母出賣了一個偉大的國家，去換牛仔褲、萬寶路和口香糖。』我們沒能捍衛我們的祖國蘇聯。這是可怕的罪行。我們出賣了一切！我永遠都不會適應俄羅斯三色旗，在我的眼前將永遠飄揚著紅旗。偉大國家的紅旗，那是偉大勝利的旗幟！我們總應該做些什麼，蘇聯人民要做些什麼吧。難道就讓我們閉上眼睛，跑進這個噁心透頂的資本主義天堂？用花稍的圖片，用貨架上的香腸、花稍的包裝，就把我們給收買了。盲目，欺騙。我們把一切都拿去換汽車和服裝了，連故事都不用編……說中情局就這樣毀掉了蘇聯，說這是布里辛斯基[6]的陰謀……那為什麼KGB沒有幹掉美國？不是愚笨的布爾什維克糟蹋了國家，也不是渾蛋的知識份子為了出國和閱讀《古拉格群島》而消滅了國家……更不要去蒐集證據說，這是猶太人共濟會的陰謀[7]，而是我們用自己的雙手摧毀了一切。我們異想天開，以為只要讓他們來開麥當勞、賣漢堡，我們每個人就都可以買賓士、買收錄音機，在報攤隨便賣色情影片……

俄羅斯需要一隻強壯的手，一隻鐵腕，需要一個提著棍子的監工。能做到的，只有偉大的史達林！萬歲！萬歲！阿赫羅梅耶夫可以成為我們的皮諾契特[8]，可以成為賈魯塞斯基[9]，真是巨大的損失啊！」

「我是共產黨員……

我是支持緊急狀態委員會、支持蘇聯的。我是國家緊急狀態委員會的堅定支持者，因為我喜歡生活在帝國。『遼闊的國家，我的鄉土……』一九八九年我出差去維爾紐斯。出發之前，工廠的總工程師（他人已經在那邊了）打電話警告我：『你不要跟他們說俄語。如果你說俄語，在商店裡連一盒火柴都買不到。你還沒有忘記烏克蘭語吧？就說烏克蘭語吧。』我當時還不相信，怎麼可能？他說：『在食堂都要小心可能被下毒，或者飯裡有玻璃碴子。在那裡，我們現在是占領者，你明白嗎？』我還滿腦子的民族友誼和蘇聯兄弟情誼什麼的。一直到抵達維爾紐斯火車站，我都還不相信。結果，我才一腳踏上月台，沒幾分鐘，他們一聽到我說俄語，就讓我深刻明白，我已經來到了外國。我就是個占領者，從骯髒落後的俄羅斯來的占領者。一個俄羅斯的伊凡[10]，野蠻人。

電視上正在跳著小天鵝舞。總之，我是早上在商店聽到國家緊急狀態委員會消息的。我趕緊跑回家，打開電視，我想知道他們幹掉了葉爾欽沒有？電視台在誰手裡？誰在指揮軍隊？一個熟人來電話說：『嗯，這些狗娘養的，現在又擰緊螺絲了。我們又成了齒輪和螺絲釘。』我一聽就冒火了：『我雙手贊成，我支持蘇聯！』他的態度一瞬間一百八十度大轉彎：『臉上有胎記的那個米哈伊爾[11]完了！把他流放到西伯利亞！』您明白嗎？應該和人民對話，說服他們。要有動作，首先應該拿下康斯坦丁諾電視中心，晝夜廣播：『我們要拯救國家！蘇維埃祖國在危機中！儘快處理那些走狗，那些阿法納西耶夫[12]和其他叛徒。』人民一定會贊成的！

我不相信阿赫羅梅耶夫是自殺的，身為軍官不可能用繩子上吊，死在一條綁蛋糕盒的絲帶上，像個犯人一樣，在牢房裡才會是這種死法，坐著，腿彎曲著。孤獨一人。這不是軍人的傳統，軍人討厭絞索。所以這不是自殺，肯定是他殺，是那些扼殺蘇聯的人殺害了他。他們害怕阿赫羅梅耶夫在軍中的崇高威望，害怕他組織反抗運動。人民那時還沒有被分化，只是不知所措，像現在一樣。那時候大家都還過一樣的生活，讀同樣的報紙。不像現在一批人喝稀粥，另一些人喝珍珠粉。

就是這樣，我親眼看到的。在老廣場上，一幫年輕人把梯子架在中央委員會大樓，那兒已經沒人保護了。長長的消防梯子，他們就鑽了上去，用鑿子和鑿子把蘇聯共產黨中央委員會的金色字母敲下來。另一批人在下面，把字母鋸開，把碎片分發給大家留念。路障拆除了，鐵絲網也成了紀念品。

我對蘇聯共產主義倒台的記憶，就是這樣……」

調查資料摘要

「一九九一年八月二十四日二十一時五十分，警衛值班軍官克羅捷耶夫，在莫斯科克里姆林宮一號樓十九號A辦公室發現了蘇聯元帥阿赫羅梅耶夫（一九二三年生）的屍體。他生前任蘇聯總統顧問。

遺體呈坐姿，位於辦公室窗台位置，背靠隔開暖氣的木製柵欄。死者身著蘇聯元帥軍服，服裝沒有損壞。脖子上有雙股合成麻線勒過的痕跡，環繞整個頸項。繩子上端固定在窗框的手柄上，手柄貼有蘇格蘭牌膠帶。除了與上吊相關的線索，屍體沒有發現任何受傷跡象……」

「調查寫字台的桌面發現，桌面明顯的位置上有五張便條，都是手寫。便條擺放整齊。按照擺放位置，可以看出書寫的順序。

第一張便條，阿赫羅梅耶夫希望轉交給家人，內容是他決定自殺：『對我來說，主要職責永遠是戰士和公民，你們是在次要位置。今天我首次在第一順位向你們履行我的責任。請你們勇敢度過這些日子，互相支持，不要給敵人以幸災樂禍的理由……』

第二張便條寫給蘇聯元帥索科洛夫[13]。內容是請索科洛夫和陸軍將軍留波夫幫助安葬，不要讓家人沉重度日。

第三張便條的內容是，請求代他償還所欠克里姆林宮食堂的五十盧布代金券。

第四張便條沒有收件人：『當我的祖國即將滅亡，當我視為生命意義的一切都在毀滅，我已經無法繼續活下去。年齡和過去的生活賦予了我放棄生命的權利。我已經抗爭到底。』

最後一張便條是單獨放置的：『選擇自殺工具時，我真是個糟糕的專家。第一次嘗試（九時四十分）失敗了，繩子斷了。我努力再重複一遍……』

筆跡專家認定，便條上所有手跡都出自阿赫羅梅耶夫本人。」

「阿赫羅梅耶夫的最後一夜是和小女兒納塔莉亞一家度過的，她告訴我們：『八月之前我們就曾多次問父親：「我們國家會發生政變嗎？」很多人對戈巴契夫的改革不滿，對於他的夸夸其談、軟弱、在蘇美裁軍談判中的單方面讓步，還有經濟狀況的惡化不滿。但是父親不喜歡這些對話，他肯定地說不會政變，他的話是：「國家政變絕對不會發生。」如果軍隊想政變，只需兩小時。但在俄羅斯動用武力不會成功。拿下領導人並不是最大的問題。問題是接下來怎麼辦。』

八月二十三日那天，阿赫羅梅耶夫很早就下班回家。家人在一起吃飯，還買了一個大西瓜，大家在桌旁談了很久。女兒說，爸爸很坦率，承認自己在等著被逮捕。在克里姆林宮沒有人接近他。他說：『我明白你們的處境會很艱難，現在這麼多汙水潑向我們家。但是我不能不這樣做。』女兒問他：『你不後悔飛回莫斯科嗎？』阿赫羅梅耶夫回答說：『如果我不這樣做，我會詛咒自己一輩子。』

睡覺前，阿赫羅梅耶夫還答應明天帶孫女去公園盪鞦韆，還擔心明天誰去機場接妻子，妻子原定第二天早上從索契飛回莫斯科。他還要求妻子抵達後立即通知他，他為她預訂了克里姆林宮車隊的車子……

女兒上午九時三十分給爸爸打過電話。他的聲音很正常，女兒知道父親的個性，不相信父親會自殺……」

摘自最後的筆記

「我發過誓，畢生為蘇維埃社會主義共和國聯盟服務……現在我應該做什麼？我要為誰效力？但是，只要我還活著，只要我一息尚存，就將為蘇聯奮鬥。」

——電視專題片《觀點》，一九九〇年

「現在所有人都變得很頹廢，否定十月革命後國家所發生的一切。是的，當時是有史達林，有史達林主義；當時是有鎮壓，對人民施暴，我都不否認。所有這些都發生過。然而，這需要客觀研究，公正評價。攻其一點，並沒有說服力，我就是那個年代出生的，我親眼看到過人怎麼工作，懷著怎樣的信念……任務不在於要抹殺或隱瞞什麼，因為什麼都不可能隱藏和遮蓋。在那個背景下發生在這個國家的事，每個人都知道，有可能捉迷藏嗎？但是，我們確實贏得了反法西斯戰爭，我們沒有打輸，我們有勝利日。

我記得三〇年代，有幾千萬人和我一樣，都是這樣長大的。我們是有覺悟建設社會主義的，我們願意做出任何犧牲。我不同意沃爾科戈諾夫將軍[14]所寫的，在戰前只有史達林主義存在。他是反對共產黨的，而今天在我們國家『反共』已經不是罵人的話。我是共產黨員，他是反共份子。我是反資本主義份子，他是不是資本主義的辯護者？這點我不知道。然而，這並不是普通的事實查證，這是思想爭端。我不只是被批評，還受到公開謾罵，因為我說他是『變節份子』，直到不久前沃爾科戈諾夫還和我一起捍衛蘇聯、捍衛共產主義理想，但他突然就轉向了。要讓他說說為什麼改變了軍人的誓言……

今天很多人喪失信仰。我首先要點名的是伯里斯．尼古拉耶維奇．葉爾欽，這位俄羅斯總統，曾經是蘇共中央委員會的書記、政治局候補委員。現在他公開說不相信社會主義和共產主義，認為共產黨做的一切都是錯誤的，成了反共鬥士。還有其他人，就是說這類人並不是少數。但你們聽聽我的看法……我原則上不同意……我注意到國家面臨生存危機，這是真的。現在的危機就和一九四一年一樣[15]……」

——澤恩科維奇《二十世紀動盪年代的高級將軍們》
奧爾馬出版社，二〇〇五年

「七〇年代蘇聯生產的坦克比美國多二十倍。蘇共中央總書記戈巴契夫（在八〇年代）的顧問沙爾納扎羅夫提問：『為什麼需要生產這麼多武器？』

總參謀長阿赫羅梅耶夫回答：『因為我們付出了巨大犧牲才建起第一流的工廠，絕不比美國人差。難道您要命令他們停止工作，去生產電鍋？』」

——伊戈爾．蓋達爾《帝國的滅亡》
俄羅斯政治百科全書出版社，二〇〇七年

「第一次全蘇人民代表大會第九天，會場大廳出現了傳單，說是薩哈羅夫在接受加拿大一家報紙採訪時指出，在阿富汗戰爭期間，蘇聯直升機向被圍困的本國士兵開火，以防止他們投降被俘……

切爾卡斯共青團市委第一書記切爾沃諾比斯基上台演講，他是阿富汗戰爭老兵，失去了雙腿，在別人幫助下登上講台。他宣讀了阿富汗戰爭老兵的聲明：『薩哈羅夫先生聲稱，有證據顯示蘇聯直升機槍殺蘇聯士兵……大眾媒體對蘇聯軍隊前所未有的中傷令我們嚴重不安。而一位著名科學家發表這種不負責任的公開煽動，使我們內心深處受到傷害，這是對我軍的惡意攻擊，對軍隊榮譽和尊嚴的褻瀆，是又一次企圖分裂黨、人民和軍隊的神聖統一……（掌聲）與會者有八成以上是蘇共黨員，但是包括戈巴契夫同志在內，沒有人說過這樣幾個字眼——共產主義。可是有三個詞彙，我認為是我們全國都要為之戰鬥的，今天再次喊出來：大國、祖國、共產主義……』

除了民主派和阿列克謝大牧首外，全場代表起立熱烈鼓掌。

一位來自烏茲別克的女教師發言：

『院士同志！您的一個行為抹殺了您全部的業績。您侮辱了我們所有的軍隊，侮辱了我們所有的烈士。我鄙視您……』

阿赫羅梅耶夫元帥：

『薩哈羅夫院士說的全是謊言。阿富汗從來沒有發生過這種事，我負完全責任說明此事。首先，我在阿富汗服務兩年半；第二，我身為第一副總參謀長、總參謀長，每天都研究阿富汗戰況，了解每一道指令，了解每天的作戰行動。完全沒有此事！』」

——B．柯列索夫，《改革紀事一九八五—一九九一》

現代文學網站 Lib.ru

「元帥同志，當您得知自己因為阿富汗戰爭而獲得蘇聯英雄稱號的時候，有何感想？薩哈羅夫院士說了一個數字：阿富汗人民戰爭中死了一百萬人……

您以為我得到金星英雄榮譽很幸福嗎？我在恪守職責，但是那裡只有血跡和泥土……我反覆說過，軍隊領導層是反對這場戰爭的，我們深知自己是在艱苦陌生的條件中捲入戰爭的。結果是，東方伊斯蘭起而反對蘇聯，我們在歐洲丟盡顏面。有人嚴厲地對我們說：『從什麼時代開始，我國的將軍開始參與政治了？』我們輸掉了支援阿富汗人民的戰爭，但這不是我們軍隊的罪過。」

——電視採訪，一九九〇年

「在此報告我參與所謂『國家緊急狀態委員會』犯罪行為的程度……

今年八月六日，按照您的指令我前往索契軍人療養院休假，一直住到八月十九日。出發之前以及在療養院期間，直到八月十九日早上，我都完全不知道密謀的準備情況，甚至沒有人對我暗示過籌備及組織者是誰，我也沒有參與其組織與行動。八月十九日早上，我從電視上聽到『委員會』的檔案，自行決定飛往莫斯科。當晚八點，我和亞納耶夫見面，告訴他我同意委員會在《告人民書》中提出的計畫，並提議與他一起工作，我開始擔任蘇聯代理總統的顧問。亞納耶夫表示同意，但是他說他當時很忙，於是確定了下次會面的時間，大概在八月二十日十二點。他說，委員會『還沒有組織蒐集與形勢有關的資訊，如果我能做這項工作會很好……』

八月二十日上午，我會見了巴克蘭諾夫[16]，他也得到了同樣的任務。我們決定就這些問題一起工作，召集一個來自政府部門的工作小組，組織收集資訊和分析形勢。這個工作小組實際上編寫了兩份報告，分別於八月二十日晚上九點和八月二十一日上午在委員會會議上審議。

此外，八月二十一日，我為亞納耶夫起草了他將在最高蘇維埃主席團上的報告。八月二十日晚上和八月二十一日早上我參加了委員會的會議，準確地說，這是委員會的一個分會，只有受邀才能出席。八月二十日和二十一日，我的工作就是這樣。此外，二十日下午三點，我應亞佐夫的請求到國防部去見了他。他說，形勢很複雜，他對成功表示懷疑。談話後，他要我跟他一起去見國防部副部長阿恰洛夫將軍，那裡的工作是策畫占領俄羅斯聯邦的最高蘇維埃。亞佐夫聽了阿恰洛夫整整三分鐘報告，只談到軍力組成及行動時段。我沒有提任何問題……

為什麼我自行來到莫斯科——從來沒有任何人召喚我從索契回來——又為什麼開始為委員會工作？其實我確信此次冒險會失敗，來到莫斯科，再次確信這一點。事實上，從一九九〇年開始，我已經如同今天一樣，確信我們國家在走向滅亡，不久將分崩離析。我是想找到一個大聲疾呼的方法。我認為，參與委員會的保障工作和後續與此相關的審查，提供了讓我得以直抒胸臆的可能性。聽起來也許牽強和天真，但這是真的。在我的決定中沒有任何自私動機……」

——致蘇聯總統戈巴契夫的信，一九九一年八月二十二日

「戈巴契夫珍貴，但祖國更珍貴！我們為了不使如此偉大的國家走向滅亡做了抗爭，就在歷史中留下一點點的痕跡吧。而且，就讓歷史去評判孰是孰非了……」

——摘自一個筆記本，一九九一年八月

N的故事摘要

（應本人請求不透露姓名，以及他在克里姆林宮的職位）

這是一位相當難得的證人，來自「聖地中的聖地」：蘇聯共產主義的頭號城堡克里姆林宮。他見證了從來都對我們隱瞞的那種生活，這種生活受到嚴密保護，就像古代中國帝王的深宮禁苑般祕而不宣，猶如人間的天堂。我花了很長時間才說服他。以下是我們透過電話的訪談紀錄。

電話中的交談

「……這裡邊有沒有故事？給您一個爆炸性的事實，一些刺激的消息吧。人人追逐腥羶，死亡也是商品，什麼東西都有市場。庸人也將樂不可支地給自己噴灑腎上腺素，帝國可不是每天都能崩塌的。人人的嘴巴中滿是汙穢和鮮血！也不是每天都有帝國元帥以自殺結束生命，在克里姆林宮的暖氣柵欄上自縊的……

他為什麼選擇離去？因為他的國家離去了，他也就和她一起去了，因為在這裡，他再也找不到自己。我想，他一定想像到了一切將會怎樣，社會主義如何被砸爛，空談如何以流血結束，盜賊如何橫行；想像到紀念碑紛紛倒塌，蘇聯諸神變成一堆廢鐵，人民開始以『紐倫堡審判』威脅共產黨。但法官又是誰？不過是一批共產黨審判另一批共產黨，星期三退黨的審判星期四退黨的。他也一定想像得到列寧格勒——這個革命的搖籃將如何改名……咒罵共產黨將如何成為時尚，全民開罵。他還想像得到大街上到處招搖的標語：『消滅共產黨』、『權力歸葉爾欽』，以及成千上萬的示威者，個個臉上歡天喜地！國家滅亡了，他們幸災樂禍。打爛一切！推倒一切！對俄國人來說，造反永遠是個節慶，可愛的節慶！只要下令『進攻』，襲擊馬上開始；『把猶太人和政委推到牆邊』，人民就等待這一天，歡天喜地。他們甚至想去獵殺已經領了退休金的老人。我在街上找到了一份傳單，上面是黨中央決策者的姓名、住址、房屋、公寓，他們的照片貼得到處都是。要有個什麼萬一，大家可以認出他們來。黨政幹部紛紛夾著一個塑膠袋或網兜就從辦公室逃出來，很多人不敢在家過夜，躲到了親戚家。我們已經得到消息，知道發生在羅馬尼亞的一切……齊奧塞斯庫[17]夫婦被槍決，安全人員和黨內精英被一批一批抓走槍斃，扔在深坑中（停頓良久），而他（阿赫羅梅耶夫）是個理想主義、浪漫主義的共產黨員。他相信『光明的共產主義之顛』，堅定不移，堅信共產主義一定會實現。這種信念今天看來很盲目，白痴一樣可笑。（停頓）當時正在發生的一切，他就是無法接受。看到那些年輕的掠奪者胡作非為，那些資本主義的先鋒，腦袋裡已經不是馬克思和列寧，只有美元。

連槍都沒開，算什麼政變？軍隊狼狽地逃離了莫斯科。國家緊急狀態委員會成員被捕後，他預料到他們很快會追捕他，給他戴上手銬。在總統所有的助手和顧問中，只有他一人支持『政變』——公開支持。其他人都在等待、觀望。官僚機構是一部有操縱能力和生存能力的機器，哪裡有原則？官僚從來沒有信仰、沒有原則，沒有這些模糊的形而上學。重要的是坐穩位子、長袖善舞、左右逢源，以前是怎麼進貢羔羊快狗的，以後也會繼續這麼做。官僚主義是我們的坐騎。列寧說過，官僚主義比鄧尼金還可怕。官僚主義的衡量標準就是對個人忠誠，不要忘記誰是你的主人、餵你的手是誰的手。（停頓）委員會的真相沒有人知道，每個人都在撒謊。如此而已……其實是玩了一個大把戲，它的祕密動機和所有參與者，我們全都不知道。戈巴契夫是謎一般的角色，當他從福羅斯回到莫斯科時對記者說了什麼？他說：『我永遠都不會告訴你事情的全部。』他絕不會說！（停頓）也許這也是他下台的原因之一。（停頓）數十萬人的示威產生了強大的影響力，再也很難維持正常狀態了。阿赫羅梅耶夫從來沒有為自己而感到害怕，他只是不能接受，將會很快發生的一切——蘇維埃制度、偉大的工業化、偉大的勝利全都會被踩平，澆灌上混凝土。最終『阿芙樂爾』號[18]並沒有開砲，冬天的狂飆沒有出現。

大家都痛罵時代，現在的時代卑鄙、下流、空虛，填滿了抹布和錄影機。偉大的國家又在哪裡？事情的結果是，我們今天沒有戰勝任何人，加加林並沒有飛上太空。」

完全出乎意料的是，最後我終於聽到一句話：「好吧，來我這兒吧。」我們約定第二天在他家見面。第二天，雖然天氣很熱，但他穿著黑色西裝、打著領帶，這是克里姆林宮的制服。

「您去過某某人（說出幾個著名姓氏）的家啊，還有某某（又說了一個如雷貫耳的名字），他們的版本說是他殺！我不相信。好像傳說有目擊者，有物證，說是不可能用那根細細的繩子吊死，只能是被悶死的，鑰匙被丟在辦公室外面。有各種版本，人都喜歡聽『宮廷祕史』。我來告訴您另一件事吧。證人也是可操控的。他們不是機器人，電視就可以操控他們，還有報紙和朋友，大家都有共同的利益，誰說的是真相？所以我認為應該由專業人員——法官、學者、牧師等，尋找真相。其餘所有人不是陷入權力野心，就是感情用事。（停頓）我讀過您的書，您不該這麼相信人類，相信人的真相……歷史，才是思想的生命，不是人在寫，而是時間在寫。關於人的真相，就像是一個掛鉤，每個人都可以去掛自己的帽子。

應該從戈巴契夫開始說起，要是沒有他，我們可能仍然活在蘇聯這個國家之下。如果是這樣，葉爾欽，現在充其量是斯維爾德洛夫州的黨委第一書記，而蓋達爾，也不過是在《真理報》經濟版當個主編，堅信社會主義。至於索布恰克，就只能在列寧格勒大學當個講師吧！（停頓）而蘇聯，還能夠延續很長一段時間。泥足巨人？一派胡言！我們是強大的超級大國，可以把自己的意志強加於很多國家，這正是美國人害怕的。緊身衣和牛仔褲不夠？要贏得原子戰爭，需要的不是緊身衣，而是現代導彈和轟炸機。這些我們都有，而且是世界一流。任何戰爭都可以打贏，俄羅斯士兵是不怕死的。現在我們成了亞洲人了……（停頓）史達林創建的國家是不可能走下坡的，是不會被打敗的，可惜的是頂層脆弱而無助。沒有人想到，國家會從頂層開始崩潰，國家最高領導人會走上背叛之路。第一書記都變種了！坐在克里姆林宮的總書記原來就是主要的革命者，從上面毀滅國家易如反掌。嚴格的黨紀和階級結構，反倒是毀掉黨的推手。歷史上的偶然反常，就像是凱撒本人開始摧毀羅馬帝國……不，戈巴契夫不是侏儒矮人，也不是被形勢掌控的玩物，當然也不是中情局特工。不過，他到底是誰？

『共產主義掘墓人』和『祖國叛徒』、『諾貝爾獎得主[19]』和『蘇聯破產者』、『六〇年代精英人物』和『最佳德國人』、『先知』和『猶大』、『偉大的改革者』和『偉大的藝術家』、『偉大的老戈』和『戈爾巴契[20]』、『世紀偉人』和『背叛者』……說的，都是同一個人。

阿赫羅梅耶夫在自殺前幾天，就開始做準備。其中有兩份遺書寫於二十二日、一份寫於二十三日，而最後一份是八月二十四日。那天發生了什麼事？就是八月二十四日那一天，廣播、電視播出了戈巴契夫放棄蘇聯共產黨中央委員會總書記權力的聲明，呼籲蘇共自動解散：『必須做出這個艱難但誠實的決定。』總書記不戰而退，不去關照人民和千百萬的共產黨員，這就是背叛。他出賣了所有人。我可以想像阿赫羅梅耶夫在這一刻的痛苦。不排除他在上班路上看見政府機構降旗，看到克里姆林宮鐘樓降下紅旗的可能。他情何以堪？一個共產黨員、前線老兵，整個生命都失去意義了。我無法想像他會過我們今天這種生活，沒有蘇聯了，在主席台上的是俄羅斯三色旗而不再是紅色旗幟，不再有列寧畫像而是換上了沙皇雙頭鷹。他不適合任何新的裝飾，他是蘇聯元帥，您明白嗎？他是蘇——維——埃——人！所以只能是這樣的結果，沒有別的。這是唯一的結局。

他在克里姆林宮很不舒服，大家都叫他『白烏鴉[21]』、『大兵狂』，這讓他很不習慣。他說：『真誠無私的同志情，往往只存在於軍隊中。』所以，他整個人生幾乎都是在軍中度過的，他十七歲穿上軍裝，和軍人一起生活了半個世紀。這麼長的時間，幾乎是一輩子！從總參謀長職位退休，搬到克里姆林宮辦公室，是他自己寫報告要求的。一方面，他認為時間到了（似乎都看到靈車了），應該給年輕人讓路；另一方面，他開始與戈巴契夫有了矛盾。戈巴契夫與赫魯雪夫很像，不喜歡軍隊。赫魯雪夫曾經說，將軍如果不打仗，就像寄生蟲。但我們國家是個軍事國家，有七成的經濟學家都以各種方式為軍隊服務。最好的大腦也用於軍事工業，物理學家、數學家……都在坦克和炸彈研究領域工作。思想體系也是軍事化的。而戈巴契夫是純粹的文官，以前的總書記都有戰爭背景，只有他是從莫斯科大學哲學系畢業的[22]。他曾經問過軍方：『你們一直想打仗嗎？我可不想。要知道，僅僅莫斯科這一個地方的陸軍將領和海軍上將，就比全世界其他地方加起來的還要多。』以前沒有人會這樣跟軍人說話，他們都是重要人物。在政治局會議上，不是經濟部長而是國防部長先報告工作：出了多少新的軍事武器，而不是生產了多少部錄影機。所以，我們這裡一部錄影機價格相當於一套公寓。現在一切都改變了，軍人當然要站出來了。我們需要更大更強的軍隊，我們的領土太大了！我們的邊境線長度，相當於全世界各國總長度的一半。在我們還強大的時候，沒人敢跟我們算帳，但我們卻變得軟弱，任何『新思維』都不能說服任何人。

阿赫羅梅耶夫本人多次向戈巴契夫報告他的想法，這是他們之間的重大分歧，至於小衝突，我現在都不回憶了。在戈巴契夫的講話中，每個蘇聯人都耳熟能詳的話語已經消失了：『國際帝國主義陰謀』、『報復性打擊』、『海外大亨』……都被他刪除了。他只提『公開的敵人』和『改革的敵人』。阿赫羅梅耶夫在自己的辦公室破口大罵（他可是個中老手），說戈巴契夫的演講都是『渾蛋話』，（停頓）老戈是『外行』、『俄羅斯甘地』。但克里姆林宮走廊裡的遭遇，還不是最令人難過的。讓那些『老頑固』吃驚而愈發強烈地預感到的巨大災難是：戈巴契夫不僅會淹死自己，還會毀滅所有人。我們被美國視為『邪惡帝國』，他們威脅要對我們發起『十字軍遠征』，發動『星球大戰』。可是瞧瞧我們的總司令，卻像佛教僧侶一樣大談『世界是一個共同家園』、『沒有暴力和流血的改革』、『戰爭不再是政治的延續』等等。阿赫羅梅耶夫鬥爭了很久，他已筋疲力竭了。起初，他以為這是有人向高層謊報實情，後來才明白這是一種背叛。於是他提交辭職書，戈巴契夫接受了，但是沒有讓他離開，而是任命他做了軍事顧問。

觸動權力結構是危險的，史達林的架構、蘇聯的架構，您怎麼說都行。從第一天起，我們的國家就一直存在於一個動員體系內，這個體系不是為和平生活設計的。一直都是如此，想想看，難道我們真的不能模壓出那種時尚女靴和美麗胸罩，真的做不出錄影機嗎？這是三兩下就可以完成的事。我們有其他的目標，但是人民呢？（停頓）人民只盼望有普通的日常生活用品，有充足的麵包糕餅就夠了。人民還需要沙皇！戈巴契夫沒有想做沙皇。他拒絕了，於是皇位給了葉爾欽。一九九三年，當葉爾欽感到總統的位子不穩時，他沒有選擇自殺，而是下令向國會開砲。連共產黨在一九九一年都不敢開槍，戈巴契夫交出權力時也沒有流血，但葉爾欽的坦克卻砲轟議會大樓。這樣一場大屠殺，而民眾卻支持他。我們國家在心態、潛意識和基因方面，都是個沙皇國家，所有人都需要沙皇。伊凡四世[23]（歐洲稱他為恐怖沙皇）讓很多俄羅斯城市血流成河，又在立窩尼亞戰爭中遭到失敗，但人民對他只有恐懼和崇拜，像對彼得大帝和史達林那樣。可是那位賦予俄羅斯自由的『解放者』沙皇亞歷山大二世[24]，卻被刺殺了。捷克那邊可以有哈維爾[25]，但是我們俄國人需要的不是薩哈羅夫，而是沙皇。大主教一樣的沙皇，或者總書記和總統，在我們的國家裡，他們就是沙皇。」（停頓）

他給我看他的筆記本，上面抄錄了馬克思主義的經典語錄。我為自己抄寫了一段列寧語錄：「只要那裡是蘇維埃政權，哪怕是豬圈，我都願意生活在其中。」我承認我沒有讀過列寧的書。

「嗯，這是另一方面了，換個話題，放鬆一下。我們談話，就像人常說的，在狹窄的空間裡，在餐桌旁。克里姆林宮有自己的廚師，所有政治局委員都向他預訂小鯡魚、豬油、魚子醬等，戈巴契夫常點粥和沙拉。他要求廚師不要給他魚子醬：『魚子醬配伏特加酒是最好的，但我不喝酒。』他和萊依莎一起做飲食管理、定減食日。他和以前的總書記都不一樣，完全沒有蘇聯體制的味道，他對妻子很溫柔，總是手牽手散步。而葉爾欽呢，一大早就要喝一小杯，配上酸黃瓜，這就是俄羅斯男人的風格。（停頓）克里姆林宮就是個水族箱。我會詳細說給您聽，只是不要打上我的名字。是的，要匿名，反正我已經退休了。葉爾欽打造自己的團隊時，排除了『戈巴契夫份子』，不管什麼人統統收拾掉了。今天我和您坐在一起，是因為我出局了，本應該像游擊隊員一樣沉默的。我不怕錄音機，但是它總讓我分神。這是習慣，你懂的。他們就像用X光一樣監視我們。（停頓）似乎很多都是瑣碎的小事，但是這反映出人的個性。阿赫羅梅耶夫搬到克里姆林宮後，幾次拒絕提高薪水，只是請求保留他原來的水準，他一直說：『我夠用了。』我們當中可以有唐吉訶德嗎？誰把唐吉訶德視為正常人？開展反特權鬥爭後，蘇共中央和政府發布命令，要求必須把高於五百盧布的外國禮品上繳國庫，阿赫羅梅耶夫是為數不多、最早執行此一命令的人之一。克里姆林宮有一種趨炎附勢的風氣，在那裡工作，要很謙卑；知道該對誰喝斥，同時要對誰憨笑；跟誰打招呼，跟誰只要微微點頭。一切都要預先精打細算，你的辦公室安排在哪裡？離總統近嗎？在同一層樓嗎？如果沒有，你就不算是個人物，就是個小角色。你的電話是什麼樣子的？有『直升機』（專線）嗎？要是你的電話上印有『總統』字樣的按鍵，表示你有專線。還有，你有沒有克里姆林宮車隊提供的專車？

我在讀托洛斯基的《我的生活》，這本書出色地展示了革命的廚房。現在所有人都在認真研究布哈林[26]。他的口號是：『豐富自己吧，累積自己吧。』家喻戶曉，真是恰逢其時。這位『布哈林奇客』（史達林這樣稱呼他）提出『扎根社會主義』，把史達林稱為成吉思汗，但他也是個有爭議性的人，就像所有人一樣，布哈林也可以不假思索地把人扔進革命的火爐裡。在殺人中培養人才，這並不是史達林首創，可以說他們都是軍人，經過革命戰爭和國內戰爭，經歷過血腥的搏殺。（停頓）列寧有句名言：『革命是它自己想來就來，而不是什麼人想讓它來的。』是的，就是如此。改革、公開化……所有這些都是從我們手中釋放出來的。為什麼？最高權力階層其實不乏有智慧的人，他們都讀過布里辛斯基的著作，但是當時的認識是這樣：自己修補一下，加點潤滑油，我們就可以繼續走下去。他們並不知道我們的人民對於蘇聯的一切厭惡到什麼程度。他們自己也很少相信『光明的未來』，卻以為人民是相信的（停頓）……不是的，阿赫羅梅耶夫不是他殺。我們拋棄了陰謀論，自殺就是他最後的力爭。離開人世之前，他畢竟說出了要害：『我們正在墜向無底深淵。』一個強大的國家，贏過最嚴酷的戰爭，就這樣崩潰了。中國沒有崩潰，北韓也沒有崩潰——即便那裡的人因為飢餓而死亡，小巧的古巴依舊屹立，但我們消失了。不是敵人用坦克和導彈幹掉我們的，他們摧毀的是我們最強的一點，也就是我們的精神。因為制度腐爛了，黨腐爛了。也許，這才是癥結所在，這也是阿赫羅梅耶夫離開的原因之一。

他出生在莫爾多瓦一個偏僻的鄉村，早年失去父母。他參戰時還是個海軍軍校學員，一個志願者。他在醫院迎來了勝利日，那時他重度神經衰弱，體重只有三十八公斤。（停頓）一支備受折磨、傷病累累的軍隊打勝了。我記得這支軍隊，深陷於疲頓、咳嗽、坐骨神經痛、關節炎、消化器官潰瘍、胃病……我和他是同一代人，都是戰爭人。（停頓）他從學員一路升到軍隊金字塔的最頂端，蘇維埃政權給了他一切：元帥最高軍銜、金星英雄、列寧勳章……他不是世家王儲，只是一個出身農民家庭的男孩，來自窮鄉僻壤，是蘇維埃政權把機會給了成千上萬和他一樣的人，給了窮人、小人物。他熱愛蘇維埃政權。」

門鈴響了，來了一位熟人。他和來人討論一件事，談了很長時間。N回來的時候，我看到他有些沮喪，不是那麼願意說話了。幸運的是，後來他又談得起勁了。

「我們（N與來人）在一起工作，我打電話叫他來的。他原本拒絕了，說這是黨的機密，不能洩漏出去，不能讓外人接觸機密。（停頓）我不是阿赫羅梅耶夫的朋友，但我認識他多年。沒有人為了拯救國家而殉難，他是唯一一個。而我們卻都開始為個人養老金和保住我們的公家度假小木屋而忙碌奔波，所以我不能保持沉默。

在戈巴契夫以前，人民只能看到列寧墓觀禮台上的國家領導人，看到的只是貂皮帽子和石頭一樣刻板的面孔。有政治笑話說：『為什麼市面上不見貂皮帽子？因為官員的繁殖速度超過了貂鼠。』（笑）其實什麼地方的政治笑話，都沒有克里姆林宮裡面的多。政治笑話，就是反蘇笑話。（停頓）改革……我記不太清楚了，好像第一次是在國外從外國記者那兒聽到這個詞的，以前我們最常說的是『加快速度』和『列寧路線』。國外則開始刮起戈巴契夫旋風，整個世界都患上『戈巴契夫熱病』，國外把我國發生的所有事情、所有變化都稱為『改革』。戈巴契夫的車隊從大街上經過，數千人夾道觀看，有人哭有人笑。我記得那一切，人民曾經熱愛過我們黨！KGB恐懼消失了，一宣布結束瘋狂的核子競賽，全世界都為此感激我們。幾十年來人類害怕核戰，就連孩子也是。人已經習慣從戰壕裡透過瞄準鏡互相看對方……（停頓）歐洲人開始學習俄語，餐館裡開始賣俄羅斯菜，紅菜湯、餃子……（停頓）我在美國和加拿大工作了十年，在戈巴契夫時代回國。看見很多人——誠實熱情的人，希望全身心投入改革。我上次看見大家這樣興奮，還是在加加林飛上太空那個時候。有很多與戈巴契夫志同道合的人，但是在官員當中沒幾個，在蘇共中央和各州黨委中都很少。他有個外號叫『度假區書記』，因為他是從斯塔夫羅波爾州調到莫斯科的，斯塔夫羅波爾是以前歷屆總書記和政治局委員都喜歡去度假的地方。他還因為推行禁酒運動而被稱為『礦泉水總書記』、『果汁之子』。有人在蒐集戈巴契夫的黑資料：他到倫敦訪問，卻不去奠祭馬克思墓，這可不尋常！他訪問加拿大回來，見誰都誇加拿大好，這也好那也好……而我們呢？大家都明白我們的情況。有人沒能沉得住氣，回了他：『一百年後我們也將是那樣的。』『哈，你過於樂觀了。』順便說一句，他刺激了所有人……（停頓）我在一個民主派媒體上讀到了這樣的稱呼：『戰爭的一代』，就是說我們這些人，抓住權力不放。戰爭勝利了，重建國家，我們就應該離開，因為除了軍事標準，我們沒有其他的生活觀念。因此，我們才會如此落後於世界……（惡狠狠地）『芝加哥男孩』[27]、『粉紅褲子』[28]，偉大國家又在何處？

如果是打仗，我們就會勝利。如果打仗的話……（久久沉默）

但愈往後，戈巴契夫就愈像個傳教士，而不像總書記了，他成了電視明星。大家很快就聽厭了他講道：『回歸列寧』、『躍入發達的社會主義』……那麼，當時我們所建設的都是些什麼？『不夠發達的社會主義』嗎？我們有的是什麼？（停頓）我記得，在國外看過另一個戈巴契夫，那個人跟我們在國內認識的戈巴契夫判若兩人。他在國外感到自由，能自在開玩笑，清晰地表達自己的想法。而在國內，他是迂迴而隱晦的，所以看上去軟弱、語言空泛。但他並不軟弱，也不是懦夫。那都不是真的。其實，他是一個冷靜而世故的政治家。為什麼會有兩個戈巴契夫？因為如果他在國內也像在國外那樣坦誠，他可能隨時會被『老人幫』抓起來吃掉。還有一個原因，我是這樣想的，他或許早已不再是共產黨，已經不相信共產主義了，不論是私底下或下意識，他都成了社會民主黨人。雖然沒有張揚，但所有人都知道他在莫斯科大學讀書時，是和捷克『布拉格之春』的領導人杜布切克及其戰友姆雷納什在一起的，他們成了朋友。姆雷納什在回憶錄中寫道，當時他們在大學黨委的閉門會議中聽了赫魯雪夫的二十大報告[29]，受到強烈震撼，通宵漫遊莫斯科。次日早上，他們在列寧山，就如同當年赫爾岑和奧加遼夫[30]一樣，發誓畢生與史達林主義鬥爭。（停頓）整個改革，就是從那兒來的，來自於赫魯雪夫的『解凍』……

我們已經說到這個話題，從史達林到布里茲涅夫，國家領導人都是打過仗的，經歷過恐怖時代。他們的心理是在暴力條件中形成的，他們經歷了長期不斷的恐懼。他們不能忘記一九四一年，蘇聯軍隊可恥地退卻到莫斯科。他們記得那時是如何用言詞鼓動士兵上戰場的：奪取武器去戰鬥。那時候不計算人頭，只計算彈頭。很正常的，從邏輯來說，保存這種記憶的人都相信，為了戰勝敵人就必須製造出坦克和飛機，多多益善。所以世界上積累了這麼多的軍力，以至於蘇聯和美國可以互相毀滅對方一千次。但是，武器還要繼續抓緊。新一代人就是這時登台的，戈巴契夫的整個團隊在戰爭時期都還是兒童，他們的意識中只有歡樂世界的印象。騎著駿馬檢閱勝利日遊行的朱可夫元帥，已經是另一代人，另一個世界了。第一代人不相信西方，視西方為敵人；第二代人想要過西方人一樣的生活。當然，『老人黨』害怕戈巴契夫，害怕他關於『建立無核世界』的談話，害怕他告別二次大戰後的『恐怖平衡』理論。戈巴契夫說的是『核戰之中不可能有贏家』，意思是我們應該減少國防工業和裁軍，讓第一流的軍工廠改去生產鋼鍋和榨汁機。這樣怎麼行？軍方將領與政治領導層，與總書記進入了戰爭狀態。將軍不能原諒總書記失去了東歐板塊，不能原諒我們從歐洲撤出，特別是東德。就連德國的總理柯爾也對戈巴契夫的慷慨感到驚訝，他們提出要給我們大筆金錢，協助我們從歐洲撤軍，但是戈巴契夫拒絕了。這種天真令柯爾驚訝。這是俄羅斯式的憨厚。戈巴契夫是那麼希望西方人喜歡他，為了法國嬉皮穿印有他照片的T恤而歡喜，卻平庸而可恥地放棄國家利益。軍隊撤回到森林中，撤回到俄羅斯原野上，軍官和士兵住在帳篷和地下掩體裡。改革如同一場戰爭，不是復興國家。

在蘇美裁軍談判中，美國人總是得到他們想要的。阿赫羅梅耶夫在《元帥和外交官的眼睛》一書中，描述了『奧卡』導彈（西方稱為CC－23）的談判過程。這種超級導彈除了蘇聯誰都沒有，美方的目標是銷毀它。但它並不在蘇美談判條件中：建議銷毀的只是一千至五千五百公里的中程導彈，或最低限度的五百到一千公里射程。而短程導彈『奧卡』的射程是四百公里。蘇聯總參謀部提出建議：『為了表達我們的誠意，我們可以不從五百公里射程起算，而是從四百公里射程起算，全面禁止生產四百到一千公里射程的導彈。這樣一來，美國人就不得不犧牲自己的現代化導彈，射程在四五〇至四七〇公里的「蘭斯－2」。』可是戈巴契夫卻背著軍方，自己做出了銷毀『奧卡』的決定。正如當時阿赫羅梅耶夫所說的那段名言：『不如我們乾脆在中立國瑞士申請政治庇護，別回國了？』他不能參與瓦解自己貢獻了一生的事業。（停頓）世界成了單極，強權現在屬於美國。我們變得軟弱，立刻被推向邊緣。我們變成了三流國家，成了失敗者。我們贏得了第二次世界大戰，卻輸掉了第三次世界大戰（停頓）。所以阿赫羅梅耶夫元帥，他不能忍受。

一九八九年十二月十四日，薩哈羅夫葬禮。成千上萬人走上莫斯科街頭，根據警方的統計，大概有七萬到十萬人。守靈的有葉爾欽、索布恰克、斯塔羅沃伊托娃[31]等人。美國駐蘇聯大使傑克·馬特洛克在回憶錄中寫道：這些人物出席『俄羅斯革命的象徵』、『國家級異議領袖』的葬禮，是合乎邏輯的。可是當他瞥見稍遠些還有阿赫羅梅耶夫元帥時，這位美國大使大吃一驚。薩哈羅夫生前與阿赫羅梅耶夫是敵人，雙方是不可妥協的對手。（停頓）但是阿赫羅梅耶夫卻來道別，除他之外，克里姆林宮沒有人來，總參謀部也沒有別人來。

只要稍微給他們一點自由，小市民的嘴臉就無處不在。對於阿赫羅梅耶夫這位苦行者和無私者來說，這是巨大打擊，直擊心頭。他不能相信，即便我們擁有蘇維埃人和蘇聯歷史，居然還能搞起資本主義。（停頓）我的眼前至今仍然有這樣的畫面：在阿赫羅梅耶夫那棟住著八口之家的公家度假木屋外面，一個金髮女郎邊跑邊尖叫：『看看吧，兩台冰箱和兩台電視！這是誰？這個叫阿赫羅梅耶夫元帥的人，為什麼讓他擁有兩台電視和兩台冰箱？』大家今天都沉默了，一聲不吭。以前關於度假木屋、公寓、汽車和其他待遇的具體紀錄，現在早已刷新了。豪華汽車、辦公室的西方家具，連度假地點也從克里米亞換到了義大利。在我們當時的辦公室，家具都是蘇聯貨，我們開的車子也都是蘇聯製，身上穿的西裝和皮鞋也全是國產品。赫魯雪夫出自一個礦工家庭，柯西金[32]出身農民……就像我所說的，他們都是從戰爭中過來的，生活經驗當然受到局限。不僅人民，就連領導人那時候也是住在『鐵幕』後面，所有人都像住在魚缸裡。（停頓）還有一件事，據說戰後朱可夫元帥失寵，不僅與史達林嫉妒他的名聲有關，也和他度假木屋裡有大量從德國運回來的地毯、家具、獵槍有關。雖然這些東西充其量也就裝載了兩部車子，但是布爾什維克是不能夠有這些破爛的。但在今天，這些聽起來都很可笑。（停頓）戈巴契夫喜愛奢華，在福羅斯為自己建造了度假『木屋』：大理石來自義大利，瓷磚來自德國，沙子來自保加利亞的海灘。但其實，沒有一個西方領袖是這樣子的。如果把史達林的克里米亞度假屋，拿來跟戈巴契夫的比較，就只能算是一間宿舍了。畢竟，總書記變了，尤其是他們的妻子變了。

誰來捍衛我們的共產主義？不是教授，也不是中央委員會總書記，而是列寧格勒一個化學教師尼娜．安德列耶娃，她挺身捍衛共產主義，她的文章〈我不能放棄原則〉造成了廣大的迴響。阿赫羅梅耶夫也寫作和演講，他對我說過：『應該回擊了。』有人打電話威脅他，說他是阿富汗的『戰犯』。很少有人知道，他是反對阿富汗戰爭的。他從來沒有從喀布爾運出鑽石或其他寶石，也沒有像其他將軍那樣從國家博物館帶走名畫。媒體不斷中傷他，只是因為他阻攔所謂的『新歷史學家派』要證明我們一事無成，身後一片空白，連勝利也不是我們的。戰爭是罪犯打勝的，是他們冒著槍林彈雨到達柏林的。那是什麼勝利？在歐洲鋪滿屍體罷了……（停頓）他們如此貶損和侮辱我們的軍隊。這樣的軍隊，在一九九一年還能取勝？（停頓）難道這個軍隊的元帥能夠忍受這些？

阿赫羅梅耶夫的葬禮，只有家人和少數朋友參加，沒有軍人致敬，也沒有禮炮；連《真理報》都不願刊登一個指揮過四百萬軍人的前總參謀長的訃告。前國防部長亞佐夫和其他『政變份子』一起被關進了監獄，而新任國防部長沙波什尼科夫當時好像因為搬進亞佐夫的公寓並急於趕走亞佐夫的妻子而備受關注。只顧自己的私利了。但是，我要說一下，這點很重要：『就算國家緊急狀態委員會成員可以因為相關事情而被判罪，但他們絕不是追逐個人目標和私人利益。』（停頓）克里姆林宮的走廊裡，又出現了關於阿赫羅梅耶夫的竊竊私語：『他真是押錯寶了。』官員都轉而投向葉爾欽……（他反問我）有誰明白什麼是尊嚴？不要問幼稚的問題了，正常的人都不時興了……結果，美國《時代》雜誌倒是發出了訃告文章，作者是海軍上將威廉．克羅，雷根時代的參謀長聯席會議主席（相當於我們的總參謀長）。他多次在軍事談判中會見過阿赫羅梅耶夫，他尊重阿赫羅梅耶夫的信念，雖然對他來說，這樣的信念完全是陌生的。連敵人都向他致敬……（停頓）

只有蘇維埃人可以理解蘇聯人。其他那些人，我不會對他們說的……」

生命之後的生命

「九月一日，在莫斯科的特洛耶庫羅夫斯基名人墓地（莫斯科新少女修道院公墓的分部）舉行了蘇聯元帥阿赫羅梅耶夫的葬禮。

當天夜裡，不明人士挖開了阿赫羅梅耶夫的墓穴，以及旁邊一週前下葬的斯雷德涅夫中將的墓穴。調查顯示，斯雷德涅夫墓穴是先被挖開的，顯然是誤挖。盜墓者偷走了阿赫羅梅耶夫鑲有金色邊飾的元帥禮服、按照軍方傳統釘入棺木的元帥軍帽，還有很多勳章及獎章。

調查人員確信，阿赫羅梅耶夫元帥墓地被盜一案，沒有政治目的，純粹出於商業動機。高級將領的制服特別受古董經營商的青睞，當然元帥制服更是搶手。」

——《生意人報》，一九九一年九月

紅場採訪摘錄（一九九七年十二月）

「我是設計師……

一九九一年八月之前，我們生活在同一個國家，八月之後變成了另一個國家。八月之前，我的國家叫蘇聯。

我是誰？我是捍衛過葉爾欽的白痴之一，曾站在白宮前準備躺到坦克下面。那時人如潮水般走上街頭，群情洶湧。但是他們是願意為自由而死，而不是為了資本主義。我覺得自己受騙了。我不需要資本主義，我是被帶進去的，是硬塞給我們的。它既不是美國的模式，也不是瑞典的模式，不倫不類。我不是為了別人的金錢賭博才革命的。我們以高呼『俄羅斯』，取代了高呼『蘇聯』。現在，我真遺憾他們當時沒有用水砲驅散我們，沒有在廣場上架起幾挺機關槍。應該抓個兩三百人，其他人就會躲到角落裡去了。（停頓）那些當年號召我們到廣場去『打倒克里姆林宮黑手黨』的人，那些許諾我們『明天必將自由』的傢伙，今天都去了哪兒？他們完全沒有交代，早就跑到西方去了，現在正在那邊咒罵社會主義。他們坐在芝加哥實驗室裡繼續罵，而我們，還在這裡。

俄羅斯，大家在洗腳時會談論她，每個人都可以打她耳光。把她像用過的抹布和過期藥品一樣，扔進西方的垃圾場，廢棄物收購站！（罵髒話）她成了提供原料的附庸國、天然氣的開關……蘇維埃政權怎麼了？它不理想，可是它好過現在這些東西，它更有尊嚴。總之，社會主義很適合我，那裡沒有超級富豪，但也沒有乞丐，沒有無家可歸的人和流浪兒，老人能靠退休金生活，不用在外面撿瓶子拾破爛，吃殘羹剩飯。不必看別人的眼色，不必伸出雙手乞求……改革殺死了多少人，還得計算一下呢。（停頓）我們以前的生活被徹底奪走了，一塊石頭都不留。很快我就會和兒子沒什麼話說了。『爸爸，帕夫利克・莫羅佐夫是個蠢貨，馬拉特・卡澤伊是個怪胎。』[33]我兒子從學校回來對我說，『都是你教我的。』我把我學到的東西教給他，很正確地教育他。但他說這是『可怕的蘇聯式教育』，而正是這個『可怕的蘇聯教育』教會我，不僅要考慮自己，還要想到他人，要關心弱小者，關心病痛之人。對我來說，卡斯楚是英雄，而不是那些穿著深紅色夾克的傢伙。他們的人生哲學是『自己的襯衫最貼身，自己的脂肪最溫暖，自己的金錢最美好』。『爸爸，你別扔掉烤箱』、『人文主義麵包渣』……這都是從哪兒學的？現在的人都是另一種人了，都是資本主義的人，您明白！他都吸收了，他才十二歲。我已經不是他的榜樣了。

為什麼當時我要捍衛葉爾欽？僅僅因為一場演講，他說應該剝奪官僚的特權，於是為他帶來了數百萬名的支持者，說得我都準備拿起自動步槍向蘇聯共產黨開槍了。他們說動了我，而我們不明白他們給我們準備了什麼替代品。他們在偷換觀念，是一個大騙局！葉爾欽站出來反對紅軍，並宣稱自己是白軍。這是個大災難。問題是：我們到底想要什麼？溫和社會主義？人道社會主義？我們得到了什麼？野蠻資本主義橫行街頭，殺人越貨，廝殺火拼，紛紛在混戰——從小商販到工廠老闆。匪幫爬到了最上面，跑單幫的投機客和換匯掮客把持權力，周圍環繞著敵人和掠奪者，豺狼當道！（停頓）我不會忘記，也不能忘記我們站在白宮外面，我們為誰火中取栗？（罵髒話）我父親是真正的共產黨員，貨真價實，在一家大工廠黨委工作，參加過戰爭。我對他說：『自由了！我們要做正常人了，做文明國家。』他對我說：『你的孩子將來要去伺候貴族。你想要這個嗎？』那時候我很年輕、很傻，我還嘲笑父親呢，我們真是傻透了。但我還是不知道為什麼，一切就這樣發生了？不知道。這不是我們想要的，我們想的是其他東西。改革，這當然是偉大的事。（停頓）一年後，我們的設計室關閉了，我和妻子流浪街頭。怎麼生活下去？我們把能賣錢的東西都拿到市場上：水晶、蘇聯黃金，以及最寶貴的，我們的藏書。一連幾個星期都只能吃馬鈴薯泥，於是我做起了『生意』，銷售沒抽完的公牛牌香菸，有一升一罐的，有三升一罐的。妻子的父母（都是大學教師）負責沿街收集菸屁股，我負責叫賣。很多人買，大家都抽菸，我也抽。妻子做清潔辦公室的工作，有一段時間她還幫一個塔吉克人賣餃子。我們為天真付出了沉重的代價，我們所有人……現在我和妻子養雞，她總是哭個不停。要是一切都能回到過去就好了，不要向我扔鞋子。這並不是對一條乾香腸兩盧布二十戈比的懷舊……」

「我是商人……

我詛咒共產黨和KGB，我痛恨蘇聯共產黨。蘇聯的歷史就是內務部、古拉格和死亡營的歷史。我討厭紅色，討厭紅康乃馨。妻子曾經買了一件紅襯衫，我就說：『你瘋了！』對我而言史達林跟希特勒一模一樣，這些紅衛狗應該全給他們來個紐倫堡審判，狗娘養的，全都該去死！

我們周圍仍然到處是五角星；布爾什維克的偶像，今天和過去一樣豎立在廣場上。我帶著寶寶上街，她問我：『這是誰？』那是蘿莎．謝姆利亞齊卡[34]的紀念碑，她曾經血洗克里米亞，她喜歡槍殺年輕的白軍軍官。我不知道該怎麼回答孩子的問題。」

「我是糕餅師……

我丈夫可以給你講講——他去哪裡了？（東瞧西瞧）——我是做什麼的？做點心餡餅的。

你問一九九一年？我們那時候可好了，年輕漂亮，沒有聚眾鬧事。我看見有人跳舞，一邊舞蹈一邊尖叫：『軍政府滾蛋！軍政府滾蛋！』（用手捂住了臉）哦，不要錄影……哎呀哎呀！那些歌裡的一些話不必刪掉，但有些話是不能刊登出來的。那是一個中年男人，舞跳得可棒了。我們贏了他們，興高采烈。聽說他們已經準備了暗殺名單，第一個就是葉爾欽。不久前我在電視上還看到他們……這個軍政府，老朽又愚蠢。那三天嚴酷到絕望：難道改革就這麼完了嗎？有一種生理上的恐懼。這就是自由精神，我們全都感受到自由。真的害怕再次失去。戈巴契夫是個偉人，他打開了禁區，大家那時候都愛他，但他很快又惹得我們不痛快了：他怎樣說話，他說什麼話，還有他說話的姿態，都讓我們生氣，特別是他的妻子。（笑）那時候全俄羅斯到處都流傳三個卡：萊依卡、米什卡、改革卡[35]。於是，我們轉而喜歡葉爾欽的妻子納伊娜了。人民更喜歡她，因為她總是站在丈夫後面；而萊依莎總是站在戈巴契夫身旁，有時候還要走在前面。我們那兒有句話說：『要麼你自己當女王，要麼你別打擾沙皇。』

共產主義就是個純粹的定律，想法很美好，但沒能奏效。我丈夫這樣說，紅色聖徒是有過的，讀一下尼古拉・奧斯特洛夫斯基就行，那時候多麼神聖！但是熱血都白白空淌了。俄羅斯在戰爭和革命中流盡了鮮血，對於再一次拋頭顱灑熱血已經沒有任何力量或狂熱。大家已經吃盡了苦頭，飽經風霜。現在大家就是逛逛市場，挑選一下百葉窗、窗簾和壁紙，和各式各樣的鍋碗瓢盆。我們喜歡一切有色彩的東西，因為之前我們都灰灰醜醜的。有一台十七式的洗衣機[36]，我們就開心得像孩子一樣。我的父母已經不在了，媽媽是七年前去世的，爸爸是八年前，但我現在還在使用媽媽囤積的火柴、米麵和食鹽。媽媽什麼都會買（那時候不說買東西，而是說『弄』東西），每天從早忙到晚，現在我們去市場和商店，就像參觀展覽一樣，邊看邊選，想好好寵寵自己，憐惜自己。這叫心理治療，我們都有病。（沉思）那時候吃了多少苦，才能囤積火柴到這種地步。在我的語言中，那不叫世俗，不是拜物主義，那叫治療。（沉默）時間愈長，關於政變的回憶就愈少。我們變得羞於啟齒，早就沒有了勝利的感覺。因為，我不希望蘇聯毀滅。我們怎麼就毀掉她了啊！還歡天喜地的。而我的半生都是在蘇聯度過的，這可不是拿起來就能放棄的東西。您同意吧！在我的腦子裡，現在做什麼都是按照蘇聯思維，要改掉習慣還要很長的時間呢。現在人很少去回憶糟糕的事情了，都只為大祖國保衛戰勝利、為我們首次飛往太空而驕傲。商店空空蕩蕩的時代，已經被忘記了，甚至不相信還有過這種情景。

政變剛剛結束後，我就去了鄉下的爺爺家。收音機是絕不離手的。早上我去菜園子翻地，每過五至十分鐘就把鐽子放下：『爺爺，你來聽聽，葉爾欽開始講話了。』過了一會又喊：『爺爺，你來……』爺爺耐心地聽著，後來終於忍不住了：『你挖深些吧，不要聽他們的胡說八道了。我們的救星就是土地，就是看馬鈴薯收成好不好。』爺爺是個很有智慧的老頭。晚上鄰居來串門，我悄悄對他們說起史達林的話題。鄰居說：『倒是個好人，就是活得太久了。』我爺爺說：『這個壞人，還好我活得比他久。』我還是拿著收音機走來走去，聽得興奮而激動。最大的痛苦，就是莫斯科現場的代表要去吃午飯，活動中斷。

我有什麼東西，靠什麼活下來？我有巨大的書庫和錄音資料庫啊。我媽媽是化學博士，她也有很多書和稀有礦物標本。有一次，一個小偷進到了她家……夜裡她醒來，發現公寓裡站著一個年輕的壯漢。他打開壁櫥從裡面翻出所有東西，又都扔在地上：『倒楣的知識份子，連一件體面的大衣都沒有。』然後他就摔門走了，沒什麼值錢的能拿。我們就是這樣的知識份子。我們就這樣活了下來。周圍有人又是建別墅，又是買豪華轎車的。我從來沒見過鑽石……

生活在俄羅斯，就像生活在小說中。但我就想生活在這裡，和蘇聯人在一起，看蘇聯電影。哪怕這是個謊言，哪怕全都是樣板，但我還是愛他們。（笑）上帝可不要讓我丈夫在電視上看到我喲……」

「我是一名軍官……

我現在……請准許我發言。（這是一個二十五歲左右的小夥子）請錄下來吧。我是一個信仰東正教的俄羅斯愛國者，我是神的僕人，透過祈禱，用滿腔熱忱為神服務……是誰出賣了俄羅斯？是猶太人。那些斷子絕孫的。因為猶太人，連上帝都哭了很多次。

現在有一個世界大陰謀，我們正在與這個反俄羅斯的陰謀打交道。這是中情局的計畫，不要告訴我這是假的，我不想聽！安靜！中情局局長艾倫．杜勒斯的計畫是『製造混亂，把他們的珍品悄悄地換成贗品。我們將在俄羅斯內部尋找自己志同道合的盟友，我們會從年輕人中培養憤世嫉俗、庸俗墮落的都市達人』。這就是我們正在做的事，明白了嗎？我們的敵人，是猶太人和死老美。那些愚笨的美國佬。柯林頓總統在美國政治高層的一次祕密會議上說：『我們已經得到了杜魯門總統曾經想用原子彈得到的東西……我們兵不血刃地從世界霸權爭奪戰中，趕走了美國的一個主要競爭對手……』難道我們的敵人要在我們的頭頂上崛起嗎？耶穌說：『不要害怕，不要恐懼，要堅定和勇敢。』主是愛俄羅斯的，將帶領俄羅斯走過苦難道路，通往偉大的榮耀……

（我無法讓他停下來。）

一九九一年，我從軍事學院畢業，獲得兩個小五星，少尉軍銜。我為此驕傲，也不想脫下軍裝。蘇聯軍官，祖國的衛士！可是國家緊急狀態委員會失敗後，把我改成了文職，換了服裝。任何一個老大爺在公車站都可以走過來質問我：『你怎麼沒有保衛住祖國？小王八蛋！你發過誓的啊。』軍官也是餓著肚子服役，軍官工資只夠買一公斤的廉價香腸。所以，我就退出了軍隊。曾經有段時間，我的生計是在夜晚保護妓女，現在我在一家公司做保安。猶太人！所有災難都來自於他們……俄羅斯人卻無路可走，就是他們把耶穌釘在十字架上的。（遞給我一張傳單）讀讀吧，不管是員警或軍隊，都不能保護索布恰克、丘拜斯或者涅姆佐夫[37]逃避正義人民的憤怒。『哈依姆，你聽說沒有，很快就會有大屠殺？』我不害怕。我有俄羅斯護照。『傻瓜，他們要痛毆你的臉，是不會先看護照的。』（畫十字）

俄羅斯大地，需要俄羅斯秩序！阿赫羅梅耶夫的名字，馬卡紹夫[38]的名字，和其他英雄的名字，會飄揚在我們的旗幟上！主不會遺棄我們……」

「我是大學生……

阿赫羅梅耶夫？這是誰？什麼人？

（亞：國家緊急狀態委員會……八月革命。）

對不起，我不了解。

（亞：你多大了？）

十九歲。我對政治不感興趣，但我喜歡史達林。把今天的統治者與穿軍大衣的領袖比較一下，這很有意思。這種比較有什麼用？就是了，我不需要偉大的俄羅斯。我不會穿笨重的大皮靴，也不會在脖子上掛衝鋒槍。我不想死！（沉默）俄羅斯的夢想就是：手上拎著箱子，離開他媽的俄羅斯，飛到美國去。但是我不想一輩子離開俄羅斯，更不會在美國做一輩子服務生。」

1 此指一九九一年的八一九事件或稱八月政變，前後只有三天。當時蘇聯政府內部一些高級官員認為戈巴契夫的改革計畫太過激進，企圖廢除戈巴契夫的總統職務並控制蘇聯，政變領導人均為蘇聯共產黨內的強硬派成員，包括副總統、總理、國防部長、內政部長、國安會局長等。他們宣布國家遭受不明恐怖分子入侵因而進入緊急狀態，組成國家緊急狀態委員會，對外宣稱戈巴契夫生病，但政變在短短三天內便瓦解，其後戈巴契夫恢復權力，有人認為此事件加速了蘇聯的解體。

2 魯道夫·赫斯是納粹副元首，二戰後判處終身監禁，最後於柏林軍事監獄內的小別墅上吊自殺。亞伯特．史佩爾是納粹德國時期的裝備部長，紐倫堡審判中被定為一級戰犯。

3 維爾紐斯是立陶宛的首都和最大的城市。

4 放紅公雞，俚語，意為放火。

5 蘇聯時期，每個國民都至少有一本國內用護照，相當於我們的身分證，而出國用護照不是每個人可以申請得到的。

6 布里辛斯基（Zbigniew Kazimierz Brzeziński，一九二八～），美國著名的國際關係學者、地緣戰略家，曾任卡特政府的國家安全事務助理，以極端反蘇著稱。

7 共濟會是歷史悠久的組織。起源眾說紛紜，一說為起自猶太石匠組織。共濟會成員包含許多歐洲皇室與各國領導人，遽聞與蘇聯統治階層關係緊密，戈巴契夫、葉爾欽等人均為其成員。有俄羅斯歷史學者著書稱說，此會活動與一九一七年二月革命和一九九一年蘇聯解體有關，但似未有確切證據。

8 智利軍事獨裁者，智利迄今為止任職時間最長的總統。

9 波蘭末代共黨政權領袖。

10 俄羅斯的「菜市場名字」，就像美國的John和台灣的春嬌志明一樣。

11 戈巴契夫全名為米哈伊爾．謝爾蓋耶維奇．戈巴契夫。

12 阿法納西耶夫（一九三四～二〇一五），蘇聯和俄羅斯政治與歷史學家、自由主義理論家。此指蘇聯自由派。

13 索科洛夫（一九一一～二〇一二），蘇聯元帥、前國防部長，因紅場事件辭職。蘇聯解體後任俄羅斯國防部長的特別顧問。

14 沃爾科戈諾夫（一九二八～一九九五），蘇聯和俄羅斯將軍，歷史學哲學博士，著有許多研究蘇共領導人的專著。

15 指的是德軍入侵蘇聯。

16 巴克蘭諾夫當時出任蘇聯國防理事會副主席，連同副總統亞納耶夫、總理帕夫洛夫簽署了《蘇聯領袖宣言》，宣布國家進入緊急狀態，並成立國家緊急狀態委員會代理政權。

17 羅馬尼亞共黨獨裁者，一九八九年十二月羅馬尼亞刮起了一場政治風暴，不到十天，這場風暴即以齊奧塞斯庫夫婦被處決而宣告結束。

18 阿芙樂爾意為「黎明」或「曙光」，這艘巡洋艦原經歷了三次革命和四場戰爭，以打響十月革命第一砲而聞名。

19 蘇俄改革派領袖、《俄羅斯聯邦憲法》起草人，現任總統普丁就是他培植起來的。

20 戈爾巴契，對戈巴契夫的蔑稱。

21 白烏鴉指標新立異或與周圍格格不入的人。

22 戈巴契夫是莫斯科大學法律系畢業，他的妻子則是莫斯科大學哲學系畢業。此處可能是講述者記憶有誤。

23 伊凡四世（一五三〇～一五八四），俄羅斯帝國的開創者，俄國歷史上的第一位沙皇。性格冷酷無情，嚴厲鎮壓大貴族，被稱為「雷帝」或「恐怖伊凡」。

24 亞歷山大二世（一八一八～一八八一），在克里米亞戰爭失敗後著手國內改革，主要實行解放農奴政策、設立地方自治議會、修訂司法制度、充實初等教育、改革軍制等。

25 瓦茨拉夫．哈維爾（一九三六～二〇一一），捷克詩人總統，與米蘭．昆德拉、托洛斯基有「捷克文壇三駕馬車」之譽。

26 布哈林是蘇共早期的重要領導人之一，一生留下眾多理論著作，列寧評價他是蘇聯共產黨中少有的一位理論家。

27 芝加哥男孩指的是在美國受教育後回到第三世界國家，推行經濟自由主義的經濟學家。

28 一九九一年十一月，俄羅斯副總統魯茨科伊對年輕、缺乏經驗的總理蓋達爾及其內閣成員發表批評，嘲笑他們是「穿粉紅短褲黃靴子的毛孩子」。

29 在第二十屆蘇維埃共產黨代表大會中，赫魯雪夫批判對史達林的個人崇拜，這是蘇聯自史達林時代之後的頭等大事，震驚了世界，也對世界形勢產生了重大的影響。

30 奧加遼夫（一八一三～一八七七）與赫爾岑（一八一二～一八七〇）是十九世紀反抗沙皇暴政的政治運動家。

31 加琳娜．斯塔羅沃伊托娃是著名的俄羅斯女政治活動家、自由派女議員。

32 柯西金（一九〇四～一九八〇），參加過蘇聯國內戰爭，是蘇聯歷史上任期最長的總理。

33 均為蘇聯著名的少年英雄。

34 蘿莎．謝姆利亞齊卡（一八七六～一九四七），俄羅斯女革命家，蘇聯共產黨著名活動家。

35 在俄語中，萊依莎（萊依卡）和米哈伊爾（米什卡）的暱稱後面都有КА，而改革的俄文後面也是КА。

36 意指十七種不同的洗滌模式。

37 涅姆佐夫（一九五九～二〇一五），曾任俄羅斯政府第一副總理，右翼力量聯盟創始人之一。反普丁陣營的主要人物之一，二〇一五年二月二十八日凌晨遇刺身亡。

38 馬卡紹夫（一九三八～），蘇聯上將，因為八一九事件被撤職。後加入俄共，一九九五年當選下議院議員。

回憶的施捨和理智的欲望

伊戈爾・波格拉佐夫，八年級學生，十四歲

媽媽講的故事

「我覺得這就是一種背叛。我背叛了自己的感情，背叛了我們的生活，背叛了我們說過的話。這些話只能說給自己人聽，但我讓一個陌生人來到了我們的世界。這個人是好人或壞人？已經不重要了，重要的是，他是否能夠理解我。我還記得，在市場上有一個賣蘋果的女人，逢人就講她是如何給自己的兒子送葬的。當時我就發誓：『我永遠不要這樣子。』其實我和我先生一直對此默不作聲，只是哭泣，但都是一個人偷偷哭，不讓對方看到。只要起個頭，我就會開始號啕大哭。頭一年，我根本無法平復心情：『為什麼？他為什麼會這樣做？』我想思考，想安慰自己：『他不是故意要離開我們，他只是想試試，想往那個世界看一眼。』青春期的孩子總會心神不安，好奇那個世界會是怎樣。尤其是男孩子，更不安定。他死後，我翻遍了他的日記和詩歌，就像一頭獵犬那樣查找。（哭）在那個星期日的前一週，我站在鏡子前梳頭，他走到我身邊，抱住我的肩膀，我們兩人站在一起，看著鏡子微笑。我緊緊摟住他說：『小伊戈爾，你真是好看啊。你這麼好看，是因為你是愛情的產物，濃烈愛情的產物。』他緊緊地抱住我說：『媽媽，你永遠都是無與倫比的。』一想到這裡，我就不由得打冷顫。當時，在鏡子前面，他是否就已經有了那個念頭了？他有過嗎？

愛，每次說出這個字眼，總覺得有些異樣，總要回味一下愛到底是什麼。我曾經以為愛一定勝過死亡，愛能戰勝一切。我讀十年級的時候，就和我先生認識了。有一次，鄰校的男生來我們學校跳舞。第一個晚上我不太記得，因為我沒有看到瓦里克（當時大家都這樣叫他），但他注意到了我，只是沒有走過來，甚至都沒有看清我的臉，只是個輪廓。但他好像聽到某處傳來一個聲音對他說：『這就是你未來的妻子。』這是他後來跟我說的。（笑）興許是他自己想的吧？他是個幻想家。但奇蹟確實一直與我們同在，而且一直跟著我。我那時候很快樂，瘋狂的快樂，不可抑制的快樂。當時我就是這個樣子。我愛我先生，但我也喜歡和其他男人調情，就像是遊戲，你走到哪裡，都有很多男人盯著你，而你又喜歡被人看，享受那麼一點點曖昧。『為什麼我一個人會得到這麼多啊？』我經常模仿自己最喜愛的瑪雅．克里斯塔林斯卡雅[1]唱歌。光陰似箭，現在我很後悔沒有記住那些情景，我永遠再不會那麼快樂了。要去愛，就需要有精力，但現在我是另一個女人了，平庸普通的女人。（沉默）有時候我會很想回到過去，但回憶過去的自己卻常常惹得現在的自己不愉快……

在伊戈爾三、四歲時，我幫他洗澡，他說：『媽媽，我愛你，就像愛「沒」麗的「空」主。』他發不出舌顫音，我們就拚命練習。（笑）我現在就是為此而活著，以回憶度日，是對我的施捨……我拼湊起一塊塊記憶碎片。我在中學教俄羅斯語文學。一幅家庭日常生活的畫面是：我讀書，伊戈爾就在翻弄廚房的櫥櫃。在他搬出鐵鍋、煎鍋、鐵勺、刀叉時，我準備明天的講課。他長大一些了。我坐著寫作，他也坐在自己的小板凳上寫寫畫畫。他很早就會閱讀和寫字。

他三歲時，我們一起背誦米哈伊爾．維特洛夫的詩歌：『卡霍夫卡、卡霍夫卡，是故鄉的步槍／飛吧！火熱的子彈。』這裡應該停下來講一些細節了。我想讓他成長為一個強悍的男子漢，就給他找了歌頌英雄和戰爭的詩歌、歌頌祖國的詩歌。有一次我媽媽的一番話讓我驚訝：『薇拉，別讓他再讀戰爭詩歌了，他現在只願意玩打仗的遊戲。』但是，所有男孩都喜歡玩打仗遊戲啊。『是的，但是伊戈爾喜歡讓別人朝他開槍，他倒下去。他喜歡死！他對死這麼熱中，那麼高興去死，真讓我害怕。他總是對其他孩子喊：「你們開槍啊，我要死去了。」有時是反過來說。』

（她沉吟良久）為什麼當時我沒有聽媽媽的話呢？

我給他買了很多戰爭玩具：坦克、錫兵、狙擊步槍……他是個男孩，應該成為戰士。狙擊步槍上還有文字說明：『狙擊手應該冷靜而有選擇地射殺，首先要充分認識目標……』不知怎的，這些文字在當時都被認為是正常的，不會令人害怕。為什麼？就是因為我們一直都有一種戰爭心態，『如果明天有戰爭，如果明天去遠征』……我找不到其他解釋，沒有其他解釋。現在的人已經很少送給孩子軍刀和玩具手槍了，砰砰！而我們那時候……我記得學校裡有老師說瑞典好像禁止出售軍事玩具，我當時還很吃驚。那怎麼培養男人？怎麼培養國家保衛者？（聲音有些顫抖）『向著死亡，向著死亡，保持心情平靜／可憐的歌手和騎手……』不需任何理由，我們就會準備好……永遠在備戰中／每過五分鐘就說到一次戰爭，經常高唱軍事歌曲。世界上還有什麼地方有像我們一樣的人嗎？波蘭人也在社會主義下生活，捷克和羅馬尼亞也是，但他們是另一種人……

（沉默）現在我都不知道怎樣活下去。依靠什麼才能活下去？靠什麼啊……

（低語聲斷了。我以為她要尖叫）

……我一閉上眼睛，就會看見他躺在棺材裡。我們過得那麼幸福，為什麼他會認為死亡更美麗？

……朋友帶我去裁縫店，她說：『你應該給自己做幾件新衣服。我心情沮喪時，就會給自己縫製新衣服。』

……睡夢裡，我總是覺得有人一次次地撫摸我的頭。第一年，我常常從家裡跑出去，跑到公園號啕大哭，鳥兒都被嚇跑了。

他十歲那年，哦不，應該是十一歲，那天我背著兩個書包，好不容易走到家，在學校累了一天。進門後發現父子兩人都在沙發上，一個在看報，一個在看書。家裡亂糟糟的，真是見鬼了！沒洗的髒盤子堆成了山，他們還高興地歡迎我回家。我拿起掃帚，他們用椅子搭起『掩體』。『給我出來！』『絕不！』『那猜拳吧，看看先罵誰？』『媽媽女孩，請不要生氣嘛。』伊戈爾第一個鑽了出來，他已經長得和爸爸一樣高了。『媽媽女孩』是我在家裡的綽號，這是他想出來的。我們夏天通常會去南方度假，去看距離太陽最近的棕櫚樹。（聲調快樂了起來）我們當時說的話，我至今還記得。我們讓他曬曬太陽，治慢性鼻竇炎。三月之前，我們有債務必須要還，就節省度日：前菜是餃子，主食還是餃子，茶點又是餃子。（沉默）還能記得一些精采的海報，暖融融的古爾祖夫。大海、礁石、波浪，以及豔陽下的白色沙灘。我們保留了很多照片，現在我把它們藏了起來，不讓自己看到。我害怕內心會一下子爆炸。有一次我們去度假時沒有帶上他，但途中就折返了，一衝進家門就喊：『小伊戈爾！你和我們一起去吧。我們不能沒有你！』『萬歲！』他一下就蹦跳起來掛在我的脖子上。（停頓了好久）我們不能沒有他……

為什麼我們的愛不能支撐他？我曾經相信愛是萬能的。我一次又一次地想這個問題。

一切已經發生了，他已經不在我們身邊。我長期處於精神崩潰狀態。『薇拉。』老公叫我，我聽不見。『薇拉……』還是聽不見。但突然我就會歇斯底里，大喊大叫，用腳踢我的媽媽，踢我最親愛的媽媽：『你是個怪物，是穿衣服的怪物！就是你養育出來一個和你一模一樣的怪物！我們這輩子都從你那兒聽到了什麼？要為別人而活，為高尚目標而活……要躺在坦克下面，為了祖國寧可燒死在飛機上。要轟轟烈烈革命，要像英雄一樣死亡。死亡，總比活著更美麗。我們從小就是怪胎，而我也是這樣教育伊戈爾的。這都是你的錯，都是你！』媽媽憂鬱成疾，人突然萎縮了，成了一個小老太太。我心如刀割，這麼多天我第一次感到了疼痛。先前，有一次搭乘無軌電車時，別人把一個沉重的箱子砸在我腳上，我都沒有感覺。晚上腳趾都腫了，那時候我才想起白天被箱子砸到的事。（流淚）現在該停下來說說我媽媽了。我媽媽屬於革命前那一代的知識份子。他們那些人，每當演奏國際歌時，眼中都會閃著淚花。她經歷了整個戰爭，所以總是念念不忘蘇聯士兵把紅旗插上德國議會大廈的情景：『我們的國家打贏了這樣一場戰爭！』十年、二十年、四十年都過去了，她還是一再對我們重複，就像念咒一樣，像祈禱一樣，這就是她的祈禱。『我們一無所有，但我們是幸福的。』媽媽對此堅信不疑，和她爭論也沒用。她因為《戰爭與和平》而愛上了『俄國革命的一面鏡子』托爾斯泰，更因為這位伯爵為了靈魂救贖而要把自己的財產分發給窮人。不僅是我媽媽一個人，她所有的朋友，蘇聯第一代知識份子，都是讀著車爾尼雪夫斯基、杜勃羅留波夫和涅克拉索夫[2]成長的，是讀著馬克思長大的。要是想讓媽媽坐下來縫紉繡花，特別是要她妝點我們的住家，在房間裡放些花瓶和珍品，她就會說你們要幹什麼，活得像是個浪費時間、庸俗的小市民。她會說最重要的是靈魂工作，是讀書。她一件衣服可以穿二十年，兩件外套穿一輩子，但是如果沒有普希金，沒有高爾基全集，她就活不下去。他們就是這樣生活的，感覺是在參與一場宏偉的構思、宏偉的設計。

……在我們市中心有一片舊公墓，墓園裡樹木茂密、丁香叢叢。很多人會去散步，就像個植物園。老人很少，主要是年輕人，他們歡笑、擁抱、親吻，開著收音機輕歌曼舞。有一天兒子回來晚了，我問他：『去哪兒了？』『去墓地了。』『你怎麼突然到墓地去？』『那裡很有趣，好像可以看見那些已經不在世間的人的眼神。』

……有一次我打開他房間的門，他正筆直地站在窗台上，我們家的窗台很不結實又很不平穩，那可是在六樓啊！我嚇呆了。但是我不能像他小時候那樣，每當他爬上樹梢或破舊教堂岌岌可危的高牆時，就大叫起來說：『如果感覺支持不住，就跳到我身上來。』我不能大叫，不能哭喊，以免嚇到他。我只能扶著牆慢慢往回走。過了五分鐘後（感覺漫長極了），我再回去看時，他已經跳下窗台，在房裡踱步。我一把抓住他，親吻他、捶打他，使勁搖晃他：『為什麼？告訴我，你這是為什麼？』『不知道，我就是想試試看。』

……有一天，我看到附近有一戶人家的門口擺著花圈。有人死了。我下班回家，聽我先生說伊戈爾到那家去過了。我問兒子：『你為什麼要去？我們又不認識那家人。』『那是個年輕女孩，她躺在那裡是那麼漂亮。我還以為，死亡是很可怕的呢。』（沉默）他頭腦發昏了，某種東西在吸引他走極端。（沉默）但那扇門已經關上，我們沒能進去看望。

……有一天，他敲打自己的膝蓋問我：『媽媽，我小時候是怎樣的孩子？』於是我告訴他，他是怎樣站在門口為聖誕老人守門。『在遙遠的地方，有一個王國』[3]，他問我哪輛巴士可以開去那裡。他在農村看見了俄式火爐，就通宵等待火爐會像童話所說的那樣起來走動。他是個很容易相信任何事情的孩子。

……我記得有一次，外面在下雪，他跑回來說：『媽媽！我今天接吻了！』『接吻？』『是啊。今天我第一次約會了。』『你怎麼從來沒告訴我？』『還沒來得及，我和季姆卡和安德列說了，我們三個人一起去的。』『難道約會也要三人同行？』『是啊，我一個人下不了決心嘛。』『所以你們就三個人一起約會？』『很好啊，我和她一起在小山坡上手牽手散步，季姆卡和安德列放哨。』『媽媽，五年級男生能娶十年級女生嗎？』『當然，如果這是愛的話。』

……就是這樣，這樣的孩子。（她哭了好久）我說不下去了。

……我們最愛的就是八月。全家一起到城外去看蜘蛛結網。我們笑個不停，笑啊，笑啊！（沉默）我怎麼總是要哭呢？那是整整十四年啊，我們和他一起生活的時間。（哭）

我在廚房裡又炒又炸，窗戶開著，能聽到他和他爸爸在陽台說話。伊戈爾問：『爸爸，什麼是奇蹟？我想我是明白的。聽我說……很久很久以前，有一對老爺爺和老婆婆，他們有一隻母雞叫莉亞芭。一天莉亞芭生了一個蛋，但不是普通的蛋，那是一顆金蛋。爺爺敲啊敲的，就是敲不開；婆婆打啊打的，就是打不破。這時候跑來一隻老鼠，尾巴一掃，金蛋掉到地上，跌碎了。爺爺哭，婆婆也哭。』他父親說：『從邏輯上說，這是絕對荒謬的。敲不破打不破，破了之後又突然大哭起來！不過這是多少年前的故事了，有幾個世紀了，是給孩子聽的童話，就像聽詩一樣。』伊戈爾說：『爸爸，我以前認為頭腦可以理解一切。』他父親說：『很多東西頭腦不能理解，比如愛情。』伊戈爾說：『還有死亡。』

他從小就寫詩，桌子上、口袋裡，還有沙發下面，都能發現寫滿詩句的紙張。那些是他扔掉的、忘記的。我甚至不能相信那些都是他寫的：『真的是你寫的嗎？』『那上面寫了什麼？』我讀給他聽：『人類彼此串門／野獸也彼此往來……』『嗯嗯，這是我以前寫的。我已經忘了。』『那這些呢？』『哪些？』我又讀給他聽：『只有在枯萎的樹枝上／星光點滴，灑落樹梢……』十二歲時，他就寫過他想死。想愛，想死，這是他的兩個願望。『我和你結髮／以湛藍的水來……』媽媽你再聽聽這個：『銀亮的雲，我不是你們的／天藍的雪，我不是你們的……』他還讀給我聽，他讀給我聽過的！可是青春期的小孩經常會寫關於死亡的東西，不是嗎？

在我們家裡，讀詩就像講話一樣平常。馬雅可夫斯基、斯維特洛夫……我最愛謝苗·古岑科[4]的詩：『歌唱著，走向死亡／在此之前可以先哭／須知戰鬥中最可怕的時刻／是等待攻擊的時刻。』您已經注意到了？是的，當然……為什麼要問呢？我們都是這樣成長起來的。藝術熱愛死神，我們的藝術對死神尤其鍾情。我們的血液中就有崇拜犧牲和死亡的基因。生活嚮往的是主動脈的破裂。『俄國毛頭啊，就是不愛在死期到了再死！』果戈里[5]寫道。維索茨基[6]唱道：『就讓我在懸崖邊上站一會兒吧……』站在懸崖邊上！雖然藝術熱愛死神，但還有法國喜劇。為什麼我們幾乎沒有喜劇？『為了祖國前進！祖國或者死亡。』我總是教學生要燃燒自己照亮他人，教學生要學習丹柯[7]的事蹟：剖開胸腔捧出自己的心臟，點燃心臟照亮他人的道路。我們從來不談生命，或者很少談，談的總是英雄！英雄！英雄！英雄！英雄的生活……只有犧牲者和劊子手，再沒有第三種人。（喊叫著哭泣）現在，去學校對我來說就是折磨。孩子在等待，他們想學習語言和感情。但是，我要說什麼呢？我能告訴他們些什麼呢？

一切都過去了，就是這樣。有一天晚上，我躺在床上讀小說《大師與瑪格麗特》[8]（當時還是禁書，我拿到的是打字抄本），在最後一頁……您記得嗎，瑪格麗特請求放走大師，但是撒旦的化身沃藍德說：『不要在山裡喊叫。不過，他反正早已習慣山石的崩塌聲了，這聲音驚動不了他。瑪格麗特，你也不必替他求情，因為他一直渴望會見並與之交談的那個人，已經替他求過情了。』忽然，一股莫名的力量把我帶到另一個房間，兒子在沙發上睡著了。我跪下來喃喃低語，像祈禱一樣：『我的伊戈爾，可不要那樣做。我的寶貝，你可不要那樣，不要！』我又開始做從他長大後就不讓我做的動作，吻他的手和腳。他睜開眼睛說：『媽媽，你怎麼了？』我立刻回過神來：『你把被子踢掉了，我來幫你蓋好。』他又睡著了。而我呢？我是怎麼回事，我不明白。他經常開心地取笑我是『忽隱忽現的火星女孩』[9]，我的生活真是過得太輕鬆了吧。

他的生日快到了，新年也要到了。有朋友答應要幫我們弄來一瓶香檳——當時我們在商店裡很少能買到什麼東西。走後門，透過熟人或是熟人的熟人，弄來熏腸、巧克力……要是能弄到幾公斤的橘子過年，就是巨大的成就了！橘子可不只是水果，而是一種珍稀品，只有新年才能聞到橘子香味。新年餐桌的美食，要花幾個月的時間慢慢蒐集，這次我弄到了小鱈魚肝和一塊紅魚。後來所有這些都送到了悼念餐桌上……（沉默）不，我不想這麼快就結束我的故事。我們擁有了彼此完整的十四年。差十天，十四年。

有一次我清理夾層時，發現了一些裝滿信的資料夾。那是我躺在產房時，跟我先生兩人的來往信件及字條，我們甚至一天會寫好幾封。我一邊讀一邊笑。那時伊戈爾已經七歲，他不明白怎麼有媽媽爸爸，卻沒有他？但是又好像有他，因為我們在信裡總是談論他：『寶貝在翻身了，他撞我了……』他對我說：『是不是我死過一次，然後又回到你們這兒了，對嗎？』我被他問得一愣。可是孩子，他們有時候就是會這樣說話，像是小小的哲學家，又像是詩人。我那時應該把他的話都記錄下來的。『媽媽，爺爺死了。這就是說，大家要把他埋在土裡，他就又會長出來。』

七年級時，他就已經有了女朋友，很認真地在談戀愛。『我絕不能讓你娶初戀情人，也不能娶售貨員！』我威脅他。我已經習慣了我必須要和別人分享他的這個念頭，我有了心理準備。我的友人也有個兒子，和伊戈爾一樣大，她對我承認說：『我還不認識未來的媳婦，就已經開始討厭她了。』她太愛兒子了，不能想像要把兒子交給另外一個女人。那我跟伊戈爾呢？我會怎樣？我也不知道……我也是瘋狂、很瘋狂地愛著我兒子，無論在學校度過怎樣艱難的一天，只要回到家裡打開門，不知從哪兒就會出現光芒。不是別的，是愛的光芒。

我做過兩個可怕的夢。第一個是我和他一起溺水了。他游泳游得很好，有一次我冒險和他一起在海裡游了很遠，往回游的時候，感覺沒有了力氣，就一把抓住他，拚命地抓住。他大叫：『放開我！』『我不能！』我緊緊抱住他，把他拉到了海底。但他還是掙脫開了，並把我推到岸邊。他一邊撐住自己，一邊推我。就這樣，我和他一起游。在夢裡，總是重複著這些，而我絕不放開他。我們不是溺水，也不是在游泳，而是在水裡搏鬥。第二個夢是下雨，又好像不是下雨，而是下著沙子。天開始下雪，但我聽到沙沙的聲音，那不是雪，而是沙土。還有敲鑵子的聲音，就像心跳一樣。哐哐哐哐……

水，他對水著迷，喜歡湖泊、河流、水井，尤其喜歡大海。他寫了很多關於水的詩句。『只有安靜的星星，白白的就像水一樣，黑暗……』，還有『水默默地流動／孤獨而寂靜……。』（停頓）我們現在再也不去海邊了。

他生前最後那一年，我們經常聚在一起吃晚飯，談論的當然還是書。我們一起讀禁書，《齊瓦哥醫生》、曼德爾施塔姆[10]的詩……我還記得，我們爭論誰算是詩人？詩人在俄羅斯有怎樣的命運？伊戈爾的觀點是：『詩人都應該早逝，否則就不是詩人。一個年紀老大的詩人是可笑的。』瞧，我錯過了什麼，我從來沒有重視過這些。我總是說啊說的，話語就像從耶誕節禮品袋裡往外倒出來的禮物一樣……幾乎每個俄羅斯詩人都寫過關於祖國的詩，我能夠背誦很多首。我最喜歡讀萊蒙托夫[11]的：『我愛你祖國，但是用一種奇特的愛。』還有葉賽寧[12]的詩：『我愛你，溫柔的故國……』當我買到布洛克書信集的時候，真是開心啊。整整一本！布洛克從國外回來之後，在寫給母親的信中提到：祖國立即向他展示了豬一樣的嘴臉和神聖的面孔……當然，我會把『神聖的』當作重點。（她先生走進房間，擁抱了她並坐在旁邊）還有什麼？伊戈爾有一次去了莫斯科，去看維索茨基的墳墓。他剃了個光頭，變得很像馬雅可夫斯基。（她轉身問她先生）還記得嗎？我是怎麼罵他的？說他的髮型真奇怪。

最後那個夏天，伊戈爾皮膚曬紅了，身材健壯，從外表上看人家都以為他十八歲了。有一回我和他一起去塔林度假，這是他第二次去愛沙尼亞，所以帶著我到處逛，走遍了各個角落。三天下來，我們已花掉了一大筆錢，夜晚就睡在一個宿舍樓裡。那個夜裡，我們逛了市區回來，一路笑著，手拉著手打開大門，他走到管理員台前，那個女人不讓我們進去，告訴我們說十一點後女人不可以和男人一起進去。我就靠近伊戈爾的耳朵悄悄說：『你先上去，我隨後。』我走過去跟那個女人說：『你這眼神不覺得丟人啊！這是我兒子！』真痛快啊！可是突然間，就在那天夜裡，我感到很害怕。我害怕以後永遠都見不到他了，那是面對某種新東西的恐懼。其實，當時什麼事情都沒有發生。

那一年的最後一個月，我哥哥去世了。我們家親戚中男人少，我把伊戈爾帶在身邊，幫著我一起料理後事。我當時就應該知道，他已經盯上了死神。『伊戈爾，把花移過去，把椅子搬過來，去買麵包。』這時，日常的普通事物都已經開始與死神為伴了，很危險，死神其實是可以和我們的生活混在一起的。我現在才明白這一點……汽車到了，所有親戚都上了車，但是我兒子沒有。『伊戈爾，你在哪裡？快上來。』他上了車，但是座位都滿了。這都是信號……不知是因為震動，還是什麼原因，汽車開動的那一瞬間，我哥哥的眼睛忽然睜開了。這又是個壞徵兆：意味著這個家庭還有人會死。我們立刻為老母親擔心，因為她有心臟病。後來，棺材下葬時，有些東西也跟著掉下去了……這一點也不吉利。

最後一天的早晨，我正在洗漱，感覺到他就站在門口，雙手扶著門框，一直在看我，目不轉睛地看著我。『你怎麼了？快去做功課。我馬上回來。』他默默轉身，回到自己的房間。下班後我遇到了一個朋友，我請她為伊戈爾織了一件時髦的毛衣，這是我送給兒子的生日禮物。我帶回家時，我先生罵我：『難道你不明白，他穿這種新潮的東西太早了嗎？』晚餐是伊戈爾喜歡的雞肉餅。平常他都會要再添一些，這次卻只吃了幾口就離開了。『學校裡發生什麼事了嗎？』他沉默不語。我哭了，我的淚水像冰雹一樣落下來。我哭得那麼大聲，多年來頭一次，哥哥的葬禮上我都沒這麼哭過。我的哭聲把他嚇著了，不知所措，我又趕緊去安慰他：『快試試毛衣吧。』他穿上了。『你喜歡嗎？』『很喜歡。』過一段時間後，我去他房間看看，他躺在床上看書。另一個房間，他爸爸在打字。我有些頭疼就睡著了。不是說發生火災時，人都睡得比平時還要死……我離開他時，他在讀普希金，我們家的小狗吉姆卡躺在走廊，一聲也不吭。不記得過了多久，我突然睜開眼睛，丈夫在我旁邊坐著。『伊戈爾在哪裡？』『在浴室，鎖著門。也許是小聲讀詩去了。』一種莫名的恐懼使我跳了起來。我跑過去，敲門、砸門，手腳並用。裡面沒有聲音。我喊他的名字，尖叫著，懇求著。還是沉默。我先生找來錘子和斧子，把門撬開。他穿著舊褲子、毛衣、拖鞋，用一根皮帶……我一把抓住他，抱住他，他的身子癱軟，但身體還是熱的。我開始做人工呼吸，叫救護車。

我當時怎麼會睡著了？為什麼吉姆卡也沒有感覺到？狗是很敏銳的動物，比我們人類的聽覺好數十倍。為什麼沒有發現呢？我坐在那裡，眼睛呆呆地望著同一個方向。醫生給我打針，我就這樣昏睡了過去。每天早上我被他們叫醒：『薇拉起來，到時你會後悔的。』我心裡在想：『嗯，現在我要為這些玩笑狠狠罵你一頓。你聽好了。』我好想痛痛快快地罵一場。

他躺在棺材裡，身上穿著那件我要當生日禮物送他的毛衣。

我當下沒有失聲痛哭，而是過了幾個月……那時我已經哭到沒有眼淚了。我不再流淚，只是乾號。只有一次，我喝了一杯伏特加後，又哭了起來。於是，我開始喝酒，為的是能哭一哭，抓住別人一起喝……我們在一些朋友家裡坐了整整兩天，沒有離開過公寓。現在我明白了，我們是在折磨他們，他們也很難過。我們從家裡逃出去了。廚房的那張破椅子都要散架了，但因為伊戈爾平時會坐，所以我們不去碰它，就讓它放在那兒。要是把他喜歡的東西扔掉，他突然不高興了怎麼辦？他的房門，我們都沒有勇氣伸手打開。兩次都想換公寓，文件都準備好了，都和別人講定了，也開始收拾東西了。但是我都離不開這裡，感覺到伊戈爾還在這裡，雖然我看不到他，但是他還是在這裡。現在，我去逛商店時還總是會為他挑選東西：這件褲子的顏色適合他，還有那件襯衫；還有春天來了，他要穿什麼……有一天回到家裡，我對我先生說：『今天有個人說喜歡我。他想和我約會。』我先生回答：『好啊，小薇拉，我真為你高興。你恢復過來了。』我萬分感激他說這些話。這裡我想講講我的先生，他是物理學家，我們的朋友開玩笑說：『你們兩人真走運，物理學家和抒情詩人裝在了一個小瓶子裡。』我愛過了，但為什麼是『愛過了』，而不是『愛著』呢？因為對活下來的自己，那個新的自己，我還不了解。我害怕，我還沒有準備好，我想我不能再擁有幸福了。

有一天夜裡，我睜著眼睛躺在床上。門鈴響了，我清楚地聽到門鈴響了。早上起來我告訴我先生，他說：『我什麼也沒聽見。』第二天深夜，門鈴又響了。我沒有睡，看著我先生——他也醒了。『你聽到了嗎？』『聽到了。』我們都覺得這間公寓裡，不只有我們，吉姆卡總是在轉圈子，圍著床邊轉圈跑，好像在跟著什麼人。我不知道往哪裡墜去，往一個很溫暖的地方墜落。我做了個夢，就是不明白夢裡自己身在何處，但伊戈爾出現了，還是穿著我埋葬他時給他穿上的那件新毛衣。『媽媽，你總是叫我，但你不明白，我來看你是多麼艱難。別再哭了。』我摸到了他，軟軟的。『你生前在家時都好嗎？』『很好。』『那麼，在那裡呢？』他來不及回答，就消失了。從那天晚上起，我就不再哭了。我夢見他時，他變得很小、很小。我等待著他變大，好跟他說話。

這不是夢。我只要閉上眼睛，房門就會打開，他會進來一下，像個成年人，我從來沒見過成年的他。他的面孔還是老樣子，於是我明白了，家裡發生的一切，他都已經無所謂了。我們關於他的談話、對他的回憶，他都不在乎了。他已經離我們遠去了。但我不能讓我們的聯繫中斷，我不能……我想了很久，決定再生一個。醫生擔心我不能生，因為年齡太大了。但我還是生了，生了個女兒。我們對她的態度就像她不是我們的女兒，而是伊戈爾的女兒似的。我很怕像愛他一樣愛女兒，而我也沒辦法愛她那麼多。瞧，我應該是瘋了，瘋了！我還是哭，一次一次去墓地痛哭。女兒總是跟著我，但我卻時刻想著死亡。這樣不行。我先生認為，我們必須離開，到其他國家去，要改變一切：風景、人情及語言。有朋友從以色列打電話來，他們經常給我們打電話：『在俄羅斯，你們還有什麼好留戀的？』（幾乎尖叫）還有什麼？您說還有什麼？

我總是有一個可怕的念頭，要是突然間，伊戈爾自己對您講一個完全不同的故事呢？完全不同的故事……」

與伊戈爾朋友的談話

～這種激情黏合劑，把一切都聚在一起～

「我們當時真的年輕，青春是噩夢般的時光，我不知道是誰杜撰說這是美麗的年齡。你荒誕不經，你愚昧可笑，你為各方所不容，你不受任何保護。對於父母來說你還小，他們還在塑造你。你就像是關在一個大罩子裡面，誰都不可能碰到你。那種感覺，我很清楚地記得那種感覺，就像在醫院裡面躺在玻璃房子裡，得了傳染病被隔離起來。你感覺父母只是假裝想和你在一起，事實上他們完全生活在不同的世界。他們在很遠的地方，只是假裝和你很近，實際上他們很遠。父母猜不到他們的孩子是多麼認真嚴肅。初戀，是可怕的，有致命的危險。我的朋友認為，伊戈爾自殺是因為對她的愛。真傻！少女的愚蠢……其實我們所有的女孩當時都愛上他了。啊，他太帥了！他的行為舉止老成，彷彿年紀比我們大家都大，但是我們能感覺到他非常孤獨。他寫詩。詩人就是應該冷峻和孤獨的，應該死於決鬥。反正我們所有女孩的腦子裡，都有很多青春期的瑣事和廢話。

這是蘇聯時代，共產主義的時代，我們是被列寧思想和炙熱的革命理想培養起來的，慷慨激昂。我們不認為革命是錯誤或是罪過的，但也不是十分醉心於馬克思列寧主義那些玩意，革命已經是抽象的東西了。我印象最深刻的是節日，還有對這些節日的期盼，一切都記得清清楚楚。很多人在街上喊著振奮人心的口號，有人完全相信這些話，有人相信一部分，有人完全不相信，但是好像所有人看起來都很幸福快樂。音樂聲不絕於耳。媽媽那個時候又年輕，又漂亮。所有人都在一起，都把這一切當作幸福來回憶。那些氣息，那些聲音……敲擊打字機鍵盤的噠噠聲，還有農村擠牛奶女工的尖叫聲：『牛奶！牛奶！牛奶！』那個時候還不是家家都有冰箱，牛奶還是放在罐子裡擺在陽台上保存。裝著母雞的網袋在小窗口上搖晃。窗戶上掛著花團錦簇的裝飾品，和安東諾夫蘋果。貓的氣味從地下室飄出來。還有蘇聯大食堂的漂白粉抹布的氣味，這種氣味再也聞不到了。所有這一切，都好像沒有任何關係，可是如今它們在我頭腦裡合成了同一種感覺，成為一種情感。自由就是另一種氣味了，另一種完全不同的情景。我第一次出國旅行之後，那時候已經是戈巴契夫時代了，我的一個朋友從國外回來，他這樣比喻：『自由就像一種上等醬料。』我自己也記得在柏林第一次見到超市時的美妙感覺：那裡有上百種香腸和上百種乳酪，簡直不可思議。改革之後，很多開放的新感覺和新思維等著我們，它們都還沒有被好好描寫，沒有納入歷史，也都還沒有一定的模式。但是我們很著急，要從一個時代跳到另一個時代，以為這樣一來，巨大的世界就會向我們打開。那個時候，我們還只是對它懷著夢想，沒有什麼就想要什麼，去想像一個我們不知道的世界是很美好的。我們一邊夢想，一邊過著蘇聯的日子，所有人全都要按照整齊畫一的遊戲規則行事。比如一個人走上講台，滿嘴瞎話，但是大家全都鼓掌，儘管知道他在說謊，他自己也知道大家知道他在說謊，可是他繼續振振有詞，享受掌聲。沒有人懷疑，我們還將這樣生活下去，但需要尋找一個藏身之地。我媽媽喜歡聽加里奇被禁的歌曲，我也喜歡聽加里奇……

我還記得，那時我們多麼想去莫斯科參加維索茨基的葬禮，員警用電子設備把我們拍下來，而我們高喊：『請拯救我們的靈魂吧！』我們被窒息得都開始胡言亂語了。『沒打中，飛偏了，沒打中／打到我們的砲兵了……』天大的醜聞！校長命令我們和家長一起來到學校，當時是媽媽和我一起去的，她的表現好極了。（沉思片刻）我們在廚房裡生活，國家也在廚房裡生活。無論坐在誰的家裡，我們只要喝著酒、聽著歌、談著詩，打開一個罐頭切幾片黑麵包，感覺就很好。我們有自己的儀式：橡皮艇、帳篷、野營、在篝火旁唱歌。我們有著共同的符號，彼此都能認得出來。我們有自己的時尚，也有自己的笑點。現在，祕密的廚房團體早就沒了，我們曾經以為永恆的友誼也沒了。是的，我們曾經以為那是永恆的關係，以為友誼至高無上。正是這種激情黏合劑，把一切都聚在了一起。

實際上我們當中誰都沒有在蘇聯生活過，每個人都活在自己的圈子裡，旅遊圈、登山圈……課後我們都聚集到了某個興趣小組，學校分給我們一個房間活動。還編了一齣劇，我在裡面軋了一角。有個文學小組，我記得伊戈爾還在那兒讀過他寫的詩，他很善於模仿馬雅可夫斯基，令人傾倒，當時他有一個綽號叫『大學生』。總有一些成年的詩人到我們這兒來，跟我們坦誠地交流。從他們的嘴裡，我們知道了布拉格事件的真相、阿富汗戰爭的真相。還有什麼活動？喔，一起學彈吉他。對了，這是必須的。那些年，吉他在我們的生活必需品的清單中排在了第一位。為了聽最愛的詩人和說唱詩人朗誦、表演，要我們下跪都不成問題。詩人朗誦時，聽眾擠滿了體育場，政府要出動騎警維持秩序。語言就是行動。在集會上站起來說出真相，這就是行動，因為很危險。走到廣場上去，充滿激情，腎上腺素狂飆，好像這樣就能走出苦悶。在語言中宣洩一切。今天這一切都是那麼不可思議，今天需要的是做而不是說。現在的人可以想說什麼就說什麼，但是語言再也沒有任何力量了。我們倒是想要有信仰，但是做不到。所有人都鄙視一切，未來只是臭狗屎。過去我們可不是這樣的，詩歌啊詩歌，言語啊言語……

（笑）我十年級就戀愛了，他住在莫斯科，我每次去看他只能待三天。早上在火車站，我們從他的朋友那兒拿到娜傑日達·曼德爾施塔姆[13]回憶錄的膠印本，當時人人讀她讀得入迷。第四天一早就要還書，還要趕上那班只過站不停靠的火車。我們通宵讀著，只有一次跑出去買牛奶麵包，甚至都忘記了擁抱接吻，光顧著互相交換這些紙張了。在某種妄想中，在某種顫抖中，一切都在發生，因為你的手上有這本書，因為你在讀它。熬夜把書看完後，我們在空蕩蕩的城市裡奔跑，趕到火車站，這時城市公車都還沒有發車呢。我清楚地記得城市的夜景，我們走在大街上，這本書就在我的書包裡。我們揣著它，就好像揣著一件祕密武器。我們就是這樣確信的，言語能夠撼動世界。

戈巴契夫年代，是自由和購物券的年代，從麵包、米麵到短襪，一切都要憑票購買。排隊一站就是五、六個小時，不過，你可以帶著一本書去排隊，那可能是以前你不可能買到的書，而且你還知道晚上要去看電影，那部電影以前是禁片，被擱置了十年。真讓人陶醉！又或者，你的腦子裡一整天都在想著十點鐘的那個《觀點》節目，主持人亞歷山大・留比莫夫和弗拉基斯拉夫・利斯切夫成了人民的英雄。我們了解了真相，不僅了解加加林，還知道了貝利亞。事實上，對傻乎乎的我來說，只要有言論自由就夠了，因為就像我很快發現的那樣，其實我就是個蘇聯女孩，我們吸收的蘇聯元素，比我們感覺到的更多。只要給我讀多甫拉托夫[14]，還有維克托・涅科索夫[15]，再讓我聽聽加里奇的演唱，對我就足夠了。我不會夢想去巴黎蒙馬特，也不會夢想去看看高第的聖家堂，只要讓我們能自由閱讀和說話就行了。讀書！我們的女兒小奧爾佳生病了，她只有四個月大，患了嚴重的支氣管炎。我害怕得快發瘋，帶著她到醫院去，連一分鐘都不敢放下她，只有在我的懷裡她才能安靜下來，我就這樣一直站著，抱著她在走廊裡來回走動。如果她能睡半個小時，您想我會做什麼？我不會睡覺，我很苦惱，為什麼？因為在我的衣服腋下還藏著一本《古拉格群島》。哪怕只有一分鐘，我也會翻開看兩眼。就這樣一隻手抱著一個奄奄一息的孩子，另一隻手是索忍尼辛。書籍改變了我們的生活，這就是我們的世界。

後來發生了一些事，我們從天上墜落到地下。幸福和欣喜的感覺突然夭折了，徹底崩潰了。我發現，這個新世界不是我的，不是為我而存在的。這個世界需要的是另外一些人。老爺的靴子踢到弱者的眼睛上，我們上升之後又狠狠地跌了下去。可以說，這又是一場革命，但是這一場革命的目標是世俗的：人人都為了房子和車子。對於人類來說，這是不是太庸俗了？滿街都是穿著束腿運動褲的壯漢——說狼更恰當！把所有的人踩在腳下。我媽媽是一家針織廠的師傅，很快那家工廠就倒閉了，媽媽只好坐在家裡縫製內褲。不論你走進哪一家，都可以看到媽媽的朋友也都在縫製內褲。我們所住的房子變成了工廠，人人都在縫製內褲和胸罩，還有泳裝。其實，還是有在大規模生產舊東西，他們會找一些熟人，裁剪一些流行的進口貨商標，縫到這些泳裝上。然後女人就一群群地集合起來，帶著大袋子去俄羅斯各地兜售，這被稱為『內褲生產線』。那段時間，我已經在讀研究所了。（愉快）我記得……簡直是齣鬧劇，在大學圖書館和系主任辦公室裡，有一桶一桶的醃黃瓜、番茄、蘑菇和捲心菜，他們把賣蔬菜的錢拿來支付教師的薪水。有時，全系的辦公室裡會突然間堆滿了柳丁，或一包包的男士襯衫。偉大的俄羅斯知識份子盡可能地努力活下來。我們還想起一個古老的方法，那是戰爭時期的吃法，到公園的偏僻角落，或是到鐵路邊上的土坡上去種馬鈴薯，一連幾個星期只吃馬鈴薯，或吃一種酸白菜，這算不算是饑荒呢？反正我一直到死都不想再看它們一眼了。我們還學會了用馬鈴薯皮做炸薯片：把馬鈴薯皮放到沸騰的葵花子油裡，多放些鹽。沒有牛奶，但是可以買到冰淇淋，把碎米粥摻在冰淇淋裡煮。現在我還會吃這些嗎？

最先崩潰的，是我們的友誼。大家都有事要做，都要掙錢。以前覺得，錢對我們來說算什麼，金錢完全控制不了我們；可是現在，所有人都看重綠票子的價值，而不是蘇聯盧布，不是『印花紙』。我們這些讀書的女孩和男孩，本來就是溫室裡長大的植物，沒有任何能力應付我們終於盼來的這種新生活。我們期盼的是另一種東西，不是這個。我們讀了一車浪漫書籍，生活卻狠狠地踹了我們後腦勺一腳，朝另一方向急速奔去。基爾柯洛夫[16]取代了維索茨基，流行歌曲大行其道！大眾趨之若鶩。不久前，朋友又在我家廚房聚會，現在這種聚會已經少之又少了。大家爭論起來：『要是維索茨基還活著，他會去為阿布拉莫維奇[17]唱讚歌嗎？』意見分歧很大，但是多數人都相信，當然，他會的。於是，又出現另一個問題了：『他會要價多少呢？』

要是伊戈爾還活著呢？他在我的記憶中，依舊酷似馬雅可夫斯基，英俊而孤獨。（沉默）我說的，您聽得懂吧？還行吧，我……」

～市場成了我們的大學～

「許多年過去了，至今還是這個問題：為什麼？為什麼他做了這樣的決定？我們一直非常要好，但他還是自己決定了一切，一個人。對一個站在屋簷上的人，你又能說什麼呢？有什麼辦法？青春期的我，也曾想過自殺，原因？我也不知道。我愛媽媽、爸爸、哥哥，我們全家感情都非常好，可是有某種東西牽著我。感覺有某個地方，那邊有某種東西，但那究竟是什麼呢？反正是有著什麼吧！也許那邊是一個完整的世界，更加明亮，比你現在生活的世界更宏偉，那邊有更重要的事情在發生。在那個世界裡，你能夠參透某些祕密，那是其他方式不能夠理解、用理性也不可能解開的祕密。就是這種衝動，來試一試吧，站到窗台上去，從陽台跳下去。可是，你其實並不想死，你想要的只是跳到更高的地方，想飛起來，你覺得自己能夠飛起來。你要像在夢境裡一樣行動，在暈眩中……當你回過神來，就會想起某些光明，想起某些聲音，還有使你感覺良好的情感狀態。那裡比在這裡要好得多……

說說我們的小夥伴，還有一個廖什卡，不久前死於服藥過量。瓦季姆在九〇年代就消失了，他做過圖書生意。剛開始好像只是個玩笑，一種隨意的想法，可是自從有錢進來，敲詐勒索緊跟著就來了，一幫帶槍的傢伙找上門。他要不就花錢買命，要不就躲開那些流氓，逃進森林裡睡到樹上去。那些年大家不打架，直接就殺人。他現在到底在哪兒？消失得無蹤無跡，到現在員警也找不到他，也許已經埋在什麼地方了吧。阿爾卡迪溜去了美國：『我寧可去睡在紐約的大橋下。』最後，昔日的同伴只剩下我和伊柳沙，伊柳沙為了一場轟轟烈烈的愛情結了婚。在詩人和藝術家走紅的時候，妻子還能容忍他的古怪，到了經紀人和會計師走俏時，妻子就離他而去了。他患上了嚴重的憂鬱症，只要上街就立即發作，害怕得渾身發抖。所以他只能坐在家裡，當父母的大孩子。他仍在寫詩，那是靈魂的吶喊。青春期的我們，聽同一種錄音帶，讀同一種蘇聯的小冊子，騎同一種自行車。就是在那樣的生活中，我們大家都活得十分簡單：同樣時間穿著同樣的鞋子、同樣的上衣、同樣的裙子。我們被培養得像斯巴達的年輕戰士，只要祖國一聲令下，我們立刻整裝上陣。

那時候有個什麼軍人節，整個幼稚園的小朋友都被帶到少先隊英雄馬拉特・卡澤伊[18]紀念碑前：『看，孩子們，』老師對我們說，『這個少年英雄拉響了自己身上的手榴彈，炸死了很多法西斯。等你們長大以後，也應該這樣做。』我們也要拉開自己身上的手榴彈？我記不住原話了。媽媽說，那天夜裡我大哭起來：『我要去犧牲，一個人躺在什麼地方，沒有媽媽和爸爸……』但是我一哭起來，就做不成英雄了，我病倒了。

上小學時，我已經有夢想了，就是加入少先隊，到市中心的『永恆之火』[19]前站崗。只有優秀學生才能被選去那裡，他們會得到定製的軍大衣、軍帽，還發軍用手套。能夠到那裡去，不是一種工作，而是一種巨大的驕傲。在我們那個時候，已經有人聽西方音樂、追求牛仔褲了，那是二十世紀的象徵，就像ＡＫ－47衝鋒槍一樣。我的第一條牛仔褲是蒙大拿牌的，很有型！但是夜裡，我還是夢到自己帶著手榴彈向敵人衝去。

奶奶去世後，爺爺搬到我們家來住，他是中校軍官，有很多勳章和獎章。我總是纏著他：『為什麼給你這個勳章啊？』『因為奧德薩保衛戰。』『你立了什麼戰功？』『保住了奧德薩。』他總是說得很簡單，我為此對爺爺很不滿。『爺爺，你應該記住你做過什麼光榮高尚的事情啊。』『你要是想了解這個，不要找我。去圖書館找一本書讀讀。』我的爺爺很酷，我和他有一種化學反應般的互相吸引。他在四月去世了，本來他希望活到五月，活到勝利日那天的。

十六歲那年，按照規定，我要到兵役委員會報到。『你想參加什麼部隊？』我對兵役委員表示，我申請在中學畢業後去阿富汗。兵役委員只說了兩個字：『傻瓜。』可是我一直在準備，我玩跳傘、學自動步槍……我們是蘇維埃國家最後一批少先隊員，時刻都準備著！

我們班有個男生去了以色列。為此，學校召開了全體同學會議，勸他留下：『如果你的父母想離開，就讓他們離開，我們有一個很好的兒童之家，你在那裡可以一直學習，並留在蘇聯生活。』在我們看來，他就是一個叛徒。他被開除了團籍。第二天全班同學都去集體農場收馬鈴薯，他也來了，我們把他趕下車。校長警告全體學生，說誰要是和他通信，就不能從學校畢業。可是當他離開之後，我們所有人都開始和他友好通信了。

改革開始之後，連那些老師也對我們說，把我們以前教給你們的東西忘掉，去讀讀報紙，從報紙上學習。中學畢業的歷史考試全都改了，不再死背蘇共所有的代表大會。雖然在最後一次十月革命遊行中，還是給我們分配了標語牌和領袖的照片，可是對我們來說，這已經是一次巴西嘉年華了。

我還記得，當時民眾是怎樣拿著裝滿蘇聯紙幣的口袋跑進空蕩蕩的商店。

上了大學，丘拜斯在鼓吹兌換券，他許諾說一張兌換券的價值將是兩輛伏爾加轎車，結果後來只值兩個戈比。瘋狂的年代啊！我在地鐵分發傳單……所有人都夢想過一種新生活，日思夜想，夢想貨架上有堆積如山的香腸，不過要按照蘇聯時期的價格，政治局委員也得和普通人一起排隊買。香腸是一個基準點，我們對香腸有種存在主義式的喜愛。上帝已死！工廠屬於工人！土地屬於農民！河流屬於海狸！山洞屬於狗熊！街頭的遊行，還有人民代表大會的直播收視率，成功地超越了墨西哥電視劇。我學了兩門課程就離開了大學，父母覺得很遺憾。別人當面和他們說：『你們是可憐的老蘇維埃，你們那種生活很快就消失了。從諾亞方舟開始，你們犯下了所有罪過，現在誰都不需要你們了。你們葬送了一輩子，結果是一場空。』這些話令他們頹喪得一蹶不振，毀滅了他們的世界，他們再也不能重新振作了，無法加入急劇的變革。我弟弟下課後去洗車，在地鐵裡賣口香糖和其他小東西，掙的錢都比父親多。我父親是學者，科學博士，蘇聯精英！只要有商店擺上香腸，大家就全都跑過去。看看價格！資本主義就是這樣進入了我們的生活。

後來我當了搬運工人。這才是幸福！從一輛裝砂糖的貨車卸完貨，當場就給我們現金，還有一袋袋的砂糖。九〇年代，一袋砂糖是什麼價錢？貨真價實！金錢！金錢！資本主義開始了。一天之內，你可能成為百萬富翁，也可能腦門吃槍子兒。現在大家都在回憶，真是可怕：那時險些就爆發國內戰爭，一切都一觸即發！我當時沒有意識到這一點。我記得街上空空蕩蕩，路上沒有人。大家不再訂閱報紙。伏特加價格大漲，男人在院子裡大罵戈巴契夫，還有他之後的葉爾欽，拿起棍子準備打到聖地去。野蠻、無可名狀的激動，包圍著所有的人。空氣裡瀰漫著錢的味道，賺大錢的氣息。出現了絕對的自由，既沒有政黨也沒有政府，所有人都想跑單幫做黑市，而不能做這行的人就嫉妒那些能做到的。有人賣，有人買，有人掩護，有人給別人當後台。我賺到了第一桶金，就和朋友一起去餐館，叫了馬丁尼和鋼琴牌伏特加，那時這是大牌子！只想把酒杯高高舉在手中，炫耀一番。我們還抽上了萬寶路香菸。一切感覺就像雷馬克的小說一樣，長期生活在浮華中。新的商店、新的餐廳，完全像另一種生活。

我還賣過烤香腸，鈔票像流水一般湧進來……

我往土庫曼賣伏特加時，整整一星期和哥兒們坐在一個悶罐子車廂裡，手裡緊握著斧頭和鋼叉。如果被人知道我們在偷運這個，要出人命的！回程運的是毛巾……

我還賣兒童玩具。有一次被抓了，一整批貨都賠掉了，罰掉了一車子的汽水。我本來是要拿汽水去換一車葵花子，再運到榨油廠換油，然後賣掉一部分，剩下的再拿去換廚具和熨斗。

現在我做鮮花生意，我學會了『鹽浸』玫瑰。在一個紙盒中鋪上淬火的鹽，不少於一公分厚，然後把含苞的花放進去，上面再鋪上鹽，蓋上蓋子後再放進一個不大的包裝盒裡扎緊。經過這樣處理後，過一個月，甚至一年，再取出來用水洗，花都不會敗壞。隨時都歡迎來我這兒看看，這是我的名片……

市場成了我們的大學。大學的說法有點嚇人，但如果說是生活的小學，那倒是準確的。每個人剛來到這裡，好像進了博物館或者圖書館。男孩女孩從旁邊走過，都像僵屍一樣，面露瘋狂神色。比如說，有一對情侶駐足在中國製的脫毛器攤位前，女孩向小夥子解釋除毛有多麼多麼重要：『你喜歡這個，是嗎？你願意我像誰誰誰一樣吧……』她說的那些演員名字，我不記得了，可能叫馬琳娜．佛拉基，或是卡特琳．傑尼夫。無數個這樣的盒子罐子，大家把它們帶回家當聖物一樣，東西用完後，小罐子也不扔掉，擺在書架或櫥櫃玻璃門內的顯眼位置。大家把第一批封面光滑閃亮的雜誌當成經典作品在讀，極為虔誠地相信：『在這個封套裡面，在這個封面的後面，就是美麗的生活。』第一間麥當勞開幕時，等著嘗鮮的人排了好幾公里長，電視還報導了這樣的盛況。成熟的知識份子也開始搜集麥當勞的小盒子和餐巾紙，放在家中，驕傲地向客人展示。

我有一個好朋友，他的妻子勤勞地打兩份工，而他一直保持著清高：『我是詩人，絕對不會去賣鐵鍋鋼鍋。我討厭做買賣！』曾幾何時，我和他還有別人一起到大街上，高喊『要民主！要民主！』但是接下來會發生什麼，我們心裡都沒個底。不過，我們倒是都不願意去賣鍋子。可是現在呢？沒有選擇：要麼你就認命地養家餬口，要麼你就繼續端著老蘇維埃的理想，或者，或者……沒有其他的方案。你寫詩，你彈吉他唱歌，別人會為你鼓掌，拍拍你肩膀說：『唱得好，唱啊！』可是你仍然口袋空空。那些離開國家的人呢？他們在國外也賣鍋，也送披薩，也在紙盒廠裡糊紙盒。他們在國外沒有覺得不好意思。

您明白我的意思嗎？我其實是在說伊戈爾，在說我們失去的一代，我們是共產主義的孩子，卻在過資本主義的生活。我討厭吉他！我可以把它送給您。」

1 瑪雅．克里斯塔林斯卡雅（一九三二～一九八五），蘇聯著名的流行歌手。

2 這三人均為十九世紀後期俄國進步文學刊物《現代人》的編輯。車爾尼雪夫斯基（一八二八～一八八九），俄國革命者、哲學家、作家，人本主義的代表人物。杜勃羅留波夫（一八三六～一八六一），俄國民主主義者和文藝批評家。涅克拉索夫（一八二一～一八七八），俄國詩人，擅長描繪下層人民的生活和情感。

3 這句是俄羅斯童話故事的常用語。

4 謝苗．彼得洛維奇．古岑科（一九二二～一九五三），蘇聯衛國戰爭時期的前線詩人。

5 果戈里（一八〇九～一八五二），俄羅斯作家，出生並成長於烏克蘭的一個地主家庭。

6 維索茨基，前蘇聯俄羅斯著名歌唱家、演員和詩人。

7 丹柯是俄國作家高爾基短篇小說《丹柯》的英雄，他掏出燃燒的心臟，帶領族人穿過幽暗森林，來到美麗的草原，最後死去。

8 《大師與瑪格麗特》是布爾加科夫的長篇小說，魔幻現實主義風格，在蘇聯一直不能公開發表，直至作者去世二十五年後才出版。

9 來自俄國童話來的角色，是一個從火裡面冒出來的女孩，生性愛整人，聽說看到她，就表示那個地方有黃金。

10 曼德爾施塔姆（一八九一～一九三八），猶太裔的俄羅斯詩人，被視為俄羅斯「白銀時代」（二十世紀的前二十年）最卓越的天才詩人，一九三三年他因寫詩諷刺史達林，次年即遭逮捕和流放，最後死在遠東的中轉營。

11 萊蒙托夫（一八一四～一八四一），俄國著名詩人，有「民族詩人」譽稱，被視為普希金的後繼者，後因與人決鬥而死。

12 葉賽寧（一八九五～一九二五），俄國詩人，以抒情詩見長，後於一九二五年自縊身亡，得年三十二歲。

13 娜傑日達．雅科夫列夫娜．曼德爾施塔姆（一八九九～一九八〇），俄羅斯女作家、教授，詩人曼德爾施塔姆的妻子。

14 謝爾蓋．多甫拉托夫，美籍俄羅斯著名作家，是二十世紀俄羅斯僑民文學的主要代表人物。

15 維克托．涅科索夫（一九一一～一九八七），蘇聯異議作家，後流亡法國。

16 菲力浦．基爾柯洛夫（一九六七～），俄羅斯流行歌手。

17 羅曼．阿布拉莫維奇（一九六六～），俄羅斯億萬富豪，曾為俄羅斯首富。

18 馬拉特．卡澤伊（一九二九～一九四四），蘇聯少先隊隊員，蘇德戰爭中的游擊隊員，執行任務時被法西斯匪徒發現，因不願被俘而拉動手榴彈犧牲。

19 稱為「永恆之火」的火焰位於克里姆林宮牆外的無名戰士紀念公墓，這是為了紀念二次大戰陣亡的蘇聯士兵而建。

另一種聖經和另一種信徒

瓦西里・彼得羅維奇・H，八十七歲，一九二二年加入共產黨。

「是的，我是想走的。但醫生把我救回來了，難道他們知道該從哪裡把我找回來？當然，我是無神論者，可是晚年的我，已經是一個沒有希望的無神論者了。當你獨自面對……一直想著要離開人世走向何方的問題。是的，是另一種觀點。對，走入地下，走入沙土，我不能平靜地看著普通的沙土。我早就老了，每天和貓咪坐在窗邊（貓就坐在他腿上看著他），開著電視。

當然，我從來沒想到我會活到這樣一個時代，大家居然開始給白軍將領建立紀念碑。以前的英雄是誰？都是紅軍指揮官，伏龍芝、肖爾斯[1]，而現在英雄成了鄧尼金和高爾察克[2]。我們還清楚記得高爾察克的人是怎樣把我們『掛燈籠』[3]，我們現在還活著呢。然而，現在白軍又勝利了。怎麼會變成這樣？我打了一輩子的仗，轉戰南北，為了什麼？我建設國家，又為了什麼？如果我是個作家，我就要親自寫回憶錄。最近聽到廣播裡在講我的工廠，我是那裡的第一個廠長。但是他們談到我時好像我不存在似的，好像我已經死了。可是我，我還活得好好的，他們根本就不敢想像我還在這裡呢！是的，我還健在，（他的孫子也坐過來聽我們說話，我們三人都笑了）我感覺自己就是博物館倉庫裡被忘記的展品，落滿灰塵的碎瓷片。我們有過偉大的帝國，從大海到大海，從北極到亞熱帶。可是，現在她在哪？現在我們沒有被轟炸就戰敗了，我們並沒有遭遇廣島原子彈啊！我想是香腸陛下把她打敗了，是美味佳餚把她打敗了，是賓士車把她打敗了。人類不需要更多東西了，也不要向他們提更多的建議，沒有其他需要，只要麵包和舞台秀。這是二十世紀最大的開放，滿足了所有偉大的人道主義者和克里姆林宮的夢想家們。而我們呢，我們那一代人，我們有宏偉的規畫。我們夢想的是世界性的革命：『我們要讓所有的資產階級吃些苦頭，我們要燃起全世界的火焰。』我們要建立一個新世界，給所有人帶來幸福。現在是不可能了，但我內心裡真心相信過，絕對真誠！（喘氣）哮喘病折磨我。請等一下（停頓下來）……瞧，我已經活到了我們夢想中的那個未來，為了這個未來，我們很多人犧牲了，很多人戰死了，血流成河，有自己人的血，也有敵人的血。『前進！不畏懼死亡／你不會白白死去，事業永存／鮮血構築了事業的根基……』這顆心還沒有學會愛，卻已經恨得太累。（臉上露出驚異的神色）我都還記得，忘不了！腦硬化並不能消除所有記憶，不會完全徹底忘記。我們在政治文化課上教的詩——已經過了多少年？都不敢說出來……

我因為什麼震驚？因為什麼悲憤？因為思想被踐踏，共產主義被咒罵了！一切都崩塌了。我已經老眼昏花了。嗜血的瘋子、連環殺手……怎麼都出來了？我已經活得太久，其實沒有必要活這麼久。不需要，沒必要，長壽是危險的。我的時代結束得比我的生命還早，我應該和自己的時代共存亡。看看我的同志們，他們犧牲得很早，只有二、三十歲，他們是幸福地死去的，帶著信念死去的！就像那時候所說的，心中懷著革命理想！我真羨慕他們。你們不會明白，我真羨慕他們。我們年輕的鼓手犧牲了……死得光榮，為了偉大的事業！（沉思）我那時每天都跟死神為伍，但是很少想到死亡。這個夏天他們把我送到別墅去，我一遍遍地看著土地，它還是那麼生機盎然……」

我說，死去和被殺，難道是同一件事嗎？你們是在被殺者當中生活。

「（有些惱火）為了這種問題，您有可能會在勞改營中化為塵土。流放北極或者被槍斃，沒有什麼選擇餘地。我那個時代，大家是不問這些問題的。我們沒有這些問題。我們啊，我們這些人，只想著創造公正的生活，消除貧富分化。我們為革命犧牲，為理想主義而殉難，死得廉潔無私。我的那些戰友早就不在了，只留下我孤獨一人，連說話的人都沒有。每到深夜，我都會和死去的人對話……你們呢？你們不理解我們的感情，也不理解我們的詞彙：餘糧徵集制度、徵糧隊、富農、窮人協會、失敗者、還鄉團……對你們來說，這些都像梵文、象形文字吧！衰老，首先就是孤獨。住在我附近的最後一個老戰友是在五年前去世的，可能更早，大概七年多以前吧。我周圍再也沒有熟人了。博物館和檔案館的人，還有百科全書的編輯都來找過我，如今我只是一個詢問處，一個活檔案，卻沒有交談者了。我還能夠和誰說上話？我應該能夠和拉扎爾·卡岡諾維奇[4]聊到一起，我們這代人留下來的已經很少，沒有頹廢的，就更少了。卡岡諾維奇比我還老，已經九十歲了，我是在報上讀到的。（笑）報上說，養老院的那些老頭都不願和他一起玩牌，總是轟他走：『殺人凶手！』他就委屈地掉淚。他曾經是鐵腕的人民委員，簽署了無數的殺人名單，害死了好幾萬人。他在史達林身邊三十年，而晚年卻沒有人願意和他玩牌，玩接龍，連普通的工作人員都鄙視他……（聲音愈說愈輕，我聽不清楚，只捕捉到幾個詞彙）太可怕了，活得太久真可怕。

我不是歷史學家，連普通的人文工作者都不是。沒錯，我曾經在本市大劇院當過一段時間的劇院經理。黨把我放在哪兒，我就在哪兒好好服務，對黨忠心耿耿。我對生活想得很少，只有工作。國家就是個建設平台、煉鐵窯爐……大熔爐！現在的人都不像我們那樣工作了，那時我每天只睡三個小時，只有三個小時啊。我們落後先進國家五十到一百年，整整一個世紀。史達林的計畫是十五到二十年就趕上去，著名的史達林式大躍進。我們也都堅信一定會趕上去！現在的人什麼都不信，我們那時候總是確信不疑，輕信不疑。我們的口號是：『以革命的夢想痛批生產崩潰論』、『布爾什維克必須掌握技術』、『趕超資本主義』。我那時候都不在家裡住，一直都住在工廠，住在工地。就這樣，在夜裡兩、三點鐘還電話不斷。史達林夜裡不睡覺，很晚才休息，和他一樣，我們也不能睡覺。領導幹部都是這樣，從上到下。我得過兩次勳章和三次心臟病。我當過輪胎工廠廠長，建設專案總指揮，後來又把我調到肉類聯合加工廠，主管過黨史資料館。第三次犯心臟病之後，才把我調到劇院。我們的時代，我的時代，是個偉大的時代，誰都不是為了自己而生。

不久前，有位漂亮女士的專訪，讓我很傷心、委屈。一開始，她就誘導我，說我們當年是生活在一個何等可怕的時代。她是在書裡了解到我在那個時代生活過，我是那時出生的，在那個年代活過，更來自那個年代。於是，她對我說：『你們曾經是奴隸，史達林的奴隸。』乳臭未乾的丫頭！我才不是奴隸。不是！雖然我現在也滿腹狐疑，但是我不是奴隸。那些人腦子灌了粥，搞亂了一切：高爾察克和恰巴耶夫[5]、鄧尼金和伏龍芝、列寧和沙皇，成了紅白沙拉大雜燴。簡直是在棺材旁邊跳舞！那是個偉大的時代，我們將來再也不會生活在那樣強大的國家中了。蘇聯解體的時候，我哭了……他們馬上就詛咒我們、誹謗我們。庸俗者勝利了，蝨子和臭蟲贏了。

我的祖國叫十月。有列寧，有社會主義，我熱愛革命！對我來說，黨是最珍貴的。我入黨七十年了，黨證就是我的聖經。（朗誦）『我們把暴力的世界／徹底砸爛／建設一個屬於我們的新世界／那些最底層的人將成為所有者……』我們想在地球上建立一個天國，這是個美好但無法實現的夢想，人類還沒有準備好，它始終沒能完成。從普加喬夫[6]到十二月黨人[7]，直到列寧，人人都夢想一個平等的兄弟社會。如果沒有正義的理想，這裡將是另一個俄羅斯，我們也將成為另一種人，完全會是另一個國家。我們還沒有患上嚴重的共產主義幼稚病，不要過分期待，世界也沒有患病。人類永遠幻想『太陽之城』[8]，當人類還披著獸皮、住在洞穴的時候，就已經渴望正義了。請記住蘇聯歌曲和蘇聯電影吧，其中有多麼美好的夢想和信念！賓士車，那不是夢想。」

他的孫子幾乎全程都保持沉默，只說了幾個政治笑話當作對我這些問題的回答。

他講的政治笑話：「一九三七年，兩個老布爾什維克在牢房裡對話。一個人說：『不行了，我們是等不到共產主義了，可是我們的孩子……』另一個接著說：『我們可憐的孩子！』」

「我老了，已經老了，可是年老也是個很有趣的現象。你知道，人其實就是一種動物，現在忽然顯露出很多的動物性來……這個年紀，就像拉涅夫斯卡婭[9]所說的，命名日[10]蛋糕上要插那麼多蠟燭，買蠟燭的錢都比蛋糕貴了，撒出的尿有一半都送去化驗了。（笑）什麼東西都不能延緩人的衰老，不管是勳章或是獎章，都不行，冰箱嗡嗡低鳴，鐘錶滴答走，再也沒有什麼事情發生了。（趁孫子起身去廚房準備茶水，我們談起了他的孫子）孩子長大了，他們腦袋裡只有電腦。我這個孫子上九年級了，是最小的孫子，卻對我說：『我想讀伊凡四世，但不想讀史達林。你那個史達林，我厭惡透了！』他們什麼都不知道，卻說已經厭惡了。我們才是過來人！所有人都咒罵一九一七年。『一群笨蛋！他們為什麼要搞革命？』大家就是這樣說我們的。但我記得很清楚，我記得當時那些人有怎樣炙熱的目光，我們的心靈又是怎樣在燃燒！現在沒有一個人相信我！可是我並沒有瘋掉，我記得，是的，我記得我們這些人從來沒有想過自己，不像今天的人，總是把自己擺在第一位。一碗白菜湯、小房子、小園子……以前掛在嘴上的是『我們』，我們，我們！有時候我兒子的朋友來看我，他是大學教授，經常到國外講學。我和他吵嘴吵到聲音沙啞。我問他對圖哈切夫斯基[11]的看法，他回答說這位紅軍司令用瓦斯毒殺了坦波夫的農民，吊死了克隆斯塔的水兵[12]。他說，起初你們只槍斃貴族和教徒，那是在一九一七年，可是在一九三七年又開始殺自己人，最後連列寧都要做掉。說到列寧，我是不會退讓的！到死都會把列寧放在我心裡最重要的位置！等，請等一下……（他劇烈咳嗽起來，停止後又繼續說，但聲音不太清楚）我們很早就建立了海軍，我們征服了宇宙，而現在呢，都是豪宅和遊艇。坦白說，我常常什麼也沒想。腸胃工作或鬧罷工，這才是早上起來最重要的事。生命就將這樣結束。

我們那時候都是十八、九歲，二十來歲。我們那時都談些什麼？我們談論革命，談論愛情。我們都是革命的信奉者。當然，好多人也會討論當時的熱門書，比如亞歷山卓·柯倫泰[13]的《工蜂之愛》。作者捍衛自由戀愛，也就是沒有雜質的愛情。『就像喝一杯水』，沒有歎息，沒有鮮花，沒有嫉妒，也沒有眼淚。這種只有親吻和情書的愛情，被認為是資產階級的偏見。真正的革命者應該戰勝自己身上的這種東西。我們甚至召開會議討論這個主題，一派贊成自由戀愛，要有

『紅櫻桃』，就是說要有感情；另一派就認為完全不必要有『紅櫻桃』。我屬於贊成『紅櫻桃』的一派，就是接吻也可以。是的，是那樣的……（笑起來）我那時候正好戀愛了，在追求我未來的妻子。怎麼追？我們在一起讀高爾基：『暴風雨，暴風雨就要來了！……蠢笨的企鵝，膽怯地把肥胖的身體躲藏到懸崖底下……』天真嗎？卻很美好，真他媽的美好！（他像年輕人一樣笑了。我發現他現在依然很英俊）那時也有人跳舞，就是正常跳舞，但我們認為那是小資產階級的庸俗，還為此設立法庭審判跳舞的人，要求懲罰那些跳舞或向女孩獻花的共青團員。我甚至還做過跳舞案的審判長。本著馬克思主義的信念，我就沒學跳舞了。但後來我後悔了。我從來都沒能和漂亮的女人共舞一曲，像個狗熊一樣！我們舉辦的是共青團員式的婚禮，沒有蠟燭，沒有花環，沒有宗教儀式，取代聖像的是列寧和馬克思的畫像。我的未婚妻留著一頭長髮，但為了參加婚禮剪掉了。我們那時候鄙視美麗。這當然是不正確的，就像一般說的，太過分、太極端了……（他又咳了起來。一邊咳，一邊揮手叫我不要關閉錄音機）沒什麼，沒什麼，我拖不了多久了，很快就會分解為磷、鈣和其他物質了。您還能從誰那兒知道真相？只會有一批檔案留下來，一堆紙。其實，我就在檔案館工作過，知道那些紙張都是胡說八道的，比人還糟糕。

我說什麼來著？對，在說我的愛情，在說我的第一個妻子。我們的大兒子出生時，我們給他取名叫『十月』，紀念偉大的十月革命十週年。我還想再要個女兒，『如果你還想我生第二個孩子，就是說你還愛著我。』妻子笑著說，『但是我們要幫女兒取什麼名字呢？』我喜歡俄瓔列娜，取『我愛列寧』的諧音。妻子就在一張紙上寫下她中意的所有女孩名字：馬克思娜、史達林娜、恩格斯娜，還有伊斯柯拉[14]……都是當時最時髦的名字。這張紙至今還擺在我家的桌子上。

我是在村裡第一次見到布爾什維克人。那是個大學生，穿著一件軍大衣。他在教堂前的廣場上演講：『現在是一部分人穿氈靴，另一部分人穿草鞋，等到布爾什維克建立政權，所有人將會一樣。』男人高喊：『那又怎樣？』『一個美好的時代將會到來，你們的妻子將穿上絲綢裙子和高跟鞋，不再有富人和窮人之分，人人都會過上好日子。』我媽媽會穿上絲綢裙子，我的妹妹能穿上高跟鞋，我將會到學校學習……所有的人都將像兄弟一樣，人人平等。這樣的夢想我怎能不喜歡？窮人和受苦人都相信布爾什維克，年輕人都跟著布爾什維克走。我們那個時候在大街上遊蕩著高呼：『打下教堂的金鐘，去開拖拉機！』關於上帝，我們只知道一點，那就是沒有上帝。我們都嘲笑神父，把家裡的聖像劈了。取代宗教彌撒的是揮舞紅旗的示威，（停頓了一下）好像這些我已經講過了？腦袋僵了，我已經老了。對了，馬克思主義成了我們的宗教。我十分幸福，因為我和列寧生活在一個時代。我們一起集會高唱〈國際歌〉。那時我只有十五、六歲，就加入了共青團，之後又成為共產黨員、革命戰士。（沉默）我不怕死，都到了這個年紀，只是不太高興，不高興的原因只有一個，就是誰來處理我的遺體。有一次我走進教堂，認識了一位神父。神父說：『應該懺悔。』我都這麼老了，到底有沒有上帝，很快我就會知道了。（笑）

我們半飢半飽、衣衫襤褸，但一整年都會參加『星期六義務勞動』，冬天也是如此。冰凍三尺，而我妻子只有一件薄外套，她還懷著身孕。我們兩人在火車站裝卸煤炭和木柴，拉手推車。一個素不相識的女孩和我們一起工作，她問我妻子：『你就這一件夏天的外套？沒有更暖和的嗎？』『沒有。』『我有兩件，一件是很好的外套，還有一件是剛從紅十字會領到的。告訴我你住哪兒，我晚上給你送去。』到了晚上，她真的給我們送來了外套，不是她自己穿過的舊外套，而是一件新的。她和我們素昧平生，但只要一個理由就夠了：我們是共產黨員，她也是共產黨員。我們就像兄弟姊妹一樣。我們家裡還住著一個失明的女孩，她從小就失明。如果沒有人帶她去參加『星期六義務勞動』，她就會大哭。我們不讓她做事，她就給我們唱歌，唱革命歌曲！

我的同志，他們都已經躺在石板下了，墓碑上刻著：『一九二〇年加入布爾什維克黨，一九二四年加入布爾什維克黨，一九二七年加入布爾什維克黨……』還有，死後非常重要的是：你的信仰是什麼？如果是黨員就要分開安葬，棺材上要蓋紅布。我還記得列寧去世那一天。什麼？列寧死了？不可能！他是聖人啊……（老人讓孫子從書架上取下幾個列寧半身像給我看，有青銅的、鑄鐵的，也有陶瓷的）這些都是陸續積攢的，全都是別人送給我的。昨天廣播裡說，市中心的一座列寧紀念像深夜被人鋸下來一隻手臂，當作廢金屬賤賣了。那可是聖像啊，是我們的上帝！現在成了有色金屬，有人拿去論斤買賣。我現在還活著，他們就詛咒共產主義了！社會主義已經是廢棄物了！他們對我說：『瞧，現在還有誰認真看待馬克思主義？馬克思主義只能在歷史課本中找到位置了。』可是你們當中有誰能說自己讀過列寧晚年的著作？有誰完全了解馬克思？有早年的馬克思，也有晚年的馬克思……今天大家都把它當成社會主義謾罵的那些事，其實這無關社會主義的理想。理想沒有罪過……（由於咳嗽又聽不清了）現代人失去了自己的歷史，活得沒有信仰。不管你問什麼，他們都只有空虛的眼神。領導人都學會禱告了，右手舉著一根蠟燭，就像端著一杯伏特加似的。他們把陳腐的雙頭鷹[15]又請了回來，戰旗上都有聖像……（聲音突然完全清晰了）我最終的願望，就是請你寫出真相。但是要寫『我的』真相，不是你自己認為的。請讓我的聲音保留下來吧。」

他讓我看了很多照片，不時評論幾句。

「……他們把我帶去見指揮員。『你幾歲了？』指揮員問我。『十七歲了。』我脫口而出，其實我還沒有滿十六歲。就這樣，我成了一名紅軍戰士。他們發給我一副綁腿，還有一顆紅五星，是佩帶在帽子上的，不過布瓊尼軍帽還沒發下。但是我有紅五星了，沒有紅五角星算什麼紅軍？上級還發給我一支步槍。這樣我們就感覺自己成了革命的保衛者。我們不是餓肚子就是生病，反覆發高燒……斑疹傷寒……但是我們都很幸福。

……有人從一個被打跑的地主家裡拖來了一架鋼琴，放在院子裡，風吹雨打淋壞了。一群放牧的孩子趕著牛群走過來，用棍棒敲打鋼琴。莊園因為酒會聚眾而被燒毀，被洗劫一空。大老粗們有誰需要鋼琴？

……教堂被炸毀了。現在我的耳裡還有老太太們的聲音：『小祖宗，不能這樣做呀！』她們抱住我們的腿苦苦哀求。那座教堂都有二百年了，她們說那只是一個禱告的地方。在教堂原址，我們建起了一間公共廁所。我們強迫神父去打掃廁所，清理糞便。現在，當然，我現在明白了；但是在當時，我是很開心的。

……犧牲的同志躺在野地裡，他們的額頭和胸前是刺刀劃出的紅星。紅色的五角星。肚子被剖開，內臟散落一地。你們想要土地？那就拿去吧！我們的感覺就是，要麼死亡，要麼勝利！我們可以去死，但是我們知道為什麼而死。

……我們在河裡看到被刺刀刺死的白軍軍官，『尊敬的老爺』都被太陽曬得發黑了，肚皮裡露出的是皮帶，他們吃的是皮帶……不值得同情！我見過的死人和活人一樣多。」

我說，可是今天，所有人都值得同情，不管是白軍或是紅軍，我都同情。

「你同情，同情嗎？（我覺得我們的對話可能快結束了）是的，當然了，那是所謂『全人類的價值』、『抽象的人道主義』。我也是會看電視讀報紙的。可是，在我們那時候，仁慈只是牧師的語言。我們說的是擊潰白匪、建立革命的秩序！革命頭幾年的口號是：『我們要用鐵腕將人類帶進幸福天堂！』只要是黨說的，我就相信。我相信黨。

在奧倫堡州奧爾斯克市，火車沒日沒夜地載著富農往西伯利亞送。我們負責守衛一個火車站，我打開過一個車廂，看到車廂角落有個半裸的男人用皮帶上吊死了。母親在搖晃手中的小孩，身邊坐著一個大點兒的男孩，正在像喝粥一樣喝糞尿。『關上車門！』指揮員對我喊道，『這些人都是富農惡棍！他們對建設新生活來說一點用都沒有！』未來應該是美麗的，以後一切都會美好……對，我相信！（他幾乎吼了起來）我們相信某種美麗的生活。烏托邦，確實是烏托邦。那你們呢？你們也有自己的烏托邦，就是市場。市場是天堂，市場會給所有人帶來幸福。全都是幻想！黑幫份子在大街上走來走去，穿著深紅色的西裝，珠光寶氣，大腹便便。資本主義就像蘇聯《鱷魚》雜誌上的諷刺漫畫，巨大的諷刺！取代無產階級專政的，是弱肉強食的叢林法則：誰弱小我就吃了誰，誰強大我就恭維誰。這是地球上最古老的法則……（又咳嗽起來了，停下休息一會兒）我兒子戴著一頂有紅星的布瓊尼軍帽。在他童年時，這是最好的生日禮物。我早就不去商店了，那裡還賣布瓊尼軍帽嗎？大家好長時間都戴著這種帽子，赫魯雪夫時期都還戴的。可是，現在的時尚是什麼呢？（他勉強地笑了笑）我是落伍了，已經是老古董了。我唯一的兒子，他死了，現在只剩下我跟媳婦、孫子活下去。我兒子是歷史學家，也是一個堅定的共產主義者。孫子呢？（他語帶嘲諷）孫子讀達賴喇嘛的書。《摩訶婆羅多》取代了《資本論》，還有卡巴拉神祕主義，現在大家的信仰真是五花八門。是啊，現在就是這樣，人類總要信些什麼。相信上帝或是相信技術進步，相信化學分解或相信高分子化合物，或者相信宇宙智慧。現在則是相信市場。你看現在我們有市場了，可以吃飽了，但然後呢？我走進孫子的房間，屋裡全是外國貨：襯衫、牛仔褲、圖書、音樂、牙刷，沒有一樣是國產品，書架上是百事可樂和可口可樂的空罐子，跟太平洋的島民一樣！他們去超市就和去逛博物館一樣，過生日到麥當勞慶生才酷！『爺爺，我們去必勝客了！』簡直像在朝聖！他們還問我：『你真的相信共產主義嗎？為什麼不相信日本機器人？』我曾經幻想過『和平給農舍，戰爭歸宮廷』[16]的社會，可現在他們都想做百萬富翁。他們的朋友來家裡，我聽到他們的對話：『我最好生活在一個弱國，只要有優酪乳和上等啤酒就成。』『共產主義就是渣滓！』『讓俄羅斯實行君主制吧。上帝啊！保佑沙皇！』他們還瞎唱歌：『一切都會很美好，格里岑中尉／政治委員們都咎由自取……』可是我還活著，我還在這裡，我還沒糊塗呢。（他望著孫子，孫子默不作聲）商店裡都是香腸，但是大家沒有了幸福。我再也看不到那熾熱的眼神了。」

孫子講的政治笑話：「一個教授和一個老布爾什維克在一次占卜中聊天。教授說：『共產主義思想從一開始就出現了錯誤，您記得那首歌嗎？我們的火車頭向前飛吧／在公社車站……』老布爾什維克說：『我當然記得。可是哪裡錯了？』教授說：『火車頭是不能飛的呀。』」

「他們先抓走了我的妻子。她去看歌劇，就再也沒回家。我下班回到家裡，看到兒子和貓一起睡在走廊的地毯上。他在等媽媽回來，等到睡著了。我妻子在一家鞋廠工作，是蘇維埃工程師。『出事了，』她說，『我所有的朋友都被抓走了。這是一種背叛……』我告訴她：『我和你都很清白，他們不會抓我們的。』我很相信這一點，絕對相信，真誠地相信！一開始我是列寧的信徒，後來是史達林的信徒。在一九三七年之前，我一直是史達林主義者。我相信史達林所言所為的一切。是啊，他是最偉大的天才，是所有時代和各民族的領袖。甚至當他宣布布哈林、圖哈切夫斯基和布柳赫爾[17]是人民的敵人時，我也相信他。那時『民族救星』的想法，確實是盲目愚蠢。我曾經以為一定是有人矇騙了史達林，是上面潛入了叛徒，黨在進行清理。但是，他們就這樣抓走了我的妻子，一個誠實的、對黨忠貞的戰士。

過了三天，他們又來找我了。他們第一件事是在爐灶上聞聞有沒有煙味，檢查我是不是燒過東西。他們一共三個人，一個人進屋後到處搜刮：『這些您已經不需要了。』掛鐘也被他取下來了。這讓我吃驚，我沒想到……但與此同時，這當中也反映出了某種人性，帶來了希望。說明這些人都是人類渣滓，也可以說，他們身上是有人的情感的。搜查從深夜兩點開始，一直到早上才結束。我家裡有很多書，每本書他們都翻了一遍。衣服也要摸一遍，枕頭都撕破了。這倒讓我有足夠的時間思考。那個時候真的很狂熱，監禁已是普遍的現象，每天都有人被捕，狀況非常可怕。一個人被抓，周圍的人都沉默不語。上訴是沒有用的。第一次審訊時，調查員就對我解釋：『您的罪過就是沒有檢舉您的妻子。』這時我已經在監獄裡了。一切都要重新回憶，所有事情都要回想一遍……我只想起一件事，我想起在最後一次全市黨代表大會上，宣讀了對史達林同志的致敬信，與會者全體起立，熱烈鼓掌：『光榮屬於史達林同志，我們勝利的組織者和鼓舞者！』『光榮屬於領袖！』掌聲持續了十五分鐘，持續了半個鐘頭。所有的人都站著，互相觀望，沒有人敢第一個坐下。我不知道怎麼回事就坐下了，完全是下意識的。這時有兩個穿便衣的人走過來對我說：『同志，您為什麼坐下了？』我馬上跳起來，就像被燙著了一樣。中間休息時間，我一直四處張望，等待著，心想：『他們應該來抓我了。』（停頓）

搜查在早晨結束。搜查人員下令說：『收拾一下東西吧。』保母已經叫醒了兒子，在離家前我還來得及跟兒子小聲說一句：『不要告訴任何人關於爸爸媽媽的事情。』這樣他才活了下來。（他把錄音機挪得離自己更近些）請錄下來吧，趁著我還活著，還活著。我在寫賀卡，其實已經沒人可以寄了。經常有人來問我：『為什麼您一直保持沉默？』當時就是那樣的時代，我當時認為罪人就是那些叛徒，亞戈達[18]、葉若夫，而不是黨。但五十年後，你很容易就判斷出到底是怎麼回事。呵呵，人民都嘲笑我們這些老傻瓜。但那個時候，我和大家一起前進，但現在他們都不在了。

我被單獨關了一個月。禁閉室和石頭棺材一樣，頭寬腿窄。我和落在窗外的一隻烏鴉混熟了，常常餵給牠一些麵包渣吃。從此以後，烏鴉就是我最喜歡的鳥。在戰爭中，戰鬥結束後一片寂靜，傷患得到救治，死人躺在地上。其他的鳥都沒有了，只有烏鴉還在飛。

他們審問了我兩個星期，問我是否知道我妻子有個姊姊在國外。我只回答：『我妻子是一個誠實的共產黨員。』調查員的桌上放著檢舉資料，簽字人竟然是我們的鄰居，我怎麼都無法相信。我認出他的筆跡。他是我在國內戰爭時期的同志，一個軍人，軍銜很高，他甚至還一度愛上了我的妻子，引起我的嫉妒。對，是的，我吃醋了。我非常愛妻子，我的第一任妻子。調查員詳細地向我轉述了我們的對話，這下我全明白了，我沒猜錯，就是這位鄰居。我們夫妻兩人說這些話時，他都在場。我妻子的故事是這樣的。她出生於明斯克附近，是白羅斯人。《布列斯特合約》[19]後，那塊白羅斯土地劃給了波蘭，她的父母和姊姊就留在那裡了。她的父母很快就過世了，姊姊還曾給我們寫信：『我去西伯利亞也比留在波蘭好。』她很想生活在蘇聯。那個時候，共產主義在歐洲是很流行的，在全世界都很流行。很多人都相信共產主義，不只是普通人，還有西方的精英，比如作家阿拉貢[20]、巴比塞[21]。十月革命是『知識份子的鴉片』，這句話是我在哪兒讀到過的——我現在還讀很多書。（停頓）我妻子被編派為『敵人』，那麼她得參加過『反革命活動』，得編造她加入了一個恐怖份子的地下活動……『您妻子都和誰見面？她把圖紙都轉給了誰？』『哪有什麼圖紙！』我一概否認。他們就打我，用皮鞋踢我。他們全都是自己人，我有黨證，他們也有黨證。我妻子也有黨證。

他們把我關進普通牢房，一間牢房裡關押著五十個人，每天只能放風兩次。其餘時間？該怎麼向女性細說這種事？在監獄入口有一個大桶子……（憤怒）你們去試一下，坐在那兒，當著眾人的面拉屎！吃的東西就是一盤子鯡魚，但是不給水喝。牢房裡有五十個人，其中有英國人、日本間諜，還有一個不識字的農村老頭——他是因為馬廄失火被抓起來的，還有一個大學生是因為說政治笑話。牆上掛著史達林的相片，喇叭裡播送著關於史達林的報告，合唱團在唱史達林的頌歌，藝術家朗誦史達林的頌詩。這是什麼場合？是紀念普希金去世一百週年的晚會。（我笑了，他卻沒有笑）那個大學生被判處十年勞改，且不得與人通信。還有一個司機，他被捕的原因是因為長得像史達林，確實長得太像了。還有一個洗衣房管理員、一個剃頭匠——他不是黨員，還有一個打磨工人。大多數都是普通人，不過也有一個民俗學家。有天晚上他講故事給我們聽，童話故事，所有人都來聽。檢舉這位民俗學家的是他自己的母親，一個老布爾什維克。在他被轉押別處之前，只有那麼一次，母親託人給他送來了一包菸。是啊，一個老社會革命黨[22]人幸災樂禍地說：『我真開心，你們這些共產黨人居然也坐在這兒，和我一樣都不明白是怎麼回事。』這個反革命！我當時以為蘇維埃政權沒有了，史達林也不在了。」

孫子講的政治笑話：「在一個火車站裡，擠著好幾百人。有個穿皮衣的人絕望地在人群中尋找著誰。他找到了！他走到另外一個穿皮衣的人面前：『同志，你是黨員還是民眾？』『我是黨員。』『那麼，請你告訴我，這裡有公廁嗎？』」

「東西全收走了，腰帶、圍巾，連皮鞋上的鞋帶都抽走了，凡是能夠用來自殺的東西都收走了。但是，如果想自殺還是可能的。我有過這個想法，對，是有過……用褲子或內褲的鬆緊帶都可以。他們用沙包擊打我的肚子，肚子裡的東西都吐出來了，就像蟲子一樣；還把我掛在鉤子上。簡直就和中世紀的酷刑一樣！打得你全身流血，身體幾乎不受控制了。身上能流出來的東西都流出來了，要忍受痛苦，還有羞辱！還不如死一了百了……（停頓）在監獄我見到了一位老同志，尼古拉．維爾霍夫采夫，一九二四年入黨的黨員。他在專科學校教書，周圍都是熟人，自己圈子的人。當時有個人大聲讀《真理報》，上面有一條消息：『中央政治局聽取關於母馬受精問題的報告。』於是，他就拿起報紙開了個玩笑，說現在黨中央沒有別的事情，只有處理母馬受精。白天他說了這話，晚上就被抓走了。他們用門夾他的手指頭，手指就像鉛筆一樣被夾斷了。拷打我們的人，日夜都戴著防毒面罩。（沉默）我不明白今天怎麼會說起這些事……簡直太野蠻，也太侮辱人了。你就像是一塊肉躺在糞便中……維爾霍夫采夫遇到的一個調查員是虐待狂。這些人以前也不全是虐待狂，但是上級給他們下達了任務，有個揪出敵人的計畫，每月每年都有額度。調查員也輪班工作，喝茶、給家裡打電話，和女醫生調情。當他們把人打得昏死過去時，就要找醫務人員來幫忙。他們要值班，要輪班……但是我們整個人生都被毀了。就是這樣……負責我案子的調查員以前是個中學校長。他勸我：『您真是個天真的人。其實我們完全可以打死你，然後布置一個現場，說是你企圖逃跑。您知道，高爾基說過，敵人不投降就叫他滅亡。』『可是我不是敵人。』『您要明白，我們不怕的，就是悔過的人和被打壞的人。』於是，我們和他討論起了這個主題。第二個調查員是一名軍官，我感覺他懶得填寫那麼多張紙，他們一天到晚都在填寫著報告。有一次他給了我一根菸。一旦坐牢坐久了，比如幾個月，劊子手和受害者之間也建立起了一些人情聯繫。呃，應該不能說是人情，但是確實是某種關係。然而，事情一碼歸一碼。『您還是簽字吧。』我在看審訊紀錄時，他們總是這樣說。我就回答：『我沒有說過這些話。』他們就打我，下手毫不留情。後來也都是自己人槍斃自己人，或者是送到集中營。

一天早上，牢門打開了。守衛說：『出來！』我當時只穿了一件襯衫，想穿上外衣。『不用了！』他們把我押送到地下室，那裡已經有一個調查員拿著一張紙在等著我：『簽字吧，簽還是不簽？』我還是拒絕。『那好，站到牆邊去！』啪地一槍，他們射到我頭頂上方，『怎樣？簽不簽？』啪地又一槍……就這樣連續開了三槍。然後，又把我押送回去，像是走迷宮一樣。原來監獄裡有這麼多地下室！我毫不懷疑，他們這樣做是為了防止被關押的人看到裡面的東西、認出裡面的任何人。如果迎面遇上某個人，守衛就會喝令：『臉轉向牆站著！』但是我已經有經驗了，我能夠偷偷地看。就這樣，我看到了先前紅軍指揮員訓練班的領導，還有我在蘇維埃黨校學習時的教授……（沉默）我和維爾霍夫采夫說話很坦誠：『他們是罪犯，他們在破壞蘇維埃政權。他們要對此負責。』連著好幾次，審訊他的都是一名女調查員：『當他們拷問我的時候，她就變得很美麗。你明白嗎，她那個時候看起來真美。』真是一個感情豐富的人。從他口中，我知道了史達林年輕時候也寫詩……（閉上眼睛）我現在常常會驚醒過來，嚇出一身冷汗：那時候上級也可能會把我送去內務部工作，那麼我會去的。因為我身上揣著黨證，那本紅色小冊子。」

門鈴響了，護士進來幫他量血壓、打針。我們的談話斷斷續續，但一直沒有停下來。

「我經常在想社會主義並沒有解決死的問題，沒有解決老的問題，也不能解決生命的形而上學意義，它把這些都忽略了。只有在宗教中，才有相關的回答。是的……一九三七年我應該會因為這番話而遭到……

您讀過亞歷山大・貝里埃[23]的《水陸兩棲人》那本書嗎?書中有一個天才學者想要自己的兒子幸福，就把他變成兩棲類。可是兒子很快就在大洋裡感到孤獨，他喜歡和所有人一樣生活在陸地上，和人間的女孩相愛。但這已經不可能了，於是他就死了。父親卻誤以為探索到了祕密，自己就是上帝。這個故事的結局，就是對所有偉大的烏托邦主義者的回答!

理想當然是美好的!可是你們要拿人類怎麼樣?從古羅馬時代到現在，人類不曾改變過。」

護士出去了，他閉上了眼睛。

「再等一下，我就要講完了，我還有力氣再坐個一小時。我們繼續說。我在牢房裡待了不到一年，就已經在等著審判，準備進入下一個階段。我好奇的是，他們一直拖著我的案子做什麼?我發現他們做事沒有任何邏輯，有上千件案子，一團亂。過了一年，又換了一個新的調查員，又重新審過我的案子。結果他們把我放了，取消了對我所有的指控。就是說，他們抓錯人，黨又相信我了!史達林真是一個偉大的導演，和先前一樣，這次他又收回了那個『嗜血精靈』的權力，即人民委員葉若夫[24]。他受到了審判，最後被槍決了。恢復名譽運動開始了，老百姓鬆了一口氣:史達林終於知道真相了。然而，這一切都只是新一波流血前的一個過場而已，一個政治把戲!但是，所有人都相信了，我也相信了。獲釋前，我向維爾霍夫采夫道別，他給我看他被軋斷的手指頭:『我在這裡已經十九個月零七天了。誰都不會放我出去的。他們都害怕。』尼古拉・維爾霍夫采夫，在一九二四年入黨的蘇共黨員，一九四一年被槍決，當時德國軍隊正在逼近這座城市，內務部處決了所有來不及疏散的被關押者。他們釋放了流氓罪犯，但是所謂的『政治犯』都被當作叛徒處決了。德國人進城後打開了監獄大門，裡面的屍體堆成了山。在屍體還沒有腐爛之前，城市居民趕到監獄去，去看看蘇維埃政權所做的事。

我在陌生人家裡找到了兒子，保母把他帶到了鄉下。兒子說話結結巴巴、怕黑，我就跟他住在一起。我為妻子補足了一些證明文件。我恢復了黨籍，他們重新發給我黨證。新年到了，家裡擺起了聖誕樹，我和兒子在等待客人。門鈴響了，我打開門，一個衣衫襤褸的女人站在門外：『我是來向您轉達您妻子的問候。』『她還活著？』『一年以前她還活著，有段時間我和她在同一個養豬場工作。我們偷吃豬食中的冷凍馬鈴薯，多虧這些才沒被餓死。她現在是不是還活著，我就不知道了。』她很快就走了，我也沒留她。應該還會有客人來……（沉默）鐘樓上的大鐘響了，我們打開香檳，第一杯仍然是『為了史達林』。是啊……

一九四一年……

所有的人都在哭，而我幸福得要叫出聲了。戰爭爆發了！我要去打仗！他們應該會批准我去，把我派上前線。我提出了上前線的申請，但是很久都沒有被徵召。兵役委員是熟人，他告訴我：『不行，我接到的指示說，不能夠徵召敵人。』『誰是敵人？我是敵人？』『按照法律第五十八條規定，你的妻子被判處反革命活動罪，正在勞改營服刑。』基輔淪陷了，史達林格勒在激戰……我嫉妒所有穿軍裝的人，他們都在保衛祖國，連女人都上戰場了，可是我呢？我又寫信給區黨委會：『要麼槍斃我，要麼派我去前線！』兩天後，我收到了通知書：『二十四小時之內到集結點。』戰爭成了救贖，成了唯一能夠還我清白的機會。我高興極了。

革命期間發生的事，我記得很清楚。可是後來，不好意思，記憶就變糟了，連戰爭也記不清楚了，雖然在時間上要更近一些。我記得什麼都沒有改變，只是在戰爭後期，我們有了新武器——不再是軍刀和步槍，而是裝備了『卡秋莎』[25]。士兵生活呢？還和以前一樣，我們幾年間只能吃雜菜湯和米粥，一連幾個月穿髒衣服，沒能洗澡，只能睡在光禿禿的地上。要是我們是另一種人，過的是另一種生活，最後怎麼能打贏呢？

我們衝鋒陷陣，無視機槍掃射！所有人都匍匐在地。這時敵人又發射迫擊砲，很多人都被炸成碎片。我身邊的政委倒下時還在喊：『你怎麼臥倒了？反革命份子！給我衝啊！不然我斃了你！』

在庫爾斯克戰場，我遇到了審訊過我的調查員，就是以前當中學校長的那個人。當時我心想：『好啊，你這個混蛋，現在算是落在我手裡了。我要在打仗的時候悄悄把你幹掉。』對，我就是這樣想的，但是我沒有找到機會。我甚至還和他說過一次話。用他的話說：『我們的祖國是同一個。』他是一個很勇敢的人，很英勇，最後戰死在哥尼斯堡城下。我還能說什麼，我是這麼想的：上帝替我做主了。我不會說謊……

我因為負傷回了兩次家，得了三面獎章。區委把我找去說：『對不起，我們不能夠把妻子還給您，她犧牲了；可是我們能把榮譽送還給您……』他們又發給我黨證。我太幸福了，幸福極了。」

我對他說我無法理解，從來都不理解。他發火了。

「不能按照一般的邏輯法則來審視我們，不能像會計師那樣計算！你們必須明白，能夠判定我們的只有宗教法則！這叫信仰！對你們來說什麼是偉大？什麼都不是。只有舒適的生活。一切只是為了胃口，為了十二指腸，為了滿足肚子，還有遊樂玩耍。而我們那一代人呢？你們現在所有的一切，都是我們建立起來的。工廠、水壩、電廠……你們做過什麼？希特勒是我們打敗的。戰後，不管誰生了孩子都非常高興！不是戰前的那種高興，是另外一種。我簡直都要哭了……（他又閉上眼睛，顯然累了）啊，我們是有信仰的，可是現在別人給我們下了這樣的判決：『你們信仰的是烏托邦。』我們是真的相信！我最喜歡的長篇小說是車爾尼雪夫斯基[26]的《怎麼辦？》，現在已經沒有人讀了，覺得枯燥。現在大家會讀的只剩這個書名『怎麼辦』，那是一個永恆的俄羅斯問題。對我們來說，這是一本教義問答手冊，革命的教科書，我們都能夠整頁整頁地背下來。『薇拉．巴甫洛夫娜的第四個夢……（他像念詩一樣地背誦起來）水晶和鋁建造的大房子……水晶的宮殿！各個城市之間都是檸檬園和柑橘園。幾乎看不到老年人，因為生活實在太美好，人衰老得很慢。機器在做所有的事情，人只要乘車到處轉轉和操作機器就行……收穫莊稼和針織布匹都有機器……莊稼茂密而豐碩，鮮花就和樹木一樣茂盛。所有人都很幸福，都很快樂。不論男人女人，都穿著華麗的衣服。人人都無拘無束，盡情享受生活。有足夠的空間、充足的工作，人人都有份。這難道就是我們？這是我們的人間？所有人都將這樣生活？前途如此光明和美好……』就是這樣。（他轉向孫子點點頭）他又在嘲笑我了，在他看來，我就是個傻瓜。但我們就是要這樣生活。」

「杜斯妥也夫斯基曾這樣回應過車爾尼雪夫斯基：『去建設吧，建設你自己的水晶宮殿，而我只會拿起石頭砸過去。這並不是因為我飢餓、住在地下室，而是出於很簡單的原因：我自己的意志……』」

「（生氣）你也認為，就像現在報紙上寫的那樣，共產主義對我們來說，是用密封的車廂從德國帶來的傳染病嗎？一派胡言！那是人民站起來了。在沙皇統治下，從來就沒有什麼『黃金時代』。可是現在大家突然緬懷起沙皇來了，那都是童話故事。都是我們，是我們給美國運去了糧食，是我們決定了歐洲的命運，是俄羅斯士兵為全人類而犧牲，這些才是真相。而我們自己是怎麼活的，在我們家裡，五個孩子只有一雙鞋子。我們吃馬鈴薯加麵包，冬天時還是只有馬鈴薯……而你們還要問：『共產主義者是從哪兒來的？』

我記得這麼多，為的是什麼？為了什麼呢？現在我還說這些幹什麼？我們熱愛未來，未來的人類。人人在爭論這個未來何時會到來。再過一百年，沒錯。但是這似乎距離我們太遙遠了……（停頓）」

我關掉了錄音機。

「不錄音了，好吧。我應該把這件事說出來……

我十五歲那年，一群紅軍來到我們村子，騎著大馬，喝得爛醉，他們是來徵兵的。他們一直睡到晚上，起來後就召集了所有的共青團員。指揮官發表講話：『紅軍在挨餓，列寧在挨餓。富農要麼把糧食藏了起來，要麼燒了。』我知道的，我媽媽的親哥哥，謝苗舅舅，就把好幾袋的小米運到森林裡，挖坑埋起來了。我是共青團員，我發過誓的。所以，那天夜裡我找到了紅軍，帶他們到現場。他們裝了整整一車。指揮官緊緊握著我的手說：『快長大吧，小弟弟，快長大。』早上我被媽媽的哭聲驚醒：『謝苗家的小屋著火了！』村民在樹林裡發現了謝苗舅舅，他被紅軍戰士用軍刀砍成了碎片。那年我只有十五歲。紅軍是太餓了，列寧也在挨餓……我都不敢到街上去，只是坐在家裡哭。媽媽猜到了一切。晚上她在我的手上塞了一小袋的吃食：『快走吧，我的兒子！願上帝寬恕你，不幸的孩子。』（他用雙手蒙住眼睛，但我還是看到他在哭。）

我想作為共產黨員死去，這是我最後的願望……」

＊＊＊

九〇年代，我只出版了這部懺悔錄的一部分。我的主人翁把他的故事給別人看，徵求別人的意見，人家勸他說，要是全文出版的話，「就會玷汙黨的名譽」。這是他最害怕的。在他死後，有人找到了他的遺囑。他在市中心有一間寬敞的三房公寓，他沒有留給孫子，而是「留給我最熱愛的共產黨，我應傾全力感謝的黨。」城市晚報甚至還報導了這件事。這個舉動讓人有些莫名，所有人都嘲笑這個瘋子般的老頭。他的墓上甚至沒有豎一塊紀念碑。

現在，我決定把他的故事全部發表出來。因為這是屬於一個時代而不是某一個人的故事。

1 伏龍芝（一八八五〜一九二五），在蘇俄國內戰爭時期著名的紅軍統率，指揮多次重要戰役，擊敗白軍。尼古拉．肖爾斯（一八九五〜一九一九），同是紅軍將領，創建和領導了烏克蘭紅軍第一軍團。

2 此兩人先後為蘇俄國內戰爭的白軍領袖。亞歷山大．高爾察克（一八七四〜一九二〇）是俄羅斯軍事家、北極探險家，領導白軍對抗布爾什維克的紅軍，失敗後被處死，由鄧尼金接任白軍領袖。

3 將受刑者雙手捆綁，懸空上吊，再在腳上吊土磚，狀如燈籠。

4 拉扎爾．卡岡諾維奇（一八九三〜一九九一），曾任蘇共中央主席團委員，蘇聯部長會議第一副主席，史達林的親信，被視為「最後一個老布爾什維克」。

5 瓦西里．恰巴耶夫（一八八七〜一九一九），紅軍著名將領，經歷過一次大戰及紅白軍內戰。

6 葉米連．普加喬夫（約一七四二〜一七七五），十八世紀俄國農民起義的領袖，領導俄羅斯歷史上規模最大的農民戰爭。

7 十八世紀末至十九世紀初，一些參加過國外遠征的俄國貴族軍官受到西歐民主思想的影響，對國內的農奴制度和專制制度極為不滿，成立了祕密團體。在一八二五年十二月率領三千名士兵起而反對帝俄政府，但很快就失敗，相關革命者都被稱為「十二月黨人」。

8 此指十七世紀義大利哲學家的一部烏托邦小說《太陽之城》，描繪一座理想的城市和一個理想的社會模型，有理想的人在此愉快地生活。

9 拉涅夫斯卡婭（一八九六〜一九八四），蘇聯著名女演員。

10 命名日的意義相當於我們平常所說的生日，但命名日其實是指跟自己同姓名的東正教聖徒的紀念日。

11 圖哈切夫斯基（一八九三〜一九三七），蘇聯元帥，在史達林大清洗時，以間諜罪被判處死刑並立即槍決，後在蘇共二十大上被宣布平反。

12 俄國內戰時期出現嚴重饑荒，一九二〇年八月，坦波夫的農民為了反抗徵糧而發動大規模叛亂，政府派軍隊鎮壓，過程中使用了毒氣。一九二一年二月，俄國艦隊基地克隆斯塔的水兵要求言論自由，引發反布爾什維克政府的騷亂，而遭到鎮壓。這兩次鎮壓的軍隊均由圖哈切夫斯基指揮。

13 亞歷山卓・柯倫泰（一八七二～一九五二），俄國革命者，一九二三年起擔任蘇聯駐挪威大使，成為世界上第一位女大使。

14 俄語為Искра，意為星星之火。

15 雙頭鷹和騎馬斬龍的英雄是帝俄的國徽，一九九三年俄羅斯聯邦恢復使用該國徽。

16 這是法國大革命時期革命軍的口號，原文出自法國作家尚福爾（Nicholas Chamfort，一七四〇～一七九四）。

17 布柳赫爾（一八八九～一九三八），蘇聯軍事將領，曾任遠東方面軍司令，在大清洗中被指為日本間諜，祕密處決。

18 亨里希・亞戈達（一八九一～一九三八）在史達林授意下發動了大清洗運動，一九三七年被捕，並被指控為人民公敵，隔年定罪槍決。

19 一次大戰期間，蘇俄政府為鞏固蘇維埃政權，提前退出戰爭而與同盟國簽訂此和約。

20 路易・阿拉貢（Louis Aragon，一八九七～一九八二），法國詩人、作家。一九三〇年訪蘇歸來後就成為共產黨人。

21 巴比塞（Henri Barbusse，一八七三～一九三五），法國作家，在一次大戰後熱情擁護蘇聯。

22 社會革命黨是二十世紀初俄羅斯的主要政黨之一，主張建立民主共和國，在保存資本主義的條件下實現土地社會化。

23 亞歷山大・貝里埃（一八八四～一九四二），蘇聯科幻小說家，《水陸兩棲人》完成於一九二八年。

24 嗜血精靈是葉若夫的綽號，因為他的身高不到一百六十公分，也被稱為血腥的侏儒，葉若夫是內務人民委員部（KGB前身）的領導人，執行史達林的「大清洗」運動，逮捕了超過一五〇萬人，其中有半數被處決。兩年後蘇共黨中央改弦易轍，大清洗縮小為「定點清洗」。葉若夫還被指控是德國間諜，意欲謀刺史達林，而於一九四〇年被處決。

25 這是蘇聯衛國戰爭時期廣泛使用的多軌道火箭砲 БМ-13 的暱稱。

26 十九世紀俄國有名的革命家、哲學家、批評家和作家。

火焰的殘酷與高尚的救贖

齊梅良．吉納托夫，前線老兵，七十七歲

共產黨報紙摘要

「齊梅良．吉納托夫，韃靼族，布列斯特要塞的英雄保衛者之一。一九四一年六月二十二日清晨，在布列斯特要塞一馬當先抵抗了希特勒軍隊的進攻。

戰前，吉納托夫是第四十四步兵師四十二步兵團步兵學校學員。布列斯特保衛戰剛開始幾天，他就負傷被俘。他兩次從德國納粹集中營裡出逃，第二次成功了。他在作戰部隊迎來戰爭結束，就像戰爭開始時一樣，他的軍階仍舊是列兵。由於在布列斯特保衛戰中的表現，他獲得了衛國戰爭二級勳章。戰後，他的足跡遍布全國，曾經參加遠北地區建設，還參與建設了貝加爾－阿穆爾鐵路大幹線。退休後，他留在西伯利亞生活，住在烏斯季庫特。

從烏斯季庫特到布列斯特有數千公里，但是吉納托夫每年都要到布列斯特要塞，為那裡的博物館工作人員送去蛋糕。他們全都認識他。為什麼他要這樣頻繁地去要塞？因為他和在那裡相聚的戰友一樣，只有在要塞才能夠感覺到自己受到捍衛。在這裡，誰都不會懷疑他們是真正的英雄，而不是虛構的。在布列斯特要塞，也沒有人衝著他們說：『如果當初你們沒打贏，我們現在就會生活在歐洲，正喝著巴伐利亞啤酒呢。』悲哀的改革者！他們知道嗎？如果他們的爺爺沒有打勝仗的話，他們的國家就會變成一個滿是女傭和養豬人的國家。希特勒曾經寫道：『應該教會斯拉夫的孩子怎麼數到一百……』

吉納托夫最後一次去布列斯特是在一九九二年九月，一切都一如既往：他會見了前線的老戰友，在要塞中徜徉良久。當然，他發現遊客量明顯減少了。因為已經進入了另一個時代，而這個時代的時尚就是抹黑我們蘇維埃的歷史和他的英雄……

離開的時間到了。週五他和所有人道別，還說週末就要回家了。誰也沒有想到，這次他來到要塞，是為了永遠留在這裡。

到了週一，當博物館工作人員上班時，交通檢查處的警鈴響了：一位布列斯特要塞的保衛者，一九四一年血腥戰爭的倖存者，臥倒在火車輪下。

後來有人回憶，曾經有一位穿戴整齊的老人，拎著一個手提箱，久久佇立在月台上。其他人在他身上發現了七千盧布，是他從家裡帶來為自己辦喪事的錢。老人身上還留有一份遺書，痛斥葉爾欽－蓋達爾政府，因為他們造成的屈辱和貧困的生活，也因為他們對偉大勝利的背叛。他請求把自己安葬在要塞。

以下摘自這封遺書的片段：

如果我那時在戰爭中受傷而死，我會知道我是為祖國而犧牲。可是現在，我為了狗一樣的生活而死。就這樣寫在我的墳頭上吧，不要以為我瘋了……

……我寧可站著死去，也不願意跪著去乞求可悲的補貼，苟延殘喘。我不能伸著乞求的手走進墳墓！所以，尊敬的人們，請不要對我做出苛刻的判斷，請設身處地想想吧。我留下了一些錢，如果沒有人搶走的話，我希望足夠埋葬我了。不需要棺木，我穿的一身衣服就已足夠。只是不要忘記在我的衣袋裡放進布列斯特要塞保衛者證書，為了我們的後代。我們是英雄，但我們在貧困中死去。祝你們健康，不要為了一個替所有人去抗議的韃靼人而悲哀：我就要死了，但我不會屈服。別了，祖國！

戰爭之後，在布列斯特要塞地下室的牆上，發現了用刺刀刻下的字跡：『我就要死了，但我不會屈服。別了，祖國！一九四一年七月二十二日。』根據蘇共中央委員會的決定，這一行字成為蘇聯人民英勇作戰、忠於蘇聯共產黨事業的象徵。倖存的布列斯特要塞保衛者都相信，這段話的作者，就是步兵學校非黨員學員韃靼人齊梅良·吉納托夫，但讓它屬於一個戰死沙場的無名士兵，更加符合共產主義的意識形態。

安葬費由布列斯特政府承擔。但他們安葬英雄的款項支出理由是：『日常設施的維護和改善。』」

——摘自俄羅斯共產黨《系統觀察》第五期

「為什麼老兵齊梅良·吉納托夫要自殺於火車輪下？這說來話長……要從克拉斯諾達爾邊疆區列寧格勒村的維克多·雅克夫列維奇·雅克夫列夫給《真理報》的一封信說起。這位老兵參加過衛國戰爭，參加過一九四一年莫斯科保衛戰，也參加過勝利日五十五週年莫斯科閱兵。但一次巨大的羞辱促使他給《真理報》的編輯寫了這封信……

不久前，他和一位朋友（退役上校，也是戰爭老兵）一起來到莫斯科。由於參加活動，他們都穿著節日服裝，胸前佩帶著一排排的勳章。就一天的光景，首都的喧鬧已讓他們很疲勞，當他們來到莫斯科的列寧格勒火車站時，就想在什麼地方坐下來等火車。到處都找不到空位，他們就走進一間空曠的大廳，那裡有自助餐，還有軟椅。這個時候，一個在大廳裡送酒水的小姐馬上跳了起來，粗暴地衝著他們，指著出口說：『你們不能到這裡來，這裡是商務貴賓廳！』這封信繼續寫道：『我發火了，反問她：「你的意思就是，這裡只對強盜小偷和投機份子開放，我們不能進來？就像美國有些地方一樣，黑人與狗不得入內。」一切都很明白，還有什麼可說的？我們轉身就出去，可是我還來得及注意到有幾個所謂的生意人，簡單說就是騙子，在那裡一邊閒扯，一邊吃吃喝喝……大家完全忘了，我們是在這裡流過血的。這些混蛋，就是這些丘拜斯、維克塞爾伯格[1]、格列夫[2]，奪走了我們的財富、榮譽，奪走了一切，過去和現在的一切！現在又要徵召我們的孫子去當兵，為了保護他們的億萬財富。所以我只想問一下：我們曾經是為誰而戰？我們蹲在戰壕裡，秋天在沒膝的水裡，冬天在滴水成冰、積雪沒膝的嚴寒中，一連幾個月不換衣服，沒有像人一樣睡過覺。在加里寧，在亞赫羅姆，在莫斯科……我們都不分貧富……』

當然了，不能說這個老兵的話都對，因為並非所有的商人都是盜賊或者投機份子。可是，讓我們以他的眼光來看看如今這個後共產主義國家吧……看看新主人的囂張氣焰，看看他們對於『昨日人類』的鄙視和厭惡，就像那些花稍雜誌所寫的，『昨日人類』身上散發著窮酸味。那麼，按照這些雜誌作者的觀點，每年一次在勝利日邀請老兵參加的莊嚴慶祝儀式，只是說些虛偽的稱頌言詞，似乎很有尊嚴，但實際上今天已經沒有人再需要他們了。他們對公平正義的天真想法，他們對蘇維埃生活模式的忠誠，都過時了。

葉爾欽就任總統之初曾發誓說，如果他降低了人民的生活水準，就去臥軌。如今這種生活水準不僅是降低，而是墜落了，可以說是落入深淵了。但是葉爾欽並沒有去臥軌。真正臥軌的，是老兵齊梅良·吉納托夫，一九九二年秋天，這位老兵臥倒在火車輪下，以示抗議……」

——摘自一九九七年《真理報》網路版

在紀念吉納托夫的聚會上

按照我們的習俗，死者在地下，生者在桌旁。很多人聚在一起，有些人從很遠的地方來，莫斯科、基輔、斯摩棱斯克……所有人都佩帶著勳章獎章，就像勝利日一樣。我們談論死，就像談論生一樣。

「為了我們死去的戰友！喝一杯苦酒。」（全體起立）

「願他在地下安息。」

「唉，齊梅良，齊梅良·吉納托夫，他受到了欺侮，我們所有人都受到了嚴重的欺侮。我們已經習慣於社會主義，習慣於蘇維埃祖國。我們現在生活在不同的國家，在另外一個制度下，在另一種旗幟下，不是在我們勝利的紅旗下了。我是十七歲私自跑上前線的……」

「如果是我們的孫子，一定會輸掉偉大的衛國戰爭。他們沒有理想，沒有偉大的夢想。」

「他們讀的是另一些書，看的是另一種電影。」

「你要是講給他們聽，他們就覺得跟童話一樣，還提出這樣的問題：『戰士們為什麼犧牲性命也要搶下戰旗？縫一面新的不就好了。』我們戰鬥，我們殺敵，都是為了誰？是為了史達林嗎？傻瓜，都是為了你們這一代啊！」

「應該是屈服，去給德國鬼子舔皮靴了……」

「在給我父親送葬那天，我立刻申請上了前線。」

「他們掠奪了我們的蘇維埃祖國，出賣了她。如果我們知道事情會變成這樣，我們就會另做打算了。」

「我媽媽在戰爭期間死了，爸爸早就死於肺結核。我十五歲那年就開始工作，工廠每天只發半塊麵包，其他什麼都沒有，麵包裡面還摻著紙漿和膠水。有一次我餓得昏了過去，後來又昏過去了一次……我跑去兵役委員會：『不要讓我死去，讓我上前線去吧。』我的請求得到了允許。無論是上前線的人，或是送行的人，大家眼裡都露出了瘋狂的光芒！大篷車上裝的全都是女孩子。我們大家唱道：『女孩們啊，戰爭打到了烏拉爾山／女孩們啊，為何青春消失了？』車站紫丁花盛開，一些女孩在笑，另一些女孩在哭……」

「我們所有人都擁護改革，擁護戈巴契夫。可是我們並不是贊成改革成現在這個樣子。」

「老戈，就是個代理人……」

「我不明白戈巴契夫說的是什麼，都是一些莫名其妙的話，我以前從來都沒有聽過。他是許諾給我們一塊糖吃嗎？我倒是喜歡聽這些話，像是他原來只是一條哈巴狗，戰爭還沒開始，就交出了核武器，出賣了我們的共產黨。」

「俄羅斯人需要一種讓人不寒而慄的思想。」

「我們曾經是一個偉大的國家。」

「為了我們的祖國，為了勝利，乾杯！」（大家碰杯）

「現在的紀念碑上都有紅星，可是我記得，那時候我們是怎樣埋葬弟兄們的。就只是匆匆在坑裡埋些東西，蓋上沙土。然後，馬上又來了新命令：前進──前進！我們要繼續行軍，開始新的戰鬥，然後又埋了一整坑。不管是撤退或是進攻，都要不斷地挖墓坑。新的增援部隊上來，兩三天之後又是屍橫遍野，生還的人屈指可數，都是幸運兒！到了一九四三年底，我們已經學會了作戰，已經能正確作戰了。犧牲的人減少了，那個時候我有幾個戰友……」

「整場戰爭中我都在前線，卻毫髮無損！我是一個無神論者。一直打到柏林，我看到了野獸的老巢。」

「我們作戰時，四個人只有一支步槍。第一個死了，第二個人拿起槍繼續打；第二個死了，下一個繼續。而德國人全都拿著新式的衝鋒槍。」

「一開始德國人趾高氣揚。他們已經征服了歐洲，開進了巴黎，還計畫兩個月內解決蘇聯。一些德國傷患做了我們的俘虜，還朝我們的護士吐口水，撕破繃帶，大叫『希特勒萬歲！』但是在戰爭末期，他們已經在說：『俄國人不要開槍，希特勒完蛋了！』」

「我最害怕可恥地死去。如果有人害怕了，要逃跑，指揮官會就地把他槍決，這是常有的事情。」

「嗯，怎麼說呢，我們是按照史達林的方式培養起來的。我們將在外國的土地上作戰，『從泰加森林到不列顛海洋／紅軍強大無比……』對敵人絕不能憐憫！可是戰爭之初，我記得就像噩夢一樣，我們陷入了包圍戰。所有人都在問同一個問題：『怎麼回事？史達林哪裡去了？為什麼天上看不到一架我們的飛機？』我們把自己的黨證和團證埋起來，在森林小路中瞎晃。是的。夠了，這沒什麼值得錄音的吧。（他把錄音機推開）德國人晝夜開足擴音器宣傳：『俄羅斯伊凡，投降吧！德國軍隊保證你們的生活和麵包！』我都準備要自殺了。可是怎麼自殺？什麼都沒有，沒有子彈，我們只是一些新兵，只有十八、九歲。指揮官紛紛上吊自殺。有的人用皮帶，有的人……反正全都吊在松樹上。世界末日啊，他媽的！」

「失去祖國毋寧死！」

「史達林有一個計畫，要把被俘者的家人全都送到西伯利亞！有三百五十萬的俘虜，哪可能全送過去。這個小鬍子食人魔！」

「一九四一年，該死的一年！」

「都說出來吧，現在可以說了。」

「沒有這樣的習慣了……」

「我們就是在前線也不敢坦誠相待。戰前他們就迫害人，戰爭中也一樣。我母親在食品廠工作，每天都要被檢查。他們在她手套裡找到了一點點麵包屑，就說她是破壞份子，硬是給關了十年監獄。我在前線打仗，父親也在前線打仗，弟弟妹妹和奶奶住在一起，他們懇求說：『好奶奶，在爸爸和哥哥從前線回來之前，您可不能死啊。』結果爸爸失蹤了。」

「我們算什麼英雄？從來都不把我們當英雄對待。我和妻子在木板房裡把孩子養大，然後就公社化了。現在只能收到這幾個小錢，只有淚水，沒有養老金。電視上總是播放德國人的生活過得如何如何的好。好啊，戰敗者的生活倒是比勝利者的好一百倍。」

「上帝不知道小人物是怎樣生活的。」

「我過去是、現在是，以後永遠是共產黨員！要是沒有史達林，沒有史達林的黨，我們就不會勝利。什麼民主，去你媽的！我現在都不敢佩帶戰爭勳章了。年輕人常常這麼問我：『瘦老頭，你當時在哪兒服役啊？是在前線，還是在監獄和集中營呢？』他們一邊喝啤酒，一邊調侃我。」

「我建議把史達林，我們偉大領袖的紀念碑統統擺回原來的地方。現在都是藏在後院，像垃圾一樣。」

「拿去放在你的小木屋吧。」

「他們想改寫戰爭史。他們就等著我們這些人統統嚥氣呢。」

「簡單地說，我們現在這些人就是『蘇維埃痴呆狂』。」

「拯救俄羅斯的，是它廣大的領土，烏拉爾、西伯利亞……」

「最可怕的，就是發起攻擊之前。最初那十分鐘、五分鐘，最先跳起來的人，幾乎沒有機會活下來。子彈專找縫隙鑽。共產黨員，前進！」

「為了我們祖國的強大軍隊！」（碰杯）

「簡單說，誰也不願意殺人，這畢竟不是讓人高興的事。可是我學會了，也習慣了。」

「在史達林格勒，我入了黨。我在申請書寫上：『我想站在保衛祖國的前線，我絕不吝惜自己年輕的生命。』步兵獲獎是非常少見的，但我得了一枚勇敢獎章。」

「在戰場上受了傷，我成了殘疾，但是我堅持下來了。」

「我記得，我們在德軍俘虜中抓出兩名俄國人，德軍的走狗。一個說：『我是為父親復仇。』他的父親是被內務部槍斃的。另一個說：『我不想死在德國的集中營裡。』兩個年輕小夥子，就像我們一樣，一個還和我同年紀。當你和一個人說過話，和他對視過，就很難下手把他打死。第二天特工處審問我們所有人：『為什麼要和叛徒說話，為什麼不馬上槍斃他們？』我為自己辯白。內務委員把手槍放在桌上：『你……還想動搖原則？還一個勁地說廢話。』誰都無法赦免投敵者。坦克手把他們綁在坦克上，開動馬達，往不同方向開，把他們的身體扯爛了。這些叛國者！但是，他們真的都是叛國者嗎？」

「人民害怕內務部甚於害怕德國人。將軍們最害怕他們……」

「用恐怖手段，整個戰爭中都使用恐怖……」

「如果沒有史達林，如果沒有鐵腕，俄羅斯就不會活下來。」

「我不是為了史達林，我是為了祖國而戰。我以自己的孩子和孫子發誓，我一次都沒有聽過大家高喊：『為了史達林！』」

「沒有普通士兵，戰爭就不可能打贏。」

「他媽的……」

「只應該害怕上帝。祂才是審判者。」

「如果有上帝的話……」

（他們亂糟糟地合唱起來）「我們只需要一個勝利！勝利抵得過一切，我們沒有價值的……」

男人的故事

「我們雙手被捆了一輩子！不敢說一個不字，現在我要好好說說。

小時候，我記得自己很怕失去爸爸。別人的爸爸都是在夜裡被帶走的，消失得無影無蹤。我舅舅菲力克斯也是這樣失蹤的，他是個音樂家，他被抓是因為愚蠢，亂說話。有一次他在商店裡扯著大嗓門對老婆說：『蘇維埃政權都已經二十年了，連一條體面的褲子都買不到。』現在報紙上寫道，當時所有人都是反對派……可是我要說，那時候人民是支持這樣抓人的。我的媽媽也被抓走了。她弟弟坐牢了，而她說：『我家菲力克斯的事應該是有點誤會，需要釐清一下狀況。但關押是有必要的，你看看周圍多少狗屁倒灶的事情在發生。』人民支持，因為戰爭爆發了！戰爭之後，我還害怕回憶起戰爭，害怕想起自己的戰爭經歷。我想入黨，但他們不接受：『你曾經在猶太隔離區待過，也配當共產黨員？』我沉默了，只能沉默不語。在我們的游擊隊裡，有一個名叫羅莎琪卡的漂亮猶太姑娘，隨身總是帶著書本，才十六歲。指揮員輪流和她睡覺。『她那個地方的茸毛還像孩子一樣呢！哈哈哈。』後來，羅莎琪卡懷孕了，他們就把她帶到樹林深處槍斃了，就像殺條狗一樣。也有女人把孩子生了下來。這種事情是可以理解的，畢竟整個樹林裡都是健康的男人。當時的做法是這樣的：孩子生下來，他們馬上就送到鄉下，送到農戶那裡去託養。可是誰願意要猶太孩子？猶太人是沒有權利生育的。我執行任務回來後問：『羅莎琪卡在哪裡？』『關你什麼事？她已經沒了，他們又找了一個女人。』幾百名猶太人從隔離區逃出來，在森林中四處躲藏。農民們抓住他們，就送給德國人換一普特[3]麵粉、換一公斤的糖。你都寫下來吧，我沉默好久了。猶太人的一生總是膽戰心驚，連塊石頭落下都會砸到猶太人。

由於外婆的原因，我們沒有逃出燃燒的明斯克。外婆在一九一八年見過德國人，所以她總是勸說大家：『德國是一個有文化的民族，他們不傷害和平的人。』他們當時住的樓房裡有一個德國軍官，每天晚上都彈鋼琴。於是，媽媽開始猶豫了，走還是不走？就是因為這架鋼琴……我們耽誤了很多時間。德軍的摩托車隊進了城。一些人穿著繡花衣服、帶著麵包去歡迎，十分高興。那個時候有很多人都這樣想：『德國人來了，該開始正常的生活了。』很多人都痛恨史達林，就不再躲藏起來。在戰爭初期，有不少這樣新鮮又叫人看不明白的事。

『猶太佬』這個詞，我是在戰爭初期才第一次聽到。鄰居狠狠砸著我家大門喊叫：『你們這些猶太佬末日到了！你們要為耶穌基督之死負責！』我是個蘇維埃男孩，剛剛讀完五年級，十二歲。我不明白他們在說什麼，為什麼他們這樣說呢？我直到現在也不明白。我們是混合家庭：爸爸是猶太人，媽媽是俄羅斯人。我們慶祝復活節，不過是以特別的方式。媽媽說今天是一個好人誕生的日子，她要烤餡餅。而到了逾越節（那是上帝憐憫猶太人的日子），爸爸就從奶奶家裡帶來無酵餅。當然，在那個時代，這樣的事情是從來不能聲張的，我們都是悄悄地過節。

有一天，媽媽在我們的衣服上全都縫了黃色星星。大家好幾天都出不了門，因為覺得難堪。我現在已經老了，但我還記得這種被羞辱的感覺。城裡到處都在散發傳單：『處決政治委員和猶太佬』、『從猶太佬布爾什維克政權下解救俄羅斯』。有一張傳單就塞進我家門口。很快的，又有傳聞說美國的猶太人正在募集金錢，要把所有猶太人都贖到美國去。德國人喜歡秩序，不喜歡猶太人，所以戰爭期間猶太人不得不在隔離區度日。人人都在為發生的事情尋找解釋、追尋線索，甚至有人試圖弄懂地獄。我記得，我清楚記得我們是怎樣被送進隔離區的。成千上萬的猶太人在街上擠著，帶著孩子，帶著枕頭……我自己呢？我帶了收集的蝴蝶，現在想來很可笑。明斯克人紛紛湧上街頭，有些人好奇地看著我們，有些人充滿惡意地看著我們，也有不少人站在那裡流淚。我很少向四周看，因為害怕看到一些認識的男孩，感覺丟人。我永遠都記得那種恥辱的感覺。

媽媽把她的結婚戒指摘了下來，包在手帕裡，告訴我要到哪裡去。我就在夜裡偷偷鑽出鐵絲網，跑到約定的地點，有個女人等著我，我給了她戒指，她倒給我一些麵粉。但是到了早上，我們才發現這根本不是麵粉，我帶回來的只是一些白灰，白石灰。媽媽的戒指就這樣沒有了。我們家裡再沒有其他貴重的物品了，我們餓得全身浮腫。在隔離區外面，有農民拿著袋子白天黑夜地守候。他們在等著下一次大屠殺。當猶太人被拉去槍斃時，他們就會衝進沒人的屋子裡掠奪。員警會搜刮一些貴重的物品，農民就往袋子裡裝進其他能找到的所有東西。他們對我們說：『反正你們已經什麼都不需要了。』

有一次，隔離區裡很安靜，就像是大屠殺之前，連一聲槍響都聽不到。這一天沒有開槍，出現了汽車。開進來很多汽車，從車上下來了一些穿著漂亮衣服和鞋子的孩子、繫著白圍裙的婦女，以及提著貴重手提箱的男人。相當別致的手提箱！所有人都講德語。警衛和守衛都有些茫然，特別是員警，他們既不吼叫，又不拿警棍打人，也沒有鬆開那些咆哮的惡狗。真是戲劇化的時刻，就像在看戲一樣。當天我們就知道了，這些是來自歐洲的猶太人，他們被稱為『漢堡猶太人』，因為他們大都來自漢堡。他們守紀律、聽話、不狡詐，也不欺騙守衛，不隱藏任何祕密。他們默默地認命，不過，他們還是高我們一階。我們貧窮、穿著破衣爛衫，我們是另一種猶太人——不講德語的猶太人。

他們全都被槍殺了，數萬名『漢堡猶太人』都被處決了。

那一天，一切猶如大霧籠罩一樣令人不解。為什麼我們都被趕出家門？為什麼要把我們帶走？我記得在森林旁邊有一大塊野地，他們選出強壯的男人，命令他們挖兩個大坑。好深好深的大坑，我們就在旁邊站著、等著。他們先把小孩子扔到一個坑裡，然後就開始埋土。父母既不哭喊，也不乞求。一片寂靜。你問為什麼？我想，如果有一頭狼撲向人，人是不可能向狼求情的，不會懇求狼放他一條生路的。或者有一頭野豬襲擊你，也是一樣。德國人一邊往坑裡看一邊笑，還往裡邊扔糖果。員警都喝得爛醉如泥，口袋裡裝滿了手錶。他們埋掉了孩子，又命令所有人跳進另一個坑。媽媽、爸爸、我，還有妹妹都站在一起，就快輪到我們了。這時，一個發號施令的德國人好像發現媽媽是俄國人，就對她揮揮手說：『你過來。』爸爸對媽媽大喊：『快去！』但媽媽死命拉著爸爸和我說：『我要和你們在一起！』我們一直推她走，求她趕快走，但是媽媽第一個跳進坑裡。

這就是我記得的全部經過。我恢復知覺，因為覺得有人在用尖利的東西猛擊我的腳。我疼得叫了起來，又聽到有人小聲說：『這兒有個活的。』幾個男人用鏟子在挖坑，從死人身上脫下靴子、鞋子，還有一切可以拿走的東西。他們把我拉上來，我坐在坑邊等，等著等著，下雨了。地上暖暖的。他們給我切了一片麵包：『快跑吧，小猶太佬，也許你會得救的。』整個村子空空蕩蕩，一個人也沒有，但房子完好無缺。我想吃東西，可是沒有人可以討。我就這樣一個人四處走。在村子的路上，這裡扔著一隻橡膠靴子，那裡一隻皮鞋、一條圍巾。在教堂後面，我看到幾個燒焦的人，黑色的屍體散發著汽油味和烤肉的味道。我掉頭就逃進了森林，靠吃蘑菇和野果子充飢。有一次，我碰到一個老爺爺，他正在砍柴。老爺爺給了我兩顆雞蛋。『回村子裡去吧，』他警告我，『不要進樹林。這裡的男人會把你捆起來送到警備隊去，不久前有兩個猶太人就是這樣被抓走的。』

有一天我睡著後，卻被頭頂上的槍聲驚醒。我跳起來：『德國人來了？』馬上坐著幾個年輕的傢伙，是游擊隊員！他們一邊笑，一邊爭論：『你說這猶太小子對我們有啥用？』『讓上級去決定吧。』他們把我帶回了游擊隊，單獨關在一個地洞裡，還加了哨兵看守。我被帶去盤問：『你是怎麼跑到我們游擊隊地盤的？誰派你來的？』『沒有人派我來，我是從殺人坑裡爬出來的。』『那就是說你可能是間諜？』他們啪啪地打了我兩個耳光，又把我踢回地洞裡。到了晚上，地洞裡又推進來兩個年輕男人，也是猶太人，他們穿著上等的皮夾克。我從他們嘴裡得知，猶太人不帶武器來，是不會被游擊隊接收的。如果沒有武器，那就要帶金子，或含有黃金的物品。他們就帶來了金錶和菸盒，還給我看了看。他們要求見游擊隊長。他們很快就被帶走了，我再也沒有見過他們。我後來在游擊隊長那裡看到了那個金色的菸盒，還有皮夾克。我爸爸的一個熟人雅沙叔叔救了我，他是個鞋匠，在游擊隊裡，鞋匠就像醫生一樣受到重視。我就開始幫他幹活。

雅沙叔叔的第一個忠告是：『把你的姓氏改了。』我原來姓弗里德曼，於是我就成了羅梅克。第二個忠告是：『別亂說話，否則你背後就會挨槍子兒。沒有人會為猶太人說話。』事情就是這樣……戰爭是個沼澤地，進去容易出來難。猶太人還有一個諺語是：『強風吹起時，垃圾飛得最高。』納粹的宣傳感染了所有人，游擊隊裡也有反猶情緒。游擊隊裡一共有十一個猶太人，後來變成了五個。別人故意當著我們的面說：『你們是什麼戰士？你們就像羔羊，是要送去宰殺的。』還總說『猶太人是懦夫』。我默默地吞下了這些話。我有一個戰友，是個脾氣暴躁的小夥子，名字叫大衛·格林堡，他忍不住回敬了他們，跟他們爭吵了起來。於是，他們就從背後打死了他。我知道是誰開的槍。今天那個人還是個英雄，走到哪兒都戴著勳章，得意洋洋。還有兩個猶太人好像是因為站崗時睡覺被打死了，有一個是因為他有一支嶄新的手槍，遭到別人嫉妒……逃跑？可是能跑到哪兒去？回到猶太隔離區？我想保衛祖國，為親人報仇。可是祖國是怎麼對我們的？游擊隊指揮員收到來自莫斯科的祕密指令：『不能相信猶太人，不接受猶太人加入游擊隊，消滅猶太人。』我們被當成叛徒。現在多虧了改革，我們才知道了這些。

人固然很可憐，可是馬又是怎樣死掉的呢？馬不像其他動物，不像狗貓豬牛，牠們都可以跑掉，但是馬匹就站在那裡，等著被打死。真是叫人難過的悲慘情景。在電影裡，騎兵總是在頭上揮舞著馬刀高聲吶喊，其實都是胡說！都是幻想！我們游擊隊曾經有過騎兵隊，但很快就解散了。因為馬不能走在積雪上，牠們跑起來反倒會陷進雪堆裡。德國人有摩托車，兩輪的、三輪的都有，冬天他們就用滑雪板。他們飛快地行進，一邊哈哈笑著，一邊射擊我們的馬和騎手。騎手很憐惜那些駿馬，顯然因為他們當中不少都是農村小夥子。

有一次上級下令燒掉一個偽警察[4]的房子，連他的家人一起燒掉。那是一戶大家庭：有妻子、三個孩子、爺爺和奶奶。晚上我們包圍了他們，用釘子把大門釘死，澆上煤油，點火焚燒。他們在裡面大聲哭叫著，聲嘶力竭。有個男孩從窗戶鑽出來。一個游擊隊員想向他開槍，被另一個制止了。他們把那孩子扔回大火中。我當時只有十四歲，我完全不明白這一切，我只能記住這一切。現在我要說出來。我不喜歡『英雄』這個詞，在戰爭中沒有英雄，如果一個人手握武器，他就已經不是好人了，他就不會做出什麼好事。

我還記得被圍困的經歷。德國人決定清理自己的後方，派出黨衛軍對付游擊隊。他們在降落傘上掛照明彈，沒日沒夜轟炸。轟炸之後就用迫擊砲亂射。游擊隊只好分散成小組撤退，各自帶著傷患，但要把他們的嘴巴堵上，讓馬也戴上專門的口罩。其他東西全部扔掉，牛羊等家畜也不要了，可是牠們還跟著人走，所以不得不開槍射殺牠們。德國人愈走愈近，近得都可以聽到他們的說話聲：『哦，大嬸，大嬸……』他們抽菸的味道都能聞到，我們每個人都保留了最後一顆子彈給自己，反正什麼時候死都不算晚。到了夜裡，我們掩護分隊裡只剩下三個人。我們剖開一匹死馬的肚子，把裡面的東西都掏空，然後鑽了進去。就這樣在裡邊待了兩天兩夜，聽著德國人走來走去，到處開槍，最後完全寂靜了下來。我們爬出去的時候，滿身血汙，全是馬的內臟和屎尿，人也已經神志不清了。那個夜裡，月亮明晃晃地照著……

我就告訴你吧，就連鳥兒也幫我們呢。喜鵲只要聽到陌生人來，就一定會尖叫，給我們發信號。牠們和我們相處習慣了，不習慣德國人的氣味：香水味、香皂味、香菸味，也看不慣軍官的尼料大衣、擦得很亮的皮靴。我們就只有自製菸葉、破圍巾、牛皮邊角料拼湊的鞋子、皮帶綁腿。德國兵穿的都是羊毛內衣，我們連死人的內褲都要剝下來穿。連狗也要撲上去咬德國人的臉和手。動物也被拖進了戰爭。

半個世紀過去了，我都沒有忘記她。一個女人，帶著兩個很小的孩子。她把一個受傷的游擊隊員藏進了地窖，有人告發了她，在全村人的注視下，她全家都被吊死了。先吊死孩子，她那個叫聲啊！那不是人類的聲音，是母獸的叫聲。一個人是否值得為另一個人做出這樣的犧牲？我不知道。（沉默）今天描寫戰爭的人，都沒有見識過戰爭。所以我不看戰爭題材的書，我沒有冒犯你的意思，但我確實不讀。

明斯克解放了。對我來說，戰爭結束了。其實因為年齡問題，我一直都不算正式參過軍。戰爭結束時我只有十五歲，要住哪裡？我們的房子已經住進了陌生人。他們趕我走：『猶太崽子快滾……』他們什麼都不想還，不管是住家，還是其他東西。他們都一個勁兒地認為猶太人永遠不會回來了。」

（參差不齊的合唱）「火苗在小爐灶裡跳躍／樹脂在滴答掉落，就像是眼淚一般／手風琴在地下掩體為我伴奏／歌唱你的微笑和眼睛……」

「戰爭結束後，人完全變了。我回家時，成了一個脾氣暴躁的人。」

「史達林不喜歡我們這一代，他討厭我們，因為我們體驗過自由。戰爭對我們來說就是一種自由。我們到過歐洲，見過那裡的人是如何生活的。我上班時經過史達林紀念碑，會嚇出一身冷汗：『他會知道我現在在想什麼嗎？』」

「『走吧！回牛欄去吧！』他們對我們說，我們就去了。」

「去你媽的民主派！毀了我們的一切……我們在狗屎裡打滾。」

「一切都被遺忘了，忘記了愛，只記住了戰爭。」

「我在游擊隊待了兩年，藏在樹林裡。戰爭過去七、八年了，我還是不願意看到男人。看夠了！我是如此冷漠。我和妹妹一起去療養院，男人都追逐著她，她喜歡跳舞，我卻只想休息。我結婚得很晚，丈夫比我小五歲，他倒是像個小女孩。」

「我上了前線，因為我相信《真理報》所說的一切。我開槍射擊，狂熱地想上陣殺敵。殺敵！殺敵！早前我想忘記這一切，卻又不能，現在不知不覺就記不得了。我只記住了一件事，就是死亡在戰場上是另一種味道。殺戮的氣味很特殊。當死的不是一群人，而是只有一個人時，你還會想：『他是誰？老家在哪？有什麼人在等他嗎？』」

「在華沙，一個波蘭老太太帶來了她先生的衣服：『快脫掉身上那些東西吧。我幫你洗洗。你們怎麼這麼髒，這麼瘦？你們是怎麼勝利的？』我們是怎麼勝利的？」

「你得了吧，不需要抒情詩。」

「我們勝利過，這是真的。但是我們偉大的勝利並沒有使我們的國家變得偉大。」

「我至死都是共產黨員，改革就是美國中央情報局消滅蘇聯的一次戰役。」

「記憶中還剩下什麼？最可氣的是德國人鄙視我們，看不起我們的生活方式，希特勒管斯拉夫人叫『兔子』。」

「德國兵進入我們村子時，還是春天。第二天，他們就開始建花壇，還要修建一間廁所。老人至今還記得德國人是怎樣種花的……」

「在德國，我們走進房子裡，各個壁櫥裡都有很多精美的外套和內衣，還有女人的首飾、成堆的餐具。戰前我們都被告知，德國人生活在水深火熱的資本主義制度下。但我們只能默默地看著這一切，悄悄試試德國打火機或自行車。按照蘇聯法律第五十八條，一不小心就會被控『反蘇宣傳』罪。在非常短的一段時間裡，當局允許我們往家裡寄包裹，將軍可以寄十五公斤，軍官可以寄十公斤，士兵可以寄五公斤，郵局都擠爆了。媽媽寫信來：『不要再寄包裹了。你那些包裹會毀了我們的。』我寄給他們的是打火機、手錶、一塊絲綢，還有很多巧克力，他們還以為巧克力是肥皂。」

「從十歲到八十歲的德國女人，一個都沒放過。一九四六年在那個地方出生的人，全都是『俄羅斯人民』。」

「戰爭會把所有東西一筆勾銷，勾銷了一切。」

「這就叫勝利！勝利了！整個戰爭期間，大家都在幻想戰後將會過上美好的生活。一連慶祝了兩三天，可是之後就要開始找吃找穿的了，畢竟還是要過日子。但什麼都沒有。人人都穿著德國舊軍裝，無論是大人或孩子。衣服都是補丁再補丁，發糧要看糧食券，領糧食的隊伍排幾公里長。空氣中瀰漫著一種暴戾之氣，人們動不動就會殺人。」

「我記得，有天到處都是轟隆隆的聲音。大批的殘廢軍人坐在自製的平板車上四處遊蕩，馬路是鵝卵石鋪面的。他們都住在地下室或半地下室裡，喝醉後就攤倒在排水溝旁。他們到處乞討，用軍功獎章換伏特加。他們請求排隊領食品的人：『給我買一塊麵包吧。』排隊的都是一些身心疲憊的女人：『你還活著呢，我的那位已經躺在墳墓裡了。』說完就把他們轟走了。當生活有所改善後，大家就開始鄙視殘廢軍人。沒有人願意回憶戰爭。大家開始為生活忙碌，而不是戰爭。後來有一天，這些聚眾的殘廢軍人都被押送到城外去了。員警抓住他們，像扔小豬一樣扔到汽車上。他們就大聲罵娘，像小豬一樣尖叫……」

「我們市裡有一座榮民之家，裡面都是些缺手斷腳的年輕人，每個人都有軍功章。上頭允許他們住到老百姓家裡去，這是政府的決定。周圍的女人早就渴望男人的愛撫了，紛紛趕去接他們，有的推著獨輪車，甚至有的推著嬰兒車。女人都希望家裡有男人的氣味，希望院子裡的晾衣繩上掛著男人的衣衫，所以她們很快就把男人都搶回家去了。但是這些人不是玩具，也不是在拍電影。你試試和這種男人相愛一下吧。他們很凶惡，很容易受傷害，他們知道自己被出賣了。」

「這就是勝利的日子……」

女人的故事

「我來講講我的愛情。德國人是坐著好大的汽車來到我們村子的，我們只看到高高的頭盔在閃閃發光。他們都很年輕和善，和女人打情罵俏。最初他們什麼都要付錢，比如買母雞、買雞蛋。我說的這些都沒有人相信，但絕對真實。他們全都付德國馬克。戰爭對我來說算什麼？我當時正在戀愛呢！一天到晚心裡只想著一件事：『什麼時候能看到他？』他經常來看我，坐在長凳上，笑盈盈地默默看著我。『你笑什麼啊？』『我喜歡這樣……』戰爭爆發之前，我們在同一所中學讀書。他的父親死於肺結核，富農的祖父被沒收土地和財產，全家流放到西伯利亞。他記得自己那時候還很小，媽媽把他打扮成一個小女孩，並且教他如果有人來抓他們，就往火車站跑，搭火車離開。伊凡是他的名字，他叫我『我的小柳芭』，就是這樣。沒有福星高照，沒有幸運降臨。德國人浩浩蕩蕩地來了，他的爺爺不久也回來了，當然，是帶著滿腔仇恨回來的。爺爺隻身一人返回家鄉，他把全家人都埋葬在異地了。他講述了如何被押送著蹚過西伯利亞的河流，如何被拋在黑暗的原始森林中。二、三十人只發給一把鋼鋸和一把斧頭。他們吃樹葉、啃樹皮。爺爺痛恨共產黨，痛恨列寧和史達林！回鄉後第一天，他就開始復仇了。他指給德國人看：『這個人是共產黨，還有那個也是。』這些男人就被抓走了。有很長一段時間，我都無法理解戰爭。

我們在河邊一起洗刷馬匹，陽光明媚！我們一起曬乾草，我特別喜歡乾草的香味。我不知道為什麼，以前從來沒有過這樣的感覺。如果沒有愛情，我只是一個普普通通的女孩，直到有了愛，生活不再平淡無奇。我做過一個預言性的夢……我們家附近有一條小河流，我夢見我淹沒在小河中，河底的潛流把我吸了下去，我沉到了水底。不知道怎麼回事，又有人把我托了起來，推到河面上，但我又不知為何沒有穿衣服。我就這樣游到岸邊。事情發生在夜裡，我上岸時已經是上午了。岸邊站著很多人，整個村子的人都來了，而我是光著身子從水裡出來的，赤身裸體。

村裡有個人家裡有台留聲機，年輕人常常聚在他家唱歌跳舞，猜測誰和誰是命中注定的夫妻，按照聖經詩篇猜、燃燒樹脂、數菜豆……女孩要獨自舉著燃燒的樹脂進入森林，尋找一棵老松樹，小樹是不行的，小樹的年輪不夠，沒有記憶，沒有力量。這都是真的，我到現在還很相信這個方法。菜豆分成一堆一堆來數，從奇數偶數中算命也是有用的。那年我十八歲，就像剛剛講的，書裡當然都不會寫這些，但在德國人的占領下，我們的生活確實是比蘇聯時期好。德國人開放了教堂，解散了集體農莊，分配了土地——每人兩公頃，兩家共用一輛馬車，還建立了穩固的稅收：秋天我們上繳玉米、豌豆、馬鈴薯，每戶還要上繳一頭公豬。上繳之後，其餘都歸自己。人人都很滿意。在蘇聯政權時期，我們過得很苦，生產隊長在一個筆記本上畫槓槓計算勞動日，秋天按照勞動日分配，啥都得不到。現在我們既有肉又有油，過上了另一種生活。讓人更高興的，是有了自由。就這樣開始了德國式的管理。沒有把馬餵好，要挨一頓馬鞭子，不把院子周圍掃乾淨，也會受罰。我還記得當地人的對話：『我們已經習慣了共產黨，我們將要習慣德國人。』『我們學會了德國的生活方式。』那時就是這樣，我現在還記得很清楚。但是每到夜裡，大家都害怕『森林人』不請自來。有一次就來過我們家，一個人拿著斧頭，另一個人拿著乾草叉：『大嬸，請給些奶油吧，再給些酒。不要出聲。』我講給你聽的，都是事實，不是他們在書裡寫的那種。起初，我們確實不喜歡游擊隊。

我們訂下了婚禮日期，在收穫節[5]之後。結束了田裡的勞作後，女人會把最後一捆莊稼用鮮花纏繞起來……（沉默）記憶力會減退，但靈魂會記住一切。那天午後開始下雨，每個人都跑著去避雨。媽媽回到家，長歎一聲：『上帝啊！我的天！你的伊凡加入了員警部隊，你要成為員警的妻子了。』我不願意，我和媽媽兩人痛哭了起來。晚上，伊凡來到我家，坐在那兒眼睛都不敢抬起來。『伊凡，我親愛的，你怎麼不為我們想想啊？』『小柳芭，我的小柳芭……』這是他爺爺強迫他的。這個鬼老頭！他威脅伊凡：『你要是不當員警，他們就會把你送到德國去。你就看不到你的小柳芭了！忘了她算了！』他爺爺一直夢想要他娶個德國女人。德國人反覆放映介紹德國的電影，展示那邊的生活有多好。

許多女孩和男孩都相信了，離開家鄉去了德國。臨行前還辦了慶祝活動，有銅管樂隊奏樂。

他們穿上了皮鞋，坐上了火車……（她從包裡取出藥片）我的情況很不好，醫生說，治療已經沒用了，我的時間不多了。（沉默）我希望我的愛能留下來。我終將不久於人世，但願有人會讀到我的故事。

雖然周遭戰火不斷，但我們很幸福。婚後過了一年恩愛的時光，然後我懷孕了。我們家離火車站很近，經常有德國軍隊開往前線，德國士兵都是年輕人，開朗快樂，經常高歌。他們看到我就喊：『我的小女孩！』對著我們笑。漸漸地，經過的年輕人愈來愈少，上了年紀的人愈來愈多。德國兵曾經很快樂，但是愈來愈沮喪，後來就不再快樂了，因為蘇聯軍隊開始接連取勝。我問我先生：『伊凡，我們會怎樣？』他回答：『我手上沒有沾過血，也從來沒有打死過一個人。』（沉默）我的孩子對此一無所知，我從來沒有和他們說過。也許，在最後時刻，在臨死之前，我會說這件事：『愛情，是毒藥……』

距離我們家隔著兩幢房子住著一個小夥子，他也很喜歡我，以前總會邀請我去跳舞，而且只和我共舞。『我陪你回家吧。』『我有伴了。』他也是個帥哥，後來他進了森林，參加了游擊隊。有人說，看見他戴著一頂有紅色絲帶的庫班帽。一天夜裡，有人敲門。『誰？』『游擊隊。』這個小夥子和一個年紀大些的人進來。我這位追求者這樣開口：『你過得怎樣，員警太太？我早就想來拜訪你了。你小相公哪兒去了？』『我怎麼知道？他今天沒回來，大概留在警備隊了。』他突然抓住我的手臂，把我推到牆上：『你這個德國人的玩物、床墊子（還有其他不堪入耳的話）……你選擇了德國人的走狗、富農狗崽子，和他狼狽為奸當狗男女。』他像是從口袋裡掏手槍。我媽媽跪倒在他們面前：『打死我吧，小夥子，開槍打我吧！我和你們的媽媽從小就玩在一塊的，就讓她們以後去哭吧。』媽媽的話不知怎麼對他們起了作用。他們兩人咕噥了幾句，就出門走了。（沉默）愛情，真的很苦很苦的。

戰火離我們村子愈來愈近，每天夜裡都能聽到連續不斷的槍聲。有天夜裡，客人又來了。『誰啊？』『游擊隊。』我那位追求者又進來了，旁邊還有另一個人。這個追求者給我看他的手槍：『我就是用這把槍殺了你丈夫。』『這不是真的！這不是真的！』『現在你沒了丈夫了。』我真想殺了他，我想把他的眼睛挖出來。（沉默）第二天早晨，別人把我的伊凡送回家來了。他躺在雪橇上，蓋著軍大衣，閉著眼睛，孩子一樣單純的面孔。他說他沒有殺過任何人，我相信他，到現在我也相信！我在地上打滾號叫。媽媽怕我精神失常，寶寶死在肚子裡或生出來異常，跑去找女巫斯塔薩。『我知道你的煩惱，』斯塔薩對媽媽說，『但我無能為力。讓您女兒去祈求上帝吧。』她教我們怎樣祈求，還說在給伊凡送葬時，我不能和所有人一樣走在棺木後面，應該走在棺木前面，就這樣穿過村子，一直走到墓地。戰爭快結束時，已經有許多男人跑到樹林裡參加了游擊隊。每棟房子裡都有人死去。（哭）我就按照女巫說的那樣，走在靈柩前面，一直走在前面，媽媽走在後面。全村人都從小木屋裡出來，站在籬笆門外，但沒有人說一句惡言，大家都是一邊看著我們一邊哭。

蘇維埃政權回來後，殺死我丈夫的那個人又來找我了。他是騎著馬來的：『他們已經開始在注意你了。』『誰？』『還有誰？政府。』『我已經無所謂了，死在哪裡都一樣，讓他們把我趕到西伯利亞去吧。』『你是怎麼做母親的？你還有個孩子。』『你知道那是誰的孩子。』『讓我來照顧你和這個孩子吧。』就這樣，我嫁給了他，嫁給了殺害我丈夫的凶手。我為他生了一個女兒……（哭泣）他對兩個孩子都一樣疼愛，我的兒子和他的女兒。我不會誣陷他，但我……我確實……我身上總是青一塊紫一塊，滿身血痕。他總在夜裡打我，早上又跪著請求我寬恕。對死者的嫉妒一直在折磨著他。每天早上，當大家還在睡覺時，我就起身了。我必須在他醒來之前起床，避免他要抱我。到了晚上，家家戶戶的燈都熄滅了，我還在廚房裡，廚具被我擦得亮晃晃的，我必須等他睡著後再進去。我就這樣和他過了十五年，後來他患了重病，一個秋天還沒過完就死了。（哭泣）我沒有罪，我並沒有希望他死，是他的時候到了，大限到了。他本來一直面對牆躺著，卻突然轉過身問我：『你愛過我嗎？』我不發一語。他笑了，就像那個深夜他給我看槍的時候：『我愛了你整整一輩子，實在太愛你了，所以當我知道自己快要死了，我就想殺死你。我向雅什卡（我們的鄰居，專門做獸皮生意）要了毒藥。想到我死後你又會跟別的男人，就讓我受不了。你太美了。』

他躺在棺材裡，彷彿在笑。我不敢靠近他，但按照習俗必須親吻他一下。」

（合唱）「起來，強大的國家／起來，去殊死戰鬥／讓高貴的憤怒像波浪一樣沸騰／打一場人民戰爭／神聖的戰爭……」

「我們會懷著怨恨離去。」

「我對孩子說，在我死去時，只需要有音樂，不要讓人說話。」

「戰爭結束後，德國戰俘拉車搬運石頭，重建這座城市。他們太餓了，找我們要麵包，但我卻不能給他們一片麵包。我總是想起那一刻，奇怪的是，這些事情會永遠留在記憶裡。」

桌上擺放著鮮花和一張齊梅良·吉納托夫的大照片。我一直覺得，在這合唱中聽到了他的聲音，他和我們在一起。

吉納托夫妻子的話

「我很少能想起什麼，房子、家人，他從來不感興趣，滿腦子都是要塞、要塞。他不能忘記戰爭。他教育孩子，說列寧是個好人，帶領我們一起建設共產主義。有一次他下班回來，手裡拿著一張報紙：『讓我們去參加偉大的建設吧，祖國在召喚。』那時候，我們的孩子還很小。他說『讓我們去』，就是讓全家人去的意思。祖國在召喚，就這樣我和他一起去建造貝阿大鐵路[6]，去建設共產主義。我們參加了國家的建設，我們深信一切都在進步！我們堅定地信任蘇維埃政權，發自內心地相信。現在我們都老了，坐下來聽收音機時，談的都是公開性啦、改革啦。原來蘇聯的共產主義已經沒有了，共產主義哪去了？連蘇聯共產黨都沒有了。我們不明白高層是些什麼人，蓋達爾大包大攬，人民無家可歸。有的人竊取了工廠或集體農場，有的人在行騙，人就這樣活著。而我家那位，卻還活在雲端，一直無法腳踏實地過活。我們女兒在一家藥局工作，有一次她帶回來一些稀缺藥品，想轉賣出去賺些錢。不知怎地被他知道了，莫非是嗅到了味道？他就衝著女兒大罵：『你應該感到羞恥！無恥！』還把女兒趕出了家門。無論我怎麼做都不能讓他平靜下來。其他老兵都按照規定享受待遇。『去找找他們吧，』我求他，『或許他們也會發給你一些東西。』但他瞪著眼睛大吼：『我是為祖國去打仗的，不是為了特權。』他一整夜躺在床上，睜著眼睛一聲不響，叫他也不回應。他不再和我們說話了，他正經歷著巨大的痛苦，不是為我們而痛苦，不是為自己的家庭，而是為所有人、為國家而痛苦。他就是這樣的一個人，我跟著他也吃盡了苦頭。我在這兒把你當成一個女人，而不是當成一位作家，我要跟你誠實地說，我從來沒理解過他。

他去挖了些馬鈴薯，穿上了體面點的衣服，就去了自己的要塞。他沒有留給我們一言半語，只給國家、給陌生的人寫了遺書。什麼都沒有寫給我們，隻字片語都沒有留給家人。」

1 維克多．維克塞爾伯格（一九五七～），雷諾瓦集團公司所有人，經營石油和鋁業，二〇一五年是俄羅斯第四大富豪。
2 格爾曼．格列夫（一九六四～），俄羅斯儲蓄銀行董事會主席。
3 普特是帝俄時期的主要計量單位，一普特等於一六．三八公斤。
4 當時背叛國家、替納粹德國侵略者效力的蘇聯警察。
5 這是白羅斯最盛大的民間節日，在秋天收割期的最後一天開始舉行慶祝活動。
6 即貝加爾－阿穆爾鐵路幹線，穿越了西伯利亞及俄羅斯遠東一些最偏遠的小鎮。

苦難中的甜味和俄羅斯精神的焦點

一段愛情故事

奧爾加・卡里莫娃，音樂家，四十九歲

「不，不，這不可能，對我來說這是不可能的。我想過，也許什麼時候，我會對某個人講，但不是現在，絕不是現在。我的一切都鎖死了，砌在牆裡，抹上了牆縫。就像是壓在了石棺下，都用石棺蓋住了……裡面已經不再燃燒，也許有些化學反應，也可能結晶。但我不敢觸碰，我害怕。

初戀，可以這樣稱呼嗎？這是個很美麗的故事。我的第一任丈夫，他追了我兩年。我非常想嫁他，因為我必須完整地擁有他，哪兒也不放他去。整個人都必須是我的！我甚至不知道為何我這麼需要他整個人。我就是想每時每刻都不和他分開，時時刻刻都要看到他，不停地做那些親密事。做愛，做愛，沒完沒了地做愛。他是我生命中的第一個男人。人生第一次，通常都是這樣，就是簡單的情欲，還能有什麼事？再來一次也是這樣。後來有了一些技巧，但還是肉體、肉體、肉體，肉體就是一切！我們就這樣持續了半年。他本來不一定要這麼遷就我的，他可以找另外的事去做，可是我們稀里糊塗地就這樣結婚了，那年我二十二歲。我們是音樂學院的同學，我們幹什麼都在一起。後來事情就自然而然發生了。我身心中的某種本質也顯露出來，可是我沒有注意到那個因素，就是當你喜歡上一個男人的肉體，就會要求他全部都屬於你。這是一段非常美麗的故事，它可以不停地發展下去，也可以半個小時就結束。結果就是我離開了，是我自己要離開的。他懇求我留下來，但我決心要走。我突然厭倦他了。上帝啊，我怎麼會厭倦他了呢？我那時已經懷孕，肚子明顯看得出來，我們只是做愛，後來就開始吵架，再後來我哭了。於是，我不能再忍受了。我就是不善於寬恕。

我走出房子關上門，突然感到一陣愉悅，因為我要離開了，我完全解脫了。我搭車回到了媽媽家，他也緊跟著過來。一整夜，他一直不明白，我都已經懷孕了，怎麼還是有那麼多不滿意，總是想要某種東西，你到底還需要什麼？反正我已經翻過去了這一頁，我非常高興曾經擁有他，也非常高興不再擁有他了。我的生活，永遠像一個小小的存錢筒。存滿了，就清空，再滿，再清空。

哈，我生了一個漂亮的小女孩，安妮雅，我真是太高興了。一開始，我羊水破了，我走了很遠很遠的路，在森林裡走了很久，然後羊水就破了。總之我完全不理解，現在真的要準備進醫院了嗎？我等到了晚上。那是在嚴冬——現在想一想，簡直不可思議——零下四十度的酷寒，樹皮都凍得劈里啪啦裂開了，但我堅持要去森林走走。醫生看了看說：『你得生兩天才生得出來。』我從醫院打電話回家：『媽媽，請幫我送些巧克力過來，我還要躺很久呢。』在醫生早上查房之前，護士匆匆跑了進來：『聽著，孩子的頭已經出來了。我去叫醫生。』可是我還坐在椅子上呢。他們對我說：『就這樣吧，就這樣。馬上，馬上好了。』我不記得到底過了多久，反正很快，很迅速。然後他們就抱了一個小肉團給我看：『你生了個女兒。』稱了一下，四千公克。

『聽聽，一聲都沒有哭，她心疼媽媽。』第二天他們又把女兒抱來了，黑黑的瞳孔，眼珠子滴溜溜地轉。我眼裡再也看不進別的東西了。

我開始了一種全新的、完全不同的生活。我喜歡自己的新樣子。總之，我立刻變得比以前更好看了，安妮雅也馬上占據了我心中的位置，我非常愛她，不過在我身邊，她絕不能夠和男人有聯繫，我從來不提起她還有個爸爸。她是天上掉下來的，從天上來的女兒。她學會了如何回答別人的問題，比如有人問她：『安妮雅，你怎麼沒有爸爸啊？』她就會回答：『我有外婆代替爸爸啊。』『那你怎麼沒有狗狗啊？』『我有小倉鼠代替狗狗啊。』我和她兩個人就這樣一起過日子，我一輩子最害怕的，是我會不會突然間就不是自己了，甚至看牙齒時我也會請求牙醫：『請別給我打針，不要給我上麻藥。』我必須要感覺到我是我自己，不管是好是壞，都不能把我和自己的身心切割開來。我和安妮雅都深愛彼此。就是在這樣的情況下，我們突然見到了他，格列布。

如果不是他，我永遠都不可能再結婚的。我什麼都有了，孩子、工作、自由。突然間他出現了，真是荒唐，幾乎是盲目的，他讓我喘不過氣來。我讓一個背負沉重過往的人走進了我的世界——他在史達林的勞改營裡度過了十二年，當年被抓走時，他還是個十六歲的孩子。他的父親，一個共產黨的重要人物，被槍斃了，母親被放在水桶裡，在嚴寒中活活凍死。他曾經在一個很遙遠的地方，一個終年大雪覆蓋的地方。認識他之前，我從來都沒有想過還有這樣的事。我從少先隊員到共青團員，生活過得美好，多采多姿！所以，我怎麼能夠下這個決心呢？怎麼能夠？隨著時間流逝，痛苦變成了知識，知識也是痛苦。從他離開人世起，至今又過了五年。我甚至很遺憾，他沒能認識現在這個時候的我。現在我更加理解他了，我長到了他的年齡，但是他已經不在了。很長一段時間，我都不能夠獨自生活，甚至完全不想活了。我不是害怕孤獨，是其他原因：只要我活著，就不能沒有愛。我需要這樣的痛苦，需要去憐憫什麼人。如果沒有的話，我會害怕。就像我很害怕一個人在大海裡，游得很遠很遠，往海底看卻是一片黑暗，我不知道下邊會有什麼。

（我們坐在陽台上。樹葉沙沙作響，開始下雨了）

那些海灘上的浪漫故事，其實並不長，甚至可以說很短促。這種生活的小插曲，可以美麗地開始，也可以美麗地結束。這是我們可遇不可求的，當然也是十分令人期待的。所以我們都很喜歡出去旅行，想和什麼人不期而遇，就是這樣。那一次，我梳著兩條小辮子，穿著要去『兒童世界』前一天買的藍點洋裝。大海啊，天底下我最喜歡的就是游泳，總是游得很遠很遠。那天早上，我在洋槐樹下暖身，一個男人走了過來，外表非常普通，已經不年輕了。他看到我，顯得很高興。站在那兒看了一會，然後他對我說：『你願意我晚上過來為你讀詩嗎？』『也許吧，不過現在我要去游泳了！』『我會等你。』他真的等我了，等了好幾個小時。他讀詩並不好聽，總是不斷扶眼鏡，但是他很動人。我理解，我能理解他的感受，他的動作、他的眼鏡，都顯出他有些激動。但是，我完全不記得他讀了什麼。這有那麼重要嗎？那天也是下著雨，下大雨。我都記得，一切都忘不掉，因為感情，我們的感情。痛苦、愛情、溫柔都是單獨存在著，它們各自存在著，並不依賴於你我。為什麼你突然選擇了這個人，而不是另一個人，雖然另一個人甚至更好一些？或者你成為了別人生活的一部分，而你對這些卻沒有料到。但是，這些獨立存在的情感已經找上你了，向你發出了信號。『我已經在這兒等你好久了。』第二天早上他見到我時，跟我這樣說。他說話的聲音，不知道為什麼，讓我一下子就相信了他，雖然我還完全沒有準備好，甚至恰恰相反。周遭的事物在發生變化，但這還不是愛情，是一種感覺，我突然可以接收到很多很多。一個人懂了另一個人，一切都相通了。我每次都游得很遠很遠，返回來時總看見他在等我。他又說了：『我和你，一切都將會很好。』不知怎的，我馬上又相信了這句話。我們晚上一起喝香檳：『這是很好的香檳，但是價格和普通香檳一樣。』我喜歡他說這話的語氣。他還會煎雞蛋：『跟雞蛋打交道時也很有趣，一次買幾十顆雞蛋，兩顆兩顆煎，最後一定會剩下一個。』都是一些讓人喜歡的事。

所有人看到我們，都會問：『這是你爺爺嗎？』『這是你爸爸嗎？』我穿著一條超短的裙子，其實我已經二十八歲了。後來他變英俊了，當然是因為和我在一起的緣故。我覺得我知道其中的奧祕。這扇門只能被愛情打開，只有愛情能打開它。『我記住你了。』『你怎麼會記住我？』『我希望和你一起去任何地方，很遠很遠的地方。我什麼都不需要，只要感覺到你在我身邊就好。我對你有種柔情，就是想看到你，一直在你身邊。』我和他度過了幸福的日子，純然稚氣的。『或者，我們一起到某個島上去，一起躺在沙灘上。』幸福的人永遠都像孩子一樣，他們需要保護，他們脆弱得可笑，毫無防備。我和他的關係就是這樣，但是到底應該是怎樣的關係，我不知道。感情關係是因人而異的，要看你如何去做。『不幸，才是最好的老師。』我媽媽這樣說過，但是我渴望幸福。夜裡睡覺時我都在想：『我該怎麼辦？』我有些不知所措，因為緊張，我的緊張被他發現了：『你神經總是繃得太緊。』他發現了。我該怎麼辦？我在向何處墜落？那裡有個深淵。

……他是個麵包箱子，只要一看到麵包就想吃。無論有多少麵包，都吃得一片不剩，有多少吃多少。我起初還不理解。

……他講他在中學時的事給我聽。上歷史課時，他們打開課本，在圖哈切夫斯基元帥和布柳赫爾元帥的照片畫上監獄的柵欄，這是校長下令做的。那時候，同學會一邊唱歌一邊嘲笑他，好像玩遊戲一樣。下課後同學還打他，在他後背用粉筆寫上『人民公敵的兒子』。

……朝那邊走一步，他們就會開槍；跑到森林裡去，野獸就會把你撕碎。在勞改營的木板房裡，夜裡可以殺掉自己人。就這麼簡單，抓住就砍死。什麼話語也沒有，什麼都不說。這就是勞改營，每個人都只顧自己。我應該理解這些。

……衝破列寧格勒大圍困之後，他又遭遇了另一種人的圍困。個個瘦骨嶙峋，簡直沒有了人樣。有人因為私藏死去母親或孩子每天五十克的糧食卡而入監，判刑六年。有那麼兩天，勞改營裡寂靜得可怕，連監獄守衛都一聲不響。

……有一段時間他在鍋爐房幹活，這是有人暗中救助已經筋疲力竭的他。鍋爐工以前是莫斯科的哲學教授，格列布幫他用獨輪車運送木柴。他們還常常爭論起來：一個能背誦普希金詩歌、聽巴哈音樂的人，也能槍殺手無寸鐵的人嗎？

為什麼就是他？偏偏就是他？俄羅斯女人都愛尋找這種不幸的男人。我的奶奶曾經愛上一個人，但是她的父母要她嫁給另一個人。可是，她不願意！主啊！於是，她決定當教堂神父問她：『你是不是願意』的時候，說出否認的回答。不料神父當天喝多了，在儀式上忘了提慣常的問題，卻說了句：『你可不能傷害他，他在戰爭中被凍掉了雙腳。』這樣一來，她就只能嫁給那個人了。我奶奶就這樣接受了我爺爺，過了一輩子，雖然她從來沒有愛過他。這對後來我們一家人的生活，是個很重要的開篇。『你可不能傷害他，他在戰爭中被凍掉了雙腳。』那麼我媽媽是否幸福呢？說起媽媽……我爸爸一九四五年從戰場上回來，渾身是傷，筋疲力竭，還因為受傷而重病纏身。這就是我們的勝利者，只有他們的妻子知道，和勝利者的日子到底是怎樣過來的。自從爸爸回來以後，媽媽就經常以淚洗面。勝利者要經過許多年才能夠進入正常的生活，習慣正常的生活。我記得爸爸說過，起初他們聽到『我們燒水洗澡』和『我們去釣魚』這些話時，都覺得自己快瘋了。我們的男人都是受難者，他們全都帶著創傷，不管創傷是來自戰場、監獄或是勞改營。戰爭和監獄，是俄語中兩個重要的字眼，是俄語特有的！而俄羅斯的女人從來就不曾擁有過正常的男人。她們一直在幫男人醫病，她們既把男人當成英雄來照顧，又當作孩子來愛護。她們拯救了男人。一直到今天，她們仍然在承擔這個角色。蘇聯倒了，現在的男人成了帝國垮台的受難者、破產的受害者。甚至格列布在後古拉格時代也勇敢了起來。他本來就很高傲：『我活下來了！我經歷過了！我全都見識過了！而我正在寫書，親吻俄羅斯女人……』他固然是驕傲的，但是在他們這些人眼中還留有恐懼，只有恐懼。軍隊裁員了、工廠停工了，工程師和醫生出去擺攤賣貨了。還有科學家，我周圍有好幾個這種人。他們從『火車頭』被扔了下來，坐在路邊，等待著什麼。我一位友人的丈夫是個飛行員，當過飛行中隊長，被裁員待聘。她自己失去工作時，立刻轉去學習其他職業，她本來是工程師，現在成了理髮師。她丈夫則坐在家裡喝悶酒，因為他這個從阿富汗戰場回來的飛行員，現在只能在家裡給孩子煮粥。他怒氣沖沖，這股怨氣影響到了所有人。他到兵役辦公室去，要求去打仗，哪怕執行特殊任務也行，但是被人家拒絕了。想回戰場的人擠滿了兵役辦公室。我們這裡有數千名沒有工作的退伍軍人，他們只會擺弄衝鋒槍和坦克，他們不適應過另一種生活。我們女人其實要比男人堅強得多，女人背著編織袋子滿世界跑，從波蘭到中國，又買又賣。她們身後拖著一個家，上有老下有小，還有自己的丈夫，甚至整個國家。真是很難向外人解釋其中的甘苦，不可能說清楚。我女兒嫁給了一個義大利人，他叫賽爾喬，是個記者。他們兩個人來看我時，我和他在廚房進行了一次辯論。我們用俄語辯論，一直爭論到第二天早上。賽爾喬認為俄羅斯人民喜歡痛苦，這是俄羅斯精神的焦點。他說，對俄羅斯人來說，痛苦是『個人的鬥爭』，是『救贖之路』。而他們義大利人不是這樣的，他們不願意吃苦，他們熱愛生命，生命是為了歡樂而存在，不是為了苦難而存在。我們俄羅斯人沒有這些。我們很少說到快樂，很少說到，但其實幸福就是全世界，是美好的大千世界！世界上有多少角落、門窗，就要有多少支鑰匙去開啟。而我們把所有時間都花在布寧筆下那些幽暗的林蔭道上了，而現在，這個義大利人和我女兒從超市走出來，是他拎著購物袋。晚上她可以彈鋼琴，由他去準備晚餐。我們這裡是另外一種樣子，男人一拿起購物袋，女人就趕緊上去搶下來：『我自己來，這不需要你。』男人進廚房，女人又趕緊說：『你的位置不在這裡，快坐回辦公桌前吧。』俄羅斯女人的光芒，總是男人之光的反射。

一年過去了，可能還更久。格列布應該到我家裡來看看了，對，要和家裡所有人見個面。我事先提醒他，我媽媽是個好人，但是我女兒不一定令人滿意，她跟所有人都不同，她能不能有好的表現，我可不敢保證。唉，我的安妮雅，整天都會把一切拉到耳邊去聽：玩具、石頭、湯匙……其他孩子都張嘴吃，她卻用耳朵聽，好像那些東西能說話一樣。我很早就開始教她音樂，但她真是個奇怪的孩子，只要我一放唱片，她就轉身離開。她不喜歡普通的音樂，只喜歡那些能夠在她自己心中演奏的聲音。格列布來了，他一副愁苦相，剪得挺失敗的短髮更使他顯得不太好看。他帶來了幾張唱片，開始嘮叨他是怎樣買到的。沒有想到，安妮雅竟然聽進去了。她不是聽語言，而是聽語調。她立即抓起了唱片：『多麼美「逆」的唱片啊。』就是這樣……又過了一段時間，她忽然把我逼到了死胡同：『我怎麼就不能叫他爸爸呢？』他並沒有刻意去討她的歡心，但他能和她玩得很開心。他們馬上就喜歡上了彼此，我甚至都有些嫉妒了，他們之間的愛都超過了我。後來我就讓自己確信，我是另外一種角色。（沉默）聽聽他這樣問她：『安，你結巴嗎？』她童言童語回答：『現在已經不怎麼結了，以前結得可好了。』他們的對話一點都不悶，都可以跟在她後面記錄下來了。這句話很有意思：『我怎麼就不能叫他爸爸呢？』那天我們一起坐在公園裡，格列布離開去抽菸，回來後問我們兩人：『女孩們，你們剛才在聊什麼？』我對安妮雅使了個眼色，要她無論怎樣都要全力裝傻。可是她卻對我說：『那你就直說了吧。』還說什麼？還有什麼能保留的嗎？我只好向他坦承：『她害怕會忽然控制不住叫你一聲爸爸。』他說：『事情當然沒那麼簡單，但如果很想叫，就叫吧。』我的安妮雅卻很嚴肅地說：『你必須明白，我還有一個爸爸，但是我不喜歡他，媽媽也不愛他。』我和她永遠都是這樣子，自己斷了自己的後路。於是在回家的路上，他已經是爸爸了。她一邊跑一邊喊著：『爸爸！爸爸！』第二天，她到了幼兒園就向所有人宣布：『爸爸教我讀書了。』『誰是你爸爸？』『他叫格列布。』才一天工夫，她的小朋友就從家裡帶回了新聞：『安妮卡你說謊，你沒有爸爸，你這個爸爸不是親爸爸。』『不對，另一個不是親爸爸，這個是親爸爸。』和安妮雅爭論是沒有用的，他就是她的爸爸，那我是什麼呢？我還不是妻子，還不是……

後來，我爭取到一個假期，就跑去索契玩。他追著車廂跑，不斷揮手。可是我的豔遇在火車上就開始了。有兩個從哈爾科夫來的年輕工程師也要去索契，和我同行。我的天！我還是那麼年輕，還有大海和陽光。我們一起游泳、親吻、跳舞。我覺得輕鬆又簡單，因為世界就是這麼簡單，恰——恰——恰，哥薩克舞蹈一跳起來，就夠了，我又被自己的情欲淹沒了。他們都愛上了我，他們輪流抱著我，整整兩個小時，一直抱著我登上山頂。年輕的肌肉，年輕的歡笑。篝火一直燒到早上，我做了個夢，房頂打開了，天空很藍很藍，我看到了格列布……我和他一起走到某個地方。我們沿著海岸走，那裡沒有被海浪磨得圓滑的鵝卵石，只有像釘子一樣尖利的石頭。我穿著鞋子，但是他光著腳。他還解釋給我聽：『打赤腳，聲音好聽。』可我知道，他心裡很痛苦。由於太痛苦，他開始騰空而起，在地面上空滑翔，我看到他飛了起來。只是他的雙手蜷起來了，就和死人一樣。（停頓）上帝！我真是瘋了，不應該對任何人說的。我最常有的感覺，就是我這一生很幸福，很幸福！我去墓地看他，我還記得我是怎樣去的。我覺得他現在也在這裡。幸福感是如此強烈，我都想為了幸福而大哭。大家都說，死人是不可能來找我們的。不要相信他們的話。

假期結束後，我回家了。其中一個工程師一直把我送到莫斯科。我發誓要把一切都告訴格列布，我走進他的房間，桌上放著他的日記本，寫得很亂，房間的壁紙上也寫滿了字，甚至他讀過的報紙也是，有大寫、小寫、印刷體、手寫體，但是全部都只是三個字母：К、Э、В，還有刪節號。我問他：『這幾個字母是什麼意思？』他向我解釋了這三個字母的意思：『Кажется（看來），Это（這就是），Все（全部）。』他是在向我發問：『看來我們該結束了吧？』是的，就算我們分手，也應該向安妮雅解釋一下吧。我們一起去找安妮雅，而她先前出門時就已經想到了！不過她還沒有走遠，正坐在車子上大哭。他已經習慣了她經常會失去理智，還說這就是天才。這種情景在我們家常常上演：安妮雅大哭，格列布安慰她，而我就夾在他們中間。此刻，他又以這種表情看著我，看著我，而我呢？全部過程只有一分鐘，甚至一秒鐘，瞬間我明白了：他是個極度孤獨的人。極度孤獨！於是，我決定嫁給他，我應該這樣做。（哭起來）這是多麼幸福，我們沒有相互錯過。我沒有從他身邊錯身而過，這是多麼幸福的事！是他給了我一次完整的生命！（哭）所以，我又想結婚了。但他卻害怕了，因為他已經結過兩次婚。女人背叛過他，因為她們厭倦了，不能怪罪她們。愛情，原本就是一種沉重的勞作。對我來說，這首先是個工作。沒有婚禮，沒有白色婚紗，儀式辦得很低調。其實我從小就幻想婚禮和婚紗，幻想著我從橋上往水裡扔下一束白玫瑰。這些曾經是我的夢想。

他很不喜歡別人盤問他的經歷，帶著一貫的逞強，也讓人覺得有些可笑。而隱藏在這種嚴肅後面的，是勞改營犯人特有的東西，另外一種觀念。比如說，他從來不說『自由』，永遠都說『小小的自由』。『我現在有了一些小小的自由。』在很難得的時刻，他會講得津津有味，非常激動，讓我也感受到他那時的快樂。比如說，在勞改營裡搞到一片橡膠輪胎，把它綁到氈靴上，可以把鞋子墊高一截。弄到這一片橡膠，他有多麼興奮開心。還有一次別人帶來了半袋子的馬鈴薯，他們趁著工作中有些『小小自由』的工夫，又弄到了一大塊肉，夜裡他們就在鍋爐房熬肉湯吃。他說：『你不知道，那簡直有多美味！好極啦！』平反之後，他收到了父親的賠償金。他們對他說：『我們還欠你們房子，欠你們家具……』算下來是很大的一筆錢。他先買了一套新西裝、新襯衫、新皮鞋，又買了一部照相機，走進莫斯科一家高級餐廳，叫了所有最貴的菜，喝白蘭地，還點了各種名貴的點心，外加咖啡。酒足飯飽後，又請人為他在這個最幸福的時刻拍了一張照片。他回憶道：『我回到了我住過的公寓，但我突然想到：我其實並沒有感覺到幸福。穿著這身西裝，背著這個相機，但為什麼沒有幸福感呢？那幾片橡膠輪胎、鍋爐房裡的肉湯還深深留在記憶裡，那才叫幸福啊。』於是，我們又企圖弄明白，幸福到底在哪裡？他應該不會想用勞改營的經歷來交換任何東西，這是他的祕密寶庫，是他的財富。從十六歲到近三十歲，他都是在勞改營裡度過的，請想一想吧。我曾經問過他：『如果你沒被關進去呢？』他開玩笑說：『那我可能就是個開著時髦紅色跑車四處飆車的傻瓜。』只有在最後時刻，在臨終前，他躺在醫院裡才頭一次和我嚴肅地交談：『這就像是在戲院裡，你從大廳看美麗的童話，裝飾好的舞台、閃亮亮的演員、神祕的燈光。可是當你回到後台，帷幕的後面馬上就是另一番景象：破碎的木片、亂成一堆的抹布、沒有畫完及廢棄的布景，還有伏特加瓶子、剩飯剩菜……童話沒有了，只有昏暗和骯髒。他們只是把我帶到了帷幕後面而已，你明白嗎？』

……是他們把他丟到了一個殘酷世界的，把一個男孩子扔到那裡。他在那裡看到了什麼，從來沒有人想過要弄清楚。

……那裡有難以描繪的北方美景，沉默的雪地，甚至在夜晚也明亮如畫，而你，就是一個不斷幹活的牲畜。他們把你送回大自然，把你踩進那裡。『美麗的折磨啊。』他這樣形容。他最喜歡說的口頭禪是：『在上帝那裡，花草樹木都比人過得好。』

……關於男女之事，他的第一次是這樣的。當時他們在大森林裡工作，有一天，有一隊女勞改犯經過。那群女人看到了男人就停下不走了，一動也不動。看守隊長說：『繼續往前走，前進！』女人就是站著不動。『他媽的，快走啊！』『隊長，讓我們去見一下男人吧，我們不行了。我們會號叫的！』女人站在那兒繼續說：『我們不會逃跑的。』於是隊長下令：『給你們半個小時。解散！』隊伍瞬間就散掉了。然後大家都按時回來了，十分準時。她們帶著滿滿的幸福感回來了。（沉默）幸福到底在哪兒呢？

……他在勞改營裡寫詩，有人向勞改營的領導打小報告：『他在寫東西。』領導把他叫到辦公室：『你用詩的語言替我寫一封情書吧。』他還記得，那個領導說這話的時候，還有些羞赧。他的情人遠在烏拉爾山那邊。

……他是躺在火車上鋪回到故鄉的。火車開了兩個星期，橫跨了整個俄羅斯。他一直躲在上鋪，不敢下來，只有夜裡才下車抽根菸。他很害怕，萬一同行的人拿東西來招待他，他會哭出來的。他們一路都在說話，說個不停。他們知道他是從勞改營回來的。父親的遠親接納了他，他們有一個很小的女兒。他一抱她，她就會大哭。他的身上有某種東西。他曾經是個極度孤獨的人，即便和我在一起也一樣。我知道，他和我在一起也是孤獨的。

現在他見到誰，都會驕傲地宣布：『我有一個家了。』他每天都為正常的家庭生活感到驚喜，通常他都會以此為榮，但是仍然不掩恐慌。恐慌如影隨形，似乎沒有恐懼，他就活不下去。每天夜裡，他都會因為恐慌而醒來。他說他害怕不能把書寫完（他在寫一本關於父親的書），害怕接不到翻譯的案子（他是德文的技術翻譯人員），害怕養不起家；害怕我會突然離開他……他總是先產生恐慌，然後又因為這種恐慌而羞愧。我安慰他：『格列布，我愛你。哪怕你想要我為你跳芭蕾舞，我都能學。我為了你什麼都能做。』他在勞改營都活過來了，但是在平常生活中，就連一個普普通通的員警叫他停下車子，或是房屋管理處的一通電話，都能使他嚇到心肌梗塞。『你在那裡是怎麼活下來的？』『在我童年時，我得到了很多愛。』正是大量的愛拯救了我們，成了我們的能量儲備。是的，只有愛能夠拯救我們。愛是一種維他命，沒有它人就無法活下去，血液就會凝結，心臟就會停止跳動。我做過護士、看護、演員，什麼都做過。

我們很幸運，我認為時機很重要——改革了！有種過節的感覺，覺得我們馬上就要飛起來了。自由在空氣中傳播。『格列布，你的時機到了！什麼都可以寫了，什麼都可以出版了。』這是他們的時代，六〇年代精英的時代，是他們的勝利。我看得出來他很幸福：『我終於活到了全面戰勝蘇聯共產主義的這一天。』他最重要的夢想成真了，蘇聯共產主義垮掉了。現在人民要剷除布爾什維克的紀念碑，還有紅場上的列寧墓，街道也不再需要用殺人犯和劊子手的名字命名，這是希望的年代！六〇年代的精英們，現在所說的一切都和他們有關，我喜歡他們所有人。天真幼稚？浪漫？是的！他整天整天地讀報紙，一大清早就到附近的報亭，報紙把購物袋塞得滿滿的。他聽廣播看電視，一刻都不停。那個時候，人就是這麼瘋狂。自－由－啦！光聽這些字眼就令人陶醉。我們這些人全都是讀地下刊物和手抄本長大的，在語言文化中長大的，讀文學刊物長大的。我們當時的語言多棒，那時候所有人都是語言大師！我在準備午飯和晚飯時，他就坐在旁邊，拿著報紙選些內容讀給我聽：『蘇珊・桑塔格[1]說過：共產主義，就是掛著人面的法西斯主義……還有，你聽……』我們一起讀了別爾嘉耶夫[2]、海耶克[3]……以前我們沒有這些報刊書籍，到底是怎樣過活的？如果我們早些知道這些，一切都可能不同了。就像傑克．倫敦[4]一篇小說的主題：身穿緊身衣也可以活著，只要你收緊自己、壓迫自己，然後習慣禁錮就好。有時還能做做夢。我們就這樣活過來了。但是現在我們將怎樣生活？我不知道接下來怎麼活，但是我想像我們全都會生活得更好，毫無疑問。格列布死後，我在他的日記本中發現了這樣的筆記：『反覆讀契訶夫的短篇小說《鞋匠和魔鬼》，一個人把自己的靈魂賣給魔鬼去交換幸福。一個鞋匠心目中的幸福是什麼樣子的？就是坐著四輪馬車，穿著新外套和皮革靴子，旁邊坐著一個豐滿的女人，再一隻手拿著火腿，另一隻手上拿著一瓶糧食酒。其他都不需要了。』（深思）顯然這是他無法接受的，即便他是如此渴求新事物。我們幸福地到處跑，去參加遊行示威，在此之前我很害怕這麼一大群人。我總是和群眾脫節、保持距離，和狂歡的遊行隊伍、到處飄揚的旗幟離得遠遠的。可是這次的所有一切，我都喜歡，那時四周圍有那麼多親切的面孔。我永遠不會忘記這些人！我懷念那個時代，我知道很多人都懷念。我和他第一次搭火車到國外旅行，是去了柏林。兩個德國青年聽到我們說俄語，就走到我們身邊：『是俄國人嗎？』『是的。』『改革！戈爾比！』他們擁抱我們。現在我就經常在想：那些人都去哪兒了？我在九〇年代的街頭上見到的那些好人，如今都在何處？他們怎樣了，都離開了嗎？

得知他患上癌症後，我一整夜都躺在床上以淚洗面，一大清早就趕到醫院去看他。他坐在窗台上，臉色蠟黃，但很愉快的樣子，當生命中出現變化的時候，他總是很幸福，不管是在勞改營、流放中，或是重獲自由的時候；而現在又出現了新東西——死亡。就像生命又一次改變了。

『我要死了，你害怕嗎？』『我怕。』『那好吧，首先，我什麼都沒有向你允諾過。其次，死亡不會那麼快就到來。』『真的嗎？』我還像以前一樣相信他的話。我馬上擦乾眼淚說服自己，我必須再幫他一次。我不再哭了，一直到最後一刻都沒有再哭。我每天早上都去病房，在那裡開始我們的生活，我們以前在家裡、現在在醫院的生活。我們在腫瘤中心度過了半年。

那時候他已經很少閱讀了，但是說得更多。

他知道是誰告發他的。一個男孩，和他是少先隊之家的同一個小組。也許是他自願的，也許是有人逼他寫了那封檢舉信：『格列布咒罵史達林同志，為他的父親，一個人民公敵辯護。』在審訊過程中，調查員向他出示了那封信。格列布後來一輩子都在害怕，害怕那個告密者知道他已經知道了一切。當別人告訴他，那個人生了一個先天殘疾的孩子時，他感到很恐懼——難道這就是報應嗎？後來的事情是這樣的：我們有段時間還是鄰居，經常在街上遇到，在商店裡面互相打招呼。格列布死後，我把這件事告訴了我們共同的一位朋友，她還不相信：『是他？這不可能，他總是說格列布怎麼怎麼好，說他們從小就是好朋友。』我明白了，我應該保持沉默。是的，讓別人知道這件事是很危險的，格列布懂得。勞改營的難友很少來我們家，他也從來不找他們。可是，每當他們出現在我家裡，我就感覺自己像是一個陌生人。他們是從我沒有去過的一個地方來的，他們對那裡知道得比我多得多。我發現他一定還有過其他某種生活，我明白，女人更容易談論自己受過的屈辱，而男人辦不到。女人更容易承認，這是因為在身體深處，她們對於暴力有所準備，甚至連性行為都是。女人每個月都會重新開始一次新生，這是生理週期，大自然在幫助女人。勞改營的女人有很多都是單身的，我很少看到過夫妻二人都是從勞改營回來的。勞改營不會讓男人和女人結合，有些祕密只會使人分開。他們都叫我『小女孩』……

『你和我們在一起有趣嗎？』客人離開後，格列布問我。『這算是什麼問題？』我覺得受到了傷害。你知道我害怕什麼嗎？當它很有趣的時候，我們的嘴裡好像塞了根木棍，被堵住了。現在，當我們什麼都可以說出來的時候，為時已晚。似乎沒有人要聽了，也沒有人要讀。他們把寫勞改營的手稿送到出版社，都被退回來了，編輯甚至連讀都沒讀就說：『又是史達林和貝利亞？這賺不到錢。讀者已經讀夠了。』

……他習慣了死亡，對小小的死亡並不害怕。守衛和盜賊相互勾結，把他們的配給口糧倒賣出去賭錢，要是輸錢的話，他們就只能吃瀝青，黑色的瀝青。許多人因此而死於胃梗塞。而他根本就不吃，只喝水。

……他說一個男孩逃跑了，是故意逃跑的，好讓他們朝他開槍。男孩在雪地上跑，在光天化日下跑，無所遁形。他們射中了他的頭部，用繩子拖回來，丟在簡易木板房的外面，故意展示給所有人看。男孩的屍體在那裡放了很長一段時間，直到春天來了。

……選舉日，上演勞改營大合唱。站在那裡的都是政客、有權勢的人物、妓女、扒手。他們一起唱歌頌史達林的歌曲：『史達林，我們的旗幟！史達林，我們的幸福！』

……他在流放途中遇到過一個女孩，她講了調查員怎樣勸她在筆錄上簽字：『你會下地獄的……但是你很漂亮，一些首長會喜歡。所以你有機會被救下來。』

……春天特別可怕，自然界中一切都在改變，萬物更新，但是最好不要問任何人他們還有多少刑期。以春天而言，任何刑期都是無期徒刑！鳥兒在天上飛，沒有人會抬起頭看一眼。春天的天空是不能看的。

我走到病房門口，又回頭看了看，他朝我揮了揮手。幾個小時後我回來時，他已經失去意識了。他好像在對什麼人說話：『等一等，等一等。』後來就不說了，躺在那裡又過了三天。我對此已經習慣了。就是這樣，他在這裡躺著，我在這裡生活。醫院的人在病床旁幫我另外擺了一張床。到了第三天，已經很難做靜脈血栓穿刺了。我應該下決心讓醫生停止一切，讓他別再受罪了，他已經聽不到我說話了。我一直陪伴在他身邊，就我們兩人，沒有儀器，也沒有醫生。不再有人來看他。我躺在他的身邊，感覺冷，我就鑽到他的毯子下睡著了。醒來時，那一瞬間我恍惚覺得我們是在家裡睡覺，陽台門開著，他還沒有睡醒。我害怕睜開眼睛，但還是睜開了，回想起一切。我焦慮地站起身，把手放在他的臉上。『啊，啊，啊……』他聽到了我的聲音。他性命垂危，我坐在那兒握著他的手，聽到他最後一次的心跳。然後，我仍舊久久地坐在他身邊。我叫來看護，她幫我給他穿上襯衫，淡藍色的，他最喜歡的顏色。我問她：『我可以繼續坐在這兒嗎？』『可以的，請吧。不過你不害怕嗎？』我有什麼好怕的呢？我了解他，就像母親了解自己的孩子。那天早上他很英俊，恐懼從他的臉上消失了，緊繃感離去了，活著時的一切都成了過眼雲煙。我又看見了那個瘦削的、線條優美的輪廓。東方王子的面孔。這才是他，這才是真實的他！那是，我從來沒有見過的他。

他的遺囑只有一項：『請在我安息之處的石碑上寫下：我是一個幸福的人，得到過很多愛。世間最可怕的痛苦就是別人都不愛你。』（沉默）我們的人生就是這麼短暫，短短一瞬！我看到我那位容顏衰老的媽媽晚上望著花園，以一種異樣的眼神……

（我們坐在那兒，久久不發一語）

我不行了，沒有他我已經不會生活。現在仍然有很多人追求我，不斷有人送花給我。」

＊　＊　＊

第二天我接到一通意想不到的電話：

「我哭了一整夜，疼得亂說話。我過去總是要離開家，離開家，跑去別的地方。我勉強活了下來，昨天我又回到那裡，他們把我送了回來，我身上全都被繃帶包住了。我解開這些繃帶，我以為我長了新皮，卻發現什麼都沒有癒合。往事沒有離開，過去的一切歷歷在目，我不敢把這些傳達給任何人，沒有人禁受得起，普通的雙手是承受不了的……」

一段童年故事

瑪麗亞・傑肖諾克，作家，五十七歲

「我是流放移民的後代。我出生在一個波蘭軍官——流放移民的家庭[5]。在一九三九年（根據德蘇互不侵犯條約[6]）西白羅斯併入蘇聯後，成千上萬的流放移民與家人被迫遷徙到西伯利亞，因為他們被視為『危險的政治因素』（來自貝利亞給史達林的報告）。這是一段大歷史，而對我來說，是關於自己的一個小故事。

我不知道自己的出生日期，甚至連哪一年出生都不知道，我的一切都只是一個大概。我沒有過任何身分文件。我存在，又不存在。我什麼都不記得，又記得一切。我想，媽媽一定是懷著我的時候被流放的。為什麼？因為火車鳴笛和枕木的氣味總會令我不安，還有月台上哭泣的人群。我可以搭乘設備良好的火車，但萬一旁邊出現貨運列車，我就會不由自主地流淚。我不能看運送牲畜的車廂，不能聽動物的叫聲，因為當年我們就是用這種車廂被押解的。那時候我都還沒有出生，但是已經有了我。我在夢中沒有看到過人臉，我所有的見聞都來自於聲音，還有氣味。

阿勒泰邊疆區[7]、茲梅伊諾戈爾斯克市、茲梅耶夫卡河畔……來自各地的流放者都在這裡下車。在湖邊、在地底下，開始了生活，住的都是地窖。我是在地窖裡出生，在地窖裡長大的。從我的童年起，土地就給了我家的味道。屋頂上的漏水不斷滴下來，地上就出現了一個水坑，青蛙跳到水坑裡又蹦到我身上。我那時候很小，還不知道害怕。我和兩隻小山羊睡在一起，小山羊的身體就是我溫暖的床墊。我學會說的第一個詞不是『媽媽』而是『咩』，我姊姊芙拉佳還記得，我對於小山羊不會像我們一樣說話而感到驚訝。我很困惑，牠們對我來說是平等的人。這個世界是一個整體，不可分割。我到現在也不覺得人和動物之間有什麼差異，總是會和牠們說話，而牠們也都能理解。我和小甲蟲、小蜘蛛也是朋友，牠們也都和我相伴。那麼多黑黑紅紅的甲蟲，是我的玩具。春天，我們一起在陽光下玩耍，在地上爬行，尋找食物，暖洋洋的。到了冬天，花草樹木都凍僵了，動物由於飢餓而冬眠了。我有我自己的學校，但教我學習的不只是人。我還傾聽樹木花草的聲音。我一生中最感興趣的是動物，真的很喜歡。我怎麼能夠和那個世界、和那種氣味分開呢。我不能。我最喜歡的是太陽！是夏天！在地窖上面，我的周圍都是耀眼的美麗，誰都不用給別人準備任何食物。一切都在聲音中，一切都在顏色中。我嘗過各種草葉的味道，還有每片花朵、所有根莖。有一次莨菪吃多了，差點死掉。在我的記憶中，保留了所有的景色。我還記得『藍鬍子』山，山體周圍有一圈藍光，亮亮的，但是光亮只從左側照過來，從斜坡上，又是從上往下照，多麼奇特的景象！我恐怕自己沒有足夠的天賦，來表達那種可以讓人起死回生的神奇。文字在這種狀態下，只能是對我們感官的補充。紅色罌粟花、紅白百合、窄葉芍藥遍地盛開，布滿眼前，踩在腳下。或者還有另外一種景色，我坐在一幢房子旁邊，陽光的影子在牆上爬行，變成不同的顏色，時刻在改變著，我久久地坐在原地看著。如果當時沒有這些色彩，我可能早就沒命了，無法活下來。我不記得那時我們吃過飯，當時我們哪裡有什麼人類的食物啊。

每天晚上，我都看到黑色的人來來去去。黑色的衣服、黑色的臉孔。這是流放者從煤礦回來了，他們全都像我的父親。我不知道父親是否愛我。有沒有什麼人愛過我呢？

我很少回憶，我的記憶力不夠好。我在過往的黑暗中尋找，試圖從那裡找回更多東西，但很少。很偶爾地，會有什麼突然從記憶中復甦，那些我記不得了的東西。這讓我痛苦，但也令我高興。所以我非常幸福。

關於冬天我沒有任何記憶，因為冬天，我整天都坐在地窖裡。白天和夜晚一樣，全都是昏沉沉的，沒有一點色彩。除了碗和勺子，我們還有什麼東西嗎？沒有衣服，沒有任何可以穿的東西，只有一些破布。沒有一點色彩。哪裡有什麼鞋子？雨鞋，我見過膠鞋，我也有過一雙膠鞋，又大又舊，就像媽媽穿的那雙，也許就是我媽媽的。我在兒童之家拿到了第一件外套、第一雙手套，還有一頂小帽子。我還記得，在黑暗中，芙拉季臉色蒼白，一連幾天她都躺在床上咳嗽。她在礦坑裡病倒了，得了肺結核。我很早就知道這個詞了，媽媽沒有哭，我不記得媽媽哭過。她很少說話，後來，她更不怎麼說話了。不咳嗽時，芙拉季就叫我：『跟著我朗讀，這是普希金的詩。』我就跟著她一句一句重複：『寒冬和暖日，多麼美好的一天！多麼奇妙的一天！你還在打著瞌睡，我多麼可愛的朋友！』我對冬天的想像力就是從普希金那裡來的。

我是語言的僕人，我絕對相信語言。我總是等待人們說話，陌生人也行，我甚至更加期待聽陌生人說話。對於陌生人可以有更多的希望。其實我自己也很想說話，我暗暗下了決心，準備好好說話。可是每當我開始對某人說話的時候，卻又找不到我想說的要點了。腦子裡好像一片空白，失去了記憶。在那一瞬間，大腦裡出現了黑洞。總要等很長時間，記憶才能回來。所以我只能沉默。我在自己的大腦裡反覆加工製作自己的記憶。平時的活動，複雜的思緒，狹小的地穴。

碎布片，我那些各式各樣的碎布片和補丁，都是從哪裡來的？五顏六色，大都是緋紅色的。這些是什麼人送給我的？我用這些碎片縫製了很多小人，還剪下自己的頭髮，做成他們的頭髮。這些都是我的小朋友。我從來沒見過玩具娃娃，不知道娃娃是什麼。我們那時已經住在城市裡了，但不是在樓房裡住，而是在地下室住著，那裡只有一個小小的假窗。但不管怎樣，我們總算有了地址：史達林大街十七號。和別人一樣，和所有人一樣，我們也有了地址。那時候，我常和一個小女孩一起玩。她不住地下室，而是住在樓房裡。她穿著好衣服、好鞋子，我還是穿著媽媽那雙膠鞋。我給她看我的碎布片，它們在外面看起來比在地下室更漂亮。女孩問我要這些補丁布片，想拿別的東西跟我換。我怎樣都不換！她的爸爸過來了。『不要和這個小乞丐做朋友。』他說。我意識到，我是被人家推來揉去的人。我應該悄悄離開，儘快遠離這個地方。當然，這是大人的語言，不是孩子的話。那是一種感覺，我記得那種感覺。當你突然有了很多自由，已經不受欺負，也沒有自怨自艾，沒有顧影自憐的時候，反倒會覺得難受。只要還心存憐憫同情，一個人就還不能看得很深刻，他就還沒有離開人群。如果他離開了，就完全不需要人群了，他自身的思想便已足夠了。我就是看太深了，所以要想傷害到我很難。我很少哭。一切日常的煩惱或者女人的抱怨，在我看來都很可笑，對我來說這些都只是做做樣子，是一種生活『秀』。但如果我聽到孩子哭，那就不一樣了。我從來不會無動於衷地從乞丐身邊走過，從來不會。我記得這種氣味，貧窮的氣味。某種情緒時常起伏，我至今還是很受這種情緒左右。這是我童年的味道，襤褸的味道。

我總是和芙拉季一起外出。我們有絨毛披肩，對外部世界來說，這可是一個美麗的東西。我們還收到訂單。芙拉季有一雙巧手，擅長編織，我們的生活費都靠這些。一個女人和我們結了帳之後，又對我們說：『我給你們剪一束花吧。』什麼？給我們一束花？我們兩人站在那裡，像穿著粗布的乞丐一樣，又餓又冷，還有人想給我們送花？我們一直想要的只有麵包，但是這個人猜到了，其實我們還有能力去想其他的事情。你本來是被禁錮的、被封閉的，後來有人為你打開了一個通風口，然後又打開了窗戶。原來，除了麵包，除了食物，我們還能得到別人贈送的一束花！就是說，我們跟別人沒有不一樣了，我們都是一樣的。其實這已經破壞了規矩：『讓我給你們剪一束花吧。』不是摘花，也不是採花，而是在自己的花園剪花。從這一刻起，也許我就開竅了，他們使我開竅了，讓我開始轉變。我記住了那束花，大大的一束波斯菊，現在我的小木屋裡總是栽著這種花。（我們就坐在她的小別墅裡，這裡種著相同的花草和樹木。）我不久前又去了西伯利亞，回到茲梅伊諾戈爾斯克市故地重遊，找尋我們的街道、我們的家、我們的地下室。但是房子已經沒有了，拆了。見到每個人，我都要問：『您還記得我嗎？』一個老人家想起來，是的，地下室曾經住過一個漂亮的女孩，她生病了。人記得更多的是美好而不是痛苦。別人送花給我們，是因為芙拉季長得漂亮。

我去了墓地。門口有一間警衛室，窗戶是釘死的。我敲門敲了很久，走出來一個看門人，是個瞎子。這是什麼樣的徵兆啊？『請問，這裡埋著流放者嗎？』『啊，是的，在那裡。』他揮揮手，指指地，又指指天。一些人把我帶到最遠的一個角落，那裡長著一束草，只有一束草。夜裡我睡不著，悶得喘不過氣，全身痙攣，感覺有人要掐死我。我衝出旅店，逃往火車站。我徒步走過空蕩蕩的城市，車站還關著。我就坐在軌道上等著，直到天亮。一個小夥子和一個女孩在斜坡上坐著，接吻。天亮了。火車到了。我們上了車，車廂很空：只有我和四個穿皮夾克的男人，他們剃著罪犯一樣的光頭。他們用黃瓜和麵包招待我。『一起打牌嗎？』我一點也不害怕。

最近我又想起一些事情，是搭車時記起來的，在電車上回憶的。我想起了芙拉季唱過一首歌：『我在為愛人尋找一個墳墓／但是找到它並不容易。』原來這是史達林最喜歡的歌，聽到有人演唱這首歌時，他都流淚了。所以，我很快就不再喜歡這首歌了。我都想起來了，一些女孩子來找芙拉季去跳舞，當時我已經六歲或七歲了。我看到她們的短褲上不是鬆緊帶，而是縫上了一些電線，這樣就不會被人扯斷了。那裡是清一色的流放者、囚犯，經常有人被殺害。關於愛情，我也知道。芙拉季生病時，有一個好看的小夥子經常來看她。她躺在破布中咳嗽，他就在旁邊默默無語地看著她。

我很痛苦，但這也是我的一部分。我從來不逃避，不能說我感激病痛，我應該換一種說法，但現在我還找不到。我知道，在這種狀態下我遠離了所有人。我孑然一身，把痛苦抓在自己的手中，充分地控制它，然後又擺脫它，而且從中獲得些什麼。就是這個樣子的勝利，只有這樣才有意義。你並不是兩手空空，否則為什麼會沉淪地獄？

有人把我帶到窗口：『瞧，你爸爸被帶走了。』一個陌生女人用雪橇拉著什麼，或許是東西，或許是人，裹在一條毯子裡，還用繩子綁著。後來我和姊姊埋葬了我們的媽媽，只剩下我們兩個人。芙拉季的狀況很糟糕，她的雙腿已經不行了，皮膚像紙一樣脫落。有人送給她一個小瓶子，我認為是一種藥，是某種酸，有毒。『不要害怕。』她打電話給我，並把這個瓶子給了我。她是想和我一起服毒。我拿起這個瓶子，趕緊把它丟進火爐，玻璃瓶碎了。烤爐冷下來，我們很長一段時間不再用它。芙拉季哭著說：『你跟爸爸一模一樣！』有人找到了我們，也許是她的朋友？芙拉季已經昏迷了。就是這樣，她被送進醫院，而我被送進孤兒院。至於爸爸，我總想要記住他，但無論如何努力，我仍然想不起他的模樣，在我的記憶中沒有他的面孔。後來我在姑姑家裡看見他年輕時的照片，確實，我真是很像他；而這就是我跟他的連繫。父親娶了一個美麗的農家女，一個貧窮家庭的女孩。他想把她培養成一個淑女。我媽媽以前總是戴著一條頭巾，把它拉得很低很低，遮住眉毛。貴婦很難造就出來。在西伯利亞，父親沒有和我們一起生活多久，就在我出生後沒多久，他為了另一個女人離開了家，我生來就是一種罪孽，就是一種詛咒！沒有人有愛我的能力，連我的媽媽也沒有這個能力。她的絕望和哀怨已經根植於我的細胞中，特別是缺乏愛的感覺。對於愛，我總是不滿足，即使有人愛我，我也不相信，總是不斷地要求證明，必須要看到標誌。每一天，每一分鐘，我都需要愛。要愛我很難，我知道。（長時間沉默）我愛自己的回憶，我喜歡回憶大家都活著的那段時間，我的一切都在那個地方：媽媽、爸爸、芙拉季。我必須要坐在一張長桌邊，桌上要鋪著白布。我一個人生活，但廚房裡有一張大桌子，就像他們都和我在一起。我走路的時候，會突然重複做出某個姿勢，那不是我的舉動，而是芙拉季或者媽媽的舉動，我覺得我們的手搭在一起。

我住在孤兒院，孤兒院會把流放者留下的孤兒養到十四歲，然後就送到礦區。活到十八歲，不少人會得結核病，就像芙拉季一樣，這就是命。芙拉季說，在很遠的地方，我們有一個家，但它很遠很遠。那裡還有個姨媽叫瑪雷拉，是媽媽的妹妹，一個不識字的農婦。她到處求人幫她寫信。我到現在也不明白，為什麼會這樣？她怎麼能做到呢？孤兒院收到了上級命令：把我和姊姊一起送到這個地址，在白羅斯。第一次我們沒有直接去明斯克，到了莫斯科就把我們趕下了火車。一切又再重演：芙拉季發高燒被送去醫院，我也進了隔離室。從隔離室到單獨診室，都是在地下室，飄著漂白粉的味道。周圍都是陌生人，我一直生活在陌生人當中，一輩子都是如此。姨媽繼續寫信，一封又一封地寫，半年後她在醫院找到了我。我再次聽到了『家』和『姨媽』這些詞。他們把我帶上一列火車，車廂裡黑漆漆的，只有通道裡有燈。人影憧憧。和我同行的是一名女教師。我們抵達明斯克後，又買票去博斯塔瓦。經過的所有地名我都記得，芙拉季曾要求我：『你必須記住，記住我們家在索夫奇諾。』從博斯塔瓦，我們步行到格利奇卡，然後才來到姨媽的村莊。我們在一座橋邊坐下來休息，這時一個鄰居下夜班騎自行車路過，他問我們是誰。我們回答，說是來找瑪雷拉姨媽的。他說：『是的，你們走對了。』看來，他去告訴姨媽說遇到我們了，因為姨媽跑來迎接。我一看到她就說：『姨媽長得就像我媽媽。』這就是全部。

我被剃了個光頭，坐在施塔赫舅舅家的長椅上，他是我媽媽的兄弟。大門是敞開的，可以看到外面人來人往。他們都停了下來，朝裡面靜靜地盯著我看，這場景完全是一幅畫。他們都不說話，光站在那兒哭。絕對安靜。全村人都來了，每個人都和我一起哭，給我擦眼淚。他們都認識我的父親，還有人在他那裡工作過。後來我不止一次聽人說：『那時候在農場給我們記工分，總是安特卡（我父親）算帳。』就是這樣，這就是我的遺產。我們家從小木屋遷到中央集體農莊，它現在仍然是村委會所在地。關於人性我全都知道，比我想知道的還多。就在那一天，當紅軍把我們家人裝上大車運往火車站時，就是這些人，有阿日貝達阿姨、尤澤法阿姨，還有馬捷伊叔叔，他們把我們家所有東西都拿回自己家了。小木屋被拆除，連木頭都瓜分了。小花園也給挖了，蘋果樹被挖走了。姨媽跑過來，只從窗台上拿走了一口鍋當紀念。我不想回憶起這些，想把這些從記憶中趕走。我只想記得村裡人是怎樣撫養我的，他們怎樣拉著我的手。『到我們家來吧，小瑪麗亞，我們煮蘑菇吃。』『我給你倒些牛奶吧……』頭一天我剛到，第二天整個臉上長滿了水泡，眼睛都燒紅了，睜不開眼睛。他們拉著我的手去洗眼睛。因為我身體裡的東西都發了出來，都在燃燒，所以我開始以不同的眼光看這個世界。這是從一個生命向另一個生命的轉變。現在我走在街上，每個人都停下來說：『多漂亮的一個女孩！嗯，多好的女孩！』如果沒有這些話，我的眼睛恐怕會像剛被拉出洞的狗一樣凶狠。我不知道那樣的話，我會怎樣看人。

姨媽和姨父住在一間茅草屋裡。小木屋在戰爭中被燒毀了，他們就建起一個茅草屋，原以為是臨時湊和一陣子，想不到就這樣住了下來。茅草屋頂有個小窗，角落裡有一個小燈泡——這是姨媽的原話，不叫『燈』而叫『燈泡』——另一個角落就是豬崽的尖叫聲。地上沒有木地板，而是鋪著稻草。不久，芙拉季也被送到這裡來了。她沒有活多久就死掉了，但她仍然是高興的，畢竟是死在家裡。她的最後一句話是：『小瑪麗亞以後會怎樣呢？』

我所認識的關於愛的一切，都是從我姨媽的茅草屋裡知道的。

『你是我的小小鳥，』姨媽這樣叫我，『我的小蜂鳥，我的小蜜蜂……』我總是纏在她身邊嘰嘰喳喳說個不停。我簡直不敢相信，我是有人愛的！有人愛的！你長大了，你得到別人的欣賞，這是一種奢侈。你所有的骨骼在增長，拉直了所有的肌肉。我跳舞給姨媽看，跳《俄羅斯人》和《小蘋果》。這些舞蹈是流放者教給我的。我還會唱歌：『去楚伊斯卡有條路／很多司機來來往往……』『我要是死了，將會埋葬在異鄉／我的好媽媽會為我哭泣／妻子會去找另一個人／小兒子的母親，永遠離去……』我一天天就這樣跑啊跳啊，腿都發青了，又瘦又疼，腳也腫了，連鞋子都穿不上。晚上躺下睡覺時，姨媽就用她裙子的下襬包住我的腳給我揉搓取暖。她就這樣抱住我，我躺在姨媽的肚子旁邊，像躺在子宮裡。我忘記了邪惡，它躲到了離我很遠的地方。早上我被姨媽的聲音叫醒：『我烤餅給你吃，你唱歌給我聽。』『姨媽，我還想睡覺。』『你先吃點再去睡。』她知道，食物、烤餅，對我就是良藥。烤餅和愛就是我的良藥。我們的維塔利克姨父是個放牧人，他肩膀上總搭著一條長鞭子和樺樹皮管子，總穿著一件軍上衣和馬褲。他從牧場給我們帶回來一個袋子，裡面放著乳酪和熏肉片，全都是牧場主人給他吃的。高貴的貧窮！貧窮對他們來說不算什麼，既不是輕蔑，也不是侮辱。而對我來說，這一切都很珍貴。有個友人抱怨說：『都沒有錢買新車。』另一個友人說：『我一生的夢想，就是買一件貂皮大衣。』這些話我都充耳不聞。我唯一遺憾的是，我已經老到不能穿短裙了。（我們兩個人都笑了）

姨媽有著非同尋常的歌喉，像法國小雲雀伊蒂絲・琵雅芙一樣會唱顫音。誰家辦婚禮都要找她去唱歌，還有葬禮。我總是跟著她，她走哪兒我跟哪兒。我記得，她站在棺木邊，久久佇立。有些時刻，她還常常會離開眾人，離棺木更近一些，慢慢地走近。她知道再也沒有人能對死者說上最後幾句話了。人人都希望能和逝者道別，但不是每個人都可以做到。她就是這樣開始對死者說話：『你要離開我們去哪裡，阿尼婭？你放棄了白天與夜晚，誰將會看護你的院子，誰將會親吻你的孩子，還有誰在晚上會照看你的牲畜……』她小心地選擇用字，所有話都是家常的、簡單的，又是高尚的、哀傷的，樸實中包含著最終的真實。這是終極的話語。顫抖的聲音，大家都開始為之哭泣，忘記了牛還沒有擠奶，忘記了家裡還有喝醉的丈夫。人在不斷變化，忙碌終將散去，人們的臉上又出現了光明。所有人都哭了。我都有些難為情……也很心疼姨媽。她回到家就病了：『哦，瑪麗亞，我的頭怎麼嗡嗡響個不停。』其實，這是姨媽內心裡的聲音。我從學校跑回來，從小窗口窺看，姨媽一隻手捏著針，一邊補著衣服一邊唱道：『火在水中燃／唯有愛萬能……』這些回憶照亮了我。

我們曾經的住家，如今只剩下一堆石頭。但是我聽到了它們溫暖的聲音，吸引我過去。我回來了，就像走向我的墓地。我可以在那裡的田野中過夜。我小心翼翼地走著，不敢用力踩在土地上。人沒有了，生命還在。生活的嘈雜依舊，不同的芸芸眾生。我走著，生怕破壞別人的家庭。我就像一隻小甲蟲，隨遇而安。我崇拜家庭，我喜歡種花，我渴望美麗。我還記得剛進孤兒院時，我被帶到我將居住的那個小房間，我看著一排排白色的小床，用眼睛尋找：『還有沒有靠近窗戶的床位？我會有自己的床頭櫃嗎？』我尋找的是我的家。

現在——我們要坐著談多長時間？這段時間裡，風暴停息了。鄰居進來了，電話鈴響了，所有這些都會影響到我，我也對這些一一做出反應。紙面上留下的只是話語，別的都不會有：鄰居沒有來過，電話鈴聲沒有響過……沒有我沒說出的東西，但瞬間在記憶中閃過的，也成為真實的存在。第二天我說的，可能全都不同。語言留在原處，我卻起身繼續走去。我學會了這樣生活。我能夠這樣。我會走下去。

這些都是誰給我的？所有這一切，是上帝或是人類給我的？如果是上帝，他一定知道給了誰。苦難撫養我長大，這就是我的造物主，是我的誦經。多少次我都想把這一切告訴別人，全部傾吐，但是從來沒有人問過我：『後來呢……還有嗎？』我一直在等人，好人或是壞人我不知道，反正我一直在等。我一生都在等著誰來找到我，讓我把一切都告訴他。然後，他會問我：『那麼，後來呢？』現在大家都說社會主義有罪，說史達林有罪，把史達林說得就像神一樣，擁有無盡的權力。但事實上，每個人都有他自己的上帝。他為什麼要沉默不語？我的姨媽，我們全村人。我還記得瑪麗亞．彼得羅夫娜．阿里斯托娃，一位實至名歸的老師，就是她到莫斯科的醫院去探訪芙拉季。她說來是個外人，但是她把芙拉季送到了我們村子裡。芙拉季已經完全不能走路了，是她一路抱著芙拉季。瑪麗亞．彼得羅夫娜還送我鉛筆和糖果，寫信給我。當時我被關在隔離病房裡，由別人給我沖洗、消毒。我在高高的清洗台上，一身泡沫，我可能會滑倒，可能會撞在水泥地上。後來我真的滑倒了，緩緩爬動。這時候，是一個陌生的女人，一個看護，她把我抱起來緊緊貼在身上說：『你是我的小寶貝。』

於是，我看見了上帝。」

1 蘇珊・桑塔格（Susan Sontag，一九三三～二〇〇四），美國著名的作家及評論家，也是著名的女權主義者。

2 尼古拉・別爾嘉耶夫（一八七四～一九四八），二十世紀最有影響力的俄羅斯思想家，一九二二年被指控參與反對政府的陰謀而遭驅逐出境。

3 海耶克（Friedrich August von Hayek，一八九九～一九九二）奧地利出生的英國知名經濟學家和政治哲學家，以堅持自由市場資本主義、反對社會主義而著稱。

4 傑克・倫敦本名John Griffith，美國二十世紀著名的現實主義作家。代表作是《野性的呼喚》。

5 流放移民，波蘭原文為Osadnik，是指一九二一年蘇聯波蘭戰爭結束後被迫遷移到東克雷薩地區的波蘭移民。

6 又稱莫洛托夫－里賓特洛甫祕密協議，一九三九年二次大戰爆發前，蘇聯與納粹德國在莫斯科祕密簽訂此條約，劃分勢力範圍並瓜分波蘭，波蘭東部被併入蘇聯。

7 在俄羅斯西伯利亞南部。

殺人者自稱替天行道的時代

奧爾佳．B，測量師，二十四歲

「早晨，我跪在地上向上帝禱告：『主啊！我準備好了。現在我想去死！』雖然那是早上，是一天的開始。

死亡，這是一種強烈的願望。我來到海邊，坐在沙灘上，說服自己，沒有必要害怕死亡。死，是一種自由。海浪翻滾，陣陣拍岸；夜幕降臨，晨光又至。第一次我怎麼都下不了決心，來來回回，輾轉不安。我聽到了自己內心的聲音：『主啊，我愛祢！主……』我還用阿布哈茲語向上帝禱告。身邊的世界五彩繽紛、鳥語花香，但是我就是想要死。

我是俄羅斯人，在阿布哈茲[1]出生，在那裡生活了很長一段時間。我在蘇呼米生活到二十二歲，直到一九九二年戰爭開始。阿布哈茲有句俗語說：『如果水都燃燒起來，你又怎麼把它撲滅？』他們也是這樣談戰爭的。我們本來都是搭乘同一輛公車，上同一所學校，讀同一本書，住在同一個國家，使用同一種語言學習，就是俄語。可是現在我們互相殘殺：鄰居殺鄰居，同學殺同學，哥哥殺妹妹！這裡到處都是大大小小的戰鬥，街坊鄰里的戰鬥，有多久了？大概一年前，或者是兩年前，我們還像兄弟般生活在一起，都是共青團員和共產黨員。我在學校寫的作文，題目是『永遠的兄弟情誼』、『牢不可破的聯盟』……但是現在殺人了！這不是英雄主義，甚至不是一般的犯罪，而是恐怖！我親眼所見，我不理解，我不明白。我來和您說說阿布哈茲吧，我很愛它。（停頓）現在仍然很喜歡它、愛它。每個阿布哈茲人的家裡，牆上都會掛著一把匕首，有男孩出生時，親友會送去匕首和黃金。匕首旁邊掛著飲酒的牛角，阿布哈茲人用牛角當作杯子喝酒，不喝完裡面的酒，牛角就不能放到桌上。照阿布哈茲的習俗，阿布哈茲人花在餐桌旁招待客人的時間，不會被算進陽壽裡，因為他們喝著酒，氣氛歡暢愉快。然而，當他殺人的時候又如何計算時間呢？現在我對死亡想得很多很多。

（她的聲音轉為低語）第二次，我沒有退路了。我把自己關在浴室裡，手腳的指甲全都拔下來，血淋淋的。我刮牆壁，挖牆壁，摳成粉末，但在最後一刻還是想活下去。繩子斷了，我最後還是活了下來，我還能摸到自己。但死神那個幽靈還在：我仍然不能停止去想它。

十六歲那年，我父親過世，從那時起我就痛恨葬禮，厭惡哀樂，我不明白為什麼人要演出這種劇碼。我坐在棺材邊，那時我明白這已經不是我爸爸了。我爸爸不在了，這只是一具冰冷的身體，一個軀殼。一連九天，我都做著同一個夢：有人在叫我，一直叫我過去。但我不知道該往哪裡去，要去找誰。我開始想要找自己的親人，很多親戚我從沒見過也不認識，他們在我出生之前就已經死了。但是我突然看到了我的奶奶，奶奶早就死了，我們甚至連她的照片都沒有留下，但我在夢裡認出了她。他們在那邊全都是不同的樣子，好像存在，又好像不存在，他們好像不用任何東西遮蔽身體，我們身上都有衣物，他們卻沒有任何遮擋。後來，我又看到了爸爸，他還是那麼開心，還是像在人間我很熟悉的那個樣子。其他人也都一樣，我好像都認識他們，但又忘了。死去，只是一個開始，是某種新的開始，我們只是不知道那是什麼。我想啊想的，我想衝出囚牢，我想逃跑，想躲藏起來。最近，在早上對著鏡子跳舞時，我看到自己還很美麗，還很年輕。

我將會快樂！我還要去愛！

我看到的第一個……英俊的俄羅斯小夥子，罕見的帥氣。套用阿布哈茲人的話說，這樣的人『種很好』。他的慢跑鞋和軍裝上蒙著薄薄的一層沙土。第二天，有人把他的慢跑鞋拿走了。他就這樣被殺死了，那裡還會發生什麼？這片土地到底怎麼了？就在我們腳下，我們雙腳踩踏的這片土地。不管是地下或是空中，空中又瀰漫著什麼？那是夏天，沙沙的海濤聲，和蟬鳴互相呼應。媽媽叫我去商店跑腿，而那個人被打死了。街頭的卡車上都有武器，分發機關槍就像分發麵包一樣。我看到了難民，別人指給我看難民是什麼樣子。那是一個我已經遺忘的單詞，我只從書本上見過。難民很多很多，有坐汽車的，有坐拖拉機的，也有步行的。（沉默）要不我們談點別的？比如電影。我愛看電影，但只喜歡西方電影。為什麼？因為西方影片不會讓我想起我們自己的生活，我可以隨心所欲地遐想，想像自己是另一副面孔，我已經厭倦了自己的臉，還有我的身體，連手臂我也受夠了。我不滿意自己的身體，我被它束縛著。其實我已經不同了，我一直在變化，但我的身體卻一成不變。我傾聽自己說話，我思考自己不能說出來的話語，因為我也不知道這些話語的含意，因為我愚蠢得只愛麵包配奶油，也因為我還沒有戀愛過，沒有生養過孩子。我在說話，但我不知道自己為什麼這麼說，這些話是從哪兒鑽到我的身體裡的。又看到了一個遇害者，是個年輕的喬治亞人。他躺在公園裡，那個地方正好有沙子，他就躺在沙子裡，躺在那裡瞪著天空。沒人把他運走，也沒人在那兒逗留。我看到他了，我明白我應該逃開，我必須跑掉。但是要逃到哪裡？我跑進一間教堂，裡面空無一人。我跪下來為所有人祈禱。那時我還不知道如何禱告，還沒有學會和主說話。（在包包裡翻找著）藥呢？我不能，不能激動！這一切之後我病倒了，有人介紹我去看心理醫生。有時我走在大街上，突然就想大哭一場。

我想要在哪兒生活？我想回到童年，那時我在媽媽身邊，就像鳥兒在巢裡。救贖吧，願上天拯救盲目輕信的眾人！在學校時，我很喜歡讀戰爭方面的書，喜歡看戰爭影片。我覺得那是很美好的場景。那裡有光明的、鮮活的生命，我甚至很遺憾自己是女孩，不是男孩：如果發生戰爭，他們不會讓女孩去打仗。現在我不讀戰爭作品了，最暢銷的也不讀。那些戰爭書籍，都在欺騙我們。事實上，戰爭是骯髒的、可怕的。現在我不再相信了，真的能寫這樣的書嗎？不寫全部的真相，就只是隨便寫寫就行了？說到這些事……怎樣才算得上幸福？我不知道，我很困惑。媽媽擁抱著我問：『女兒，你都在讀些什麼？』『肖洛霍夫的《他們為祖國而戰》，關於戰爭的……』『你為什麼要讀這本書？那不是生活，我的女兒。生活，是別的東西。』媽媽最愛讀的是愛情小說，我的媽媽，我甚至不知道她現在是否尚在人世。（沉默）起初，我以為我不能住在那裡了，不能在蘇呼米生活了。反正是活不下去了。愛情小說也救不了我，當然我知道愛情是存在的。這我知道。（她第一次笑了）

一九九二年春天，我們的鄰居瓦赫坦格和古娜拉夫婦——他是喬治亞人，她是阿布哈茲人——賣掉了自己的房子和家具，準備離開。他們來向我們道別：『戰爭要爆發了。你們還是離開這裡回俄羅斯，如果那邊有什麼人能接應你們的話。』我們當時還不相信。喬治亞人總是嘲笑阿布哈茲人，阿布哈茲人也從不喜歡喬治亞人。噢……耶！（笑）『喬治亞人能飛上太空嗎？』『不能。』『為什麼？』『所有喬治亞人都將死於驕傲，所有阿布哈茲人都將死於嫉妒。』『為什麼喬治亞人那麼矮小？』『不是喬治亞人那麼矮小，而是阿布哈茲山峰太過高大。』他們雖然互相嘲笑，卻生活在一起。一起照管葡萄園，一起釀製葡萄酒。阿布哈茲人看待釀酒就像看待宗教一樣，每個釀酒人都有自己的祕方。五月過去了，六月到來了，海濱浴場開放了，第一批漿果成熟了。哪有什麼戰爭！我和媽媽都沒有想過戰爭，仍然做我們的蜜餞，做我們的果醬。大家每週六都去趕集，阿布哈茲大集市！人聲喧鬧，香氣瀰漫，到處飄著葡萄酒桶和玉米餅的氣味、山羊乳酪和烤栗子的氣味、李子和菸葉的香味。小販擺出各種乳酪，我最喜歡乳酪和優酪乳。顧客操著阿布哈茲語、喬治亞語和俄羅斯語，各種各樣的語言：『喂喂，我親愛的，不想買不要緊，先嘗一口試試嘛。』自六月以來，市面上就沒有麵包賣了，媽媽決定週六去買些麵粉儲備起來。我們上了公車，同車還有一位認識的女人帶著孩子。孩子本來在玩耍，卻突然號啕大哭起來，好像被誰嚇到了。那個女人突然問：『有人開槍嗎？你們聽到槍聲了嗎？』真是神經病！但是等到公車開到了市場，迎面跑來了一群人，他們驚恐萬狀地奔逃。雞毛亂飛，兔子在腳下亂竄，還有鴨子……我永遠記得那些動物，記得牠們是如何受苦的。我還記得有一隻受傷的小貓，還有一隻尖叫的公雞，翅膀下面插進了一塊碎玻璃……原來是真的，莫非是我不正常了？關於死亡，我想得太多，現在還在被這種想法盤踞。尖叫、哭喊，不是一個人，是一群人。一幫沒穿軍服的武裝人員，拿著衝鋒槍追趕婦女，搶奪她們的包包和物品：『把這個給我，把你的包摘下來。』『這是罪犯吧？』媽媽小聲私語。我們下了車，看到俄羅斯士兵。『這是怎麼回事？』媽媽問他們。『您不明白嗎？』一個中尉回答，『這是戰爭。』我媽媽非常膽小，她嚇昏了。我把她帶進了一個小院子，有人從一座公寓樓房給我們送來一瓶水。什麼地方在開砲，傳來炸彈的爆炸聲……

『女人！女人！需要麵粉嗎？』一個年輕男人背著一袋麵粉，披著裝卸工人的藍斗篷，不過斗篷變成了白色，上面都撒上了麵粉。我笑了出來，我媽媽說：『我們買一些吧。也許戰爭真的來了。』我們就給了他錢，買了點麵粉。我們當時就知道，我們買的是偷來的東西，是從強盜手裡買的。

我一直生活在這些人當中，我了解他們的習慣、語言。我愛他們。可是眼前這些人又是從哪裡來的？這麼快就變了，變得這麼沒有人性！是什麼原因？該由誰來負責？我摘下金十字架藏在麵粉裡，把裝錢的錢包也藏起來，就像一個老奶奶。我知道這十多公斤的麵粉是從哪裡來的。我把麵粉背回家，要走五公里遠的路。我當時很鎮靜，如果那個時候被殺死，我都來不及害怕。許多人從海邊趕回來，驚慌失措，嚇得直哭。只有我一個人很鎮靜，也許我是被嚇呆了？現在想起來，當時我要是像其他人一樣哭喊出來，或許還好些。我們停下來，在鐵道兩邊休息。鐵道上坐著一群年輕人，一些人的頭上綁著黑絲帶，另一些人綁著白絲帶，所有人都拿著武器。他們還嘻嘻哈哈地挑釁我，嘲弄我。離他們不遠處有一輛卡車在燃燒，方向盤後坐著慘遭殺害的司機，穿著白色襯衫。我們都看到了！我們穿過一座橘子園逃跑，我全身上下都是麵粉。『扔掉它！快跑！』媽媽央求我。『不，媽媽，我不會扔下麵粉。戰爭已經開始了，我們家裡什麼都沒有了。』就是這樣的景象。幾輛日古利汽車迎面開過來，我們大聲呼喊，一輛車經過我們身邊，開得很慢很慢，好像送葬時一樣。前排坐著一個小夥子和一個女孩，第二排是一個女人的屍體。可怕的畫面，但不知為什麼，並沒有像我早先想像得那麼害怕。（沉默）我總是希望能好好思考這件事，一直想來想去。海邊上還有一輛日古利轎車，擋風玻璃碎了，留下一灘灘血，一雙女鞋扔在附近……（沉默）我，當然很難受、很痛苦。為什麼這一切我都無法忘記呢？（沉默）快跑！

當時我就想快些回到家，想到一個熟悉的地方，逃離這裡。突然一聲巨響，打仗了！我看見頭頂上有綠色的軍用直升機，地面上有坦克，它們不是成隊開過來，而是一輛一輛單獨行進，坦克上坐著拿著衝鋒槍的士兵，揮舞著喬治亞國旗。這些坦克的隊形很亂，一些坦克快速走在前面，另一些停在攤位旁邊。士兵跳下裝甲車，用槍托打砸小販的攤位，搶走香檳、糖果、汽水、香菸。坦克後面又開上來一輛大巴士，裡頭堆滿了床墊和椅子。要椅子幹什麼？

回到家裡，我們趕緊打開電視，只有交響樂團在演奏，哪裡有戰爭？電視上並沒有播出戰爭的消息。不過，我去市場前就已經買好了番茄和黃瓜當儲備，熱好了罐頭。我們回到家後，我就開始把罐頭都捆好裝好。我應該做些事情，應該讓自己忙起來。到了晚上，我們就看墨西哥連續劇《富人也哭了》，這是一部愛情片。

隔天早晨，我們很早很早就被轟鳴聲驚醒了。裝甲車正從我們這條街上駛過，眾人紛紛走上街頭觀看。一輛軍車在我家門口停了下來，裡面是俄羅斯人。我明白了，他們都是雇傭兵。他們招呼我媽媽：『大嬸，給點水喝。』媽媽拿來了水和蘋果。他們喝了水，但是沒有碰蘋果。他們跟媽媽說：『我們昨天有一個弟兄被蘋果毒死了。』我在街上遇見一個熟人：『你怎樣？你的家人都在哪裡？』可是她從我身邊走過去，就像不認識一樣。我追上去抓住她的肩膀問：『你怎麼了？』『你還不明白嗎？你和我說話很危險——我丈夫，我丈夫是喬治亞人。』可是我，我從來沒有想過她丈夫是誰，是阿布哈茲人或是喬治亞人，這對我有什麼區別！他就是一個特別好的朋友而已。我使勁抱住她！晚上她的親弟弟來了，想要殺她丈夫。『你殺了我吧！』姊姊對弟弟說。我和她弟弟在同一所學校讀書，都是好朋友。我想，現在我怎麼跟他見面？要說些什麼好呢？

幾天後，整條街的人都去為阿赫里克送葬。阿赫里克，一個我很熟悉的阿布哈茲男孩，十九歲。他那天晚上去看女朋友，背後被人捅了一刀。他母親跟在棺木後面，忽而號啕大哭，忽而在地上打滾大笑。她瘋了。一個月前，他們都是蘇聯人，現在卻分為喬治亞人、阿布哈茲人、俄羅斯人……

同一條街上還有一個年輕人，我認識他，雖然叫不出名字，但是臉很熟悉，以前見面經常會互相問候。他高大英俊，看起來是很正常的小夥子。但是他殺死了自己以前的老師，一個喬治亞人，因為老師在學校教喬治亞語，讓他不及格。這又怎樣？您知道嗎？在蘇聯學校裡，我們被教育的是人與人的關係是朋友，朋友、同志和兄弟。我媽媽聽到那個孩子殺害了老師的消息後，眼睛眯了一會兒，又睜得大大的。主啊，拯救那些盲目輕信的人吧！我跪在教堂好幾個小時，教堂裡一片寂靜。雖然現在教堂裡總是有很多人，但大家都在祈求同一個問題……（沉默）好好想想，您覺得您能做到嗎？您希望記錄下來嗎？您說希望？那就是說您相信會寫下來。而我，我沒有這個願望。

我半夜醒過來，叫了聲媽媽。媽媽一直睜著眼睛躺在床上，她說：『我從來沒有像這些年這樣幸福過，可是突然間爆發了戰爭。』男人總是喜歡談論戰爭，無論是小夥子或老男人，他們都喜歡武器；而女人喜歡回憶愛情。上了年紀的女人都喜歡述說自己年輕時如何美麗，她們從來不喜歡談戰爭，她們只是為自己的男人祈禱。我媽媽每次去鄰居家串門子，回來都驚恐萬狀：『加格拉赫那裡，整個球場的喬治亞人都被燒了。』『媽媽！』『我還聽說喬治亞人閹割了阿布哈茲人。』『媽媽！』『有一次動物園的猴子籠被炸了。到了夜裡，喬治亞人在追趕著什麼人，只是覺得對方像阿布哈茲人。他們打傷了他，他尖叫了起來。阿布哈茲人也發現了一個人，他們也認為是喬治亞人。大家就追趕，開槍。到了早上，大家才看到，這是一隻受傷的猴子。所有人——喬治亞人和阿布哈茲人，都喊了暫時休戰，跑去救那隻猴子。如果那是一個人，他們早就殺掉了。』我無法回答媽媽。我為所有人禱告：『他們就像吃人的殭屍。他們甚至還相信自己是在做好事，是在替天行道，難道用機關槍和短刀行善嗎？他們衝進一間房子裡，如果沒有找到人，就朝牲畜和家具掃射。你走進城市，會看到街上橫躺著滿是彈孔的牛和果醬桶……人人都在開槍，一些人往這邊打，另一些人往那邊打。主啊，請開導他們吧！』（沉默）電視台不工作了，只有聲音，沒有畫面。莫斯科已經變成了遙遠的地方。

我常常去教堂，在那裡說說話，嘮叨一下。在大街上碰到任何人，我會把他攔下來，然後開始自說自話。媽媽坐在我旁邊，聽我說話，看著我，慢慢睡著了，她太累了，連走路都能睡著，洗著杏子，也能睡著。而我已經走火入魔，不停地說話，說我聽到的，說我看到的。我跟別人講了一個喬治亞人的故事，這個年輕的喬治亞人扔掉了衝鋒槍，大聲喊道：『我們都做了些什麼！我是來為祖國犧牲的，而不是來偷別人家的冰箱！你們為什麼要闖進別人的房子，搶走別人的冰箱？我是來為喬治亞而死的。』別人一邊拍著他的頭，一邊把他架走了。另一個喬治亞人面對向他開槍的人，筆直地站著：『阿布哈茲兄弟！我不想殺害你們，你們也不要朝我開槍。』但他被自己人的子彈擊中了後背。還有一個人，他是哪個民族的，俄羅斯還是喬治亞，我不知道。他帶著炸彈鑽到一輛軍車下面。他高喊著什麼，沒有人聽到。汽車裡的阿布哈茲人被燒死了，他們也在哭喊。（沉默）再來說說我的媽媽吧。媽媽在窗台上擺滿了花，她是為了救我，她懇求我：『我的乖女兒，看看花吧！看看海吧！』我有一個難得的好母親，她有一顆仁慈的心。她又一次向我坦承：『我今天很早就起來了，陽光透過樹葉照進來。我就想，我現在要照鏡子，看看我已經是什麼年齡了。』媽媽患有失眠症，她的腿不好，她在水泥廠當了三十多年技師，但她早上居然想不起自己有多大年紀了。然後她站起身，刷了牙，去看鏡子中的自己，鏡子裡一個衰老的女人在望著她。她又開始準備早餐，把這些都忘了。我還聽到她在唱歌……（笑）我的媽媽，就是我的朋友。我最近做了一個夢，我離開自己的身體，愈升愈高，感覺好極了。

我已經不記得那些事是發生在早上或晚上，不記得了。一開始，搶匪還戴著面罩，把黑色絲襪套在臉上。沒多久，他們乾脆摘下了面罩，直接就是一手拿水晶花瓶，另一手拿著槍，背後披著掛毯。電視機被拖走，洗衣機被抬走，女式皮大衣被穿走，還有餐具、瓷器，什麼都不嫌棄，連破房子裡的兒童玩具也撿走了。（聲音轉弱）現在我在商店裡看到普通刀具，還會難以自制。以前我從來沒有想過死。中學畢業後，我考進了醫學院，也讀書也戀愛。我常常半夜醒來，開始幻想。那是什麼時候？應該是很久以前吧。我已經完全不記得那段日子了，我只記得另外一些事情。有個男孩的耳朵被割了下來，只是因為不想讓他再聽阿布哈茲歌曲。還有一個年輕小夥子被切斷了……嗯，你懂的，為了不讓他的妻子生小孩。現在都有導彈、飛機和坦克了，而殺人還在用刀子砍，用乾草叉刺，用斧頭剁。就讓我完全失去神志吧，我不想記得……我們這條街上，有個女孩懸梁自盡了，因為她深愛的小夥子娶了另一個女孩。女孩下葬時，穿了一身白色禮服。沒有人相信，這個時代還有人會為愛情而死。除非她被強姦……我還記得索尼婭阿姨，我母親的朋友，有天夜裡她的鄰居被人砍了，一家喬治亞人，他們是朋友。那家的兩個年幼孩子也沒逃過。從那以後，索尼婭阿姨一連幾天躺在床上，閉著眼睛，不想出門。『以後我怎麼活下去？』她問我。我用勺子餵她喝湯，她都無法下嚥。

在學校裡，我們被教育要熱愛扛槍桿子的人，他們是祖國的保衛者。但是眼下這些人呢？他們不是祖國的保衛者，這場戰爭也不是衛國戰爭。他們還都是男孩，拿槍的男孩。他們生得痛苦，死得無奈，他們叫人可憐。我是怎麼活下來的？我，我……我喜歡回想我的媽媽，回想她晚上慢慢梳著頭髮。媽媽曾允諾我：『將來有一天，我會跟你講講我的愛情。不過，我會說得好像不是我，而是另一個女人。』她和爸爸的感情，是深深的愛戀。起初媽媽有另一個丈夫，有一次她給他熨襯衫，而他在吃飯。突然（也只有我媽媽做得出來）她大聲對他說：『我不會和你生孩子的。』說完，她就收拾東西離開了。後來我爸爸就出現了。不管媽媽去哪，他都緊追不捨。在街上一等就是幾個小時，冬天都凍壞了耳朵。不管他去了哪裡，都要跑回來看媽媽。終於他吻了她……

就在戰爭開打前，爸爸死了。我們家父親死於心肌梗塞。那天晚上，他坐著看電視，就那樣死了，好像只是去了某個地方。『聽著，好女兒，等你長大後……』爸爸為我設想了不少計畫，還有……還有……（哭）家裡只剩下我和媽媽兩個人。媽媽很怕老鼠，她不能獨自睡在家裡。為了躲避戰爭的聲音，她用枕頭捂著頭睡覺。我們賣掉了所有值錢的東西，包括電視和爸爸的金菸盒。那個菸盒相當貴重，我們一直珍藏著。還有我的金十字架也賣掉了。我們決定離開，但離開蘇呼米必須賄賂軍隊和員警，又需要一大筆錢！火車已經停駛，最後幾班船早已駛離，貨艙和甲板上的難民擠得就像沙丁魚罐頭。我們的錢只夠買一張票，一張單程票去莫斯科。我不想留下媽媽，自己離開。她央求了我一個月：『走吧，我的女兒！快離開這裡！』我還想去醫院照顧傷患（沉默）。他們不讓我帶任何東西上飛機，只能帶一個證件包，連媽媽的烤餅也不能帶。『請理解吧，現在是戰爭時期！』可是，有個男人在我旁邊經過海關，雖然他穿著便裝，但士兵走向他，稱他為『少校同志』，給他裝了幾個大箱子的紅酒和蜜橘。我哭了，哭了一路。一個婦女不斷在旁邊安慰我，她帶著兩個男孩一起搭飛機，一個是自己的兒子，一個是鄰居的兒子，男孩都餓得水腫了。我不想走，根本不想離開，是媽媽把我推開，硬把我推上飛機的。『媽媽，我要去哪裡？』『你要回家，回俄羅斯。』

到了莫斯科！這就是莫斯科？我在火車站待了兩個星期。像我這樣的人有好幾千個，都擠在莫斯科的各個火車站裡，白羅斯火車站、薩維洛夫斯基火車站、基輔火車站……都是帶著孩童和老人的家庭，分別來自亞美尼亞、塔吉克斯坦、巴庫……我們就住在火車站的長凳上、地板上。大家在同一個地方煮東西吃、洗衣服。廁所裡有插座，出口附近的自動扶梯也有插座。大家把水倒進盆裡，插上電鍋，麵條和肉一起煮，就是一大鍋湯！還有兒童麥片粥！我覺得，莫斯科所有火車站都瀰漫著罐頭和熱湯的味道，還有抓飯味和孩子的尿騷味——尿布都晾在暖氣和窗戶上。『媽媽，我要去哪裡？』『你要回家，回俄羅斯。』而今我到家了，家裡卻沒人想要我們，沒有人歡迎我們，沒有人注意我們，沒有人詢問我們。整個莫斯科就像一個火車站，巨大的火車站，又像一個大篷車隊。錢很快就用完了，我還兩次差點被強姦。第一次是個軍人，另一次是個員警。有天夜裡，員警把我從地板上拉起來：『你的證件在哪裡？』他把我拖進警務室。他的眼睛放射出獸性的光芒，我尖叫起來！他顯然害怕了，一邊逃走一邊說：『你真是傻瓜！』我整天在市區遊蕩，站在紅場上。有天晚上我在食品店裡徘徊，很想吃東西，一個女人給我買了一個肉餡餅。我沒有向她乞討，只是一旁看著她吃……她可憐我。就那麼一次，但我終身銘記著那一次。她是一個風燭殘年的老婦人，也很窮。我不能一直蹲在火車站，必須到其他地方。我不去想食物，不去想我的母親，就這樣過了兩週。（哭）有時在車站的垃圾箱裡能找到一塊麵包，啃別人扔的雞骨頭，我就這樣過日子，直到姑姑來找我。我們早早就失去了她的消息，不知道她是否還活著，她八十歲了。我只有她的電話號碼，每天我都打電話，但都無人接聽。姑姑其實是住院了，而我當時認定她已經死了。

奇蹟發生了，我渴望的奇蹟終於出現了。姑姑來車站找我了。廣播說：『奧爾佳，你姑姑從沃羅涅什來了，正在警務室等你。』所有人都騷動了起來，整個車站都在問：『是誰？找誰？姓什麼？』我和另一個女孩一起跑過去，我們兩人同姓不同名。她來自杜尚貝，得知來的不是她的姑姑，沒有人會把她領走時，她哭得好傷心。

現在我住在沃羅涅什，什麼工作都做，只要人家肯要我。我在一家餐館洗過碗，在建築工地當過警衛，還為一個亞塞拜然人賣水果，生活慢慢穩定了下來。現在我是測量員，當然還是臨時工，很可惜，因為這個工作還滿有趣的。我的醫學院畢業證書在莫斯科火車站被人偷走了，還有媽媽的全部照片。我和姑姑一起去教堂，我跪著祈求：『主啊！我已經準備好了，現在我想死。』我每次都問上帝：『我的母親是否還在人世？』謝謝您，我要感謝您沒有怕我，沒有像其他人一樣移開目光，感謝您聽我說了這些。請聽我說說吧。我在這裡沒有朋友，沒有人照顧我。

我就這樣說啊說的，說那些年輕漂亮的人怎樣死在那片土地上。（臉上出現瘋狂的笑容）他們死不瞑目，眼睛睜得大大的……」

＊　＊　＊

半年後，我收到她的來信：「我離開家去修道院了。我想活下去，我將為所有人祈禱。」

1 阿布哈茲（Abkhazia）現為東歐小國，首府蘇呼米（Sukhumi）。一八一〇年併入俄羅斯，一九一八年併入喬治亞，一九九二年宣布獨立。

一面小紅旗和斧頭的微笑

安娜・M，建築師，五十九歲

母親

「我不能夠再……我記得的最後一件事，是尖叫聲。誰在尖叫？我不知道。是我自己，還是鄰居？她在樓梯上聞到了瓦斯氣味，打電話叫來員警。（起身走向窗邊）秋天，不久前還是一片黃澄澄，現在由於下雨，全都黑了下來。即使在白天，光線也在很遙遠的地方。從早上起，天色就是昏暗的。我打開了家裡所有的燈，全天都開著，還是覺得不夠亮。（走了回來，落坐在我的對面）

起初，我夢見自己死了。童年時，我就很多次看到有人死去，後來我忘了這些。（擦眼淚）不曉得我為什麼哭？我自己都知道，知道自己生命中的一切。在夢中，有很多很多的鳥在我頭頂上盤旋，撞擊著窗戶。我醒來時，感覺好像有人在我的頭旁邊。有人站在那裡，我想轉身看看是誰，卻有些害怕，有種預感：不應該轉頭去看，不能看！（沉默）我在想另一件事，關心著另一件事。不是馬上要考慮這個……你問我的童年……（用雙手捂住臉）我現在還可以感覺到，感覺到媽媽和繼母的香甜味道。我看到了高山，木頭搭起來的瞭望台，上面有士兵，他們冬天穿著羊皮大衣，春天穿著軍大衣。還有鐵床，很多鐵床擺在一起，一張挨著一張。我以前覺得，如果我對什麼人說出這些，我就會想離開這個人，從此再也不要見他。所有這一切，都是我要深深、深深隱藏起來的。我從來沒有一個人生活過，我曾經在哈薩克的勞改營住過，它叫卡爾拉格，之後又被流放。我住過孤兒院、待過宿舍、住過公共住宅，周圍總是有很多很多其他的人，其他的眼線。我四十歲才有了自己的房子，上級分給了我們夫妻一間兩房公寓，那會兒我們的孩子已經長大了。我還是像住集體宿舍時一樣，習慣性地往鄰居家跑，借麵包、借鹽、借火柴，所以周圍的人都討厭我。我從來沒有獨自生活過，無法習慣。我總是盼望著有人寫信給我。期待收信，收信！現在我還在等待，就是此刻我也在等待。我有個朋友去以色列投靠女兒，她寫信問我：『你們那裡發生了什麼事？社會主義之後的生活如何？』我們的生活如何？你走在熟悉的大街上，法國商店、德國商店、波蘭商店，所有名字都是外文。外國襪子、外國毛衣、外國靴子、外國餅乾和香腸，到處都找不著我們的蘇聯產品。我聽到來自四面八方的聲音，全都是：『生存就是鬥爭，強者戰勝弱者，這是自然規律。』『我們必須長出利角和鐵蹄，穿上盔甲，弱者無人需要。』到處都要架拐子、拐子、拐子。這是法西斯主義，是卐！我感到震驚，感到絕望！這些都不是我的，不是我要的！（沉默）要是有人在我身邊，有什麼人……我先生？他已經離開我了。我很愛他。（突然笑了）我們是在春天結婚的，當時櫻花盛開，丁香滿園。他也是在春天走的，但他還是常常回來，在夢中回來看我時，不斷在說著什麼。但一切都是不可原諒的了。而在白天，我沉寂得就像聾子和瞎子。我與往事的關係，就如同與一個人的關係，如同與活人的關係。我還記得《新世界》雜誌連載索忍尼辛的《伊凡·傑尼索維奇的一天》[1]，所有人都讀過，都受到震撼！這麼多的對話。我不明白大家為什麼對此這麼感興趣、這樣驚奇？對我來說，他寫的都是我熟悉的、完全正常的事情：囚犯、勞改營、糞便……還有禁區。

我父親一九三七年被逮捕，他曾在鐵路局工作。媽媽到處奔波，四處解釋，證明爸爸是無罪的，抓他是個錯誤。就這樣，她把還在肚子裡的我給忘了，當她想起來時、想彌補時，為時已晚。她喝了各種髒水，又進過熱水浴缸。於是，生出了我這個早產兒。但我活了下來。我很多次都大難不死，好多次！不久，我媽媽也被抓了，我和她一起被帶走，因為不能把孩子獨自留在公寓裡，我那時只有四個月大。媽媽事先就把兩個姊姊送到姑姑住的村子裡，但是內務部下達的檔案說：『必須把孩子送回斯摩棱斯克。』在火車站，他們直接帶走了我姊姊：『孩子在孤兒院長大，說不定長大後還能成為共青團員。』連地址都沒給。過了很多很多年，等我們找到她們時，她們都結婚，已經有了孩子。我和媽媽在勞改營，一直住到我三歲。媽媽記得，那時經常有小孩子死亡。冬天時，就把死者堆在大木桶裡，死者在那裡一直躺到隔年春天，老鼠把屍體都咬爛了。到了春天要安葬時，掩埋的只是支離破碎的屍骸。三歲以上的孩子，會被帶離母親身邊，一起安置在孩子營房。從四歲起——不，大概五歲之後，我就有了記憶，片段的記憶。早晨，我們透過鐵絲網看到我們的媽媽，看著她們被一一點名，然後帶走去工作。她們走進我們被禁止進入的區域。後來有人問我：『小女孩，你是哪裡人？』我就回答：『禁區。』禁區那邊是另一個世界，有著莫名的、可怕的、我們所不曾見過的存在。那裡是戈壁，是沙漠，只生長著乾燥的茅草。我覺得那裡的戈壁已經到了世界的盡頭，除了我們之外，那裡沒有別的生命。一些士兵負責看守我們，我們以他們為榮，他們的帽子上都有小五星。我有一個小夥伴，叫魯比克．契林斯基。他帶我穿過鐵絲網的空隙去看媽媽，在所有人排隊去餐廳時，我們躲在門後。『你不喜歡喝粥嗎？』魯比克問我。我一直想喝粥，非常喜歡喝粥，但是為了看我的媽媽，我願意做任何事情。我們鑽進營房去看媽媽，但是營房是空的，所有的媽媽都去幹活了。我們都知道媽媽不在營房裡，但還是爬過去，聞聞那裡的一切。鐵床、飲水鐵槽，甚至還有一條條的鐵鍊子，都有媽媽的氣味。土地的味道、媽媽的氣息中都帶有一種香味。有時候，我們會在那裡看到別人的媽媽，她們躺在床上咳嗽。有一個媽媽在咯血，魯比克說，那是托莫奇卡的媽媽，托莫奇卡是我們當中年紀最小的，她媽媽很快就死了。後來托莫奇卡也死了，我一直在想：『要把托莫奇卡的死訊告訴誰呢？畢竟她媽媽也死了啊。』（沉默）過了很多很多年，我還常常回憶起這件事。我媽媽不相信我的記憶：『你當時只有四歲。』我告訴她，那時她穿著帆布鞋，鞋底是樹皮做的，穿著補丁又補丁的大袍子。她驚呆了，哭了起來。我全都記得……我記得媽媽給我帶回來一小塊香瓜，雖然只有鈕扣大小，包在破布裡，但是好香啊！我還記得有一次男孩子叫我去和小貓玩，但我不知道什麼是貓。貓是他們從外面帶進來的，禁區內根本沒有貓，貓在禁區內無法生存，因為那裡凡是能吃的全都丁點不剩。一直以來，我們都習慣於看著自己的腳下，或許會找到什麼吃的。我們吃過草葉、樹根、石苔。我們很想餵餵小貓，但什麼都沒有，我們就在自己吃了東西後，餵給牠我們的唾液。牠還真吃，吃了！我記得母親想要給我一塊糖。『安妮卡，拿著這塊糖！』她透過鐵絲網對我喊道。守衛趕她回去，她倒在地上。守衛抓著她的黑色長髮，拖著她往前走。我很害怕，我不知道什麼是糖。孩子也沒有一個知道什麼是甜味，他們看到這情景都嚇壞了，但是明白必須把我藏起來，於是把我推到了中間。孩子一直把我圍在中間：『因為我們的安妮卡跌倒了。』（哭）不明白我為什麼要哭嗎？我為所有的事情哭，我知道自己生命的全部，但是我會忘了我要說什麼。我表達的意思不完整，是嗎？我的意思不完整？

恐懼不是只有一種，有很多讓我們恐懼的事，大大小小都有。我們害怕長大，害怕長到五歲。到了五歲，我們就會被送去孤兒院，我們知道那是很遠的地方，離媽媽很遠。我現在都還記得，我被送到第五區第八號孤兒院。一切都被編了號，那裡不是叫街道，而是叫排：第一排、第二排……我們被裝上一輛卡車，就要開車了。媽媽跑了過來，死命地抓住車欄杆，尖叫哭號。我記得媽媽全都哭了，孩子哭的卻不多。我們不調皮，我們不淘氣，我們不笑不鬧。我是在孤兒院才學會了哭。在孤兒院我們被毆打，我們被告知：『可以打你們，甚至殺掉你們，因為你們的母親是敵人。』我們從來不知道爸爸在哪兒。『你媽媽是個壞人。』我記不清那個女人的臉了，就是她一遍一遍地重複這個。『我媽媽是好人，我媽媽很漂亮。』『你媽媽是壞人，她是我們的敵人。』我不記得她是否說過『殺掉』這樣的字眼，反正她說過類似的話，可怕的話。是的，我都害怕回想起它們。我們沒有輔導員或老師，這些我們聽都沒有聽過，我們只有指揮員。指揮員的手上總是握著一把長尺，隨便什麼事情就能打人，很簡單，很隨意。我倒很想讓他們把我身上打出一個窟窿，那樣就不會再打我了。結果窟窿倒是沒有，但全身長滿了膿瘡。我感到很高興，我的朋友奧列契卡脊椎上有幾個金屬釘，所以就不能挨打了，我很為她高興。大家都好羨慕她……（久久凝視著窗外）我沒有告訴任何人這件事。我很害怕，可是我怕什麼？我不知道。（沉思）我們喜歡夜晚，總是期待夜晚快點兒來。黑暗，漆黑的夜晚。到了晚上，值夜班的弗羅霞阿姨會來看我們。她很善良，會給我們講小小阿瑠娜和小紅帽的故事，還總是在口袋裡裝些麥粒，誰哭了就給幾粒。最愛哭的是小麗麗，她早上哭，晚上也哭。我們都有疥瘡，厚厚的紅瘡長在肚子上，小麗麗的腋下還有水泡，膿汁都爆裂了。我記得孩子之間也互相舉報，這麼做會得到獎勵，而小麗麗是告狀最多的。哈薩克氣候惡劣，冬季零下四十度的嚴寒，夏季四十度的高溫。小麗麗在冬天死去了，要是她能活到草長出來就好了。也許熬到春天她就不會死，不會死了。（聲音含糊不清）

我們上學讀書了。教得最多的，就是要熱愛史達林同志。我們人生中的第一封信都是寫給他的，寄到克里姆林宮。那時候就是這樣……當我們學習俄語字母時，會發給我們白色的紙張，聽寫出給我們最慈祥、最敬愛的領袖的一封信。我們熱愛他，我們相信他會回信給我們，會送給我們禮物，許多許多的禮物！我們看著他的照片，我們覺得他是那麼好看，是世界上最英俊的男人。我們甚至爭論過，獻出多少年的生命去換取史達林同志一天的壽命。在五月一日那天，我們所有人都拿到了一面小紅旗，我們一邊走一邊開心地揮舞著旗子。我們按照年齡排隊，我年齡最小，所以總是排在最末尾，總是擔心發不到小紅旗，怕旗子突然不夠了！我們總是被教導說：『祖國，是你們的母親！祖國，就是你們的媽媽！』可是我們只要一見到大人，就要問他們：『我的媽媽在哪裡？我的媽媽是什麼人？』沒有人知道我們的媽媽在哪裡。第一個找來的是，麗塔·梅爾尼科娃的媽媽。她給我們唱搖籃曲，她的聲音非常好聽：『睡吧睡吧！我親愛的寶貝／屋內的燈光逐漸暗淡／門洞沒有吱嘎聲／老鼠在爐子後面睡著……』我們沒聽過這首歌，但我們記住了這首歌。我們求她：『再唱一遍吧，再唱一遍吧。』我不記得她什麼時候唱完的，因為我們都睡著了。她告訴我們，我們的媽媽都是很好的人，我們的媽媽都很美麗。所有的媽媽都是美麗的。我們的媽媽都會唱這首歌。我們等待著，但是後來卻遭受了可怕的失望，她告訴我們的不是實話。其他的媽媽來了，她們都不漂亮，而且還生著病，她們也不會唱歌。我們哭了，號啕大哭。不是因為見面太高興而哭，而是因為悲痛絕望而哭。從那時起，我就不喜歡謊言，不喜歡夢想。不應該用謊言安慰我們，不應該欺騙我們：『你的媽媽仍然活著呢，還沒有死。』後來卻發現，媽媽並不美麗，或者媽媽已經不在了。不要騙我們！我們都不愛說話，沉默寡言。我不記得我們曾經說過什麼話，我只記得彼此間的觸摸。我的同伴瓦莉亞·克諾琳娜一碰我，我就知道她想要做什麼，因為所有人想的都是同一件事。我們都知道彼此最隱祕的事情：誰在夜裡尿床，誰在夢中大叫，誰發音不準確……而我總是喜歡用湯匙磨自己的牙齒。一個房間裡有四十張鐵床，到了晚上就下令：『把手掌放在臉頰下，所有人面向右側躺好。』所有人必須同時這樣做。所有人！必須行動一致，就像是動物，甚至是蟑螂，但我就是這樣受的教育。我至今仍然如此。（轉向窗戶，我一時看不到她的表情）夜裡我們躺在一起，也是一起哭。大家一起哭著說：『我們漂亮的媽媽要來了。』但有個女孩突然說：『我不喜歡我媽媽！為什麼這麼長時間她都不來看我？』我也生媽媽的氣。早上我們要一起合唱……（她開始唱起歌來）『溫柔的朝霞染紅了／古老的克里姆林宮城牆／全蘇聯的土地／在霞光中甦醒……』多麼優美的歌詞。對我來說，這首歌現在還是美麗的。

五月一日！世界上所有的節日中，我們最愛的就是五月一日。在這一天，會給我們發新外套和新裙子。所有外套都是一個樣子，所有裙子也都是一個樣子。你要認得自己的衣服，要在上面做標記，至少要有一些繩結或折痕，證明這是你的，就像你的一部分。他們說，祖國就是我們的家，祖國在關心我們。在五一遊行之前，院子裡會扛進來一面大紅旗，敲起了小鼓。有一次發生了一件驚奇的事情：有個將軍到我們這裡來祝賀節日了！我們這兒的男人只有士兵和軍官，這個人卻是將軍，褲子上有條紋裝飾。大家都跑到高樓的窗戶上，看將軍怎麼坐在車裡向我們揮手。『你知不知道爸爸是什麼？』瓦莉亞．克諾琳娜有一天夜裡問我。我不知道，她也不知道。（沉默）我們有一個叫斯捷潘的男孩，他總是端起雙臂，好像摟著人似的，他沿著走廊轉圈，自己跟自己跳舞。我們都覺得很搞笑，但他根本不在意。一天早晨，他死了，沒有病痛，是猝死的。我們很久都沒有忘記他……聽說他父親是一個高級軍事指揮官，官非常大，也是將軍。後來我的胳肢窩下也出了水泡，爆裂了，痛得我直哭。再後來，伊戈爾．柯洛廖夫在衣櫃裡親吻了我。我們是五年級的同學。我開始康復，活了下來，再一次活了下來！（哭了出來）現在還有誰會對這些有興趣？告訴我還有誰？應該早就沒有人感興趣了，沒人需要這些了。我們的國家都沒有了，永遠沒有了，只剩下我們，衰老的討厭鬼，帶著可怕的回憶和受迫害的眼光。我們還活著，但是我們的過去還剩下什麼？只剩下一種說法：『史達林用血澆灌的土地，赫魯雪夫在上面種上了玉米，所有人都嘲笑布里茲涅夫。』而我們的英雄呢？報上有人寫文章說卓婭[2]是因為從小患有腦膜炎，導致精神分裂，情緒激動才放火燒了房子。說她是個精神病患者。而亞歷山大．馬特洛索夫[3]是酒後撲向德國人的機槍，並沒有救出他的戰友。保爾．柯察金也不再是英雄……他們都是蘇聯的僵屍！（安靜了下來）我至今仍然經常夢見集中營，我還是不能看到牧羊犬，依舊害怕穿軍服的人。（流淚）我再也不能這樣……我曾經打開煤氣，打開四個爐灶，關上窗戶，拉上窗簾……我什麼都沒有留下，為了……不再害怕死亡。（沉默）似乎有什麼東西抓住了我，我好像聞到一個小孩的頭髮味道。我的窗前一棵樹都沒有，只能看到屋頂。（沉默）我把一束鮮花放在桌上，打開收音機。最後，我躺下來，躺在地板上，所有想法都是來自那裡。不管怎樣，我最後走出了勞改營，走出了鐵門，鐵門在我身後噹的一聲關上。我自由了，我獲釋了。我一邊走一邊說服自己，不能回頭！生怕有人會追上我，將我抓回去，一切又會重演。走了一會，我看到路邊有一棵小白樺樹，普普通通的白樺樹。我跑向它，抱住它，身體緊緊貼住它，旁邊有一簇灌木，我也抱住它。出來後的第一年是這麼快樂，全身心的快樂。（長時間的沉默）鄰居聞到了煤氣味，員警破門而入。我在醫院恢復神志後，第一個念頭就是，我在哪裡？我又回到勞改營了嗎？好像我沒有另一次生命，什麼都不再有了。我先是聽到了聲音，然後是劇痛，全身疼痛。我動了一下，喘氣都困難，動一下手臂，睜開眼睛，我的身體就是整個世界，然後世界破碎了，飄散在頭頂上。我看到一個穿白袍的護士，白色的天花板，很長時間我才恢復意識。我身邊是個生命垂危的女孩，好幾天了，全身插滿管子躺在那裡，嘴上是個氧氣罩，她甚至都不能喊叫，不知道為什麼就是救不了她。我看著那些管子，想像著細節：如果是我躺在那裡，已經嚥下最後一口氣了，但我其實不知道自己死了，我將不復存在。我已經徘徊在那個世界了。（停了下來）您不會已經聽膩了吧？沒有？聽膩了就告訴我，我就不說了。

媽媽……當我到了六年級，媽媽來找我了。她在集中營度過了十二年，有三年我們在一起，九年被分開。現在他們要把我們送到一個永久流放點，但允許兩個人待在一起。那是一個早晨，我正在院子裡，有人叫我的名字：『安妮卡！我的安妮卡！』從來沒有人這樣叫我，沒有任何人叫過我的名字。我看到一個黑髮女人，就尖叫起來：『媽媽！』她抱住我，用同樣可怕的聲音大喊了一聲：『孩子爸爸！』因為我當時長得非常像父親。幸福的時刻！百感交集的快樂感受！

那些日子，我開心得都不認識自己了，從來沒有經歷過這樣的幸福。真是百味雜陳。但很快……很快我就發現，我和媽媽彼此不理解，我們成了陌生人。我想加入共青團，要與那些想摧毀我們美好生活，那些看不見的敵人鬥爭。我母親看著我，哭了，但是什麼都沒說。她一直在害怕著什麼。在哈薩克城市卡拉干達，我們得到了身分檔案，被流放到一個叫別洛沃的城市，比鄂木斯克還遠，在西伯利亞的最深處。我們走了一個月，在車上顛簸前進，一路上不斷等待和轉車，在沿途的內務部門登記，按照預先被安排好的路線繼續走下去。不能住在邊境地帶，不能靠近國防設施和大城市，有一份長長的清單規定我們不能在哪兒居住。至今我也不敢在晚上觀看萬家燈火。夜裡我們從火車站被趕出來，只能在街道上流浪。暴風雪、嚴寒。居民區燈火點點，那裡的人在溫暖中生活，燒著熱茶。我們不得不敲門求助，這是最糟糕的事，沒有人願意收留我們過夜。『我們身上有犯人的氣味。』我的母親說。（她哭了，她都沒有注意到自己哭了）我們在別洛沃開始住『公寓』——在一個地窖裡。後來也繼續住在這個地窖裡，它已經是我們的家了。我患有肺結核，虛弱得站不起來，咳嗽咳得厲害。九月份，所有的孩子都去上學了，我不能走路，被送進了醫院。我記得，醫院每天都有人死去。索尼婭死了，尼亞死了，斯拉維克死了……我不怕死人，但我不想死。我的刺繡很漂亮，還有彩繪，人人都稱讚我：『真是個聰明的小女孩。你應該去上學。』我就想，那我為什麼要死？由於某種奇蹟，我活了下來。有一天我睜開眼睛，桌上放著一束稠李花。誰送來的？我不知道。但是我意識到，我必須活著，而我會活下去！我回到家裡，回到那個地窖裡。這段時間，媽媽中風過幾次。我幾乎認不出她來，我看到的已經是一個老婦人。就在那天，她被送到了醫院。而我在家裡找不到吃的，甚至連食物的氣味都沒有。我羞於和別人說這些事，等他們發現我的時候，我已經倒在地板上，幾乎沒氣了。有人帶來了一小杯溫熱的羊奶……一切的一切，我記得自己的一切，如何垂死掙扎，活下來，然後又一次在垂死邊緣。（再次轉向窗外）等我的身體好些了，紅十字會買票把我送上火車，送回到故鄉斯摩棱斯克，進了一所孤兒院。我就是這樣回到家鄉的。（哭泣）我不知道為什麼，為什麼我又哭？我知道一切，我知道我生命中的一切。我在那裡長到了十六歲，有了很多朋友，男孩子開始追求我。（她笑了）追求我的都是很好看的男人，都是成年人。但我一直有這樣一個特點：如果我喜歡一個人，我會很害怕。我害怕受到關注，害怕別人注意到我。這樣追我是不可能成功的，因為我約會時總會帶著女伴。如果他們邀請我去看電影，我不會單獨赴約。我第一次去見未來的丈夫時，就帶著兩個女伴同行。後來很長一段時間，他一直記得這件事。

史達林去世那天，孤兒院所有的孩子都排起了隊，拿起了紅旗。送葬隊伍很長很長，我們都立正站好，一直站了六到八個小時。有人暈倒了。我哭著想：『我已經知道沒有媽媽的生活是什麼樣子了，但沒有史達林該怎樣生活？如何生活？』不知道為什麼，我擔心戰爭會爆發。（哭）再來說我媽媽，又過了四年，我已經進入建築學院讀書，媽媽從流放地回來了。她只帶了一個小木箱，箱子裡是一個鋅製的養鴨女工雕像（我現在還一直保存著，無法扔掉），還有兩個鋁勺和一堆破襪子。『你是個糟糕的女主人，』媽媽罵我，『連縫縫補補都不會。』我當然會補襪子，但是我知道，媽媽帶來的這些襪子上的破洞，是永遠都補不好的。誰都補不好。我有獎學金，十八盧布，媽媽的退休金是十四盧布。這對我們來說，就是天堂了：有麵包吃，想吃多少都行，還夠買茶喝。我有一件運動服，還有全棉的裙子，是我自己縫製的。在學院裡，冬天和秋天我都穿著運動服，我覺得，我們已經有了一切。如果我走進一個正常的房子，一個正常的家庭，看到人家坐在那裡悠遊自在，我就會想：『為什麼需要這麼多東西？這麼多湯匙、叉子和杯子……』我總是被最簡單的事情難住，很簡單的東西。例如，為什麼要有兩雙鞋子？我對於那些東西都無動於衷，對日常生活沒有要求。媳婦昨天打電話過來：『我在找一個棕色的瓦斯爐。』廚房裝修後，她要把所有的東西都換成棕色的，家具、窗簾、餐具，一切都按外國雜誌上的擺設；還要在電話機上掛個鐘錶。她按照廣告和報紙裝修公寓，一切都是在《買賣》雜誌上看到的。『我想要這個！我想要那個……』以前所有人的事情都很簡單，那時的生活很簡樸。而現在呢？人人的胃口都填不滿……我想要！我想要！我想要！（揮動著手）我很少去看我的兒子，他們家裡一切都是新的、昂貴的，就像辦公室。（沉默）我們之間變得陌生了，成了素不相識的親人。（沉默）我想記住媽媽年輕時的樣子，但我想不起來，我只記得生病的她。我們一次也沒有擁抱過彼此，也沒有親吻過彼此，我們之間沒有說過充滿愛的話語，至少我不記得。我們這些人的母親曾經兩次失去我們：第一次是我們很小的時候，從她們身邊被抓走。第二次是她們老了回到我們身邊時，我們已經長大成人。孩子成了陌生人。別人改變了她們的孩子，另一個母親養育了孩子：『祖國，就是你們的母親，你們的媽媽。』『孩子，你的爸爸在哪兒？』『還在監獄裡。』『那你媽媽呢？』『已經在監獄裡了。』我們只知道自己的父母在監獄裡，離得很遠很遠，我們從未和他們在一起生活過。有一段時間，我還想離開我媽媽，逃回孤兒院。怎麼回事？到底怎麼了？她從不讀報紙，從不參加遊行，也從不聽收音機，她不喜歡那些。我一唱起來，心臟就會跳出胸口的那些歌，（輕聲哼唱）『敵人永遠無法使你／低下你的頭顱／我親愛的首都／我的黃金莫斯科……』我被街上的活動吸引，我參加閱兵日遊行，我喜愛體育節。至今我還記得那種奔放的情緒！和大家一起前進，你已經成為偉大事業的一部分，感覺是如此幸福。但是，跟母親待在一起時，什麼都沒有。我一直就沒能調整過來。媽媽很快就死了，我擁抱和撫摸她的時候，她只剩冰冷的身軀。她已經躺在棺材裡，我心中才喚醒深深的柔情，深深的愛！她穿著舊靴子躺在那裡，連一雙高跟鞋或涼鞋都沒有，而我的鞋子套不上她浮腫的腳。只有在這個時候，我才說了很多安慰她的話，承認我多麼愛她，也不知道她能不能聽到了。我一遍一遍地親吻她，說我多麼愛她……（哭）我感覺到她還在這裡，我相信她還在。」

她走進廚房，很快就招呼我：「午餐上桌了。我總是一個人，一直很想至少能和誰一起吃頓飯。」

「完全沒有必要再回去。因為……但我還是跑回去了。我太想念了，五十年，我花了五十年，才又回到了那個地方，我日思夜夢的地方。

那是冬天。我經常夢見那裡的冬天，外頭是那麼冷，狗和鳥都不見蹤跡。空氣因為嚴寒而像玻璃一樣澄淨透明，白煙從煙囪裡冒出，在空中形成一道煙柱。夢中也有夏末時節，草已經停止生長，葉子上布滿了沉重的灰塵。而我，我就是想去那裡。已經到了改革時代，戈巴契夫、集會抗議，所有人都走上街頭。人人興高采烈，想寫什麼就寫什麼，想喊什麼就喊什麼，想在哪裡喊就在哪裡喊！自——由！自——由！不管前面有什麼，反正過去的已經過去了。對另外一些東西的期待，讓我們急不可耐。正因為如此，再次出現了恐慌。很長一段時間，我早上都不敢打開收音機：『會不會一切突然間又結束了，一切都取消了？』我一直心存疑慮。會不會夜裡來人，把我們都抓到體育館，就像在智利[4]。對『智囊團』來說，一個體育館就夠了，其他的人都會自我沉默。但沒有人來，也沒有人被帶走，報上開始發表勞改營的回憶。他們的照片，瞧瞧那些眼睛！勞改營裡人們的眼神，看起來就像來自另一個世界。（沉默）我做出了決定：『我要去，我要回去！』至於為什麼要去？我也不知道，但我必須去。我安排了假期，過了一個星期，又過了一個星期。但是我怎麼也下不了決心，我找了各種各樣的理由：要去看牙醫、陽台門還沒有上好漆，反正是各種瞎找的理由。一天早上，我正在粉刷陽台門，又對自己說：『我明天要去卡拉干達。』我還記得，腦海裡的聲音是那麼響，我對自己說，我知道我一定會去。出發，就是一切！卡拉干達是什麼？是一片綿延數百公里光禿禿的草原，夏天會熱到要人命。史達林時期，在這個大草原上建了幾十個勞改營：斯捷普拉格、卡爾拉格、阿爾日勒、別斯欽拉格，數十萬名的犯人被流放到這裡，他們成了蘇聯的奴隸。史達林死後，拆除了勞改營，撤除了鐵絲網，出現了一座城市卡拉干達。這就是我要去的地方，我要去！長路迢迢，我在火車上遇到一個女人，是來自烏克蘭的一名教師。她一直在尋找父親的墳墓，已經是第二次去卡拉干達了。『不要害怕，』她對我說，『那裡的人已經習慣看到來自世界各地奇奇怪怪的人，對著石頭說話了。』她隨身帶著一封父親的信，是父親從勞改營寄出的唯一一封信：『……不管怎樣，一切都比不上紅旗好。』那封信就是以這段話結束的。（沉思）這個女人，跟我講她父親是怎樣在一張紙上簽字，承認自己是波蘭間諜——審訊員踢翻凳子，把釘子釘到一條凳子腳上，再釘在她爸爸的腿上，然後拉著他轉圈，釘子插進他的肌肉裡不斷旋轉，就這樣逼迫他說出：『好吧，我就是間諜。』調查員又問：『是哪國的間諜？』她父親反問：『通常都是哪國間諜？』他們就讓他選擇，德國或波蘭。『那就波蘭吧。』因為他知道波蘭語兩個單詞：dzenkuje bardzo（非常感謝）和 wszystko jedno（彼此彼此）。只有這兩個單詞，而我呢？我對自己的父親一無所知。有一次我媽說漏嘴了，說我爸爸好像因為酷刑而在獄中發瘋了，不停唱歌。同一節車廂，還有個年輕的小夥子，我們兩個女人談了整整一夜，也哭了一整夜。到了隔天早上，那個小夥子看著我們說：『太恐怖了，太令人震驚了！』他才十八或二十歲。主啊！我們遭受了這麼多的苦難，卻無法講給任何人聽，我們只能互相傾訴。

到了卡拉干達，有人開始開玩笑：『下——車——啦！帶著你們的細軟下車吧！』有人在笑，有人在哭。在火車站，我聽到的第一句話就是：『賤人、婊子、垃圾……』都是我熟悉的囚犯語言。我立刻想起了這些話，立刻！我渾身打哆嗦，怎麼都止不住內心的顫抖。我在那裡站多久，就這樣全身顫慄了多久。當然，我對這個城市並不熟悉，但向遠處望去，看到了最後一排的房子，看到了我熟悉的場景。這些我都太熟悉了，那些乾涸的毛針草和慘白的塵土，老鷹在很高的天空中飛翔。連居民區的名字，也很熟悉：沃爾內伊、小聖城……都是以前的勞改地點。我以為不記得了，但其實歷歷在目。在公車上，我旁邊坐著一位老人，他發現我不是本地人，就問：『您要找誰？』我就開始說：『這裡曾經有一個勞改營……』『你是說那片營地嗎？兩年前，最後一片也被拆掉了。大家用那些磚瓦建成了雞舍和澡堂。土地被分掉蓋度假木屋，還用勞改營的鐵絲網圍起了花園。我兒子在那裡就有一塊地。你知道的，在這裡很不愉快……每逢春天，下雪或下雨時，都可能在馬鈴薯園子裡挖出人的骨頭。但也沒有人感到厭惡，因為都習慣了。這片土地到處都有骨頭，就像石頭一樣。大家就把它扔在地上，用靴子踩碎，踩碎就行。已經習以為常了。只要抓一把黑土，翻弄一下就有……』我聽得呼吸急促，簡直要暈過去了。老人轉向車窗指給我看：『就在那邊，商店背後，正在填平墓地，準備修建澡堂。』我坐在那兒，感覺快要窒息了。我還要等待什麼？難道指望會豎起金字塔和烈士陵園嗎？老人還在介紹：『這是第一排，是現在街道的名字。還有第二排……』我看著窗外，卻什麼都沒有看到，淚水遮住了眼睛。在車站，有哈薩克女子在賣黃瓜、番茄和葡萄乾，還有一桶桶的果醬。『剛剛從園子裡摘來的，自己家的園子。』主啊！我的上帝，我必須說，我快喘不過氣了，我身體內部出了什麼問題。幾天之內，我就全身皮膚乾燥，指甲開始斷裂。我的整個身體機能出現了異常，幾乎要癱倒在地上，再也爬不起來。草原，它就像大海一樣，我不停地走，終於倒下了，倒在一個小小的鐵十字旁邊，它的小橫梁已經埋在地下，只露出一個小尖頭。我大聲哭喊，變得歇斯底里。但四周空無一人，只有鳥兒在頭頂上飛……（短暫停頓後繼續說）我住在旅館裡，每天晚上餐廳裡都煙霧繚繞，瀰漫著伏特加的氣味。有一次我在餐廳吃飯，同桌吃飯的兩個男人正在聲嘶力竭地爭論。一個人說：『我仍然是個共產黨員，我們必須建設社會主義。沒有馬格尼托哥爾斯克和沃爾庫塔[5]，我們能打斷希特勒的脊梁骨嗎？』另一個說：『我和當地老人聊過，他們都曾經在勞改營服務或者說工作過。我不知道該怎麼說，燒飯的、看門的，還有做一些特殊工作的。在勞改營也沒有其他工作，他們對這就滿意了，有工資、有口糧，還有制服，所以他們把這稱為工作。勞改營對他們來說，就是一份工作！一項職業！至於你們說到什麼罪行，什麼靈魂和罪惡；在那裡坐牢的不是什麼別人，都是人民，把他們送進去的、看管他們的，也都是人民。不論是外來的，或者是從什麼地方徵召來的，都一樣。其實都是自己人，都是親人。其實所有人都是穿著條紋囚服的犯人，全部都是受害者。真正的罪人只有史達林一個。但是，您以為這只是一道簡單的算術題嗎？數以百萬計的犯人被審查、被逮捕、被拷問，層層逼迫，一槍就把眼前的人打死，這些都是誰做的？因為也有數以百萬計的執行者啊。』服務員給他們拿來了一瓶酒，很快又端來第二瓶，我就在一旁聽他們說。他們喝了不少，但沒有喝醉。我呢？坐在那裡就像癱了一樣，無法離去。前面那位又說：『他們告訴我，說勞改營已經空了，關閉了。不過夜裡的風總是刮來哭聲和呻吟聲。』第二位說：『很神奇啊，都開始流傳鬼故事了。我們所有的痛苦就在於，我們既是兇手，又是受害者，我們是同一種人。』他接著又說：『史達林接手的是只有雪橇的俄羅斯，留下的卻是擁有原子彈的俄羅斯。』在那裡，我三天三夜都沒有闔眼。白天就在草原上徘徊遊蕩，漫無目的，一直到天黑下去，燈亮起來。

有一天，一個男人進城來找我，他看上去五十歲左右，也許更老，與我年齡相仿。他顯然是喝醉了，喋喋不休地說著：『您在找墓地嗎？我明白，可以說，我們就生活在墓地上。可是我們……簡言之，我們這兒的人不喜歡回憶過去。那是禁忌！老人家，我們父母那一輩，都死了，但是那些仍然活著的，都保持沉默。您知道，他們受的也都是史達林式的教育。戈巴契夫、葉爾欽，都是今天的事，誰又知道明天會發生什麼，會朝哪個方向轉。』他一字一句地說著。從他嘴裡，我慢慢了解到他父親曾是一名軍官，『戴肩章的』。到了赫魯雪夫時代，他想離開這裡，但上級不允許。所有人都簽字保證過不會洩漏國家祕密，不管是坐牢的還是抓人的，或者是看守的。任何人都不能放出去，因為他們知道得太多太多了。他還聽說，就連押送囚車的人也不能夠放回去。表面看起來，他們在這裡可以免遭戰爭之災，但實際上，如果是去打仗，他們還可以重返家園，但在這裡卻永遠不能回去了。進入了禁區，進入了系統，就把他們吸進了無法回頭的地方。服刑和服役期滿後，只有黑幫和罪犯才離得開這些倒楣的地方。留下來的人，走不了的人，後來就都生活在一起，常常住在同一棟房子或同一個院子裡。『唉，我們的生活，就是活受罪啊！』他重複說。他回想起自己童年的一件事，坐牢的人如何密謀要勒死一個從前的守衛，因為那傢伙就是個禽獸。他們假裝喝醉酒打架，把對方按到了牆邊。他父親一直喝悶酒，喝醉了就哭：『他媽的！一輩子都把舌頭夾上了。我們全都是最小的沙子而已。』深夜，草原上，我們兩個人一起出去——一個是受害者的女兒，和誰的兒子呢？該怎麼稱呼這種人？稱他劊子手？充其量不過是個小劊子手。但是，沒有小劊子手就沒有大劊子手。他們是需要大量做髒活的人。反正，我們在這裡相遇了。我們都談些什麼？說我們一點也不知道父母親的事，他們一直到死都緘口不言，帶走了自己所有的祕密。但是顯然的，我抓住這個傢伙，強烈地激起了他的傷感。他告訴我，他父親從來沒有吃過魚，因為據他說，這海裡的魚是吃人肉長大的。把一個人赤條條地拋進海裡，幾個月之後就只剩下骨頭了，白白的骨頭。他從哪裡知道這個的？他父親清醒時沉默不語，喝醉的時候就痛罵，說自己做的是文官職務，說自己的雙手是乾淨的。他的兒子也很想相信這一點。那為什麼不敢吃魚？魚令他作嘔。父親去世後，他找到了證明父親在鄂霍次克海邊服役過幾年的檔案，那裡也有勞改營。（沉默）他喝醉了。全部都說出來了……他直愣愣地盯著我看，好像神志又清醒了。清醒且害怕，我明白他是害怕了。他突然又惡狠狠地喊了一聲。在這個人的靈魂中，深埋著太多的受害者。夠了！我明白了，他們有家人，他們有孩子。雖然家人和子女並沒有簽過保密文件，但他們自己很明白，仍舊必須管住自己的舌頭。臨別時，他向我伸出了手，但我沒有伸出手。（哭）

我一直在尋找，直到最後一天，就在最後一天，有人向我暗示：『去找找卡捷琳娜．德姆丘克吧，一個快九十歲的老太太，她記得那一切。』別人帶我過去，把她家指給我看。我看到那是一棟磚房，圍了一圈高高的柵欄，我走過去敲了敲圍牆門。她走了出來，是一個很老的老太太，已經半瞎了。『我聽說，您以前在孤兒院工作過？』『我曾經是一名教師。』『我們當時沒有老師，只有指揮員。』她什麼都不回答我，轉身去拿水管澆菜園。我站在那兒就是不走，絕不離開！最後，她不情願地把我帶進房子。房間裡有一個釘在十字架上的基督，角落裡還有一幅聖像。我記起了那個聲音。雖然記不得她的面孔，但我回想起她的聲音……『你媽媽是敵人。我們可以打你，甚至殺了你。』我認出了她！或者是因為我很想認出她？我本來可以不問的，但還是開口問了：『也許您還記得我吧？也許……』『不，不，我誰都不記得了。你們那時候還很小，瘦得渾身上下只剩一把骨頭。我們是按照規定做事。』她拿來了茶葉和餅乾，我坐在那兒聽她抱怨兒子和孫子酗酒。她的丈夫很早就去世了，她只有很少的退休金。她總是背痛。晚年生活很苦悶。原來是這樣。好吧！我想，好吧，這就是……命該如此！五十年後我們又見面了。我肯定這就是她。那麼，這次見面有什麼意義呢？我和她一樣，也沒了丈夫，領著微薄的養老金，彎腰駝背。除了衰老的生命，一無所有。（長時間陷入沉默）

第二天，我離開了。留下了什麼？也許是茫然和委屈，我不知道，這委屈是因為誰而來？我夢見過草原，覆滿白雪的草原，覆蓋紅色罌粟花的草原。可是現在，曾經是勞改營的這些地方，有的變成了咖啡館，有的成了度假木屋，還有放養的乳牛在吃草。真不應該回來的，不該回來！我那麼難過地哭泣，那麼痛苦地思索，都是為了什麼？這一切都為了什麼？再過二十年，再過五十年，一切都將成為過眼雲煙，好像我們從來沒有存在過。只會有兩行字留在歷史教科書上，對索忍尼辛的推崇將按照索忍尼辛的方式成為歷史。此前有人因為讀《古拉格群島》而被監禁。我們透過偷偷影印或者傳抄來閱讀。我相信，我相信，如果成千上萬的人開始閱讀，那麼一切都將會有所改變。隨之而來的，則是因為痛悔而流淚。結果怎麼樣？在紙上寫過的，付梓了；心裡偷偷想著的，說出口了。又能怎樣？這些書躺在書架上，落滿了灰塵，人漠然地從旁邊走過……（沉默）我們還活著，但我們也已經不存在了。就連我以前住過的大街，過去叫列寧大街，也不存在了。一切都面目全非，所有的人、所有的事，連錢都長得不一樣了。語言詞彙不斷翻新了，以前叫『同志』，現在叫『先生』，然而『先生』在我們這裡似乎還沒有習慣。每個人都在尋找自己的貴族家譜，這是時尚！有人又開始喊『公爵』和『伯爵』，而早前讓我們自豪的工人和農民，已經成為回憶了。人人都畫十字、做禱告。我們認真地討論，君主制是否能夠拯救俄羅斯。大家現在都愛沙皇，在一九一七年那可是每個女學生都喜歡嘲笑的對象。對我來說，這個國家已經很陌生了。陌生得很！以前朋友到家裡做客，大家都在討論書、戲劇；現在都在討論誰買了什麼、匯率多少。當然，還少不了政治笑話。沒有絲毫憐憫之心，只有嘲弄一切，而一切都是可笑的。『爸爸，誰是史達林？』『史達林是我們的領袖。』『我以為只有酋長國才有領袖呢。』在亞美尼亞電台的節目中，有人問道：『史達林留下了什麼？』亞美尼亞電台的答案是：『史達林留下了兩套內衣、一雙靴子、幾件長袍，其中一件是節日穿的，價值蘇聯貨幣四盧布四十戈比。還有一個龐大的帝國。』第二個問題是：『俄國士兵是怎樣打到柏林的？』答案是：『因為俄國士兵沒有英勇到敢於撤退。』所以，我不再去朋友家，也很少外出。我在外面看到什麼？物欲拜金的狂歡節！除了錢包，沒有任何有價值的東西留下來。而我呢？我是乞丐，我們都是乞丐。我們這一代所有的人，前蘇聯人，都沒有帳戶，沒有不動產。我們的東西也太蘇聯了，分文不值，誰也不要。我們的資本在哪裡？就是我們所擁有的一切，就是我們的痛苦、我們的經歷。我只有兩份證明，就寫在像普通筆記本那樣的紙張上：『……恢復名譽……』和『……由於缺乏犯罪證據而平反……』一份是爸爸的，一份是媽媽的。曾幾何時，我為兒子驕傲過，他身為空軍飛行員在阿富汗服過役。可是現在，他在市場賣東西，他可是少校啊，還得過兩枚戰鬥動章！現在卻成了個小商販。以前叫投機商人、黑市，現在叫生意人。他去波蘭，帶去伏特加酒、香菸和滑雪板，從那邊帶回柔軟的布料。破爛貨！去義大利時帶去琥珀，從那裡帶回了馬桶、水龍頭和活塞。呸！我們家從來沒出過一個推銷員。我鄙視他們！就讓我成為一個殘存的老蘇維埃吧，至少也比做買賣強得多。

在這裡，我向你坦承，我還是更喜歡從前那些人，他們都是自己人，我們和那個國家一起成長，經歷了她所有的歷史。而對現在這個國家，我無動於衷，這不是我的國家了。（我看她累了，就關掉錄音機，她把兒子的電話號碼寫下來給我）你去問他吧，我兒子會講的，他有自己的故事。我知道我們之間有代溝，我知道……（熱淚盈眶）現在你走吧，我想單獨待一會兒。」

兒子

他很長一段時間都不讓我開錄音機，後來卻意外地主動建議我：「就錄這段吧。反正已經成了歷史，不再僅僅是親子之間的家庭衝突。不過別提到姓名。我不是害怕，是我不喜歡。」

「您已經知道一切了。但是……對於死亡我們能說什麼？沒有什麼是簡單易懂的，可是……其實……卻是絕對陌生的感覺。

至今我還是喜歡看蘇聯電影，其中有些東西在現代電影中難以找到了，而我喜歡的正是這些『東西』，從小就喜歡。但到底那是什麼？我無法簡單地表達出來。我對歷史著迷，那時候讀書的人很多，我讀過切柳斯金[6]等探險家的故事，讀過契卡洛夫[7]的故事，也讀過加加林和柯洛廖夫[8]的故事。但一直以來，我對一九三七年一無所知。有一天，我問媽媽：『我們的外公是死在哪裡的？』媽媽當場暈了過去。父親說：『以後不要再問媽媽這個問題。』我是十月革命的後代，是少先隊員，我相信與否，並不重要。也許我相信？最好不要去思考……後來我又加入了共青團。我們在篝火邊歌唱：『如果朋友突然變得／既不是朋友，也不是敵人，這樣的話……』接著往下說吧。（他點了一根菸）夢想？我就是夢想成為一名軍人，飛上天去。又體面又帥氣。那時候所有女孩都夢想著嫁給軍人。我最喜歡的作家是庫普林[9]，他就是一名軍官！我喜歡帥氣的軍裝，幻想如英雄一樣壯烈犧牲！我羨慕軍人像男子漢那樣喝酒，建立男子漢那樣的友誼。這些都深深吸引了我，因為我有著青春的熱情。家長也都支持我。反正我從小就是被蘇聯書籍培養起來的：『人高於一切』、『沒有人不可能做到的事』、『人，聽起來就是值得驕傲的』。那個時候，我們大談那些現實中不存在的『人』、自然界中不存在的『人』。我至今也不明白，為什麼那時候有那麼多的理想主義者？而現在，他們都消失了。百事可樂的一代有什麼理想主義？都是一些實用主義者。從軍校畢業後，我在堪察加服役。那是邊境，只有白雪和丘陵。在我的國家，我總是那麼喜歡的，就是大自然，無比美麗的景色。兩年後，上級又把我送進軍事科學院學習，我又以優異成績畢業。一排排的紅五星，優秀的職業軍人！倘若為我舉行葬禮，那是要鳴響禮炮的。（喊了起來）如今已時過境遷了，我從蘇聯少校變成了生意人，專賣義大利的家用暖氣機和通風設備。如果十年前有誰預言我會有今天，我或許不會痛打那位預言家，但肯定覺得這是個大笑話。我那時是個絕對的蘇聯人，對於愛錢會感到羞愧，認為應該執著於自己的夢想。（抽了口菸，沉默了一會）真讓人遺憾，我們忘了太多東西了，是因為事情總是出現得太快。世界如同萬花筒一樣變化著。最初，我愛上了戈巴契夫，接著又對他感到失望。我去了示威現場，大聲吼道：『要葉爾欽！不要戈巴契夫！』大喊『打倒憲法第六條』，甚至還到處張貼傳單。我們討論又閱讀，閱讀又討論。我們究竟想要什麼？我們的父母只想要言論自由和閱讀自由，他們的夢想是在人道社會主義下，過著有人情味的生活。至於年輕一代呢？我們，我們也夢想著自由。但自由究竟是什麼？還是一堆理論，我們想要像西方人一樣生活，想聽西方的音樂，想和他們穿一樣的衣服，想要環遊世界。『我們要改變、改變……』維克多．崔[10]唱道。但要往何處去，我們沒弄明白。所有人都活在夢想中……食品店裡有三公升罐的樺樹汁和醃白菜，有一袋一袋的月桂葉；糧票可以買義大利麵條、黃油、大米、小米、菸草……為了排隊買伏特加，甚至還有人會被殺死！但同時，普拉東諾夫和格羅斯曼[11]的禁書也能印刷發行了。蘇聯從阿富汗撤軍，我活著回來了，我認為所有到過阿富汗的人都是英雄。可是當我們回到祖國時，祖國卻沒有了。取代祖國的是一個新的國家，這個國家鄙視我們。軍隊被瓦解，軍人被抹黑、被謾罵，說我們是殺人者。從祖國保衛者變成了殺人者！把所有的事情都強加在我們身上，不管是阿富汗，還是維爾紐斯和巴庫。到處都在流血，晚上穿軍裝上街都不安全了，可能遭到毆打。因為沒有食物、沒有商品，大家都變得很凶狠，也就沒有人去理解到底發生了什麼。飛機無法飛行，因為沒有燃料。飛行員坐在地上打牌，狂飲伏特加。軍官的薪水只能買十個大餅。一位戰友開槍自殺了，又一位緊跟著……不少人離開軍隊，能去哪兒就去哪兒。大家都有家庭要養，我有兩個孩子，還有一隻狗和一隻貓，怎麼活下去？狗被人抓去賣肉了。一連幾星期，我們只能喝粥。所有這些記憶現在都模糊了。是的，趁著還有人記得當時的一些事情，應該都記錄下來。我們這些軍官，夜晚去卸過貨車、當過保安、鋪過柏油。和我一起幹活的，還有博士、醫生、外科大夫，甚至還有鋼琴家。我學會了貼瓷磚和安裝防盜門之類的。後來，大家開始做起生意，有人賣電腦，有人『煮』牛仔褲……（笑）兩個人約好：一個人買來一箱酒，另一個人去賣。講定就好！一個找資金，另一個就想辦法弄到酒。這好像是政治笑話，但都是真有其事。我現在什麼生意都能做，從破舊的運動鞋到直升機。（停了下來）

但是，我們活下來了！總算活過來了，國家也熬過來了。可是，我們對於精神還知道什麼嗎？只要精神還在。我和我的朋友，他們現在都混得不錯。有人開了個建築公司，有人有個小雜貨店，賣乳酪、肉類和香腸，還有個朋友在賣家具。有的人在國外有投資，也有人在賽普勒斯有房子。一個是博士，一個是工程師，都是聰明人，受過良好教育。報紙上描繪了『俄羅斯新貴』的形象：戴著十公斤的金鍊子，車子的保險桿是黃金鑄的，輪子是白銀打造的，簡直就像民間傳說故事。只要不是傻子，生意做得成功就能擁有自己想要的一切。就這樣，我們經常見面聚會。我帶去了昂貴的白蘭地，但喝的還是伏特加。我們喝伏特加喝到凌晨，酒醉後相互擁抱，高唱著〈共青團員之歌〉：『我們是共青團員，我們是志願者／我們因為永恆友誼而強大……』我們還記得上大學時怎樣去開荒種馬鈴薯，還有在軍隊體驗生活時好玩的事情。總之，我們都懷念蘇聯時期。您能理解嗎？我們的聊天總是這樣結束：『今天已經無法無天，我們需要史達林。』我告訴您吧，雖然我們一切都很好，那又怎樣？就拿我來說，十一月七日還是我的節日。我在這天慶祝某種偉大，我為它感到遺憾，甚至是非常遺憾。如果實話實說，一方面這讓我很懷舊，另一方面也讓我恐懼。每個人都想離開這個國家，去賺『銀票』。我們的孩子？他們都想學會計。但問他們有關史達林的事，完全不知道！只有大概的印象。我給兒子讀索忍尼辛，他一直在笑。我聽到了！他居然在笑！對他來說，一個人被指控為三個情報機構的間諜，就已經是夠荒謬的玩笑了。『爸爸，哪有這種不識字的調查員，每個單詞都有拼寫錯誤。甚至槍決這個單詞，他們也拼得不對。』他永遠不會理解我和我的母親，因為他一天也沒有在蘇聯生活過。我、我的兒子、我的母親，我們是生活在不同的國家，雖然都是俄羅斯，雖然是一家人，但我們彼此之間是一種畸形的關係。畸形得可怕！所有人都覺得自己被騙了。

我們的社會主義，是煉金術，是一種煉金術的想法。我們飛速向前，但不知道方向在哪裡。『想加入共產黨應該去找誰？』找心理醫生。我們的上一輩，我的母親，他們很想聽到的是，自已經歷了一種偉大、不平凡的生活，他們深信自己的信仰有價值。但他們真正聽到的又是什麼？四面八方都在說，他們的生活都是屁，除了導彈和坦克，他們一無所有。他們時刻準備回擊任何敵人，如果能夠擊退的話！但是，一切還不需要戰爭就全都崩潰了。沒有人能明白這是為什麼。人需要思想，但是卻沒有學會思考。大家只記得恐懼和談論恐懼。我曾經讀到過：『恐嚇也是愛的一種形式。』好像是史達林說的。如今，博物館空空如也，教會卻天天爆滿，因為我們都需要心理輔導。您以為楚馬克和卡什皮洛夫斯基[12]是治療身體的？不對，他們是治療心靈的。成千上萬的人坐在電視前像被催眠了一樣，聽他們演講，隨著他們的指引走。這是毒品！是可怕的孤獨感、被拋棄感造成的。從計程車司機到辦公室職員，從國家級演員到學者，如今所有人都陷入一種無理性的孤獨感當中。生活完全改變了。現在的世界按照另一種方式被劃分：不是白軍和紅軍，也不是誰坐牢誰看押，誰讀索忍尼辛誰不讀，而是誰買得起誰買不起。您不喜歡嗎？不喜歡……這是很明顯的事，我……我也不喜歡。您，甚至還有我，我們曾經都是浪漫主義者，或說天真的六〇年代精英？一群真誠的人。我們相信，我們的共產主義失敗了，俄羅斯人現在急切地要學習自由，學會生活。生活！什麼都想試試，都想嘗嘗，都想品味一下。美食、流行服飾、環球旅遊，人們都想看看棕櫚樹和沙漠，想看看駱駝，而不是滿眼都是戰火、燃燒，不想總是舉著火把與斧頭奔跑。不，我們就是想要簡單的生活，想和其他人一樣，但是法國和摩納哥那種生活，是我們無法企及的！給你土地，但是可能收回；允許做買賣，但可能因此入獄。工廠會被沒收，商店會被迫關門，這種恐懼感還是時不時刺激著小腦，糾纏著我們。要知道，我們曾經有過怎樣的歷史啊？必須要賺錢，還要快點賺到錢。沒有人會去想什麼大事業或宏偉的計畫，人們實在是厭倦了這些偉大志業！只想做一個真正的人，一個正常的人，一個普通的平凡人。平平常常、平平凡凡，您懂的！至於偉大的事業，只有在喝了點小酒後才會猛然想起來。我們是第一個飛上太空的，我們有全世界最好的坦克，卻沒有洗衣粉和衛生紙。該死的廁所總是在滴水，用過的塑膠袋洗淨後晾在陽台上。有一台家用錄影機，就像有了私人直升機一樣驕傲又高興。小夥子爭相穿著牛仔褲，我們不是嫉妒他，只是有一種觀賞的興趣，只是異國情調！但那些都是有代價的！為了火箭和飛船所付出的代價，是偉大歷史的代價！（停頓）我對您說了這麼多……現在所有人都想說話，但是沒有人互相傾聽。

在醫院裡，我母親的旁邊躺著另一個病人。我走進病房，總是先看到她。有一次，我發現她想和女兒說點什麼，卻說不出來，只能發出『ㄇ、恩』的聲音。她的丈夫也來了，她也想跟他說話，但終究也沒有說。她又轉身對我發出『ㄇ、嗎』的聲音，然後就看到她抓起自己的枴杖，您知道的，用枴杖去敲打掛著的點滴瓶子，敲擊病床。她沒有感覺到自己在發抖，在大叫，她只是想要說話。她今天能和誰說？您告訴我，她還能和誰說話？一個人在虛空中是活不下去的。

我一輩子都愛自己的父親。父親比母親大十五歲，參加過戰爭。但是戰爭並沒有像打垮別人那樣打垮他，父親也沒有把這個當成他生命中最重要的事，戰爭的陰影沒有纏住他。他到現在仍然去打獵、釣魚、跳舞。他結了兩次婚，娶的都是美女。我童年的記憶猶新，有一次我們準備一起去看電影，父親叫住我說：『看看我們家的媽媽多漂亮！』有些打過仗的男人總是吹噓：『我開過槍，我埋過人，戰場上血肉橫飛。』但我父親從來沒有那種戰爭傲慢。他經常回憶一些與戰爭無關的事，愚蠢可笑的事。比如勝利日那天，他和一個戰友去村裡找姑娘，卻碰巧抓獲了兩名德國俘虜。兩個德國人溜進木板廁所，卻掉進齊脖子深的糞坑裡。父親捨不得開槍——畢竟戰爭都結束了，槍也開夠了——但靠近他們，也是不可能的事。父親很幸運，在隨時可能會死的戰場上，他沒有被打死；在戰爭前可能會去坐牢的時期，他也沒有去坐牢。他有一個哥哥，凡尼亞伯父，則是不同的結局。在葉若夫時期，三〇年代，我的伯父被放逐到沃爾庫塔的礦山，過了十年與外界隔絕的日子。他的妻子遭到同事陷害，從五樓縱身跳下身亡；他的兒子在祖母身邊長大。等到凡尼亞伯父回來時，已經手臂乾枯、牙齒掉光、肝臟腫大。他又回到同一家工廠上班，同樣的職務，坐在同一間辦公室，在同樣的辦公桌旁。（又開始抽菸）而他對面，就坐著當初告發他的那個人。他們心照不宣，凡尼亞伯父知道是他告密的。如同以前一樣，他們一起去開會、遊行，一起看《真理報》，支持黨和政府的政策。在節假日，他們坐在同一張桌子上喝伏特加。諸如此類的事……這就是我們！我們的生活！我們就是這樣。想像一下，奧斯維辛集中營的劊子手和受害者，能夠坐在一個房間，透過一個小窗口向同一個會計領薪水嗎？他們在戰後得到同樣的勳章，現在領取同樣的養老金。（沉默）我和凡尼亞伯父的兒子很好。他從來不讀索忍尼辛，他家裡也沒有一本關於勞改營的書。兒子等待著父親回家，但等回來的是另一個人，是一個不完整的人。滿臉皺紋，全身萎縮，生命就快要熄滅了。『你不知道什麼是恐懼，』他對兒子說，『你不知道……』他的眼前一直晃動著那個調查員的身影。那是一個膀大腰粗的漢子，把犯人的腦袋按入便桶，死死按住直到對方嗆死。而凡尼亞伯父，他光著身子被吊掛在天花板上，從口鼻中，從全身所有的出口中，灌入氨水。審判員往他耳朵裡撒尿，大聲叫喊：『你很聰明……再想出一些聰明人來吧！』凡尼亞伯父想出來了，簽了所有的名。要是想不出來，不簽字，他的頭就會被按進便桶。後來，他在板房裡見到了被他想出來的一些人。『是誰告的密？』他們都在猜。告密者是誰？我不是法官，您也不是法官。凡尼亞伯父是被擔架抬回牢房的，渾身都是血和尿，還有他自己的屎尿。我不知道人類在何處終結……您知道嗎？

當然，我們的老人家都很可憐，他們在體育場撿空瓶子，夜裡在地鐵裡賣捲菸、翻垃圾桶。但是，我們的老人也不是無辜的。他們當時那些恐怖的思想、煽動性的理想，才是最可怕的。（沉默）但是我永遠不會跟媽媽說這些事，我試過，她會歇斯底里的！」

他想結束談話，但不知怎麼又改變了主意。

「如果這些是我在什麼地方讀到或聽到的，我絕對不相信，但這是我們現實生活中常常發生的。就像一個蹩腳的偵探故事的情節：和伊凡的會面。您需要寫出伊凡姓什麼？為什麼呢？他已經不在了。那孩子們呢？不是有句諺語說：『兒子不能為老子負責。』那時的孩子，現在也都是老人了。何況孫子和曾孫？不說孫子，就拿曾孫來說吧。他們連誰是列寧都不知道，列寧爺爺被遺忘了。他也不過就是一尊雕像罷了。（停頓）就是這樣，我們還是說會面……那時我剛剛拿到中尉軍銜，準備結婚，要娶伊凡的孫女。我們已經買了結婚戒指和婚紗，安娜，這是她的名字，很美的名字，不是嗎？（又點了一根菸）她是寶貝孫女，家裡人開玩笑地叫她是『寶貝疙瘩』，這是爺爺的發明，就是說她非常非常可愛。她很像爺爺，外表更是像極了。我來自一個普通的蘇聯家庭，全部生活都靠工資，就是剛好打平而已。但他們不一樣，家裡有水晶吊燈、中國陶瓷、地毯、全新的日古利轎車，全都非常別致！還有一台舊伏爾加轎車，老頭還不想賣掉。對啊，當時我已經在他們家裡住了，每天早上用白銀茶具在餐廳喝茶。那是一個大家族，岳父岳母、女兒女婿……岳父是個教授。只要老人對他生氣，他總是說同一套話：『是的，我知道這些人……他們在我這兒什麼屁都不是……』嗯，都是些細節，但我當時聽不懂，聽不明白！後來我才想起來。少先隊員還有來家裡訪問過他，把他的回憶記錄下來，把他的照片帶去博物館。我在他家時，老人已經生病了，在家休養。他以前常去學校演講，給優秀學生繫紅領巾。他是個受人尊重的老戰士，每個節日都會收到很多很多賀卡，每個月都有額外的食品配額。有一次，我跟著他去領食品。在一個地下室裡，我們得到了長臘腸、保加利亞的醃黃瓜和醃番茄、進口魚罐頭、匈牙利火腿罐頭、青豆仁，還有一罐魚肝油。那個時候，這些東西都是稀罕品！特權待遇！他馬上接受了我：『我很喜歡軍裝，鄙視夾克衫。』他向我展示昂貴的獵槍：『以後都留給你了。』整個公寓的牆壁都被巨大的鹿角占滿，書櫃上也都是標本，那是他的狩獵戰利品。他是一個充滿激情的獵人，十年前他領導著這座城市的狩獵與釣魚者協會。還有什麼？關於戰爭，他談了很多……『在戰鬥中向遙遠的目標射擊，這只是在做一件事，因為所有人都在射擊。但如果是拉出一個人槍斃，就不同了。人就站在三公尺開外……』他總是說出這樣的一些故事，和他在一起不會悶。我喜歡這個老人。

我辦婚禮、度蜜月是在仲夏時節。我們住在寬敞的夏天度假屋裡，那種老式的別墅，不是公家小木屋，大概四百平方公尺吧，我不記得到底有多大，後面有一片老松林。這種別墅是上級給高級官員的獎勵，表彰他們的功勳，也分給學者和作家。我早上起來，老人已經在花園裡了：

『我的靈魂還是農民。我從特維爾到莫斯科是穿著草鞋進城的。』到了晚上，他常常獨自坐在陽台抽菸。他對我沒有隱瞞祕密：肺癌嚴重到動手術也沒有效了，醫院已經宣告他即將死亡。但他一直戒不掉菸。他是帶著《聖經》從醫院回到家裡的：『我一生都是個唯物主義者，但臨死前我皈依了上帝。』那本《聖經》，是在醫院裡照顧重症患者的修女送給他的，他要用放大鏡讀。午飯前他看報紙，睡完午覺起來讀軍事回憶錄。他收集了整整一房間的回憶錄，就像圖書館，有朱可夫、羅科索夫斯基等等。他本人也很喜歡回憶，我好像看到了活著的高爾基、馬雅可夫斯基和切柳斯金等人。他總是老生常談：『人人都愛史達林，都想慶祝五月九日[13]。』我和他爭論說，開始改革了，俄羅斯民主的春天要來了。現在想想，我當時真的很幼稚！有一次，家裡其他人都進城了，只留下我和他兩個人。兩個男人在空蕩蕩的別墅裡，與伏特加為伴。『我才不理會醫生呢！我已經活過來了。』『給您倒酒？』『倒點兒吧。』於是，兩人就閒聊了起來。我沒有馬上意識到情況不妙，沒有馬上想到這裡需要一個牧師。一個人想到了死，但不是馬上……首先還是那幾年常常聽到的談話：社會主義、史達林、布哈林、史達林向全黨隱瞞列寧的政治遺囑……所有這些都是四處聽到或者報上寫的。我們兩人喝多了，喝得很痛快！然後他喋喋不休說著：『你這個臭小鬼！小菜鳥……你聽我說，不能給我們的人自由！絕對不成！我明白！』他開始飆髒話。如果不爆粗口，一個俄羅斯人就不能說服另一位俄羅斯人。於是我也開罵了。然後他勁頭更足了：『要給這些鬧事的人戴上手銬，讓他們拿著鎬頭伐木去。我們需要恐懼，沒有恐懼，我們就到了土崩瓦解的時刻。』（長時間的沉默）我們都以為，怪物必須有角和蹄，可是現在坐在你面前的是一個人。一個正常的人，一個生了病、不斷擦鼻涕，還在喝伏特加的人。我當時就想，我是第一次這麼想……永遠都是受害者留下來做證，而劊子手保持沉默。但他們，劊子手正在垮台，落入一個看不見的黑洞，他們沒有名字，也沒有聲音，就這樣毫無蹤跡地消失了。關於他們，我們什麼都不會知道。

在九〇年代，那時候劊子手還活著，他們很害怕。報上披露了一個調查員的名字，他拷問過瓦維洛夫院士[14]。我還記得，那人的名字叫亞歷山大．赫瓦特。報紙還公布了其他幾個名字，於是他們驚慌失措，打開檔案庫，偷走了『機密』檔案，消滅了罪責。這下有些人忙亂了。雖然沒有人繼續追蹤，也沒有專門統計數字，但全國有幾十個人自殺了。我們將他們自殺的原因，歸結為帝國的崩潰，歸結為貧困，但是有人告訴我，自殺者都是相當富裕、聲名顯赫的老人。沒有明顯的自殺理由，但他們都有一個共同點——全都在有關部門工作過。當有人良心發現的時候，當有人恐懼家人知道的時候，都會非常害怕，會到達恐慌的極點。他們不明白周圍正在發生著什麼，不知道為什麼他們身邊形成了真空。真是忠心耿耿的走狗，老練的公僕！當然，不是所有人都這樣膽戰心驚。在《真理報》或是在《星火》雜誌上，我記不得了，刊登了一位監獄守衛的來信。這傢伙就不害怕！他寫到，在西伯利亞服役的時候，他疾病纏身，但他不惜個人健康，十五年時間看守『人民公敵』。他寫到這項工作如何艱苦，夏天被蚊子折磨，冬天被嚴寒摧殘。我記得他還寫到上級發不怎麼保暖的『小外套』給士兵，但大領導就有羊皮大衣和氈靴穿。他還說，現在沒有被消滅的敵人又抬頭了，反革命者很囂張！這封信寫得氣勢洶洶，（停頓）但馬上就有以前的犯人回應他。他們不再害怕，也不再沉默了。他們寫到在勞改營裡的犯人怎樣被脫光衣服綁在樹上，讓蚊蟲慢慢把他們吃掉，直到只剩下一副骨頭。冬天零下四十度的嚴寒，沒能完成日常工作的犯人身上怎樣被澆上冷水，就像幾十個冰雕立在那裡，直到春天……（停頓）至今還沒有任何人被審判過！沒有任何人！劊子手拿著豐厚的退休金頤養天年，我說什麼好呢？不需要呼籲人們去懺悔，不要主觀臆想什麼『我們的人民是善良的人民』，其實沒有人願意懺悔，這是很艱難的事。我自己就常去教堂，但是要懺悔的時候，我就猶豫了，對我來說這很艱難。真相是，人類僅僅會可憐自己，但不會可憐別人。就是這樣……老人跑到陽台上，大吼大叫，我的頭髮都嚇得豎了起來！聽了他的話，我毛骨悚然。關於那段歷史，我已經知道了很多事，我讀過沙拉莫夫，而在這裡，桌上擺著一盒糖果和一束鮮花，絕對平和的環境。這就是對比，讓反差更加強烈。有恐懼，也有好奇，說實話，好奇多過恐懼。我們總是想，想去看看萬人坑。為什麼？因為我們就是這樣被安置的。

『當我被招進內務部工作時，非常自豪。用第一份工資給自己買了一身漂亮的衣服。這份工作像什麼呢？可以把它比作戰爭。可要真是在戰爭中，我倒是會放鬆了。你向德國人開槍，他們只用德語哭喊。可是這些人呢，他們用俄語哭喊，就像自己的親人。向立陶宛人和波蘭人開槍就容易些，但這些人，他們說的是俄語：「你們都是木頭！都是白痴啊！快點把我們了結了吧！」他媽的……我們全身都是血，只能把自己的手掌在頭髮上抹幾下。有時會發給我們皮圍裙……工作就是這樣的。服役嘛。你太年輕了……改革！什麼改革！你相信那些吹牛大王，聽他們瞎喊：「自由！自由！自由！」在廣場上來回奔跑。斧頭還擱在那兒呢，斧頭比主人有經驗多了……我都記住了！媽的！我是一個軍人！上級對我下令，我就前進，我就射擊。他們下令，就得去，必須去！我殺死敵人，消滅害蟲！這是有檔案的，判決書上寫著「捍衛社會安全的最高手段」，這是國家級的判決，工作啊，唉，天殺的！有的人沒有被直接打死，倒下去像豬一樣慘叫，吐血……最難受的是向微笑的人開槍，他要麼瘋了，要麼就是鄙視你。雙方都號叫咒罵。這樣的工作是無法忍受的，我做不到……我一直想喝水！喝水！至於狂飲之後……他媽的！下班時，他們給我們帶來了兩個桶子：一桶伏特加和一桶花露水。伏特加都是下班後發的，而不是在工作前。我在哪兒讀到過來著？是的，反正現在一切都被寫出來了，寫得很多……我們在上半身抹上很多花露水。刺鼻的血腥味有種特殊的氣味，有點兒像精液……我有一條牧羊犬，下班後連牠都不想靠近我。媽的！……你怎麼不說話？你還太嫩，沒上過陣……聽我說！雖然很少這樣……但是我遇到過一個士兵，他就是喜歡殺人，就把他從行刑隊調到另一個地方去了。我們都不太喜歡這樣的人。有很多像我一樣農村出來的兵，農村的人大都比城裡人厲害，承受力更強，更容易習慣死亡。因為他們經常殺豬公，經常宰小牛，至於殺雞，那是人人都會的。但對於死亡，必須習慣去看到它……頭幾天就是帶他們去看，行刑或者押送犯人時，戰士只是在場。但是，也有馬上發瘋的，他們承受不住。這也是個精細活，殺隻兔子也需要熟手，不是每個人都可以勝任的。媽的！……你讓人跪下，用左輪手槍幾乎貼著他的左後腦勺開槍，射進左耳……快下班前，手臂垂下來，就像掛起來的鞭子，特別是執行的那個手指。如同其他地方一樣，我們也有工作計畫，就像在工廠一樣。起初士兵還不適應計畫，生理上不適應，做不完計畫分配的數量，於是就叫醫生會診，後來還做出了這樣的決定：每星期給所有士兵按摩兩次，按摩右手和食指。按摩食指是必須的，這是開槍時最用力的部位。我因為用右手開槍，所以留下了右耳耳聾的後遺症……

因為完成黨和政府的特殊任務，以及忠誠於列寧和史達林黨的事業，我們還被授予了證書。這些榮譽狀都是用上好的紙去印刷的，我全都收藏在一個櫃子裡——滿滿的一櫃子。一年一次，上頭都送我和家人去很好的療養地。那裡有上好的食品，有很多肉，還可以做身體治療。我妻子不知道我的工作內容，只知道是保密工作，責任重大的工作。這就是一切。我是談戀愛結婚的。

戰爭中要節省彈藥，如果是在海邊……我們就把人塞滿一條駁船，像鯡魚桶一樣。艙底沒有哭喊聲，只有野蠻的咆哮聲：「我們驕傲的瓦良格[15]絕不向敵人屈服／對任何人都不憐憫……」我們用金屬線把每個人的雙手綁在一起，腳上壓上石頭。如果天氣好，風平浪靜，就能夠看到艦船慢慢沉到海底……看什麼？你這還在吃奶的小屁孩！看什麼？媽的！……倒酒吧！工作就是這樣，這是職責……我告訴你，你要明白蘇維埃政權是至高無上的，我們要捍衛她，保衛她！我們晚上返回時，船艙空空的，死一般的寂靜。大家只有一個念頭：我們等等上了岸，大概就被……操……多年來我在床下都準備了一個木箱子，裡面有換洗內衣、牙刷和剃鬚刀。枕頭下還有一把手槍，時刻準備朝著自己的太陽穴開槍。那時候我們就是這樣生活的！不論士兵或是元帥，都是平等的。

戰爭開始了，我馬上請求上前線。在戰鬥中死去，不像在這裡這麼可怕。你知道，那是為了祖國犧牲。一切都簡單明瞭。我解放了波蘭、捷克……媽的！……我在柏林結束了戰鬥征程。我有兩枚勳章。勝利了！接下來的事情是這樣的……勝利之後我被逮捕了。特工早就準備好了名單……我們這些「契卡」的人只有兩條路可走——要麼死在敵人手上，要麼死在內務人民委員部手中。判了我七年。我整整蹲了七年牢。直到現在……你了解嗎？……我的生理時鐘還是照著集中營走的，在六點鐘驚醒。為什麼坐牢，沒有人對我說。為了什麼？他媽的……』

（他神經質地揉著一個空香菸盒）

也許他向我撒了謊。沒有，他沒有撒謊，那不一樣。我想不是撒謊……早上我找了個理由，胡亂編造了一些事情，就離開了。逃跑了！婚禮搞砸了。是啊，這叫什麼婚禮？我已經不能再回到那個家了。沒辦法！我逃回了部隊。新婚妻子，她無法理解，不斷給我寫信，她很痛苦，我也是一樣。但我現在不是要說這個，不是說愛情……這是另外的故事。我想弄明白，您不是也想知道，這都是些什麼人？對吧？不管怎樣，殺手——是一種特別的人，不管怎麼說，殺人者當然不可能是普通人。他被誘引……他好奇，他對邪惡如痴如醉……幾百本書都描寫過希特勒和史達林，關於他們的童年、他們的家庭、他們最喜歡的女人、他們喜歡的酒和香菸……我們對每個小細節都感到興趣，都想弄明白……帖木兒、成吉思汗，他們都是怎樣的人？而幾百萬和他們相同的小人物，同樣也幹了可怕的事情。但只有極少數是瘋子，其他都是正常人，他們會跟女人親吻，他們也下棋，他們還會為自己的孩子買玩具……每個人都以為這不是我，不是我把他吊在拷問架上，不是我把他的腦漿打得濺到天花板上；不是我用削尖的鉛筆刺入女人的乳頭。這都不是我做的，而是一個體系幹的——甚至史達林本人都會這麼說……他會說，這不是我決定的，是黨的決定。史達林曾這樣教訓過兒子：『你以為史達林就是我。不！是史達林！都是他！』然後指著牆上自己的肖像，而不是指著自己，是指著自己的肖像！死亡機器不間斷地工作了幾十年，它的邏輯是獨一無二的：受害者就是劊子手，而劊子手最終也是受害者。好像這不是人類發明的，一切只是完全產生於自然界當中。齒輪在旋轉，但是沒有人感到罪過。沒有！每個人都希望能受到垂憐，所有人都是受害者。在這條食物鏈的末端是所有人。就是這樣！那時候，我還因為年輕而嚇得說不出話來，要是現在我一定追問到底。我需要知道，這是為什麼？我害怕了。當我對人愈是了解，了解到一切以後，我對自己害怕了。我害怕，因為我是個普通人，是個弱者。我就像是黑人，也是白人，甚或是黃種人，形形色色……在蘇聯學校，我們學到的是，人類是美好的，是至善至美的。我母親至今仍然相信是可怕的現實讓人類變得可怕了，而人類本質都是好的！不是的，不是這樣的！其實，人的一生都是在善惡之間搖擺著。你是要用削尖的鉛筆刺入女人的乳頭，還是你要被如此對待……選擇吧！選擇吧！多少年過去了，我還是忘不掉。（他大聲喊道）那個老頭這樣吼著：『我看電視，聽收音機，又來了——富人和窮人再次出現了。有人瘋狂購買魚子醬，購買島嶼和飛機，另一些人連白麵包都沒得吃。在我們這裡，不會長期這樣下去的！史達林一定還會再次被稱為偉人……畢竟主人的斧頭還擱在那兒呢！斧頭要比主人有經歷多了……你就記住我的話吧。你問（我也真的問了）人是不是很快就掛了？他大概需要多久才會嚥氣？我告訴你，椅子腿插入肛門或錐子刺入陰囊，咻一下，命就沒了。哈哈……那已經不算是人了，只是垃圾！哈哈……』

（我已經準備要告別了）好了，我已經講了這整個故事，成千上萬的真相已經陸續曝光了。過去，對於一些人來說，是無數的血肉模糊，但對另一些人來說，卻是個偉大的時代。在廚房裡，我們每天都在作戰。但很快的，年輕人就長大了……他們是狼崽子，就像史達林說的，他們很快就長大了……

（我再次告別，但他隨即又開始說話）

不久前我在網上看到一些業餘攝影師拍的照片，如果不知道照片上的人物是誰，會以為就是些普通軍人的照片。但是，那是奧斯威辛集中營的黨衛軍軍官和士兵。照片裡有很多女孩，這是在晚會和郊遊時拍的。照片裡的人年輕、快樂（停頓），那我們的國安人員呢？他們的照片也會像這樣被放在博物館展示嗎？要是真有這樣的時候，您仔細看一下就會發現，那些面孔都是美麗而充滿人情的……我們長期被教導，說這樣的面孔是聖潔的。

我真想離開這個國家，或至少讓孩子走出這裡。我們都將離開。斧頭比主人要有經歷多了……我一直記得這句話……」

* * *

幾天後，他打來電話，說不許刊出他的採訪文字。為什麼？他拒絕解釋。後來我得知他舉家移民加拿大了。我再次找到他，已經是十年後，而他終於同意出版這次採訪。他說：「我很高興及時離開了。那段時間，到處都喜歡俄羅斯人，而現在他們又害怕了。難道您不害怕嗎？」

---

1 《伊凡・傑尼索維奇的一天》是索忍尼辛的中篇小說處女作，描寫主人公在勞改營裡一天的經歷，一九六二年經赫魯雪夫批准於《新世界》雜誌連載，引起熱烈回響。

2 卓婭・科斯莫傑米揚斯卡婭（一九二三〜一九四一），蘇德戰爭的蘇聯女游擊隊員，執行任務時被捕，遭到德軍審訊後殺害，被追認蘇聯英雄。

3 亞歷山大·馬特洛索夫（一九二四～一九四三），據蘇聯官方報導，他用胸口堵住了德軍的機槍口，讓蘇軍能夠攻克碉堡，贏得勝利，被追認為蘇聯英雄。

4 此指一九七三年智利軍事強人皮諾切特向當時的民選政府所發動的政變，皮諾切特建立了一個具社會主義傾向的極權政府，統治到一九九〇年才下台。

5 馬格尼托哥爾斯克和沃爾庫塔分別為蘇聯主要的鋼鐵和煤炭工業中心。

6 謝蒙·切柳斯金（一七〇〇～一七六四），俄羅斯極地探險家，海軍軍官。

7 瓦列里·契卡洛夫（一九〇四～一九三八），蘇聯空軍飛機測試駕駛員，創作了多種花式飛行技術，蘇聯英雄。

8 謝爾蓋·柯洛廖夫（一九〇七～一九六六），蘇聯火箭工程師，第一顆人造衛星運載火箭的設計者。

9 亞歷山大·庫普林（一八七〇～一九三八），俄國小說家，多以自身經歷和接觸到的真人真事為基礎進行創作；曾參與一次大戰。

10 維克多·崔（一九六二～一九九〇），擁有朝鮮與俄羅斯血統，是一九八〇年代活躍於蘇聯流行樂壇的搖滾歌手，死於車禍。

11 安德列·普拉東諾夫（一八九九～一九五一）。二十世紀俄羅斯文學的重要作家，作品曾因政治及社會等原因被塵封半個世紀。瓦西里·格羅斯曼（Vassili Grossman，一九〇五～一九六四），反映史達林格勒戰役的長篇小說《生活與命運》長期被禁止出版，曾被法國《世界報》譽為二十世紀最偉大的俄語小說。

12 阿蘭·楚馬克（一九三五～），俄羅斯媒體人，自稱心理治療師。阿納托利·卡什皮洛夫斯基（一九三九～），俄羅斯著名的心理醫生。

13 指衛國戰爭勝利日，一九四五年五月八日納粹德國對蘇聯正式簽訂投降書，宣布在第二次世界大戰無條件投降，投降書生效時間在歐洲中部是五月八日，在莫斯科是五月九日。

14 尼古拉·瓦維洛夫（一八八七～一九四三），蘇聯植物學家和遺傳學家，蘇聯科學院院士。一九四三年被祕密逮捕，後因營養不良死於獄中。

15 瓦良格號是沙俄時期服役的巡洋艦，在一九〇四年日俄戰爭仁川海戰中自沉。

第二部

空虛的魅惑

街談巷語和廚房對談（二〇〇二～二〇一二）

關於過去

「葉爾欽的九〇年代，我們對當時還有哪些記憶？那是快樂的時光，那是瘋狂的十年、恐怖的歲月，那是遐想民主的十年，又是災難的十年。那是一個黃金時代，也是自我膨脹的時代，是充滿著罪惡和卑鄙的歲月，也是格調鮮明的時代，野心勃勃、暴風驟雨的時代。這就是我所處的時代，但卻不屬於我！」

「我們白白揮霍了九〇年代！機會稍縱即逝，難以重複！要知道一九九一年有過很好的開端！我永遠不會忘記，那些與我一起站在白宮外面的臉孔。我們贏了，我們是強大的。我們想活下去。我們享有自由。可是現在，現在我的想法不同了。那時候的我們，天真得令人厭惡！我們勇敢、誠實、天真，以為香腸會從自由中產生出來。接下來發生的一切，我們都有責任。葉爾欽當然負有責任，但我們也有。

我認為這一切都開始於十月。一九九三年十月，所謂『血腥十月』或『黑色十月』，還有人稱之為『國家緊急狀態委員會2.0』……一半的俄羅斯衝上前去，而另一半的俄羅斯退回去，回到灰色的蘇聯社會主義，回到該死的老蘇維埃。蘇維埃政權並沒有投降，『紅色』議會拒絕服從總統——我當時就是這樣理解的。我們的女園丁從特維爾趕回來了，我和妻子曾不止一次資助她，在她裝修公寓時送她所有家具。但是就在那個早上，當一切都開始時，她看到我戴著有葉爾欽肖像的徽章後，並沒有像往常一樣對我說早安，而是幸災樂禍地說：『你們這些資產階級，很快就要完蛋了。』說完轉身就走了。我怎麼也沒有料到會這樣，她為什麼會恨我呢？形勢彷彿回到了一九九一年，透過電視，我看到白宮在燃燒、坦克在開砲、曳光彈在天空穿梭，『奧斯坦金諾』電視中心在轟鳴，而戴著黑色貝雷帽的馬卡紹夫將軍大喊：『沒有市長了，沒有紳士了，也沒有流氓了！』仇恨，到處都瀰漫著仇恨……充滿了內戰的氣息。流血。魯茨科伊將軍[1]在白宮公開號召開戰：『飛行員們！兄弟們！開起飛機吧！轟炸克里姆林宮！那裡是一幫匪徒！』不知怎的，這個城市瞬間到處都是軍事裝備，到處都是身著迷彩軍裝的人。這時候蓋達爾向『莫斯科人，熱愛民主和自由的所有俄羅斯人』發出了呼籲……一切都和一九九一年一樣……我們到廣場去了，那裡有成千上萬的人。我還記得自己和所有人一起奔向那裡，還絆了一跤，跌在一幅『為了沒有資產階級的俄羅斯！』的海報上。我立刻想像到，如果馬卡紹夫將軍勝利了，有什麼在等著我們……我看見一個受傷的年輕小夥子，已經無法走路，我去扶他。『你支持誰？』他問我，『葉爾欽，還是馬卡紹夫？』他是支援馬卡紹夫的，也就是說他是敵人。『那就去你的吧！』我罵了他一句。還有什麼好說的？很快的，我們再次分裂成白軍與紅軍。救護車旁邊躺著數十名傷者，兩派人都有，我清楚地記得，他們的靴子都是穿舊了的，都是普通的老百姓，都是貧困的老百姓。我又聽到有人問：『你救的是誰，是我們的人嗎？』大家把『不是我們的人』扔在最後面，任由他們躺在人行道上鮮血直流。『您幹什麼？瘋了嗎！』『啊，這不是我們的敵人嗎？』就兩天時間，人都有點不一樣了……氣氛在不知不覺中改變。站在我身邊的是完全不同的人，不太像那些兩年前跟我一起在白宮的人了。他們手上拿著電擊棒，還有自動步槍，那是從卡車上領到的……戰爭！事態非常嚴重。電話亭旁邊死者成堆，一旁是掉落的破舊鞋子，而白宮不遠處的咖啡廳卻仍然在營業，和平時沒兩樣，大家還喝著啤酒。也有人站在陽台上看熱鬧，如同看戲一般。這裡就是這樣……我親眼看到兩個男人抱著電視從白宮走出來，夾克口袋裡還揣著電話……有人開心地從高處向這些強盜開槍，大概是狙擊手。或許是朝人開槍，又或許是朝電視開槍。大街上隨時都能聽到槍聲……（短暫的停頓）當這一切都結束了，我回到家裡，才知道我們鄰居的兒子被槍殺了。這孩子才二十歲。當時他站在街壘另一面……我們在廚房裡爭論是一回事，但把槍口對著他們卻是另一回事了。這是如何發生的？我不希望這件事發生……因為身處群眾之中，群眾是個怪物，當你熟悉的人身處群眾中的時候，他就不再是平常跟你坐在廚房裡聊天的那個人了。我喝了伏特加，喝了茶。我哪兒也不會去，也不會讓孩子們去。（沉默）我不知道這是什麼，是在保衛自由，還是在參與軍事政變？現在我仍然有疑問……有數百人死亡，但是除了親人以外，沒有人記得他們……『以人血建城、以罪孽立邑的有禍了』[2]，（沉默）如果馬卡紹夫將軍勝利呢？會流更多血嗎？俄羅斯會崩潰嗎？我沒有答案，一直到一九九三年，我都相信葉爾欽。

那時候，我的孩子還小，如今他們早已長大成人，有一個還結婚了。有好幾次，我想試著……是的，試著告訴他們一九九一年和一九九三年發生的一切，但他們完全沒有興趣。從他們空洞的眼神裡，我可以看出他們完全沒有興趣。他們只有一個問題：『爸爸，你怎麼沒有在九〇年代發大財，那時候發財不是很容易嗎？』在他們眼裡，那時候只有殘疾和蠢貨才會沒有賺大錢。低能的父輩，廚房裡的性無能，我們當時只顧著去參加示威，去呼吸自由的新鮮空氣，但聰明人已經在分贓石油和天然氣產業了。」

「俄羅斯人是很容易著迷的人。曾幾何時，他們曾經迷戀共產主義理想，激情澎湃，以宗教般的狂熱在生活中體現理想。後來他們疲倦至極，大失所望。於是，他們決定放棄舊世界，抖落自己腳上的灰塵。這就是俄羅斯的性格：落得一場空之後再重新開始，以為又有了新理想，我們又被麻醉了。前進！走向資本主義的勝利！我們很快就會生活得像西方人一樣好！玫瑰色的夢。」

「畢竟，生活是變得更好了。」

「可是某些人的生活，是好了幾千倍。」

「我已經五十歲了。我儘量不去做老蘇維埃，但是我的感覺很糟糕。我現在為一個私人企業家工作，但我簡直恨死他了。我不同意以『私有化』的手段去瓜分這塊油脂滿溢的大餅——蘇聯。我不喜歡有錢人，他們在電視上吹噓自己的宮殿、酒窖，他們在裝滿牛奶的黃金浴缸裡洗澡，幹麼要向我展示這些？我無法和他們一起生活。這是恥辱、丟人。我是改不了了，我在蘇聯社會主義制度下生活得太久了。如今，生活確實變得好些了，但更讓人噁心。」

「我很驚訝還有這麼多蘇維埃政權的受害者。」

「和老蘇維埃們有什麼可討論的？只要等到他們一批一批死去，然後我們按照自己的方式做事就行了。第一要務就是把列寧的木乃伊丟掉，簡直和東方蠻夷一樣不文明！這具臭木乃伊根本就是我們的詛咒，跟降頭一樣。」

「冷靜一下，同志。您知道，比起二十年前，現在很多人對蘇聯的評價好了不少。我最近去了史達林的墳墓，那裡鮮花堆成了山，到處都是紅色康乃馨。」

「鬼才知道他們殺了多少人，但我們終歸有過一個偉大的時代。」

「我不喜歡俄羅斯現在的樣子，就是不喜歡。但我也不喜歡老蘇維埃，不希望回到過去。很遺憾，我記不得任何好事情了。」

「我想回到過去。我不需要蘇聯香腸，我需要一個可以理直氣壯地生而為人的國家。以前我們都說『普通人』，而現在改成了『平民』。你能感受到其中的區別嗎？」

「我生長在一個反動者[3]的家庭，在反動者的廚房裡聽大人說話。我的父母和薩哈羅夫很熟，傳播地下出版物。我和他們一起讀過格羅斯曼、金茲堡、多甫拉托夫[4]，聽『自由歐洲電台』。所以，當一九九一年到來時，我當然站在白宮前的人鏈中，隨時準備犧牲自己的生命，為了不再回到共產主義。我的朋友裡沒有共產黨員，我們都把蘇聯的共產主義看成是恐怖主義，等同於勞改營和囚籠。我們認為共產主義已經死了，永遠死了。但二十多年過去了，我走進兒子的房間，看見他桌上放著馬克思的《資本論》，書架上是托洛茨基的《我的生活》。我不能相信自己的眼睛，馬克思主義回來了？這是噩夢嗎？到底是夢境，還是現實？兒子在上大學，他有很多朋友。從他們在廚房喝茶時的談話中，我聽到了有關《共產黨宣言》的爭論。馬克思主義又合法了，又流行起來了。孩子穿著印有切．格瓦拉和列寧畫像的T恤。（絕望）什麼都沒有改變，一切都是徒勞。」

「給您說個政治笑話輕鬆一下。話說在教堂的一角，有幾個紅軍喝醉了到處晃悠。另一個角落，他們的馬一邊嚼著燕麥一邊撒尿。教堂執事跑到神父那兒問：『神父，他們在神殿裡做什麼？』神父回答：『不用怕，他們過一段時間就會死去。可怕的是，他們還有孫子會長大。』現在，他們長大了。」

「我們只有一條出路，回到社會主義，不過是回到東正教式的社會主義。俄羅斯不能沒有基督。俄羅斯人的幸福從來就跟金錢無關。這就是俄式主義和『美國夢』的不同之處。」

「俄羅斯需要的不是民主制，而是君主制。俄羅斯需要一個能力強大、處事公平的沙皇。第一個合法的王位繼承人，是俄國皇室的家長，瑪利亞．弗拉基米洛夫娜女大公[5]，緊接著是她的後裔。」

「別列佐夫斯基建議把英國的哈利王子列為國王候選人[6]。」

「君主制，瘋了！腐朽的制度！」

「面對罪惡，沒有信仰的心靈就會變得十分脆弱，搖擺不定。俄羅斯人民的新生，在於尋找上帝的真理。」

「我喜歡改革，但只是在剛開始時。如果那時有人告訴我們，一位KGB中校將成為我們的總統的話……」

「我們還沒有為自由做好準備。」

「自由、平等、博愛，這些字眼中都滲透出鮮血，如海洋一般。」

「民主？在俄羅斯這就是一個笑話。普丁式的民主，這是俄羅斯最短的笑話。」

「在過去的二十年中，我們對自己有更多了解。開放後這才發現，史達林是我們的祕密英雄。好幾十本書和電影，都在講史達林的故事。大家都在閱讀，在討論。有一半人在期待史達林來臨，如果有近半數人都在幻想著史達林，那麼他就一定會再出現，毫無疑問的，他也會把地獄裡的惡鬼——貝利亞、葉若夫那些人再請回來。關於貝利亞，已經有人說他是一個天才的行政長官，希望幫他平反，因為正是在他的領導下，俄羅斯獨自製造出了原子彈。」

「打倒祕密警察！」

「下一個是誰？新的戈巴契夫，還是新的史達林？或者法西斯又要來了？『勝利萬歲！』（納粹口號）但是俄羅斯已經在復興了。這是關鍵而危險的時刻，因為俄羅斯不能長期受辱。」

關於現在

「普丁的人馬沒沒無聞，他們都是些什麼人？肥胖、陰沉、殘酷、契卡、迷人、穩定、強權、符合東正教正統……」

「俄羅斯過去是、現在是、將來也會是做為一個帝國存在於世。我們不只是一個大國，我們還有特殊的俄羅斯文明，有自己的道路。」

「西方就是在今天也害怕著俄羅斯。」

「我們的自然資源，所有人都需要，尤其是歐洲。打開百科全書看看，我們的石油蘊藏量全球排名第七，天然氣蘊藏量在歐洲排首位。礦產中最多的是鐵礦石、鈾原礦、錫、銅、鎳、鈷，還有鑽石……我們也有豐富的黃金、白銀、鉑金儲量。我們擁有整個元素週期表。一個法國人對我說：『為什麼這一切都要屬於你們？土地是天下人的啊！』」

「反正我是個帝國主義者。沒錯，我想生活在帝國下。普丁就是我的總統！如今被人叫自由主義者會讓人不好意思，就像不久前羞於被稱為共產主義者一樣。要是說出來，啤酒鋪邊上的男人會直接上來搧你嘴巴。」

「我討厭葉爾欽！我們曾經很相信他，結果他帶著我們走向一個完全未知的方向。我們沒有進入民主天堂，反倒跌入比以前還可怕的境地。」

「事情不在於葉爾欽也不在於普丁，而在於我們都是奴隸。靈魂中充滿了奴性，血液中流淌著奴性！看看那些『俄羅斯新貴』：從賓士車走出來，口袋裡滿滿都是錢。但即便如此，他們也還是奴隸。他們頭頂上坐著個主人：『都給我去馬廄！』每個人都會去。」

「我在電視上看到，『你有十億元嗎？』波倫斯基先生問，『沒有？那你吃屎吧！』我就是被那些寡頭送去吃屎的其中一人。我生長在一個普通的家庭，父親是酒鬼，母親在幼兒園工作掙點小錢。對他們來說，我們就是個屁。我參加不同的政黨集會，愛國主義者、民族主義者……聽他們的意見。我相信時機會來到的！那時候一定有人會把步槍交給我，而我會接受它。」

「資本主義沒辦法在我們這裡生根發芽的。資本主義精神對我們來說很陌生，它無法在莫斯科以外的地方傳播。畢竟，整體的氛圍不一樣，人也不一樣。俄羅斯人是不理性的，不唯利是圖的，我們可以把最後一件襯衫給別人，但有時也會偷東西；我們很衝動，但與活動家相比，我們更傾向做一個消極的觀察者，更容易因為小事而滿足；我們不喜歡囤積居奇，也覺得積累很無聊；我們有非常強烈的正義感。我們的群眾就是布爾什維克！但是俄羅斯人不想就這樣活著，而想要為了某種意義而活。俄羅斯人希望加入偉大的事業。在我們這裡，比起誠實和成功的人，你更快能發現聖人。讀讀俄羅斯經典吧……」

「為什麼俄羅斯人出國後，常常可以很好地融入資本主義生活，但在國內，每個人又都喜歡談論『主權民主』[7]，談論俄羅斯的特殊文明，談論『在俄羅斯人身上沒有資本主義的基礎』？」

「我們搞的不是正規的資本主義……」

「放棄對另一種資本主義的希望吧。」

「俄羅斯好像有資本主義，但是沒有資本家，沒有新的傑米多夫和莫羅佐夫[8]。俄羅斯寡頭不是什麼資本家，只是小偷。什麼人能夠從前共產黨員和共青團員變成資本家？我不可憐霍多爾科夫斯基[9]，就讓他去蹲監獄吧。遺憾的是，只有他一個人進去了。還有別人，也該為我們在九〇年代的經歷負責。那是刻骨的剝削，人民一個個的失業。那些資本主義革命家——鐵腕的『小熊維尼』蓋達爾、紅髮丘拜斯……他們就像自然科學家一樣，在活人身上做實驗……」

「我去村子裡看望母親。鄰居說有人趁夜放火燒了集體農莊的居住區，人得救了，但牲畜燒死了。村民還為此喝酒慶祝了兩天。你說資本主義……我們都是生活在資本主義制度下的社會主義的人。」

「在社會主義制度下，他們向我保證陽光可以灑在每個人身上。但今天的人卻有另一種說法：『必須根據達爾文的原則生活，只有這樣我們才能變得富有。』富有屬於強人，但我屬於弱勢群體，我不是鬥士。我原本也有個人生藍圖，而我也習慣按著它生活：中學、大學、成家。我和我先生存錢打算買一間合作公寓，要是買到了之後，還要存錢買車子。結果我們的藍圖被破壞了，我們被丟進了資本主義生活。我被培養成一名工程師，以前在一家設計公司工作，也有人稱其為『婦女學院』，因為那裡幾乎清一色女人。我們整天坐在那裡折紙，我喜歡那種整潔感。原本可能就那樣過一輩子，但突然開始裁員了。男人基本上都被留下來了，畢竟他們人不多，單親媽媽也留下來了，剩一兩年就退休的人也沒有被裁員。在貼出的公告裡，我看到自己的名字……要怎麼活下去？對此，我一片茫然。沒人教我怎麼按達爾文的理論生活。

很長一段時間裡，我都希望自己可以按照所學，在擅長的領域裡找到工作。我是一個不知道自己的人生位置和人生價值在哪裡的理想主義者。直到現在，我還想和以前同部門的女孩待在一起，我很喜歡她們，工作之餘，我們會親密地聊天。工作對我們而言是次要的，最主要的事，其實是交際往來。我們每天在一起喝三次茶，每個人會聊自己的事。我們在一起慶祝節日、生日……而現在，我去就業服務處找工作，但沒有結果。那裡需要的都是油漆工、水泥工……以前一起讀書的朋友在一個女強人家裡當女僕，打掃房間、遛狗。一開始，她曾經流下屈辱的淚水，但現在已經習慣了。而我不行。」

「投票給俄羅斯共產黨吧！這樣最潮！」

「我覺得史達林主義，是任何正常人都無法理解的。它讓俄羅斯白白浪費了一百年，而現在他們說：『光榮屬於蘇聯這個吃人怪物！』」

「俄羅斯共產黨早就不是共產黨了，他們已經承認了私有財產。而這與共產主義的理念是完全矛盾、不可相容的。我可以像馬克思談自己的支持者那樣談論今天的俄共：『有一點可以肯定的，那就是，我不是馬克思主義者。』用詩人海涅的話說得更到位：『我播下的是龍種，收穫的卻是跳蚤。』」

「共產主義是人類的未來，沒有替代方案。」

「在索洛韋茨基集中營大門口懸掛著一則布爾什維克口號：『以鐵腕推動人類走向幸福。』這是人類救贖的良方之一。」

「我沒有走上街頭做任何事情的欲望，最好就是什麼都不做。不行善，也不作惡。今天的善，到了明天就會是惡。」

「最可怕的人，就是理想主義者。」

「我愛我的祖國，但不會生活在這裡。我不能在這裡得到我想要的幸福。」

「也許我是個傻瓜，但是我不想走，雖然我能離開。」

「我不會離開。在俄羅斯的生活更有樂趣，這在歐洲是體會不到的。」

「最好還是從遙遠的地方愛我們的祖國。」

「今天我們以身為俄羅斯人為恥。」

「我們的父母生活在勝利者的國度，而我們生活在一個輸掉冷戰的國家。沒什麼可驕傲的！」

「我不想責備任何人。我在這裡有生意做。我可以客觀地告訴你，在俄羅斯正常生活是可以的，但不要進入政界。所有這些示威活動，爭取言論自由、反恐同等等，都與我無關。」

「大家都在談論革命，盧布已經被做空，富人都逃走了，資本流向國外。在他們緊閉的豪宅門上，貼滿了廣告：『物業出售』，大家都感覺到民眾低迷的情緒，但沒有人自願放棄利益。最後可能由ＡＫ－47衝鋒槍搶得發言權……」

「有些人大喊：『俄羅斯支持普丁！』而另一些人則大喊：『俄羅斯不要普丁！』」

「當石油價格大跌，甚至無人問津時，會發生什麼？」

「二〇一二年五月七日，電視上出現一列莊嚴車隊，行駛在空空蕩蕩的城區，載著普丁進入克里姆林宮進行宣誓就職。街上沒有人，也沒有車子。典型的清場淨空。數千名員警、士兵和鎮暴警察在地鐵出口值班，防止莫斯科出現交通堵塞。把莫斯科變得如同死城一般。

這不是真的沙皇！」

關於未來

一百二十多年前，杜斯妥也夫斯基完成了《卡拉馬佐夫兄弟》。他在書中寫了永恆的「俄國小夥子」，他們「討論的不是別的，而是全宇宙的問題：有沒有上帝？有沒有靈魂不死？而那些不信上帝的，就講社會主義和無政府主義，還有關於怎樣按照新方式改造全人類。但其實，結果還是在講同一碼事，只是換句話說罷了。」

革命的幽靈再次在俄羅斯遊蕩。二〇一一年十二月十日，在博洛特納亞廣場舉行了十萬人集會[10]。從那時起，抗議活動就沒有停過。今天的「俄國小夥子」在爭論什麼呢？而這一次，他們又會選擇什麼？

「我上街參加集會，因為我實在是受夠他們把我們當白痴了！把選舉還給我們，混蛋！博洛特納亞廣場第一次聚集了十萬人，誰也沒有預料到會有這麼多人。我們忍耐，再忍耐，但到處都是謊言，到處都是無法無天的違法亂紀，我們受夠了！每個人都從電視或網路上看新聞、找消息，人人都在談政治，當反對派已成了一種時尚。但我害怕……我擔心我們全都是在瞎扯。我們在廣場聚集一下，亂喊亂叫一通，就回到自己的電腦前上網了。現在只剩下一件事：『我們怎樣光榮地退去！』我已經碰到了這個問題：去參加一系列的集會、繪製海報、分發傳單，然後散去……」

「過去我曾經遠離政治。工作和家庭都讓我滿足，我覺得上街頭是沒用的。我對一些所謂的小事更感興趣：我曾在一家臨終關懷醫院工作過，那是一個夏天，莫斯科附近的森林發生了大火，我們常帶食物和其他東西去探望受災戶。那是一段特別的經歷……我母親總是坐在電視機前，顯然的，她又想起了以前受過的欺騙，以及與KGB打交道的歷史，這些她都講給我聽過。我們一起參加第一次集會示威。媽媽已經七十五歲，她是一名演員。我們那次為了以防萬一買了花去參加抗議，人是不會向手捧鮮花的人開槍的！」

「我出生時，已經沒有蘇聯了。如果我不喜歡某樣東西，我就出去抗議，而不是睡覺前在廚房裡討論。」

「我害怕革命。我知道俄羅斯一定會發生暴動，毫無意義但冷酷無情的暴動。可是我坐在家裡，也感到很慚愧。我不需要所謂的『新蘇聯』、『重生的蘇聯』、『真正的蘇聯』。我不接受這樣的做法：兩個坐下來商議一下，就做出了決定。今天由他當總統，明天換我來當總統[11]，由少數人左右老百姓。我們不是牛馬，我們是人。在示威活動中，我看到了一些以前從來沒見過的人：在鬥爭中鍛鍊成長起來的五年級生和六年級生，還有許多大學生，不久前他們根本不管黑箱子裡播什麼新聞，鳥都不鳥我們，現在他們開始會給我們宣傳洗腦了。還有穿著貂皮大衣的女人，以及開著賓士車參加集會的時髦傢伙，不久前他們還熱中於金錢、物質，熱中於舒適的生活。事實證明，這些遠遠不夠，對他們遠遠不夠了，對我也一樣。現在大夥兒不再挨餓，已經有充足的食物。那些精采的標語海報都是民間創作：『普丁，快自己走吧！』『我沒有投票給這些混蛋，我的票投給了其他混蛋！』有一張海報我很喜歡：『你們不代表我們。』我們並不打算強攻克里姆林宮，我們只想表明我們是誰。我們離開時齊聲高喊：『我們還會回來！』」

「我是個蘇聯人，我害怕一切。如果倒退回十年前，我怎樣都不會走進廣場。而現在，任何示威活動我都不會錯過。我去過薩哈羅夫大道和新阿爾巴特街，也去過白宮環路。我在學習自由。我不希望自己死去的時候，是現在這個樣子——蘇聯人的樣子。我要用水桶把自己的蘇聯習性倒出去。」

「我上街參加集會，是因為我的丈夫去了。」

「我不年輕了。我想在一個沒有普丁的俄羅斯生活。」

「如今只有猶太人、國安局情報員和同性戀者得勢。」

「我是個左派。我一貫相信，以和平方式無法達到任何目的。我渴望流血！不流血我們就幹不了大事。我們為什麼要上街頭？我就在這裡等著看，等著我們進入克里姆林宮那一天。這不是遊戲。我們早就應該拿下克里姆林宮，而不是空喊口號。只等著有人下命令，就拿起乾草叉和撬棍！我在等待。」

「我今年十七歲，和朋友一起來的。我了解普丁什麼？我知道他擅長柔道，是柔道八段。我認為這就是我所知道的全部。」

「我不是格瓦拉，我是膽小鬼，但是我沒有錯過任何示威遊行。我想生活在一個我不為它感到羞愧的國家。」

「我的性格就是這樣，我必須站在街壘上，我接受的就是這樣的教育。我的父親是斯皮塔克大地震救災志願者，因為這件事他很早就死了，心臟病。從小到大，陪伴我的不是爸爸，而是他的照片。去還是不去，每個人都必須做出決定。我爸爸當時是自己要求去的，他也可以選擇不去。有朋友也想和我一起去廣場，但是後來她來電話說：『請你多理解吧，我的孩子還小。』我家裡有老母親，但我還是要去。雖然我出門的時候，她得吃一些心臟病的藥來平復心跳，但我還是得去。」

「我希望孩子們為我驕傲。」

「我需要贏得自尊。」

「我們必須努力去做一些事情。」

「我相信革命。革命是一項漫長而艱苦的工作。一九〇五年，第一次俄國革命被鎮壓，以失敗結束。十二年後，一九一七年，我們粉碎了沙皇政權。我們還將有自己的革命！」

「我要去抗議，你呢？」

「我個人早已厭倦了一九九一年，還有一九九三年……我不希望再革命了！首先，『天鵝絨革命』[12]很罕見；其次，我已經有過經歷，即使我們贏了，一切也都會像一九九一年那樣，短暫的興奮很快會消退，又會出現趁火打劫。古辛斯基們、別列佐夫斯基們、阿布拉莫維奇[13]們跟著就會來……」

「我不支持反普丁集會。運動主要是在首都，反對派大都集中在莫斯科和聖彼得堡，而外省都支持普丁。我們的生活難道很糟糕嗎？我們的生活難道不比以前更好嗎？如果失去這一切，將是多麼可怕！大家都記得自己在九〇年代的遭遇。我們不願意再次打破一切，再次流血。」

「我不喜歡普丁政權。我對『小沙皇』已經厭倦了，我們都想要能夠更替的領導人。當然，我們需要的是變化，而不是革命。那個時候大家都朝員警扔柏油，我也不喜歡……」

「全都給美國國務院買走了，這些西方操偶師。我們按照他們的方式改了一次革命，結果帶來什麼？我們都掉進泥坑裡了！我不參加這些示威，我要參加支持普丁的集會！支持強大的俄羅斯！」

「在過去的二十年裡，畫面已經更迭了好幾次。而結果呢？『普丁，下台！普丁，下台！』——還是老調子。我不去參加這些表演。普丁遲早會離開的，然後還會有一個新的獨裁者坐在『君王』的寶座上。你們以前怎麼偷來的，人家將來也怎麼偷去。依舊會留下又髒又亂的門廊、被遺棄的老人、玩世不恭的官員、厚顏無恥的軍警……收受賄賂被當成正常現象，如果我們自己都不思改變，改變政府又有什麼意義？我不相信我們會有任何的民主，我們是東方國家，封建主義的國家……當道的是神父，不是知識份子。」

「我不喜歡到群眾裡打滾，就跟牛群一樣。群眾從來都解決不了任何問題，只有個人能解決。當局極力使得群眾高層裡，沒有突出的個人。反對派裡既沒有薩哈羅夫，也沒有葉爾欽。從『雪花革命』[14]裡沒有英雄誕生。計畫是什麼？要怎麼執行？遊行，吶喊……就連那個涅姆佐夫，還有納瓦爾內[15]，都在推特上寫他們要去馬爾地夫和泰國度假，寫他們如何玩賞巴黎。試想一下吧，如果一九一七年列寧參加示威活動後，接著又要去義大利或阿爾卑斯山滑雪……」

「我不參加集會，我也不去投票。我不抱任何幻想。」

「你們到底懂不懂，其實沒有了你們，還有一大片俄羅斯嗎？一直到薩哈林島……俄羅斯不想要任何革命了，不管是橙色革命、玫瑰革命或是雪花革命。革命已經夠多了！讓祖國靜一靜吧！」

「明天會發生什麼？我不在意。」

「我不想與共產黨人和民族主義者走在一個隊伍裡，還有民粹份子。你會上街和穿著長袍、舉著十字架的三K黨一起參加遊行嗎？這種遊行裡，不管什麼偉大的目標都會有。我們夢想有一個不同的俄羅斯。」

「我不去，我怕被大棒K破腦袋。」

「我們需要祈禱，而不是去示威，是主給我們送來了普丁。」

「我不喜歡窗外的革命旗幟。我主張循序漸進，支持建設性的方案。」

「我不去，我也不會找藉口，我就是不參加政治秀。這些集會根本就是一場場廉價的表演。我們應該像索忍尼辛告訴我們的，親身力行地活著，而不是為謊言活著。否則，我們不會前進一公釐，只會在原地繞圈。」

「我愛我的祖國，就這樣……」

「我把國家與自己的利益分開來。我最在意的是家人、朋友和我的生意。解釋清楚了嗎？」

「你不是人民的敵人吧，公民？」

「有些事情是一定會發生的，很快就會出現。現在暫時還沒有形成一場革命，但有革命的氣味了。每個人都在等待：何人？何地？何時？」

「我剛開始過上正常的生活。好好活著吧！」

「俄羅斯正在沉睡。別做夢了。」

1 亞歷山大．魯茨科伊（一九四七～），俄羅斯政治活動家，葉爾欽的早期盟友，在八一九事件中堅決支持葉爾欽。但後來成為反對葉爾欽的領袖之一。在莫斯科十月事件中，葉爾欽宣布解散議會，而議會則反過來宣布解除葉爾欽總統一職，並任命魯茨科伊為代總統。最終，議會派在武裝衝突中敗北，魯茨科伊也被捕。

2 出自舊約《聖經》哈巴谷書 2:12。

3 意指和政府持相反意見的人。

4 葉夫根妮婭．金茲堡（一九〇四～一九七七），前蘇聯著名女作家、記者，曾被關入勞改營十八年。

5 瑪利亞．弗拉基米洛夫娜．羅曼諾娃（一九五三～），是現任聲稱擁有俄羅斯沙皇皇位的請求者，她是俄羅斯末代沙皇亞歷山大二世的玄孫女。

6 二〇一二年，流亡英國的俄國前首富別列佐夫斯基宣稱，他領導的政黨將會在俄羅斯恢復君主立憲制度，並將英國的哈利王子定為國王候選人。

7 所謂的俄式「主權民主」，最先由統一俄羅斯黨的蘇爾科夫提出，認為西方模式的民主不適合俄羅斯，俄羅斯有自己一套的民主模式。

8 傑米多夫家族和莫羅佐夫家族均為帝俄時期的資本家家族。

9 米哈伊爾．霍多爾科夫斯基（一九六三～），俄羅斯企業家，前尤科斯石油公司總裁，曾為俄羅斯首富。二〇〇三年被捕，二〇一三年被特赦。

10 此次合法集會是質疑及抗議執政黨「統一俄羅斯黨」在議會選舉中做票及選舉不公。

11 這裡說的是普丁及梅德韋傑夫兩人。當普丁當總統時，梅德韋傑夫便是總理，而當普丁總統任期結束後，變成梅德韋傑夫上去當總統，普丁下來當總理。

12 狹義上是指捷克於一九八九年發生的反共產黨統治的民主化革命，當時有成千上萬的知識份子走上街頭，帶領捷克人民以和平方式推翻逾四十年的共產黨統治。廣義上，天鵝絨革命是指沒有經過大規模的暴力衝突就實現了政權更迭，有如天鵝絨般平和柔滑。

13 以上三人都是利用俄羅斯實行私有化的機會，斂聚大量財富的金融寡頭。

14 指二〇〇五年在白羅斯首都明斯克發動的一次和平示威活動，也泛指以和平和非暴力方式進行的政權變更運動，包括一些所謂的「顏色革命」，例如橙色革命、玫瑰革命等等。

15 兩人都是反普丁政權的代表人物。涅姆佐夫是右翼力量聯盟創始人之一，於二〇一五年在克里姆林宮附近遇刺身亡。而納瓦爾內則是普丁的頭號反對者，身為律師的他常公開揭露政府權貴的腐敗及不法行為。

裝潢之外的十個故事

羅密歐與茱麗葉……只是現在改名為瑪格麗塔和阿布林法茲

瑪格麗塔．K，亞美尼亞難民，四十一歲

「哦！我不想說這個，這不是我想說的，我想說點別的……

我至今都把雙手墊在腦後睡覺，這是當年留下的習慣，那時候很幸福。我太愛生活了！我是亞美尼亞人，但出生和成長在巴庫[1]的海邊。大海，我的大海！雖然我離開了，但我依然喜歡海，人和其他的一切都讓我感到失望，我只愛大海。我常常夢到它——灰色、黑色和紫色的大海，還有閃電！閃電與波浪一同起舞。我喜歡眺望遠方，喜歡在傍晚看夕陽西下，黃昏時分的太陽炙熱火紅，看著它漸漸沒入海裡，彷彿發出蒸騰的嘶嘶響聲。白天時，蟬唧唧地唱著歌，石頭被曬得溫熱，像是有生命一樣。我喜歡看海，不分晝夜。晚上有蝙蝠，讓我很害怕。滿天繁星，哪裡的天空都看不到這麼多星星了。巴庫是我最喜歡的城市，沒有理由地喜歡！在夢裡，我經常在總督花園和納戈爾諾公園散步，爬上古要塞城牆……到處都可以看到海、船舶和石油鑽塔。我和媽媽都很喜歡去茶館喝紅茶。（流淚）她現今住在美國，而我在莫斯科，她經常因為想念我而流淚。

在巴庫，我們幾家人一起住在一個樓房裡，還有個大院子。院子裡有一棵黃色的高大桑樹，結的桑葚特別甜美好吃！我們住在一起，就像一家人一樣——亞塞拜然人、俄羅斯人、亞美尼亞人、烏克蘭人、韃靼人……克拉瓦阿姨、薩拉大媽、阿卜杜拉、魯本……最漂亮的是席爾瓦，她是國際航線的空服員，經常飛伊斯坦堡。她的丈夫艾爾米爾是計程車司機。她是亞美尼亞人，他是亞塞拜然人，但那時從來沒有人想過這是個問題，我不記得有人說過什麼。那時候世界是以另一種形式區分的：好人或壞人、貪婪或善良、鄰居或客人。從村莊到城市，我們都是同一國籍，都是蘇聯人，都說俄語。

最美麗的、最受歡迎的假日就是納烏魯孜開春節，那一天象徵著春天的到來。我們一整年都在等著這個節日，連續慶祝七天七夜，家家夜不閉戶地狂歡。到處是篝火，篝火在屋頂上和院子裡燃燒。整座城市似乎都在燃燒！大家把芬芳的花枝投入火中，祈求幸福。按照傳統，大家還要一邊說：『所有的不幸都歸你，所有的快樂都歸我。』快樂都歸我……任何人都可以走進別人家裡，人人都是貴客，享受奶香手抓飯和肉桂或豆蔻紅茶的招待。第七天是節日裡最重要的一天，我們在一起聚餐。大家把桌子搬到院子裡，拼成一張長條桌，上面放滿了喬治亞的湯包、亞美尼亞的熏肉乾和小肉捲餅、俄羅斯的布林薄皮煎餅、韃靼的餡餅、烏克蘭的甜餡餃子、亞塞拜然的栗子烤肉……克拉瓦阿姨帶來了她最拿手的家常菜帶皮熏鯡魚，薩拉大媽帶來了燒鑲魚。我們大口喝酒，喝亞美尼亞及亞塞拜然的白蘭地。大家唱著亞美尼亞和亞塞拜然的歌曲，還有俄羅斯的〈卡秋莎〉，『開花的蘋果和梨樹，霧濛濛的河面……』最後上的是甜品：果仁蜜餅、甜桃酥……對我來說，至今沒有比這些更美味的了。最好吃的甜品，還是媽媽做的。鄰居總是稱讚她：『你有一雙巧手，克娜莉克！麵團發得鬆軟鬆軟的！』

母親和澤娜布是朋友，澤娜布有兩個女兒，還有一個兒子叫阿納爾，我和他同班。『把你的女兒嫁給我們阿納爾，』澤娜布總是這樣開玩笑，『讓我們做親家吧。』（她努力克制）我不要哭……不要哭出來。對亞美尼亞人的大屠殺開始了，我們全家逃跑避難，躲到一些好心人家裡，但是澤娜布阿姨，我們的好阿姨澤娜布和她的兒子阿納爾，卻趁夜裡搬走了我們家的冰箱、電視、一個瓦斯爐和全新的南斯拉夫牆板。有一次阿納爾和他的朋友遇見我先生，他們還用鐵條打他：『你是什麼亞塞拜然人？你是個叛徒！你和亞美尼亞女人生活在一起！她是我們的敵人！』我躲在朋友家，住在閣樓裡。朋友的家人每天晚上打開閣樓，我下來吃飯，然後再回到樓上，把門用釘子錘上，用力錘。如果被找出來，就會被殺死！我離開時，額頭都長出了白髮……（聲音非常微弱）我都勸別人說，不要哭，但一邊說我自己的眼淚就會掉下來。我在學校念書時就喜歡阿納爾，他是個英俊的少年。有一次我們還接吻了。『你好，女王！』他總會在校門口等我，喊著『你好，女王！』。

我記得那年春天，當然，它一直都在我的記憶中，但我已經不常想起了。那年春天，我剛從技校畢業，在中央電信局做電報員。站在窗口前發電報的人中，有人在哭，因為他的母親去世了；有人在笑，因為她馬上要舉行婚禮了。祝你生日快樂！金婚快樂！電報，電報……我呼叫海參崴、烏斯季庫特、阿什哈巴特……我的工作很有趣，一點都不枯燥。我十八歲了，一直在等待愛情。我那時候覺得，一個人一輩子只能愛一次，那才是愛情。而且愛情來了，你馬上就能感覺到。我和他相識的過程很好笑，我對他的第一印象並不好。那時候，我每天早上都要經過門崗，所有人都已經認識我了，所以警衛不會要求我出示通行證，都是說『你好你好』，從來沒有問題。有天早上，我聽到有人說：『請出示你的通行證。』我就傻眼了，眼前是一個高大、英俊的男人，他不放我過去。『您天天都看見我經過的……』『請出示你的通行證。』可是就這一天，我偏偏忘了帶通行證。我在包包裡翻找了一陣，但什麼證件都沒找到。他通知了我的上司，害我被記了警告，所以我對這傢伙很生氣！可是他啊……我那時候上夜班，他常和另一個人來喝茶，而且——他居然還帶了果醬蛋糕！現在已經沒有那種蛋糕了，特別好吃，但吃的時候要小心，一口咬下去，中間的果醬餡可能會爆漿。他們笑得可樂了！但那天我沒有理他，因為太生氣了。過了幾天，下班後他突然來找我：『我買了電影票，一起去看吧？』那是我最喜歡的喜劇片《米米諾》，瓦赫坦．季卡比澤主演的，我至少看了十遍，所有台詞都爛熟於心。結果他竟然也是這樣。我們邊走邊用台詞互相試探：『我告訴你一件聰明事，但不許生氣喲！』『這裡所有人都知道這頭牛，我怎樣才能賣掉牠呢？』於是，我開始談戀愛了。他表弟那裡有個大花園，他在那裡賣鮮花。所以見面的時候，他——他叫阿布林法茲，總是帶著玫瑰，紅色和白色的玫瑰，有時候甚至是淺紫色的玫瑰，好像外面塗了顏料似的，但其實都是真花，生來就這樣的。我幻想過的，我常常憧憬愛情，但我不知道愛情竟然會讓心跳得這麼厲害，都要衝出胸口了。在沙灘上，我們在潮濕的沙子上寫下『我愛你』幾個大字。隔十公尺，再寫一次『我愛你』。那個時候，這個城市到處都有汽泡水自動飲水機，每個飲水機只有一個杯子給大家用，洗一下杯子就喝。那一天我們走到一個飲水機前，沒有杯子，找到第二個飲水機，還是沒有杯子。我渴了，要喝水。我們唱了那麼久，喊了那麼多，在海邊笑了那麼長時間——我想喝水！很長一段時間，都有一些不可思議的事伴隨著我們，但後來就不再有了。我當時就知道神奇的事會發生，真的！我跟他說：『阿布林法茲，我想喝水！你要想出辦法！』他看著我，朝著天空舉起雙手，舉了很長時間，嘴裡念念有詞。結果，不知怎地，旁邊草叢的柵欄後邊走出來一個喝醉酒的人，給了我一只杯子：『送給美麗的女孩吧，我不介意。』

那天清晨，除了我們，沒有任何人。海上有濃霧。我赤腳走過沙灘，又走上柏油馬路，那裡也是霧氣蒸騰。突然，奇蹟一般，太陽升起了！陽光鋪灑萬物，就像在夏日正午一樣，我被露水沾濕的洋裝一下就乾了。我記得他說：『你現在太漂亮了！』你呢……（流淚）我總勸別人不要哭，自己卻……這些我全都記得，都記得。聲音每一次都在減弱，夢也愈來愈少。我當時夢想著我會飛起來！但是，卻沒有！我們最終沒有一個大團圓的結局：白色的洋裝，孟德爾頌進行曲，蜜月旅行……都沒有出現。很快地……（停頓）我想說什麼來著？話到嘴邊想不起來了，我現在常常忘記事情……我想說的是，不久後，他們就把我藏在地下室裡，把我藏在閣樓上，我變成了貓，變成了蝙蝠。如果您能理解，如果您能知道，每當夜裡聽到尖叫聲，我有多害怕。孤獨的尖叫。深夜孤獨的鳥鳴，讓人毛骨悚然。而如果這是人的尖叫聲呢？我活著一直有個念頭：我需要愛，我想要再愛一次。否則我不可能活下來，不可能忍受至今。怎麼能夠呢——太恐怖了！只有晚上我才能從閣樓下來，窗子上覆蓋著厚窗簾。有一天早上，閣樓突然被打開了。『出來吧！你得救了！』原來俄羅斯軍隊進入了這座城市。

我一直在想這件事，甚至睡夢中也在想。一切都是從何時開始的呢？一九八八年，廣場上有人聚集，他們都穿著黑色衣服，跳舞唱歌，拿著刀和匕首。電報大樓就在廣場旁邊，我們都擠在陽台上，把一切看在眼裡。我問同事：『他們在喊什麼？』『讓異教徒去死！去死！』這種情況持續了很長時間，有好幾個月。有人把我們從窗邊拉開，說：『女孩們，這裡很危險。回到自己的位置上坐好，不要分心。繼續工作。』午餐時間，我們大家通常會聚在一起喝茶，但突然有一天，所有的亞塞拜然女孩都自己坐在一桌，而所有的亞美尼亞女孩則坐在另一桌。這是在瞬間發生的，您明白嗎？我怎樣都無法理解，怎樣都不能。我那時候完全不在狀態中，我正在戀愛，我整個人都被感情占據了。『女孩們！發生了什麼事？』『你沒有聽說嗎？老闆說了，很快他這裡就只有純種的穆斯林能來工作了。』[2]我的祖母是從一九一五年亞美尼亞大屠殺[3]中倖存下來的。我記得，那時候我還小，她告訴過我：『在我還只有你這麼小年紀的時候，我爸爸就被打死了，還有媽媽和姑姑，還有我們所有的羊。』祖母眼睛裡永遠流露著憂傷。『是鄰居殺的，在此之前，大家都是正常人，甚至可以說是好人。大家圍坐在餐桌上，一起歡度節日。』我想那是好久以前的事了，難道現在還可能發生嗎？我問媽媽：『媽媽，你看，院子裡的男孩現在都不玩打仗遊戲，而是玩殺亞美尼亞人的遊戲了。是誰教他們的呢？』『閉嘴，女兒。別讓鄰居聽到。』媽媽總是在哭，坐下來就哭。孩子在院子裡爭奪一個絨毛動物玩具，還用棍棒和玩具匕首戳它。『這是誰？』我叫住了小奧爾罕，我母親朋友澤娜布的孫子。『這是亞美尼亞老太婆。我們必須殺死她。麗塔阿姨，你是什麼族的？為什麼你有一個俄國名字？』這是媽媽幫我取的名字，媽媽很喜歡俄文名字，一輩子都想去莫斯科看看。爸爸離開了我們，跟另一個女人過日子去了，但他仍然是我的爸爸。我去告訴他：『爸爸，我要結婚了！』『他對你好嗎？』『好極了。但是，他的名字是阿布林法茲……』爸爸不說話，他希望我幸福。但我愛上了一個穆斯林，他有他的真主。阿布林法茲來到我們家，他說：『嫁給我吧，把一生交給我。』『為什麼你是一個人來，沒有媒人？沒有親戚？』『他們都反對這門親事，但我不需要任何人，除了你。』我，我也不需要任何人。我們要拿我們的愛情怎麼辦呢？

外面世界發生的這一切，和我們的內心世界有很大的衝突。不是這樣，完全不是……這座城市的夜晚，安靜得讓人害怕。到底為什麼會變成這樣，我實在沒辦法這麼過下去了。到底是怎麼回事，有如噩夢一場！白天，人的臉上沒有笑容，不開玩笑，也不再買鮮花。若是在以前，街上一定有手捧鮮花的人，這裡有人在接吻，那裡也有人在接吻。現在呢？街頭依舊人來人往，但大家不再相視而笑，似乎有一種東西籠罩在每個地方和每個人的頭上……人都在觀望，都在等待著……

如今，我已經記不清楚全部的細節了。局勢每天都在變化。現在，每個人都知道了蘇姆蓋特[4]的事。從巴庫到蘇姆蓋特有三十公里路，第一次大屠殺就在那裡發生。我們單位有一個從蘇姆蓋特來的女孩，所有人下夜班都回家了，只有她留在電信局的側房裡過夜。她一個人哭得淚流滿面，甚至不敢往街上看，不敢和任何人說話。我們問她，也沉默不語。但是，當她開口說話時，當她開始講述，我就無法聽下去了。我不能聽，不要聽，也不想聽！怎麼會是這樣，這是為什麼？但就是出了這種事。『你家怎麼了？』『房子被洗劫一空。』『那你的父母呢？』『他們把我母親押到院子裡，扒光她的衣服，澆上汽油，在她身上點火！還讓我懷孕的姊姊圍著篝火跳舞，再將她殺掉，用尖頭的鐵棒將她的孩子從腹中挑出來……』『不要說了！不要再說了！』『爸爸也被他們砍死，用斧頭，親戚只能憑一雙鞋子認出他……』『不要說了！求求你了！』『那些男人，年輕和年長的，聚在一起，二三十個人闖進一戶亞美尼亞人家殺人，在父親面前強姦女兒，在丈夫面前強姦妻子。』『不要說了！不如哭出來吧。』但她沒有哭，她怕到哭不出來了。『他們燒毀汽車，在墓地搗毀亞美尼亞人的墳墓，連死人都不放過……』所有電視、廣播和報紙，對於發生在蘇姆蓋特的事都隻字不提，都只有傳言。後來大家都問我：『你們怎麼生活？這一切之後，你們怎麼生活？』春天已經來了，女人換上了裙子……景色有多美麗，現實就有多恐怖！您明白嗎？

我要結婚了，媽媽求我：『我的好女兒，你再想想吧。』爸爸保持一貫的沉默。我和阿布林法茲走在街頭，遇見了他的妹妹。『為什麼你說她醜？好好看看，這是多麼漂亮的女孩。』這是他們兩人低聲說的。阿布林法茲！阿布林法茲！我求他：『我們去登記就好，不要辦婚禮了，不要辦了。』『你說什麼啊？我們亞塞拜然人認為，一個人的生命是由三天組成的：出生那天、結婚那天，還有死去的那天。』他不可以沒有婚禮，沒有婚禮就沒有幸福。他的父母都堅決反對我們的婚事，不給他錢辦婚禮，甚至連他自己賺來的錢都不還給他。所有一切都必須按照儀式、傳統習俗進行。亞塞拜然的傳統很可愛，我很喜歡。一開始是媒人到新娘家裡打聽看看，然後在第二天得到回覆，是同意或是拒絕。那時候，就要請媒人喝酒了。再來是買白紗和戒指，這是新郎要做的事。他必須挑個陽光燦爛的日子，在中午前把東西帶到新娘家，因為幸福要被說服，而黑暗要被戒除。新娘收到禮物，要謝謝新郎，在所有人的見證下親吻新郎。她肩膀上要披著白色的披巾，那是純潔的象徵。婚禮當天，雙方親友都會帶來很多禮物，堆積如山，放在一個繫著紅絲帶的大托盤上。還要給幾百個五顏六色的氣球灌好氣，一連幾天在新娘家外頭飄飛著，飛得愈久愈好，意味著兩個人的愛情強大而堅固。

我們的婚禮，新郎家該出的禮物和新娘家該出的禮物，全都是我媽媽準備的，白色禮服和金戒指也是。在餐桌上，新娘的親友在喝第一杯酒前應該站起來讚美女孩，新郎的家人要稱讚小夥子。讚揚我的是我爺爺，他說完就問阿布林法茲：『誰會替你向我們說情啊？』『我自己為我說情。我愛你們的女兒，我愛她勝過自己的生命。』他這樣一說，大家都很喜歡。然後大家在我們的門檻上撒上小硬幣和大米，寓意幸福和富足。在婚禮上還有這樣一個時刻，一方的親戚必須站起來向另一方的親戚鞠躬，對方也要回禮。阿布林法茲只有一個人站起來，好像沒有親人一樣。『我會為你生下小寶貝，那時候你就不孤單了。』我暗自想著，暗自發誓。其實他知道，我早就向他坦承過，我小時候得過重病，醫生已經斷定我不能生育了。但他不在乎，只要我們在一起就行。但是我，我已經做出決定，我一定要生。即便我會死去，也要給他留下個寶寶。

我的巴庫……

我的大海……

還有太陽……但如今，那已經不是我的巴庫了。

門口其實是沒有門扇的，本該是門的空間只掛著玻璃紙來遮擋。

那些青年和少年，讓我恐懼得不敢想像，他們用尖木樁刺死了一個女人（在城裡他們是在哪裡找到這些東西的？）……她躺在地上，已經沒有聲息。有人發現她，把她抬到另一條街上。警察都在哪裡？員警全都消失了，連續好幾天我沒有看到一個員警……阿布林法茲在家噁心到想吐。他很善良，非常好。可是大街上那些人是哪裡來的？一個渾身是血的男子朝我們跑來，雙手在滴血，大衣在滴血，手上還有一把長長的刀子，平時切菜用的。他的臉上帶著一種莊嚴，甚至是快樂的表情。『我認識他。』一個我在公車站等車時認識的女孩說。

……我心中的某些東西，從那時起就消失了，一點痕跡也沒有留下。

……媽媽被辭退了。上街已經很危險，她馬上會被人認出是亞美尼亞人。我還沒有事。有個辦法，就是外出時不能隨身帶任何證件。絕對不能！我下班時，阿布林法茲會來接我，我們一起走，就沒人懷疑我是亞美尼亞人。但是，任何人都可以走上前問：『讓我看看你的證件！』鄰居，那些俄羅斯老奶奶，都警告我：『要麼藏起來，要麼快逃走吧。』年輕的俄羅斯人都離開了，公寓也不要了，漂亮的家具依舊擺在那裡。只有老奶奶留下了，善良的俄羅斯老奶奶……

……這時候我已經懷孕，肚子裡有了寶寶……

在巴庫，屠殺持續了好幾個星期。有人這樣說，也有人說時間更長。遭到殺害的，不只是亞美尼亞人，還有那些收留亞美尼亞人的人。到處都是殺戮，我躲在一個亞塞拜然的友人家裡，她跟先生和兩個孩子住在一起。我發誓，總有一天我要帶著我的女兒回到巴庫，帶她到我朋友家，我要告訴女兒：『孩子，這就是你的再生父母。』窗簾厚厚的，就像大衣一樣厚，為了我，他們專門縫製這樣的窗簾。半夜一點我從藏身的閣樓下來，大概下來個一兩小時吧。他們必須低聲和我說話。大家都明白，必須和我談話，不然我會變傻、會發瘋，會失去肚子裡的孩子，會在夜晚像野獸一樣嚎哭。

至今，我仍舊清楚記得我們的談話。我整整一天就坐在他們的閣樓上反覆回想這段對話。孑然一身的我，天空只剩下細細一條線，那是我從縫隙裡看到的。

『他們在大街上截住一位年老的拉撒路（神父），毆打他。神父說：『我是猶太人。』還來不及找到護照查看，就已經把他打成殘廢了。』

『很簡單，他們殺人只是為了搶錢，所以專門去找那些富有的亞美尼亞人家庭。』

『有一家人遭到滅門之災。最小的女兒爬到樹上，他們就把她當成小鳥那樣。因為夜裡看不清楚，好長時間也沒有把孩子打下來。後來他們生氣了，就朝樹上開槍。小女孩就這樣掉落在他們的腳下。』

朋友的丈夫是一位藝術家，擅長畫女性肖像和靜物，我喜歡他的畫。我還記得他走到書架前輕敲著那些書脊：『燒掉！這些都要燒掉！我再也不相信書裡寫的了！我們以為善良會勝利，根本不是那麼回事！他們爭論杜斯妥也夫斯基……是的，這些主人翁一直都在！一直還存在於我們之間！』我不明白他在說什麼，我只是一個普通的女孩子，沒上過大學。我只會哭，還有擦眼淚。我一直以為自己生活在最好的國家，生活在最優秀的人中間。我們在學校就是這樣被教育的。可他吃盡了苦頭，有過太艱難的經歷。後來他中風癱瘓了……（停頓）我要平靜一下，我全身都在發抖……（幾分鐘後繼續說）俄羅斯軍隊進城了，我終於可以回家了。藝術家躺在床上，只有一隻手可以勉強活動。他用這隻手抱住了我：『我整夜都在想你的命運，麗塔，還有自己的生活。這麼多年過去了，我一生都在和共產黨鬥爭。現在我卻懷疑了，還不如就讓這些舊腦袋來統治我們，一個接一個的金星英雄牢牢抓住我們，就算我們連國門都不能出去，不能夠讀禁書，不能夠吃神聖的披薩，但是這個小女孩她還會活得好好的，沒有人會像打小鳥一樣把她射下來，你也不會像老鼠一樣藏在閣樓上。』過後沒多久，他就去世了。那時候很多人都死了，很多好人都死了。他們無法忍受所發生的一切。

街上到處都是俄羅斯士兵和各種軍事裝備。俄羅斯士兵，都還是男孩，他們也因為所見所聞而暈倒……

我懷孕八個月，馬上就要臨盆了。一天夜裡我感到腹部劇痛，趕緊打電話叫救護車。對方聽到亞美尼亞的姓氏，就掛斷了電話。婦產科也不接收我，就算照居住地來判斷也不收我。只要一看到護照，他們就立即表示沒有床位。我們試了各種方式都行不通。最後，媽媽找到了一個老助產士，一個俄羅斯女人，很久以前她曾幫媽媽接生過。媽媽是在城外的遠郊找到她的，她叫安娜，全名我已記不得了。她每週會來我們家看我一次，觀察我，告訴我孩子會很難生。一天晚上，我的子宮開始收縮，阿布林法茲跑出去找計程車，電話叫不到車。計程車司機來了，看到我：『原來是亞美尼亞人啊？』『她是我妻子。』『不，我不給亞美尼亞人開車。』我先生急哭了。他拿出錢包，掏出所有的錢，拿出他所有的工資：『全都給你，求你救救我的妻子和孩子。』我們這才出發，大家都一起去了，媽媽也是。我們去安娜住的村子裡，找到她曾經兼職的一家小醫院，她在那裡做到退休。我們抵達時，她已經在等我們了，我立刻被放上手術台。我用了很長時間才生下孩子，整整七個小時。產房裡有兩名產婦，我和另一個亞塞拜然女人，只有一個枕頭，他們把枕頭給了她。我的頭躺得非常低，很難受，很痛苦。媽媽就站在門口，他們趕她走，她不走。要是孩子被偷走呢？要是有個萬一呢？當時是什麼事都可能發生的。我生下了一個女孩，他們抱來給我看過一次，就沒再給我看了。其他的母親（亞塞拜然女人）都有人抱孩子來餵奶，但沒人給我送孩子過來。我等了兩天，然後扶著牆壁爬到嬰兒房。那裡除了我的小女兒，沒有任何嬰兒，門窗都開著。我摸摸她，她正在發燒，全身發高燒。我媽媽一來，我就跟她說：

『媽媽，把孩子抱著，我們離開吧。孩子已經生病了。』

我的女兒病了很久。有個老醫生為她治療，他是一個退休的老猶太人。他願意幫助亞美尼亞家庭。『亞美尼亞人被殺害，僅僅因為他們是亞美尼亞人，就如同猶太人被殺，僅僅因為他們是猶太人。』他說。他已經非常非常老了。我們為女兒取名依琳卡，我們這樣決定，是俄羅斯名字也沒關係，反正這樣能保護她。阿布林法茲第一次抱起孩子時，幸福得哭了，痛哭流涕。那一刻太幸福了，屬於我們的幸福！就在這個時候，他的母親病了。他要經常回到自己家去，再趕回來。我找不到任何話語描述他回來後變成了什麼樣子，就像一個陌生人，一臉茫然。我當然很害怕。這個城市已經擠滿了難民，他們是從亞美尼亞逃出來的亞塞拜然人。雙手空空跑出來，身無分文，就像亞美尼亞人從巴庫逃往亞美尼亞一樣。他們也講述了那邊發生的一切。天哪！哪裡都一樣。霍賈利發生了對亞塞拜然人的大屠殺[5]，亞美尼亞人殺害亞塞拜然人，把女人從窗戶扔出去，砍掉腦袋，往死人身上撒尿……我現在看恐怖片都不害怕，從來都不覺得恐怖！畢竟我看到過、聽聞過這麼多事情！我晚上睡不著，思前想後——我們必須離開，必須離開！不能繼續這樣下去！我沒辦法這樣生活，所以逃跑吧，逃跑是為了忘記。如果全部容忍下來，結果就是死亡。我知道，我這樣會死掉的。

媽媽是最先離開的，接著是爸爸和他的第二個家庭。在他們之後，是我們母女。我們拿著假證件，護照上改成亞塞拜然的姓氏。連續三個月，我們都沒買到機票。長長的隊伍！而當我們登上飛機後，才發現水果和鮮花紙箱占用了太多地方，比乘客還多。商機，那時做生意賺得可多了。我們前面坐著一些亞塞拜然的年輕人，他們一路都在喝酒，說自己想走，因為不想殺人，不想去面對戰爭和死亡。那是一九九一年，在納卡地區，戰爭正如火如荼[6]。這些年輕人公開說：『我們不想倒在坦克車下面，我們還沒有準備好。』在莫斯科，一個表弟收留了我們母女。『阿布林法茲在哪裡？』『他過一個月就來。』親友晚上聚在一起時，所有人都對我說：『你說出來吧，不要害怕。憋在心裡會生病的。』一個月後，我才開始打開心防。先前我以為自己永遠都不會說這些，會一直沉默下去過日子。

我等著他，等啊等的，一個月過去了，阿布林法茲沒有來；半年過去了，他還沒有來。整整七年過去了，七年啊！這七年如果不是女兒，我可能早就活不下去了，是女兒救了我。為了她，我才一直苦苦掙扎，尋找任何一絲生存的縫隙。為了活下去，也為了繼續等待。一個早上，他走進了公寓，摟住我和女兒。站在那兒，時間似乎靜止了。他就站在門廊處，我看著他慢慢在我眼前倒下，一下子就倒在地板上，還裹著大衣和帽子。我們嚇壞了，趕緊把他拖到沙發上，驚叫著找醫生，但有什麼辦法？我們沒有莫斯科的戶口，沒有醫療保險。我們只是難民。我們還沒從慌亂中回神：媽媽只是哭，女兒也眼睛睜得大大地呆坐在房間角落裡。我們一直在等著他，他終於來了，卻要在女兒面前死去。這時候他睜開了眼睛：『不要叫醫生，不要害怕。好了！我回到家了。』這時候我才想到要哭，（她第一次在這次的訪談中哭出聲）怎麼能不哭呢？整整一個月，他在寓所裡對我跟前跟後，親吻著我的手：『你想說什麼？』『我愛你。』『這麼多年，你都去了哪裡？』

……他的第一本護照被偷了，第二本也是……都是他的親友偷走的。

……他的幾個堂哥逃到了巴庫，他們被驅逐出了祖輩居住的葉里溫[7]。每天晚上他們都在訴說各種駭人的遭遇，就是要讓他聽進去……男孩怎樣被剝了皮掛在樹上，有個鄰居怎樣被人用燒紅的馬蹄鐵烙在額頭上做記號等等……『你要去哪兒？』『我要去找我的老婆孩子。』『你要去我們的敵人那邊，那你就不是我們的兄弟，不是我們的子孫。』

……我打過電話給他。但對方回答我說：『他不在家。』而他家人告訴他的是，我打電話來是說我要嫁人了。我一遍又一遍打電話，他的姊姊拿起電話對我說：『忘了這個號碼吧。他已經有別的女人了，一個穆斯林女人。』

……爸爸希望我幸福，他把我的護照拿去，讓人在上頭蓋離婚的印章。假的印章。他們畫上去，又擦掉重畫，護照都擦破了。『爸爸！你為什麼這樣做？你明知道我愛他！』『你愛的是我們的敵人。』護照就這麼爛了，現在它失效了……

……我讀過莎士比亞的《羅密歐與茱麗葉》，關於兩個敵對的家族，蒙太古和卡帕萊特。我說這簡直就是我們的故事，我理解其中的每一個字……

我差點要認不出女兒了，因為她開始會笑了。打從看到她爸爸的第一眼，女兒就露出了微笑，喊著：『爸爸！爸爸！』很小的時候，她就從箱子裡拿出爸爸的照片親吻著，但是躲著不讓我看到，怕我哭……

這並不是結局，你認為這一切結束了嗎？恐怕還沒有……

……住在這裡，也像身處在戰爭之中，到處都是陌生人。只有大海能療癒撫慰我。我的大海！但是這附近沒有海……

……這些年我打掃地鐵、打掃廁所，在建築工地搬磚頭和水泥，現在又在一家餐廳做掃地阿姨。阿布林法茲在幫有錢人家做高級維修，善良的人會付錢，但可惡的人卻會騙我們。『滾開，惡棍！要不然我們叫警察了！』我們沒有戶口，沒有簽證，沒有公民權。我們就像沙漠中的沙子一樣。塔吉克人、亞美尼亞人、亞塞拜然人、喬治亞人、車臣人……成千上萬的人背井離鄉，全都逃到莫斯科。那曾經是蘇聯的首都，可是現在已經是另一個國家的首都了。而我們的祖國，在地圖上已經找不到了……

……一年前，女兒高中畢業了。『媽媽，爸爸，我想繼續上學！』但她沒有護照，我們拿的是過境簽證。我們生活在一個老奶奶家裡，她搬去了她兒子家，就把自己的一房公寓租給了我們。員警總是來敲門檢查證件，我們只好一次次像老鼠一樣躲躲藏藏，又跟老鼠一樣……他們要把我們趕回去嗎？可是我們可以回去哪裡？二十四小時內驅逐出境！想花錢通融，我們又沒有錢。再也找不到公寓棲身了，到處都貼著傳單『本公寓只租給斯拉夫家庭』、『只租給俄羅斯東正教家庭，非俄羅斯人勿擾……』

……連夜被趕出家門，我們無處可去！我先生和女兒常常會被拘留，而我總是生病。我一再告誡女兒，出門不要畫眉毛，不要穿鮮豔的衣服，不要引人注意，因為已經有亞美尼亞男孩被殺、塔吉克女孩被砍死、亞塞拜然人被刀捅死了。但在此之前，我們曾經都是蘇聯人，如今我們卻貼上了另一個標籤——高加索人。我早上去上班時，從不看年輕傢伙們的臉，我的黑眼睛、黑頭髮會帶來麻煩。星期日，就算和家人一起出門，也只在我們家附近走走。『媽媽，我想去阿爾巴特街，我想去紅場走走。』『我們不去那裡，我的女兒。那裡有光頭黨，還有納粹。他們的俄羅斯裡只能有俄羅斯人，沒有我們。』（沉默）沒有人知道我多少次有過想死的念頭。

……我的女兒，她還是孩子時，就聽到有人叫她『小山女』、『山民』，小女孩根本聽不懂。從學校回到家，我一遍一遍親吻著她，讓她忘記這些話。

……所有離開巴庫的亞美尼亞人都去了美國，外國接收了他們。我的媽媽、爸爸，還有我的很多親戚都去了。我也去了美國大使館。『把您的故事告訴我們吧。』工作人員問我。我和他們講我的愛情，他們聽著，都沉默不語。他們都是年輕的美國人，太年輕了。然後他們互相交談：『她的護照怎麼損毀了？還有奇怪的是，她丈夫為什麼七年都沒來？』『那到底是不是她丈夫？』……這故事太美麗、太可怕，讓人難以相信，他們是這樣說的。我懂一點英語，我明白他們不相信我。但是我沒有其他證據了，除了我的愛情……您相信我嗎？」

「我相信……」我說，「我也是和你生長在同一個國家。我相信！」然後，我們兩人都哭了。

1 現為亞塞拜然的首都，也是裏海最大的港口。一八一三年俄羅斯帝國正式併吞包括巴庫在內的高加索地區，十九世紀末成為外高加索工業中心和著名的石油基地，擁有二十二個大煉油基地，石油工業發達。

2 亞塞拜然是第一個以穆斯林占絕大多數的民主共和國家，而亞美尼亞人絕大部分信奉基督教。

3 一九一五至一九一七年一次大戰期間，鄂圖曼政府指責亞美尼亞人協助俄國，而對轄境內的亞美尼亞人進行種族屠殺及大規模驅逐，造成數百萬人死亡。

4 蘇姆蓋特（Sumqayıt）是亞塞拜然第三大城市，一九八八年二月，亞美尼亞人在三天的暴亂內於蘇姆蓋特街頭和住宅內被毆打、強姦和殺害。

5 一九九二年二月二十五日至二十六日，亞美尼亞人和俄羅斯步兵團，在亞美尼亞的霍賈利殺害數百名亞塞拜然人。

6 納卡是納戈爾諾—卡拉巴赫的簡稱，這個地區在亞塞拜然境內，但主要住著亞美尼美人，在歸屬上引發搶奪戰，也引起這兩個民族的武裝衝突。

7 亞美尼亞共和國的首都。

共產主義時代過去後，他們立刻變成了另一種人

柳德米拉．馬利克娃，技術員，四十七歲

女兒說的故事

那個時代，所有人的生活都一樣糟

「你熟悉莫斯科嗎？昆采夫斯基區，我們是那裡一棟五層樓公寓的其中一戶，是個三房的屋子，我們和外婆團聚時就搬過去了。外公去世後，外婆獨自住了很長時間，眼見她的身體愈來愈差，我們決定搬過去，全家人生活在一起。對此我很高興，我愛外婆。我和她一起去滑雪、下棋。外婆真棒！爸爸，還有爸爸，但是爸爸和我們一起的時間很短。他不知道哪根筋不對，打一開始就在家裡跟他那群哥兒們一直喝酒喝個不停，媽媽把他趕出去了。他在不對外開放的祕密軍工廠工作。在我的記憶裡，小時候爸爸會在週末給我們買禮物、糖果、水果，他總是想弄來最大的西洋梨和蘋果給我一個驚喜：『閉上眼睛，尤列奇卡。好了，睜開吧！』爸爸笑得真好看。直到有一天，他失蹤了。離開我們之後，他和一個女人同居了，那個女人是我母親的朋友。後來她也受夠了他酗酒，就把他趕走了。我不知道他是否還活著，但如果他還活著，他應該會來找我。

在我十四歲之前，家裡人過得無憂無慮。那是改革之前，生活很正常，直到資本主義進來，

電視上大談『市場化』。對於這一切，大家都不太明白，但也沒有人解釋。一切都是從大家可以痛罵列寧、史達林開始的。年輕人咒罵，老年人沉默。如果在電車上聽到有人罵蘇聯共產黨，老人家會默默地下車。我們學校有個年輕的數學老師反對共產黨，而另一個年長的歷史老師則支持共產黨。外婆在家裡說：『現在是跑單幫的投機份子取代了共產黨。』但媽媽不同意：『不是的，』她說，『我們將會擁有一個公平美好的社會。』媽媽經常去參加遊行，興奮地向我們轉述葉爾欽的談話內容。但是外婆沒有被她說服：『把社會主義拿去換了香蕉，換了口香糖……』她們一大早就開始爭論，直到媽媽出門上班，晚上下班回來又繼續吵。電視裡一出現葉爾欽，媽媽就馬上坐到椅子看：『一個偉大的人物！』外婆則不斷在胸前畫十字：『罪人啊，上帝寬恕他吧。』她骨子裡就是一個共產主義者，所以她投票給久加諾夫[1]。後來每個人都去教堂，外婆也跟著去，開始畫十字、吃齋，但她只信共產主義。[2]（沉默）外婆喜歡講戰爭故事給我聽。那年她十七歲，主動申請上前線，在那裡她和外公墜入愛河。她夢想做接線員，但她參加的那個部隊需要炊事員，於是她就當了炊事員。我外公也是炊事員。他們一同在醫院裡照顧傷患。傷患意識不清或說夢話時，會大喊：『衝啊！衝啊！前進！』真可惜，她講了很多故事，但我只記得一些片段。護士總是隨時準備著白灰粉，藥片和藥粉用完時，她們就用白灰粉做成藥丸來哄騙傷患，免得他們咒罵人，掄起柺杖打她們。那個時候沒有電視，誰也沒見過史達林，但所有人都盼望看到史達林。我外婆也一樣，直到去世前，她都還很崇拜史達林：『如果沒有史達林，我們就得去給德國人舔屁股了。』她還說粗話呢。媽媽不喜歡史達林，她叫他壞蛋，叫他凶手。如果說我對這個問題有多了解，那是騙人的。我的生活，就只是想著要過得快樂，還有初戀。

媽媽是地球物理研究所的技術員，我們母女的關係就像朋友一樣，我會和她分享自己所有的祕密，甚至是別的孩子不會跟母親講的事。這樣沒問題，因為在我眼裡，她不是大人，更像是大姐姐。媽媽喜歡看書，喜歡音樂，喜歡這樣子生活，而外婆才是持家管事的人。媽媽回憶說，我小時候非常聽話，她從來不需要哄我、勸我。真的，我愛媽媽，我喜歡自己長得像她，而且愈來愈像，幾乎就是一模一樣。我喜歡這樣。（沉默）我們並不富裕，但是生活還過得去，周圍全是像我們這樣的人。更棒的是，如果媽媽的朋友來了，我們會一起聊天、唱歌。我從小就會唱奧庫扎瓦的歌：『一個士兵生活在世界上／美麗而勇敢／但他是一個孩子的玩具／其實是紙做的士兵……』外婆會烤美味的餅子，端到桌上。很多男人追求媽媽，他們都給她送花，給我買冰淇淋，甚至有一次她還問我：『我能結婚嗎？』我當然不反對，因為我媽媽那麼漂亮，我不願意她孤獨一個人，我希望有一個幸福的母親。她走在街上總是引人注目，男人一個一個回頭看。『他們這是幹麼？』我小時候總要問。『走了！走了！』媽媽笑了，笑得很不尋常。真的，我們過得很好。後來只剩我一個人的時候，我常常回到我們住過的街上，看著我們舊房子的窗戶。有一次我忍不住就去按了門鈴，那裡已經住著一個喬治亞人家庭。我猜他們以為我是乞丐，想給我一點錢和食物。我哭著跑走了。

不久，外婆病倒了，她這個病總是想吃東西，每隔五分鐘就跳起來到樓梯間大喊大叫，說我們要把她餓死了。她常常摔盤子……媽媽有辦法把她安插到一間特殊診所，但最後還是決定自己照顧她，她也很愛外婆。外婆經常從櫥櫃裡拿出戰爭時的照片，一邊看一邊流淚。照片裡有個年輕的女孩，不像外婆，但確實是她，雖然就像另一個人一樣。就是這樣……直到去世前，外婆都還堅持看報，她對政治很感興趣。但生病時，她的床頭只放了一本《聖經》。她叫我一起念：『塵歸塵，土歸土，靈仍歸於賜靈的神……』她不斷想著死亡：『我這樣太辛苦了，孫女。太無聊了。』

那是個週末，我們都在家。我往外婆的房間看了一眼，她已經不太能走路了，多半時間都躺著。我看到她呆呆地望著窗外，我讓她喝了點水。又過了一會，我再去看她，叫她，她沒有回答，我抓住她的手，冷冰冰的，眼睛依然睜著，盯著窗外。我從來沒有面對過死亡，一下就被嚇哭了。媽媽跑了過來，馬上哭喊起來，她闔上外婆的眼睛。必須打電話叫救護車，他們很快就到了，可是醫生跟媽媽要錢，否則就不開死亡證明書，也不送外婆去太平間。『你們想怎樣呢？這就是市場經濟！』我們家裡已經沒錢了，媽媽早就被老闆辭退，找了兩個月的工作，還沒有找到。無論她跑去哪裡應徵，總有長長的人龍跟她搶工作。媽媽畢業於技術學院，有代表成績優異的紅本畢業證書[3]。她本來希望找到和所學相關的工作，但這個願望甚至難以啟齒，因為有大學文憑的人都在做售貨員、洗碗工、打掃辦公室。一切都變了……街上都是我不認識的人，大家身上似乎都裹著一層灰色，沒有別的顏色。『這都是你的葉爾欽、你的蓋達爾幹的好事。』外婆活著時曾經這樣說過，『瞧瞧他們都對我們做了什麼？情況再糟點，就跟戰爭時期沒兩樣了。』媽媽沉默不語，出乎我的意料，她竟然不反駁了。我們總是這樣看著家裡的每一件東西：它能不能賣點錢？但後來都沒有什麼可賣了。外婆的退休金是我們唯一的經濟來源，我們只吃得起一種灰色的通心粉。外婆一輩子攢了五千盧布，存在銀行裡，在過去這是很大一筆錢，用她的話說，可以撐過苦日子，還夠送葬的。可是一夜之間，這些錢只夠買一張電車票、一盒火柴。他們欺詐了人民。外婆最怕的，就是我們隨便把她的遺體裝進塑膠袋或者用報紙裹住，草草埋了。但是棺材是天價，大家下葬時用的容器五花八門。外婆的朋友費妮亞奶奶過去是一名前線護士，她去世時，女兒就用一張舊報紙把她裹起來埋了，軍功章也一起隨便埋了。她女兒殘疾，靠撿垃圾過活。一切是那麼不公平！有一次，我和幾個朋友去商場晃，看到商場裡的香腸都有漂亮的包裝。在學校裡，能穿褲襪的同學嘲笑那些買不起褲襪的，她們就這樣嘲笑過我。（沉默）但是媽媽已經答應過外婆，一定要用棺材為她送葬。媽媽發過誓的。

那個女醫生看到我們沒有錢，扭頭就招呼救護車開走了，只留下外婆和我們。

我們和外婆的遺體在屋子裡待了整整一個星期，媽媽每天用高錳酸鉀擦洗外婆，把濕床單蓋在她的遺體上，關閉了所有的窗戶和通風口，用濕被子掖住門縫。這些事都是她一個人做的，我害怕去外婆的房間，總是飛快地跑到廚房，然後馬上回來。慢慢地，遺體開始發臭。真的，說起來真是罪過，但我們還算幸運：外婆生病後消瘦得厲害，渾身只剩一把骨頭。我們打電話找親戚幫忙，我們有很多親戚，半個莫斯科都是，但突然就找不到人了。他們都沒有拒絕——拿來了大罐的醃櫛瓜、黃瓜和果醬，但沒有人拿錢來。他們過來坐坐，哭一場，就離開了。我記得，沒有人留下現金。媽媽的堂弟在工廠工作，廠裡用罐頭當工資發，他就給我們送來了罐頭。能做的都做了，能拿的也都拿來了。當時，這些都很正常的：生日禮物就送一塊肥皂、一管牙膏……以前我們的鄰居都很好，確實都很好。安娜阿姨和她的丈夫，他們收拾東西，搬到鄉下父母那裡，孩子早就送過去了，他們幫不到我們。瓦利亞大媽，怎麼能找她幫忙呢？她的丈夫和兒子都酗酒。我媽媽有很多朋友，但他們也是如此，家裡除了書，什麼都沒有。他們之中有一半的人都沒有工作，電話都斷線了，我們聯繫不上他們。共產主義之後，人與人立即形同陌路。大家都在緊閉的門內生活。（沉默）我希望這只是一場夢，我只是睡著了，早上醒來，外婆還在。」

那個時代，土匪們走在大街上，甚至不必把槍藏起來

「他們是誰？出現了一些神祕的人，他們好像知道了一切：『我們了解你們的困難。我們會幫你們。』他們打了電話，醫生就來了，開了死亡證明，然後員警也來了。我們給外婆買了一口體面的棺材，租了一輛靈車，上面鋪了很多花，什麼花都放了——該做的全都給做了。外婆曾經希望死後葬在霍凡思墓地，那座老墓地很有名氣，沒有錢是沒辦法在那裡下葬的。可是那些人辦到了，還請來了牧師為她祈禱。一切都如此完美。我和媽媽只能站在那裡哭。指揮這一切的是伊拉阿姨，她是這家公司的負責人，在她周圍總是有些人高馬大的傢伙，是她的保鏢。其中一個在阿富汗打過仗，這一點不知怎地就讓媽媽安心了，她一直認為，如果一個人打過仗，或者坐過史達林的勞改營，那個人就不可能是壞人。『怪不得！因為他也吃過這些苦！』她說。一般來說，我們這個社會是不會讓人獨自受難的，外婆曾經這麼深信過。我們都記得外婆說過的故事，在戰爭中所有人都互相幫助。大家都是蘇聯人……（沉默）然而，現在已經是另外一種人了，不完全是蘇聯人。我的意思是，現在我才明白，今非昔比了。這是一夥強盜趁機抓住我們做交易了，可是當時對我來說，他們都是叔叔阿姨，我們一起在廚房裡喝茶，他們請我們吃糖果。伊拉阿姨看到我們空空如也的冰箱，就帶來了好多食物，還給了我一條牛仔褲。那時候，人人都祈禱能有一條牛仔褲！大概就這樣過了一個月，我們已經習慣了和他們在一起，這時他們向媽媽建議：『賣

掉你們這間三房公寓，買一間一房的吧。您將會有一筆錢。』媽媽答應了，當時她在咖啡館有一份工作：洗碗、擦桌子，但是錢很不夠用。他們已經開始討論我們要搬去哪裡，搬到哪個區。但我不想轉學，所以我們就在附近找房子。

就在這當口，別的幫派也開口說話了。那個頭目是個男人，沃洛加叔叔，他開始和伊拉阿姨爭奪我們的公寓。『為什麼你只要一房？』沃洛加叔叔對媽媽大喊，『我給你在莫斯科附近買一幢大房子。』伊拉阿姨開著一輛老舊的福斯金龜車，沃洛加叔叔則有一輛高級賓士。他有一把真的手槍，九〇年代，土匪在大街上走動，甚至都不需要把手槍藏起來。大家只要有能力，都給自己家裝上鐵門。在我們的門廊，有天晚上來了一幫人，帶著手榴彈要找一個商人。他有一個小鋪子，用彩繪膠合板搭起來的，賣各種雜貨：食品、化妝品、衣服、伏特加等等。來人要求店主給他們美元，他的妻子不想給，於是他們就把炙燙的熨斗放在她的肚子上，而她已經懷孕了。沒有一個人報警求助，每個人都知道土匪有的是錢，可以買通任何人。但是不知怎的，人人都很尊重他們，所以沒有人抱怨。沃洛加叔叔不和我們慢慢喝茶，直接就威脅我媽媽：『如果你不給我這間公寓，我就抓走你女兒，你就再也看不到你女兒了，別想知道她的死活。』我躲在朋友家，好幾天不敢去上學。我哭了一天一夜，怕他們去抓媽媽。鄰居看到有人來找了我兩次，罵著髒話。最後，媽媽讓步了。

第二天，我們就被趕出家門。他們夜裡就來了：『快點！快點！先去別的地方住，直到我們幫你們找到房子。』他們帶來了一罐油漆，還有壁紙，就開始裝修起來。『我們走！讓我們走。』驚慌失措的媽媽只拿了一些證件，還有最喜歡的波蘭『也許』牌香水，那是別人送她的生日禮物，以及一些喜歡的書，而我則拿走了課本和一些衣服。我們被推進車子裡……他們把我們帶到一個……說起來根本是一間空房間，裡頭有兩張大床、一張桌子和椅子。我們被嚴格禁止出門，不許我們開窗戶，不許大聲說話。千萬千萬不能讓鄰居們聽到！這間公寓裡頭的住戶顯然一直在變……到處都很髒！過了幾天才清洗好一切，好好打掃了一遍。我還記得，後來我和媽媽到了一個好像政府辦公室的地方，他們向我們出示列印出來的文件，所有手續好像都是符合法律的。我們被告知：『你們必須在這裡簽名。』媽媽簽了，而我就站在旁邊放聲大哭。早先我還稀里糊塗的，現在我才懂了，原來我們是被趕到鄉下來了。我很捨不得自己的學校和自己的朋友，從此以後我就再也沒有見過她們了。沃洛加叔叔走過來說：『快簽字，要不我們就把你送到孤兒院，你媽媽橫豎都要去村裡，你就一個人留下來。』那兒有一些人，我記得站著一些人，其中還有一名員警。但是每個人都不說話，因為沃洛加叔叔賄賂了所有人。而我只是一個孩子，我能做什麼。（沉默）

過了這麼久，我一直都保持沉默，都藏在內心深處，這些糟糕的事，藏得如此深沉，我不想對別人說。我還記得，他們是怎麼把我帶到孤兒院的。那是很久以後，我沒有了媽媽的時候。我被帶進一個房間，他們跟我說：『這是你的床，你的衣櫃，你的書架……』我嚇傻了，晚上就發燒倒下了。所有的一切都讓我想起我們以前的那間公寓……（沉默）新年了，大家點亮了聖誕樹，戴上面具，要辦舞會了……舞會？什麼舞會？我已經忘了這一切。（沉默）我的房間還住了四個女孩。兩個是小女孩，很小很小，一個十歲，一個才八歲。還有兩個年齡較大的女孩，一個來自莫斯科，患有嚴重的梅毒，另一個是小偷，她偷走了我的鞋子。這個女孩想回到街上……我在想什麼？呃，我是在想，我們整日整夜地待在一起，卻都沒有告訴對方自己是誰。大家都不想說。我沉默了很長一段時間，直到我遇見了自己的熱尼亞，才開始說話。這些都是後來的事了。（沉默）

接著說我和媽媽的故事，悲慘的日子才剛開始。我們簽了字，被送到雅羅斯拉夫爾地區。『遠是遠了點，但你們會有一棟好房子。』但是我們又被騙了，那不是一棟房子，只是一間破舊的小木屋，只有一個房間和一個俄式火爐，我和媽媽從來沒有親眼見過這些，我們不會生爐子。小屋隨時會倒塌，牆上到處是縫隙。媽媽傻了。她走進屋裡，跪在我面前，因為這樣的生活而請求我寬恕，還把自己的頭往牆上撞……（哭泣）我們只有一點點錢，很快就花光了。我們在別人的菜園子工作，這個給一籃馬鈴薯，那個給十顆雞蛋。我學到了一個新詞『以物易物』。我得了重感冒時，媽媽拿她最喜歡的那瓶香水換了一塊好的黃油。我勸她不要這麼做，因為我們已經沒有多少東西能夠讓我們想起家了。我記得有一次，一位農場主人，那是一個善良的女人，覺得我可憐，給了我一桶牛奶。我很怕，繞過菜園子回家，遇到了一個擠牛奶的女工，她笑了：『你躲什麼？大大方方走就是了。這裡的一切都可以拿走，何況是人家給你的。』他們拿走了一切沒釘死的東西，集體農莊的負責人拿得最多。大家還用汽車幫他載東西過去。他來找我們，慫恿道：『去我的農場吧！不然你們要餓死了！』去還是不去？飢餓逼著我去了。早上四點就要起床擠牛奶。大家都還在睡覺，我就要開始擠牛奶，媽媽洗牛棚。她很害怕牛，但我很喜歡牠們，每頭乳牛都有名字，小菸鬼、小櫻桃……我要照管三十頭乳牛和兩頭小母牛，用手推車運木屑，牛糞沒膝深，超過了靴子的高度。每天都要往車子上搬牛奶罐，不曉得搬了多少公斤？（沉默）他們用牛奶當我們的工錢，如果有牛悶死了或自己在泥潭裡溺死，就給我們發肉。擠牛奶女工喝酒喝得不比男人少，後來媽媽也開始和她們一起喝。我和媽媽不再像以前一樣是好朋友了。我愈來愈頻繁地衝她吼叫，她就對我生氣。偶爾在她心情很好的時候，也會給我讀讀詩，她最喜歡女詩人茨維塔耶娃：『一串串紅豔的花楸果／火焰一般燃燒／樹葉凋落／我降生了……』只有在那時候，我才又看到母親往日的影子，多麼難得。

已經是冬天了，馬上就要降霜。在這間又破又舊的小屋裡，我們是熬不過這個冬天的。有個鄰居同情我們，免費把我們送到了莫斯科……」

這個時代，人不再是高貴的稱號，而是千人千面

「和你聊天，我都忘了我本來很害怕回憶起往事。（沉默）對於人，我有什麼想說的？人不能說壞，但也不能說好。在學校裡，我就是照著蘇聯教科書學，看不到其他說法。我們是這樣被教導的：人，這是一種高貴的稱號。可是現在，人已經不是高貴的，而是千人千面了。我也一樣，有很多面，我身上有多重部分。比如當我看到一個塔吉克人（他們在這兒就是奴隸，二等公民），只要我有時間，我就會停下來和他說說話。我沒有錢，但我會和他聊聊天。他們和我是一種人，同是天涯淪落人，他們讓我明白，當你對所有人來說都只是外來人時，你就是孤身一人。我也曾住過大門口，睡過地下室……

起初，媽媽的朋友讓我們到她那兒去。他們對我們很好，我也很喜歡那兒。那裡有我熟悉的環境：書籍、唱片，還有牆上切．格瓦拉的肖像。就跟我們過去一樣，同樣的書，同樣的唱

片……奧麗雅阿姨的兒子在讀博士班，經常整個白天都待在圖書室裡不出門，晚上則去火車站卸貨賺生活費。沒東西可吃。在我們的廚房裡，經常只有一袋馬鈴薯。馬鈴薯要是吃完了，一片麵包得撐一整天，整天喝茶，我們只有這些東西。一公斤肉的價格是三百二十盧布，而奧麗雅阿姨的工資是一百盧布，她在一所小學當老師，教低年級。所有的人都像瘋了，只想著掙錢。廚房的水龍頭壞了，我們叫來水電工，發現他們都是博士。大家都笑了。就像外婆說過的，憂傷不能當飯吃。度假是沒有幾個人能負擔得起的奢侈品，奧麗雅阿姨假期去了明斯克，她的姊姊住在那裡，是個大學講師。她們用人造毛絨縫製枕頭，裡面填的是一種合成纖維，這樣做是為了讓枕頭可以空出一半，上火車前再把注射過鎮靜劑的小狗塞進枕頭裡。她們就這樣運送小牧羊犬和兔子去波蘭……各大市場上說的全是俄語。人往熱水瓶裡倒進伏特加冒充茶水，手提箱裡的襯衫下暗藏著釘子和鎖頭……奧麗雅阿姨帶回家的是一袋美味的波蘭香腸，味道真是棒極了！

夜裡，莫斯科到處是槍聲，甚至還有爆炸聲。隨處可見各種攤位，聘用媽媽的亞塞拜然女人有兩個攤位，一個賣水果，另一個賣魚。有言在先：『工作是有的，但是沒有休假，不能休息。』對媽媽來說，這是個新世界，她不好意思和顧客討價還價，會感到羞愧。第一天擺好水果攤，她就躲到一棵樹後面看著，還把帽子往下拉到耳朵處，生怕有人會認出她來。第二天，她送了一顆李子給一個吉卜賽女人……店主發現了，把她大罵了一頓。金錢不喜歡憐憫和自尊，媽媽在那兒沒有撐多久，因為她賣不了東西。我看到一則『清潔工人，需受過高等教育』的徵人廣告。媽媽按照地址去應徵，她被錄用了。那是個美國基金會，工資還不錯。於是，我們開始能養活自己，並在一個三房公寓裡租了其中的一間，另一間房的租客是幾個亞塞拜然年輕人，他們總是在談買賣。其中有個人還向我求婚，答應帶我去土耳其：『我把你偷走吧。我們有一個習俗，新娘得用偷的。』媽媽不在家的時候，我特別害怕。他還給我送水果，杏子什麼的。房東一連幾個星期都喝得大醉，喝到屋頂壞了都不修，還用腳踢他老婆：『嘿，媽的屄！你這個婊子！』他老婆被救護車載走了。房東夜裡還偷偷爬過來找我媽媽，把我們房間的門都撬開了。

結果，我們又開始在街上流浪了。

我們露宿街頭，沒有錢。媽媽工作的基金會關了，她只能靠打零工賺點小錢。我們住在路邊，住在樓梯口。有人漠然路過，有人對我們大吼大叫，還有人趕我們出去，哪怕是黑夜，也不管是下雨或飄著雪。沒有人幫忙，沒有人聞問……（沉默），沒有壞人，也沒有好人，每個人都有自己的利益要顧。（沉默）早上，我們步行到火車站，在火車站的廁所梳洗、洗衣服。夏天相對暖和，哪兒都可以住，可以直接睡在公園長椅上，秋天摟起一堆落葉，就睡在樹葉上，暖暖的，像睡袋一樣。在白羅斯火車站，我記得很清楚，我們經常會遇到一個很老很老的女人，她坐在售票處附近自言自語，反覆講述一個故事：『戰爭時期一群狼進了村，因為狼也知道村裡沒有男人，男人都去打仗了……』我和媽媽只要身上有點錢，就會分給她。『上帝保佑你們。』她為我們畫十字，她讓我想起外婆。

有一次，我把媽媽留在公園的板凳上。等我回來時，看到她和一個男人坐在一起。一個很好的人。『認識一下吧。』媽媽說，『他叫維嘉，也喜歡布羅茨基[4]。』我們都明白，如果誰喜歡布羅茨基，對媽媽來說就如同一個暗語，說明他是自己人。『什麼，他沒有看過《阿爾巴特街的兒女》？』那這就是一個沒開化的人！沒文化的人！不是同一類，不是我們的人。媽媽總是把人分類，這是她從以前就有的習慣。在我和媽媽流浪的這兩年，我已經有了很大的變化，變得很嚴肅成熟，心智超齡。我意識到媽媽沒有辦法幫我，相反的，我有一種感覺，她需要我的照顧。維嘉叔叔很聰明，他總是問我而不是問媽媽：『好了，女孩，我們走吧？』他帶著我們去他家，他有一間兩房公寓。我們把全部家當都帶上了，就只是一些破爛的方格包……對我們來說，簡直進入天堂了，他家就像博物館一樣！牆上掛著照片，優雅的圖書室，寬而矮的老式五斗櫥，高到天花板的鐘擺大鐘。我都看呆了！『女孩們，別拘束，把外套脫了吧。』我們不好意思，因為衣衫襤褸，渾身都是火車站的味道，只敢站在門口。『女孩們，別害怕嘛！』我們坐下來喝茶。維嘉叔叔講了自己的經歷，他曾是一個金匠，有自己的工坊。他向我們展示了工具箱、包裝袋裡的半寶石、銀坯……一切是那麼美好、有趣、高貴。我簡直不敢相信，我們要住在這裡，簡直像奇蹟一樣。

家，我終於有個家了。我又能去學校了。維嘉叔叔很善良，他用寶石幫我打了一個戒指。但問題是，他也酗酒，還吞雲吐霧，就像火車頭一樣噴煙。最初，媽媽會說他幾句，但很快的，他們兩人就喝在一塊了。他們把書送進二手書店，我還記得舊皮革封面的味道。維嘉叔叔還有些稀有的硬幣。他們喝酒，看政論節目。維嘉叔叔說話特別有哲理，他會像跟大人說話一樣和我交談。他問我：『尤列奇卡，在後共產主義的學校裡，你們都學些什麼？現在蘇聯文學和蘇聯歷史要怎麼辦，難道都要抹殺得一乾二淨嗎？』真的，我知道得很少……您對這有興趣嗎？這些，我想都離我很遠了，但是我沒有忘記。

我還記得維嘉叔叔說過的話：

『俄羅斯的生活就應該是不幸的、貧寒的，那樣靈魂才能高尚。它的意義就在於它不屬於這個世界，愈是骯髒和血腥，靈魂愈能得到自由……』

『我們的現代化，只能透過欺騙和槍砲的途徑實現。』

『共產黨人，他們能做什麼？不過就是憑票供應和重建馬加丹的勞改營。』

『正常的人如今看起來都是瘋子，像我和你媽媽這種人，新生活把我們都丟棄了。』

『西方的是老資本主義，我們的是最新鮮的資本主義，年輕的犬牙……純粹的拜占庭式政權。』

一天夜裡，維嘉叔叔心臟病發作。我們叫來了救護車。但我們還來不及把他送到醫院，他就不行了。他的親戚趕來了：『你們是誰？從哪裡來的？這兒沒你們的事。』一個男人大叫：『把這些臭乞丐趕出去！快！』我們離開時，他還檢查了我們的包包。

我們又流落街頭了。

我們打電話給媽媽的表哥列沙舅舅，他妻子接的電話：『過來吧。』他們住在離河運站不遠一間兩房的赫魯雪夫式公寓[5]，和兒子媳婦住在一起，媳婦還懷著孕。他們決定了：『先住在這裡吧，住到阿蓮娜生孩子再說。』他們在走廊裡擺了一張小床給我媽睡，我則睡在廚房的舊沙發上。列沙舅舅工廠裡的朋友來看他，我就聽著他們的談話聲入睡。他們的活動總是千篇一律：桌上一瓶伏特加，打牌。說實話，他們談的內容和維嘉叔叔的，完全不一樣：

『全亂套了。自由，自由在哪裡，媽的？我們在吃沒有黃油的粗米粒呢。』

『都是猶太鬼……他們殺死了沙皇，殺死了史達林和安德羅波夫，推行自由主義！現在迫切需要擰緊螺絲。我們俄羅斯人必須保持信心！』

『葉爾欽在美國人面前卑躬屈膝，說到底我們是打贏過戰爭的啊！』

『去教堂吧，那裡的人都在禱告，可是一個個呆若木雞。』

『很快就會暖和並快樂起來，我們首先要把那些自由派吊死在路燈上，我們必須挽救俄羅斯……』

兩個月後，舅舅的媳婦生了。我們不能再借宿了。

我們又一次流落街頭，在火車站和別人家的大門口過夜。

火車站，

大門口，

大門口，

火車站。

在火車站，執勤的員警有上了年紀的，也有年輕人。大冬天裡，他們要麼把我們驅趕到大街上，要麼帶到小屋子裡。他們在屏風後面有個專門的角落，有個小沙發。媽媽和一名試圖把我拖到那裡去的員警打了起來，她遭到了毆打，被拘留了好幾天。（沉默）我當時感冒了，這件事之後，我病得更嚴重了。我們想來想去，最後決定我去投靠親戚家，媽媽先留在車站。過了幾天，她打電話給我：『我們要見個面。』我找到了媽媽，她說：『我遇到了一個女人，她讓我去她家。她家在阿拉賓諾，那是她自己的房子，有的是地方住。』『我和你一起去吧。』『不，你得先治病，以後再來。』我送她上了電車，她坐在窗前，緊緊盯著我，好像再也見不到似的。我情不自禁地也跳上車，問媽媽：『你怎麼了？』『別管我。』我揮著手，媽媽就離開了。到了晚上，有個電話打來找我：『你是尤利婭．鮑里索夫娜．馬利克娃嗎？』『我是馬利克娃。』『我是警察，請問，柳德米拉是你什麼人？』『是我媽媽。』『你媽媽被火車撞死了，在阿拉賓諾……』

媽媽一直很小心，如果有火車經過，她會很害怕，她最怕被火車撞到，總是來回轉頭看上一百次：過去還是不過去？所以……不，這絕對不是不幸的意外事故。她買了一瓶伏特加，為了讓這一切不會那麼痛苦和可怕，然後她就跳了……她只是累了，厭倦了這樣的生活。『出於自願』，這不是我說的，是她的原話。我後來一直回憶她說的每個字。（哭）火車拖著她跑了很長一段路，他們把她送進了醫院，在急診室搶救了一個小時，但依然沒能救回來。他們是這樣告訴我的。我看到她時，她已經躺在棺材裡，穿好了衣服。這是多麼可怕啊……那時候我還沒有熱尼亞，如果我還小，她一定不會離開我，也就不會出這種事了。最後那幾天，她常常對我說：『你已經大了，已經長大了。』我幹麼長大？（哭）只留下了我一個人這樣生活……（長時間不發一語）如果我有個孩子，我必須要幸福，要讓孩子記住一個幸福的媽媽。

熱尼亞，是熱尼亞救了我。我好像一直在等待著他……在收容所裡，我們都幻想著我們住在這裡只是暫時的，很快就會有像其他人一樣的生活，有自己的家庭，有丈夫、有孩子。到那時候，哪怕不是節假日，只要想吃蛋糕，我們就可以買。我真的很渴望這樣的生活。十七歲，我剛滿十七歲，院長就把我叫去：『我們已經把你從供養名單中去除了。』再沒有多餘的話。十七歲之後，就要自己去謀生。去吧！但我無處可去，工作也沒有，什麼都沒有。也沒有媽媽……我打電話給娜佳阿姨：『也許我可以去您那裡，收容所把我趕出來了。』娜佳阿姨，如果不是有她這位守護天使，我還不知會發生什麼事。她不是我的親戚，但是現在她比親人還親。她在公共住宅裡有一間小房間，後來遺贈給了我。她曾經和我舅舅在一起，但他早就死了，他們也不是夫妻，就只是同居而已。但我知道，他們是因為愛而住在一起的。這樣的人可以去找，如果一個人懂得愛，就永遠可以去找他。

娜佳阿姨從來沒有孩子，她習慣了獨自生活，很難忍受跟別人一起住。小房子好暗！只有十六平方公尺左右。我睡在一張折疊床上。當然，鄰居瑪琳娜阿姨開始提意見了：『快讓她離開。』她還打電話給警察。但是，娜佳阿姨站在那兒就像一堵牆：『你讓她去哪兒呢？』一年就這樣過去了，最後娜佳阿姨還是來問我了：『你說你只來住兩個月，結果你在我這兒住了一年了。』我無話可說，只是哭，她也不再說話，也只是流淚。（沉默）又一年過去了，所有人都習慣我住在這兒了。我很乖，瑪琳娜阿姨也習慣了。她不是一個壞人，只是她的生活太糟糕了。她有過兩個丈夫，兩個都酗酒，就像她說的，都是喝死的。她有個侄子經常來看她，我們打過招呼，一個很帥的小夥子。那天我坐在房間裡看書，瑪琳娜阿姨走了進來，拉著我的手進廚房：『認識一下吧。這位是尤利婭，這位是熱尼亞。現在齊步走，出去散步吧！』於是，我就開始和熱尼亞約會，已經接過吻，但沒有確定關係。他是司機，經常要出差。有一次他回來，我又不在了。在哪裡？怎麼回事？原來，我的身體早就有問題了，經常窒息，有時會虛弱到暈倒。娜佳阿姨逼著我去看醫生，我被診斷為患有多發性硬化症。您當然不知道它是什麼病，那是一種不治之症。據說是憂傷引發的，我太憂傷了。我想念媽媽，非常想。（沉默）診斷結果出來後，我開始住院治療。熱尼亞來醫院找到了我，他每天都來看我，還會帶蘋果、橘子，就像以前我爸爸那樣。到了五月，有一天，他突然帶著一束玫瑰花出現了，我倒抽了一口氣——這束花要花掉他半個月的工資。他還盛裝打扮了，『嫁給我吧。』我很猶豫。『難道你不想嫁給我嗎？』我能說什麼？我不能欺騙他，我不想欺騙他。我早就愛上他了。『我想嫁給你，但你必須知道真相，我是三等殘疾。用不了多久，我就會像倉鼠一樣，只能被抱著了。』他什麼都不明白，但表情很沮喪。第二天他又來了，告訴我：『沒事。我們一起面對。』我一出院，我們就去登記結婚了。他帶我去見他媽媽。他媽媽是個樸實的農婦，一輩子都在田裡幹活。他家裡一本書都沒有，但我在那裡感覺很好，很平靜。我也把自己的一切都告訴她。『沒事，寶貝。』她抱住了我，『哪裡有愛，哪裡就有上帝。』（沉默）

現在，我要全力以赴地活下去，因為我有熱尼亞，甚至還夢想生個寶寶。醫生當然反對，但是我想生。我希望能有一間房子，我畢生的夢想就是有一個家。我了解到最近推出了新法律，按照法律可以把我們的公寓還給我們。我已經遞交申請書了。我聽說像我這樣的人數以千計，我的情況更複雜，因為我們的公寓已經轉售三次了。而那些掠奪我們的強盜，早已躺在墳墓裡，在火拼中被槍打死了。

我們來到媽媽的墳前。她的墓碑上有一張肖像，就像她還活著。我們把墓碑擦得乾乾淨淨，把墓地整理得整整齊齊，然後在墓前站了許久，我很不捨得離開，在那一刻，我感覺她笑了。她很幸福，又或許是因為太陽灑落的角度正好……」

1 根納季．久加諾夫（一九四四～），俄羅斯聯邦共產黨中央執行委員會主席，曾多次參選總統。

2 蘇聯解體後，失去共產意識形態，人民又開始上教堂，尋求心靈慰藉。

3 成績非常優秀，幾乎每次考試都拿滿分，才有辦法領紅本畢業證書。

4 布羅茨基（一九四〇～一九九六），出身猶太家庭，美籍蘇聯詩人，一九七二年被迫離開蘇聯，一九八七年獲得諾貝爾文學獎。

5 這是一種造價低廉的五層公寓，在赫魯雪夫執政時期，為了因應快速成長的都市人口而大量興建，並以他的名字命名。

與幸福很相似的孤獨

阿麗莎．扎××勒爾，廣告經理，三十五歲

我去聖彼得堡本來是要採訪另外一個故事，卻帶回來這樣一個故事。以下是火車上一個女人講的。

「我的朋友自殺了。她非常強勢，非常成功，有很多傾慕者，也有很多朋友。我們都嚇呆了。自殺，為什麼？這是怯懦的表現，還是堅強的舉動？這是個極端的想法，是呼籲救助或是自我犧牲？是出路，是陷阱，或是懲罰……我也想這樣做，但是我可以告訴您，為什麼我沒有付諸行動……

因為愛情？這個選項我連想都沒想過。我不是憤世嫉俗，否定一切的美好，但是在十年中，您或許是第一個對我說到『愛情』這兩個字的。二十一世紀的人看中的是金錢、性欲和槍桿，一切都向錢看，而您談的卻是感覺。我對結婚生子沒有太大的渴望，我一直想做出一番事業，這是我的首要目標。我最重視的是我自己、我的時間和我的生活。您從哪兒聽說男人會追尋愛情？什麼愛情，一直以來，男人認為女人是獵物、戰利品、受害者，而他們是獵人。這套法則實行了好幾百年了。女人也不是想找白馬王子，而是想釣金龜婿。王子的年齡沒有限制，釣到的是『乾爹』也沒關係，還在考慮什麼？統治世界的不就是錢嗎？但我不是獵物，我也是獵人。

十年前，我來到了莫斯科。我興奮極了，我告訴自己：『我就是為了快樂而生的，只有弱者才會受苦，謙卑是弱者的裝飾。』我來自羅斯托夫，我父母都在學校任教，父親是化學老師，母親是俄文老師。他們在大學時代就結婚了，爸爸有一套得體的西裝，又很有思想，當時是足以把女孩迷得暈頭轉向的。他們至今還喜歡回憶，那時候的他們，很長一段時間都只有一套床單、被套、枕頭，只有一雙拖鞋。他們互相為對方朗讀巴斯特納克的詩，一讀就是一個通宵，兩人都能倒背如流！跟所愛的人在一起，寒舍就是愛巢！我嘲笑他們：『那是在初霜之前吧。』[1]媽媽生氣地說：『你真是沒有想像力。』我們是一個標準的蘇聯家庭，每天早上吃蕎麥或黃油麵包，一年能吃一次橘子，就是新年時。我甚至記得它們的氣味。那是一種美好生活的氣息，但現在已人事全非了。暑假時，我們會去黑海度假，去索契當『野人』，一起擠在一個九平方公尺的房間裡，可是我們非常驕傲，非常自豪。我們為自己喜歡的書自豪，那都是從地下管道找到的，要靠強大的關係才行，拿到書時很開心！我媽媽的朋友在劇院工作，我們經常能拿到劇院首映的免費入場券。劇院！對那些體面的伴侶來說，這是一個永恆的話題。現在許多人都在寫蘇維埃的勞改營、共產主義的貧民窟、吃人的世界。但是，我完全沒有什麼恐怖的記憶，我只記得，那個世界是天真的，非常幼稚可笑。我一直都知道，我絕對不可能這樣生活！我不願意，為此我差點被學校開除。哦耶！沒錯，就是這樣，出生於蘇聯的人，都有一種症狀、一種標記！我們那時候還有家政課，男生學開車，女生學煎肉餅，那些該死的肉餅，我總會煎焦。有一位女老師是我們的班導，她跟我說：『你不會煎肉餅怎麼辦？將來結婚怎麼伺候你的丈夫？』我馬上回答：『我用不著學會煎肉餅，以後我有傭人可以使喚。』那是一九八七年，我十三歲。哪裡知道資本主義是什麼樣子，傭人是什麼樣子？社會主義無所不在！爸爸媽媽因此被校長找去談話，我在班會和全校學生會上都遭到了批判。他們想把我踢出少先隊，開除隊籍、團籍，這在當時是非常嚴重的事情，我甚至都哭了。雖然我滿腦子的公式，沒有任何詩韻，但是當我獨自留在家裡，我就會換上母親的裙子、鞋子，坐在沙發上讀《安娜．卡列尼娜》。上層社會的社交舞會、僕人、軍裝穗帶、偷情、幽會……，都讓我很著迷，但只到安娜臥軌自殺那一刻為止。何必呢？她是那麼美麗、富有，就因為愛情嗎？即使是托爾斯泰也沒有說服我。我更喜歡西方的小說，書裡有我喜歡的漂亮又風騷的女王蜂，男人為了她們而互相開槍，低三下四，受盡折磨。十七歲那年我哭了一場，那是我最後一次掉眼淚，因為失戀。我躲在浴室哭，整夜開著水龍頭。媽媽用巴斯特納克的詩安慰我，我牢牢記住了：『成為女人，是偉大的一步／為愛瘋狂，是英雄主義。』我不喜歡童年和青春期，一直盼著能早點結束。我鑽研學問，上健身房。我要比所有人快，比所有人高，比所有人強！屋裡反覆播放著行吟詩人奧庫扎瓦的歌曲：『手把手，朋友們……』不！這不是我的理想。

後來我到了莫斯科。莫斯科，我總是把這個名字當成我的假想敵，從第一時間開始，莫斯科就在我內心激起了競爭的惡氣。這是我的城市，瘋狂的節奏就是最好的休息！張開雙臂，當作我的翅膀！那時候我口袋裡只有二百塊『綠鈔』（美元）和幾張『木鈔』（盧布），那是我所有的一切。多災多難的九〇年代，父母早就沒有工資了，一貧如洗。爸爸每天都在試圖說服自己，也勸說我和媽媽：『我們必須有耐心，等等看。我相信蓋達爾。』我父母這些人還沒意識到，資本主義已經開始了。俄羅斯式的資本主義，不成氣候但鐵石心腸，那個在一九一七年就崩潰過的資本主義。（沉思）我父母明白這是怎麼回事嗎？很難回答，但有一件事我可以肯定：我的父母並不想要資本主義。毫無疑問。其實這是我的選擇，是像我這樣不願被束縛在籠子裡的年輕人的選擇。我們年輕、有活力，對我們來說，資本主義制度是個有趣的冒險，充滿了風險。這不只是錢，不只是美元先生！現在，我告訴你一個祕密吧！比起古拉格群島、蘇聯的赤字，還有那些夜間敲門者的故事，我更喜歡閱讀現代資本主義作品，但不是德萊賽[2]的小說喔。是啊，說到神聖無上的事了。我知道，這些我都不能和父母說，一個字都不能說。不過，又能說什麼呢？我爸爸依然是個蘇聯浪漫主義者。一九九一年八月，那場政變！那天從早上開始電視就一直播放芭蕾舞劇《天鵝湖》，坦克開進莫斯科，就像在非洲一樣。我爸爸，還有他的七個朋友，直接蹺班趕到首都支持革命。我就坐著看電視，記住了坦克上的葉爾欽……搖搖欲墜的帝國土崩瓦解，那就瓦解吧！我們等著爸爸回來，就像等待從戰場上凱旋歸來的英雄。我想，他至今還把這事當成生活的動力。經過多年之後，我終於理解了，這是他生命中最重要的事情，就像爺爺那輩人一樣。爺爺一輩子都在講述，他們如何在史達林格勒打敗了德國人。帝國瓦解之後，爸爸活得無聊、無趣，沒有什麼盼頭。基本上，他們這一代的人都絕望了，他們覺得遭遇了雙重的失敗：蘇聯的共產主義思想崩盤，而後共產主義時期發生的事他們也想不明白，接受不了。他們想要的是另一種東西，就算是資本主義，那也得是要有人情味的、帶著迷人微笑的資本主義。但這種世界不屬於他們。這是異邦，但這是我的世界，屬於我的！我感到幸福，因為只有在五月九日勝利日這一天才需要看到蘇聯人。（沉默）

我是搭便車去首都的，這樣花錢少些。我愈是朝窗外看，就愈要咬牙切齒起來，我已經知道自己不會從莫斯科回來了。打死也不回來！我就要留在那兒。在集市上，大家販售茶具、鐵釘、玩具，可以以貨易貨，用電熨斗或煎鍋去換香腸（肉類都按香腸計算），換糖果和砂糖。公車候車亭旁邊坐著一個胖阿姨，身上像掛了一排排子彈一樣，掛了滿滿的玩具，就像從動畫裡跑出來的人物！那天莫斯科下著大雨，但我還是去了紅場，去看瓦西里大教堂的尖頂和克里姆林宮的紅牆——這給了我力量：我來啦！我到了祖國的心臟。我走路有些跛，因為臨行前在健身房扭傷了小腳趾，但我依然穿上高跟鞋和最好的衣服。當然，人生要靠運氣，像打牌一樣，但是我有一種感覺，我知道我想要什麼。喏，給你，拿去！上天不會這麼簡單地給你任何東西，不會白白給你。你必須非常想要成功，而我就是這樣。媽媽只讓我帶了家裡自製的餡餅，還一再告訴我，她和爸爸以前是怎樣去參加示威的。每人每月的消費券都是限定的：兩公斤小米、一公斤肉、二百克黃油。排隊，排隊，還要在手掌上寫下號碼。我不喜歡『老蘇維埃』這個詞！我父母都不是老蘇維埃，他們是浪漫主義者，就像是活在成人生活裡的學齡前兒童。我無法理解他們，但我愛他們！我獨自一人面對生活，單槍匹馬，但我可不是在糖罐裡長大的。我有應該好好愛自己的理由！沒有輔導老師，沒有錢，也沒有託人情，我還是進入了莫斯科國立大學新聞系。大一的時候，有個同學愛上了我，他問我：『你愛我嗎？』我的回答是：『我愛我自己。』我全部的事都自己來，我自己！我對其他學生不感興趣，上課聽講也覺得無趣。蘇聯的老師拿著蘇聯的教科書講課，但外邊的非蘇聯生活已經如火如荼地展開了——充滿激情的、瘋狂的生活！出現了第一批進口汽車，令人興奮！普希金廣場開了俄羅斯第一家麥當勞，波蘭化妝品也進來了，還有可怕的傳言說這是為死人化妝用的……電視上第一個廣告是賣土耳其茶。以前曾經是灰不溜丟的一片，現在出現了明亮的色彩、醒目的招牌。想得到的一切都可以得到！你可以成為你想要成為的任何人：經紀人、殺手、同性戀……對我來說，九〇年代是有福的年代、難忘的年代，是弄權者、匪幫和冒險家的年代。只剩下一些物品還帶點蘇聯風格，但是人的腦中已經安裝了不同的程式。只要你不斷適應變化，你就會得到一切。列寧是什麼人？史達林是什麼人？他們已經是過去式了，超級生活在你面前展開：你可以看到整個世界，住上美麗的公寓，搭乘豪華汽車，吃盡美饌佳餚。在俄羅斯，你要眼觀六路，在街頭和集會中我學得更快，所以我轉去上函授課程，又在報社找到了工作。每天清晨一睜眼，我就喜歡上了生活。

我努力爬上更高一級的台階，我從來不對這種事懷抱著幻想：為了上高級餐廳，在走廊或在三溫暖裡跟人打炮。我有很多的追求者，但我對同年齡層的男人沒興趣，只能和他們做朋友，一起去圖書館，輕鬆而安全地相處。我喜歡的是年長的、事業有成的男人。和他們在一起才有意思，他們風趣，還能讓我學到很多東西。而我呢？（笑）我身上久久都有一個烙印——良好家庭出身的女孩，書香門第，家裡主要的家具就是書櫃，所以作家和藝術家都很關注我。他們都是不被承認的天才，但我不打算把我這一生獻給那些死後才被承認，被後人喜愛的天才。後來我更厭倦了父母在家裡的所有對話，包括共產主義、生命的意義、利他主義的幸福，還有索忍尼辛和薩哈羅夫，不，這些都不是我浪漫故事中的主人翁，只是我媽媽心目中的英雄。那些埋頭讀書、夢想著能像契訶夫的海鷗一樣飛起來的人，已經被不讀書就可以飛的人取代了。早先那些高雅紳士的選擇都變得令人訝異且難以理解：什麼地下出版物，什麼廚房裡的低聲交談。還有，那是何等的恥辱——我們的坦克開上了布拉格的街頭，現在它們又出現在莫斯科！但話說回來，這又有什麼可驚訝的呢？取代地下詩歌的是鑽戒，是昂貴的名牌服飾，是欲望的革命，是對物質的渴求。我喜歡、我愛的人，是官員和商人。他們的用語讓我受到啟發：境外、佣金、以貨易貨、直銷、創造性的方法。在編輯部的選題會上，總編輯說：『我們需要資本家。我們要幫助葉爾欽和蓋達爾政府去創造資本家！這是當務之急！』我那時候還年輕漂亮，被派去採訪這些資本家：他們是怎麼變有錢的？如何賺到第一桶金？社會主義人民變成資本主義的市民了嗎？我必須好好在這上面著墨。不知道為什麼，正是百萬財富征服了想像力。賺一百萬！我們已經想當然地自以為，俄羅斯人似乎不喜歡錢，不想成為富人，甚至害怕致富。那他們想幹什麼？他們總是希望沒有一個人成為富翁，沒有人比他們更富有。深紅外套、金項鍊……這是在電影和電視劇裡才見過的東西……我遇到的人都在談論強而有力的邏輯和剛毅果斷的行事，談論系統思考。人人都學英語、學管理。學者和博士生離開了這個國家，學物理的和學詩歌的也都走了，留在這裡的是新的英雄，他們哪兒都不想去，他們喜歡住在俄羅斯。這是他們的時刻！他們的機會來了！他們想成為富人，他們想要所有東西。所有！

這時候我遇到了他。我想我是真的愛這個男人的。聽起來很坦誠吧……嗯？（笑）他比我大二十多歲，有家庭，有兩個兒子，還有嫉妒心極強的妻子，這讓他的生活猶如在顯微鏡下一般。我們相遇後，兩人都陷入了瘋狂，一發不可收拾。他坦白說，為了不要在上班時哭出來，他早上服用了兩錠鎮定劑。我也做了一些瘋狂的舉動，就差沒有跳降落傘了。這就是全部。常常是這樣，在蜜月期，誰在欺騙誰，誰在獵取誰，誰在想什麼，這都不重要。我那時候年紀很小，只有二十二歲，墜入了愛河，而且愛得深沉。現在我明白了，愛是另一種生意，每一方都有自己的風險，所以必須準備好新的技巧，永遠都胸有成竹！如今，很少有人會為愛而忘乎所以了。全部力量都用在飛黃騰達上，用在職場升遷上！我們那兒的年輕女孩抽菸閒聊時，如果發現有人動了真感情去戀愛，大家都會為她惋惜，嘆道：『傻瓜，居然掉進去了。』（笑）傻瓜，而我就是一個開心的傻瓜！他讓司機放假，自己隨便招了一部車子，然後我們在這一輛滿是汽油味的『莫斯科人』牌汽車上夜遊莫斯科，不停親吻。『謝謝你，』他說，『你把我帶回了一百年前。』他不斷策畫快閃情節，快閃，節奏快得讓我吃驚，而且是當機立斷，經常是前一天晚上突然打電話：『明天早上我們飛去巴黎』或『我們飛去加那利群島，我有三天假期』。我們坐頭等艙，住最昂貴的飯店，房間玻璃地板下，就是魚兒在游動。活的沙魚！可是，讓我一輩子記得清清楚楚的是另一件事，就是坐在散發著汽油味的『莫斯科人』裡，在莫斯科街頭飛馳，還有我們的瘋狂接吻。那樣的感覺，就像他把天上的星星摘來送給我，我深深愛著他。（沉默）而他也如此為自己辦了一次次的生命慶典，為他自己——是的！也許當我四十歲時才能理解他，或到某個時候才能明白。他與時間的關係是獨特的，當錶在走的時候，他不喜歡看錶，只有當錶停的時候，他才喜歡錶。而我喜歡貓。我喜愛牠們是因為牠們不會哭泣，沒有人見過牠們流淚。如果有人在大街上遇到我，一定會覺得我富有又快樂！我擁有了一切，一棟大房子、昂貴的汽車、義大利家具。還有我的女兒，我因為她而歡天喜地。我不用煎肉餅，也不用洗衣服，因為我有一個女傭，我可以買任何我想要的東西，首飾堆積如山。但是，我一個人生活。我喜愛獨自生活！和誰住都不如單身好，我喜歡自言自語，尤其是說跟自己有關的事。我是我自己的獨特伴侶！我想什麼，感覺到什麼，昨天和今天怎麼看這件事？我以前喜歡藍色，現在喜歡紫色……我們每個人就有這麼多關於自己的事。在自己內心，和自己一起。在我們內心中都有一個宇宙，但是我們幾乎沒注意過，所有人都忙於身外的事情、表面的事情。（笑）孤獨，這就是自由。我每天都很高興，因為我是自由的，他打不打電話過來，今天來或不來，拋棄我或不拋棄我，這些都無所謂，都不是我的問題！不是的，我不怕孤獨。那麼我怕……我怕誰呢？我只怕牙醫。（突然衝口而出）人總是說謊，當他們談到愛情、談到金錢的時候，總是說謊，而且理由各自不同。我不想撒謊，真的，我不撒謊！（平靜下來）嗯，對不起，對不起……

後來怎樣了？就是個很俗套的故事了……我想要他的孩子，也懷上了。可能他害怕了，男人都是懦夫！流浪漢和金融寡頭沒有什麼區別。他們能上戰場，能幹革命，但在愛情面前就只會背叛。女人更堅強：『勒住飛馳中的駿馬，衝進燃燒中的小屋。』按照故事規律走，接下來應該是『馬群繼續奔騰，小屋繼續熊熊燃燒』。男人永遠長不大，都停留在十四歲。這是媽媽給我的第一個睿智建議。我記得，我是出差前把消息告訴他的。我當時被派去頓巴斯。我喜歡出差，喜歡火車站和機場的氣味。本來我想等出差回來後，再跟他好好談談的。我現在明白了，他不僅打開了我的世界，讓我見到令人驚喜的精品店，送給我無數的禮物，也教會了我去思考，對此我心懷感激。這件事不是我要給他出難題，而是自然發生的。我看著他，傾聽他說話。其實，甚至在我設想過我們會在一起時，我都沒有想過要永遠活在某人寬厚的肩膀背後，無憂無慮地醉生夢死。我有我自己的生活規畫，我喜歡自己的工作，也做出了成績，升遷很快，還常常到處出差。那一次，我飛往沙赫喬爾斯克移民區，那裡發生了一個可怕的案件，也可以說是那個時代的典型事件。當時政府為了獎勵，發給先移民去沙赫喬爾斯克的人一台收錄音機，當天夜裡就有一家人被滅門了，凶手什麼都沒有動，只拿走了那台收錄音機，一台日本松下製造的收錄音機。就為了一個小小的盒狀收音機！莫斯科舉目都是豪華轎車、超級市場，但是走出花園環路[3]，就連收錄音機都是奇蹟。我的主編渴望成為的那些本地土豪，在配槍保鏢的護送下走在街上，連上廁所也有保鏢跟著。到處都是賭場、賭場、賭場，還有些私人小餐廳。九〇年代全都是這樣……他們就是這樣的……我出差了三天，回來後和他見了面。起初，他顯得很高興：『我們……很快就會有一個孩子了！』他已經有兩名男孩，還想要一個女孩。但是，雖然他沒說什麼，話語中卻似乎有所隱藏。眼神！我注意到他的眼神，他眼睛裡出現了恐慌：這是一個需要解決的問題，一個會改變他目前生活的問題。他說話開始支支吾吾了起來。是啊！有些男人碰到這種問題，馬上就溜掉了，他們拎起手提箱，抓走半乾的襪子和襯衫就離開了。也有一些像他一樣的男人，磨磨蹭蹭、猶猶豫豫……『你想要什麼？告訴我，要我做些什麼？』他問我，『只要你一句話，我就離婚。就你一句話。』我看著他……

我看著他，感覺自己每個指尖都是冰冷的。我開始意識到，和他在一起不會幸福。我是個愚蠢的女人。如果換成現在的我，就會發起攻勢，就像獵捕狼一樣，我能夠成為猛獸，成為黑豹，成為一條銳利的鋼線！但當時我只是受著苦而已。苦難，就像一支舞，有手勢，有哭泣，也有謙卑，就像跳芭蕾舞那樣。但有一個祕密，一個簡單的祕密——不快樂就是不幸福，就是傷害自尊心的。有一次我去醫院進行例行產檢，那天早上，我打電話給他，要他來醫院接我，中午大概就能做完檢查。他接電話時睡意朦朧：『我去不了，今天我不能去了。』然後他也沒有再打電話過來。後來我才知道，那天他和兒子飛到義大利滑雪去了。那是十二月三十一日，第二天就是新年了。我叫了一輛計程車回家。整個城市被雪覆蓋，我走過雪堆，抱著肚子，踽踽獨行——喔，不是獨行！我們是兩個人，已經是兩個人了。我有我的女兒，我的小女兒，我的寶貝！我比世上任何人更愛她！但是我愛他嗎？正如童話所說的：『他們一起幸福地過了很久，然後在同一天死去。』我痛苦萬分，但沒死。有的女人會說：『沒有他，我活不下去。沒有他，我會死。』大概我還沒有遇到過這樣的男人，能讓我說出這樣的話。是的！沒－有－錯！但是，我也早就學會了輸，所以我不怕輸。（她看向窗外）從那以後，我就沒有穩定的感情關係了，只有些小浪漫。我很容易就會跟人上床，但不是愛，是別的東西。我不喜歡男人的氣味，不是不喜歡愛的味道，只是不喜歡男人的氣味。在澡堂裡，我總是聽人議論說某個男人有最昂貴的香水、最昂貴的香菸……但是，當我想到為了能待在另一個人身邊，必須花費怎樣的氣力時，我就充滿了恐懼。就像在採石場那麼艱難，你必須忘記自己、放棄自己、擺脫自己。愛情裡，沒有自由。就算找到心儀的理想情人，他也不見得會用那些香水，他一定會因為喜歡烤肉，而嘲笑你做的涼菜沙拉，襪子和褲子到處亂放。反正總是要承受痛苦。受苦！就為了愛，就為了這種戲碼。我是不想再做這種事了，期待自己還比較簡單一點。跟男人，最好還是交朋友就好，保持生意關係。我甚至不想跟人調情，懶得戴上假面具玩愛情遊戲。水療、法式美甲、義大利換膚、化妝，那些為了戰鬥的迷彩，我的老天，我的上帝！偏遠地區的女孩來自俄羅斯各地，紛紛湧向莫斯科！這裡有富豪王子在等待她們。她們夢想從灰姑娘變成公主，等待一個童話，等待一個奇蹟！這些我都經歷過了，我理解灰姑娘，所以我為她們難過。沒有地獄，就沒有天堂。如果你只想要天堂，那根本不可能，但她們還不懂，她們年輕無知、無憂無慮。

我們分手七年了，他經常打電話給我，不知道為什麼總是在深夜來電話。他的情況很不好，損失了很多錢，他說自己很不幸福。後來他又找過一個年輕女孩，現在又換了一個。他提議說我們再約會吧！何必呢！（沉默）長時間他是滿足不了我的。我經常關了燈，在黑暗中一坐就是幾個小時，迷失在時間裡。（沉默）後來，後來也只是一些小浪漫，我想我永遠不會愛上沒有錢的男人，不會愛上從偏遠住宅區出來的男人，還有從貧民區、哈林區出來的男人。我討厭那些在貧困中長大、帶著貧困心態、貧困思維的人，金錢對他們來說太重要了，就因為他們這麼重視金錢，所以你不能相信他們。我不喜歡窮人，不喜歡被侮辱被壓迫的人，那些巴什馬奇金們、奧匹斯金們[4]，那些偉大俄羅斯文學中的主人翁，我不相信他們！怎麼啦？我確實不信，難道我的想法錯了嗎？這樣不見容於這個世道嗎？等等，沒有人知道這個世界是怎麼構成的。我喜歡男人，但不是為了錢，至少不僅僅是為了錢。我喜歡的是成功男人的形象，他走路的樣子、他開車的方式、他說話的氣勢，甚至他追求你的模式，全都與眾不同，絕對不同！我選擇這樣的人，就是因為喜歡這些……（沉默）他經常打電話來，說他不幸福……他什麼沒見過？什麼買不到？他和他那幫朋友錢早就賺足了。都是大錢，瘋狂致富！但就算是拿出所有賺到的錢，他們也無法給自己買來幸福，買到愛情。愛情或胡蘿蔔，一翻兩瞪眼，清貧的大學生擁有的，他們這些富豪未必會有。就是這樣不公平，但他們卻認為自己可以擁有一切。他們的口袋這麼深，可以搭乘私人飛機去任何國家看足球比賽，到紐約看音樂劇首演，可以把最漂亮的模特兒拉上床，把美女帶到法國古瑟維去滑雪——裝滿整整一飛機的女孩！上中學時，我們都讀過高爾基，我們知道什麼是商人的任性——打碎鏡子，滿臉黑魚子醬，用香檳給女孩洗澡……這些他們都玩膩了，還覺得無聊。莫斯科旅行社就為這些客戶提供特別的娛樂，例如在監獄裡待上兩天。廣告上寫著：『你想要像霍多爾科夫斯基[5]一樣過兩天嗎？』於是，囚車將他們送到弗拉基米爾城，送到這座城市最可怕的監獄——弗拉基米爾中央監獄。他們在那裡換上囚服，變成囚犯，在院子裡被狗追咬，被橡膠警棍擊打。全都跟真的一樣！還把他們像鯡魚一樣塞進又髒又臭的廁坑囚室。他們覺得這很快樂，覺得這是一種新鮮的感覺！花個三千五千，還可以玩『流浪漢』的遊戲。有意參加的人變裝成乞丐，被扔在莫斯科街頭，沿街乞討。當然，身後不遠處的角落肯定有私人保鏢和旅行社安排的安全人員。還有個方案更酷，可以讓整個家庭參與：妻子扮妓女，丈夫扮皮條客。我就知道有這樣一個故事……有個晚上拉到最多嫖客的妓女，是一個莫斯科糖果業首富的妻子，而她的丈夫甚至感到很高興，很好玩。還有一種是旅遊廣告中隻字不提、祕而不宣的安排：你甚至可以花一整夜去獵殺一個活生生的人。他們給一個不幸的流浪漢一千元，是『綠鈔』美元，他有生以來從來沒見過這麼多錢。想要得到這筆錢，你要扮作野獸！能否活下來要看你的運氣，他們會真的對你開槍，你還不能索償。一切都憑良心！你可以帶個女孩去過夜……隨便你發揮想像力，下半身的事，花樣可多了，就連薩德侯爵[6]做夢都未必能夢到。鮮血、眼淚和精液，這就是所謂的幸福，俄式的幸福——去坐兩天的牢，以便明白自己的日子過得有多幸福。有錢真的太好了！不僅可以買到汽車、房子、船，買到杜馬（下議院）議員的位置，還能買到一條活生生的生命。倘若不能活得像上帝那般的存在，那至少也得活得像個機靈的小神，或像超人一樣！嗯，沒錯，這就是一切！蘇聯時期出生的人，都還有那個時代的習氣，他們都有這種症狀。他們的世界就是這樣天真，他們也都夢想做個好人。有人向他們許諾過『用鐵腕把人類驅趕到幸福中』，『驅趕到人間的天堂』。

我和媽媽有過一次對話。那時她想離開學校：『我去做衣帽間服務員或守夜人好了。』她在課堂上講索忍尼辛的作品，講英雄和教徒，說得她自己雙眼放光，但是學生卻沒有反應。媽媽已經習慣以前的孩子聽了她講的故事後雙眼放光，但現在的孩子對她的回答卻是：『我們實在很好奇，你們以前到底是怎麼過的。但我們並不希望那樣生活。我們不夢想做出什麼創舉，我們要過正常的生活。』他們都讀過果戈里的《死魂靈》，一個壞蛋的故事，我們在學校也學過。而今天坐在教室裡的是另一種孩子了，他們問：『為什麼他是壞蛋？乞乞科夫[7]就像馬夫羅迪[8]一樣，白手起家建成了金字塔。這是個經典的商業理念啊！』在他們看來，乞乞科夫就是一個正面人物。（沉默）我也不讓媽媽插手我女兒的教養，如果按她的教法，孩子就只能看蘇聯動畫片了，因為它們才是『人性的』。但是你關掉卡通走到街頭，外面完全是不同的世界。媽媽終於承認了，她說：『我老了，這是好事。我可以坐在家裡，躲在我自己的堡壘裡。』在這之前，她還一直想成為年輕人，她用番茄汁做面膜，用洋甘菊水洗頭髮……

年輕時，我喜歡改變命運，追求刺激。現在不了，已經夠了。我女兒長大了，我要為她的未來考慮。當然要向錢看，但我希望親手去賺，而不想去求別人，也不想從誰那裡拿到。我不想！我離開報社去了廣告公司，那裡賺得更多，有大把的錢。人人都想要過好日子，這是今天我們社會的主要問題，也是所有人的煩惱。打開電視，你可以看到群眾去參加示威抗議，算算都有好幾萬人，但購買義大利高檔衛浴設備的是幾百萬人。隨便問問，幾乎所有人都在重建和裝修自己的房子，或者去旅行。這是以前俄羅斯沒有的。我們的廣告推的不僅是商品，還有需求。我們在創造新的需求：如何生活得更體面！我們主導了時代——廣告，是俄國革命的一面鏡子。所以，我的生活充實到了極點。我不想結婚，我有朋友，他們全都是富豪。其中有一個靠石油『發達』了，另一個做礦物質肥料，我們經常在昂貴的餐館見面聊天。那裡有大理石大廳、古董家具，牆上掛的都是名貴的畫作，連門僮也帶著俄羅斯財主的傲慢姿勢；而我就喜歡置身在這樣美麗的裝潢設計之中。我有個很要好的男性朋友，他也是單身，不想結婚，他喜歡一個人住在三層樓的豪宅裡，『晚上兩人睡在一起，生活則各居一處』。白天他滿腦子都是倫敦證券交易的有色金屬價格，銅、鉛、鎳……手上拿著三部手機，每三十秒來一個電話，每天工作十三至十五個小時，沒有週末和節假日。幸福？幸福是什麼？世界已經變了。現在的孤獨者都是成功人士，是幸福的人，而不是軟弱者或失敗者。他們擁有一切，要錢有錢，要事業有事業。孤獨，是一種選擇；而我就想走在這條路上。我是獵人，不是卑微的野獸。我自己做的選擇。孤獨和幸福很相似，聽起來像一則啟示……是嗎？（沉默）這些不是說給您聽的，這些都是我想對自己說的……」

1 意指在霜降之前，兩個人可以這樣貧窮但和睦的相處，但初霜之後可能又不是這個景況了。

2 德萊賽（Theodore Herman Albert Dreiser，一八七一～一九四五）美國小說家，作品探討社會地位及人們對物欲的追求，出版《嘉莉妹妹》、《珍妮姑娘》等多部小說。曾於一九二八年應邀訪問蘇聯，一九四五年加入美國共產黨。

3 花園環路，也常常被叫作B環路，是莫斯科中心城區的一條環形大道。

4 巴什馬奇金是俄羅斯作家果戈里小說《外套》的主角，是俄羅斯文學中「小人物」形象的第一個角色。

奧匹斯金是杜斯妥也夫斯基中篇作品《斯捷潘奇科沃村及其居民》的主角，是一個對金錢渴望而不能信任別人的窮人。

5 俄羅斯尤科斯石油公司前總裁，短短十幾年時間成為身價八十三億美元的俄羅斯首富。後遭到欺詐和逃稅罪名起訴，被普丁凍結資產並關在莫斯科北部的一所監獄。霍多爾科夫斯基後來被特赦，現定居瑞士。

6 法國貴族及知名的情色小說家，電影《鵝毛筆》就是描寫他的故事。SM（性虐待）就是薩德主義（Sadism）與馬索赫主義（Masochism）的合稱。

7 乞乞科夫是《死魂靈》的主角，從小父親就要求他一切向錢看，甚至還帶他去鄰居家行竊，導致了他價值觀扭曲。長大後，乞乞科夫先後擔任各種官職，都因腐敗而遭革職。

8 謝爾蓋．馬夫羅迪是MMM騙局的主角，首先於一九九四在俄羅斯利用MMM投資公司以金字塔式（傳銷式）的投機行為欺詐股民，後來又在中國詐騙得利。

想要殺死他們所有人，又為這個想法而恐懼

可秀莎・佐洛托娃，大學生，二十二歲

第一次是她媽媽單獨來赴約，她向我坦白：「可秀莎不想和我一起來。她還勸我說：『媽媽，有誰真的需要我們？他們只是想知道我們的感覺；聽我們說些話，並不是需要我們，只是因為他們沒有經歷過這些。』」她緊張不安，沒聊多久就起身想走：「我極力不去想這件事，回憶這些太痛苦了。」不過，她又開始說起來，我都沒辦法打斷她，但更多時候是沉默不語。我也不知道拿什麼話安慰她。一方面我只能說：「不要激動，冷靜一下。」另一方面，我又很想讓她回憶起那可怕的一天：二〇〇四年二月六日。那天，在莫斯科河畔線地鐵上，汽車製造廠站及巴維列茨站之間發生了恐怖事件[1]。地鐵爆炸造成三十九人死亡，一百二十二人受傷住院。

我一次次在痛苦中徘徊，無法解脫。痛苦包含了一切，有憂鬱也有快樂。有時我相信，痛苦是人與人之間的橋梁，是隱藏的聯繫。但是另一次，我卻在絕望中想，這是無可逾越的鴻溝。

在這次兩個小時的訪談中，我在筆記本上記錄下幾段話：

「……成為犧牲品——這是極大的侮辱，簡直就是恥辱，我一點也不想和任何人談論這件事，我想像其他人一樣，但結果卻變得格格不入。我無時無刻不想流淚。我經常是一個人在街上一邊走一邊哭。有一次，一個陌生男人對我說：『你這麼漂亮，為什麼要哭呢？』首先，美貌從沒對我的生活有幫助；其次，我覺得這種漂亮的容顏是對我的一種背叛，與我的內心太不一致。」

「……我們有兩個女兒，可秀莎和達莎。我們生活不富裕，但帶她們去了很多博物館和劇院，讀了很多書。她們小時候，爸爸為她們講了許多童話故事。我們想把她們從貧窮的生活裡拯救出來，我以為藝術可以幫助我們，但是並沒有……」

「……在我們家附近，有個獨居的老女人，經常去教堂。有一天，她叫住我，我以為她很有同情心，但她竟對我惡狠狠地說：『想一想，為什麼你和你的孩子們會這樣子？』她憑什麼，憑什麼對我說這些話？我想她會後悔這麼說的，她會後悔的。我沒有欺騙過任何人，我沒有背叛過任何人。我墮過兩次胎，這是我所有的兩次罪孽，我知道，所以在能力能及時，我經常幫助路邊的乞丐，在冬天給小鳥餵食……」

第二次，她們一起來了，母親和女兒。

母親

「也許有人認為他們是英雄？他們有自己的想法，死的時候或許感覺很幸福，覺得自己會上天堂。他們不怕死。我對他們一無所知。對那些恐怖攻擊者而言，我們就是目標、活靶，沒有人向他們解釋過，我女兒並不是他們的目標，她有一個沒有她就活不下去的母親，還有個她愛得不得了的男孩。難道能夠去殺一個被愛的人嗎？在我看來這是加倍的罪行。你們可以去打仗，可以進山裡去，在戰場上開槍射擊對方，但為什麼對我開戰？為什麼對我女兒開戰？他們殺死和平生活的我們，（沉默）我都害怕自己，害怕自己的想法。因為我有時候想要殺死他們所有人，又為這個想法而恐懼。

我以前很喜歡莫斯科地鐵。那是世界上最漂亮的地鐵，就像博物館一樣！（沉默）爆炸發生後，我還看到人手牽手走進地鐵。恐懼感久久縈繞不去，現在我不敢進城，否則血壓會立即升高。大家坐車也隨時注意可疑的乘客，工作時我們談的都是恐怖事件。主啊，我們這是怎麼了？在月台上，我旁邊有一個年輕女人推著嬰兒車，她有一頭黑髮，還有黑眼珠——不是俄羅斯人。我不知道她是什麼民族，車臣人？奧塞提亞人[2]？我站在那裡，不時看看嬰兒車，車裡有孩子嗎？裡面是不是有其他東西？因為要和這個女人進同一個車廂，我的心情很不好。我想：『不，還是讓她先走，我坐下一班地鐵吧。』這時一個男人走過來對我說：『為什麼您總看著嬰兒車？』我把我的想法告訴他。『就是說，您也和我一樣。』

我看到一個身子縮成一團的可憐女孩，這就是我的可秀莎。為什麼她一個人在這裡？不和我們在一起？不，這不可能，不可能是真的。枕頭上有血……『可秀莎！我的可秀莎！』她沒有聽見我叫她。她頭上戴了一頂小帽子，不想讓我看見，不想讓我害怕。我的好女兒！她一直夢想成為小兒科醫生，但現在她聽不到了，她以前是班上最漂亮的女孩，而現在，她的小臉蛋……到底是為了什麼？好像有什麼又黏又稠的東西蒙住了我，我的意識分解成了碎片。我挪不動雙腳，兩隻腳像棉花一樣癱軟無力，其他人把我拉出了房間。醫生訓斥我：『好好控制你自己，否則我們就不讓你來看她了。』我控制住了自己，又走回到病房，她沒有看我，眼睛看著別的地方，好像不認識我。但是她流露出受傷動物的眼神，這讓我無法忍受，幾乎活不下去。現在，她總是把這種眼神藏起來，好像為自己披上了保護層，但這一切都已經深深烙印在她身體裡。她總是留在那個沒有我們的地方。

醫院裡整個科室全都是這樣的女孩，就像在車廂裡一樣，她們都這樣躺著。其中很多是大學生、中學生。我想，所有的媽媽一定都要走上街頭了，所有母親連同自己孩子一起，我們這樣的人有好幾千個。現在我明白了，只有我一個人需要我的女兒，只有家人，只有我們家裡人需要她。人人都在傾聽，每個人都在同情，但他們無法理解我們的傷痛，沒有感受到我們的痛楚！

可秀莎從醫院回來後，沒有任何感覺地躺在床上。達莎守在旁邊，她請了假在家。她經常撫摸著我的頭，就像對待小孩子一樣。爸爸沒有大吼大叫，也沒有驚慌失措，但他心臟病發作了。我們如同身處地獄。我又問：『這是為了什麼？』我這輩子都只拿好書給女兒讀，希望她們相信，良善終將戰勝邪惡。但生活跟書本上寫的不一樣。母愛的祝福不是最強而有力，而且是無所不能的嗎？不對！我是個叛徒，因為我沒能像小時候一樣保護她們，而她們還期望著我的保護。如果我的愛能夠保護她們，她們就不會遭到任何苦難了，也不會遇到任何失望了。

第一次手術，第二次手術，一共做了三次手術。可秀莎的一隻耳朵漸漸能聽到聲音了，手指也能活動了。我們生活在生與死之間，在怨嘆生命不公的同時，卻又深信會有奇蹟出現。雖然我是護士，但我對死亡了解得非常少。我多次看過它，它經常從我身邊經過。我要幫病人打點滴、聽脈搏，每個人都以為醫務人員比其他人對死亡領悟得更多，但其實不是那麼回事。我們醫院有一個病理解剖專家，已經退休了，有次他還問我：『什麼是死亡？』（沉默）以前的生活已經成了一片空白，我現在只記得可秀莎一個人，記得所有的細節。她小時候是什麼樣子的？她勇敢又愛玩，從來不害怕大狗，她希望永遠都是夏天。記得那天她回家告訴我們，她考上了醫學院，一雙眼睛閃閃發光。我們沒有送禮，沒有補習。但我們也掏不出學費供她讀醫學院，我們這個家庭負擔不起。我想起就在恐怖襲擊發生前的一兩天，她拿來一張舊報紙讀給我聽：萬一在地鐵裡發生某種極端情況，必須要這麼做那麼做，報上到底說了什麼，我已經忘了，只記得那是個安全須知。事件發生時，直到失去意識之前，可秀莎都還記得那篇文章。那個早晨是這樣的，她拿出一雙剛修好的靴子，穿上大衣後想穿上靴子，但怎麼都穿不上。『媽媽，我可以穿你的靴子嗎？』『拿去吧。』我們穿同樣尺碼的靴子。我這顆母親的心居然什麼預兆都沒有，我本來能夠把她留在家裡的。在此之前，我還夢見了幾顆很亮的星星，是某個星座。但是我沒有警覺到，這都是我的錯，我後悔死了。

如果醫院允許，我會徹夜守在醫院，做所有人的媽媽。有人哭倒在樓梯口，有人需要擁抱，有人需要陪他坐坐。一個從彼爾姆來的女孩哭個不停，說她的媽媽在很遠的地方。另一個女孩的一隻腳被炸碎了，女孩子的腳是最珍貴的！『自己孩子的腳是最最寶貴的！』我這樣說，誰又能指責我？

恐怖襲擊發生後連著幾天，報上寫了很多，還有電視報導。可秀莎看到她的照片被登出來，她把這份報紙扔掉了。」

女兒

「……我不太記得了，我不要記住那些。我不要！（母親擁抱她，安慰她）

……地底下的一切更可怕。現在我總是隨身攜帶一個手電筒，放在包包裡。

……我聽不到哭泣或尖叫聲，四下一片寂靜。所有人躺成一堆。不，不是害怕……然後，他們開始蠕動了。在那一刻，我意識到必須離開，那裡應該還有化學物質，它在燃燒。我四處找自己的背包，裡面有我的筆記本和錢包。當時嚇傻了，嚇呆了，但是我沒有感覺到疼痛。

……有個女人的聲音在喊：『謝廖沙！謝廖沙！』但對方沒有回答……有幾個人仍然坐在車廂的椅子上，但已經不是活人該有的姿勢了。還有一個男人就像蚯蚓一樣掛著，我害怕地朝那邊看……

……我搖搖晃晃地走著，『救命啊！救命啊！』呼救的聲音不絕於耳。有個人在前面，像夢遊一般，緩慢地一會兒向前，一會兒後退。所有人都超過了我和他。

……兩個女孩朝我跑過來，在我的額頭上黏布片。不知怎麼回事，我覺得很冷很冷。有人送來小凳子，我坐了下來。我看到他們在向乘客索要皮帶和領帶，用來綁傷口止血。地鐵站的女值班員在電話上對著什麼人大叫：『你們想要什麼？這裡的人從隧道出來，都快死了，上到月台，快死了……』（沉默）您為什麼還要來折磨我們？我覺得很對不起我媽媽。（沉默）現在所有人都已經淡忘了，繼續看電視、聽歌、出去喝咖啡……」

母親

「我生長在蘇聯時代，最蘇聯的那個時代。我是蘇聯人，而現在是新俄羅斯，我對它還弄不明白。我不能說哪個更糟糕，是現在，還是蘇共的歷史？我的思維就是刻板的蘇聯模式，我在社會主義制度下活了半輩子，這都印在我的身心裡，去不掉了。我是不是想甩掉它？不知道。雖然當時的生活很糟糕，但現在的生活卻是很可怕。一早起來就各自奔波，我們去上班，女兒去上課，整天互相打電話：『你在那裡怎麼樣？你什麼時候回家？坐什麼車？』晚上全家團聚在一起，是我唯一放鬆的時間，至少是個喘息的機會。我害怕一切，經常發抖。女兒都責備我說：『你看你，媽媽，總是一驚一乍的。』我其實很正常，但我需要這個安全屏障，這個外殼就是我的家。我很早就沒有了爸爸，也許，這就是我如此容易受傷害的原因，更何況爸爸他是這麼愛我。（沉默）我爸爸參加過戰爭，兩次在坦克車裡被燒傷。他全程參戰，活了下來，回到家裡卻被打死了，就在一個隧道裡頭。

我上學時念的都是蘇聯的教科書，跟現在學的完全不一樣。你們只要比較一下就知道。關於俄羅斯的第一批『恐怖份子』，在我們的書裡，他們都被寫成英雄烈士，比如索菲亞·彼得羅夫斯卡婭、基巴斯契夫[3]……他們是為了人民，為了神聖事業而犧牲的。這些年輕人往往是貴族出身，生在上流社會家庭……所以，我們現在為什麼會對這些炸彈客感到驚訝呢？（沉默）在歷史課上，讀到偉大的衛國戰爭時，老師講了白羅斯女游擊隊員依蓮娜·馬札尼克的功績，她把炸彈放在占領白羅斯的德國納粹最高領導人庫伯的床上，炸死了庫伯和他懷孕的妻子，而隔壁房間就是庫伯幼小的孩子們。史達林親自將『金星』獎章頒給了依蓮娜·馬札尼克。直到她生命走到盡頭時，她都還經常在中學和英雄講習課[4]上回憶自己的功勳。但是不論是老師，還是其他人，誰都沒有告訴過我們，當時隔著牆還睡著小孩子，而依蓮娜·馬札尼克就是這些孩子的保母。（沉默）戰爭結束後，一些有良心的人都羞於回憶起他們在戰爭中不得不做的事情。我爸爸就很痛苦……

在『汽車製造廠』地鐵站引爆自殺炸彈的男孩來自車臣。從他的父母那裡得知，他讀過很多書，喜歡托爾斯泰。他在戰爭中長大，在轟炸和砲擊中長大，曾親眼看到自己的表兄弟被打死。十四歲那年，他逃進山裡投奔了哈塔卜[5]。他就是想復仇。或許，他原本是一個純潔的男孩，心地善良、熱心腸。其他人還常常取笑他：『哈哈，真是個小傻瓜。』他成了神槍手，也學會了投擲手榴彈。他媽媽找到他，把他硬拉回村子裡，希望他讀完高中，畢業後做一個泥瓦工。但一年之後，他再次消失在山裡。他們又教會了他爆破，然後他來到了莫斯科。（沉默）如果他是為錢殺人，那一切不難理解，但他不是。這個男孩可以投身於坦克之下，也可以炸毀一家婦產科醫院。

我是誰？芸芸眾生中的一個，我們平凡普通，沒沒無聞，但我們努力生活。我們去愛，也忍受苦難，但沒有人對我們感興趣，書中也不會寫到我們。普羅大眾，數不清的人。從沒有人問過我的生活怎樣，所以我才想跟您說說。『媽媽，要把自己的心情藏起來。』我的女兒這樣說，她們一直這樣教我。年輕人生活在一個更殘酷的世界，比生活在蘇聯的世界還要困難。（沉默）我有一種感覺，好像生活並不屬於我們，不屬於我們這樣的人。我們就像是生活在別處，在其他地方。有些事情正在發生、進行，但也都跟我們無關。我不去高級昂貴的商店，不好意思去，連那裡的警衛看我的眼神也是鄙視的，因為我穿的衣服是菜市場買來的，用的是中國製造的生活日用品。去搭地鐵時，我總是怕得要死，那些比較有錢的人都不坐地鐵，地鐵是給窮人搭乘的。我們國家又出現了王公貴族，以及農奴百姓。我已經忘了最後一次去咖啡館是什麼時候了，我負擔不起。看戲已經是一種奢侈，以前我是不會錯過任何一次首演的。真是屈辱，活得太憋屈了，我們無法進入這個新世界，生活得平淡單調。我先生去圖書館借書，用大袋子背回家，這是唯一我們可以像從前一樣做到的事。我們仍然可以去莫斯科老城區遊蕩，去我們喜歡的那些地方——亞基曼卡、中國城、瓦爾瓦爾卡。這是我們的鎧甲，現在每個人都穿著一身厚重的鎧甲。（沉默）我們過去學的，都是……就像馬克思所說的：『資本主義就是盜竊。』我同意他的話。

我懂得愛。我總是能和那些有愛的人有最直觀的連結，不需要語言。我現在還常常想起第一任丈夫……我愛他嗎？愛。愛得深嗎？瘋狂地愛。那年我二十歲，有好多夢想。我們和他美麗的母親住在一起，她還總是嫉妒我：『你這麼漂亮，就像我年輕的時候。』她經常把我老公送我的鮮花拿到她自己的房間。後來我理解她了，可能是現在當我如此深愛我女兒時，當我自己與孩子有了如此密切的關係時，我才理解了我的婆婆。心理醫生勸我：『您對孩子過度溺愛了，不能這樣子去愛的。』但是我的愛都是正常的愛，就只是愛！我的生活是我的，沒有人了解其中的配方。（沉默）我前夫也愛我，但他有自己的理論：『不可能只和一個女人度過一生，必須認識別的女人。』我想了很多，哭了很久，最後放他走了，自己帶著可秀莎生活。第二任丈夫，他就像我的哥哥。我倒是一直夢想有個大哥哥，但是我不知所措。當他向我求婚時，我都不知道要怎樣跟他一起生活。要同床共枕，必須有愛情成分。他把可秀莎和我帶到他家去：『我們試一下吧。不喜歡的話，我再送你們回去。』在某種程度上，我們相處得很順利。不是所有愛都是一樣的：有的瘋狂，有的就像友誼，就像聯盟。我很高興這樣想，因為我先生是一個很好的男人，哪怕我穿不起綾羅綢緞。

我又生了小達莎。我們從來沒和孩子分開過，夏天我們一起去卡盧加省鄉下的奶奶家，村子裡有河，有草地和森林。我祖母烘烤的櫻桃餡餅，孩子們現在都還記得。我們從來沒有去過海邊，這是我們的夢想。眾所周知，誠實安分地工作是賺不到大錢的，我是護士，我先生是放射線設備研究所的研究員。但是女兒們知道我們愛她們。

許多人都盲目讚美改革，對改革都抱著期待。但是我愛戈巴契夫，並不是因為這一點。我還記得我們在住院部的一段對話：『社會主義結束了，但之後會發生什麼？』『壞的社會主義終結，好的社會主義到來。』我們一邊讀報紙，一邊等待著。不久，我先生的研究所關門了，他失去了工作。失業者像海一樣多，都是受過高等教育的人。然後小攤販出現了，再然後有了大超市，裡面應有盡有，就像童話世界一樣，可是我們買不起，走進去又走出來。孩子生病時，我只能買兩顆蘋果、一顆橘子。該怎麼和這一切相安無事呢？要怎麼接受現在的一切？怎麼接受在未來都還是這一套？我在超市收銀台排隊結帳時，看到前面一個男人的購物車裡有鳳梨、香蕉等等，這大大刺傷了我的自尊。所以，今天的人都活得很累。老天保佑，千萬不要出生在蘇聯時期，卻仍活在現在的俄羅斯。（沉默）到現在，我生命中的夢想一個都沒有實現。

（當女兒去另一個房間時，她壓低了聲音）

多少年了？恐怖攻擊已經過去三年了，不，我們度過的時間比這還要漫長。我的祕密是……我覺得我愈來愈沒辦法和我先生躺在同一張床上，我不能忍受他觸碰我。這些年來，我們夫妻沒有發生過關係，我既是妻子又不是妻子，他試圖說服我：『以後你會輕鬆一點的。』我的朋友，她知道這一切，她也不理解我：『你很棒又性感，照照鏡子，看你多麼漂亮，一頭秀髮……』我的頭髮是天生的，我都忘記了自己的美麗。當一個人溺水時，全身都會泡在水裡，我現在就是這樣，全身都泡在痛苦裡。就像我排斥了自己的身體，只剩了靈魂……」

女兒

「……滿地都是死人，他們口袋裡的手機還響個不停，沒人敢走過去接聽。

……一個滿身鮮血的女孩坐在地板上，一個小夥子給了她一塊巧克力。

我的上衣沒有燒毀，但被烤化了。醫生給我檢查了一下說：『快躺在擔架上。』我掙扎著：『我自己能起來，我自己上救護車。』她衝著我尖叫：『躺下！』在車上，我失去了知覺，醒來時人已經在急診室了。

……我為什麼不說話？我有一個男朋友，我們甚至……他曾經送給我一枚小戒指。我和他說了發生什麼事，或許無關，但我們分手了。我對此一直無法釋懷，但我明白，不需要把一切說得這麼清楚。他們要炸死你，你活下來了，卻變得更加脆弱。你身上已經有了受害人的標記，我不希望自己身上有這種標記。

……我媽媽喜歡去劇場，有時她會設法買到便宜的戲票。『可秀莎，我們去看戲吧。』我拒絕了，她就和爸爸一起去。對我來說，劇場不再有吸引力了。」

母親

「我們都不明白這種事為什麼偏偏發生在自己身上，所以我們都希望能像其他人一樣，能夠及時躲起來。這種想法無法立即打消……

這個年輕的自殺炸彈客，還有其他人，他們下山走向了我們：『他們是怎樣殺我們的，你們

看不到。那就讓我們試著做給你們看看。』（沉默）

我在想，我希望記住那些幸福時刻嗎？必須記住。我一生中的幸福只有一次，就是孩子們小時候。

門鈴響了，可秀莎的朋友來了，我請他們坐在廚房。我母親曾告訴我：最重要的事就是招待客人。曾經有一段時間，年輕人不再談論政治，現在又開始聊了。他們在談論普丁：『普丁，是史達林的翻版』、『對整個國家來說，這就是個屁』、『這是天然氣，是石油』，而另一個話題是：『是誰讓史達林成為史達林的？是誰的罪過？』

需要審判的，僅僅是那些殺過人的、拷問和折磨過人的，或者是——

還有那些寫過告密信的；

那些從親戚家把『人民公敵』的孩子抓走丟進孤兒院的；

那些運送被捕者的司機；

那些在用刑審訊之後擦洗地板的女清潔工；

那些安排貨運車廂把政治犯送去北方的鐵路局相關人士；

那些製作勞改營警衛大衣的裁縫，還有為他們補牙齒、拍攝心電圖，使他們能更好地履行職責的醫生們；

以及，當別人在集會上大聲呼喊『讓惡棍像狗一樣去死』的時候，那些保持沉默的人。

是不是他們也都需要被審判？

話題從史達林轉到車臣，仍然是老生常談：那些殺人者和炸彈客都是有罪的。可是，那些製造炸彈和砲彈的人，那些縫製軍服的人，還有那些教士兵開槍的人及那些頒發獎章的人，難道他們也都有罪嗎？（沉默）我想以自己的身體擋住可秀莎，帶她遠離這些討論。但她坐在一邊，驚恐地睜大眼睛。她也呆呆地看著我……（她轉向女兒）可秀莎，我沒有罪過，爸爸也是無辜的，他現在教數學。我是護士。一批從車臣戰場上下來的負傷軍官被送到我們醫院，我們為他們治療，當然，他們傷好之後還要回去再上戰場。他們當中很少有人願意回去，許多人公開承認：『我不想打仗。』我是個護士，我應當救治任何人。

有治牙痛的藥，有治頭痛的藥，但是卻沒有治我的藥。心理醫生給我畫了一張圖：早上我要空腹喝半杯金絲桃汁、二十滴山楂汁、三十滴芍藥汁……我全喝了。一整天都要吃藥，還經常去看中醫，但都對我沒有幫助。（沉默）只能多做家務事來轉移精神，才不會發瘋。洗刷、燙衣服、縫製……，這就是我的常規治療。

我們家的院子裡有一棵老椴樹，這個我是在幾年後才發覺的。我走路經過，聞到撲鼻的香味，才發現老樹開花了。在此之前，一切似乎沒有這麼濃烈，沒有這樣過……色彩褪去了，而聲音也消失了。（沉默）

我和醫院裡的一個女人交上了朋友，她當時不在可秀莎所在的第二節車廂，而是在第三節車廂。後來她正常上班了，看似一切都熬過去了。但是故事還沒有完：她想從陽台跳下去，父母為了她把窗戶都裝上了柵欄，全家好像住在一個鐵籠子裡。接著她又開煤氣自殺……丈夫後來也離她而去。我不知道她現在在哪裡，怎樣過活。曾經有人在『汽車製造廠』地鐵站看見過她，她在月台上大聲喊道：『用右手抓起三把土撒到棺木上，我們一起捧三把土，一起撒……』她大聲尖叫著，直到站務員來把她帶走。

還有一件事，我想是可秀莎告訴我的。當時她身旁站著一個男人，距離她很近，近到她甚至都想請他退開一點。但她還來不及說出口，爆炸就發生了，他擋住了她，本來會擊中可秀莎的彈片都炸進那個男人身上。不知道他現在是否還活著。我經常想起他，覺得他就站在我面前。不過，可秀莎已經不記得有這件事了，那我是怎麼知道的呢？或許，是我自己臆造出來的。不過，我覺得是有人救了她。

我知道應該怎麼幫可秀莎，她需要快樂，只有幸福能療癒她。她需要這樣的幸福。我們去聽名歌手阿拉．普加喬娃的演唱會，我們全家人都喜歡她。我想靠近她，我想遞給她一張紙條：『請為我的女兒唱一首歌吧，請說出只是為她一個人唱的。』我想讓女兒覺得自己像個女王，想把她高高捧起來，她看見過地獄，必須要讓她再看到天堂。這樣她的世界才會重新回復平衡。這都是我的想望。（沉默）我的愛從來沒有成就過任何事。我應該給誰寫信？我應該向誰求助？你們已經靠著車臣石油賺了錢，靠著俄羅斯貸款發了財，就請讓我把女兒帶到什麼地方去療養一下吧。讓她在棕櫚樹下坐坐，看看海龜，把可怕的事情忘記。在她眼裡，總是看到災難，沒有光明，我在她眼睛裡看不到光明。

我開始去教堂，難道我真的相信有上帝嗎？我不知道。但是，我想向別人傾訴。有一次神父在布道時說，人在巨大的痛苦中要麼是接近神，要麼是遠離神。即使這個人遠離了神，也不能責怪他，因為這是憤怒和痛苦所導致的。我覺得神父說的，就是我。

我在一旁看著這些人，不覺得我跟他們有親人般的連結。我這樣看著他們，就像我已經不是人類。您是作家，您應該可以理解：語言極少能與內心產生共鳴，以前我就很少跟自己的內在交流，現在就更像在礦山生活一樣。我在受難，我總是思緒翻騰，內心無法平靜。『媽媽，要隱藏自己的靈魂！』不，我親愛的女兒，我不想讓我的感情、我的眼淚就此消失得無影無蹤，不留下一絲痕跡。這是我最擔心的。我所經歷過的，我不想只是留給孩子們，我想把這些告訴其他人，讓這一切能留在某個地方，讓每個人都能接觸到。」

＊　＊　＊

九月三日是恐怖主義受害者紀念日，莫斯科舉行了哀悼儀式。街上有許多殘疾人，很多年輕女性披著黑色披肩。在索里揚卡，在杜布羅夫卡劇院中心前的廣場，以及各處的地鐵站，都點燃著追悼的蠟燭。

我也在人群裡。我提問，我傾聽。我們怎麼生活呢？

二〇〇〇年、二〇〇一年、二〇〇二年、二〇〇三年、二〇〇四年、二〇〇六年、二〇一〇年和二〇一一年，在首都莫斯科都發生了恐怖襲擊。

「上班路上，地鐵車廂一如既往地擠滿了人。我沒有聽到爆炸聲，但不知怎的，突然之間周圍都變成了橘黃色，我的身體突然麻木了，我企圖擺動手臂，但做不到。我以為我中風了，接著就失去了知覺。當我醒來時，我旁邊有一些人無所畏懼地走來走去，好像我已經死了。我害怕被踩到，就舉起手臂。有人把我扶起來。到處是血和肉，就是這樣的景象。」

「兒子剛滿四歲，我怎麼對他說爸爸死了？他還不明白死亡是什麼，我擔心他會以為爸爸不要我們了。於是，我告訴他爸爸暫時出差了。」

「我經常想起那天。醫院外自願捐血的人排起了人龍，還提著一網袋的柳丁。他們向已經精疲力竭的看護請求著：「把水果收下吧，送給誰都行。請問他們還需要什麼？」

「有些女孩下班後來我家看望，是老闆派車送她們來的。但是我不想見任何人。」

「必須有戰爭，真實的人性才能顯現出來。我的祖父說，只有在戰爭中，才能看到真正的人。人性的悲憫，現在太少見了。」

「在自動手扶梯上，兩個陌生的女人擁抱痛哭，她們滿臉鮮血，起初我還沒有意識到那就是血，還以為是淚水和顏料混在了一起。晚上，我又在電視上看到這一切，這才反應過來。在現場時我就看到了，但是沒意識到那真的是血，我不相信。」

「一開始，你可能會一路走進地鐵站，放心大膽地上車。但在過了一兩站後，你就會出一身冷汗。特別是當列車在隧道停留時，你就會覺得很害怕。每分鐘都被拉長，心在弦上似的緊繃著。」

「那時候，覺得每個高加索人都像恐怖份子。」

「難道您以為俄羅斯士兵在車臣就沒有犯罪？我弟弟在那裡服役過，他經常談論光榮的俄羅斯軍隊。他們把車臣男人關在洞裡，像對待動物一樣，還要求他們的親人交付贖金。折磨、掠奪……那小子現在變成了酒鬼。」

「仰仗杜馬議員？拜託，他們就是戰爭的始作俑者！誰把車臣變成了俄羅斯人的隔離區？俄羅斯人的工作被奪走，失去了公寓和汽車。你不給，就會被殺害。俄羅斯女孩被強姦，只因為她們是俄羅斯人。」

「我討厭車臣人！如果沒有我們俄羅斯人，他們還住在山洞裡呢。幫車臣人說話的記者，也令人厭惡！那些個自由主義份子！（他望著我，眼神充滿仇恨，我把他的話錄了音。）

「難道我們要起訴在衛國戰爭期間殺死德國兵的俄羅斯士兵嗎？那時候誰都殺人。員警被游擊隊俘虜後，也被剁得粉碎……聽聽退伍老兵的話吧。」

「第一次車臣戰爭是發生在葉爾欽時代，電視都有真實的報導。我們看到了哭泣的車臣婦女，也看到俄羅斯母親穿過村莊尋找她們失蹤的兒子，沒有人去阻撓她們。像現在這樣的仇恨是以前沒有的，不論是他們或我們，都沒有。」

「那時只有一個車臣在燃燒，現在是整個北高加索都在沸騰。到處都在蓋清真寺。」

「地緣政治找上了我們家門。俄羅斯即將瓦解，帝國很快就將只剩下莫斯科大公國。」

「我恨！」

「恨誰？」

「恨所有人！」

「我兒子只活了七個小時，他被塞進一個塑膠袋裡，和其他屍體一起扔到公車上。政府給我們送來了一口棺材和一對花圈，棺材是碎木屑做的，就像紙板一樣，一抬起來就碎了；花圈也很寒酸。最後，還是我們自己花錢買了所有需要的東西。國家根本不在乎我們老百姓，我唾棄它，我想擺脫這個他媽爛透了的國家，我已經和我先生一起申請移民加拿大了。」

「以前是史達林殺人，現在是土匪殺人。這就是自由社會嗎？」

「我是黑頭髮、黑眼珠，但我是俄羅斯女人，東正教徒。我和友人一起去搭地鐵，只有我被員警攔下來，把我拉到一邊，他說：『脫掉你的外衣，出示證件。』我的朋友是金髮就沒事。媽媽說：『去染髮吧。』我感到很屈辱。」

「俄羅斯人有三大支柱：『或許』、『想必是』，以及『不管怎樣』。事件發生後那幾天每個人都嚇得戰戰兢兢，一個月後，我在地鐵的長椅下發現一個可疑包裹，卻得強迫值班人員，她才肯打電話報警。」

「恐怖襲擊發生後，在多莫傑多沃機場那些狗娘養的計程車司機，趁機哄抬價錢。太離譜了，所有人都趁火打劫。他媽的，有錢好辦事，不然就把你拖下車，抓你的臉摔在車子的前蓋上！」

「有些人躺在血泊裡，另一些人忙著用手機拍照。啪啪啪的拍照聲響個不停，然後立即傳上社群網站。對辦公室的小職員來說，這些腥羶色永遠不嫌多。」

「今天是他們，明天就是我們了，如果你保持沉默，就代表你默許了。」

「我們盡可能為那些罹難者祈禱，請求上帝的恩典……」

有學生在臨時搭建的舞台上舉辦音樂會，是公車送他們去現場的。我湊上前去做了幾個簡短的採訪：

「我對賓拉登很感興趣，蓋達組織是一個全球性的計畫……」

「我支持個人恐怖行為，尤其是單點式的攻擊，比如針對員警或是官員……」

「恐怖主義，到底是好事還是壞事呢？」

「對今天來說，這是一種慈善行為。」

「靠，我真的是煩死了。什麼時候才放我們走啊？」

「有個笑話說一群恐怖份子到義大利觀光旅遊，他們走到比薩斜塔時大笑了起來：『他媽的，這也太不專業了！』」

「恐怖，是一門生意……

以犧牲來獻祭，如同遠古時代……

主流思想……

革命前的熱身……個人的事……」

---

1 二〇〇四年二月六日，莫斯科地鐵二號線（莫斯科河畔線）發生恐怖襲擊，一名自殺炸彈客在地鐵引爆炸彈，事件發生後有個車臣恐怖組織宣稱是他們所為。

2 奧塞提亞人為高加索人種的一支，主要居住在俄羅斯南部的高加索地區及喬治亞等地，宗教信仰為東正教及伊斯蘭教。史達林的父親便是奧賽提亞人。

3 這兩人都是刺殺沙皇亞歷山大二世的俄國激進左翼革命組織「民意黨」的成員，於一八八三投擲炸彈炸死沙皇而被判處死刑。

4 至今俄羅斯仍有這樣一門課，主要向八至十歲的孩童講述蘇聯如何在大祖國保衛戰中堅持並獲勝，以培養孩子的愛國心，課堂上常會邀請倖存的老兵來演講。

5 伊本・哈塔卜，沙烏地阿拉伯出身的車臣軍事指揮官和聖戰者，二〇〇二年死亡。

紮著辮子的老太婆和美麗的姑娘

亞歷山大．拉斯柯維奇，軍人、企業家、移民，二十一～三十歲

死亡如愛情

「童年時，我家院子裡有一棵老楓樹。我經常會和這棵樹說話，樹就是我的朋友。爺爺死的時候，我哭了一整天。當時我只有五歲，已經知道死亡是怎麼回事了，也知道人人都會死。因此，恐懼抓住了我：要是所有人都會先我而死，那不就剩我獨自一人了嗎？我感到無比孤獨，媽媽很心疼我，爸爸走過來對我說：『擦掉眼淚。你是個男子漢，男兒有淚不輕彈。』但也有我不知道的，比如我到底是誰？我從來不喜歡當男孩，不喜歡玩打仗遊戲，也從來沒有人找我去玩，所有人都不帶我玩。媽媽那時候是想生個女孩的，而爸爸一直想讓她墮胎。

我第一次想自殺，是在七歲那年，就因為一個中國製的盆子。媽媽在盆子裡煮果醬，然後把它放在凳子上。我和哥哥跟小貓穆思卡玩，那隻貓像幽靈一樣飛快地越過了盆子，但我們把盆子弄翻了。媽媽那時很年輕，而爸爸去參加軍事演習不在家。地板上是一灘果醬，媽媽開始大罵當軍官老婆的倒楣命運，說不得不住在這遠得要命的薩哈林。薩哈林的冬天，積雪有十公尺厚，夏天只有一種叫牛蒡的植物陪伴她。媽媽揮舞著爸爸的軍官皮帶趕我們出去。『媽媽，外面在下雨，穀倉裡的螞蟻會咬人。』『滾出去！滾出去！馬上滾！』哥哥跑到鄰居家躲起來，而我認真

地做出了決定，上吊自殺。我進了穀倉，從籃筐裡找到一根繩子。第二天早上當他們進來時，就會看到我吊在那裡了：『看吧，狗娘養的，給你們看看！』就在這時候，小貓穆思卡從門外擠進來。喵喵……我的寶貝穆思卡！你是來可憐我了。我擁抱牠，緊緊依偎在一起，一直相伴著到隔天早晨。

我爸爸，他算什麼爸爸？就知道看報紙和抽菸。他是航空團的政治副團長，我們跟著他從一個軍營轉移到另一個軍營，住在軍官宿舍裡。那是長長的一排紅磚營房，千篇一律。每個軍人身上都散發著鞋油和『西普』牌廉價花露水的味道，我總在爸爸身上聞到它。爸爸從部隊勤務回來那年我八歲、哥哥九歲，武裝帶刷刷響，大皮靴喀喀響。這一刻，如果我們能變成隱形人，從他的眼前消失就好了！爸爸從書架上取下波列伏依[1]的《真正的人》，在我們家裡，他就是我們的教父。『後來發生了什麼事？』他從哥哥開始問起。『嗯，飛機掉下去了，但是阿列克謝．梅列西耶夫爬了出來，他受傷了。靠吃刺蝟維生，躺在溝裡……』『溝？什麼溝？』『一個五噸重的炸彈炸出來的彈坑。』我提醒哥哥。『說的都是些什麼？這是昨天那段的。』我們都被爸爸嚴厲的聲音嚇得打哆嗦。『今天的呢，也就是說，你們今天沒有讀？』接下來的畫面，就是我們繞著桌子跑，就像馬戲團的小丑，一個大的，兩個小的。我們抓著脫下的褲子跑，而爸爸抓著皮帶要抽打我們。（停頓）畢竟我們很多人都是被影片教育大的，不是嗎？是影像中的世界，不是書本。爸爸帶回來的那些書，至今還會引起我的過敏反應。每當我在別人家的書架上看到《真正的人》和《青年近衛軍》這一類書，體溫就會自動上升。我爸爸就希望把我們扔到坦克車下面，就想著我們快快長大成人，自願申請入伍去打仗。對爸爸來說，沒有戰爭的世界是他無法想像的。

我們需要英雄，而只有在戰爭中才有英雄，如果我們兄弟兩人之中有一個人能像阿列克謝・梅列西耶夫那樣斷了兩條腿，爸爸才會感到幸福，他這一生就沒有白活了！他就是這樣的人。我想如果我違背了誓言，在戰鬥中動搖的話，他會親自一槍斃了我的，就像塔拉斯・布林巴[2]一樣！『你的命是我給的，我也能拿走。』爸爸全副身心獻給意識形態，依傍著它活著，而不是做為一個『人』存在，他盲目愛國，愛國沒得商量！在我整個童年，爸爸都教育我活著是為了保家衛國，但無論他怎麼說，都無法讓我唯戰爭是從，讓我像條狗一樣用身體去堵住大壩的缺口，或用肚子去滾地雷區。我不喜歡死亡。我本來也像所有人一樣隨意踩死瓢蟲，薩哈林夏天的瓢蟲就像沙子一樣多，直到有一次我害怕了：我對這麼小的紅色生物做了什麼？穆思卡生下了幾隻小貓，我給牠們餵水，細心照顧牠們。媽媽湊過來：『牠們怎麼了，死了嗎？』她說完話後，牠們竟然真的死掉了。我一滴眼淚都沒掉！『男兒有淚不輕彈。』爸爸給了我們每人一頂軍帽，每到週末就放軍歌，哥哥和我得坐下來聽，爸爸的臉上滑落下『不輕彈的男兒淚』。每次爸爸喝醉了，都會講同一個故事：英雄被敵人包圍，戰到只剩下最後一顆子彈，最後把這顆子彈射向自己的心臟。此時父親總會像在演電影一樣倒了下去，一條腿掛在凳子上，然後身子往下掉，畫面相當可笑。但是父親會清醒過來，然後很生氣地說：『英雄犧牲的時候有什麼好笑的！』

我可不想死，小時候每次想到死都很害怕。『男子漢必須做好準備』、『保衛國家是我們的神聖職責』……『什麼？你不知道怎麼拆卸組裝衝鋒槍？』對於爸爸來說，這是他無法接受的，這是恥辱！我多麼想用乳牙去咬一咬爸爸的靴子，打他咬他。為什麼，他要在鄰居維契卡面前讓我光著屁股挨打，還罵我是『小娘們』！我可不是天生的死神舞伴。我有非常『經典』的腳腱，我想學芭蕾舞。爸爸為偉大思想而服役，好像那時候所有人都長著同樣的大腦，都為了沒有褲子、只有步槍的生活而驕傲。（停頓）我們已經長大了，我們早就長大了。可憐的爸爸！到了現在，生活早已改變了，當年表演悲劇的地方，現在上演著喜劇和流行大片。爬啊爬，啃嫩芽……猜猜他是誰？他就是阿列克謝．梅列西耶夫——爸爸最喜歡的英雄。『孩子在蓋世太保的地下室玩耍／衛生員波塔波夫被殘酷折磨……』這些仍然是我父親的想法。爸爸現在怎麼樣？他已經是個老人，但是還不服老。他本來應該好好享受每一刻，仰望著天空，觀賞著樹木，或者跟人下下棋，或者收集郵票、火柴盒，可是他偏偏坐在電視機前，看議會開會、看左派右派爭論、看人舉著紅旗示威集會。爸爸都像身臨其境！他堅決支持共產黨！我們一起吃晚飯時，他說：『我們曾經有過一個偉大的時代！』這是他對我發起的首輪攻擊，等待我回應。爸爸需要鬥爭，否則他的生命就會失去意義。他必須舉著紅旗衝上街壘！我們和他一起看電視，正在報導日本機器人挖地雷的新聞，一顆、兩顆……這是科技的勝利，是人類智慧的勝利！然而，爸爸卻為自己的國家感到難過，因為這不是我們的技術。突然間，就在現場報導結束前，機器人犯了錯誤，地雷爆炸了。正如常言道：『看到工兵跑，只管跟他跑。』機器人卻沒有這樣的程式。爸爸困惑不解的是：『怎麼弄壞了進口設備？難道我們的人才還不夠多嗎？』爸爸有他自己的死亡觀。他一輩子都是為了完成黨和政府的任務而活著，他把自己看得比一根鐵釘還輕。

在薩哈林，我們住在墓地附近。我幾乎每天都會聽到哀樂，看到黃色的棺木，就是村裡有人死了；蓋著大紅布，死的就是飛行員。而後者總是比較多。每下葬一個紅色棺材，爸爸回家時就會帶一個錄音帶。飛行員們來到我家，桌子上放著嚼碎的公牛牌菸葉，閃閃發光的玻璃杯裡滿是伏特加。他們反覆播放錄音帶：『我，機上異常⋯⋯引擎開始⋯⋯轉用第二個⋯⋯它也不動⋯⋯試著啟動左發動機。』『不行⋯⋯右發動機⋯⋯也不行！』『彈射跳傘⋯⋯機艙內燈光未復位⋯⋯他媽的！嗯，嗯，啊啊啊⋯⋯』在我的想像中，死亡就像是從難以想像的高度跌落。有一次，一個年輕飛行員問我：『小子，你知道死亡是怎麼回事嗎？』我很驚訝，我還以為我一直都知道呢。有一次，我們班上有個男孩點篝火時把子彈扔了進去，一下就炸開了，於是他也跟著完了。我們去送葬，他躺在棺木裡就像裝死一樣，彷彿每個人都在看他，他卻不理睬任何人。我無法把目光移開，好像我一直都知道，生來就有這方面的知識。也許我曾經死過？或者是因為我媽媽，當我還在她肚子裡的時候，她常坐在窗邊，看著那些人怎樣被抬到墓地，紅色的棺木，還有黃色的棺木。我為死亡深深著迷，想像過很多次。死亡散發著公牛牌菸草的味道，還有吃了一半的鯡魚和伏特加的味道吧。但死神未必是牙齒鬆落或是紮著辮子的老太婆，或許還是一個美麗的姑娘呢？我看見她了。

十八歲時，我想要的是女人、酒、旅行，探尋奧祕。我想像著，為自己創造一種完全不同的生活。然後在某一刻，你突然被識破了⋯⋯我操！我到現在還總想消失在空氣裡，不留下任何痕跡，誰都找不到我，像護林員或沒有護照的流浪漢一樣行蹤不定。我經常做同一個夢：我又入伍了，因為證件搞錯，所以又要去服役了。我大聲叫嚷著拒絕：『我已經服過兵役了，畜生！放我回去！』瘋了！嚇人的噩夢。（停頓）我不想做男孩，不想成為軍人，我對戰爭沒有興趣。爸爸說：『你必須成為一個男人。如果大家都覺得你像女孩子，就會認為你性無能。』他還說軍隊是生活的學校，必須去學習殺人⋯⋯在我的腦海裡，一切是這樣的：戰鼓咚咚響，列好戰鬥隊形，有各種精良的殺人武器，子彈呼嘯而過……破碎的頭顱、被踢爆的眼球、被斷掉的四肢，到處是傷者的呻吟聲和勝利者的歡呼，而勝利者就是那些殺人更多的傢伙。殺人！殺人！子彈、砲彈或核彈，反正都是殺人，一個人殺另一個人……我不願意。我不知道軍隊中的其他男人將會如何把我變成一個男人。不是我被殺，就是我殺人。哥哥參軍去了，帶著美麗又浪漫的幻想上路去了。回來時，他成了一個驚恐萬狀的人。每天早上，都有人用腳踢他的臉。他躺在下鋪，上面是個老兵；整整一年，都是臭腳對著你的臉！試想你怎麼還能是原來的你？如果扒光一個男人的衣服，可以做多少事？很多，比如吸吮重要的部位。大家都必須笑，誰要是不笑，他就要去吸……用牙刷或刮鬍刀去擦洗廁所？『必須乾淨得像貓睪丸一樣發亮。』我操！有一類人不可能為人魚肉，但是另一類人只能為人魚肉，任人宰割。我知道，必須聚集自己所有的激情才能活下來。我登記參加活動，學習哈達瑜伽、空手道，還有格鬥——打臉、打兩腿之間、打斷脊柱。我點燃一根火柴，放在掌心，等它燒完。當然，我受不了，我哭了。我記得，我都記得……（停頓）話說一頭龍在樹林裡遇到了一隻熊，龍對熊說：『熊啊，我的晚飯時間是八點。你來吧，我會吃了你。』龍繼續往下走，跑過來一隻狐狸，龍說：『狐狸啊，我的早餐時間是七點。你來吧，我會吃了你。』又繼續走下去，跳出來一隻兔子，龍說：『等一下，小兔子。我在兩點吃午飯，你來吧，我會吃了你。』『我有一個問題。』兔子舉起了爪子。『你說吧。』『我可以不去嗎？』『可以啊，那我把你從名單中劃掉吧。』試想，有多少人會提出這樣的問題？我操。

送行……一連兩天，我們家裡炒、煮、燉、揑、烤，買了兩箱伏特加酒，叫來了所有親戚。『不要丟我們的臉，兒子！』第一個端起酒杯的是父親。他仰頭就乾了。然後是一連串的老生長談：『通過測試』、『維護榮譽』、『展現勇氣』……第二天早上，在徵兵辦公室外面，是這樣的畫面——手風琴和歌曲，還有塑膠杯中的伏特加。我不喝酒，他們就問我：『你有病嗎？』在出發去火車站前，檢查了個人物品。他們讓我倒出背包中的全部東西，拿走了刀叉和食物。家裡給的一點錢，我們都藏在了襪子和內衣裡。我操！我們這些祖國未來的捍衛者。坐上大巴士，女孩揮舞著手帕，媽媽痛哭流涕。出發！裝滿男人的汽車開動了。我那時候，誰的面孔都記不得，所有人都剃了光頭，換上破爛衣服，像囚犯一樣。大家七嘴八舌說開了：『四十顆藥，自殺未遂……免服兵役證明。要想聰明活下來，就必須當傻瓜。』『打我吧！打吧！對，我就是臭狗屎，隨便你們。但是我到時候就在家裡和女孩打炮，你就拿步槍去玩騎馬打仗吧。』『嘿，夥計們，把休閒鞋換成大皮靴，去保衛國家吧。』『誰的口袋裡有老媽的照片，他就不會當兵。』我們坐了三天三夜的火車，大家一路上都在喝酒，但我不喝。『可憐！那你參軍做什麼啊？』從床上用品到襪子衣物，都背在身上。每天晚上脫下鞋子，我操，那臭味！一百個男人的鞋子。有人兩三天都不換襪子，熏得你簡直想上吊或者開槍掃射了。上廁所也要聽軍官的，一天三次。你想要多去，就耐心等著吧。廁所門鎖上了，就是怕有個萬一，畢竟大家都才離家不久……有個人在夜裡上吊自殺了。我操！

人是可以被輸入程式，而且也願意被輸入的。一、二！一、二！踢腿！部隊有很多行軍和跑步訓練。跑步要求速度快、距離遠，你要是跑不動，就用爬的。幾百名年輕人在一起是什麼樣子的？一群野獸，一群年輕的狼！軍隊裡運行的是和監獄同樣的法則，無法無天。第一誡：從不幫助弱者。弱者就要挨打，弱者就該被驅逐！第二誡：沒有朋友，要自力救濟。到了夜晚，誰打呼嚕誰發牢騷誰喊媽媽誰放屁都可以，但是有個規矩是全體都適用的：不是你自己屈服，就是讓別人屈服。這就像二二得四那麼簡單。我為什麼要讀那麼多書？我相信過契訶夫的話，他曾經寫過必須把自己身上最後一滴奴性都擠掉。他還說，人應該是完美的：從靈魂到服裝到思想。但也有一切都相反的時候，截然相反。有的時候就是想成為奴隸，喜歡奴顏婢膝。要從人的身上把最後一滴人味都擠掉。班長在第一天就說清楚了：『你就是牛，你就是畜生。』他下令：『臥倒！起立！』每個人都站起來了，只有一個人還躺著。『臥倒！起立！』那人還躺著不動。班長臉色變黃，再漲為紫色：『你幹麼？』『太沒意思了……』『你說什麼？』『主教導我們：不殺生，不動怒。』班長去找了連長，連長又去找KGB官員。事情就這樣被挑起來了：原來是個浸信會信徒。他是怎麼混到部隊裡來的？馬上把他和其他人隔開。然後他就被帶到別的地方去了，他是個危險人物，不想玩戰爭遊戲。

新兵的課程：正步走要無懈可擊，紀律條例要死記硬背，AK-47步槍要能閉著眼睛拆卸組裝，甚至在水下拆卸組裝……沒有上帝，班長就是上帝，班長就是沙皇和總司令。班長瓦列利安說：『就是魚也得服從訓練。明白了嗎？』『在隊伍裡就要大聲唱歌，連屁股上的肉都要顫抖。』『你在地下埋得愈深，被殺死的機率就愈小。』無稽之談！頭號夢魘是帆布靴子，俄羅斯軍隊直到最近才換裝，剛剛發放了皮鞋。我當兵時還是穿帆布靴子，為了要讓帆布發亮，必須用靴膏擦洗，然後用絨呢碎布擦亮。要在三十度高溫下穿著這種帆布靴子越野行軍十公里，如同下地獄。二號夢魘是包腳布，有冬季和夏季兩種。一直到了二十一世紀才改掉，俄羅斯是全世界最後一個使用包腳布的軍隊……我因為包腳布磨出了不止一個血泡。這種包腳布不像綁腿，要從腳趾頭開始一層層纏起來。全體列隊，『列兵，你為什麼走路一瘸一拐的？沒有擠腳的靴子，只有不對的腳。』所有的人都三句不離一個髒字，不是對罵，而是平常說話就如此。從上校到士兵都一樣，好聽的話從沒聽過。

生存的基本原理：當兵的都跟動物無異，什麼事都幹得出來。軍隊就是監獄，在這兒『坐牢』，期限是由憲法規定的。媽呀，嚇死人了！年輕的阿兵哥，就是學徒，就是小鬼、蚯蚓。『嘿，臭小子，給我倒杯茶』、『喂！你過來給我擦靴子』、『嘿，嘿！還有你，別他媽的自以為了不起』……就這樣開始欺壓，到了晚上，四個放風，兩個打人。他們都掌握了打人不留下痕跡的技巧，比如用濕毛巾和勺子。有一次我被打了之後，兩天不能說話。在醫院裡，檢查時只看得到一塊瘀青。他們打人打膩了，就用乾毛巾或打火機給你剃鬍子，再膩了，就餵你吃糞便和泥土。『用手啊，用手拿啊！』簡直是畜生，還逼著新兵繞著營房光著身子跑步、跳舞。新兵沒有任何權利，我老爸卻以為『蘇聯軍隊是全世界最好的軍隊』。

這種時刻總會到來的，內心裡誰都會有些卑鄙的小點子。現在我給他們洗短褲、洗包腳布，以後我熬出頭來也變成畜生，別人也得給我洗內褲。我在家時還想得挺好的，自己這麼細皮嫩肉，只要別打壞我的身子骨，別扼殺我的小心靈就好，這是底線。（停頓）在軍隊裡總是吃不飽，特別想吃甜的。部隊裡人人都偷竊貪汙，規定配給的七十克食品，到士兵手裡只能拿到三十克。有一次我們乾坐了一星期，連粥都沒得喝，因為有人從車站把一車大麥偷走了。難怪我總要夢見麵包店，夢見葡萄乾、奶油蛋糕。我還成了削馬鈴薯的專家，練了一手絕活，一個小時能把三大桶馬鈴薯削乾淨。就像在農莊一樣，士兵生活是沒有標準規範的。一天到晚削馬鈴薯削個沒完，他媽的！在廚房值班的班長對士兵下令：『洗三桶馬鈴薯。』士兵說：『人類早上太空了，洗馬鈴薯的機器卻還沒有發明出來。』班長就說：『在部隊，大頭兵就是一切。洗馬鈴薯的機器就是你，你就是最新型號的洗馬鈴薯機。』食堂簡直就是『不食人間煙火』，整整兩年，只能喝粥、配鹹菜、吃通心粉，肉湯裡撈不到半塊肉。因為肉是戰略儲備，要留著打仗時吃。肉存在倉庫裡多久了，五年或十年？都泡在酥油裡，醃在五公升的橘色大桶中。過年時，在通心粉上澆些奶油，已經很奢侈了！班長瓦列利安說：『餅乾，那是你們在家吃的，或用來招待小婊子的。』按照軍規，士兵是不許用叉子和茶匙的，湯勺是唯一的餐具。有個士兵家裡寄來了一對茶匙，我的上帝，能坐下來用茶匙攪拌一杯茶水，該有多麼愜意啊！當老百姓的自由感覺！本來人家把你們當豬狗一樣驅趕著，怎麼還用起了茶匙呢。我的老天，這讓我想起在某某地方我還有個家呢……碰巧值班大尉路過看到：『幹什麼？你們在幹什麼！誰允許你們的？馬上去給我打掃房間清理垃圾！』還用什麼茶匙！當兵的不是人，只是東西、工具和殺人武器。（停頓）退伍了。我們這一梯次共有二十個人，汽車把我們送到火車站，扔了下來：『就這樣，再見了！小夥子們再見！泡妞幸福。』我們全都立正站好，半小時過去了，依然直挺挺站著；一個小時過去了，我們還站在那兒！我們東張西望，還在等著有人給我們下命令：『跑步走！去買火車票！』但是沒有人下命令了。我不記得過了多少時間，我們才意識到，不會有命令了，必須自己解決。我操！當兵兩年都把腦子弄壞了。

我有過五次自殺的念頭，怎麼做呢？上吊？那你會屎尿失禁，舌頭掉下來，再也推不回喉嚨裡，就像在我們下部隊時火車上的那個傢伙，被大家幹譙了一頓，畢竟是自己人。從月台跳下去？血肉四濺變絞肉！站崗時，拿槍轟掉自己的腦袋？會像西瓜一樣爆開……不論怎樣，我都放不下媽媽。長官說：『不要向自己開槍。不要浪費子彈。』人命一條，價值還不如子彈。要是有女孩來信，在軍中是件大事，收信時手都會發抖。信件不能保存，上級會檢查床頭櫃：『你們的女人，就是我們的女人。你們還得好好服役，就像一把銅壺一樣任憑擺放。還是把那些無聊的廢紙扔到馬桶裡去吧。』櫃子裡只允許放三樣東西：剃刀、自來水筆和筆記本。只能蹲在那個『洞』上讀最後一遍：『我愛你……吻你……』操他媽的！這就是國家的保衛者！父親來信還說：『車臣正在打仗，你知道我的意思！』我爸爸在家期待著兒子能夠凱旋歸來或壯烈犧牲。我們有個准尉曾是阿富汗的志願軍，戰爭意識在他腦袋裡扎了根。但他什麼都沒說，只扯了一段阿富汗的政治笑話。我操！聽的人全都笑翻了。他說，有一名士兵把一個身負重傷的戰友拖走，戰友流血過多，奄奄一息，他請求道：『開槍把我打死吧！我不行了！』『我沒子彈了，全打完了。』『你去買吧。』『我到哪兒去買子彈？周圍都是山，一個活人也沒有。』『你可以向我買啊。』（笑）『軍官同志，你當初為什麼申請去阿富汗？』『我想當少校。』『那將軍呢？』『不，我做不了將軍，因為將軍有自己的兒子。』（停頓）但是我們沒有一個人申請去車臣，我記得沒有一個志願去的。我做了個夢，夢到父親來找我，他說：『你不是宣過誓嗎？』我是在紅旗下發過誓：『我發誓嚴格遵守紀律，堅決完成任務，勇敢保衛祖國……如果違背莊嚴誓言，我將遭受嚴厲懲罰，受到社會的憎恨和蔑視……』在夢裡，無論我跑到什麼地方，爸爸都在盯著我，瞄準著我。

如果你在站崗，手握武器，就會產生一個想法：『只要一兩秒鐘，我就自由了，誰都不會看到。』狗東西，你們誰都別想碰我了！碰不到……碰不到！要想找我自殺的理由，應該要從媽媽當時想要一個女孩，而爸爸要求她把我墮掉開始說起。還有班長說的：『你就是一堆臭狗屎，是黑洞。』（停頓）軍官個個不同，其中有個傢伙還是知識份子，會說英語，但基本上是醉鬼，喝到失去神志。軍官可以任意在深夜叫醒整個營房，逼著大家去操場上跑步，直到有士兵倒下。軍官被稱為豺狼，但有壞的豺狼，也有好的豺狼。（停頓）有人跟您講過，十個人如何輪姦一個人嗎？（邪惡地笑）這不是玩笑，更不是小說。（停頓）真的把士兵像畜生一樣，裝上卡車送到當官的別墅。（邪惡地笑）搬開水泥板，敲起軍鼓，演奏國歌！

我從來沒有想過要成為英雄。我討厭英雄，英雄必須殺很多人，或者死得很壯烈。你必須不惜一切代價殺死敵人，一開始是用彈藥，子彈和手榴彈用完了，就用刺刀、槍托、鏟子，哪怕用牙齒咬。班長瓦列利安說：『要學會用刀幹活。手爪是非常好的東西，最好不要剪指甲，要帶刺。翻轉過來握住，像這樣……這樣，控制手臂，扭到背後。別得意於花拳繡腿的動作，好極了！太棒了！現在把敵人扭過來，這樣這樣，然後殺了他。幹得好！殺了他！還要大叫：去死吧，狗娘養的！』（他停住了）他們一直灌輸『武器是美麗的，而射擊是男人真正的事業』，我們學會了殺動物，我們為了學會殺人特地抓來流浪貓狗，為的是以後面對鮮血，手不再發抖。就像屠夫一樣！我無法忍受這一切，哭了一夜。（停頓）小時候我們總喜歡玩武士遊戲，按照日本傳統，武士死的時候臉孔不許朝地，也不能叫。而我總是哭，所以大家不喜歡跟我玩遊戲。（停頓）瓦列利安說：『記住，自動步槍是這樣運作的：一、二、三——你就沒了。大家再來一遍！！一、二……』

死亡就像是愛情，直到最後時刻還是昏暗不清……出現可怕和醜陋的痙攣。我們無法從死亡中復生，但可以從失戀中走出來。我們能夠記得這是怎麼回事。你溺過水嗎？我有，當你被水淹沒時，愈是抗拒就愈是無力。必須順從，一沉到底。然後，你要是想活，就向上衝出水面，但在此之前，你必須沉落水底。

那裡有什麼？其實，隧道的盡頭沒有光明，我也沒看見天使。父親坐在一口紅色棺材旁，而棺材是空的。」

對於愛，我們知道得太少

幾年後，我又到了N城（按照受訪人請求，隱去城市名字）。我和他通了電話，然後見面。他戀愛中，很幸福。於是，我們談起了愛情。我甚至一時沒有想到打開錄音機，沒想到要抓住這個生命轉折的瞬間，簡單說就是生活的瞬間，把它寫成文學作品。在任何對話中，無論是私人的或是公開的對話，我一直是文學的守護者。雖然有時我會失去警惕，但這些「文學碎片」可能無處不在，有時會在一個意想不到的地方發光，就像這次一樣，我們本來只想一起坐下來喝杯咖啡，但是卻帶出了一個故事情節。以下是我來得及記錄下來的部分。

「我遇到了愛情，我懂得愛情了。在此之前，我還以為愛就是兩個傻瓜一起發燒，現在才發現，根本不是那樣。關於愛情，我們知道得太少了。但是如果拽出一條線索來，戰爭與愛情，就像從同一堆篝火中出來的，或者說，它們是同一種布料、同一種材質。一個拿著槍的人或一個爬上厄爾布魯士峰的人，一個打了勝仗又建設社會主義天堂的人，故事其實都是相同的，都是同一種吸引力和同一種能量。您明白嗎？有些東西是人無能為力的，是買不到的，也是不能在賭博中贏來的。人類知道它是存在的，也想要得到它，但是不知道如何尋找，去哪裡尋找。

這幾乎是我的重生，是從一次打擊中開始的。（停頓）也許沒有必要解決這些謎團？您不害怕嗎？

第一天……

我到朋友公司去找他，在走道裡正要將脫下的大衣掛上時，有人從廚房裡出來，所以我得讓路。一轉身，就看到她了。我的腦子瞬間短路，彷彿整個房子都斷了電。就這樣，一切都變了。我通常是不會找不到話聊的，但這次我就只是一直坐著，甚至也看不見她。其實，不是我沒有看到她，我很長時間都透過她在觀看，就像塔可夫斯基[3]的電影那樣：從水壺裡倒出了水，水卻流到杯子外面，然後非常非常慢地和這個杯子一起旋轉起來。我說得太多了，其實事情發生得很快，就是一瞬間，像閃電一般。那一天，我覺得其他一切都不再重要了，甚至沒有特別刻意去弄清楚——何必呢？反正發生了，一切就這麼發生了。她的未婚夫來接她回去，我了解到他們很快就要結婚，但對我來說，這並不重要。當我回家時，已經不是孤獨一個人，她已經在我心裡住下了。愛情開始了，生活突然有了不同的色彩，有了更多的聲音，甚至都沒有任何機會弄清楚是怎麼回事。（停頓）我就大概來說一下我的變化吧。

早上一起床，我想到的第一件事就是找到她。但我既不知道她的名字，也不知道她的地址，更沒有她的電話號碼。然而，事情已經發生了，我生活中出現了一個重大的因子：有個人來到了。好像我早就忘記、但現在又想起來……您明白我的意思嗎？不明白？不，我們不會導出任何一種公式，一切都是錯綜複雜的。我們已經習慣認為，未來是未知的，只有已經發生的事才能解釋。已經發生或是沒有發生，對我來說這不是個問題。就像電影膠卷在轉動，而她就這樣轉過去了。我知道有些時刻，它們在我的生活裡感覺像是沒有發生過，實際上卻是出現了。例如，我曾經陷入情網好幾次，我以為那是愛情，但事後除了留下很多照片之外，一切都不記得了，都從記憶中抹去了。其實有些事情不該沉寂下去的，應該抓住的。而其餘的……人真的能記得自己所經歷過的一切嗎？

第二天……

我買了玫瑰花。我其實沒有多少錢，但還是去市場買了我能找到的最大一束玫瑰。這也是……怎麼解釋呢？一個吉卜賽女人走過來對我說：『親愛的，讓我幫你算算命。我看出了你的眼神……』我趕緊跑開了。為什麼？我自己已經知道了，奧祕已經站在了我的門口。奧祕、隱祕、祕密。第一次，我找錯了公寓。一個穿著寬鬆T恤、有些醉意的男人來開門，看到我手裡的玫瑰，他愣住了：『我，靠！』我又上了一層樓。在門鏈裡邊，一個戴著針織帽的奇怪老婦人看了我一眼，叫到：『蓮娜，找你的。』後來這位老婦人還為我們彈琴，和我們聊戲劇。她是個老演員。她房裡有一隻大黑貓，是家裡的暴君，不知道為什麼，這隻貓立刻就討厭死我了，而我只有努力討好牠。當愛情發生的時候，你卻彷彿缺席了。你明白我的意思嗎？不需要成為太空人，也不需要成為金融巨頭或英雄，你能變得幸福，在一間普通的兩房公寓裡體驗全部的人生，雖然只有五十八平方公尺、共用盥洗室，擠在一堆老蘇聯物品之間。半夜十二點、兩點，我不得不走了，但是我不明白自己為什麼要離開這裡。這一切更像是回憶，我在尋找詞句，好像都記起來了，很長時間想不起來的東西，現在都回來了。我又想起來了。類似的感受呢？我想，大概像一個大部分時間都獨處的人所經歷的那樣。世界對他顯露出無盡的細節，展現各種輪廓及形狀。就像是一個謎，它可以被當作……比如一個花瓶，或其他物品一樣去理解。為了弄明白一些東西，痛苦是難免的。如果沒有痛苦，你又如何能理解？理解必然是伴隨著痛苦的……

……我朋友第一次講女人的事給我聽，是在我七歲的時候，他們那時候也是七歲上下。我記得他們很得意，因為他們知道我不知道的事——『現在我們就跟你講解這是怎麼回事。』他們用小棍子在沙子上畫給我看。

……女人是另一種生物，我是到了十七歲才感覺到的，不是透過書本，而是透過皮膚。女人，感覺離我很近卻又完全是不一樣的東西，巨大的差異，因為這種差異，讓我十分震撼。某種東西是來自體內的，藏在女性血管內的，是我碰觸不到的。

……想像一下身處軍營的阿兵哥吧。不出任務的星期日，兩百個男人屏著呼吸盯著電視看。螢幕上是穿著緊身衣的女孩，這些男人就像馬雅島的木頭人那樣呆呆坐著。如果電視機壞了，那形同是一場災難，我們甚至可能殺死弄壞電視的那個人。您明白嗎？這全都與愛有關。

第三天……

早上起床，發現自己不必急匆匆地趕著去哪，然後我想起來，她在，找到她了。憂傷離我而去，我已經不是一個人了。彷彿突然發現了自己的身體、手、嘴唇，發現窗外的天空和樹木，不知為什麼全都離你很近很近，緊緊貼著你。這一切只會發生在夢中。（停頓）按照晚報上的分類廣告，我們在一個不可思議的地區找到了一間不可思議的公寓，位於城市邊緣的新開發區。每到週末，院子裡的男人從早到晚爆粗口、賭博打牌，用一瓶瓶伏特加當賭注。一年後，我們的女兒出生了。（停頓）現在來說說死亡吧。昨天全城的人都在為我的一個同班同學送葬，他是個員警中尉[4]。棺材是從車臣運回來的，甚至沒有打開過棺蓋，沒有讓他媽媽看一眼。棺木中運回來的是什麼？放過了禮炮，辦好了其他的追悼儀式。光榮屬於英雄！我也去了，父親和我一起去的，他的眼睛裡泛著亮光。您明白我的意思嗎？爸爸是個不準備享福、只準備戰爭的人，準備生活在冰天雪地中的人。除了我三個月大的女兒外，我沒有見過一個幸福的人，從來沒有見過。俄羅斯人從來沒有準備好過幸福的生活。（停頓）所有正常的人都把孩子送出國，我的很多朋友都走了，他們從以色列和加拿大打電話給我。過去我沒有想過要離開，出國、出國……女兒出生後，我開始有了這個想法。我要保護我所愛的人，而我父親為此絕對不會原諒我，我知道。」

在芝加哥的俄語對話

我們再次相遇是在芝加哥。他們全家人已經稍微習慣了新地方，結交了從俄羅斯來的新朋友。在俄羅斯的餐桌上，在俄羅斯人的對話中，有些問題依舊是永恆的，比如「怎麼辦」、「誰之罪」[5]，如今又新加了一個——出國或不出國？

「我離開了，因為我很害怕。每一次革命結束後，都會開始悄悄地掠奪和痛揍猶太人。莫斯科正在發生一場真正的戰爭，每天都有人被炸死和殺害。晚上不牽著狼犬就不敢上街，我特地養了一條鬥牛犬。」

「戈巴契夫打開了牢籠，我們衝了出來。我在那裡留下了什麼？只有他媽的一間兩房的破房子。一個醫生的可憐薪水，還比不上一個清潔女工。我們都是在蘇聯成長的，曾經在學校收集廢金屬，喜歡唱〈勝利日〉；還有聽關於正義的偉大童話故事，就連動畫片裡的角色也都善惡分明，多多少少是個有正義的世界。為了蘇維埃祖國，我的祖父死在史達林格勒，為共產主義獻出生命。但我想活在一個正常國家，想要屋裡有窗簾，床上有枕頭，丈夫回家後能穿上睡衣。我的俄羅斯精神很少，我現在生活在美國了。我們在冬天吃草莓，香腸隨處都可買到。在美國，香腸不是什麼政治象徵……」

「在九〇年代，一開始都活在雀躍和歡樂中，窗外每個角落都在示威。但很快地，我們不再雀躍、不再開心了。你們想要一個自由市場？拿去吧！我們夫妻都是工程師，我們國家半數的人都是工程師，但是他們對我們可不客氣：『去垃圾場吧。』我們就是這樣改革的，埋葬了共產主義。誰也不需要我們了。最好不要再去想這些事。小女兒餓了，想吃東西，但家裡一無所有。城市裡到處都是廣告，要人買買買……『我要買幾公斤食物。』不是肉，不是乳酪，而是要買任何可以買到的食物。全家人為了一公斤馬鈴薯而高興，市場上有人賣油渣餅，就跟打仗時一樣。鄰居家的丈夫在大門口被槍殺，他是開小店鋪的，在血泊裡躺了半天，身體被報紙蓋著。只要打開電視，就會看到銀行家、商人被殺害的消息……到了最後，一切都在盜賊團夥的統治下結束了。全國人民都向著盧布廖夫卡[6]前進，高舉著斧頭……」

「他們要攻擊的不是盧布廖夫卡，而是露天市場上的紙板箱，那邊住的都是外勞。他們開始殺塔吉克人、摩爾多瓦人……」

「這些對我全都是他媽的！你們都去死吧，我要為了自己而活。」

「當戈巴契夫從福羅斯回來，說我們不會放棄社會主義的時候，我就決定出國了。我再也待不下去了！我不想生活在這種社會主義制度下，這裡只有無聊的生活，從小到大，我們只知道將來要做十月黨人、少先隊員、共青團員。第一份薪水是六十盧布，然後是八十盧布，生命結束時會是一百盧布。（笑）學校裡的班導恐嚇我們：『如果你們收聽自由之聲，就永遠不會成為共青團成員。萬一讓我們的敵人知道了這些呢？』最諷刺的是，她現在移民去了以色列。」

「以前，我會因為思想而振奮，再也不是一個普通市民。淚水都是滾燙的……國家緊急狀態委員會！坦克車開到莫斯科市中心，看來很可怕。為了應付可能發生的內戰，我的父母從度假小木屋那裡趕回來囤積食物。這是個匪幫，這是軍政府！他們以為，只要派坦克進城，其他什麼事就都不會發生了。其實人想的只有這麼一件事——要怎樣填飽肚子，幾乎每個人想的都一樣。人民走上街頭了，國家從沉睡中甦醒了，但只有曇花一現，一秒鐘的時間。這就是結果。（笑）我媽媽沒啥思想，她什麼都不多想，完全遠離政治，她生活的原則就是好好過自己的日子，未雨綢繆，居安思危。她是個漂亮女人，看上去很年輕，甚至去白宮示威時，她都要準備一把雨傘。

「哈哈哈，代替自由的，是發給我們股權券。就這樣把一個偉大的國家瓜分了：石油、天然氣……我不知道要怎麼說，有人只分到了麵包圈，還有人分到的只是麵包圈中間的那個空洞。這些股權券必須投資到某家公司，但很少有人知道怎麼做。社會主義制度，當然不會教我們怎樣賺錢。父親帶回家一些小廣告：莫斯科不動產、石油－鑽石－投資，以及諾里爾斯克鎳業……他和媽媽在廚房裡爭論，最後他們決定到地鐵站去賣東西。賺了一筆後，他們幫我買了一件時髦的皮夾克，我就是穿著這件皮夾克來到美國的。

「直到現在，那些債券還在我們這呢。三十年後我要把它們全賣給了博物館。」

「你無法想像我有多麼討厭這個國家，討厭勝利大遊行！我討厭灰色預製板的房屋和陽台，上面堆滿了踩扁的番茄和黃瓜罐頭盒子，還有那些討厭的老家具。」

「車臣戰爭開始了，兒子一年後就要去當兵。飢餓的礦工來到莫斯科，在紅場敲著頭盔，就在克里姆林宮牆外示威。當時都不清楚一切會怎麼發展。那裡的人很好的，也很重要，可是他們無法生活。他們離家來到這裡是為了孩子，躺到飛機跑道上也是為了他們。但孩子長大後，卻離我們好遙遠。」

「嗯，嗯……用俄語怎麼說來著？我都忘記了……對，移民。這是正常的，俄羅斯人可以住在他願意住的任何地方，任何他感興趣的地方。一些人從伊爾庫茨克到莫斯科，另一些人從莫斯科前往倫敦。整個世界都變成了一間客棧。」

「一個真正的愛國者會希望俄羅斯被占領，誰來占領都行。」

「我原來在國外工作，現在回到了莫斯科。我內心裡有兩種感情在鬥爭：我想生活在一個熟悉的世界，就像自己的公寓一樣，能夠閉上眼睛從書架上拿到我要的書；但我同時又渴望飛向無邊無際的世界。現在我是該離開或留下？我一直下不了決心。記得那是在一九九五年，我走在高爾基大街上，兩個女人在我前面扯著嗓子說話，我聽不懂她們在說什麼，但她們說的確實是俄語。我呆住了！就是這樣，她們說的都是新詞、新語調，還夾雜了許多南方的方言；就連臉上的表情也是……我只有短短幾年不在俄羅斯，但感覺自己已經成了陌生人。時間過得飛快，當時莫斯科是如此骯髒，哪裡有什麼首都的樣子可以炫耀！垃圾隨處亂扔，啤酒罐、包裝紙、柳丁皮、香蕉皮……大家都愛吃香蕉。現在，見不到這些情景了，大家都吃夠了。我明白，曾經讓我如此熱愛的這座城市，曾經讓我感覺自如舒適的這座城市，已經不存在了。老莫斯科人恐懼地坐在家裡，或者離開了。原本的莫斯科在消失，新居民進來了。我現在就想收拾行李馬上離開。即使在八月政變的日子裡，我也沒有如此恐懼。當時我還興高采烈呢！我和朋友兩人開著一輛破舊的日古利到白宮去發傳單，那時候我們大學裡有一台影印機，我們在那裡印傳單。我們在坦克車旁邊來來回回開車經過，記得我看到坦克上的士兵穿著帶補丁的軍裝，當時很驚訝。方塊的補丁，用螺絲釘別上的……

我不在俄羅斯的這些年，我的朋友非常興奮：『革命大功告成了！蘇聯的共產主義滅亡了！』大家都不知道哪裡來的信心，總覺得一切都會好起來的，畢竟俄羅斯有很多受過教育的人，而且是個資源最豐富的國家。但墨西哥人也很富有，民主不是用石油和天然氣交換來的，也不是像香蕉或瑞士巧克力那樣能夠運來的。你不需要頒布總統令，國家需要有自由的人們，但是過去沒有，現在也沒有。歐洲人追求民主兩百年了，就像修理草坪一樣維護著它。媽媽在家裡哭著說：『你說史達林很糟糕，但我們跟著他勝利了，你這是要背叛祖國。』一個老朋友來家裡做客，我們在廚房裡喝茶：『會發生什麼？在我們槍斃所有的共黨份子之前，什麼好事都不會出現。』還要再流一次血？幾天後，我就遞交了出國申請書。」

「我們夫妻離婚了，我要求他支付贍養費，但他一分錢都不給。女兒考上了商科大學，但我的錢不夠用。我的朋友認識了一個美國人，他在俄羅斯做生意，需要一個女祕書，可是他不想找模特兒般的長腿妹妹，想找一個可靠的人。朋友推薦了我。他對我們的生活很感興趣，但有很多不明白的地方，比如：『為什麼你們的生意人都穿漆皮皮鞋？』什麼是『擊大掌』[7]和『我們搞定一切支付一切』？不過他有一個很龐大的計畫，他認為俄羅斯是一個大市場！但最後他們用一個很簡單的方法，隨隨便便就把這個美國人搞到破產了。對他來說，真是一言難盡。他賠了很多錢後決定回美國，臨別前他請我到餐館吃飯。我以為我們只是要互道珍重而已，沒想到他端起酒杯：『讓我們乾一杯吧！你知道為什麼嗎？我在這裡雖然沒有賺到錢，但找到了一個優秀的俄羅斯妻子。』現在，我們在一起七年了。」

「我們以前住在布魯克林，到處都說俄語，還有俄羅斯商店。在美國，你出生時可以有俄羅斯助產士，可以在俄羅斯學校學習，可以為俄羅斯老闆工作，還可以去向俄羅斯神父懺悔，商店裡賣俄羅斯香腸，有葉爾欽、史達林、米高揚等多個品牌……還有豬油餡巧克力。老人在長凳上玩骨牌和撲克，也會無休止地討論戈巴契夫和葉爾欽。他們中有史達林主義者，也不乏反史達林主義者。路過那裡，你會聽到：『我們需要史達林嗎？』『是的，需要。』我知道史達林的時候，年紀還很小：五歲那年，我和媽媽在公車站。現在我知道了，那裡離KGB大樓不遠。當時我可能在鬧脾氣或大聲哭鬧，因為媽媽跟我說：『不要哭。不然壞人就會聽到我們，他們抓走了我們的外公和其他許多好人。』於是，她就開始跟我講外公的故事，媽媽需要找人傾訴。史達林去世時，我們在幼兒園，老師要求大家都要哭，只有我一個人哭不出來。外公從勞改營回來後，先在外婆面前跪下，因為她一直在替他到處申冤。」

「現在，美國也有很多年輕的俄羅斯人穿著印有史達林像的T恤，或在汽車引擎蓋上畫了鐵錘和鐮刀。他們討厭黑人……」

「我們是從哈爾科夫來的，跟那裡比起來，美國簡直是天堂，一個幸福的國家。第一印象就是，我們一直在建設共產主義，但是美國人已經建成了。一個認識的女孩帶我們去購物，我和我先生都買了牛仔褲，得找衣服打扮打扮。一瞧裙子三美元、牛仔褲五美元，真是荒唐的價格！我們嘗到了披薩的味道，喝了上等咖啡。到了晚上，我和丈夫開了一瓶馬丁尼，抽著萬寶路。我們的夢實現了！但四十歲的我們，一切要從頭開始。馬上就要放下身段，忘記自己是導演、是演員，或者畢業於莫斯科大學。剛來美國時，我在醫院當看護、端便盆、擦地板，沒撐住，後來幫兩個老人家遛狗，也曾在超市當收銀員。五月九日，對我來說是最珍貴的節日。父親當年一路打到柏林去，我一直都記得這些……一位美國老收銀員說：『我們打敗了德國人，但是你們俄羅斯人也很厲害，幫助了我們。』這就是美國人在學校裡學到的，我聽了差點從椅子上摔下來！他們哪裡了解俄羅斯？他們只知道俄羅斯人豪飲伏特加，只知道俄羅斯會下很大的雪。」

「我們去買香腸，原來香腸不像我們夢想得那樣便宜。」

「靠腦袋的精英從俄羅斯出來，而幹體力活的人湧了進去。外勞……媽媽寫信來說，他們院子裡那位塔吉克看門人已經舉家遷到了莫斯科。現在爸爸媽媽在給他打工，他成了老闆，吆三喝四，老婆生了一個又一個。遇上他們的節日，就乾脆直接在院子裡宰羊，在莫斯科人的窗戶下烤肉串。」

「我是個理性的人。所有這些多愁善感，按照外公外婆的語言來說，只是情緒問題。我不讓自己再讀俄文書籍，不瀏覽俄羅斯網站。我要和俄羅斯的一切劃清界限，不再當俄羅斯人……」

「我先生很想離開俄羅斯，但走的時候他帶了十箱俄文書，希望孩子不要忘記自己的母語。在莫斯科過海關時，所有的箱子都被打開了，搜查有無夾帶古董。海關人員發現我們帶的是普希金、果戈里的書，大笑了許久。我現在還總是打開收音機聽燈塔電台[8]，聽俄羅斯歌曲。」

「俄羅斯，我的俄羅斯，最愛的彼得堡！我好想回去，我都要哭了。共產主義萬歲！回家去！這裡的馬鈴薯，難吃死了。俄羅斯的巧克力，也是最好吃的！」

「那你也喜歡像以前那樣憑票買內褲嗎？我記得自己學習過科學共產主義課程，也通過了考試……」

「俄羅斯的白樺林、白樺林……」

「我的外甥，他的英語非常棒，還是一個電腦神童。他在美國住了一年就回家了，他說，現在住俄羅斯還更有趣。」

「我也要告訴你，國內許多人的生活已經很好了，有工作，有房子，有車子。應有盡有，但他們還是會害怕，想要離開。因為生意隨時可能被沒收，人可能無端就被抓進監獄……夜晚在大門口也有可能被人打殘。在這種法律下，沒有誰能真正過得好，無論是上級或下面的百姓。」

「阿布拉莫維奇和傑里帕斯卡[9]的俄羅斯，盧日科夫的俄羅斯……難道這也叫俄羅斯？這艘船遲早會沉的。」

「弟兄們，住要住在印度的果亞邦（Goa），但是要在俄羅斯賺錢。」

我走到陽台上。他們在這裡抽菸，並繼續相同的話題：「今天離開俄羅斯的是聰明人或蠢蛋？」當我聽到餐桌上有人唱起〈莫斯科近郊的夜晚〉這首我們曾經喜愛的蘇聯歌曲時，一度難以置信：「深夜花園裡四處靜悄悄／只有風兒在輕輕唱／長夜快過去天色濛濛亮／衷心祝福你好姑娘／但願從今後，你我永不忘／莫斯科郊外的晚上……」我回到房間時，大家還在唱，我也跟著輕輕哼唱了起來。

---

1 鮑里斯．波列伏依（一九〇八～一九八一），二次大戰時蘇聯《真理報》的戰地記者、作家，其作品《真正的人》又譯《無腳飛行員》。

2 塔拉斯．布林巴，俄國作家果戈里同名中篇小說的主人翁，是一個哥薩克英雄。

3 安德列．塔可夫斯基（一九三二～一九八六），編劇、演員及導演，被認為是蘇聯時代和蘇聯電影史中最重要和最有影響力的電影製作人。

4 世界各國的警察職銜（階）有兩種劃分方式，一個是與軍隊體系一致，另一種則不同。例如台灣的警階就和軍隊的軍階不同。而俄羅斯的警銜體系則和軍銜體系一致。

5 分別為俄羅斯作家車爾尼舍夫斯基及赫爾岑的小說。這兩個書名，都是俄羅斯人很愛問的兩個問題。

6 盧布廖夫卡，指莫斯科西郊距大環公路十五公里處的別墅區，這裡聚居著眾多俄羅斯政要和富豪。

7 俄國俚語，意為賄賂。

8 燈塔廣播電台，是俄羅斯歷史悠久且較有影響力的國家廣播電台，成立於一九六四年。

9 奧列格．傑里帕斯卡（一九六八～），葉爾欽女婿，曾蟬聯俄羅斯首富。

上帝把外人的不幸放在了你家門口

拉夫尚，外籍勞工，二十七歲

佳芙哈爾．朱拉葉娃（莫斯科塔吉克斯坦基金會主席、移民與法律中心主任）

～沒有故鄉的人，就像沒有花園的夜鶯一樣～

「我對死亡知道得很多。總有一天，我會因為我知道的一切而瘋掉。身體，只是靈魂的容器，是靈魂的小房子。根據穆斯林習俗，要儘快安葬逝者，最好就在阿拉帶走靈魂的同一天。喪家會把一塊白布掛在釘子上，懸掛四十天。靈魂晚上會回來，坐在白布上，聆聽親人的聲音，心情愉快，然後才飛走。

拉夫尚，我清楚地記得他。這是個很普通的故事：他們半年沒有發工資，在老家帕米爾，他有四個孩子，還有病重的父親。他走進建築公司的辦公室討工錢，遭到拒絕。這最後一根稻草壓垮了他，他走上台階，用刀割斷了自己的喉嚨。我接到電話，趕到太平間。我這輩子，都不會忘記他那張美得令人吃驚的臉，不可能忘記。我們為他籌錢。我至今都覺得這個內部機制很奇怪：活著時，大家一毛都沒有，人死了之後立即就拿出所需要的款項，盡全力把人送回故鄉下葬，不讓他留在異鄉。即便是口袋裡只剩一張百元盧布鈔票的人，也會全捐出去。你說，我該回家了，他們不給錢；孩子病了，他們不給錢，人死了——有了，把錢都拿去吧。他們把一袋子皺巴巴的百元盧布放在我的辦公桌上，我跟著他們一起來到俄羅斯航空公司買機票，還要找公司領導通融。靈魂自己就能飛回家，但空運棺木是非常昂貴的。」

她從桌上拿起幾頁紙，開始讀了起來：

「……員警進入一所外勞公寓，裡面住著一個懷孕的女人和她的丈夫，因為他們沒有登記證，員警當著懷孕妻子的面毆打丈夫。她後來開始出血，最後死了，而沒有出生的孩子也死了。」

「……莫斯科郊區有兄弟姊妹三人失蹤。他們的家人從塔吉克趕來，找我們幫忙。我們打電話給他們工作過的麵包店。第一次，我們被告知：『不認識這些人。』第二次，老闆親自在電話上承認：『是的，我曾僱了幾個塔吉克人。我付了三個月工資，他們在同一天辭職了。我不知道他們去哪裡了。』於是，我們報了警。最後發現，他們全被人用鐵鏟打死後埋在樹林裡。麵包店的老闆開始打電話威脅基金會：『這兒全都是我的人，我可以活埋了你們。』」

「……兩位塔吉克青年從工地被帶到醫院掛急診。整整一夜，他們躺在冰冷的急診室，沒有一個人過來看一眼。醫生都不掩飾自己的情緒：『你們這些死黑毛，為什麼要到這裡來？』」

「……防暴員警夜間從地下室趕出十五個打掃院子的塔吉克人，把他們趕到雪地上，毆打他們，用皮鞋踩踏他們，一名十五歲男孩被打死。」

「……我們接待了一位母親，她的兒子在俄羅斯死於非命，內臟全被人挖走。在莫斯科的黑市，你可以買到各種器官：腎、肺、肝、心臟、皮膚、眼角膜……」

「這些人都是我的兄弟姊妹。我也出生在帕米爾，是山民的女兒。我們那兒遍地是黃金，我們裝小麥不用袋子，而是用繡花小圓帽。滿目的高山峻嶺，處處奇特景色，如孩童般純潔天真的人，生活得無憂無慮。在我們家鄉，你好像腳踩著大地，頭頂著雲天，你顯得高高在上，彷彿不是在俗凡塵世。高山與大海不同，大海會魅惑你，把你吸引進去；但高山給你安全感，它們保護著你，是家園的第二堵高牆。塔吉克人不是喜愛戰鬥的民族，如果敵人進攻他們的土地，他們就躲到山裡去。（沉默）我最愛的一首塔吉克民歌，就是哭訴離棄親愛土地的哀傷，我每次聽到這首歌就會痛哭失聲。對塔吉克人來說，最可怕的就是背井離鄉，就是生活在遠離故鄉的地方。沒有故鄉的人，就像沒有花園的夜鶯一樣。我已經在莫斯科生活多年了，但我總是讓家鄉的事物圍繞著我：在雜誌上看到山巒疊起的圖片，一定剪下來，貼在牆上，還有盛開的杏花和白色的棉花。我經常夢到摘棉花，我打開一個盒子，一個邊緣非常鋒利的小盒子，裡面是一團白色小球，像棉花一樣，幾乎沒有重量，要小心翼翼拿出來，以免割傷手。每當早上醒來，我都會覺得很疲憊。哪怕人在莫斯科，我也要買塔吉克的蘋果和葡萄，我們的水果甜過蜜糖。小時候我的夢想，就是有一天能去看看俄羅斯的大森林和林中的小蘑菇，去看看俄羅斯人。這是我靈魂的另一部分：俄羅斯小木屋、俄羅斯烤爐、俄羅斯餡餅。（沉默）我來說說我們的生活吧，說說我自己的兄弟。在你們看來，他們都是一個樣子：黑頭髮、不洗臉，充滿了敵意，來自一個不可知的世界，是上帝把這些外人的不幸放到了你家門口。但是，他們不覺得自己來到了外人的地方，因為他們的父母曾經生活在蘇聯，那時候莫斯科是所有人的首都。在這裡，他們分到了工作和房子。有個東方諺語說：『別往你飲水的井裡吐痰。』在學校裡，所有塔吉克男孩的夢想就是去俄羅斯工作，他們跟村民借錢買票。邊境的俄羅斯海關人員問他們：『你去找誰？』他們口徑一致地回答：『找妮娜。』對他們來說，俄羅斯女人的名字都叫妮娜。可是，現在學校已經不教俄語了。他們每個人都隨身帶著禱告用的墊子。」

我們在基金會做訪談，這裡一共有幾個小房間，電話一直響個不停。

「就在昨天，我還救出了一個女孩。她居然能夠從警車上打電話給我，當時她正被員警拉去森林，她在電話上小聲對我說：『他們在街上抓了我，要把我帶到城外去。他們全都喝醉了。』她還報出了車牌號碼。因為喝醉酒，這些員警忘記了要搜她身子，所以沒有沒收她的手機。這個女孩剛剛從杜尚貝[1]來，一個很美麗的小姑娘。我是一個東方女人，小時候我外婆和媽媽就已經告訴我如何跟男人談話。外婆告訴我：『不能夠以火攻火，只能智取。』我打電話到分局：『親愛的，聽著，現在發生了一件奇怪的事。你們的弟兄不知道要把我們的女孩帶到哪去，而且他們都喝醉了。為了不讓他們做出悔恨莫及的事，請您給他們打個電話吧。車牌號碼我們已經知道了。』電話另一頭傳出一連串的謾罵聲：『這些樹椿子，這些黑猴子。』他們還在議論著：『昨天剛剛從樹上爬下來的野猴子，你們在他們身上浪費什麼時間……』『親愛的，你給我聽好了，我也是這樣一隻黑猴子，但我和你媽媽沒兩樣……』那邊頓時沒話說了！畢竟電話那頭的，也是個人，而我總是對此抱有希望。一句話接一句話，於是我們開始了交談。過了十五分鐘，那輛汽車掉頭，把那個小女孩送了回來，他們有可能會強姦她並殺害她的。我曾在樹林裡撿拾過很多這樣的女孩屍骨，不止一次。您知道我是誰嗎？我是一個煉金術士……我們是非營利組織：沒有錢，也沒有權，有的只是一些善良的人，我們的志工。我們幫助和援救無依無靠、無處求救的人。充滿希望的結果正是來自於絕望，來自於意志，以及來自於直覺，來自於東方式的奉承討好，來自於俄羅斯式的憐憫，來自於這些普通的話語，比如：『親愛的』、『你是個好人』、『我知道你是個真正的男子漢，你一定會幫女人的』。我對這些佩帶肩章的性虐待狂說：『弟兄們，我相信你們，我也相信你們的為人。』我曾經和一名高級警官有過一次長談，這個人不是白痴，也不是一個粗鄙的武夫，而是一個看上去很有文化的男人。我對他說：『您知道，您手下有一個真正的蓋世太保，他對嫌犯嚴刑拷打，所有人都怕他。從流浪漢到外勞，只要落在他手裡，就會被打成殘廢。』我以為他聽到我說的話會很吃驚或惶恐，他總應該捍衛員警的榮譽吧。沒想到他笑著看了我一眼，對我說：『請把這個人的姓名告訴我，做得好！我們要提拔他，要獎勵他。我們要保護這樣的有力幹部，我要給他嘉獎。』我當場呆住了，他繼續說：『我就坦率地說吧，我們是故意的，要讓你們這些人無法忍受，儘快離開莫斯科。現在城市裡有兩百萬外勞，我們消化不了這麼多突然湧進來的人口。你們的人實在太多了。』（沉默）

莫斯科真的很美，走在莫斯科街上，你都會不由自主地讚嘆：『多麼好的莫斯科，如此美麗，堪稱歐洲的首都！』但我卻感受不到這些。我一邊走，一邊看著那些新建的高樓大廈，然後尋思：『這裡曾經死了兩個塔吉克人，他們從樓梯上摔了下來；那邊有個塔吉克人被人封在水泥裡……我記得他們為了掙一些微薄的工錢而辛勤工作，卻遭到所有人勒索：官員、員警、辦公人員。一個打掃院子的塔吉克人，簽約時的工資是三萬盧布，但是拿到手的只有七千，剩下的都被奪走了，被不同的上級瓜分了。法律完全不管用，代替法律的是美金和弱肉強食，小人物是最無助的，森林裡的動物所受到的保護都比他們強。你們的森林是來保護野生動物的，而我們則靠大山來保護。（沉默）我大半輩子都是在社會主義制度下度過的，現在我還記得我們是怎樣把人理想化，那個時候的我把人性想得多麼美好。在杜尚貝時，我在科學院工作，研究藝術史。我以為書中那些人對自己的描述都是真的。但事實是，只有很小一部分是真實的。我現在已經不再是理想主義者了，我知道的太多太多了。有個女孩經常來找我，她有精神疾病，本來她是我們塔吉克一個很著名的小提琴家。她為什麼會發瘋？或許是因為別人經常對她說：『拉小提琴，你也配？你會兩種語言又有什麼用？你的工作不就是清潔房間、打掃院子。你在這裡的身分，就是下人奴僕。』這個女孩已經不再拉小提琴了，她完全忘了。

我這兒還有一個小夥子。員警在莫斯科郊外的某個地方抓到他，搶了他的錢，但他的錢不夠多，員警大為光火，就把他帶進森林裡毆打他。大冬天的，他們剝光了他的衣服，只留下一條短褲。他們哈哈大笑，又撕爛了他所有的證件。他把這些都講給我聽。我問他：『那你是怎麼得救的？』『我想我要死了，就光著腳在雪地裡奔跑。突然間，就像童話故事寫的一樣，我看到一間小木屋。我敲了敲窗戶，出來一個老爺爺。這個老爺爺為我圍上一張羊皮，讓我暖和過來，又給我倒茶，還給我吃果醬。他送我衣服，第二天把我送到一個村莊裡，在那兒找到一輛卡車，把我帶到了莫斯科。』這個老爺爺，他也是俄羅斯人啊！」

隔壁房間有人喊：「佳芙哈爾．康季羅夫娜，有人找你。」等她回來之前，得空我又回憶起在莫斯科公寓裡聽到的一些事情。

在莫斯科的公寓裡

「這些人又湧來了，俄羅斯人真是善良啊！」

「俄羅斯人民很善良？這真是一個天大的誤會。他們有同情心，也多愁善感，但是並不善良。他們會殺死一條看門狗，還錄影上傳，整個網路都炸開來了。他們還組織了私刑法庭，在市場裡燒死了十七個外勞。他們的老闆夜裡鎖死了貨櫃車，把他們和貨物關在一起。最後，只有人權人士出面為他們爭取公道，也只有這些對所有人都能夠一視同仁的組織，才會出來幫他們說話。社會情緒是這樣的：即便這些人死了，還會進來另一批人取而代之。無法分清楚誰是誰的臉孔，聽不懂的語言，反正他們都是外來人口。」

「這些都是奴隸，現代奴隸。他們所有的財產，就是身上的器官和一雙運動鞋。但他們在故鄉的境況，比起在莫斯科最糟糕的地下室還要糟糕。」

「有一頭熊來到莫斯科過冬，牠專吃外勞，有人還統計被吃掉的人數……哈哈哈。」

「在蘇聯解體之前，我們都生活在一個大家庭中，這是我們以往在政治課上所接受的教育。那個時候，他們都是『首都的客人』，而現在卻被罵成『死中亞矮子』和『土高加索佬』。我爺爺和我講過，他如何與烏茲別克人一起在史達林格勒浴血奮戰，那時大家都堅信兄弟情誼萬歲！」

「你說的話真讓我感到驚訝，當初不就是他們自己鬧著要脫離蘇聯獨立的嗎？他們想要自由，你難道忘了？你還記得在九〇年代，他們是怎樣殺俄羅斯人的嗎？搶劫、強姦、驅趕、深夜裡破門而入……拿著刀子、拿著槍就闖進我們的家門：『滾出我們的土地，俄羅斯畜生！』只給五分鐘收拾東西，免費送到最近的車站。人人穿著拖鞋從住宅裡逃了出來，那個時候就是這樣……」

「我們可清楚記得我們的俄羅斯兄弟姊妹所遭受的侮辱呢！讓那些可惡的中亞短腿狗都去死吧！雖然要喚醒我們這頭俄羅斯熊很困難，可一旦這隻熊重新站起來，就要血流遍地了。」

「俄羅斯槍托痛擊過高加索人的臉，那麼誰是下一個呢？」

「我痛恨那些光頭黨，他們只會做一件事，就是用球棒或錘子把塔吉克的看門人往死裡打，但人家什麼都沒做啊。在示威遊行中，他們狂喊：『俄羅斯是俄羅斯人的，莫斯科是莫斯科人的。』我媽媽是烏克蘭人，爸爸是摩爾多瓦人，我的外曾祖母有俄羅斯血統。你說我是什麼人？他們本著哪條律法，要把非俄羅斯人驅逐出俄羅斯？」

「三個塔吉克人可以換一台卡車，哈哈哈……」

「我很想念杜尚貝，我是在那裡長大的。我在那裡學習了波斯語，那是詩人的語言。」

「如果你悄無聲息地穿過城市，默默拿著標語——『我愛塔吉克人』，臉上立刻就會吃一頓飽拳。」

「在我們家旁邊有一個建築工地，那些高加索佬到處流竄，像老鼠一樣。因為他們，附近居民晚上都不敢外出買東西了。為了一部廉價手機，他們就能殺人越貨。」

「啊哈！我有兩次被搶的經驗，都是俄羅斯人幹的，地點就在家門口。為什麼上帝特許的這個民族會這樣暴打我？」

「難道你願意把女兒嫁給一個外來移民嗎？」

「這是我生長的城市，是我的首都。但是他們帶著自己的法典教義來到這裡，在我家窗外殺羊過宰牲節。他們怎麼不到紅場去？可憐的動物痛苦地哀叫，鮮血四濺。你進城去看一看，馬路上都是一灘灘的血水。我帶孩子出去，他問我：『媽媽，這是什麼？』這一天，整個城市都『變黑』了，已經不是我們的城市了。他們幾萬人從各處地下室湧了出來，員警嚇得都躲進了圍牆裡。」

「我的男友是塔吉克人，他叫賽義德，長得就像雕像一樣的俊俏！他在自己的家鄉是個醫生，但是在我們這裡，他只能在建築工地打工。他一開口說話，我就愛上了他。但怎麼辦？我們每次約會都只能逛公園或到城外去，以免被我的熟人看到。我害怕父母，我父親曾經警告我：『如果你和黑毛鬼在一起，我就把你們兩人一起打死。』我父親是誰？他是個音樂家，從音樂學院畢業的。」

「要是黑毛鬼和金髮女孩在一起……對不起，那是我們的女孩，應該要把這些人閹了。」

「為什麼我會如此厭惡他們？因為棕色的眼睛，因為鼻子的形狀，就這麼簡單。我們每個人都會討厭什麼人，比如鄰居、員警、有錢人，還有愚蠢的美國佬……」

～我見過民眾暴動，一輩子都讓我心驚膽戰～

午餐後，我和佳芙哈爾一起用塔吉克茶碗喝茶，繼續此次訪談。

「總有一天，我會因為我的回憶而瘋掉的。

一九九二年，我們大家所渴求的自由沒有出現，內戰倒是開始了。庫洛布人殺帕米爾人，帕米爾人殺庫洛布人，卡拉特金人、希薩爾人、加爾梅人……可說四分五裂。房子的外牆上掛著標語：『俄羅斯人滾出塔吉克』、『共產黨滾回莫斯科』、『這裡不再是我最愛的杜尚貝了』……走上街頭的人手裡拿著鐵棍和石頭，原本和平安靜的人，如今都成了殺手。昨天他們還是另一種人，還在茶館安靜地喝著茶，現在卻用鐵棍當街暴打女人的肚子，砸毀商店和小賣部。我去了大市集，金合歡花樹上四散披掛著帽子和衣服，地上橫七豎八躺了好多人，就像動物一樣。（沉默）我記得，那是一個美麗的早晨，讓我一時片刻忘記了戰爭，好像一切都可以回到從前。蘋果樹開花了，杏樹結果了……戰爭沒了。但是，當我打開窗戶，看著黑壓壓的人群全都沉默地走著，突然一個人轉過頭，我和他的眼神對上了。很明顯，這是個一窮二白的人，這傢伙的眼神告訴我：『我現在就可以衝進你美麗的家裡，去做任何我想做的事，我們的時代到了。』這就是我從他的眼神裡讀到的一切，我嚇壞了，趕緊關上窗戶，拉上所有窗簾，把所有門反鎖，躲藏到最裡面的房間。他的眼神充滿了狂熱，人群中潛伏著魔鬼的激情。我害怕回憶起這一切。（哭）

我看到一個俄羅斯男孩被打死在院子裡，沒有人出來，家家戶戶都緊閉著門窗。我穿著浴袍跳出來：『放過他吧！你們已經把他打死了。』他一動也不動地躺著，那些人離開了。但是很快地，他們又回頭一陣暴打，他們都是和他一樣的男孩子，都是年紀輕輕的男孩。我打電話報警，過來的警察一看到挨打的人，就轉身走了。（沉默）不久前我去莫斯科某家公司辦事情，聽到有人說：『我愛杜尚貝，一個很有趣的城市！我想念這個城市。』我真的很感激這個俄羅斯人！除了愛，什麼也救不了我們。真主不聽邪惡的祈禱。阿拉教導我們：『不要打開你無法關上的門……』（停頓）他們殺死了我的一個朋友，他是一名詩人。塔吉克人喜歡讀詩，每家都至少有一兩本詩集，在我們家鄉，詩人就是聖人，你不能隨便觸摸他。但他們卻把他打死了！在他被殺害之前，他們還砍斷了他的手臂，因為他寫的東西。沒過多久，又有一個朋友遇害。他的身體沒有任何傷痕，沒有傷口，但他們打爛了他的嘴，就因為他說過的話。那是在春天，他說：『陽光如此明媚，如此溫暖，人們卻在互相殘殺……』平民都想逃進山裡躲藏。

所有人都離開了家園，遠走他鄉，逃難去了。我們的朋友住在美國舊金山，他們打電話讓我過去，他們在那裡租了一間小公寓。太平洋很美，無論你走到哪裡，觸目所及都是海景。但我卻整天坐在岸上流淚，什麼事情都沒法做。我是從戰爭中走過來的，在那裡，人會為了一袋牛奶殺人。有一位穿著閃亮足球衣的老人，捲著褲管在岸邊散步，他在我旁邊停下腳步：『你怎麼了？』『我的國家發生戰爭，兄弟相互殘殺。』『留在這兒吧。』他說，『海洋和美景能療癒你……』他安慰我很久，我哭了。這樣善良的話語，我的第一個反應是流淚，淚水就像小溪一樣不斷流下。我哭得比聽到槍戰、看到流血時還厲害。

但我不能住在美國。我急欲回到杜尚貝，即使危險，我也想離家更近些。於是，我就搬到了莫斯科。我住在一個女詩人家裡，聽她沒完沒了地發牢騷：『戈巴契夫只會說大話，葉爾欽是酒鬼，而人只是牛馬……』這些話我聽了不下千次！女主人要收走我的盤子，我說沒關係，我只需要一個盤子，不管盛的是魚或餡餅，因為我是從戰爭中走過來的人。另一個作家的冰箱裡是滿滿的乳酪和香腸，而塔吉克人早已經忘了這是什麼了。又是一整晚，我聽著大家乏味的抱怨：『政府很壞，不管是民主份子和共黨份子都一樣……俄羅斯資本主義是吃人主義……』但沒有人行動，大家都在等待即將發生的革命。我不喜歡這些在廚房裡宣洩的絕望情緒，我不是他們的一員。我見過的民眾暴動，一輩子都讓我心驚膽戰。我深知無知者手中的自由有多可怕。動亂總是以流血結束。戰爭是一隻惡狼，牠也可能闖進你們的家裡……（沉默）

你應該曾在網路上看過一些畫面，它們讓我完全無法正常思考。我在床上躺了一個星期，痛苦地想著為什麼有人殺了人，還拍下這些畫面。他們當成拍電影，有劇本、分配角色，而現在需要的是觀眾。我們被迫去觀看這些……一個男孩走在街上，是我們塔吉克人。他們喊他，他就走了過去，然後他們就用球棒把他打倒在地，一開始他還在地上打滾，然後就沒了聲音。接著，他們把他捆起來，扔進後車廂，拖進森林裡綁在樹上。接下來，你會看到他們在調整拍攝角度，需要一個好的構圖。他們要砍了他的頭，怎麼做？砍頭，這是東方人的儀式，不是俄羅斯的。也許他們是車臣人。我記得，有一年他們是用螺絲起子殺人，然後用三齒叉，接著是用管子和錘子，總是用鈍器把人活活打死。現在，這成了一種新時尚……（沉默）這次我們找到了凶手，他們要接受審判。這些男孩都是出身普通家庭，他們今天殺害塔吉克人，明天就會砍殺富人或其他禱告的人。戰爭是一匹惡狼，而牠已經來了。」

在莫斯科的地下室裡

我們選了一棟房子，就在莫斯科市中心的史達林大樓。這種樓房是史達林時期為布爾什維克精英建造的，因此稱為「史達林大樓」，到現在都還很值錢。房子符合史達林式的建築風格：粉刷的外牆、浮雕、廊柱，公寓內是三、四公尺高的天花板。前領導人的後代沒落了，後起之秀的「俄羅斯新貴」搬了進來。院子裡停著賓士和法拉利，一樓精品店的櫥窗亮著燈。

樓上是一種生活，地下室則是另一個世界。我和熟悉的記者朋友來到地下室，我們在生鏽的水管和發黴的牆壁之間繞了很久，時不時被滿是塗鴉的大鐵門擋住去路，大門上了鎖和封條，但也形同虛設，象徵性地敲幾下，就可以通過。地下室生氣勃勃，長長的走廊安裝了電燈，房間兩邊用膠合板代替牆，色彩斑斕的窗簾代替了房門。莫斯科的地下室通常是塔吉克人和烏茲別克人合租使用，我們來到塔吉克人住的地方，每個房間擠了十七到二十個人，像是公共宿舍。有人認出了我的「導遊」——他不是第一次來這裡，於是他們邀請我們進了門。我們進入一個房間，入口處的鞋子堆積如山，還有嬰兒車。角落裡有一個燒瓦斯罐的爐子，旁邊擠放著移民從附近垃圾場撿來的桌椅。其餘空間，全都是自製的雙層床鋪。

正是晚餐時間。十個人坐在桌邊，一個個介紹：阿米爾、胡爾希德、阿里……那些年紀大些的，在蘇聯學校學過俄語，說俄語不帶口音。但年輕人不懂俄語，只是微笑不語。我們的到來，他們顯然很高興。

阿米爾讓我們坐在餐桌旁，他過去是個老師，在這裡最受尊重。

「我們先簡單吃一些吧。請嘗嘗我們的塔吉克抓飯，很好吃的！塔吉克人的習慣是：如果在自家附近遇到某個人，就要讓他到家裡來，請他喝一碗茶。」

我不能打開錄音機，他們害怕錄音，所以我拿出了紙筆。他們對作家本能的尊重，幫助了我。他們有些人來自村莊，有些人來自山裡，一起在這個大都市裡討生活。

「莫斯科很好，這裡有很多工作機會，但是生活讓人害怕。我走在街上，即使是白天，我也不敢看那些年輕人，這可能會招來殺身之禍。我天天都祈禱。」

「有一次下班回家搭電車時，有三個人朝我走過來。『你在這裡做什麼？』『我要回家。』『你家在哪兒？誰讓你到這裡來的？』他們開始打我，一邊打一邊喊道：『俄羅斯是俄羅斯人的，光榮屬於俄羅斯！』我說了聲：『弟兄們，你們怎能這樣？真主會看見一切的。』『你的真主在這裡可看不到你。我們這兒有自己的上帝。』我牙齒被打落，肋骨骨折。全車人都無動於衷，只有一個女人站了出來：『放開他！他又沒有惹你們！』『關你什麼事？我們是在打死中亞佬呢！』」

「拉希德被殺了，他們捅了他三十刀。你告訴我，為什麼要捅三十刀？」

「都是真主的意志，窮人騎著駱駝也要被狗咬。」

「我爸爸在莫斯科讀過書，如今他還日夜為蘇聯哭泣。他曾夢想著我也能在莫斯科念書，但是在這裡我卻被警察打、被老闆打，像貓一樣住在地下室裡。」

「我才不會為蘇聯可惜，我們的鄰居寇里亞大叔，他就是俄羅斯人。那時候，每當我媽媽用塔吉克語回答他時，他就會對我媽大吼大叫：『要講正常的語言。土地是你們的，但權力是我們的。』媽媽聽到就哭了。」

「今天我做了一個夢。我走在家鄉的大街上，鄰居都來向我鞠躬：『真主保佑您。』我們村子裡現在只剩下了婦女、兒童和老人了。」

「在家鄉，我的工資是一個月五美元，我要養活妻子，還有三個孩子。在村子裡，大家已經好多年沒有見過白糖了。」

「我沒有去過紅場，沒有見過列寧。每天就是工作，工作！每天和鐵鍬、鐵鎬及擔架打交道。工作一整天，就像一顆西瓜只往外流著汗水。」

「我曾經付錢給一個少校辦理身分證明，還對他說：『願真主賜給你健康。你真是一個好人！』沒想到這些證件都是假的。他們把我關進『猴子籠』，拳打腳踢，還用鐵棍打我。」

「沒有身分證明，就不算是人。」

「沒有祖國的人，就像流浪狗一樣，誰都能欺負你。員警一天十次地叫住我們檢查：『出示身分證件。』有時候還故意找碴，你要是不給錢，就打你。」

「我們是誰？建築工、搬運工、清潔工、洗碗工……我們在這裡不可能當經理。」

「我往家裡寄錢，媽媽很滿意。她為我找了個漂亮女孩，但我還沒有看到，是媽媽選的。等我回去就結婚。」

「整個夏天我都在莫斯科為有錢人工作，但他們卻不給我薪水：『滾吧！走吧！我們還供你飯吃了呢。』」

「當你擁有了一百隻羊時，你就有理了，你就永遠是對的。」

「我一個朋友也是找老闆要薪水，然後就失蹤了。員警找了很久，後來在樹林裡挖到他的屍體，他媽媽從俄羅斯等回來的是一口棺材。」

「要是把我們趕走了，那誰來建設莫斯科？誰來打掃院子？俄羅斯人付給我們這些錢，讓他們自己不用幹粗活。」

「閉上眼睛，我就能看到家鄉的灌溉渠道，棉花開花了，淡粉色的花瓣，就像一個大花園。」

「你知道我們那裡曾經爆發過一次大規模戰爭嗎？蘇聯解體後馬上開打，誰有槍誰就能過好日子。上學途中，我每天都會看到兩三具屍體。我媽媽不讓我去學校，我就坐在家裡看海亞姆[2]的書。我們那兒都讀海亞姆的書。你知道他嗎？如果你知道，你就是我的姊妹。」

「他們殺死異教徒。」

「真主自己會評判，誰是對的，誰是錯的。將由他來判斷。」

「我那時還很小……我沒有開過槍。媽媽告訴我，戰爭以前是這樣生活的：婚禮上，有人說塔吉克語，有人說烏茲別克語，有人說俄語。誰想祈禱就祈禱，誰不想就不祈禱。大姐，我想問您，為什麼人這麼快就學會了互相殘殺？大家在學校裡讀的都是海亞姆、普希金啊！」

「人民就是駱駝隊，必須用鞭子驅趕。」

「我在學俄語，你聽聽看：漂亮的女海子、免包、京錢，老闆痕壞……」

「我來莫斯科五年了，從來沒有人向我問過好。俄羅斯需要黑髮仔，這樣他們才能感覺自己是個白人，可以居高臨下地看著我們。」

「就像所有的黑夜都會迎來清晨一樣，所有的悲哀也有終結的一天。」

「我們的女孩才叫漂亮，難怪我們都把她們比作石榴。」

「一切都是真主的意志。」

出了地下室，現在我會以不同的眼光看待莫斯科。對我來說，她的美麗是冰冷無情且令人不安的。莫斯科，大家還愛不愛你，你都無所謂嗎？

---

1 塔吉克的首都。塔吉克是面積最小的中亞國家，一九一九年建立蘇維埃政權，一九二九年成立塔吉克蘇維埃社會主義共和國，加入蘇聯，直至一九九一年才宣布獨立。

2 歐瑪爾．海亞姆（一〇四八～一一二二），波斯詩人、哲學家及天文學家。

生活就是婊子，白色小瓶中的一百克粉末

塔瑪拉．蘇霍維伊，餐廳服務生，二十九歲

「你，生活就是婊子，不會給你帶來禮物。在我這一生中，從來沒見過任何良善和美好的事。我想不起來，就是殺死我都想不出來！我服過毒也上過吊，試圖自殺過三次，最近我又割腕（給我看她纏著繃帶的手腕），就在這裡，在這個地方。他們把我救回來了，我睡了整整一個星期。沒有別的，就只是睡覺、睡覺，我的身體要的就是這樣。後來，來了一名精神科醫生，就像你這樣的人。她要求我開口說話，要說話，不停說話才行。但有什麼可說的？我連死都不怕了。你不應該陪我坐在這裡的，沒有用的！（她轉身面牆，沉默不語。當我想要離開時，她又叫住了我。）好吧，我就跟你說說，這些全都是事實。

還很小的時候，一放學回家我就躺著，早上也不想起床。家人帶我去看醫生，但醫生做不出診斷。我們只有去找巫醫，有人給了我們一個地址。那個巫醫排了一下紙牌，對媽媽說：『你女兒是中邪了。回家後，把你女兒睡的枕頭拆開，裡面會找到一條領帶和雞骨頭。請把領帶掛在路邊的十字架上，而雞骨頭就扔給一隻黑狗吃，你女兒就會好起來了。』在我的人生中，從來沒發生過好事。割腕也就是雞屎大的鳥事，我只是厭倦了與生活拚搏。從小我就是這樣子生活的，家裡的冰箱只有伏特加。我們村子裡的人，都是從十二歲就開始喝酒。好的伏特加太貴，所以我們就喝自釀酒，也喝古龍水、清潔液和丙酮，還從鞋油和膠水中提煉伏特加。有的年輕人因為喝酒

死了，當然是中毒身亡。還有一位鄰居，我記得，他喝醉後會用槍射擊蘋果樹，搞得大家都緊張兮兮，像在備戰一樣。我爺爺喝酒喝到老，七十歲時還可以一晚上喝掉兩瓶，為此經常自我吹噓。他是帶著獎章從戰場回來的，是個戰鬥英雄。很長一段時間，他都穿著軍大衣，喝著酒，到處狂歡。家中裡裡外外都是我奶奶一個人在張羅，因為爺爺是英雄。爺爺還經常毆打奶奶，我就爬到他面前跪下，求爺爺不要碰奶奶。他也經常高舉著斧頭追趕我們，我們就在鄰居家輪流過夜，有時就睡在倉庫裡。他把我們家裡的狗狗砍死了。因為爺爺的行為，我開始討厭所有的男人，只想一個人過日子。

進了城，我害怕一切：不管是汽車或是人。但是大家都往城裡跑，我也不例外。我大姊住在這兒，是她把我帶來的：『你先到職校讀點書，然後去做個服務生。你長得這麼漂亮，親愛的，以後給自己找個軍人當老公，找個飛行員。』啊哈，還找個飛行員呢。我的第一任老公是個瘸子，小個頭。朋友都勸我：『他根本配不上你，不是還有很多小夥子在追求你嗎？』一直以來，我特別愛看戰爭片，看那些女人如何等待丈夫從前線回來，哪怕他們缺腿缺胳膊也沒關係，只要能活著回來就好。奶奶跟我講過，有個失去雙腿的男人回到我們村子，他的妻子每天就抱著他走進走出的。他天天酗酒，胡作非為，爛醉後躺在溝渠裡，她就把他抱回家，在浴盆裡洗乾淨，放到乾淨整潔的床上。我想這就是愛情吧，雖然我不明白愛情是怎麼回事。我對我先生心存憐憫，常和他溫存親熱，為他生了三個孩子。不料他卻開始酗酒，拿刀子威脅我，不讓我在床上睡覺，我只好睡在地上。我已經開始產生條件反射，就像巴夫洛夫的狗[1]一樣。只要他在家，我就帶著孩子離開。想起這一切，我就忍不住掉眼淚，開始咒罵這一切。我的生活裡，從來沒有美好的事。美好只存在於電影中，存在於電視裡。真的，就是這樣。我只想坐下來和某個人一起做夢，一起開心。

我懷第二個孩子時，收到一封電報：『父亡。速歸。媽媽。』在此之前，我在火車站遇到一個吉卜賽女人，她預言說：『長路漫漫，在你父親的葬禮上你會哭很久。』我當時根本不相信她的話，我爸爸的身體是那麼健康。我母親每天從早上就開始醉醺醺，不停地灌酒，只有我爸爸一個人擠牛奶、熬馬鈴薯，全都是他一個人做。爸爸非常愛媽媽，媽媽究竟給爸爸灌了什麼迷魂湯，只有她自己知道。我回到家鄉，坐在爸爸棺木旁痛哭失聲。一個鄰居女孩在我耳邊悄悄說：『你媽媽用鐵爐蓋打死了你爸爸。』她不讓我聲張，所以我什麼也沒說。我一時間頭暈目眩，一陣噁心，是因為害怕，因為恐懼。等到所有人都走了，房子空了，我就去查看父親的遺體，尋找傷痕。他身上沒有瘀青，只有頭上有一大塊擦傷。我指給媽媽看，她跟我說是爸爸砍柴時被飛起的柴棒擊中的。整個晚上，我都坐在棺木旁流淚，總覺得爸爸想要對我說什麼。但媽媽也沒有離開，她徹夜都很清醒，不想把我一個人留在房間裡。到了早上，我看到爸爸的睫毛下流出了帶血的淚水。一滴、兩滴，眼淚流出來了，就像他還活著一樣。真是可怕！當時是冬天，墓地要用鋼撬棍鑿出墓坑，在此之前先要把土地烤熱。我們在坑裡點燃了樺木枝和汽車輪胎，男人還要求一箱伏特加。才剛把父親下葬，母親又喝醉了，坐在那兒快快樂樂的。只有我在哭，因為所發生的一切，我淚如泉湧。她是我的親生媽媽，是她生了我，本該是我最親的人。我剛剛離開村子，她就賣掉了房子，燒掉了穀倉，為的是得到一筆賠償金。接著她就跑到城裡來找我。在這裡，她又找到了另一個男人。那個男人趕走了自己的兒子和媳婦，把公寓轉到她的名下。媽媽很會引誘男人、迷惑男人，這方面她挺拿手的……（她搖動那隻受傷的手，像孩子一樣）而我的男人卻拿著錘子追打我，兩次砸破了我的頭。只要有瓶伏特加和幾根醃黃瓜，他就跑得不見人影。他到底在做些什麼？孩子天天餓肚子，但我們只能吃馬鈴薯，只有過節才能吃馬鈴薯加牛奶或小小的鯡魚。他回家時，只要我想和他說點話，一個玻璃杯就砸到我臉上來，或把椅子砸到牆上。但是，夜裡他又會騎到我身上，就像一頭發春的野獸。我的人生，從來沒有什麼好事，一絲一毫都沒有。我帶著被痛揍的傷和一臉浮腫的淚痕去工作，還必須強顏歡笑，點頭哈腰。餐廳經理打電話到包廂，他說：『我們這裡不需要你的眼淚，我老婆都已經癱瘓兩年了。』然後，他偷偷把手伸到我的裙子下。

母親和繼父在一起不到兩年，有一天她忽然打電話給我：『來一下吧，幫我個忙，我要把他送到火葬場去。』我嚇得差點暈了過去。清醒過來馬上就想到：『我必須過去一趟。』但腦子裡突然又產生了一個念頭：『是她殺的嗎？』把他殺死了，公寓就是她一個人的了，可以隨她怎麼喝酒、瞎晃。所以，現在才要匆匆忙忙地送到火葬場火化，趁他的孩子還沒回來。他的長子是個少校，從德國趕回來後，只見到了一捧骨灰，白色小瓶中的一百克粉末。由於種種驚嚇，我的月經停了，兩年都沒來。等月經重新開始時，我去找了醫生：『請幫我動手術，拿掉卵巢子宮，我不想做女人了，也不想做妻子和母親！』那是我的親生媽媽，是她生下了我，我本想好好愛她的。小時候，我經常和媽媽說：『媽咪，親我一下吧。』但她總是喝得酩酊大醉。父親上班時，家裡總是擠滿了醉漢，有個人還要把我拉上床，那年我才十一歲。我把這些告訴母親，但她只是對我大吼大叫。喝啊，喝啊，媽媽一輩子都是無酒不歡。這樣的喝法理應早該死了，但我不願意她死。她五十九歲那年，動手術切除了一邊的乳房，一個半月後又切除了另一邊。但她又找到了一個年輕的情人，一個比她小十五歲的情人。那個年輕人哭著說：『去找找女巫吧，請她救救您吧！』她的情況愈來愈糟糕，那人盡心盡力照顧她，把她背在自己身上，還給她擦洗身子。她不認為自己會死，但她又說：『如果我死了，就把一切都留給他，包括公寓和電視。』她就是想傷害我和姊姊，真是邪惡。她享受生活，貪婪地生活。我們把她送去女巫那兒算命，從汽車上把她抱下來。女巫為她禱告，一張一張抽出紙牌。看著看著，女巫從桌旁跳了起來：『快把她帶走吧！我治不了她。』媽媽對我們大叫：『你們都走開。我想一個人留下來。』但是女巫說：『你們都要留下來！』女巫不放我們走，又繼續看著紙牌說：『我治不好她的病，她不止一次地把人送到了陰曹地府。』她生病時，曾經去過教堂，但是折滅了兩支蠟燭。母親說：『我是去祈求孩子的健康……』女巫說：『你表面上說是要為孩子求平安，但實際上你是想讓孩子代替你去死。你以為如果把她們送給了上帝，你自己就能活下來。』聽過這些話之後，我就再也沒有單獨跟母親在一起過。我很害怕，因為我知道自己是弱者，她會打敗我。我帶著大女兒去看她時，就連女兒肚子餓了想吃飯，都會惹我母親生氣。她覺得自己都快死了，還有人卻照常吃東西，照常活下去，她無法容忍。她用剪刀剪碎了床上的新床單和桌上的桌布，為的只是她死後也不讓別人用。她還摔碗砸盤子，凡是能夠打爛的東西全都搗毀。廁所也不能帶她去，她會故意尿在地板上、尿在床上，好讓我跟在後面打掃。她這是在報復，就因為她快要死了，而我們會繼續活下去，繼續走路，繼續交談。她痛恨這一切！連窗外飛過的鳥兒，她都想殺。春天到了，她的公寓在一樓，丁香氣味四處飄散。她使勁呼吸、呼吸，總是吸不夠。『從園子給我折一根樹枝來吧。』有一次她請求我。我帶回一根樹枝給她，可是她一拿到手裡，樹枝瞬間就枯萎了，葉子也捲曲了。然後她對我說：『讓我拉住你的手。』女巫曾經告誡過我，作惡之人會死得很慢、很痛苦，臨終前要拆卸天花板或拆除房間的窗戶，否則靈魂將無法離開，無法脫離身體。還有，任何情況下都不能把手給這種人，否則就會被傳染。我問母親：『你為什麼要拉我的手？』她默不作聲，把手縮了回去。末日將至，她卻仍然不告訴我們她的壽衣在哪裡，不告訴我們她為葬禮而攢的錢在哪裡。我很害怕，害怕晚上她會用枕頭悶死我女兒。不僅如此，我就是閉上眼睛，也會不由自主地想偷窺：她的靈魂會怎樣離開她的身體？這個靈魂會是什麼樣子？是明亮的或是模糊的？人對靈魂有各種描述，但從來沒有人真正見過。一大早，我就跑到商店，請求鄰居來陪我。母親死的時候，鄰居抓住了她的手。臨終前最後一分鐘，她又喊了一些別人聽不懂的話，喊了什麼人的名字。喊誰呢？鄰居也沒記住，聽來像是個陌生的名字。我親手幫她洗淨身子、換了衣服，沒有任何感覺，就像一件東西，就像一個鐵鍋。我對她沒有任何感情，感情早都沉潛到不知哪裡去了。她的朋友來看了，竟把電話偷走了……所有的親友也都來了，我表姊特地從鄉下趕來，看到母親躺在那兒，她上去撥開了媽媽的眼睛。『你為什麼要去碰亡母呢？』『我要她記住，童年時她是怎樣羞辱我們的。她就是喜歡讓我們哭。我恨她。』

親友們聚在一起罵她，夜裡就開始瓜分她的遺物，她還躺在棺材裡呢。有的把電視打包，有的把縫紉機捆好，有的把金耳環從遺體上摘下來。他們還到處找她的錢，但沒有找到。只有我坐在一旁哭泣，甚至開始可憐起她來。第二天火化後，我們決定把骨灰盒帶回鄉下，埋在父親旁邊，儘管我母親不願意。她生前就囑咐過不要把她和父親葬在一起，一定是因為害怕。到底有沒有另一個世界呢？她會在某個地方與父親相遇嗎？現在我已經不太掉眼淚了，連我自己都感到驚訝，我對一切愈來愈冷漠，對於生死、對於善惡，我都不在乎了。當命運不喜歡你時，不管怎麼努力，你都不會得救；而命中注定之事也逃不過。我曾經住在姊姊家，後來她再婚嫁去了哈薩克。我愛姊姊，我的內心彷彿得到了某種暗示：『姊姊不能嫁給那個人。』不知怎麼回事，我就是不喜歡她的第二任丈夫。但姊姊說：『他是一個好人。我心疼他。』十八歲那年，他曾經因為酒醉鬥毆而砍死了人，判了五年刑期，只關了三年就放出來了。他開始經常到我們家來，總是帶著禮物。他的母親看到我姊姊，也是又哄又勸的。她這樣說服姊姊：『男人嘛，總是需要一個保母。對丈夫而言，一個好妻子就有點像是母親。孤獨的男人會變成一隻狼……是趴在地上吃東西的狼。』姊姊信了他們的話，她也和我一樣心軟。姊姊說：『只要和我在一起，他就能成為好人。』葬禮之前，我和他們還一起幫媽媽守靈。當時他和姊姊看上去那麼要好，我甚至都嫉妒了。但是短短十天後，我就收到一封電報：『塔瑪拉阿姨，請回來。媽媽過世了。安妮婭。』安妮婭是我姊姊的女兒，當時她只有十一歲。一口棺木剛剛送走，又有新的在等著我。（哭）原來他喝醉了，亂吃姊姊的醋而把她踩在腳下，再用叉子刺死了她，她都斷氣了，還被他強姦。他酗酒又有菸癮，這些我都不知道。他早上去公司，通知大家他妻子過世了，大家湊了點錢給他辦喪事。他把錢都給了我姊的女兒，自己去派出所自首，最後被判了十年徒刑。我外甥女現在跟我住在一起，她不想讀書，因為腦子有點問題，什麼都記不住。她很怕生，從來不敢一個人出門。……而那個男人……他被判了十年徒刑，他終究還會回來找女兒的。畢竟是爸爸！

我跟第一任丈夫離婚之後，我就暗自發誓，再也不讓男人走進我家門了。絕對不要！我已厭倦了哭泣，厭倦了滿身瘀青。找警察？他們接到電話只來了一次，第二次就直接下結論說：『這是家庭糾紛。』在我們這棟樓裡，樓上還有一家人，也是丈夫殺死了妻子，警察坐在閃著燈的警車裡面，陸陸續續地來，當場做筆錄後，把丈夫戴上手銬帶走了。他虐待了她十年……（捶打自己的胸口）我不喜歡男人，我也害怕男人。但是我為什麼又再結一次婚呢，我自己也不明白。他是從阿富汗回來的傘兵，受過兩次傷，直到今天他都不願脫下在戰場上穿的背心。他和母親兩人住在我們家對面，跟我們共用一個院子。無論出門或是在家，他都會帶著手風琴或收音機，聽著跟阿富汗戰爭有關的歌曲，曲調很哀傷。我經常想起戰爭的故事，一直都很害怕那該死的蘑菇雲、原子彈。我喜歡看到年輕的新娘和新郎註冊結婚之後，前往無名烈士紀念碑獻花的畫面。我喜歡這個儀式，十分莊重！有一次，我坐在他旁邊問他：『什麼是戰爭？』『只要人想要生存的時候，就會有戰爭。』他說。我有點可憐他。他從小就沒有父親，母親又天生殘疾。如果他有父親的話，就不會被派去阿富汗了。如果他父親還在，就會像別人一樣花錢讓他免除兵役。他和母親住在一起，我走進他家，裡面只有床和椅子，阿富汗戰爭頒發的獎章就掛在牆上。我心疼他，沒有考慮我自己。於是我們開始同居了，他帶來了毛巾和一根湯匙，還帶了戰功獎章和手風琴。

我盡力調整自己，想像他是一個英雄、保衛者。我自己幫他戴上了皇冠，給孩子們灌輸他就是沙皇。我們是和英雄生活在一起，他完成了軍人的職責，歷盡了艱辛。所以我們要給他溫暖，幫助他。我就像德蕾莎修女一樣！我不是虔誠的教徒，我只求一件事：『主啊，寬恕我們吧。』愛情，是一種化膿的傷口，你可憐他，以為這就是愛，但終究只是憐憫。一起生活後，我發現的第一件事，就是他總是在夢中不斷『逃跑』：雙腿沒有動，但是全身肌肉都在抖動，就像一個正在逃跑的人。有時一整夜，他都這樣跑著。每天夜裡都要大喊：『杜哈雷！杜哈雷！』那是阿富汗聖戰士口中的『神靈』，還呼喊著指揮官和戰友：『側翼包抄！投手榴彈！放煙幕彈！』有一次我想叫醒他：『寇里亞，醒醒！』結果他差點把我打死。事實是，我甚至有一陣子真的愛過他。我學到了不少阿富汗語：地牢、手銬、高牆、大客車……還有『哈菲茲很壞』、『再見阿富汗』等等。我們一起生活的頭一年真的很好，也攢下了一些錢，他從阿富汗帶回來的肉罐頭，是我最喜歡的菜，他們在山裡打仗時都會帶著肉罐頭和伏特加。他還教我們如何急救、如何尋找可以吃的植物，以及如何捕捉動物。他說烏龜肉很好吃，甜甜的。『你開過槍嗎？』『沒得選擇，你不殺他，他就會殺你。』我能夠諒解，為了他所受過的痛苦。是我自己要背這個責任的……

可是現在，每天夜裡他的朋友會把他拖回來放在門口。有一天他的手錶和襯衫不見了，上身赤裸著。鄰居叫我：『塔瑪拉快去拉他進門！再這樣下去，他就凍死去見上帝了！』我把他拉進了屋，他大哭大叫，在地上打滾。不管是當保鏢或是當警衛，沒有一份工作他能做得長久。他有酗酒問題，沒有酒精就活不下去。他什麼都喝，喝醉了不是乖乖坐在電視機前嘮叨兩句就算了，他要折騰老半天，你永遠也不知道房子什麼時候會失火。鄰居有個房客是亞美尼亞人，不知他說了些什麼話，惹得我男人不高興了，他就把那人的牙齒打碎了，鼻梁也打斷了，倒臥在地上的血泊中。他不喜歡東方人，因此我害怕跟他一起去市集，那裡賣貨的大半是烏茲別克人和亞塞拜然人。誰知道會發生什麼事，他有句話總是掛在嘴上：『在每個扭動的屁眼上，都插著一根上發條的螺栓。』那些小商販總是給他最便宜的價格，永遠不跟他糾纏。『啊，那個阿富汗大兵來了，瘋狗又來了……活見鬼！』他還會打小孩。小兒子喜歡他，老爬到他身邊，但他卻用枕頭悶孩子。現在，每當他打開門，孩子就會趕緊跑上床，閉著眼睛假裝睡覺，以免被他痛打一頓，不然就是把所有枕頭都藏到沙發底下。我就只能哭，或者就……（她轉了一下纏著繃帶的手）每年的傘兵節，他都會和戰友聚會。所有人都和他一樣，穿著作戰時的背心，同樣都喝得酩酊大醉！他們會在廁所裡對著我撒尿，腦袋都有些問題，都是一群自大狂：『我們上過戰場！我們最厲害！』乾杯時他們會喊：『整個世界都是臭狗屎，所有人都是破爛貨，太陽只是個他媽的小燈籠。』就這樣一直罵到隔天早上，他們還不斷地『為平安乾杯』、『為健康乾杯』、『為勳章乾杯』，以及為『全部都去死吧』乾一杯。他們的生活都沒能穩定下來，我無法告訴你原因何在，是喝多了伏特加？還是因為戰爭？他們都像狼犬一樣凶惡，每個人都痛恨高加索人和猶太人。恨猶太人是因為猶太人殺死了耶穌基督，還毀掉了列寧的事業。他們在家裡也不開心，每天都是起床、沖澡、吃飯。苦悶至極！哪怕是現在，只要一聲令下，他們都可以立即集合趕赴車臣，幹一番他們所謂的英雄壯舉！他們憤懣不平，怨恨所有的人，包括政治家、將軍，也怨恨那些沒去過車臣的人。他們尤其怨恨沒去車臣打仗的人，主要是因為很多像我男人那樣的退伍軍人都無一技之長，他們只有一個共同的特點：只會擺弄槍砲。所以，他們才要借酒澆愁。但其實，他們在戰場上也喝酒，而且毫不隱瞞：『要是沒有這二兩酒，俄羅斯的士兵無法堅持到最後勝利。』『要是把我們的人扔在沙漠中，兩個小時後還沒有找到水喝，人就已經先喝醉了。』由於糊塗、貪杯，他們連甲醇和煞車油都喝，自我荼毒。回家之後，有人上吊自殺，有人開槍鬥毆，有人遭到暴打，成了殘疾……還有一個人精神受了刺激，被關進瘋人院。這些是我知道的，那我不知道的想必更多了。還有那些願意僱用他們做保鏢的資本家們，那些俄羅斯新貴，也讓他們這些老戰友互相殘殺。他們開槍很輕鬆，冷酷無情，毫不猶疑。那些富豪們有的只有二十歲，卻有大把金錢可花，太不可思議了：而他們就只有戰功獎章，還有瘧疾和肝炎。這些富豪怎麼可能會愛惜他們？從來也沒有任何人愛惜過他們。他們就是想要開槍……這個你不要錄音了，我害怕……他們的對話通常都很簡單扼要：『馬上，斃了他！』車臣是他們想去的地方，因為那裡有自由，俄羅斯人在那裡吃過虧。他們幻想著要為妻子帶回皮大衣和金戒指。我家那位就想要衝過去，但人家不接收醉漢，健康男人已經夠多了。每一天，鄰居都會聽到我們這樣的對話：『給點錢吧。』『不給。』『去你媽的，婊子。』接著他就會暴打我一頓，然後坐下來哭。他會摟著我的脖子：『不要離開我！』我好長一段時間都會心軟可憐他。（哭泣）

我之前心太軟，只知道同情他。但現在，我已經不再憐憫他了！你自己搞定吧！原諒我吧，主啊，如果祢真的存在。請寬恕我！

好多次我下班回家，聽到他的聲音。他正在教兒子，我心裡早就知道他會說什麼：『停！給我記住：你往窗口投進一枚手榴彈，從這裡翻進去。另一個，到柱子後面……』接下來是一連串髒話。『只有四秒鐘，你是在樓梯上，用腳踹開房門，衝鋒槍向左射擊。第一人倒下，第二個人跑過去，第三個人掩護。停！停！我說停。』（尖叫）要怎樣才能救出我兒子？我跑去找朋友。一個人說：『你需要去教堂祈禱。』另一個帶我去找女巫醫，不然還有什麼地方可去？再沒有人可以幫我了。那個女巫醫很老了，就像是『不死的瘦老頭』[2]。她要我帶給她一瓶伏特加。她拿著這瓶伏特加在公寓裡轉來轉去，口中念念有詞，然後把酒遞給了我：『伏特加已經加上了咒語，你再給他喝兩天的酒，到了第三天他就不會再喝了。』確實，此後他連著一個月滴酒未沾，但一個月後又開始喝了。半夜裡喝醉後，和著鼻涕邋遢地癱倒在地上，不然就在廚房裡砸東西。後來，又去找另一個女巫。她擺撲克牌為我算卦，把燒化的鉛倒進一杯水裡，叫我念一些很簡單的咒語，然後加些鹽，再加些沙子進去。但這次一點用也沒！從此我就了解到，因為伏特加和戰爭而生病的人，是無法治癒的。（她又搖動那隻受傷的手）我太累了，再也不會心疼任何人了，既不心疼孩子，也不心疼自己。我沒有懷念過母親，但她時常會到我夢裡來，還是年輕貌美，笑臉盈盈。但我總是要趕她走。我也經常夢到我姊姊，她則是一臉嚴肅，反覆問我同一個問題：『你以為能夠像關燈一樣把自己除掉嗎？』（停頓）

我講的這些全都是真的，我這輩子還沒有見過美好的東西，我想我應該看不到了吧！昨天我先生突然跑到醫院來找我：『孩子們餓了，我只好把地毯賣了。』那是我最喜歡的地毯，是我們家裡最後一件比較像樣的東西。整整一年，我都在到處找錢，不論什麼小錢都要賺。我太喜歡這條地毯了，是越南地毯。他賣了地毯後，馬上就去買酒喝了。和我一起工作的女孩跑來：『不好了，塔瑪拉，快回家去吧。他又嫌你們的小兒子煩了，正在打他呢。他還打姊姊（我外甥女），她已經十二歲了。你知道的，喝醉的人什麼事都幹得出來。』

夜裡我無法入睡，忽而墜入深淵，忽而飛到半空中。誰知道我早晨醒來又會怎樣呢？我有很多可怕的想法……」

道別時，她突然擁抱我：「請你要記住我。」

一年後她再次企圖自殺，這一次成功了。據我所知，她丈夫很快就有了別的女人。我打電話給那個女人。「我可憐他。」她也這樣說，「我不愛他，但是我可憐他。只有一件麻煩事，就是他又開始酗酒了。他一再保證說他會戒酒的。」

你們應該能猜出，我接下來會聽到什麼消息了吧？

1 伊凡·彼得羅維奇·巴夫洛夫（一八四九～一九三六），俄羅斯生理學家、心理學家、醫師。以鈴聲和食物對狗的唾液進行實驗，創立古典制約的學習說。一九〇四年因為對消化系統的研究得到諾貝爾生理學或醫學獎。

2 出自童話故事的角色，一個瘦骨如柴、乾巴巴的老巫師。

死者的清白和塵土的寂靜

奧列西雅・尼古拉耶娃，員警，二十八歲

「我很快就會因為說出這些事而死掉的。所以，我幹麼跟你講？你什麼都幫不了我。只是寫書出書，好人也只是讀過後痛哭一場，至於壞人，那些大人物，他們連讀都不會讀。他們為什麼要讀？

母親的敘述

其實這件事，我已經講過很多次了。

那是在二〇〇六年十一月二十三日……

電視播出了，鄰居全都知道了，全城都傳開了。

我和外孫女娜斯佳兩個人待在家裡，家裡的電視因為太老舊，早就壞掉了。我們期待著：『奧列西雅就快回來了，我們會買一部新電視。』我們開始打掃，洗衣服。不知道為什麼，這一天我們特別開心，笑個不停。我媽媽也來了，她在菜園裡大聲說：『哦，女孩們，你們怎麼這麼開心啊？瞧你們，好像從來都不會哭似的。』聽了這話，我的心卻沉了下去，奧列西雅那邊怎樣了？昨天是警察節，我們剛剛給她打過電話：她獲頒『內務部傑出警官』徽章，我們向她道賀。她說：『噢，我愛你們大家，我就盼著趕快回家看看。』我的退休金一半都花在電話費上，我只有聽到她的聲音，才能繼續熬過兩三天，直到下一次通電話。她安慰我說：『媽媽，你不要哭。我隨身都帶著武器，但沒有開過槍。雖然這裡有戰爭，但也有安定的環境。早上我聽過毛拉[1]唱詩，這就是他們的祈禱。這裡的大山都像是活的，不是死的，連最高的山頂上都生長著花草樹木。』還有一次她告訴我：『媽媽，車臣土地好像是泡在石油裡。隨便在哪座花園挖一下，都能挖到石油。』

為什麼他們要被送到那裡去？他們不是為了保衛國家而戰，而是為了保護石油開發。一滴油現在值一滴血。

鄰居跑來我們家，過了一小時又來了一個。我還在想：『她們為什麼要跑來跑去的？』過了一會，她們又像沒事一樣跑了回來，但是沒坐多久又走了。其實，電視已經重播過好幾次了。

整整一夜我們都不知道發生了什麼事。兒子早上打電話過來：『媽媽，你上午在家吧？』『你有事嗎？我正準備要去店裡。』『你等等我。等你送娜斯佳到學校，我就過來。』『就讓她留在家裡吧，她今天有點咳嗽。』『如果她沒發燒，還是送她去學校吧。』我心裡一沉，好像全身都被刺了一下。趁娜斯佳跑開，我走到了陽台。我看到兒子不是一個人來的，還有媳婦一起。我不能再等了，再多等兩分鐘我可能會跳下去。我衝到樓梯口對著下面大喊：『奧列西雅在哪裡？』顯然我叫得太用力了，聲音都啞了。他們也大聲回答我：『媽媽！媽媽！』他們一出電梯就停住了，不發一語。『她在醫院裡嗎？』『不是。』我頓時天旋地轉，後來人就垮掉了，什麼也記不得了。不知道從哪裡來了好多人，鄰居都打開了門，把我從水泥地上扶起來，大家都在勸我。我在地板上又是爬又是滾，抓住他們的腳和鞋子親吻：『善良的人啊，不能拋下娜斯佳啊，那是她的小太陽，是照進她窗口的陽光啊。親愛的人啊……』我不斷用額頭撞地。最初幾分鐘，我怎麼都不相信，完全無法接受，雙手在空中亂抓。我女兒她不會死的，就是殘廢了也會回來的。失去雙腿或者雙眼失明，那都沒關係，我和娜斯佳會牽著她的手走路的。只要活著回來就行！我想要找個什麼人請託說情，跪著乞求他們都沒有關係。

來了很多人，房間裡全是陌生人。他們給我灌了藥，我躺在床上，已經清醒了過來，他們又叫來了救護車。戰爭就在我家裡發生了。每個人都有自己的生活，沒有人理解別人的悲傷，上帝保佑，還好我們能理解自己的傷痛。嗚嗚嗚，每個人都以為我睡著了，其實我躺在床上聽著他們各說各話。我好痛苦啊，非常痛苦……

『我有兩個兒子，都還在上學。我要攢錢去收買當官的，讓他們不用當兵。』

『我們的人民有足夠的耐心，這是無庸置疑的。人為俎上肉，戰爭即工作……』

『豪華裝修花去了我們最後一分錢，幸好我們在通貨膨脹前就買好了義大利瓷磚，還是以前的價格。我們安裝了鐵窗、防盜門……』

『孩子都長大了，還是小時候叫人開心。』

『那裡在打仗，這裡也在打仗。每天都有槍擊和爆炸，現在我們都害怕坐公車，不敢坐地鐵。』

『鄰居的兒子失業了，整天喝酒。後來他做了承包商，一年後從車臣帶了一箱子錢回來，買了車子，還給妻子買了毛皮大衣和戒指。全家一起去埃及度假……如今這年頭，要是沒有錢，你就什麼都不是。但是，要從哪裡掙來那麼多錢呢？』

『都是偷來的，他們撕碎了俄羅斯，分了大蛋糕！』

這場戰爭是骯髒卑劣的！它本來發生在遙遠的地方，但是卻來到了我家裡。我還給奧列西雅掛上了小十字架，但是也沒能保住她。（哭）

過了一天，她的遺體送回來了。一整天都在下雨，棺木濕淋淋的，大家用毛巾擦拭著棺木。當官的不斷催促：『快點，快點，儘快下葬。』還要求我們不要打開棺蓋，說『冷凍過了』。但我們還是打開了棺木，仍然希望這一切都是誤會，希望裡面躺的人不是她。電視報導著：『奧列西雅．尼古拉耶娃，二十一歲……』光是年齡就不對，或許這是同名同姓的另一個女人？不是我們的奧列西雅。『冷凍過了』，他們送來的通知書上寫道：『……有預謀的自殺，用工作配槍從頭部右側射入……』一張紙對我算什麼！我必須親眼看到她，親手觸碰她。棺材打開了，臉孔跟活著時一樣，還是那麼好看。頭部左側有一個小孔，非常小，幾乎看不見，就像是被鉛筆尖扎了一下。除了年齡不對之外，新聞報導還有一個錯誤的地方：彈孔是在左側，不是他們所說的在右邊。她是和來自梁贊州各地的警察一起編隊去車臣的，但是來幫我們安葬她的，卻是她工作的警察分局的同仁。他們也都在問同一個問題：『怎麼會是自殺？這不是自殺，是從大約兩三公尺外開的槍。難道是他殺？』領導們顯得很匆忙，他們所謂的幫助，其實是督促。奧列西雅是前一天深夜被送回來的，第二天上午就埋葬了，前後不到十二個小時。我在墓地裡痛哭，但是渾身卻又充滿了力氣，一般人不可能有這樣的力氣。他們把棺蓋釘死了，我又給打開了。即便用牙齒，我也能咬開釘子。墓地裡沒有官員，所有人也避開了我們。國家利益優先，連教堂都不願為我們舉行安魂儀式：『她是罪人，神不會接納有罪的靈魂。』怎會這樣呢？現在我經常去教堂，為她點上一根蠟燭。有一次我問牧師：『難道上帝只愛無罪的靈魂嗎？如果是這樣，要祂何用？』我把一切都告訴了牧師，這件事我已經講過太多次了。（沉默）我們那座教堂的牧師很年輕，他聽完也哭了：『您怎能還這樣活著，沒有瘋掉？主啊，賜福她的女兒去天國吧。』他為我的女兒做了禱告。大家常說：『只要有男人在，女人是不用開槍的。』這都是醉話。每個人都知道，在那裡大家總是喝得不省人事，男人這樣喝，女人也這樣喝。悲哀已經攫住了我，堵住了我的喉嚨。

想起她收拾行李的情形，我真想踩爛這一切，撕爛這一切。我咬傷了自己的手，哪怕雙手被包紮起來。我無法入睡，全身骨頭就像斷掉一般疼，整個身體都在抽搐。恍惚間我做了一些夢……永恆的冰雪，永恆的冬天，天地都透著發青的銀光……我好像看到有人和娜斯佳一起走在水面上，但總是走不到岸邊。全都是水，我看到了娜斯佳，但奧列西雅很快就從我眼前消失了。我怎樣都找不到她……雖然這是在夢裡，但我嚇壞了。『奧列西雅！奧列西雅！』我大聲呼叫她的名字。她又出現了，但不像是活人，只是一張照片。她的頭部左側有塊瘀青，是子彈穿過的地方。（沉默）當時她在收拾行李：『媽媽，我要走了。我已經寫了報告遞上去了。』『你是單身撫養這個孩子，他們沒有權力讓你去。』『媽媽，如果我不去，會被解僱的。你知道，我們都是強制性的志願者。但是你不要哭，那裡已經不再有人開槍，已經在建設了。我是去維護治安的。我只是去賺錢，和別人一樣。』他們單位的其他女孩都去了，一切都很正常。『我要帶你去埃及，一起去看金字塔。』這是女兒一直以來的願望。她想讓我開心，我們的日子過得太苦了，一分錢掰成兩半花。城市裡廣告無處不在：買車吧，貸款吧，買吧！快拿吧！所有商店的大廳中央，都擺著一張甚至兩張負責貸款的桌子，桌前總是排著隊。人已經厭倦了貧困，都希望過上好日子。我實在不知道他們怎麼活下去，就是光吃馬鈴薯和通心粉[2]也有吃完的時候。連坐趟無軌電車的車錢都不夠。技校畢業後，奧列西雅又考進了教育學院，主修心理學，但入學一年後就沒有錢付學費了，只能中途輟學。我媽媽的退休金折合成美元只有一百塊，我也只有一百元。上層的人都在經營石油和天然氣，但是美元不是流向我們俄羅斯的老百姓，而是流進了他們的口袋裡。我們這樣的普通老百姓，逛商店只能看看，就像是在參觀博物館一樣。電台說，有些蓄意的破壞行為就是為了激怒人民，告訴人民，去愛有錢人吧，富人會救助我們，他們會提供就業機會。電視總是播放富人如何度假，吃些什麼，豪宅裡有游泳池、園丁、廚師，就像沙皇時代的大地主。晚上要看點節目，卻只是滿滿的下流噁心，還不如去睡覺。以前很多人投票支持亞夫林斯基[3]和涅姆佐夫，我曾經是一名社會工作者，曾經為選舉而奔波。我那時是個愛國者，喜歡的是年輕英俊的涅姆佐夫。但後來我們看清了一切：民主派也只想著自己能過好日子，把我們老百姓都忘記了。普通人不過是沙子，是塵埃。於是大家又轉向了共產黨，在共產黨領導下，沒有億萬富翁，所有人雖然沒有大錢，但也夠花了，至少覺得自己還能活得像個人。我也和其他人的想法一樣。

我是蘇維埃人，我媽媽也是蘇維埃人，我們建設過社會主義和共產主義。我們也是這樣教育孩子的：『以做買賣為恥，有錢並不等於幸福。要做一個誠實的人，把生命獻給祖國，這才是我們最寶貴的東西。』我一輩子都為自己是蘇聯人感到自豪，可是現在這些反倒成了羞恥，就像你已經沒有什麼價值了。過去我們有共產主義理想，而現在推崇資本主義的理想。『我們無法憐惜任何人，因為我們自己也不被憐惜。』奧列西雅曾經說過，『媽媽，你生活的那個國家早就不存在了。你是怎樣都幫不到我的。』他們到底對我們做了什麼？我們究竟怎麼了……（她停了下來）我想跟你說的話太多了！但重點是什麼？奧列西雅死後，我在她中學的筆記本裡找到了她的作文：『生命是什麼？我要為自己描繪出理想的生活……』、『生活的目的，就是要不斷提升自己成為品德高尚的人』，這些都是我教導她的。（嗚咽）她去戰場了，但其實她連老鼠都沒辦法殺死。一切都沒有像應該發生的那樣，但理應怎樣，我也不知道。他們都向我隱瞞實情，（大哭）我的女兒死得不明不白。絕對不能這樣！在衛國戰爭期間，我媽媽才十二歲，他們被送到西伯利亞。他們都是孩子，每天要在工廠工作十六個小時，像大人一樣。他們要憑餐券進食堂吃飯，領一小碗麵條和一小片麵包。那哪兒能叫麵包啊！他們要為前線生產砲彈，有些孩子就累死在機器邊，因為他們太小了。為什麼那時候的人要互相殘殺，我媽媽曉得。但是現在為什麼還要殺人，她不明白了。沒有人能明白。這場戰爭是骯髒的！阿爾貢、古傑爾梅斯、汗卡拉……這些車臣的地名我聽得夠多了。

我拿起那張通知書：『……故意……用工作配槍射入……』她把娜斯佳留給了我，娜斯佳只有九歲，如今我又做外婆又當母親。我全身都是病，動過三次手術，不再是健康的身體了，又怎麼會有呢？我在哈巴羅夫斯克邊疆區長大，那裡有大片大片的針葉林。我們住在木板房裡，柳丁和香蕉只在照片裡看過。我們只能吃到麵食，偶爾才能吃到肉罐頭。媽媽是在戰後被招募去遠東的，當時號召年輕人去開發北方、征服北方，就像號召上前線一樣，像我們這樣一貧如洗的窮苦人家都去參加偉大建設了。人人都是一貧如洗，就像歌詞唱的：『為了那迷霧，也為了原始森林的氣息……』書裡也是這樣寫的。我們餓得全身浮腫，但飢餓驅使我們去建功立業。我從小就在那裡長大，也一起參與建設，和媽媽參加了貝加爾－阿穆爾大鐵路的建造。我得到一枚『貝阿鐵路建設』獎章，還有一大疊的獎狀。（沉默）嚴冬氣溫降到零下五十度，地面都冰凍三尺。白皚皚的山巒，下雪過後，即便好天氣也是茫茫一片，什麼都看不清。但是我愛上了這片山巒。每個人都有大祖國和小故鄉，而那裡就是我的小故鄉。薄板搭建的簡易房屋，廁所都在室外。但那是青春歲月！我們相信未來，一直都相信著。但事實也是如此，生活年年都有改善。那時候沒有人有電視，但突然間電視就出現了。過去我們都住在薄板房裡，突然開始提供獨立公寓了，還向我們承諾：『這一代的蘇聯人將生活在共產主義制度下。』說的就是我這樣的人，我將要生活在共產主義社會了！（笑）我參加大學的函授課程，成為了一個經濟分析師。那時候上學不用花錢，和現在不一樣。現在有誰會免費教我？為此，我要感謝蘇維埃政權。我曾在邊疆區黨委財務部工作，那時我幫自己買了一件上好的貂皮大衣和一條上好的毛披肩，冬天就把自己嚴實地裹在裡面，只露出鼻子。我去集體農莊檢查工作，那時集體農莊都養著黑貂、狐狸、水貂。我們的生活已經過得很不錯了，我也幫母親買了一件皮大衣。然後，突然宣布資本主義來了，承諾我們說共產黨離開後一切都會好起來。但是老百姓不相信，我們是吃過苦頭的。大家開始搶購鹽巴、火柴。『改革』聽起來像『戰爭』，就在我們眼前發生，人人開始掠奪集體農莊的財產、洗劫工廠……然後用一點點小錢就把國家財產買下來了。我們用一生時間建設出來的一切，只賣了幾個小錢。他們發給人民認購股權證，那都是騙人的，那些認股證現在還躺在我的櫃子裡。奧列西雅的死亡通知書也在櫃子裡，不過就是幾張紙而已。誰來告訴我，現在就是所謂的資本主義社會了嗎？對這些俄國資本家我已經看夠了，他們不全是俄羅斯人，還有亞美尼亞人、烏克蘭人。他們跟國家大量貸款，但沒有錢還。這些人的眼睛都賊亮賊亮的，跟罪犯沒兩樣。我對這種眼神再熟悉不過了。以前在邊疆，到處都是勞改營和鐵絲網。是誰開發了北方？是囚犯和我們這些窮人，是無產階級。但是，我們當時並不覺得自己是無產階級。

我媽媽決定了，出路只有一條，就是回到梁贊，我們的故鄉。窗外已有槍聲響起，蘇聯正在分裂。偷盜、搶奪，匪幫成了國家的主人，有智慧的人倒成了傻瓜。我們創造了一切，但是這些都奉送給了強盜，是這樣收場的嗎？我們兩手空空而去，只帶著自己破破爛爛的雜物，而把工廠留給了他們，還有礦山。我們坐火車走了半個月，帶著冰箱、書籍、家具、絞肉機……就只是這些破爛的家當。這兩個星期，我一直望著車窗外面。俄羅斯大地無邊無際，就因為俄羅斯母親太偉大也太富饒了，所以很難建立起秩序。那是一九九四年，已經是葉爾欽時代了。等著我們的故鄉成了什麼樣子？老師在亞塞拜然人開的市集裡賣水果、賣餃子，掙些小錢。從火車站到克里姆林宮，連首都莫斯科也成了一個大市場，到處都是不知從哪兒冒出來的乞丐。我們都是蘇聯人，人人都為此感到羞愧、尷尬。

我曾在市場跟一個車臣人聊過天，十五年了，他們的家鄉戰爭不斷，他們跑到這裡避難。他們分散在俄羅斯的各個角落，但也像戰爭一樣，俄羅斯也跟他們在作戰。『特別行動』，這是怎樣的一場戰爭？年輕的車臣人說：『大嬸，我不想打仗，我妻子是俄羅斯人。』我還聽過一個故事，可以講給你聽聽。一個車臣女孩愛上了俄羅斯飛行員，他們私下約定，男孩把女孩從她父母身邊偷走，私奔到俄羅斯。他們順利結婚生子，但她總是哭，覺得對不起父母親。於是，小倆口就寫了一封信給父母：『請原諒我們，但我們是彼此相愛的……』還轉達了俄羅斯親家母的問候。但這些年來，這個車臣女孩的哥哥一直都在找她，想要殺死她，因為覺得她讓全家人蒙受恥辱，嫁給一個俄羅斯人，不僅如此，他還是俄羅斯的飛行員，轟炸過他們，殺過車臣人。他們根據信封上的地址很快就找到了她家，最先趕到的哥哥殺了她，而第二個趕到的哥哥卻是來帶她回家的。（沉默）這是一場骯髒的戰爭，這場災難也降臨到了我家。現在我蒐集著各種資訊，瘋狂閱讀關於車臣戰爭的一切消息。我到處打聽，甚至想親自去一趟車臣，即便被打死我也無所謂（哭），也是幸福的。這是身為母親的幸福。我還認識一個女人，她連兒子的鞋子都沒有找著，一顆砲彈直接擊中了他。她跟我說：『只要他能長眠在家鄉的土地上，哪怕只有碎片，我都會感到幸福。』對她來說，只要這樣就算幸福了。『大嬸，你有兒子嗎？』那個車臣人問我。『我有一個兒子，但我女兒是在車臣喪命的。』『俄羅斯人啊，我想問問你們，這場戰爭所為何來？你們殺死我們，打殘我們，又在醫院治療我們；搶劫了我們的家園，然後又來建設。你們總說俄羅斯是我們的家，但我每天都因為這副車臣人的樣子被員警勒索，讓他們不要打我，不要搶劫我。我跟他們保證，我不是來這裡殺人的，也不想偷盜他們的家。我手無寸鐵，他們既然可以在格羅茲尼[4]殺死我，也能在這裡殺死我。』

只要我的心臟還在跳動，（絕望）我就會繼續追查我女兒的死因。我想知道她到底是怎麼死的。我不相信任何人。」

她打開櫥櫃，水晶酒杯旁放著一些文件和照片，她把它們拿出來擺在桌子上。

「我女兒很漂亮吧！她在學校很受歡迎。讀書時她喜歡滑冰，學習成績中等，普普通通。十年級時，她愛上了羅姆卡。我當然反對，他比她大七歲。『媽媽，如果這就是愛情呢？』這場愛戀沒有理智，但是他從沒有打過電話給她，只是她一頭熱。『為什麼總是你打電話給他呢？』『媽媽，如果這就是愛情呢？』羅姆卡是她唯一看得上的人。愛情讓她把自己的媽媽都忘了。畢業舞會的第二天，他們就登記結婚了，因為已經有了寶寶。羅姆卡喝酒打架，她就只能哭。我恨羅姆卡。他們這樣生活了一年。他是個善妒的丈夫，把她的好衣物都剪碎了。他抓著她的頭髮去撞牆，而她默默忍受這一切。誰叫她當初不聽媽媽的話呢。不知道怎麼回事，後來她終於離開他，回到媽媽身邊來了。『媽媽，救我！』可是，他隨後也帶著東西跟著到我們家一起住。有一天睡到半夜，我醒了過來，聽到隔壁有抽泣聲。我打開浴室，看到他正踩在她身上，手裡拿著一把刀子。我衝上去搶過刀子，把自己的手割破了。還有一次，他弄到了一把手槍，我猜那只是一把氣槍不是真槍。我把奧列西雅從他身邊拉開，他就用槍指著我說：『你給我閉嘴！』她一直哭個不停，直到他們徹底分開，是我把他趕出去的……（沉默）又過了……嗯，不到半年時間，女兒下班回家後告訴我：『羅姆卡再婚了。』『你從哪知道的？』『他送我走了一段路。』『所以呢？』『沒什麼。』雖然他很快就再婚了，但她依然保持著對愛情的天真，總是忘不掉他。（她從一疊資料中抽出一張）法醫是這樣寫的：『頭部右側中彈，但是彈孔卻在左側。』很小的槍孔，也許法醫根本就沒有親自驗過屍？他只是被命令這樣寫，他們一定塞了很多錢。

我盼望著她那支部隊回來，我要好好問問他們，我要還原當時的真實情況。我需要知道為什麼彈孔在左邊，他們寫的卻是右邊。已經是冬天了，下雪了，我以前很喜歡下雪。我的奧列西雅也喜歡，她總是提前拿出溜冰鞋，抹上潤滑油。都是以前的事了，很久很久以前。我好難過，真的好難過。我向窗外望去，大家都在準備過耶誕節、採買禮物玩具，往家裡搬聖誕樹。我家廚房裡的收音機一直開著，我在聽我們的電台廣播，聽地方新聞。我在等待，終於等到了消息：『梁贊的警察部隊已完成執勤任務，從車臣返回』、『我們梁贊人光榮地完成了軍人的職責』、『沒有讓我們丟臉』……他們在火車站受到了隆重迎接，樂隊加鮮花，還頒發獎狀及貴重獎品。有人拿到了電視機，有人得到了手錶……他們都是英雄，英雄回來了！但是關於奧列西雅，沒有任何人提一句，沒有人再想起她。我仍然在等待，我把收音機貼在耳邊聽，他們應該會想起來的！開始播廣告了，洗衣粉廣告……（哭）我的女兒就這麼不明不白地沒有了。這可不行！我的奧列西雅，她是第一個，這座城市裡的第一口車臣棺材……一個月後又運來了兩具棺材：一名年紀大些的員警，另一個是年輕人。人們在市立葉賽寧紀念大劇院為他們舉行告別式。全副武裝的儀仗隊，市民和市長獻花圈，還有各界人士致詞。他們被安葬在英雄林蔭道上，這裡長眠著阿富汗英雄，現在又安葬了兩名車臣英雄。我們這座城市的墓地有兩條林蔭道，一條叫英雄路，還有一條，人們叫它土匪路，埋的是土匪內訌火併時死於槍戰的人。改革就是槍戰。[5]匪幫墓地的位置是最好的，棺材是紅木鑲金邊，還有自動冷藏功能。沒有紀念碑，卻有顯赫的墓基。而英雄的紀念碑是國家給的。當然，士兵的紀念碑比較樸素，但也不是所有人都能得到，僱傭軍是沒有的。我知道有個僱傭兵的母親，為了這事找到兵役辦公室去，遭到了拒絕：『你兒子當初是為了錢去打仗。』而我的奧列西雅，她躺在遠離所有人的地方，只是一個普通的自殺者。嗚嗚嗚……（她說不下去了）我們娜斯佳，政府給她的補貼每個月只有一千五百盧布，差不多五十美元。真相在何處？正義在何方？補貼金這麼少，就因為她的媽媽不是英雄！難道她媽媽殺過人，用手榴彈炸死過人，就算是英雄了？難道她的媽媽自己死了，沒有殺別人，就不是英雄了？要我怎麼解釋給孩子聽，該怎麼告訴她？有人在報上發表了一番話，就像是奧列西雅會說的：『我的女兒不會因為我而羞愧……』那是在安葬後的頭幾天，娜斯佳呆呆坐著，一副魂不守舍、精神恍惚的樣子。沒有人敢去跟她解釋發生了什麼事。後來我告訴她：『你的媽媽，我們的奧列西雅沒有了。』她就那樣站著，彷彿沒有聽到我說話，我哭了，但她沒有哭。後來，我又說著奧列西雅生前的事，她好像也聽不見。這種狀態持續了很長一段時間，甚至讓我發怒了。我帶她去看心理醫生，醫生說她是個正常孩子，只是受到了強烈的驚嚇。我們又去她爸爸那兒。我問他：『你想帶走自己的孩子嗎？』『我能帶她去哪呢？』他已經有另一個家庭，也有了孩子了。『那麼你就放棄親權吧。』『這說的什麼話？我老的時候還指望著她，至少還能拿幾個錢……』他就是這樣一個爸爸，指望不上。奧列西雅的朋友會來探望我們，娜斯佳過生日的時候，他們總是湊點錢送來，還幫孩子買了電腦。那些朋友都還記得她。

我一直在等一通電話，等了很長時間。部隊回來了，指揮官和奧列西雅的同事都回來了。他們會打電話過來的，一定會的！但是電話鈴聲一直沒有響，我開始自己去找出他們的姓名和電話號碼。部隊的指揮官是克里姆金，我在報上看過他的名字和事蹟，所有報紙都說他們是俄羅斯的英雄，梁贊的勇士！甚至還有報紙刊登了他的文章，說他感謝部隊出色地完成任務，光榮地履行了責任。他一再提到榮譽……我打了好多通電話到他工作的警察局：『請找克里姆金少校。』『請問是誰找他？』『柳德米拉·瓦西里耶夫娜·尼古拉耶娃，奧列西雅·尼古拉耶娃的母親。』『他不在辦公室。』『他很忙。』『他外出了。』他是指揮官，本應該自己來找我，告訴我發生了什麼事。他應該來安慰我、感謝我才是。我是這麼認為的。（她哭了）我哭了，但我流的是憤怒的淚水。我當時不放奧列西雅走，懇求著她不要去，但我媽媽說：『既然國家需要，就讓她去吧。』需要，現在我痛恨這個詞！我已經不再是以前的我了，憑什麼要我再去愛這個國家？我們得到過承諾，說民主會讓所有人都過上好日子，正義、公平和真誠指日可待。這一切全都是謊言……說到底，我們都只是一粒灰塵、一粒塵埃。確實，現在商店裡應有盡有。挑吧！選吧！在社會主義制度下，這是從來沒有過的。當然，我只是一個普通平凡的蘇聯女人，現在已經沒有人會聽我說話了，因為我沒錢沒勢。如果我有錢有勢，故事就不是這個樣子了。他們會怕我，那些混蛋領導人，現在就是金錢至上，統治了一切。

奧列西雅臨走前還高興地告訴我：『我是和克爾姆恰一起去的。』她們兩個女人在同一個部隊。奧爾加．克爾姆恰，我在火車站送行時曾見過她。奧列西雅對她說：『這是我媽。』那僅僅是很短的一次見面，但或許現在對我很重要了。那天送行後，車子開動了，開始演奏國歌，所有人都哭了。我本來站在馬路的一邊，又跑到另一邊去，奧列西雅透過窗戶在喊我，我知道他們要轉彎了。我又穿過馬路，想再看她一眼，揮個手。但他們直接開走了，此後我再也沒有見過她。我的心好疼。在最後一刻，她包包的提帶還斷了。或許，這是我自己瞎想出來的，我的親骨肉啊！（哭）我在電話簿裡找到了克爾姆恰的電話打了過去：『我是奧列西雅的媽媽，我想和你見個面。』她沉默良久，然後帶著委屈，也帶著憤懣說：『在你們所有人都棄我不顧的時候……我經歷了那麼多痛苦！』說完就掛斷電話。我又打了過去：『拜託了！我需要知道……我求求你！』『不要再折磨我了！』我再次打電話過去是一個月後，是她媽媽接的：『我女兒不在家，她去車臣了。』又去車臣了？您知道，在戰爭中有些人是可能得利的，有些人就是很走運。重金之下必有勇夫，死不足畏，他們只要在車臣工作六個月，就可以得到六萬盧布，足夠買輛二手車了，家裡這邊的工資還能被保留。奧列西雅出發前，貸款買了一台洗衣機，還有手機……『回來都讓我來付。』她當時就是這麼說的。但現在我們必須還貸款了，要靠什麼還？帳單不斷寄來，我們要拚命還債。娜斯佳有一雙舊運動鞋，已經穿不下了，她從學校回來總是哭，因為腳趾頭被擠得很痛。我們要還債，用我媽媽先前的退休金硬撐著。我們精打細算過日子，但到了月底還是什麼都不剩。你又不能夠向死人求救……

我找到了奧列西雅生前最後跟她在一起的兩個人，這是兩個證人。檢查站的崗哨亭有兩公尺到兩公尺半見方，那天他們三個人一起值夜班。第一個人在電話中對我說：『是的，她來交班之後，我們談了兩三分鐘……』然後他就離開了，可能是去上廁所，或是當時有人喊他。後來，他就聽到門後啪的一聲，他一開始沒有想到是槍聲。等他回來後，就看到她已經躺在地上了。情緒呢？她當時情緒如何？很好啊，就像平常一樣……『你好。』『你也好啊。』他們還互相笑著打招呼，嘻嘻哈哈地鬧。我打電話到第二個證人工作的地方，他沒有來和我見面，他們也不讓我和他有接觸。她開槍時，他就在旁邊，但就在那最關鍵的一刻，好像他轉過身去了，就是那要命的一秒鐘。崗哨亭就那麼大的地方，他卻說他什麼都沒有看到。您會相信嗎？我懇求他們：『拜託告訴我吧，我需要知道，我絕對不會告訴任何人，我發誓！』但他們都像怕被燙到一樣，遠遠避開了我。我敢斷定是上級命令他們閉緊嘴巴的，不管是要保住肩章，或是用美元封口……（嗚咽）打從一開始她去當警察時，我就不喜歡。我的奧列西雅要當警察？無論如何我都喜歡不起來。她接受的教育是技術學校，還上過一年大學，但一直找不到工作。警方倒是馬上錄用了她。我很害怕，警察是一門生意，就像黑手黨一樣。人人都怕警察，每個家庭都有人受過警察迫害。我們的警局一直都有刑求拷打逼問嫌犯的慣例。大家怕警察就像怕匪徒一樣。上帝保佑！報上把這些人叫作『戴肩章的惡狼』，警局裡頭既有強姦又有殺人，在蘇聯時代就是這樣。您會驚訝嗎？就算這樣，我們還是睜一眼閉一眼，不會去說去寫……還覺得自己是被保護的人。（沉思）有一半的員警打過仗，不是在阿富汗，就是在車臣。他們殺過人，他們的內心也恐懼不安。他們去那裡，其實就是跟平民打仗。現在的戰爭不都是這樣的嗎？不僅是士兵之間要對陣，還對平民開戰，對著普通百姓開槍扔炸彈。對他們來說，所有人都是敵人：男人、女人，還有兒童。他們要是在自己的家鄉殺人，事後還要解釋一番，但在車臣就沒有這層顧慮了。『媽媽，』奧列西雅和我爭論過，『你錯了。這一切都要看個人，女警是美麗的，穿藍色襯衫，戴著肩章。』

出發去車臣的前夕，朋友都來跟她道別。直到現在我還記得，他們聊了一整夜：

『俄羅斯是個偉大的國家，不是一個帶開關的天然氣管。』

『克里米亞沒有了，已給了別人。車臣正在打仗，韃靼斯坦蠢蠢欲動……我想生活在一個大國。我們的米格戰機應該飛到里加去。』

『俄羅斯他媽的完蛋了！車臣匪幫成了英雄，人權何在？在車臣，他們帶著衝鋒槍闖進俄羅斯人的家裡，要麼殺人，要麼趕離家門。先說滾出去，然後再殺人，這還算是好的車臣人。遇到壞的車臣人是一上來就殺人。活命只有三步驟：旅行箱、火車站、俄羅斯。圍牆上寫著：「不要向俄國人買公寓，那些房子遲早是我們的」、「俄國人，不要走，我們也需要奴隸」。』

『兩個俄羅斯士兵和軍官在車臣一起被俘，兩個士兵直接被斬首，軍官卻獲釋：「你走吧，反正你會瘋掉！」我還看過一些錄影帶，俄羅斯俘虜被囚禁在地下室，他們切掉了俘虜的耳朵和手指……畜生！』

『我要去車臣，我需要錢辦婚禮。我想結婚。她是個漂亮女孩，不會等我太久的。』

『我有一個朋友，我們曾一起在部隊服役。他住在格羅茲尼，鄰居是車臣人。一個風和日麗的日子，車臣朋友對他說：「我求你，快搬走吧！」他問為什麼？「因為我們的人很快就要來殺你們了。」他們只好搬出那棟三房公寓，現在住在薩拉托夫的集體宿舍裡。他們離開時，還不許帶走任何東西：「讓俄羅斯幫你們全都買新的吧，這些都是我們的了！」車臣人大喊。』

『俄羅斯跪倒在地，但是並沒有被打敗。我們是俄羅斯的愛國者，必須效忠祖國！有個笑話說：「士兵和軍官同志，如果你們在車臣表現良好，祖國將把你們送到南斯拉夫休假[6]，然後要去歐洲。」……他媽的！』

我兒子一再忍耐，最後終於按捺不下了。他開始斥責我：『媽媽，除了搞到你自己中風倒下，你是什麼都做不到的。』他把我送進了療養院，強架著我去的，我們幾乎要打起來了，在大家面前丟臉。在療養院裡，我結識了一個好女人，她的女兒死於流產，我們相擁而泣，成了好朋友。最近我打電話給她，才知道她已經死了，是在睡夢中死去的。我知道她是憂鬱而死的……我為什麼還沒死呢？唯有死亡讓我感到幸福、感到平靜，但我沒死。（流淚）從療養院回來後，我媽劈頭就說：『我的孩子，你會被關進監獄的。他們不可能放任你查到真相。』發生什麼事情了嗎？原來我剛剛離家去療養院時，警察就給她打了電話：『二十四小時之內來我們辦公室報到，屆時不到，將予以懲處，拘留十五天。』我媽本來就是個膽小的人，而我們那裡的人都被恐嚇過了。你看如今還能找到無所畏懼的人嗎？不僅如此，他們還來盤問我的鄰居，問我們是什麼人，平時都幹什麼，還調查奧列西雅的事：有沒有人看過她喝醉？或吸食毒品……他們也去過診所要了我們的病例，檢查我們家有沒有人有過精神疾患。我自覺受到了極大的侮辱，我氣壞了，拿起電話報警：『有人在威脅我媽，你們有什麼問題非要騷擾一個九十多歲的老人家不可？』過了一天，他們發來了傳票，想要了結此事：『請至此處接受調查，某某某調查員。』媽媽淚流滿面：『他們要抓你去坐牢了。』我有什麼好怕的？呸！應該讓史達林從墳墓中復活！我希望他從墳墓中爬起來！他隨便就能把我們現在這些當官的銬起來拉去槍斃。輕而易舉！我不會可憐他們。我想看到他們痛哭流涕的可憐相！（哭泣）我按址來到了一間小屋子，那個調查員叫費丁。我站在門口尖刻地問他：『您想拿我怎樣？把我的女兒裝進了棺材還不夠嗎？』『你這個沒文化的女人，還不知道你現在是在什麼地方嗎？在這裡，提問的是我們……』後來他把奧列西雅的上司克里姆金也找過來了。我終於見到他了。他一進門，我就上前質問：『是誰殺了我女兒？告訴我真相。』『您女兒是個傻瓜，她瘋了！』啊，我不能聽這種話！絕對不能……我全身氣血上湧……他一邊大叫一邊跺著腳。這下可好！他們激怒我了，逼得我像貓似地撲上去抓他們。他們說我瘋了，我女兒也瘋了，目的就是要讓我閉嘴。嗚嗚嗚……

只要我的心臟還在跳動，我就會繼續尋找真相。我不畏懼任何人！我可不是一塊擦地板的破布，也不是隻小蟲子，再說他們也不可能把我關進小盒子裡。你們是用潮濕的棺材把女兒送回給我的……

……有一次我搭乘郊區電車時，對面坐了一個男人：『哦，大嬸，我們有緣一起搭車，相互認識一下吧。』他自我介紹：『我以前是官員、小企業家，現在是個無業遊民。』我也自我介紹：『我有個女兒死在車臣，是個基層警察。』他說：『都告訴我吧……』我已經講過很多次了，現在又再一次講給他聽。（沉默）聽我說完後，他開始說起他自己的事。

『我也去過車臣。回來後，我的生活已經不可能再回到從前了，我不能再把自己塞進這個框架中。他們不願意給我工作：「啊，是從車臣回來的啊？」我不願和其他人往來，其他人都令我噁心。只有見到在車臣打過仗的人，才感覺到如兄弟一般……

一位車臣老人站在那兒看著我們滿車的退伍軍人，一邊看一邊想這些正常的俄羅斯小夥子，都是剛剛才當過衝鋒槍手、機槍手、狙擊手的人，身上卻穿著嶄新的夾克和牛仔褲。都是怎麼買的？因為在車臣賺到錢了。工作是什麼？就是打仗、開槍，那裡還有兒童和美女。只要拿走武器，穿回平常人的衣服，他們馬上就成了平民，成了拖拉機手、公車司機、大學生。

我們生活在鐵絲網裡面，周圍都是瞭望哨和地雷區，那是一個封閉的世界，一個無法自由出入的禁區。妄自出營，就會被打死。所有人都喝酒，喝到跟畜生沒兩樣。一天又一天，你看到的都是殘破的屋舍，看到東西怎樣被取走，人怎樣被殺死。你的內心會突然有一種快感！於是，你能做的事就更多了，想做的一切事情……你會默許自己許多事……你，只是一個醉醺醺的畜生，手上握有武器。在你的頭腦裡，其實只有一顆精子。

這是劊子手的工作，我們在為黑手黨賣命，他們卻還沒有給我們報酬。他們欺騙了我們，我們又不是在大街上殺人，我們是在戰爭中殺人。我看過一個被這些野狗強姦的俄羅斯女孩，他們用香菸燙她的乳房，只是想聽聽她淒慘的呻吟聲……

我帶了錢回俄羅斯，和朋友一起喝伏特加，還買了一輛二手賓士。』

（她已經不再擦拭眼淚了）這就是我的奧列西雅曾經待過的地方，她去過的地方。這是一場骯髒的戰爭，曾經發生在很遠很遠的地方，現在卻就侵入了我的家裡。這兩年來，我敲過了很多門，去過了各級機關。我寫信給檢察院，從地區到州，一直到聯邦總檢察長……（指給我看一疊信函）這是我收到的書面回函，都堆積成山了！『根據您女兒死亡的事實，我們通知您……』所有人都在說謊，都在打官腔，都咬定死於十一月十三日那天，但事實上是十一日；她的血型是B型，卻寫成了O型；時而說她死時穿的是軍裝，時而說她穿的是便服；彈孔明明是在左側太陽穴附近，寫的卻是在右側……我還寫了請願書給我們的地區議員，我曾經投票支持過他，還去過他的服務處。當我站在議會大廈的一樓，我的眼睛睜得像拳頭一樣大！我看到了一個賣飾品的攤位：鑲有鑽石的金戒指、嵌著黃金和白銀的復活節彩蛋，還有金項鍊……我一輩子賺的錢也買不來那裡的一枚小戒指。我們的議員、人民的代表，哪來的那麼多錢？我和媽媽誠實本分地工作了一輩子，只換來了一疊獎狀，他們卻擁有俄羅斯天然氣的股票。我們只有一些廢紙，他們卻有大把鈔票。（憤怒地沉默）我徒勞無功地去找他們，在那裡多次枉然痛哭……還是把史達林找回來吧，大家期待史達林！他們奪走了我的女兒，只運回一口棺材，一口濕棺材，甚至沒有人願意跟一個失去女兒的傷心母親說幾句話……（哭泣）我現在都能做警局的工作了，調查事故現場、做筆錄……如果這是自殺，那麼槍上應該會有血跡，手上應該留有火藥味，這些我都懂了。我不喜歡看電視新聞，全都是謊言！至於偵探小說、凶殺案，我從來不錯過。每天一早，我常常手腳發麻，無法起床，但是一想起我的奧列西雅，我還是掙扎著要出門。

我蒐集蛛絲馬跡、隻言片語，終於有人因為喝醉酒說溜了嘴。當時有七十多個人在場，難免有人竊竊私語。我們的城市不是莫斯科，地方不大，什麼事都傳得快。今天我已經能還原出當時的情景和事情發生的經過……就在警察節那天，他們辦了一次大規模的狂歡聚會，大家全都喝得爛醉，酒氣熏天。要是奧列西雅和自己的部門同事一起去車臣，一切就會不同了。當時去的是一支混編部隊，幾乎都是陌生人，她被分發到交通警察部門，交警就是國王，口袋裡裝滿了錢。他們帶著衝鋒槍橫擋在路上，隨意索賄，所有人都要付錢給他們，才能放行。說白了，那就是個裝著黃金的崗位！男孩子愛胡鬧，殺人、醉酒、打炮，是戰爭期間的三大樂事。他們喝多了，就像嗑了藥一樣，眼裡布滿了帶刺的鐵絲網，獸性大發，才不管對方是車臣的女孩子，或是他們的女戰友。奧列西雅如果不是當時不從，就是事後威脅過他們：『我會把你們統統抓起來。』於是，他們沒有放走她。

還有人說了另一個版本。他們在哨位上放行過往車子，所有人都忙前忙後，瘋了似地四處奔走，就是為了賺錢，以任何手段賺錢。有人運送走私品，貨從哪裡來的我不說，我不會說謊。毒品或是什麼的，反正所有人都心照不宣，都用錢疏通過了。那是一輛尼瓦牌越野車，所有人都記得有輛『尼瓦』不要碰。但是這輛車子被奧列西雅碰上了，不知為什麼她沒有放過這輛車子，於是他們就向她開了槍。她曾經攔下過很多黑錢，也得罪了某些人物。但因為此事還涉及了高官……

連我媽也夢到過這輛『尼瓦』。我去找過一個通靈女巫，把這張照片放在桌子上（她指給我看照片）。女巫說：『我看到了，這就是那輛尼瓦車。』

我認識一個曾經去過車臣的護士，我不知道她當初去車臣時是什麼樣的女孩，可能是個快樂開朗的女孩，但如今她卻凶惡如狼，和我一樣凶狠。有很多受過傷害的人，雖然依然保持沉默，但是內心的怨恨卻很深刻。人人都想成為新生活的贏家，但這就像是買彩券一樣，贏家畢竟很少……沒有人願意沉淪到最底層。所以，現在老百姓都怨氣沖天，很多人都滿腔恨意。（沉默）也許奧列西雅沒發生事故，回來時也會變了一個人，變成我所不熟悉的樣子。嗚嗚……（沉默）最後，這個護士對我坦承了她心中的祕密：

『我是去追求浪漫的，所以當時大家都笑我。要說實話，正是因為愛情不如意，我才會拋棄家中一切出走的。對我來說反正都一樣，不是車臣人開槍打死我，就是我自己留在這裡無聊至死。

沒有見過屍體的人，都以為屍體是沉靜不語的。但其實，他們總會發出些聲音。可能是體內的空氣噗噗地外洩，也可能是骨骼破裂喀喀作響。那簡直會讓人瘋掉……

我在那裡沒見過不喝酒不開槍的男人，他們喝醉了就開槍，隨便朝哪兒開槍。究竟是為了什麼？沒有人能回答我。

他是個外科醫生，我還以為我們是相愛的。但是在離開戰場回家前，他對我說：「不要打電話給我，也不要寫信來。如果我回到家鄉要找人約會，也要跟個漂亮女人，這樣被妻子撞見時就不會沒面子。」我不是個美女，但是我和他在手術室裡並肩作戰，站了三天三夜。這是一種比愛情還要強烈的感覺……

我現在很害怕男人，更不可能和那些從戰場回來的人相處……他們都是公羊，全都是公羊！打包回家前，我總想帶點什麼，比如收錄音機、地毯……有家醫院的院長說：「我要把全部東西都丟在這裡，我不想把戰爭帶回家。」我們雖然沒有把物質的戰爭帶回來，但留在靈魂裡的戰爭跟我們一起回來了。』

他們把奧列西雅的東西轉交給我：上衣、裙子、金耳環和項鍊。衣服口袋裡還有花生和兩個小巧克力棒。顯然是她準備的耶誕節禮物，想讓誰把東西帶回家。我的心好痛好痛。

好，好吧，您就寫出真相吧，有誰會對此感到害怕？政府，不是人人可以接觸的。我們只剩下一條路：武器和罷工。臥軌抗議，但是沒有領導者……人民早就想要造反了，可惜我們沒有普加喬夫[7]！我現在已經知道，如果我得到一把槍，應該向誰開槍……（她向我出示了一份報紙）您讀過嗎？有個旅遊團參觀車臣時，在軍用直升機上參觀被摧毀的格羅茲尼、被燒毀的村莊。在那裡，戰爭與建設同時進行。一邊開槍，一邊建設，一邊還展示給遊客看。我們還在哭泣，有人已經在出售我們的眼淚及我們的恐懼了，就像出售石油一樣。」

幾天之後，我們又見了面。

「早先我理解我們的生活，理解我們的生活方式。但現在，我理解不了……」

1 源自阿拉伯語Mawla，用以稱呼伊斯蘭教的教士。

2 這是俄羅斯人的主食，兩樣價格都很低。

3 格里高利．亞夫林斯基（一九五二～），俄羅斯政治家，統一民主黨的創始人，曾參選總統。

4 格羅茲尼，車臣共和國首府，位於高加索山北麓。在兩次車臣戰爭期間發生數次戰役，城市遭受毀性破壞，人口銳減。

5 在俄語中，改革和槍戰的發音相近。

6 此處諷刺用空話騙人，南斯拉夫早已不存在了。

7 普加喬夫，一七四二至一七七五年俄羅斯第一場農民革命的領導者。

狡猾的無知，以及由此產生的另類生活

依蓮娜・拉茲杜耶娃，女工，三十七歲

對於這個故事，我長期找不到穿針引線的人、講述者或者訪談者，我甚至不知道該怎麼稱呼那些人，在他們的幫助下，我才能在人性世界中，在我們的生活中漫遊。所有人都拒絕了我：「這是心理醫生的事。」「由於自己病態的幻想，母親拋棄了三個孩子，這應該由法院調查處理，不是一個作家該管的。」「那美狄亞[1]呢？」我問道，「美狄亞不是為了愛情而殺掉自己的孩子嗎？」「這是一個神話故事，而您採訪的都是現實世界的人。」然而，現實並不是藝術家的禁區，這也是一個自由的世界。

後來我發現，我這位女主角的故事，已經被拍成了紀錄片《苦難》（電影工作室 Fishka-Film）。我見到了這部影片的導演伊琳娜・瓦西里耶夫娜。我們晤面對談，看完錄影帶後，又繼續談了下去。

導演伊琳娜・瓦西里耶夫娜講的故事

「他們曾經跟我說過這個故事，但我不喜歡，也覺得很可怕。他們一再說服我，讓我相信這將會是一部極具震撼的愛情片，值得馬上拍攝。這真是個典型的俄羅斯式傳奇！一個女人，有丈夫，還有三個孩子，但卻愛上了一名囚犯，而且還是終身犯，因為極其殘忍的殺人行為被判處無期徒刑，她卻毅然為他拋棄一切：丈夫、孩子和家庭。不過，有某些東西還是讓我躊躇不前。

自古以來，俄羅斯的苦役犯人總是有人愛——他們是罪人，也是受難者，他們需要精神鼓舞和身心安慰。整個俄羅斯文化就是富於同情心的文化，這種文化一直被精心呵護，特別是在農村和小城鎮裡。在那裡生活著平凡的女人，她們沒有網路，仍然是書信往來，以最傳統的方式溝通。男人整日喝酒鬥毆，女人每天晚上互相通信，在信封裡裝著質樸的生活故事和各種八卦流言，也少不了女人的服飾妝扮、烹飪祕訣，最終必然會涉及囚犯的話題。比如，某人的哥哥入了監，供出了同夥，還有某人的鄰居或同學剛剛被抓進去。女人之間還透過口耳相傳的方式交換消息：誰偷東西了，誰有豔遇了，誰進監獄了，誰出來後又進去了……就是普通百姓的那些事。在農村裡，就像你聽過的，有半數男人不是已經坐過牢，就是正在坐牢。我們既然是基督徒，就應該幫助不幸者。有些女人就嫁給了幾進幾出的囚犯，甚至殺人犯。我不會擺架子，高傲地為您概括或解釋這是怎麼回事，原因很複雜……但是，壞男人對這些高尚小姐卻有很敏銳的嗅覺。這些女人往往都是命運多舛，不能實現自我，孤獨而寂寞的活著。在這樣的關係裡，她們變得被需要，也可以守護著什麼人。這是改變自己生活的方式之一，就像一種藥物。

最終，我們還是拍了這部影片。我想說的是，在我們這個務實的時代，仍然會有這樣一些人，秉持不同的生存邏輯，而他們都是一些無依無靠的普通人。關於人民，我們談了很多。有些人會把人民理想化，而另一些人則只把人民視為人渣，視為『老蘇維埃』。但實際上，我們對於人民並不了解，我們之間有深深的鴻溝。一直以來，我拍攝過各種故事，什麼故事都有。但其中有兩個主題是普遍且永恆的，那就是愛情與死亡。

這件事發生在卡盧加州的一個偏遠村莊，我們開車去了那裡。我望著窗外，風光大好，原野無邊無際，還有一眼望不盡的森林、開闊的天空。山丘上的教堂泛著白光，讓人感受到力量與寧靜。一派古老的景致。我們開著車從高速公路轉入普通省道，也就是俄羅斯的道路，特有的道路，連坦克也未必開得過去。幾乎每走三公尺就有兩個坑洞，而這已經算是一條不錯的道路了。道路兩旁是村莊，參差不齊的小房子和殘破的柵欄，街頭不時傳來雞犬之聲。大清早，在沒開張的店鋪門口，就站了一排等著買酒的人。我喉嚨裡不由得產生一陣熟悉的抽搐……在村子中心，一座列寧石膏雕像依然佇立在那裡……（沉默）這使我想起了舊日時光，簡直難以置信我們曾經有過那樣的日子。戈巴契夫當政時，我們所有人都曾被快樂衝昏頭腦，奔相走告。我們曾經生活在夢想和幻覺中，在廚房裡引導精神和靈魂，憧憬一個新俄羅斯。但二十年過後，我們卻產生了疑問：『這個新俄羅斯能從哪裡冒出來？』新俄羅斯始終沒有出現過。有人準確地指出：『俄羅斯能在五年中改變一切，但二百年來卻什麼都沒有變。』仍舊是無邊的空虛，仍然是奴隸的心態。躲在莫斯科的廚房裡，是無法改造俄羅斯的。國徽回到了沙皇時代，國歌則停留在了史達林時代。莫斯科既有俄羅斯風格，又有資本主義模式。但在俄國基層一如既往，蘇聯心態依舊。在那裡看不到民主份子，要是看到了，大家就會把他們撕碎。大部分的人還是懷想著定量供應的麵包和領袖。廉價的偽造伏特加像河水一樣流淌……（笑）我覺得，我和您都屬於『廚房理想主義』那一代的人。我們起初是在談愛情，但沒過五分鐘就會開始討論如何建設俄羅斯。其實俄羅斯不關我們的事，她自有她的生存法則。

一個醉眼迷濛的農夫指了指我們女主角的居所。她走出小木屋，第一眼我就喜歡上了她。藍色的眼珠子、勻稱的身材，可以說是個美女，典型的俄羅斯美人！這樣的女人，無論在貧苦農民的小木屋或是在莫斯科的豪華公寓，都是耀眼出眾的，叫人一眼難忘；而她是個殺人犯的妻子。我們從未見過那個男人，他被判了終身監禁，還患有肺結核。她聽了我們來訪的目的，笑著說：『這是我的連續劇。』我邊走邊想，應該怎樣告訴她我們要拍攝她呢？她會不會害怕攝影機？她對我說：『我真是傻，對每個人講我的故事。有的人陪我哭，也有人罵我。如果您想聽，我就告訴您。』就這樣，故事有了開端。」

關於愛情

「我那時並沒打算嫁人，不過當然，我也幻想過結婚。那年我十八歲。我的他，將是個什麼樣的人？有一次我做了個夢：我沿著草地走向河邊，那條河就在我們村外，一個高大英俊的傢伙突然出現在我面前，拉住我的手說：『你就是我的未婚妻。我在上帝面前的未婚妻。』醒來之後，我心裡就在想，一定不能忘記這個男人，不能忘記他的臉。這個夢一直保留在我的記憶裡，就像一幅畫。一年過去了，兩年過去了，我一直沒能見到這個人。阿廖沙一直都在追我，他是個鞋匠，想娶我做老婆。我誠實地回答他，說我不愛他，我只愛夢裡的那個人，我會等著那個人。也許有一天我會見到他，總不可能永遠見不到吧。阿廖沙笑話我，爸爸媽媽笑話我，他們都勸我，女大當嫁，可以先結婚再來談戀愛。

您笑什麼？我知道大家都笑話我，一個人堅持按照自己內心的想法去生活，那實在不正常。就算你說的是實話，人家也不相信你，可是當你說謊時，他們反倒認為是真的。有一次我正在園裡翻地，一個認識的小夥子經過，我喊住他：『喂，彼佳，聽我說，我前幾天在夢中看到過你。』『啊，不要！絕對不可能！』他趕緊從我身邊跑開，就像躲瘟疫似的。因為我與眾不同，所以人人都躲著我。我自己也不願意有人喜歡我，所以從來不注意打扮，從來不描眉塗粉，也不會賣弄風情，只知道怎麼和人聊天。有段時間我想去修道院，後來我從書中讀到，說修女也可以住在修道院外面，住在自己家裡。這也是一種生活方式。

我還是結婚了。我的天，阿廖沙太棒了，身強力壯，他抓起通爐子用的火鉤子一下就折彎了。我愛上了他，還為他生了個兒子。但是生完孩子後，我出問題了，也許是產後憂鬱症吧，我不願意讓男人碰觸了。我既然有了孩子，為什麼還需要老公？我可以跟他說話，給他洗衣服、做飯、鋪床，但我不能再和他在一起，我做不到了。要是勉強我發生關係，我會尖叫，會歇斯底里！就這樣，我和他過了兩年互相折磨的日子，我就離開了，抱著孩子離開了他。但我無處可去。我的父母已經死了，而姊姊遠在堪察加半島。我有一個朋友叫尤拉，上中學時就愛上我了，但是從來沒有向我表白過。我長得高大，他個子矮小，比我矮了不少。他以放牛維生，喜歡看書，知道各種各樣的故事，玩填字遊戲特別快。我去找他：『尤拉，我們是朋友。我可以在你家住一陣子嗎？但我只是住你的房子，你不要靠近我。請別碰我。』他說：『好的。』

就這樣我們住在一起了。漸漸地，我發現他真的很愛我，對我很好，從不提出任何要求。我為什麼要折磨他呢？於是，我就和他登記結婚了。他希望在教堂辦婚禮，我就向他坦率地說我不能去教堂。我跟他提了我做過的那個夢，說我還在等待自己的真愛。尤拉也嘲笑我：『你就像孩子一樣，還相信奇蹟。但是，不會再有人像我這麼愛你了。』我為他生了兩個兒子，和他一起過了十五年，手牽著手進進出出十五年。大家都很驚訝，因為很多人沒有愛也能生活，他們只在電視上看過所謂的愛情。但對我來說，沒有愛的人就像沒有水的花一樣，無法活下去。

我們女人當時都會做一件事情，就是跟監獄裡頭的人寫信。我所有的朋友，還有我自己，都是從上中學時就開始寫這樣的信，我寫過幾百封，也收到了幾百封回信。就在那一次，很平常的一天，女郵差喊道：『依蓮娜，監獄給你信了。』我跑出去拿信，信封上蓋著監獄郵戳，遮住了郵寄地址。突然間，我的心怦怦跳動了起來。才剛看到信封上的筆跡，我就感覺很親切，甚至激動得無法讀信了。我是個喜歡做夢的女人，但也明白現實，又不是第一次收到這種信了。信的內容很簡單：『妹妹，謝謝你來信中的善良話語……當然，你不是我妹妹，但就像妹妹一樣。』我當晚就回信了：『寄張照片給我吧，我想知道你長什麼樣子。』

回信附上了照片。我一看：就是這個傢伙，那個我在夢中見過的人，我等了二十年的愛。我無法對任何人說清楚，忽然間童話成真了。我馬上對丈夫說：『我找到我的愛了。』他一聽就哭了，又是求我，又是勸我：『我們有三個孩子，要把他們好好撫養長大啊。』我也哭了：『尤拉，我知道你是個好人，孩子們跟著你會好好長大的。』鄰居、朋友甚至我妹妹，全都責怪我。所以我現在是自己一個人了。

我去火車站買車票，旁邊一個女人和我聊起來。

『你要去哪裡？』『去看我的丈夫。』雖然那時他還不是我丈夫，但我知道將來他會的。『你丈夫在哪兒？』『在監獄裡。』『他做了什麼？』『殺了人。』『判多久？』『無期徒刑。』『你真可憐啊！』『請不要可憐我。我愛他。』

任何人都會有人愛，至少有一個人愛。愛，這就是……讓我來告訴您它到底是什麼吧。他得了肺結核，監獄裡所有人都患有肺結核，因為糟糕的食物，因為憂鬱。有人指點我說，給病人吃狗的脂肪就能治好。我就在村裡挨家挨戶問，最後找到了。後來又聽說獾油效果更好，我就去藥店買。價格非常貴！他還需要香菸，也想吃肉罐頭……我在一家食品廠工作，這裡的工資比我在農場時高，但工作很辛苦。老舊的爐子非常熱，烤得我們脫光了身上的衣服，只剩下胸罩和內褲。要拖動五十公斤的麵粉袋和抬一百公斤的麵包架子。但我仍然每天堅持給他寫信。」

「她就是這樣的一個女人，」伊琳娜繼續她的談話，「瞬間決定，立即行動。她有熱情又有行動力，任何事情都想一蹴而就，所有行為也都讓人覺得很離譜。她的鄰居也跟我講了一些故事。塔吉克難民經過他們村子時，帶著很多孩子，個個面黃肌瘦、衣衫襤褸，她就從自己家裡把能拿的東西全都拿了出來：毯子、枕頭、勺子……『我們的日子太好了，但是他們一無所有。』其實，她自己住的那個小木屋裡只有桌子和椅子，也可以說一貧如洗；家裡吃的，都是自己菜園種的馬鈴薯和櫛瓜，喝自家擠出來的牛奶。但是她這樣安慰丈夫和孩子：『沒關係的，到了秋天，度假的人離開這裡時，會留下很多東西給我們的。』她住的村子是個非常好的地方，每逢夏天都有莫斯科人會去度假，很多藝術家、演員都會跑去那裡，買下無人居住的房子。等度假者走後，當地人就紛紛跑去搜羅東西，連塑膠袋都撿走了。村子太窮了，老人多，酒鬼多。還有另一件事，她的朋友生了小孩，但家裡沒有冰箱。依蓮娜知道後，就把自己家裡用的冰箱送給了朋友：『我的孩子都已經長大了，你的寶貝還小。』一切東西，隨便拿吧！一個幾乎一無所有的人，還把所有的東西送給別人。這就是典型的俄羅斯人，杜斯妥也夫斯基筆下的俄羅斯人：『他們像俄羅斯土地一樣寬厚，社會主義沒有改變他們，資本主義也不會改變他們。』不論是富有或是貧窮，都不會改變這種性格。坐在商店裡的男人三五成群地聚在一起喝酒，為什麼喝？他們的祝酒詞是：『塞凡堡[2]是俄羅斯的城市！塞凡堡將回歸我們！』他們為俄羅斯人能一口氣喝進一升伏特加都不會醉倒，而感到十分自豪。關於史達林，他們只記住一件事，就是在史達林的領導下，他們成了勝利者。

所有這一切我都想拍下來。我告訴自己要緩一緩，擔心陷進去會出不來。每個人的命運都是一個好萊塢故事，都是現成的電影情節！例如她的朋友伊拉，以前是數學老師，因為薪水太少辭職了。伊拉有三個孩子，整天求她說：『媽媽，帶我們去麵包廠看看吧，哪怕聞聞麵包味道都好呢。』他們趁著晚上去，以免被別人看到。如今伊拉也和依蓮娜一樣在麵包廠工作了，她很高興，因為孩子可以多吃點麵包了。其實大家都在偷東西，所有人手腳都不乾淨，只有這樣才能活下來。生活是很可怕的，會逼得你失去了人性，只有靈魂在活著。您沒能聽到這些婦人所說的話，聽了您也不會相信！她們仍然在談論愛情，沒有麵包還能活著，但沒有愛就活不下去。結果，伊拉讀過依蓮娜的囚犯男人寫來的信，她也激動起來，也在附近的監獄裡找了個扒手犯人。那個人不久後就獲釋出來，接下來的故事就按照悲劇情節的規律發展了。兩個人先是發誓愛到死，然後舉行了婚禮。那個男人叫托利亞，沒多久就開始喝起酒來。伊拉已經有了三個孩子，又和托利亞生了兩個孩子。他總是尋釁滋事，在村子裡追著打她，但是早上清醒過來又捶胸頓足，後悔不已。伊拉也是個美女，又絕頂聰明！但不管怎樣，我們的男人就是這樣的天性，他們是萬獸之王。

現在我們回頭來講講尤拉，依蓮娜的第二任丈夫。在村裡大家都叫他『讀書的牧羊人』，他一邊放牧，一邊看書。我看到他有很多俄羅斯哲學家的書。你可以和他談戈巴契夫，談尼古拉・費奧多羅夫[3]，談改革，還可以談論人性的不朽。其他男人都喝酒，只有他讀書。尤拉是個夢想家，天生的思考者。依蓮娜因為他擅長填字遊戲而驕傲。尤拉身材矮小，童年時他也曾經是個強壯高大的男孩。小學六年級時，媽媽把他帶到了莫斯科。有一次他被打錯了針，傷到了脊柱，就不再長個子了，到現在身高只有一五〇公分。雖然尤拉相貌英俊，但是站在妻子身邊，活像一個侏儒。在影片中，我們儘量不讓觀眾注意到這些，我懇請攝影師：『看在上帝份上，想個辦法吧！』我們不能讓凡夫俗子覺得這個選擇很簡單：一個女人離開一個侏儒丈夫，投向一個超級帥哥！那是庸俗女人的故事！而尤拉，他是個聰明人，他知道幸福是多姿多彩的。他同意了，只是為了讓依蓮娜無論如何都能繼續和他在一起，哪怕不再做為他的妻子，而只是朋友。她帶著監獄寄來的信去找誰？當然是去找那個夢中的男人。尤拉和依蓮娜一起讀了這些信，尤拉的心在淌血，但是他依然聽著她傾訴。愛是恆久忍耐，愛是不嫉妒，愛情不是抱怨，更不是怨恨。當然，一切都不是像我現在所講的那麼美好，他們的生活不是玫瑰色的氣泡。尤拉曾想過自殺，曾想過離家……這都是當時發生的有血有肉的真實場景。不過，尤拉依然愛她。」

尤拉：關於深思

「我一直都很愛她，從上學時就開始了。她結婚後搬到城裡去了，我依然愛著她。

那是個早晨，我和媽媽坐在桌旁喝茶。我朝窗外看去，看到依蓮娜懷裡抱著個孩子走了過來。我對媽媽說：『媽媽，我的依蓮娜來了。我覺得她來了，會在我身邊永遠不分開了。』從那天起，我變得快樂又幸福，甚至模樣也好看了許多。然後我們結婚了，我幸福得像是進了天堂。我親吻自己的訂婚戒指，但第二天戒指卻丟了。真奇怪，它明明好好地戴在我的手指上啊。上班時我抖過一下手套，當我要戴手套時，卻發現戒指沒有了，到處找也找不到。依蓮娜就一直戴著她的訂婚戒指，雖然是鬆鬆的帶著，但她從來沒有弄丟過，直到她自己取下它。

無論到哪裡，我們都是成雙成對，這就是我們的生活！我們喜歡一起去取泉水，我用水桶打水，她就在一邊說：『我和你嘮叨嘮叨吧。』她就在我耳邊說著話。我們的錢不是很多，但錢歸錢，幸福歸幸福。只要春天一到，我們家就擺滿了鮮花，開始是我一個人買花回家，後來孩子們長大了，我們就一起去買花。大家都喜歡這個媽媽。我們家的媽媽是個快樂的媽媽。她會彈鋼琴（她在音樂學校讀過書）、唱歌，也會編童話故事。有段時間我們有過一部電視機，是別人送給我們的。孩子們幾乎貼到了螢幕上，拉都拉不開。他們變得有些愛挑釁，就像陌生人似的。於是她往電視機裡頭灌水，就像往魚缸裡倒水一樣，電視機燒壞了。『孩子們，你們最好出去看看花看看樹，多和爸爸媽媽說說話吧。』孩子們倒也不生氣，因為這是媽媽說的話。

離婚？法官問：『為什麼你們要離婚？』『因為對生活的看法不同。』『丈夫酗酒？打人？』『既不喝酒也不打人。總之，我丈夫是個非常出色的人。』『那您為什麼要離婚？』『不愛了。』『這不是正當理由。』法院給我們一年的時間再仔細想明白。

男人都嘲笑我。有人建議我把她趕出家門，送進瘋人院。她還有什麼不滿足的啊？每個人都是這樣過日子的。惆悵，就像瘟疫一樣，會襲擊所有人。你坐在火車上，遙望著窗外，卻無法排解苦悶。周圍不乏美麗的人事物，卻不能吸引你的目光，淚水難以抑制，不知道自己該怎麼辦。是的，這就是俄羅斯式的惆悵與苦悶。就算是擁有了一切，還是會覺得缺了些什麼。然後就這麼活著，試著忍受一切。她說：『尤拉，你非常好，你是我最好的朋友。而他雖然在監獄裡，但我需要他，我愛他。要是你不放我走，我就會死。我會按照規矩做好一切，但我會死的。』命運，它就是這麼個東西。

她拋下我們走了。孩子們想她，哭了很久，尤其是最小的那個，我們的小馬特維。他們都在等媽媽回來，現在仍然在等，我也在等她。她寫信給我們：『無論如何都不要賣掉鋼琴。』那是我們家唯一的貴重物品，是她父母留給她的，是她最喜歡的……以前每到晚上，我們全家人就會坐下來，聽她為我們彈鋼琴。難道我會為了錢賣掉它？而她也不可能把我從她的命運裡趕出去，只留下一個空洞，這是不可能的。我們在一起度過了十五年，我們還有孩子。她是個好人，但她是另一類人。她好像不屬於塵世，她無憂無慮，無牽無掛；而我不過是個凡人，是屬於這個世界的人。

當地報紙先刊載了關於我們的文章，接著有人找我們去莫斯科上電視。方式是這樣的：你坐在一個好像舞台的地方，講述自己的故事，大廳裡有觀眾。講完故事後大家接著討論。當時所有人都罵依蓮娜，女人罵得更凶：『瘋子！性變態！』她們恨不得向她丟石頭了。『這是病態，這是錯誤的。』眾人紛紛向我提問，討論一輪接著一輪。『這個淫蕩的婊子拋棄了您和孩子，她連您的一根小指頭都不配。您是個聖人。我代表所有俄羅斯女人給您跪下了。』我想回答她們，但才開口，主持人就說：『您的時間到了。』我哭了。所有人都以為我眼中流出的是委屈的淚水，是哀怨憤怒的淚水。但其實，我流下眼淚，是因為這些生活在首都的人什麼都不明白，雖然他們如此聰明，受過良好的教育。

我還要繼續等著她，一直等到她回心轉意。我無法想像身旁有了另一個女人。當然，有時也會突然產生一些想法……」

村裡人的話

「依蓮娜是天使。」

「換作是以前，這樣的妻子都會被鎖在貯藏室裡，或者用韁繩拴住。」

「如果她追求的是一個有錢人，倒還可以理解，有錢人的生活畢竟更好。可是與黑幫扯上這種關係是為了什麼？而且還是和一個無期徒刑的犯人。每年探監兩次，這就是一切。滿滿的愛。」

「浪漫的天性，就隨便她走去哪兒吧。」

「這就是我們骨血中的東西：同情不幸者，甚至殺人犯和浪蕩鬼也不例外。明明是殺人犯，眼睛卻像嬰兒一般無辜，讓人可憐他。」

「我不相信男人，更不相信犯人。他們在獄中百無聊賴，只想找點樂子，消遣放鬆。回信時互相抄來抄去：『我的小天鵝有一雙白色的翅膀；我想著你；猶如窗口透進來的光……』只有傻瓜才會相信這些，還要努力去拯救他，拉著很重的箱子，帶著吃的用的，寄錢給他，等著他出來。哪天要是他被放出來了，只會來到她身邊吃吃喝喝，騙點錢。然後在過爽了一天後又突然消失不見。拜拜！拜拜！」

「女孩們，這就是愛情！就像在演電影！」

「她去嫁給一個殺人犯，拋下一個好丈夫，還有她的孩子……三個兒子。就這麼買一張票，要走到天涯海角去找他。她從哪兒弄到這些錢的？她總是從孩子那裡東扣西藏的。每次走進商店，她都要先琢磨：到底要不要給他們買麵包？」

「妻子害怕自己的丈夫，兩人一起去找基督[4]。就為了這樣。就只是這樣，何必？如果不是為了這件事，又是為什麼？」

「主說，要是沒有我，你們就什麼都做不成。但是她卻按照自己的想法去做，太傲慢了。缺乏溫順者，總潛藏著其他力量。那是魔鬼在慫恿她。」

「她需要去修道院，尋找救贖之路。人只能在悲傷中獲得救贖，所以甚至要去尋找悲傷。」

我和伊琳娜．瓦西里耶夫娜繼續我們的談話：

「我也問過她同樣的問題：『依蓮娜，你知道你一年只能和他見兩次面嗎？』『那又怎樣？我覺得夠了。我會和他精神相伴，感情相融。』

探望他必須要去遙遠的北方，一個叫作火燒島[5]的地方。在十四世紀，謝爾蓋．拉東涅日斯基[6]的門徒長途跋涉征服了北部森林，他們磨破雙腳穿過密林，看到了一座湖，湖中央冒著火舌。聖靈就這樣向他們顯靈了。他們用小船把土運到湖中，在湖中央填起一個小島，然後在島上建起了一座修道院。這個古老的修道院牆壁有一．五公尺厚，就是現在的『死牢』，關押著最可怖的殺人犯。各間牢房的門上都掛著一塊牌子，上面記錄著犯人的暴行：用刀殺死了六歲的安雅、十二歲的娜斯佳……只要瞄一眼都會令人毛骨悚然。但是你走進去後，就像遇到普通人一樣，他們會跟你打招呼，向你要一支菸，你也會給他們。他們也會問你：『外面怎樣了？在這裡，我們甚至不知道外面天氣如何。』他們住在石牆內，四周圍繞著森林和沼澤。沒有人跑得出去。

依蓮娜第一次去的時候，完全沒想過她的探監會被拒絕。她敲了敲遞交身分證的窗戶，沒人想聽她說話。『典獄長在那裡，你去和他說。』她就跑去找典獄長：『請允許我探監。』『誰？』『我來看沃洛加．波德布茨基。』『難道你不知道這裡關的都是特別危險的罪犯嗎？對他們有特別嚴格的規定：每年只探監兩次，每次前後三天，每天兩個小時。而且只允許直系親屬看望，比如母親、妻子、姊妹。你是他什麼人？』『我愛他。』典獄長轉身想走，但她抓著他的衣服釦子不放手：『您是理解的，我愛他。』『可是對他來說，你完全是個陌生人。』『那就讓我看一眼吧。』『你是說，你還沒見過他？』這話任誰聽了都會想笑的。這時警衛都進來了，這個傻女人怎麼回事？哈哈哈。於是，她跟他們講了自己的夢，講自己十八歲那年做的一個夢，講自己的丈夫和三個孩子，還講了她一生都愛著這個男人。她的真誠和純情能夠穿透任何一堵牆。她身旁的人意識到，在他們正規的生活中是不會發生這種事的，因為他們是大老粗，聽不到這麼細膩的聲音。典獄長已經不年輕了，他的工作讓他什麼都見識過了……他開始同情這個女人：『念在你從那麼遠的地方來，我就給你們六個小時的會面時間，但一旁會有警衛看守著。』『兩個警衛也沒關係！反正除了他以外，我不在意任何人。』

她身上這種非同尋常的極端征服了沃洛加：『你不知道我有多高興……這輩子我一直在等你，我們終於在一起了。』那個男人當然全無心理準備。已經有一個浸信會女信徒經常來看他，他跟她已發生過關係。那個女人顯然是個命運不好的普通女子，需要一個男人安慰她，需要在護照上蓋一個章證明她已婚。而眼前這個女人卻是突然襲擊而至，要是有人這樣急切地想抓住你，任何人都會害怕的。他腦袋裡的弦繃緊了……依蓮娜說：『我求你，讓我嫁給你吧。這樣他們才能放我進來看你。其他我別無所求。』『你結婚了嗎？』『我要離婚了，我只愛你一個。』她隨身帶來一個包包，裡面裝滿了他的信，上面畫著直升機和花朵。她一刻也不能跟他分開。這是她幸福的頂峰，因為她一輩子都在追求絕對精神，而絕對精神只能存在於書信中，只能透過紙筆才有可能完全實現。絕對精神必須無關乎床笫之事。在床上，是找不到絕對精神的。只要牽扯到其他人的事，不論是家庭或是孩子，都只會是一種妥協。

好像是有什麼在引領著她，這股力量是什麼呢？這個夢的本質又是什麼呢？

我們也去了火燒島。為此需要準備大量的文件，蓋無數個章，打好多通電話。最後，我們終於成行了。一開始，沃洛加對我們深具敵意：『為什麼要拍這個片子？』這麼多年他都是在孤獨中走過來的，遠離人群讓他變得疑心重重，不相信任何人。還好，依蓮娜和我們一起來了，她拉著他的手叫了聲『沃洛加』，他立刻就溫順了下來。我們一起勸說他，也許他自己也在動腦筋思考。這是個聰明的小夥子：日後要是有特殊情況，也許有機會特赦。如果拍成了電影，他就會成為名人，這對他以後也會有幫助……所有關在監獄的犯人都渴望活著，那裡的人不喜歡談論死亡。

沃洛加：關於神

「我獨自坐著，等待槍斃。我想了很多，在四面高牆內能向誰求助？時間並不存在，只是一個抽象的概念而已。我體驗到無比的空虛。有一次，我曾經脫口而出：『主啊，如果你真的存在，救助我吧！不要拋棄我！我不祈求奇蹟，只要幫我弄清楚為什麼會發生那件事。』我跪倒在地，祈禱。上帝應該不會讓那些求助於祂的人等太久吧……

說一下我的案子——我殺了人。那年我十八歲，剛剛高中畢業，喜歡寫詩。我很想去莫斯科讀書，想當個詩人。我和母親兩人一起住，家裡沒錢了，我必須出去工作掙學費。我被安排進汽車修理廠工作。晚上我們村裡會辦舞會，在舞會上，我愛上了一位美麗的女孩，愛得神魂顛倒。那天晚上我們從舞會上出來，那時是冬天，還下著雪，聖誕樹在窗前閃爍，馬上就要過年了。我沒有喝醉。我們邊走邊聊天，她問我：『你真的愛我嗎？』『我愛你超過愛自己。』『你能為我做什麼呢？』『我可以為了你殺死我自己。』『殺死自己，這個好理解。但你可以為我去殺任何人嗎？』要麼她當時只是開個玩笑，要麼她本來就是這樣一個壞心眼的婊子。我已經不記得她了，連模樣都忘了，她從來沒有給我寫過信。你能殺人嗎？她就是這麼說的，還是笑著說的。我是個男子漢，必須證明自己對她的愛。我從柵欄上抽出一根木樁，深夜時分，四周一片漆黑。我站在那兒埋伏著，她也在等著。但等了很長一段時間都沒人出現，直到後來，終於來了一個人。我朝著他的腦袋一記重擊，碰！接著，又打了第二次。他被打倒在地，我還不停地打，用木樁打，那個人是我們的老師。

一開始，我被判處死刑。半年後，死刑改為無期徒刑。母親拒絕與我有任何聯繫。大姊起初還給我寫信，後來也不再寫了。我一個人獨處很久了。在這裡，在這個被鑰匙緊鎖的房間裡，我待了十七年，十七年！我就像一棵樹或是一隻動物一樣，不知時間為何，全憑上帝做主。我睡覺、吃飯、放風，只能透過窗外的鐵柵欄看著天空。牢房裡有床、凳子、杯子、勺子，其他犯人還有回憶，但我記得什麼呢？我一無所有，我還沒來得及好好生活呢。回首往事，只剩一片黑暗，偶爾才有那麼一點亮光。我最常回想的人是媽媽，她有時站在烤爐旁邊，有時在廚房窗前，此外全是黑暗。

我開始讀聖經，但還是無法解脫，卻經常渾身發抖。我對主說：『您為什麼要這樣懲罰我？』人總是因為喜悅而感謝上帝，因為苦難而質疑：『這是為什麼？』不，人應該明白磨難的意義，這才算是把自己的生命獻給上帝。

突然間，依蓮娜出現了，她對我說『我愛你』，在我面前打開了一個世界。我能夠想像隨她而來的一切：家庭、孩子……在我徹底黑暗的世界裡忽然看到了最耀眼的光芒，我被這暖暖的光芒包圍了。但說實話，這是有違常情的：她有丈夫，還有三個孩子，卻向一個陌生男人求愛，寫情書。如果我是她的丈夫，那我可能就會……『你怎麼樣，幸福嗎？』『愛情如果沒有犧牲，那算什麼愛情？』我不知道，我哪裡知道世間還有這種女人存在？在監獄裡，又怎樣？這裡有人，也有畜生，全都有。但是我在這裡遇到了一個人，因為這個人，我整夜都無法闔眼。她來的時候不管是哭或是笑，總是美麗的。

我們很快就登記了，然後我們決定舉行婚禮，在監獄裡有一間祈禱室……好像突然有個守護天使朝我們看過來。

遇到依蓮娜之前，我恨所有的女人，我以為愛情只是荷爾蒙作祟，只是肉體的欲望。她不害怕說愛這個字眼，還經常說：『我愛你！我愛你！』我就只是坐著，一步都不敢邁開。這一切，我該怎麼對您說呢？說實話，我不習慣幸福。但有時候我會相信她，我願意相信這是真的——我也能夠被愛。我和其他人的差異就在於，他們總是認為自己是好人，但人類其實並不了解自己，如果他們真的了解，就會畏懼的。難道我以前有想過，我會是這樣的下場，我又如何能料到這些獸性會從我身上噴發而出，我從來沒想過！所以，我覺得我也是個好人。媽媽那裡大概還收著我的筆記本，裡面有我寫的詩，如果她沒有燒掉的話。此外，我也很害怕，我孤獨一人太久了，卡在這種狀態裡出不來。我離正常生活太遙遠了，我已經變得凶惡又野蠻了。我害怕什麼？我害怕我們的故事只不過是一場電影，而我再也不需要這種有如電影的情節了。我只是想要開始生活，我們想要一個孩子。她曾經懷孕，但流產了。這就是主在提醒我的罪惡。

很可怕，我曾想過自殺，也想過……她曾經對我說：『我怕你。』但是她不離開。喏，這就是給你們的電影！拿去吧。」

監獄裡的對話

「胡來！簡直胡來！應該把這個女人送去看心理醫生。」

「這種女人我以前只在書裡讀到過，十二月黨人的妻子[7]。但那是文學作品！在現實生活中，這種人我大概只見到過一個，就是依蓮娜。當然，一開始我也不相信：『她瘋了吧？』但後來我的想法全都翻轉過來了。耶穌也曾被人當成瘋子，所以說她比所有人都正常！」

「有一次，整個晚上我都因為她而無法入睡。我記得我也有過一個女人，她非常愛我。」

「這是她的十字架，她會扛著它走下去。這是真正的俄羅斯女人！」

「我認識沃洛加，一個和我一樣的混蛋，現在倒成了新郎官了！我為那個女人害怕。她不是那種訂了婚約就萬事大吉的人，不是那種『好，那你在那裡蹲吧，我繼續過我的生活』的人，而是會努力去做個妻子。他能給她什麼？我們只是一些眼中滿布血光的男人，什麼也給不了她。我們唯一能做的就是拒絕，不再接受任何的犧牲和付出。現在我們生命的全部意義，就是不要接受。如果你接受了，就等於又在掠奪別人。」

「是的，她是一個快樂的人。她不怕追求自己的幸福。」

「在聖經中就是這樣，上帝並沒有被稱作仁慈或正義的化身，只被稱為愛的化身。」

「牧師來的時候，他透過鐵柵欄把手遞給我，但又很快地縮回去。他沒有意識到，但是我看到了。其實很明白：我手上是沾著血的。現在她成了殺人犯的妻子，完全信任他，希望與他分享一切。我們每個人現在都這麼想：『她這樣做，意味著一切都還沒有走到盡頭。』要是我沒聽過她的事，我在這裡的日子會更難熬。」

「什麼樣的未來在等待著他們呢？女巫可能都算不出來。」

「真是夠變態，夠畸形的！哪有這麼神奇的事？生活，可不是揚著白帆的小白船。這只是包著巧克力的一團狗屎。」

「她尋找的東西，她需要的東西，地球上沒有人能給她，只有上帝。」

他們在監獄裡辦了婚禮。一切都如依蓮娜所想像的：蠟燭、戒指，還有唱詩班合唱：「以賽亞，喜悅吧……」

牧師：「弗拉基米爾[8]，你是否出自自願和善意，決心娶站在你面前的依蓮娜為妻？」

新郎：「我願意，尊敬的神父。」

牧師：「你是否許諾了另外的女子？」

新郎：「我沒有許諾別人，尊敬的神父。」

牧師：「依蓮娜，你是否出自自願和善意，決心嫁給站在你面前的弗拉基米爾？」

新娘：「我願意，尊敬的神父。」

牧師：「你是否許諾了另外的男人？」

新娘：「我沒有許諾別人，尊敬的神父。」

牧師：「主祝福你們……」

一年後，我又與伊琳娜．瓦西里耶夫娜見面了。

伊琳娜的故事

「我們拍的紀錄片在中央電視台播出了，收到很多觀眾來信。我很高興，但是我們生活的這個世界有點不對勁。正如一則笑話所說的：『人是善良的，但人民卻是凶惡的。』我記得有人在來信中寫道：『我贊成死刑，贊成對人類的殘渣廢物利用。』『對你們主角這種怪胎、殺人犯，就應該公開在紅場大卸八塊，並且插播士力架巧克力廣告。』『應該讓他們去接受醫學研究和化學試驗……』如果翻一下《達爾詞典》[9]，『善良』一詞源自於『富裕』，生活富足、有福氣，這是在穩定和有尊嚴的狀況下。而這些，我們一直以來都沒有。邪惡不是來自上帝，套用聖安東尼[10]的話：『上帝不是罪惡的始作俑者。祂賜給了人類理智和分辨善惡的能力。』當然，我也收到了一些正面的回應，比如：『在看過你們的影片後，我又開始相信愛情了。我覺得上帝還是存在的……』

紀錄片，是陰謀也是圈套。對我來說，紀錄片的體裁有一個先天缺陷：影片拍攝完了，但生活還在繼續。我片中的主角不是編造的，他們是活生生的人，是真實的人，他們不依賴於我而存在，不以我的意志為轉移，與我的想法和我的專業無關，我在他們的生活中出現，只是偶然和暫時的。我並不像他們一樣自由。如果可以的話，我會用一生只拍攝一個人或一個家庭，每天跟蹤拍攝。他們如何牽著孩子的手，去別墅度假，喝茶聊天，今天這樣，明天那樣，爭吵，買報紙，汽車拋錨，夏天結束……我們身處其中，但是很多發生的事情我們不在場，被我們錯過。僅僅捕捉片刻或跟蹤一段時間，對我來說遠遠不夠。我不擅長抽離，不懂得置身事外，我必須與自己的主角交朋友，給他們寫信、打電話、見面。還要用很長的時間，我才能把素材拍足，在我的眼前不斷有新的畫面滾動。我就是這樣『拍好』了數十部影片。

其中一部就是關於依蓮娜．拉茲杜耶娃的，我的筆記本記錄了這一切。就像一部永遠不會拍成電影的劇本……

……她由於自己的所作所為而受苦，但不能不去做。

……在她下定決心要拿到並通讀他的案卷之前，已經過了好幾年。但她並不害怕：『這不會改變什麼，我還是愛他。在上帝面前，現在我就是他的妻子。他是殺死了一個人，因為當時我不在他身邊。否則我一定會抓住他的手，帶他走出困境。』

……就在火燒島那裡，我看到一個前任地區檢察官。他和弟弟用斧頭砍死了兩名婦女——會計和出納。他在寫一本關於自己的書，他甚至不出去散步，捨不得時間。他和弟弟偷了一筆算不了什麼的小錢。為什麼殺人？他不知道。還有一名機械師，他殺害了妻子和兩個孩子。在此之前，除了扳手，他什麼都沒有拿過，但現在整個監獄裡都掛著他的畫作。他們每個人都背負著自己的心魔，想說出來。殺人這件事，不管是劊子手或受害者來說，一樣都是難解的祕密。

……我在那裡無意中聽到了一段對話：『你認為上帝存在嗎？』『如果祂存在，那麼死亡就不是終點。所以我不希望祂存在。』

……這是愛嗎？沃洛加，高大英俊；尤拉，矮若侏儒。她對我坦承，以女人來說，尤拉對她更合適。只是她必須這麼做：『因為我丈夫是一個受盡苦難的人。』她必須抓住他的手。

……一開始，她在村裡和孩子們住在一起，每年去探監兩次。後來他要求她放棄一切跟著他：『你會背叛我，我覺得你會背叛我。』『我的沃洛加，我怎麼能離開孩子們呢？小馬特維還很小，他還需要我。』『你是基督徒，你必須要順從，聽丈夫的。』於是她繫上一條黑色圍巾，住在了監獄旁邊。她沒有工作，牧師收留她在教堂蟄居，打掃教堂。『沃洛加就在旁邊，我能聽到……聽到他就在身邊。』她寫信給他：『別害怕，我和你在一起呢。』七年來，她每天都寫信給他。

……剛結婚不久，沃洛加就要求她給各級機關寫信，謊稱他是好幾個孩子的父親，他必須照顧孩子。這是他獲得自由的機會。但依蓮娜是純真的女人。她坐下來卻編造不出理由：『他殺害的是一個人，沒有比這更罪過的了。』於是，他和她瘋狂地大吵大鬧了一場。他需要的是另一個女人，一個更富有、關係更密切的女人。這種幸福他厭倦了。

……他在監獄裡已經待了十八年。入獄時，外面還是蘇聯，大家還過著蘇聯式的生活。他不理解現在的國家是怎麼回事。如果他出獄，要怎樣適應這種新生活！生活會重創他，他沒有工作，親人會將他拒之門外。而他確實是一個惡人，有一次在監獄裡，他和獄友起爭執，差點掐斷人家的喉嚨。依蓮娜知道她必須把他帶到一個遠離人群的地方，她的願望是和他一起躲在森林裡工作，在森林裡生活。就像她說的，四周只有樹和不會說話的動物。

……她不止一次對我說：『他的眼神變得那樣冰冷，那樣空虛。總有一天他會把我殺了。我知道，他會帶著怎樣的眼神殺了我。』但是她一直被莫名的力量拉扯著，拉向無盡的深淵。為什麼？難道我沒有注意到自己也有這種情況嗎？被拉向黑暗……

……我們最後一次見面時，她說的是：『我不想活了！我再也撐不下去了！』她已經開始迷亂，處在一種半死不活的狀態中……」

我們決定去找依蓮娜。但是她突然消失了，音訊全無。有傳言說，現在她在一個偏僻的寺院隱居，與吸毒者和愛滋病患者在一起……那裡很多人都發誓要保持沉默。

1 美狄亞是希臘神話人物，科爾喀斯島的魔女公主，被愛神的箭射中後，與來尋找金羊毛的伊阿宋一見鍾情，幫助伊阿宋盜取羊毛並殺害了自己的親弟。不料對方後來移情別戀，美狄亞由愛生恨，將自己親生的兩名稚子殺害以洩憤。

2 位於克里米亞半島西南岸的港灣都市，昔日是黑海艦隊的基地，曾為俄羅斯海軍所有。目前仍然存在著主權爭議。

3 尼古拉．費奧多羅夫（一八二九～一九〇三），俄羅斯宗教思想家、未來主義哲學家、教育家，俄羅斯宇宙主義的創始者之一。

4 出自於新約《聖經》以弗所書5:33。

5 火燒島，是俄羅斯五大無期徒刑監獄之一。

6 謝爾蓋．拉東涅日斯基（一三一四或一三二二～一三九二），俄羅斯神父，最早的修道院創始人之一，莫斯科三一大教堂（現為謝爾蓋修道院）創始人。

7 一八二五年十二月黨人革命，事後這些黨人的妻子，有許多都自願跟隨丈夫到西伯利亞的流放地服苦役。

8 這是沃洛加的正式名字。

9 此指俄羅斯民族學家及辭典學家達爾所編纂的《生動俄語大辭典》一書。

10 聖安東尼（二五一～三五六），或稱偉大的聖安東尼，羅馬帝國時期的埃及基督徒，也是沙漠教父的著名領袖。

勇氣，以及勇氣之後

塔尼亞·庫列紹娃，大學生，二十一歲

事件紀實

十二月十九日，白羅斯舉行總統大選。沒有人期待這會是一場公正的選舉，結果如何，眾所周知：已經統治這個國家十六年的總統盧卡申科勝選。全球媒體都嘲笑他是「馬鈴薯獨裁者」、「世界級獅子狗」，但他把自己的人民當成人質。這位歐洲最後的獨裁者，絲毫不掩飾自己對希特勒的好感，但大家一直沒有嚴肅看待，還戲稱他是「沙俄下士」和「波西米亞上兵」。

晚上，在明斯克的主要廣場——十月廣場上，聚集了數萬人抗議選舉舞弊。示威者要求宣布選舉結果無效，並舉行沒有盧卡申科參加的新大選。和平抗議遭到特種部隊和鎮暴警察的暴力鎮壓，首都周圍的樹林裡埋伏著戒備中的正規軍。

總共有七百名示威者被捕，其中包括七名總統候選人，雖然他們有免遭逮捕的人身豁免權。選舉結束後，白羅斯特工部門夜以繼日地工作。全國各地開始了政治鎮壓：逮捕、訊問，以及搜查公寓、反對派報紙和人權組織辦公室，沒收電腦等辦公設備。許多人被關在奧科列斯季諾監獄或KGB的看守所，被威脅將因「煽動群眾罪」和「政變未遂」罪而面臨四至十五年的徒刑，這就是今天白羅斯政府對和平抗議所做的定調。由於擔心迫害和嚴厲的專制，數百人逃離了這個國家。

——摘自二〇一〇年十二月～二〇一一年三月的報紙報導

感情記事

～開開心心就好，不要太嚴肅～

「我不使用自己的姓氏，用的是我外婆的。當然，是因為害怕，所有人都在期待著英雄橫空而出，但我不是女英雄。我還沒有做好準備。在監獄那段時間，我想的只是我媽媽，掛念她有心臟病。她會怎樣呢？就算我們勝利了，被載入歷史教科書，但是我們親人的淚水呢？他們的痛苦呢？理想是強大的，有著可怕而無形的力量，既無價又不可衡量，它是另一類物質，是一種比媽媽更重要的東西。你必須做出選擇，但你卻沒有準備好。如今我已經知道，當KGB闖進房子裡，亂翻個人物品和書籍，蠻橫查看私人日記時，那是一種什麼感覺。（沉默）今天我正要來找您時，媽媽打電話給我，我告訴她要去見一個著名作家，她卻哭了起來：『保持沉默吧。什麼都不要說。』很多陌生人都支持我，但是親戚朋友卻沒有這樣做，這是因為他們愛我至深。

參加抗議示威活動之前，我們晚上聚集在宿舍裡辯論，除了針對目前的生活之外，還包括這樣一個議題：『誰去參加集會？誰不去？』要回想當初我們都說了什麼？那好吧，大概就是這些：

『你去嗎?』

『我不去。去了會被學校勒令退學,可能還會被抓去當兵,帶著自動步槍到處奔波。』

『我要是被開除了,父親馬上就會把我嫁出去。』

『少廢話,我們必須做點什麼。如果每個人都害怕……』

『你想讓我成為切.格瓦拉嗎?』(說這話的是我的前男友,我也會把他的故事講給您聽。)

『我們要的只是一點點自由而已……』

『我會去,因為我已厭倦了在獨裁者統治下生活。他們就想讓我們做沒腦子的牛馬。』

『好吧,我不是英雄。我只想繼續在學校念書,只想讀點書。』

『有一則關於老蘇維埃的笑話是這樣說的:「凶惡如狗,沉默似魚。」』

『我只是個小人物,一切都和我無關。我從來沒有投過票。』

『我是革命者,我要去。革命了,痛快!』

『你有什麼革命理想?資本主義是新的光明未來嗎?拉美革命萬歲!』

『十六歲時,我責怪父母總是前怕狼後怕虎,因為我爸爸有個工作。我以為他們都是愚蠢的,而我們截然不同。我們要走出去,我們要說話!可是現在我和他們一樣也成了順民,循規蹈矩。根據達爾文的理論,不是強者生存,而是適者生存。中庸者才能夠活下去,並且繁衍後代。』

『衝上去的是傻瓜,不去的人更糟。』

『愚蠢的羊群，是誰對你們說過革命就是進步。我啊，支持進化。』

『對我來說，什麼白軍，什麼紅軍，我都不在乎！』

『我是革命者……』

『沒有用的！軍車上坐滿了光頭佬，轟轟轟開過來，警棍朝著你的腦袋瓜子就打，僅此而已。政權就應該是強硬的。』

『我從來沒有說過要搞革命。我就想把大學念完，然後就去做生意。』

『腦子炸了！』

『恐懼，是一種病。』

開開心心就好，不要太嚴肅。許多示威者都在笑著唱著，因為心意相通而喜歡彼此，情緒高昂。有人高舉著海報，有人背著吉他。朋友用手機打電話給我們，說他們已經在網路上發文。大家都在行動，而我們也知道市中心的院子裡擠滿了軍車及警車。軍隊正在往城裡調動。不管我們是否相信，心情都有些忐忑，但那不是恐懼。恐懼突然間消失了。是的，首先有這麼多人聚在一起，多達數萬人，形形色色的人。白羅斯從來沒有過這麼多人的一次集會。我是不記得有過，再說我們是在自家門口。歸根究柢，這是我們的城市，我們的國家。憲法賦予了我們有集會、示威、遊行自由及言論自由的權利，我們是受到憲法保護的！這是免除恐懼的第一代人，不被毆打的第一代人，不被槍殺的第一代人。萬一被判刑十五天呢？你想想吧！那我們就有東西可以寫在網誌上了。我們要讓當政者不覺得我們是盲目附和的一群人，不是跟隨著牧人走的溫順羊群！我們還用電腦取代了人腦。為了以防萬一，我總是隨身帶著一個杯子，我聽說在牢房裡是一個杯子十個人一起用。此外，我也在背包裡放了一件溫暖的毛衣和兩顆蘋果。我們一邊遊行，一邊互相拍照，要永遠記住這一天。我們戴著聖誕面具和發著閃光的兔子耳朵，都是中國製造的玩具。耶誕節就是這樣……天在下雪，多麼美好的景致！我沒有看到一個醉鬼，如果有人手上拿著啤酒罐，會被立即拿走倒掉。有人發現屋頂上有個人影：『狙擊手！狙擊手！』所有人都歡呼了起來，朝著他揮手：『到我們這裡來吧！跳下來吧！』真的很有意思。以前，我對政治非常冷漠，從來沒有想到自己可以去體驗這種感覺。我能夠經歷這麼多，是因為我一邊聽著音樂。音樂對我來說就是一切，不可替代，已到了癡迷的程度。我旁邊還走著一個女人，為什麼我當時沒有問她的名字呢？本來你們應該寫寫她的。我是被其他事情吸引了、分心了，因為周圍一片歡樂，對我來說這一切都很新鮮。這個女人是和兒子一起來的，兒子看起來只有十二歲，還是個學生。有個員警上校發現了她，就在擴音器裡破口大罵，說她是一個壞母親、瘋子。但是所有人都為他們母子鼓掌。一切都是自然而然發生，沒有人事先約好要做什麼。這一點相當重要，了解這一點更是重要，因為我們總是自愧弗如。在烏克蘭有橙色革命，在喬治亞有玫瑰革命，世人都在嘲笑我們：『明斯克是蘇聯共產主義的首都，是歐洲最後的專制據點。』而現在，我帶著另一種感覺生活著：『我們站出來了，我們不再害怕了。』這是最重要的……

雙方對峙，一邊是我們，一邊是他們，兩種陣營，兩類不同的人。這畫面看上去很奇怪：一些人舉著標語和畫像，而另一些人則是全副武裝，手持盾牌和警棍嚴陣以待。他們都是肩寬背闊的男子漢，他們會對我們動手嗎？他們會毆打我們嗎？雙方幾乎都是年齡相彷的年輕人，那些人當中可能還有我的追求者。事實上，他們當中就有從我們村子裡出來的小夥子，我都認識。當然，他們現在站在這裡，成了維護首都明斯克秩序的軍警人員，包括克利卡·拉圖什卡、埃利克·卡茲納切耶夫……都是很正常的小夥子。他們和我們都一樣，只不過是多了肩章而已。他們會攻擊我們嗎？我不敢相信。抗議的人群從他們身邊走過時，免不了嘲諷調侃幾句，有人還勸說他們：『弟兄們，你們難道會向人民開戰嗎？』雪還在下著。然後，軍令傳來了：『隔開人群！保持隊形！』大家一時之間沒有反應過來，因為這是不可能的。『隔開人群！』頓時周遭安靜了下來。接著，突然響起敲盾牌的聲音，有節奏的盾牌敲擊聲。他們行動了……以橫排列隊推進，用警棍敲打著盾牌，就像獵人追逐獵殺野獸一樣。他們前進、前進、前進，除了在電視上，我從來沒有見過這麼多的士兵。後來我從一個同村的小夥子那裡得知，上級是這樣開導他們的：『如果你們在示威群眾中看到的是活人，那就太糟糕了。』他們都是像狗一樣被訓練得要聽從命令。（沉默）呼喊聲、哭號聲響起，有人大叫：『他們打人了！他們打人了！』我親眼看到他們在打人。要知道，打人時會產生亢奮感，產生快感。我還記得他們打人時的那種愉悅，彷彿當成了一種訓練。一個女孩的聲音尖叫著：『你做什麼，混蛋！』尖利的高音衝破了喧囂。景象真是太可怕了，我不禁閉上了眼睛。我穿著白色外套，戴著白色帽子，一身潔白地站在那裡。」

～把臉對著雪地，婊子！～

「囚車真是一種奇怪的車子，那是我第一次親眼看見。這是專門用來運送囚犯的巴士，整個車身都是鋼製的。『把臉對著雪地，婊子！只要敢動一下，我就殺了你！』我趴倒在柏油路上，不只是我一個人，而是我們所有的人。大腦一片空白，沒有任何想法。唯一的真實感受是冷，好冷。他們用穿著軍靴的腳踢我們，掄著警棍把我們驅趕進了囚車。男孩比較慘，因為軍警會往他們的下體踢打。『打他的鳥蛋，打下去』、『打斷他的骨頭』、『用尿澆他們』……他們一邊打人，一邊對整個事件高談闊論：『操你媽的革命』、『你把祖國賣了多少美金啊？混蛋』。五公尺長二公尺寬的囚車裡，裝載量是二十個人。但了解情況的人說，那次塞進了超過五十個人。心臟病患者和哮喘病人也被抓來了！『不許看窗外！低下頭！』然後飆罵著一連串的髒話，說我們是賣身美國佬、乳臭未乾的白痴，害得他們今天沒有時間去看足球賽；一整天只能藏在大篷車裡，在塑膠袋和保險套裡尿尿。所以當他們跳出來後，個個都像餓極了的凶惡野獸。也許他們本身不是壞人，但他們幹的是劊子手的工作。這些看起來正常的傢伙，只是這個體制下的一顆螺絲釘。打或不打，不由得他們決定，他們既然是打手，就得出手打人。然後才用腦子想，或許根本連想也沒想。（沉默）囚車開了很久，一會兒往前，一會兒又掉頭。去哪裡呢？完全不知道。他們打開車門時，有人問：『要把我們送去哪裡？』得到的答案是：『去庫洛派特。』（那是史達林大肅反時代的萬人坑）。他們一直講著這些有虐待傾向的笑話。囚車在城裡繞了很長一段時間，因為所有監獄都人滿為患，我們只能在囚車上待了一晚。那個夜晚，室外溫度是零下二十度，而我們被塞在一個鐵箱子裡。（沉默）我應該恨他們的，但我不想恨任何人，我還沒有做好準備去恨別人。

夜間警衛換了幾次班。他們的臉孔我已不記得了，穿著制服的他們看起來都長得一樣。但是其中有個人，即便現在我在街頭上碰見也能認出來，因為他的眼睛。他的年紀不大也不年輕，很普通的一個男人，那麼他做了什麼事呢？他打開囚車的門，很長一段時間都不關上，看到我們凍得直發抖，他就特別開心。我們所有人只穿著夾克及人造皮的廉價靴子。他看著我們，一邊露出詭異的笑容。他不只是奉命而行，而是出於自己的意願以虐待我們為樂。相反地，另一個員警則是遞給我一塊士力架巧克力：『喏，拿去吧。你幹麼要跑去廣場？』人常說，要理解人性，就必須讀索忍尼辛。我在學校時，就在圖書館借到了一本《古拉格群島》，這是一本很厚很枯燥的書。我讀了五十頁，就讀不下去了，一個十分遙遠的故事，就像是特洛伊戰爭；而史達林更是一個說爛了的故事。我和我的朋友對這些事，都興趣缺缺。

入監後的第一件事，是要你把包包裡的所有東西都倒在桌子上。感覺如何？那就像是有人扒光了你的衣服，而他們也真的叫我們把衣服脫掉：『脫掉內褲，雙腿岔開與肩同寬。坐下。』他們要在我肛門裡找什麼？他們像對待犯人一樣對待我們。『面向牆！看著地面！』他們一直要求我們要看著地面，因為不喜歡我們對著他們的眼睛：『面向牆，我說過了！面向牆！』到哪兒都要排隊，連上廁所也要排隊。『排好隊，一個緊跟著一個！』然後是審訊、調查、錄口供。審訊時，他們說：『你應該這樣寫：我承認自己有罪。』『請問我犯了何罪？』『你說什麼！你難道還不明白？你剛剛參加了一場大規模的騷亂。』『那是一場和平抗議活動。』於是，他們開始恐嚇施壓：『你會被學校開除，你媽媽也會被解僱。她身為老師，怎麼能有這樣一個女兒？』媽媽！我一直在想著我的媽媽。他們明白這點，所以每次審訊都是以這樣的話開始：『你媽媽哭了』、『你媽媽住院了』，然後才問我：『你叫什麼名字，當時還有誰在你身邊？是誰散發的傳單？』然後叫我在上面簽字，寫上日期。他們還保證沒有人會知道這件事，而且立刻就能放我回家。我必須做出選擇……『我不會簽任何字。』我堅決地告訴他們。但是每天夜裡我都會哭，媽媽因為我住院了。（沉默）要成為叛徒很容易，因為我愛媽媽；同時我也不知道，我是否能忍受一個月。他們笑道：『難不成你想當卓婭嗎？』這些年輕的傢伙一副嘻皮笑臉。（沉默）但我心裡真的很害怕，我曾經和他們一起去店裡買東西，在同一家咖啡館喝咖啡，一起搭乘地鐵。在平常的生活中，我們之間並沒有明顯的界限。（沉默）以前我住在一個善良的世界中，現在那個世界消失了，以後也不會再有了。

我在牢房裡待了整整一個月，這段時間我從來沒有照過鏡子。我本來有一面小鏡子，但是自從他們檢查過我的背包後就被拿走了，錢包也不見了。我總是想喝水，一直覺得口渴，但只有吃飯時才會給我們水喝，其他時間他們只會破口大罵：『要喝，就喝廁所裡的東西吧。』他們一邊說著，一邊在喝汽水。從此以後，我就覺得水一直喝不夠，也總會在冰箱裡放一堆礦泉水。我們渾身酸臭味，沒地方可以洗澡。有人找到一小瓶香水，大家就輪流聞一下。我們在外面的同學，此刻正在寫報告，或是坐在圖書館裡複習功課、參加考試。我還想起了各種日常生活瑣事，比如我從來沒有穿過新衣服。（笑）我明白了，快樂往往是由小東西帶來的，比如一顆糖果、一塊肥皂。這間三十二平方公尺的牢房，本來只能關五個人，但實際上卻塞進了我們十七個人。我們必須學會在不足兩平方公尺的空間裡生活，最痛苦的是晚上，幾乎無法呼吸。我們無法入睡，大家只能說話度過漫漫長夜。剛開始幾天，我們談政治，後來談的就只有愛情了。」

~我不願意去想，他們這樣做都是自願的~
（牢房裡的對話）

「一切都是按照既定的劇本走，只是原地繞圈子。老百姓就是一群羚羊，權力是一頭母獅。母獅從羊群中選擇了一個犧牲品，把牠吃掉，其餘的羚羊看了母獅一眼，繼續低頭吃草。於是，母獅就按照順序一隻一隻地挑選羚羊供食。每當母獅推倒一隻犧牲羊時，剩下的羚羊都鬆了一口氣：『幸好不是我！我還可以活下去。』」

「革命天生有一種浪漫的氣息，就像童話一樣。沒有人叫我過去，是我自己想去廣場看看革命是如何進行的。確實有點意思，但我被警棍打傷了。年輕人走上街頭，這是一場『小兒科』的革命，大家都會這樣稱呼它。我們的父母留在家裡，他們坐在廚房裡談論著我們所做的事情。他們經歷過，所以他們害怕，但我們沒有蘇聯的記憶，因而勇敢。我們只是在書本上讀過共產主義，白紙黑字讓我們感受不到恐懼。明斯克有二百萬人口，而挺身走出來的才幾個？區區三萬人，可見旁觀的人更多。他們站在自家陽台上，或從汽車裡按喇叭，為我們歡呼加油！他們說：『孩子們，加油吧！』至於那些拿著啤酒坐在電視機前的人，永遠都是最多的。事情就是這樣，走上街頭的只有我們，書生氣十足的浪漫主義者，所以這不算是一場革命。」

「你們以為這一切都是靠恐懼來維持的？是靠員警和警棍？你們錯了。受害者與劊子手也可能達成共識，而這是蘇聯共產主義時代一脈相承下來的。默許、妥協，你以為大家不明白嗎？不是的，但他們選擇保持沉默。他們所希望的是有一份體面的收入，哪怕只夠買一台二手奧迪，或是能去土耳其度個假。你試著去跟他們談民主、談人權吧……對他們來說，那比中文還要艱深難以理解。那些在蘇聯時代生活過的人，馬上會開始回憶：『你看，現在我們有一百多種香腸！哪還需要什麼自由啊？』今天很多人都希望能回到蘇聯時代，不過前提是要有很多很多的香腸。」

「我是一時心血來潮，本來只是想去廣場和朋友做伴，後來又起心動念地想去海報和氣球中間閒逛一下。說老實話，我單純是看上了那裡的一個小夥子，我對政治根本不感興趣。」

「他們把我們驅趕進一間簡易的木板房裡，一整夜面牆站好。隔天早晨又命令我們跪下，我們全都跪了。接著又下命令：『站起來！雙手舉高！』一會兒要我們把雙手放在腦後，一會兒做一百個仰臥起坐，一會兒要我們金雞獨立……他們為什麼要這樣折騰我們呢？為了什麼？我有問他們，但他們不回應。上級允許他們這樣做，他們就擁有權力了。有個女孩想吐，暈倒了。我第一次被審問時，還對著審訊者的臉微笑，直到他說：『小丫頭，我現在就操遍你全身的洞，再把你扔到關滿殺人犯的牢房裡去。』我沒有讀過索忍尼辛，我想審訊者也不會讀過。」

「審訊我的是一個受過教育的人，和我畢業自同一所大學。我們還喜歡同樣的作家、同樣的幾本書，比如鮑里斯．阿庫寧[1]、安伯托．艾柯[2]……『你是怎麼落到我手上的？』他問我，『我是專門對付腐敗份子的，他們的事情都很好懂。但是你的案子……』他不情願接這個活，覺得受到了侮辱。像他這樣的人有成千上萬個，包括官員、審訊員、法官等等。有些人打人，有些人公然說謊，還有一些人負責抓人、負責判決。看來，史達林時代的國家機器並未荒廢。」

「我家還保留著一些舊筆記本。我爺爺把他一輩子的故事都寫下來留給子孫，他熬過了史達林時代。當時他被抓進去關，受盡嚴刑拷打。他們把防毒面具套在他頭上，不讓他順利呼吸；還脫光他的衣服，用鐵棒或門把插進他的肛門……我十年級的時候，媽媽給了我這本筆記本。她說：『你是個成年人了，應該知道這一切。』但那時我弄不明白，為什麼會這樣？」

「只要恢復集中營，就不愁找不到警衛，因為這種人遍地都是！我就清楚地記得這樣一個人，看起來只是一個普通的年輕人，說話一激動就會到處噴口水。他們全都像夢遊一樣，恍恍惚惚的，忽左忽右地打人出氣。有個男人倒下了，他們就用盾牌壓住他，在他身上跳舞。他們都跟巨人一樣高大，每個人都有八十到一百公斤重，養得又肥又壯。鎮暴警察和特種部隊都是這種大塊頭，就像伊凡四世的禁衛軍。老實說，我不願意去想，他們這樣做都是自願的，我盡全力不讓我往這方面去想。這只是工作，他們也要吃飯，這些小夥子。他們大都只有高中學歷，但收入卻遠遠超過大學教授。以後還會一直這樣下去，這是一定的。萬一日後追究起來，他們都會說自己只是奉命行事，只是在執行上級的命令，什麼都不知道，完全是無辜的。他們今天就已找到了一千個藉口：誰來養活我的家人？或是我就職時宣示過的，或是我身不由己等等。事實上，在許多情況下，他們都做得一點也不勉強。」

「我只有二十歲，今後該怎麼活下去？」

～他們在那裡革命，我們這裡還是蘇維埃政權～

「我們是在晚上獲釋的。記者和朋友都等在監獄外頭，我們被帶上一輛囚車，然後再把我們分別扔在城市的各個郊區。我被扔在沙巴內的某個地方，靠近一片大石頭區，附近有新建築物。那裡真的好可怕，我失魂落魄地朝著燈光的方向走去。我身上沒有半毛錢，手機也早就沒電了。

錢包裡只剩一張單據，我們每個人都有一張，要讓我們付清在牢裡的所有開銷。我不知道該怎麼辦，這筆錢差不多是我一個月的獎學金，我和媽媽就靠這點錢勉強為生。父親去世時，我才上六年級，十二歲。繼父把他的薪水全用來喝酒玩樂，他是個酒鬼。我恨他，他毀了我和媽媽的一生。我努力賺外快，分發傳單廣告，夏天擺攤賣水果或冰淇淋。我在黑暗中走著，往事紛紛湧上心頭，幾條狗從我身邊跑了過去，一路上都沒看到半個人。當一輛計程車停在我身邊時，我真的喜出望外。我把宿舍地址告訴司機，但也老實對他說：『我身上沒有錢。』司機出乎意料地馬上猜到：『啊，你該不會是「十二月黨人」吧（我們是在十二月被捕的）。算了，上車吧。你一個女孩家，我剛才已經送另一個女孩回家了。他們怎麼會在半夜裡放人？』他就這樣載著我一邊開車，一邊還教我在這種情況如何應變：『你只要裝傻就行了！我一九九一年在莫斯科讀書時，也參加過遊行示威。我們那時人數可比你們多著呢。那一場，我們贏了。結果，當初我們的夢想沒有一個人實現。想想在蘇聯共產黨時代，我是個工程師，現在卻手握方向盤。我們趕走了一批混蛋，又來了一批混蛋。不管什麼顏色，全都是一個樣。我們的政府可以毀掉任何人。我是個現實主義者，我只相信自己和家人。就算一批又一批的白痴發動一次又一次的革命，我也只管努力工作。我這個月要賺錢幫女兒買外套，而下個月呢，我要給老婆買一雙靴子。你是個漂亮女孩，去找個好人談戀愛，趕快嫁人吧。』我搭著他的車進了城，車窗外傳來歡笑聲，情侶雙雙在親吻。這個城市照常運轉著，就像我們不存在一樣。

我想跟自己的男友說說話，我片刻都等不下去了。我們已經在一起三年（沉默），他本來答應我說他會參加集會的，但是他爽約了。我等著他給我一個解釋。好了，他終於出現了，身上乾乾淨淨地沒有一絲塵土。他是跑過來的，女孩把宿舍房間留給我們兩個。您聽聽他的解釋，原來在他的眼中，我成了一個『簡單的傻瓜』、『天真的革命家』。『我事先就警告過你，你怎麼都忘了？』他還教育我，『老是糾結那些你無能改變的事，那是不理智的。』不是有一種觀念要我們為別人而活嗎？但他說他不能苟同，他可不希望死在街頭。他的目標是事業，要賺很多錢，要住有游泳池的房子，讓生活都充滿了歡笑。他還說，今天我們已經有了這麼多的可能性，只要有錢，你可以環遊世界，可以搭乘豪華郵輪，也可以買一座宮殿，雖然所費不貲；當然，你也可以在餐廳喝一碗甲魚湯，只要你付得起錢。錢是萬能的。我想起有個物理老師曾經這樣教導我們：『親愛的同學！請記住，錢可以解決一切，甚至連微積分都可以。』這就是殘酷的事實與真相。（沉默）可是我心心念念的理想呢？宣洩之後，換來的是一場空，不是嗎？或許您能告訴我為什麼？您畢竟是個作家。（沉默）朝會時，我被迫退學了。所有人都舉手贊成，除了我最尊敬的一位老教授。在這一天，他也離開了學校，被救護車送去了醫院。四下無人時，室友安慰我：『請別生氣，都是系主任威脅我們的，他說要是不舉手，就會把我們趕出宿舍……唉！』這些女英雄啊！

我買了回家的車票。在城裡讀書時，我很想念我的村子。或許應該說，我想念的是童年時的那個村子。當時爸爸總是帶著我去取蜂蜜，他會先用煙把蜜蜂熏走，以免蜜蜂螫到我們。小時候我很好笑，以為蜜蜂也是一種鳥。（沉默）現在我還喜不喜歡我們的小村子呢？年復一年，村子裡的人照樣過他們的生活：跪在地上用鐵鏟挖菜園裡的馬鈴薯、喝自家私釀的酒。他們每天喝酒，一到晚上連半個清醒的人都找不到。他們投票支持盧卡申科，為蘇聯解體而惋惜，為戰無不勝的蘇聯軍隊惋惜。在公車上，有個鄰居坐在我旁邊，他醉醺醺地大談政治：『我真想痛打那些腦殘的民主份子，或許他們收到了什麼好處？說實話！真該把這些人都槍斃了。美國必須為這一切負責，尤其是希拉蕊．柯林頓……但我們是堅強的民族，我們禁受得起改革的苦難，我們也一定能挺過革命的動亂。我從一個聰明人那裡聽說，這場革命是猶太人策動的。』公車上所有人都支持他：『不會比現在更糟糕的了。打開電視，全世界都在轟炸，沒半刻安寧。』

終於回到家了。我一打開門，就看到媽媽坐在廚房裡，正在清洗大麗菊花的根莖，它們是嬌貴的花種，在地窖裡受了點凍，根部有點腐爛了。我開始幫媽媽幹活，就像童年一樣。『你們在首都怎麼了？』媽媽問我，『我從電視裡看到好多人走上街頭，大家都在高呼著反對政府。我的上帝，真是可怕！我們村子裡的人都擔心要打仗了。報上說街頭那些人是恐怖份子，是土匪。他們在那裡革命，我們這裡還是蘇維埃政權。』房子裡飄著纈草的香味。

我聽說了村裡發生的事。深夜來了一輛車子，走下兩個穿便衣的人，就像一九三七年來抓走我祖父一樣，他們也抓走了經營農場的尤爾卡．施維德，還搜查了他家，帶走了電腦。護士安妮婭被解僱了，因為她去明斯克參加了示威遊行，她家還有一個小寶寶。有個男人喝醉酒後還去打她，一邊罵道：『打你這個反對派份子！』至於在明斯克當防暴警察的那些小夥子，他們的母親到處誇耀兒子拿了巨額獎金，還從城裡帶回了禮物。（沉默）他們成功地將人民分成了兩半……我去俱樂部跳舞，整晚都沒人邀請我。因為我是個參加遊行的恐怖份子，他們怕我……」

~它可以轉變成紅色~

一年後，在莫斯科開往明斯克的列車上，我們又偶然相遇。車上的人已經睡了，我們繼續低聲交談。

「我在莫斯科上學，經常會和朋友一起參加示威抗議活動。很亢奮激動！我很喜歡在活動中遇見的人。我還清楚記得，那年我們走上明斯克廣場時，那些人的臉孔。但是，如今我已不認識自己的城市了，也不認識那裡的人。他們已經變成了另一類人。但我還是很想家，非常想家。

我坐在前往白羅斯的火車上，難以入睡。半睡半醒，昏昏沉沉，一會兒夢見我人在牢房裡，一會兒夢見我在宿舍，一會兒……記憶全都回來了，耳邊還有男男女女此起彼落的喧鬧聲……

『我們雙手被反扭，雙腿綁到頭上。』

『他們把一張紙墊在我的後腰上，這樣就不會留下半點痕跡，然後用一個裝滿水的塑膠瓶打我。』

『他把塑膠袋套在我的頭上。好了，接下來你都知道了，不到一兩分鐘，我就失去了知覺。他家裡也有妻小，在家裡他是一個好丈夫、好父親。』

『他們一個勁地打打打，用皮靴和跑鞋踢我們。』

『你以為他們只學習了跳傘，學習了從直升機上放下纜繩滑落到地面？他們也學習了史達林時代教科書上的那些本事。』

『學校教過我們，去讀讀布寧和托爾斯泰吧，那些書能夠拯救人的靈魂。為什麼這些沒有傳承下來呢，反倒傳承了用把手插入肛門和把塑膠袋罩在頭上的把戲？』

『他們把工資提高了兩倍、三倍，我真的怕他們會開槍。』

『在軍隊時，我發現我很喜歡槍。雖然我的父母都是教授，我是在書堆中長大的。但我想要有一把槍，那是個好東西！幾百年來，它一直改良。只要手中有槍，我就會很開心。我想摸它、擦拭它，我喜歡那種擦槍的味道。』

『你覺得革命會發生嗎？』

『橙色，就是狗尿撒在白雪上的顏色。但是它可以轉變成紅色。』

『我們一直在前進……』」

---

1 鮑里斯．阿庫寧（一九五六～），俄羅斯作家、文學評論家、社會活動家。

2 安伯托．艾柯（Umberto Eco，一九三二～），義大利學者、作家，代表作有《玫瑰的名字》、《布拉格墓園》等。

大時代中的一個小人物

「回憶什麼？我和大部分的人過一樣的生活。改革開始了，戈巴契夫冒出頭了。郵差推開我家的籬笆門：『聽說現在蘇聯共產黨已經沒了？』『怎麼會？』『黨中央關門了。』沒有人開槍，也沒有人流血。而現在大家都說，蘇聯曾經是個偉大的強國，怎麼忽然間就消失了。我失去了什麼？以前的我住在一個沒有任何現代設備的小房子裡，沒有自來水、沒有水電管線，也沒有煤氣，到了現在，我還是這樣過活的。我一輩子就是老老實實工作，耕地、幹粗活，都已經習慣了。我的收入一直很微薄，以前只能吃麵條和馬鈴薯，現在也是，以後應該也不會變。一件蘇聯時代的皮大衣，我穿到破。我們這裡，永遠都下著雪！

我最愉快的記憶，就是我出嫁時，因為我們是為了愛而結的婚。我記得我們從登記處回來時，丁香花全開了。走在紫丁香花叢裡，您就會知道，夜鶯為何要在丁香花裡歌唱。我們相親相愛地一起生活了幾年，生下了一個女兒。後來瓦季克就開始喝酒，最後被伏特加殘害了身體。他過世時才四十二歲，拋下了我們母女兩人。現在我女兒已經長大結婚，也離開了我。

一到冬天，我們村子就大雪紛飛，房子車子一律被大雪掩埋。一連幾個星期，公車都無法行駛。首都那邊是什麼樣子？從我們家鄉到莫斯科有一千公里遠，我們從電視上看莫斯科人的生活，就像看電影一樣。普丁和歌手普加喬娃我都知道，但其他人我就不認識了。我們也從電視上看到了集會和示威遊行，在我們這裡，過去怎樣生活，現在仍然怎樣生活，不管是社會主義或資本主義，不論是白軍或紅軍，對我們來說都一樣。反正春天來了才能種馬鈴薯……（長時間的沉默）我已經六十歲了，雖然我不去教堂，但是總歸得和人說說話，聊聊事。我不想變老，一點都不想變老。生老病死是無情且可憐的。你看看我的丁香花怎麼樣？我每天夜裡出去時，它們都會發著亮光。於是我會那樣站著，盯著它們看。讓我去摘一束花送給您吧……」

■與娜塔莉雅・伊格魯諾娃的訪談

亞歷塞維奇：「社會主義過去了，而我們留在這裡。」

安歌　翻譯

寫一套關於偉大烏托邦的系列書籍，生於這片理想國的斯維拉娜・亞歷塞維奇在將近三十年前便有了這樣的一個構想。她大學時期的朋友，瓦希里・貝可夫、揚・布里勒及阿列斯・亞當莫維奇這麼回憶道：「她向我們借了五千塊（這在當時是一筆大錢），然後跟自己工作的雜誌社請了公假，買了一台錄音機，開始往來於蘇聯的各個大城小鎮，採訪那些曾上過戰場的人，記錄下他們的點滴回憶。於是，便有了《戰爭沒有女人的臉》這個著名的作品（這本書的書名後來還變成成語）。從那時開始，她又陸陸續續出版了《我還是想你，媽媽》、《鋅皮娃娃兵》及《車諾比的聲音》等書。斯維拉娜・亞歷塞維奇成了有名的作家，被尊崇為歐美及俄羅斯文壇的耀眼巨星，獲得大大小小的獎項肯定。至於那個試圖將烏托邦化為現實的國家，卻已頹毀消亡了。這本新作品，也是「烏托邦五部曲」的最後一部──《二手時代》──便是與這個時代的告別之作。

一路走來，我們已經和斯維拉娜・亞歷塞維奇對話了二十多年，而對話內容除了她的著作，還有關於世事如何變化，以及關於「我們」是怎麼改變的。

娜塔莉雅．伊格魯諾娃[1]**（以下簡稱伊）**：你因為自己的作品，而一腳踏進了對於現今世界觀的熱烈討論漩渦之中。在蘇聯解體後已經過了二十多年，但俄羅斯社會仍然和以前一樣繞著「贊成」或「反對」這個議題打轉。其中最狂暴熱烈的辯論則出現在政論節目，大體而言，整個大眾媒體也是如此。我們可以發現下議院的最新立法議題，不外就是「需不需要把列寧從紅場的列寧墓中給請走」、「對史達林的歷史評價」、「關於衛國戰爭的重新評判」、「關於戈巴契夫及葉爾欽的評價」，以及「在中小學課本中，我們該怎麼定調晚近及當代的歷史」。

斯薇拉娜．亞歷塞維奇（以下簡稱亞）：這一切都是因為恐懼而起。面對這個嶄新的現實世界，我們還沒做好準備，所以才會覺得惶恐無助，因而產生了恐懼。就因為如此，我們採取了我們覺得最好的防禦之道：以曾經的神話來拼湊我們的世界拼圖，而不是過去曾發生過的事件。因為在大歷史的脈絡下，我們個人的小歷史是可以被拋棄去除的。一開始我們以為，我們可以輕易地融入這個世界，集體意識曾這麼期盼過：我們也會有這樣的櫥窗、這樣的商店。民眾以為，只要努力追趕，便能達到世界精英領袖的水準。但後來才發現事情遠遠沒有這麼容易，才恍然大悟原來這是一項大工程，需要的是大量的自由人類，這是我們所沒有的；同時也需要自由思維，這同樣也是我們一向欠缺的。原來我們不是走向世界，而是遠離了世界。

伊：不久前雷瓦德民調中心[2]的新調查結果出爐了，這次的問卷調查是有關民眾對我們國家領袖的看法。大家最喜歡的領袖前三名分別是布里茲涅夫（五六％）、列寧（五五％）及史達林（五〇％）；而最不喜歡的領袖則是戈巴契夫（六六％）及葉爾欽（六四％）。

亞：這是因為戈巴契夫及葉爾欽任內，很多事都讓人們大失所望吧。這也表示我們的精英份子沒有做好自己分內的工作。

伊：你書裡有個訪談者曾經這樣悲歎：「都還沒有人理解我們活過的世界，我們就這樣跑到新世界來生活了。」或許這就是問題所在，我們不去理解發生過什麼事，就一味去評論好壞。你的著作正好讓形形色色的人都有發聲的機會，訴說他們親身經歷過的年代。

亞：我其實要描寫的不是那些主義，而是在這個時代磨盤下，人類所發生的生活悲劇。我也無意去評判任何人。這種烏托邦式的思想吞沒了最美好的一群人，他們曾帶著堅定的信仰投入新生活，相信自己能讓全人類更幸福，相信自己可以創建出一種美好而正確的生活。這樣的人，我們現在仍可見到。即便千百年來，廢墟中從來沒生長過什麼好東西，但我們永遠應該都要謹守「慢工出細活」的原則，好好經營。

伊：那麼，到底是「思想主義」出了問題？抑或出問題的是思想主義的「實踐方式」及那些「實踐者」身上？

亞：思想主義的責任也是需要探討的課題。我相信，該除去的不是人，而是應該和思想主義一搏。我在歐洲住了很久，那裡的作家、戲劇工作者和藝術家都不會把自己關進象牙塔裡，只在自己的領域內揮灑表現。對於社會所發生的大小事，他們的討論從來不曾間斷。尤其是德國，因為他們在這方面有過和我們更接近的經驗。德國人很清楚，人類的天性是需要畏懼的，不論多麼凶殘的野獸都可以制伏，但人類的心魔卻比野獸還要可怕，還要難以馴服。而與這些人形魔獸的戰鬥，不只是文學的社會責任，也不只是知識份子的責任。

伊：那你自己怎麼評價我們這七十年的歷史？這是一種什麼樣的經驗？還有，社會主義和共產主義是什麼？你在書裡以病毒、傳染病來形容社會主義，你是否覺得這是一種群體「發病」，或者其實這是一種難以達成的理想？又或許還有第三種選項？

亞：從現今情況來看，這當然是一個難以達成的理想。人類正在往「建立公平正義的社會」這條路上邁進，但我們離這樣的社會還有好長一段路要走。

伊：大多數的老百姓都把蘇聯解體後所發生的一切，視為不公不義。

亞：沒錯，發生在俄羅斯的事正是不公不義。我這幾年走過了幾十個俄羅斯城鎮，訪談過幾百個人，他們都沒有否認史達林的殘暴和鎮壓，但他們都說，蘇聯政權對待普通老百姓更合乎公平正義，還說，以前的人在錢財方面，不像現今的第一代資本主義者那樣蠻橫無恥，也沒有如今這麼誇張的貪汙。對於老一輩的人來說，最可怕的就是人類良善的天性消失殆盡，最害怕的是無法監督一意孤行的政府。我這一輩的人，尤其是知識份子，大都成了生活的棄兒，活得貧困又無奈。對城裡的年輕人來說，要適應這些變化比較容易，但外縣市的年輕人卻不見得能做到。對年輕人而言，最大的問題在於「受教育需要花大錢」，這是一個不爭的事實。因此，不滿的情緒才會一次又一次捲土重來。

如果我們一開始就選擇民主主義而非共產主義，也許一切會有很大的不同。不過，這都是事後諸葛了。九〇年代，對我們來說，完全是始料未及的重擊。我們自以為，我們已經知道我們要的是什麼，也以為我們召喚了一個力圖改變的新時代。然而說到底，人們所要的只是能生活得更好。順帶一提，我的其中一個主人公回答這些問題，要比我回答得有趣多了。

我既不是政客也不是經濟學家，因此毋需做出評判。我只是希望能把如今渾沌錯亂的現況如實呈現出來，社會瓦解，分崩離析，而許許多多不同的思想主義行於其中。我的任務就是把這個場域中最主要的生命力淬煉出來，化為文字，雕琢成藝術。我希望，每個人都可以真實表達自己，在我這裡，誰都有權說話，不論是劊子手或是受害者。比如說，讓我一直孜孜不倦的問題是：為何劊子手總是選擇保持沉默？為何善與惡會一直並駕其驅？

伊：難道你認為我們的社會是按照「劊子手」和「受害者」這樣來劃分的嗎？

亞：要說分類的話，當然是更複雜了。在「街談巷語」那篇中有提過：「我們都是活在劊子手和受害者之間的？」我們親眼看到這一切是怎樣混雜成一團，也了解到這有多危險。所有的改變都需要坦率無私，都需要新的世界觀，想要一蹴可幾那是不可能的。但是現在一切都亂成一團了，思想還在萌芽期，而想像卻已天馬行空。雖然這樣的衝突不是史無前例，但以前只發生在自家廚房，而現在則發生在街頭、在公共廣場。搶先行動、捷足先登的永遠都是那些既得利益者，他們分啊鋸的，把這些贓物一一運走。

伊：在你的書中一個主人公這麼說：「社會主義就在我們眼前死亡了。這些鐵血小青年衝了出來。」有個鮮明強烈的對比，其中一個是那些被送去阿富汗打仗，然後死在那裡的蘇聯「鋅皮娃娃兵」，另一個是九〇年代，那些毫無同情心，隨時準備為了錢而去殺人的「鐵血小青年」。在這裡，我要用你書裡提出的一個問題來反問你：「難道已經到了要講述社會主義的時候了嗎？又要對誰說呢？見證者都還在呢。」

亞：有的人在這個社會主義大國住了大半輩子，有的人從小就跟著那些活在社會主義下的人學習，或是在學校讀著由他們所編寫的課本。所以直到現在，社會主義還根植在你我的身體裡面，而且無所不在。

伊：根據民調顯示，有很大一部分的年輕人，其中也包括在蘇聯瓦解後出生的人，對於社會主義的崩潰都抱持同情的態度。我覺得這是可以理解的。就像瑪麗娥特．邱達可娃很殘忍的論調，她說：「只要那些會跟孫子講起過往生活的蘇聯好奶奶還沒有死盡，那麼剛剛所講的情況就還會繼續發生。」

亞：我應該不會對老奶奶這麼殘酷，她們也不是真的錯得這麼離譜。許多有這樣想法的人，只是覺得失落和惋惜。畢竟自尊重於一切，而且是「小人物」的自尊。我不認為所有的一切都要回到過去那樣，可是像如今這種似乎隨隨便便就能成功的社會，我的立場，其實跟我筆下的那些角色一樣，都不太喜歡。我們當時的願望並沒有實現。

伊：當初你在規畫這些書時，曾為自己訂下了什麼目標嗎？你又是如何從中選出最迫切和最具代表性的觀點呢？你究竟如何發掘這種寫作體裁，讓這種獨白告解從芸芸眾生的嘈雜合唱中跳脫出來？

亞：我寫了這部「赤色百科」已經三十幾年了，這一切都始於和阿列斯．亞當莫維奇的見面。我為了這種體裁尋思良久，以便能把我聽到的內容精準地記錄下來。當我讀完《我來自燃燒的村莊》[3]這本書之後，便明白了這麼做是有可能的。我常常覺得很煎熬，因為每個人對於真相的看法並不一致。意見是如此破碎，數目又這麼多，還散落在世界各處。這要怎麼去蒐集？直到我在這種寫作體裁中看見了可能性。就在這樣的情況下，《戰爭沒有女人的臉》一書出版了。不知為何，戰爭已成了我們生活的中心，八〇年代時，因為內容有不可碰觸的禁忌而無法印行：從大元帥到普通的阿兵哥，他們的所作所為，都只能褒而不能貶，如果真要闖關，就只能使用晦澀的委婉說法。至於坊間的戰爭文學，你知道的也不比我少，但我打算要用另一種語言來講述戰爭。雖然，我們有了小小的成果，但對那些戰爭的刻板印象和恐懼仍留存至今。因為害怕真相，我們不惜扭曲戰爭的事實，並群起互相指控是因為社會害怕關於自己的真相，害怕那些因為意識到真相後，心裡的種種糾結。如果我們那時對未來能夠有更明確的勾勒，清楚知道自己要的是什麼，並依此建設了一個新社會，那麼我們的世界也許就會開闊起來，我們也就不會再那麼害怕面對自己的過去了。

伊：那麼有誰會在那個開闊的世界裡等著我們呢？我自己卻覺得最近倒是出現了一種氛圍，似乎歐洲開始把自己封閉起來了。

亞：沒有誰在哪裡等著什麼人，但是似乎除了伊斯蘭世界之外，正在發展出一種共同的知識及政治空間。而我們或許應該要往那個方向邁進，以發掘出我們自己的潛能。新新人類日漸茁壯，他們在這個世界漫遊閱歷，能同時說好幾種外語的人比比皆是。他們對一切都抱持比較開放的態度，應變能力也相對更好，所以他們有能力建構出一個新世代。我希望的是，他們不要需索無度，不要自私排他，如此而已。如果一個精英階層的人十年、十五年間都癱在自己所屬的階級中，無所事事，也不奢求什麼，那代表著什麼……十年一晃眼過去了，當我再次前往明斯克時，我最震驚的一件事，就是我有許多朋友已經離開人世了。他們是因為自己的歲月被偷走了而去世的，就這樣被封印在過去的時光——一開始被偷走的是公眾的時間，然後是他們自己私人的時間。

伊：我還記得有個老太太告訴你：「社會主義過去了，而我們還留在這裡。」事實上，那些一無所求的人，也就是那些習慣在社會中尋找生存意義的人。

亞：當然，也因為如此，人們才會感到如此空虛。我之所以把本書第二部命名為「空虛的魅惑」，理由是一樣的。一直以來，我們就被灌輸這樣的觀念：人生最重要的事，就是擁有一切。但是天可憐見，很多人後來都弄懂了，其實這正是造成我們會感到空虛的原因。

伊：空虛就應該用點什麼來填滿。

亞：大家都在振臂疾呼，說要有國家意識，但拿來填滿空虛的，卻是一些破銅爛鐵。開放後，有些人確實有了一些新機會。我的其中一個主人翁就承認說：當鐵幕瓦解後，我們還以為大家會迫不及待地去讀索忍尼辛的禁書，但事實上，大家爭相做的事，就是跑去吃各種以前沒見過的東西，以及去那些以前只能在電視上看到的地方。

伊：如果是坐火車走訪俄羅斯各地，應該還可以見到不少沒有腐敗、有行動力的、成功正向的靈魂，而且老中青三代應該都有這種人。你沒有想過要把這樣的人物也寫進書裡嗎？

亞：如果我把這類的「正面例子」也寫進書裡，那就真的成了一本勵志的新聞採訪了。我在這本書裡面爬梳了一些最病態的人事物，就是要讀者反思這種情形的背後原因是什麼。

伊：你不止一次地告訴我們，說我們都是可憐又受苦的人。或許，如果我們再不停止這種有害的想法，就什麼都不會改變了？

亞：我不知道未來會如何。但我們是可憐又受苦的人這件事，其實就是俄羅斯文化的一部分。如果我們去鄉村走走，和住在農舍裡的人說說話，除了苦難，我們能和他們聊些什麼呢？所有的一切其實都取決於，我們是如何被形塑教養的。而我們的狀況是這樣的：你要不就是在某個時刻，像在遠古時代一樣犧牲自己；要不就是像現在普遍的這樣——一天活過一天，努力生存下去。而我自己覺得這樣的教養應該是很人性的：要去思考，你為什麼要走這條路……這其實比什麼正負電極要複雜得許多。我們沒有「幸福」文化、不懂愛，也沒有美滿快樂的生活。我下一本準備要寫的書，就是跟「愛」有關，幾百個愛的故事。我找不到任何一個俄國作家，寫過任何一部有美好結局的小說，大部分的故事不是以死做結，就是給出一個開放式結局，僅有少數作品以「婚娶」結尾。問題在於，我們沒有體驗過這樣的生活，怎麼可能會出現這樣的文學作品和電影作品？受苦、對抗及戰爭，就是我們對人生及藝術的共同經驗了。

對於你的問題，我沒有什麼簡單輕便的回答。我自己在面對這個如洋蔥般層層包裹的問題時，這個眾聲喧譁嘈嘈不休的生活，也是同樣說不出個所以然。感覺就像：我們原本的打算是在某條河流上建一座橋梁，但有些人卻把河道改了。未來變得不可預知，就像我在你之前的另一個訪談裡說的一樣。而當我們受困在自己的問題裡營營汲汲時，整個世界、整個人類社會已經大大改變了，而讓我們措手不及。所以，我才會把自己穿針引線的任務，定調在「提問問題」。

伊：在這本書裡，我們還可發現到一點，現在人的說話方式與慣用語，已經不同於二、三十年前了。

亞：他們很坦率地表達自己的感覺，以及自己的處世之道，同時也對正在發生的事有更多的掌握。以前那些規範我們應該如何說話的標準消失了，當我寫《戰爭沒有女人的臉》那本書時，戰爭的準則規範還在，但當我寫《車諾比的聲音》時，情況又全然不同了。至於接受我採訪的人，必須自行決定要說什麼以及應該怎麼說，《二手時代》的採訪原則也一樣。

伊：對了，為什麼你這次的書名會用「二手」一詞？

亞：當然是因為書中所有的想法和話語，都是出自他人之口，我只是做了記錄與整理。很多事都已事過境遷，沒有人確切知道當時到底是怎麼一回事，只能憑著個人在某段時空的所見所聞及自身經歷來記錄，拼湊出一個時代的樣貌出來。所以，我只能很遺憾的說，時間是二手的。但我們從中也會漸漸甦醒，逐步了解到我們在這個世界的定位。沒有人想永遠住在廢墟裡，我們必須利用這些碎石塊來重新打造。

伊：很多世代都仰賴著文學來傳遞價值觀，尤其是俄羅斯的古典文學。然而，現在這樣的傳承看似要中斷了。閱讀不再是評判一個人文化水準的最重要標準，這是一種質變。在你看來，有沒有辦法把一個不閱讀的人看成是有文化的人呢？

亞：我們這個圈子的人，當然會說不行，但對於「文化」二字卻可能有非常不同的見解。我有一次就看到這樣子的場面：某個宴會的主人是莫斯科人，也是航太界一個非常有名的人物，他在聚會上通常會帶領話題。那次，整個晚上他一直滔滔不絕地引經據典，一下是俄國經典文學裡的段子，一下是朗誦背過的詩詞。他有一個歐美的同事，開口問他：「您是刻意把這些詩詞背起來的嗎？」提問的這個人也是一個世界有名的學者。這是西方世界讓我最感驚訝的地方——人文修養不是必要的。他們有很專精的學識，但精而不廣。

伊：這幾年你有讀到哪些作品，會讓你覺得「哇！這本書絕對不能錯過」？

亞：我讀了很多奧爾佳．謝達可娃的作品。在像現在這樣的幽暗時代，我們需要一些傳教士及布道者，而奧爾佳對於身處現代的我來說，就是一盞明燈。

伊：你說，這是幽暗的時代。但在八〇年代和改革時，利哈喬夫曾預言，二十世紀為我們帶來獨裁主義的可怕試煉，而接下來的新世紀將會是一個文化的世紀。

亞：我想，我們可能無法做到了。就像在二十世紀，我們不可能照著十九世紀的律法來生活一樣。時過境遷，有些東西消失了，而有些東西冒出頭了。

伊：你為自己開創的這種文學新體裁，現今已經成了主流。報導文學的體裁大鳴大放，但也出現了幾種引發爭議的情形，比如有些名之為「自傳」的作品，卻掛上杜撰出來的姓名，或是相反的情況——用真名寫回憶錄，但事實上卻只是一種模仿。在這些作品中，真實的人和想像出來的人物夾雜，或者是虛構的角色卻在討論真實存在的人。

亞：這是為了貼近現實所做的種種嘗試。

伊：當然，人們相信的是檔案及事實本身，而不是對它們的詮釋。

亞：反而在檔案和事實當中，可能暗藏著比我們想像的還要多的祕密和令人驚喜的發現。我們都以為檔案是簡單、呆板、赤裸裸的，但其實我們也能從中發現時間及人物的吉光片羽。現在對於檔案的使用限制已經放寬許多，以前這些事都是被層層遮蓋的：這個不能碰，那裡不能去……我常常很驚訝，為什麼不能寫那些人的故事呢？

伊：斯維拉娜，你自己覺得我們國內及歐美那邊，對你的作品有什麼不同的反應及回響呢？

亞：我的作品已經被翻譯成多種不同的語言，初步統計大約有一百二十五種版本之多。我想，這是因為大家對俄羅斯這個國家非常感興趣，而我也找到了一種書寫形式，能讓讀者更容易發現、挖掘及投入。重點在於，我們如何去描述一連串的噩夢。你可以去讀讀看描寫盧安達的書，這種書寫可怕真相的紀實作品，在歐美世界並不少見，相較於這些書，我的作品簡直就是床邊故事。我的作品很快就被接受，還有另一個原因，以在法國發行的《鋅皮娃娃兵》來說，他們因為我書中描寫的阿富汗戰爭，也開始關注及討論起他們自己的阿爾及利亞戰爭。另外，《車諾比的聲音》也改編成舞台劇上演。在這些書裡，雖然所書寫的人物與事件都是我們這邊發生的，但在「以愛為名」所造成的悲喜劇後面，總有幾個因素會引發讀者共鳴，即便地域、國情都不同，但人性是相通的。

伊：在發生日本福島核災事件之後，對你的書有任何影響嗎？

亞：在福島核災事件發生之後，《車諾比的聲音》又再版了。日本北海道的島上有座叫做「塔瑪拉」的核電廠。我記得我到那裡的時候，這本書正好在當地初次發行。我往窗外看去，「塔瑪拉」是這麼地美麗，就像是某種外星的宇宙飛行器一樣。當時，在讀者見面會上，核電廠的人員也有出席，當時他們非常確信，這種可怕的意外只可能發生在懶散的俄羅斯人身上，日本絕對不會發生這種事，因為他們什麼都看顧到了。結果就發生了強震導致的核能外洩事件。而在九一一事件發生之後，也有更多的美國人拿起《車諾比的聲音》和《鋅皮娃娃兵》來讀。世事難料，我們必須好好思考一件事，那就是我們人類絕非我們所想的那樣無所不能，也不是我們自詡的「世界主宰」。維繫這個世界的，另有一套規範及力量。

伊：聽說你還有意寫一本與愛有關的新書，能否告訴我們目前進度如何？我覺得，如果沒有這本書的話，這個關於蘇聯人的套書是無法完整的。畢竟這段時光充滿浪漫主義的熱情和通透明亮的愛……

亞：你應該誤會了，這系列套書目前已經告一段落了。總共有有五本書：《戰爭沒有女人的臉》、《我還是想你，媽媽》、《鋅皮娃娃兵》、《車諾比的聲音》，以及這本《二手時代》，是一套「赤色」百科。關於描寫愛及死亡的書，已經是另外一個書系了。

伊：在新書系中，你將會採訪哪些對象？

亞：目前還不知道，但能肯定的是，絕對是完全不同的一群人，一群比以前更珍視生命的人。以前我比較關注的是集體思想，和不受人類控制的強大力量，比如戰爭和車諾比事件。而現在我最關心的，反而是個人靈魂在不同境遇下會有什麼反應。我認為世界將會朝著這個方向移動。

---

1 娜塔莉雅・伊格魯諾娃（一九五七～），俄羅斯文學評論家，俄國《消息報》評論員。

2 俄羅斯的非政府研究調查機構，是俄羅斯大型的民調中心之一。

3 為阿列斯・亞當莫維奇、揚・布雷爾、弗拉季米爾・克列斯尼克等人所著的書籍，是關於二戰時期列寧格勒圍城，及白羅斯法西斯德軍占領區的紀實小說。

■二〇二二明鏡周刊訪談

專訪兩位諾貝爾獎得主：慕勒與亞歷塞維奇[1]

謝達文　翻譯

斯維拉娜．亞歷塞維奇和慕勒荷塔．慕勒兩位諾貝爾文學獎得主接受專訪，談及俄羅斯恐將入侵烏克蘭，並呼籲德國加強對烏克蘭的援助。

採訪者：蘇珊娜．貝爾（Susanne Beyer）
二〇二二年二月九日，上午十一點四十五分

迄今為止，諾貝爾文學獎得主共有一百一十四位，其中十六位是女性，她們當中此刻仍在世的有六位，而這六人中又有兩位現定居柏林。慕勒便是其中一位，她在一九五三年生於羅馬尼亞巴納特（Banat）地區一個說德語的小鎮。多年來，她一直受到羅馬尼亞秘密警察（Securitate，即蘇聯時期特勤單位）騷擾，直到一九八七年，終於在德國落腳住下。二〇〇九年，她獲頒諾貝爾文學獎；同年，她出版了她最重要的作品之一《呼吸鞦韆》[2]（*The Hunger Angel*）。該書所探討的主題，是她的好友奧斯卡・帕斯提歐爾[3]被送往蘇聯勞改營的經歷。而在成書之前，帕斯提歐爾便已過世。

另一位現居柏林的女性諾貝爾文學獎得主則是亞歷塞維奇，她在一九四八年出生於烏克蘭，在白羅斯長大成人。二〇二〇年的總統大選之前，有一群白羅斯人籌畫了一場革命，到了選後也依然持續奮鬥，而亞歷塞維奇也參與其中。白羅斯被視為歐洲最後的獨裁政權，當年許多與亞歷塞維奇一起走上街頭的人們也有許多都已入獄，但亞歷塞維奇得以逃離，於二〇二〇年九月流亡柏林。

二〇一五年，亞歷塞維奇獲頒諾貝爾文學獎。她的作品將眾多見證者一份又一份的證詞結合起來，寫出的成品則可以比喻為文學上的拼貼畫。在《鋅皮娃娃兵》一書中，她所收錄的那些話語除了來自幾位士兵，有些也來自士兵們的母親，以及照顧過軍人的護理師，這些人各自談起蘇聯入侵阿富汗（一九七九—一九八九年）的戰爭慘狀，並談論蘇聯解體前的最後一段時期。至於在《二手時代》裡，她則描述蘇聯如何持續影響著俄羅斯年輕的一代。

在寫作上，慕勒和亞歷塞維奇兩人探討的議題相近。她們所陳述的故事，都屬於那些被獨裁政權、被社會主義時期所摧毀的人們。慕勒善於建立一個又一個的畫面，而她營造出的這些畫面又總帶有某種詩意的精確；亞歷塞維奇的敘事文集則像是帶有憂鬱背景旋律的繁複協奏曲。兩人的德文版著作由漢瑟出版社（Hanser）與柏林漢瑟出版社（Hanser Berlin）負責。

慕勒帶了一束春花送給亞歷塞維奇，同時還帶了一些來自柯尼斯堡（Königsberg）的扁桃仁糖球。兩位好友相擁寒暄。亞歷塞維奇正在撰寫一本關於白羅斯反對派的新書，現場的長餐桌上面正鋪滿了部分手稿。亞歷塞維奇走入廚房，泡了一些茴香茶。慕勒說：「我只是很想見見斯維拉娜，沒有別的原因，而且，我現在真的不想接受採訪。但我們別無選擇。普丁逼得我們不得不如此。」

明鏡：亞歷塞維奇女士、慕勒女士好，請問兩位是否認為俄羅斯真的會入侵烏克蘭？

亞歷塞維奇（以下簡稱亞）：我並不是政治人物，這當然不用說，但因為我媽媽的關係，我算是半個烏克蘭人。我有些親戚住在白羅斯，有些則住在烏克蘭，但他們現在所有人全都只在討論戰爭這件事。不過，不管出於什麼原因，他們多數人總之都認為戰爭不會爆發，但有些人卻已經開始囤積麵粉和火柴。我認為美俄兩國總統會再度會面，而這就是弗拉迪米爾．普丁的目的，他就是想要成為國際的焦點。

慕勒：斯維拉娜，你真的相信他調派士兵的目的只有這樣嗎？他二〇一四年在克里米亞就試過一次了，而且還得逞了。他違反國際法，併吞克里米亞，還實質佔領了頓巴斯——沒有普丁，那裡根本不會有什麼「分離主義者」。普丁早已把烏克蘭切得東一塊西一塊，但到了現在人們還在談論此刻的危機，什麼危機？烏克蘭早就是戰場了，而且已經持續八年了！

明鏡：普丁在邊境集結部隊，但否認有意用於入侵烏克蘭，西方各國政府對此相當戒備。烏克蘭南方與羅馬尼亞接壤，北方鄰接白羅斯，是兩位各自的故鄉。面對俄羅斯恐將入侵烏克蘭，你們的情緒反應如何？

慕勒：恐懼、無望和無助。普丁一心想要讓所有東歐人都感到恐懼，而烏克蘭人的處境又特別艱難。為什麼羅馬尼亞和波蘭都想要加入北約？當然不是為了攻擊俄羅斯，而是為了自保。

明鏡：普丁在俄羅斯廣受愛戴，近期一份民調顯示高達百分之七十的俄羅斯人民認同他，看來在俄羅斯本土，人們並未普遍特別恐懼戰爭的發生。

慕勒：沒錯，在獨裁政權下每份民調的結果，都會顯示獨裁者深受人民愛戴，即使獨裁者政策與人民的利益相悖也依然如此。普丁把賣石油和天然氣的錢都花到哪裡去了？顯然不是用來改善人民的生活。他在基礎建設、醫藥和文化方面做了什麼貢獻？

亞：他把錢都砸到軍隊上了。

慕勒：我們跟他購買天然氣和石油，他則把我們的錢用來製造武器，並在敘利亞進行實測。現在，他需要用這些武器對付歐洲。

明鏡：蘇聯經濟改革[4]始於一九八〇年代中期，而蘇聯則在一九九一年解體。在兩位的作品裡，都談及社會主義時期的餘威至今依舊強大，是什麼讓兩位採取這樣的觀點？

亞：不可否認的是，「紅色的人」（按：詳見第六百一十三頁）與獨裁政權都仍未死去。

慕勒：普丁無法擺脫舊思維，他根植於蘇聯祕密警察。普丁動輒指控自己的國民是「外國代理人」（foreign agents）；普丁的養成就是一個罪犯的養成，他懂的無非是說謊、造假和勒索。而謀殺更是不用說，安娜．波利特科夫斯卡亞（Anna Politkovskaya，按：俄羅斯調查報導記者）和鮑里斯．涅姆佐夫（Boris Nemtsov，按：俄羅斯反對派政治人物）[5]正是其中的兩個案例，至今依然真相未明。他除了獨裁之外，還能為國家帶來什麼？這正是獨裁者共同面臨的問題。他們犯下如此多的罪行，所以也心知肚明：哪天如果自己不再是獨裁者，他們就必須面對法律的制裁。

明鏡：說普丁是個獨裁者，這樣的說法正確嗎？

慕勒：不然還能把他說成什麼呢？他將反對派運動人士送進大牢或勞改營——在俄羅斯，史達林所創立的勞改營體系至今仍在運作。當年在古拉格發生的種種罪行，相關的歷史記憶如今更已成為禁忌。因此，俄羅斯人權團體「紀念」（Memorial）[6]最近才會被迫解散。現在，俄羅斯年輕人只有兩個選項：移民或是保持沉默。

亞：很多事情背後的原因倒也不只是普丁個人，這也和人民有關。如果你跟我們這些東歐人一樣，身心長期被禁錮，也會不再明白自由究竟是什麼意思。獨裁政權結束之後會遺留下什麼？不只是殘破的經濟而已，還有被蒙蔽的大眾。

明鏡：慕勒女士，您為了撰寫《呼吸鞦韆》這本書，曾在二〇〇四年與奧斯卡·帕斯提歐爾一同前往烏克蘭進行訪查。帕斯提歐爾曾在六十年前被關押在烏克蘭的一處勞動營。有趣的是，小說中的主角在返回家鄉後，竟然對那段在勞動營的經歷產生懷念之情。

慕勒：是的，如果你長期受到壓迫，接著獲得自由，那你的自由會是空洞的，是會讓你感到受傷的。你已經習慣被壓迫了，而這是因為你要防止自己徹底自暴自棄，所以你必須學著在壓迫下生存。在訪查時，我和帕斯蒂歐提歐爾前往頓巴斯，那裡正是勞改營的所在地。在那裡，有整村的老人都沒有牙齒，也沒有鞋子，但他們外套上卻依然別著他們從軍時獲頒的勳章。在窮困潦倒之中，他們更要把自己僅存的尊嚴展現出來。在之後的時間裡，哪怕任何一種形式的尊嚴，他們都一概無從企及。

亞：蘇聯解體之後，人們不知道如何使民主制度運作起來。當時的我們抱持著強烈的決心，要為了民主而抗爭，卻不知道怎麼實行民主，不知道要怎麼當一個自由人。我們缺乏政治文化，寡頭們正是利用了這個真空，各自賺取大把大把的錢。這完完全全不是我們想要的，但突然之間，我們就活在了這樣的世界當中、活在掠奪式的資本主義之下，只有極少數人能夠致富，大多數人卻依然相當窮困。在莫斯科，我遇到了一個來自塔吉克的男人，他告訴我他沒有足夠的錢，所以沒辦法受教育，他的老婆現在也得要當廁所清潔工，但是，當年他的祖父母卻有辦法在莫斯科念到大學畢業。這樣的人當然會想：過去的一切，說不定還真的都比較好吧。

明鏡：那麼，西方國家要負多少責任呢？很多東德人會說，柏林圍牆倒塌後，西德人一直充滿了傲慢。

亞：我有時候會想，如果我們白羅斯人也能獲得跟當年東德人一樣的援助，情況會如何，肯定會大不相同，但我們依然無法只靠自己的力量就成功。我們仍然被困在俄羅斯的勢力範圍內[7]，而在這個勢力範圍內，一模一樣的困境也都處處浮現，並不僅限於白羅斯而已。

慕勒：在德國，人們似乎很少談論柏林圍牆倒塌後所帶來的自由，反而將焦點幾乎完全放在東德人所經歷的劇變上。但是，這種天翻地覆其實是幸運的巧合，恰恰是這樣才讓獨裁能夠轉型成民主，而且還讓東德能夠獲得財務支援。東德人所抱怨的許多問題，往往是其他東歐國家所羨慕的。

明鏡：蘇聯解體後，德國的發展比許多人願意承認的要好？

慕勒：我們回到東德時期來看，那時候的狀況是怎樣？跟任何其他獨裁政權下的情況一樣，有一大群民眾不在上層階級，也不在底層，而是位在中間階層，並且非常順從。他們不招人注意，只會說自己不那麼關注政治，所以才沒有遇到什麼不好的事。至於有那麼多其他人真的遭逢厄運，真的因為在政治上有所表態而遭到打壓，他們則通通沒有看見。正因如此，他們對過去的記憶不是獨裁的政權，而是一段相對令人滿意的生活。現在已經住在重新翻修的城市裡，但卻還要為普丁辯護，這實在是太悲哀，根本是政治上的文盲，也是某種懷舊心態作祟。德國左派黨向來是維繫這種懷舊的一大要角，現在又輪到（極右翼的）德國另類選擇黨做起同樣的事。

明鏡：也有不少西德人理解普丁的擔憂，贊同俄羅斯因為北約而備感威脅。

慕勒：是啊，我們有一位前總理，根本已經成了普丁的御前隨從。施洛德（Gerhard Schröder）[8]是全歐洲最大的說客。在我看來，他的政黨對此一點都不在意。

亞：有一句話說，當一位偉人的家系傾頹，諸多小貴族也會一併遭殃。現在窮困的人們對於蘇聯時期的罪行並無太大興趣，儘管探討這個主題的著述滿坑滿谷，他們對此根本漠不關心。在俄羅斯的一場書籍分享會上，我也有過這樣的親身經歷。我在分享會上談起古拉格的事情，有一名男子便站了起來，說這一切都過去了，他只關心今天要怎麼餵飽孩子。在一九九〇年代，人們之所以會失去對民主的興趣，這件事正反映出背後的原因：因為對於大家的生活，我們無法提出一套實際可行的藍圖，總是只有說說、說說、再說說而已。

＊　＊　＊

明鏡：亞歷塞維奇女士，您認為蘇聯解體之後，西方國家是否犯下了一些錯誤？

亞：當時的我們一直在等候西方的援助，但那是太天真的想法，畢竟，西方國家要怎麼援助一個這麼大的區域呢？這就是做不到。但我確實認為西方犯下了一個錯誤：從沙皇時期起，西方國家就一直對俄羅斯有所顧忌；在蘇聯解體後，西方國家一直不樂見一個強盛的俄羅斯，直到後來，人們才逐漸意識到俄羅斯必須民主化，否則對大家都不是好消息。我們浪費了十年才終於得到這個結論，而那十年正是對於民主發展至關重要的十年。正是在那十年期間，寡頭們將俄羅斯全面牢牢地掌握在自己的手中，還誤以為只要自己有錢了，西方國家就會張開雙臂歡迎他們。殊不知，他們既然是罪犯，西方國家也就把他們當成罪犯對待，寡頭們因此感到相當挫折。仔細聽普丁一直以來是怎麼說的：「西方人不尊重我們，不喜歡我們，不把我們當一回事。」

明鏡：普丁和俄羅斯外交部長拉夫羅夫（Sergei Lavrov）現在想得到兩項保證，要求北約不可以在前蘇聯國家派駐軍隊，也要求永遠不能讓烏克蘭加入北約。俄羅斯感到自己被包圍，這個說法說得通嗎？

慕勒：北約根本沒有能力包圍俄羅斯，而且也從不曾有任何北約成員國威脅過俄羅斯。事實恰好相反，這些基於安全的訴求，根本是顛倒事實，是地緣政治版的自大妄想症。

明鏡：納粹德國為東歐各國帶來極深的苦難，對於德國政府堅持要以外交手段為優先，不願將武器送往烏克蘭，您能理解這樣的立場嗎？

慕勒：現在真的不是找這種藉口的時候。在一九九〇年代，我們在前南斯拉夫做了什麼？我們提供軍事援助，而且有很好的理由這麼做。援助烏克蘭才是歷史給予德國人的特殊責任，但現在德國政治人物要送去烏克蘭的是什麼？頭盔？這根本是丟臉丟到全世界面前去了！他們接下來要送什麼，茴香茶嗎？（慕勒指向桌上的茴香茶包裝）還是要送棺材過去，送給烏克蘭的死難將士？

明鏡：德國外交部長貝爾博克（Annalena Baerbock）說「在談話的人就不會開火」。

慕勒：這句話真的是既愚蠢又老套。人們一天到晚都在一邊談話一邊開火，我們這些政治人物講話的方式真的糟透了。德國社會民主黨的克林拜耳（Lars Klingbeil，按：社民黨共同黨魁）還擺出一副自己很勇敢的樣子，把俄羅斯說成是讓衝突局勢開始升高的那一方，到底為什麼會那麼懦弱？喔，他還說了什麼？「我們現在必須『籌畫』和平」[9]，原來和平是可以這樣「籌畫」出來的啊？這些人已經搞不清楚自己講的話會有什麼後果，我認為這是很糟的一件事，這就是大家現在對德國如此擔憂的原因。我們必須讓烏克蘭人民有自我防衛的能力。

明鏡：那亞歷塞維奇女士怎麼看呢？德國應該提供防禦性武器給烏克蘭嗎？

亞：當然。在這場衝突中，烏克蘭必須取得勝利，烏克蘭和白羅斯的民主都取決於此。我有一次造訪烏克蘭時，曾目睹一部又一部冷藏卡車開在路上，車裡滿滿都是屍體，一具一具都是曾在頓巴斯作戰的烏克蘭士兵；人們會依循一直以來的傳統，紛紛從自己的家裡走出來，並在路邊跪下，那是讓人極其沉痛的景象。不久前，這些小夥子一個個被俄羅斯的傭兵射殺，而我認為，當時那些不把武器提供給這群小夥子的德國政治人物，都應該要知道這樣的情景，他們才會明白自己現在該做什麼。

明鏡：慕勒女士，您的故鄉羅馬尼亞現在同時是北約和歐盟的成員國，您還能看見社會主義的遺緒嗎？

慕勒：我看到很多的動亂、貪腐、反猶主義，也看到很多的右翼極端派。在波蘭、匈牙利等許許多多其他東歐國家，也都出現同樣型態的右翼極端派。

明鏡：藝術經常誕生於矛盾與衝突，而鮮少出於贊同與肯定。您人生中經歷了許多源於政治的矛盾、衝突，如果您並未經歷這些，您還會成為作家嗎？

慕勒：我寧可成長於民主國家，即使一本書都寫不出來也沒關係。但其實每個社會也都有各自的矛盾衝突，文學當然不可能只來自於政治壓迫。

亞：我寫完那五本關於蘇聯的書之後，就開始書寫一本關於愛的書，而對於愛情這場仗可以多麼殘酷，令我震驚，不論是男人與女人之間，還是男人和男人之間……

慕勒：是呀，愛是最傷人的，也正因如此，祕密警察才會滲入最親密、最私人的關係，比如戀情和親情，以及親密的友情。在閱讀文學作品的時候，我總是想要了解到底該怎麼做，才能夠承受得住人生——這也是促使我開始寫作的原因。在獨裁政權下，文學往往要與現實截然對立；當你能夠精確地觀察和描述一件事，就能與之保持一定距離，這能幫助你，甚至有可能拯救你。根據我的經驗，一個人如果能夠從政治的角度思考，能夠承受的經常也會更多。

＊＊＊

明鏡：獲頒諾貝爾獎是會改變人生的事嗎？

慕勒：我自己很少去想這件事，但人們確實會以看待諾貝爾獎得主的方式看待你。

亞：即使得了諾貝爾獎，每次看到紙上一片空白，你還是會感到害怕。

明鏡：據說，在二〇二〇年，您接到消息，說您必須立刻離開你的公寓，因為有幾個人已經監視你的家好幾天了，他們準備逮捕你。您的一位朋友擔心您再也回不去了，您也認為自己終生都會繼續流亡嗎？

亞：不會的，我渴望回到家鄉，我也相信自己一定能回去。我們所有人都能回到家鄉。

慕勒：你會需要住在這棟房子裡，也完全都是普丁跟盧卡申科造成的。跟俄羅斯當鄰居簡直是種詛咒。只要普丁願意，盧卡申科就能一直掌權。

亞：沒有西方國家的援助，我們不可能贏得勝利，而這一次，我們希望歐洲各國可以團結一致，決定好該怎麼做，進而展開行動。這場危機不是發生在遙遠的彼方，而是在歐洲，誰會想看到歐洲發生戰爭？誰會想要活在戰爭帶來的恐懼中？

明鏡：慕勒女士，您從一九八七年起就在德國生活了，這裡已經成為您的家了嗎？您覺得自己是否，正如人們常說的，已經「抵達」（按：意為真正融入德國社會）了呢？

慕勒：我在一九八七年就抵達了，就這樣。來到德國，讓我覺得自己得救了，事實也確實如此。按照我當時的心理狀況，只要再晚一點，一切就會太遲了，我已經完全崩潰了。當然，我現在覺得這裡就是我的家。在羅馬尼亞，我還有什麼呢？頂多就是再去看看我以前住過的那棟公寓，或是去到我朋友們的墳前，如果這些也算是家鄉的一部分的話……

明鏡：兩位顯然很喜歡彼此，寫作題材也相似，儘管文學上兩位的取徑徹底不同。兩位會如何描述你們之間的關係呢？

亞：杜斯妥也夫斯基曾說「我們是兩個人，但我們所受的苦卻源於同樣的一個癡心妄想」，因此，對我們來說，要理解彼此是件很容易的事。我喜歡荷塔的寫作風格，也喜歡她說話的方式，我喜歡她的一切。最近有人問我，我最感謝上帝的事情是什麼，我回答：「感謝祂給我的這些朋友們。」

慕勒：我第一眼見到她就很喜歡她。那時她出版的每本書我都讀過了——那種極其精彩的、紀錄片式的詩作。但如您所見，我們兩個人的性格恰恰相反。我很欣賞斯維拉娜的從容自在，我則很容易感到煩躁不安，極度情緒化。斯維拉娜待人有禮而含蓄，我也喜歡她的這種恬靜感。她被迫離開自己的國家，這件事真的讓我很傷心。我為她傷心，也為她國家的人們而傷心，她的國家是多麼需要她。

明鏡：非常感謝兩位接受我們的採訪。

---

1 轉載自明鏡周刊，授權經紐約時報。原文報導標題：「在全世界的面前，德國政治人物讓我們蒙羞」（German Politicians Are Disgracing Us Before the Entire World）。

2 繁中版由時報文化於二〇一一年出版。

3 奧斯卡．帕斯提歐爾（Oskar Pastior，一九二七～二〇〇六），德裔羅馬尼亞詩人。十七歲被送往位於烏克蘭的蘇聯勞改營，五年後重回家鄉，其後離開獨裁統治的羅馬尼亞，到西柏林從事寫作，曾獲頒各種獎項，包括德國的畢希納文學獎。

4 蘇聯經濟改革，Perestroika，直譯為重組。由戈巴契夫於一九八〇年代末推行的一系列改革措施，意圖改善當時蘇聯日漸惡化的經濟狀況。

5 安娜和鮑里斯分別於二〇〇六和二〇一五年遭槍殺身亡，不少人認為其死因與抨擊、反對普丁相關政權的行動有關。

6 二〇二二年諾貝爾和平獎得主之一，由兩個法律實體組成：紀念國際（Memorial International）和紀念人權中心（Memorial Human Rights Centre），前者主要記錄蘇聯在史達林時代犯下的危害人類罪，後者則是旨在保護現代俄羅斯及其周邊衝突地區的人權。

7 勢力範圍，sphere of infuence。在國際關係中，意指有大國能在此主導局勢，甚至壓過當地政府。

8 德國前總理，一九九八至二〇〇五年在任。

9 德文原文為 zu organisieren，常用於辦理活動或成立組織，對應的英文詞即 to organize。

■諾貝爾文學獎得獎致詞摘錄

一場敗北的戰役

陳翠娥　翻譯

我不是獨自站在這個台上……我的周圍充滿了聲音，數以百計的聲音。自我還小的時候，它們便如影隨形。我在鄉下長大。我們小孩子喜歡在街上嬉戲，但是，一到傍晚，當疲倦的村婦聚集在各家（我們稱作農舍）門口的長凳子上時，我們總是像磁鐵般被吸引過去。她們當中，沒有人有丈夫、父親或兄弟。戰爭過後，我不記得我們村子裡有任何男人。第二次世界大戰期間，每四個白羅斯人當中，便有一位命喪於前線或游擊戰中。戰後，我們孩童的世界是女人的世界。我印象最深的，不是女人談論死亡，而是談論愛情。她們講述在臨別的那一天如何與心愛的人道別、如何等待他們，以及如何依舊在等待。事經多年，她們守候如昔：「就算他缺手、缺腳回來也無所謂，我可以把他抱在手上。」缺手……缺腳……我似乎自小便知道，什麼是愛情……

法國作家福樓拜曾說自己是個羽筆文人，我可以說自己是個耳朵文人。當我走在街上，聽見字詞、句子或驚嘆聲時，總是會想：有多少小說題材不著痕跡地消失在時間和黑暗之中呀！我們尚未能夠在文學中為人類的話語爭得一席之地；還沒能真正欣賞，並為之感到驚豔。我則是早已深深著迷於人類的話語，成為了俘虜。我喜歡人說話的樣子……我喜歡單獨的個人說話的聲音。那是我的熱愛與熱情所在。

我走上這座講台的路很漫長，幾乎長達四十年。從一個人走到另外一個人，從一個聲音走到另外一個聲音。我無法說自己一路走來總是游刃有餘。有許多次，人使我感到震驚與害怕，也讓我歡欣與厭惡。我曾經忍不住想忘卻所見所聞，回到懵懂未知的從前。也不只一次，因為看見人的美好而幾乎喜極而泣。

我成長在一個自小便被教育要死去的國家。我們被教導死亡。別人告訴我們，人存在是為了奉獻自己，為了燃燒生命，犧牲自我，並教誨我們要愛手持武器的人。如果我生長在其他國家，肯定無法走過這條路。邪惡是殘酷無情的，首先得對它免疫。我們在劊子手與受害者之間成長。即使我們的父母生活在恐懼當中，沒有向我們透露所有的真相，更常的是，他們什麼都沒說，但是我們的生活中充滿了恐懼的氣息，邪惡不時在窺伺我們。

我寫了五本書，卻覺得是在寫同一本書，一本有關一段烏托邦歷史的書……

蘇聯作家瓦爾拉姆·沙拉莫夫寫道：「我曾經參與過一場浩大但以失敗收場的戰役，那場戰役意在真切地革新生活。」我在重塑那場戰役的歷史，包括它的成敗得失。我們多麼想要在地球上建立天國。一座天堂！太陽之城！最終的結果卻是血流成河，以及數百萬條生命遭到殘害。然而，曾經有那麼一段時間，沒有任何二十世紀的政治思想足以與共產主義（以及象徵該主義的十月革命）相提並論，或是比該主義更強烈地吸引西方知識份子和全世界的人。法國社會學家雷蒙・阿隆稱俄國革命為「知識份子的鴉片」。共產主義的思想至少有兩千年的歷史，我們可以在古希臘哲學家柏拉圖的理想國的學說裡、在劇作家阿里斯托芬總有一天「萬物共享」的夢想中……在英格蘭政治家湯瑪斯・摩爾和義大利哲學家托馬索・康帕內拉……稍後在法國政治家聖西蒙、哲學家傅立葉，以及英國烏托邦社會主義者羅伯特・歐文的著作裡找到此思想。俄國精神中有某種特質，促使我們試圖實踐那些夢想。

二十年前，我們用詛咒和眼淚送走了「紅色帝國」。現在我們已經可以平心靜氣地回顧那段尚未走遠的歷史，宛如檢視一段歷史實驗。這一點很重要，因為有關社會主義的爭論至今尚未平息。新的一代已經長大成人，他們擁有不同的世界觀，但是，卻有為數不少的年輕人再度讀起馬克思和列寧的著作。許多俄國城鎮還成立了史達林博物館，並為他豎立紀念像。

「紅色帝國」已經消亡，「紅色的人」卻留了下來，依舊存在。

我父親不久前去世了。一直到死，他都是一位忠貞的共產黨員，還保留著自己的黨證。我從來沒法使用「蘇聯佬」這個貶抑的字眼。一旦使用，我便得如此稱呼自己的父親、親人、熟識的人，或是朋友。他們都來自同一個地方——來自社會主義。他們當中有許多理想主義者，浪漫主義者。今天大家使用不同的稱呼，說他們是被奴役的浪漫主義者，烏托邦的奴隸。我想，他們所有人原本可以過完全不同的生活，但是他們選擇將生活交給了蘇聯。為什麼？我花了很長的時間尋找這個問題的答案。我跑遍這個不久之前稱為蘇維埃社會主義共和國的廣袤國家，錄了好幾千卷錄音帶。那是社會主義，那就是我們的生活。我從點點滴滴、零碎片段中蒐集「家庭裡的」……「內心的」社會主義歷史，尋找它以何種樣貌生活在人的心裡。我時時刻刻受到單獨的人類個體這個小小的空間所吸引。事實上，那便是所有事件發生的所在。

戰爭甫結束，德國社會學家狄奧多．阿多諾在震驚中寫道：「自奧斯威辛之後，寫詩是野蠻的。」今天，我想用充滿感激的心情提到我的恩師，白羅斯作家阿列斯．亞當莫維奇，他也認為，用散文體書寫二十世紀的可怕事件是種褻瀆，因為內容不容許虛構，事實只能如實呈現。我們需要「超文學」，讓見證者發聲。大家可以回想尼采所說的，沒有一位藝術家能夠忍受現實，也無力承受。

真理是分散的，為數眾多、各不相同，而且四散於世界各處，因為如此，真理無法全數置入一顆心或一個腦子。這個想法總是讓我忐忑不安。杜斯妥也夫斯基認為，人類對於自己的了解遠比文學裡記載得多。因此，我在做些什麼呢？我在收集日常的情感、想法與話語，收集我這個時代的生活。我感興趣的是靈魂的歷史，靈魂的日常面相，這是大歷史通常視而不見或不屑一顧的部分。我從事的，便是蒐集被忽略的歷史。我曾經不只一次聽到有人說，那不是文學，而是文獻，至今也仍會聽到這樣的說法。但在今日，何謂文學呢？有誰能回答這個問題？我們的生活步調較以往快速，內容打破了形式，將之破壞、改變，所有事物都溢出了原有的框架，無論是音樂或繪畫，在文獻裡，文字也衝出了原本的界線。事實與虛構之間沒有界線，相互流動，即使見證者也並非公正客觀的。人在講述時，也在創造，在和時間角力，有如雕刻家雕琢大理石。他既是演員，也是創作者。

我感興趣的是小人物。我稱呼他為小巨人，因為他經歷的苦難將他放大了。他在我的書裡親口敘述自己的小歷史，同時也講大歷史。我們尚未能夠理解過去與現在發生在我們身上的事件，因此必須一吐為快。首先，至少要一吐為快。我們害怕理解發生的事件，是因為尚未克服過往。在杜斯妥也夫斯基的作品《附魔者》中，沙托夫在交談一開始便對斯塔夫羅金說：「我們是在永恆中相遇的兩個人……最後一次在這個世上相遇。拋開您的腔調，用人類的聲調說話吧！至少用人類的聲音說一回。」

我和筆下主角的對話大約是這樣開始的。當然，人是從自己的時代發聲，不可能無中生有！不過，要突破人的心防很困難，因為人心充塞著世紀的迷信、偏見與錯覺。還有電視和報紙。

我想引用自己日記中幾頁的內容，顯示時間是如何推進……理念如何死去……以及我如何追蹤它的足跡……

一九八〇～一九八五年

我在寫一本有關戰爭的書籍……為什麼以戰爭為主題呢？因為我們是戰鬥民族，要不是在戰鬥，就是在準備戰鬥。如果仔細觀察，我們的思維都是戰鬥式的，無論是在家裡，或是在外頭。因此，我們國家的人命才會如此不值錢。一切都像在戰場上。

我從自我詰問開始。唔，再寫一本戰爭主題的書籍……意義何在？

有一回外出採訪時，我遇見一位在戰爭期間擔任衛生指導員的女人。她講述有一回冬天，他們徒步穿越拉多加湖，敵人發現有人移動的跡象，於是開始掃射。馬匹和人掉入了冰層底下。事情發生在深夜，當時她以為自己抓住了一位傷者，便開始把對方往岸上拖。她說：「我拉著這個溼淋淋、身體赤裸的人，心想這人的衣服是被扯掉了。」上了岸她才發現，自己拖上來的是一尾受傷的白色大鱘魚，不禁爆出一連串不堪入耳的話：人在受苦，但是野獸、飛鳥和魚兒做錯了什麼？另外一次採訪途中，一位騎兵連衛生指導員說，有回交戰期間，她把一位受傷的德軍拖進彈坑裡，不過，她是在彈坑裡才發現對方是德軍。他一條腳斷了，正在流血。那可是敵人呀！該如何是好？自己的人正在上頭送命呢！不過，她還是替那位德軍包紮好傷口，然後繼續往外爬，又拉來一位昏迷的俄國士兵。士兵甦醒之後，想殺了德國人；德國人神智清醒的時候，就舉起機關槍，想殺掉俄國士兵。她回憶道：「我一會兒呼這個巴掌，一會兒呼那個巴掌。我們的腿上都是血。三人的血都混在一起了。」

那是我以往不曾聽聞的戰爭。女人的戰爭。無關英雄。不是有關一群人如何英勇地殺害另一群人。女人的哭訴深印在腦海裡：「戰鬥過後，走在戰場上，看見他們躺在地上……每個人都很年輕、英俊。他們仰躺著，眼睛望著天空，令人不禁為我方，也為敵方感到難過。」就是這句「為我方，也為敵方」提示了我下一本書的主題，那會是一本有關戰爭即殺戮的書籍，戰爭在女人的印象中便是如此。前一刻鐘，這個人還在微笑、抽菸，此刻卻不存在了。女人最常談到的是失蹤，談到在戰場上，一切都多麼迅速地化為烏有，無論是人，還是人類的時間。沒錯，他們是在十七、八歲時自願要求上戰場的。他們並不想殺人，卻準備好赴死，為祖國犧牲，以及——我們無法將言語從歷史中抹去——為史達林奉獻生命。

大約兩年的時間，書沒有付梓，在戈巴契夫上台和重建之前沒能出版。書籍檢查員訓誡我：「看了您的書，就沒有人願意去打仗了，因為您筆下的戰爭太可怕了。為什麼裡頭沒有英雄？」我不是在尋找英雄，我是透過毫不起眼的見證人和參與者所述說的故事書寫歷史。從來沒人問過他們任何事情，我們不曉得一般人對偉大的理想有什麼看法。戰爭甫結束時，一個人會講述一場戰爭，十年過後，他會講述另外一場戰爭，他的故事裡有些事情會改變，這是必然的，因為他將自己的一生和整個人都堆疊進回憶裡，包括他這幾年是如何生活的、讀了什麼書、看見什麼事情、遇見什麼人，最後，還取決於他是否幸福。文獻是活生生的個體，和我們一同改變……

有一點我十分肯定，像一九四一年那樣的年輕女孩已經成為絕響。那是「紅色理想」最為熾熱的年代，甚至比革命和列寧時期還要熱烈。她們的勝利迄今還掩護著古拉格集中營。我對那些女孩的愛是無限的。但是，不能和她們談到史達林，或是有關戰後那些敢言的勝利者被裝進車廂載往西伯利亞這件事。其他沒被送走的人則是回到家鄉，保持沉默。有一回我聽見有人說：「我們只有在戰爭的前線時是自由的。」我們最大的資產是苦難。既不是石油，也不是天然氣，而是苦難。那是我們不斷取得的唯一成就。我總是在尋找答案：為什麼我們的苦難無法轉化為自由？難道這一切都是枉然嗎？俄國哲學家恰達耶夫是對的：「俄羅斯是沒有記憶的國家、健忘的空間，是尚未開放批評及反省的原始意識。」

偉大的著作就這樣散落在腳下……

一九八九年

在喀布爾。我不想再寫戰爭，此刻卻在貨真價實的戰場上。《真理報》上寫道：「我們正在協助情同手足的阿富汗人民建立社會主義。」四處是戰爭的人，戰爭的物品。這是戰爭的年代。

昨天他們不肯帶我一起前往戰場：「大小姐，請留在旅館，否則我們還得為你負責。」我坐在旅館裡，心裡想：旁觀別人的英勇和冒險有種不道德的成分。我已經在這裡一個多星期，始終無法擺脫一種感覺：戰爭是男人天性的產物，而那天性是我無法理解的。然而，戰爭使用的配備卻很華麗。我發現，原來衝鋒槍、地雷和坦克等武器是很美的。人耗費許多時間思量改善殺害另外一個人的方法，這是真理與美麗之間永恆的爭辯。有人為我展示新式的義大利地雷，我的「女性式」反應是：「好漂亮。為什麼要製作得這麼漂亮？」他們用戰爭術語精確地向我解釋，如果開車撞到或是踩到這枚地雷上……剛好碰上某種角度……人只會剩下半公升的肉塊。在這裡的人們口中，瘋狂的事情彷彿家常便飯，如此理所當然，好像在說，不過是戰爭嘛……地上躺著一個不是因為天災、不是因為意外，而是被另一個人殺害而死去的人，卻沒有人因為此情此景而喪失神智。

我看過「黑色鬱金香」（運送裝著死者的鋅皮棺材返鄉的飛機）的裝載工作。他們經常替死者換上四〇年代搭配馬褲的軍隊制服，有時候，連這種制服都會短缺。士兵聊天時說：「一批剛死的裝進了冰箱裡，聞起來好像腐壞的豬隻。」我要把這個寫下來。我擔心回去以後，沒有人會相信我，因為國內報紙上寫的都是蘇聯士兵在這裡栽種友誼林蔭大道。

我跟士兵交談，知道許多人是自願到這裡來的，而且是特別要求前來。我注意到，大部分人出生於知識份子家庭，包括教師、醫生和圖書館員，總歸一句，來自書香門第。他們真誠地夢想著要幫助阿富汗的人民建立社會主義，如今他們嘲笑自己。有人指出機場內擺放著上千具鋅皮棺材的地方給我看，棺材在陽光下神祕地閃閃發光。陪伴我的軍官忍不住說：「或許這裡也有我的棺材……他們會把我塞進裡頭……我到底是為了什麼在這裡戰鬥？」他話一出口便嚇到了，對我說：「您別寫下這段話。」

夜晚我夢見陣亡的人，每個人都一臉不可置信的神情：我怎麼會陣亡？難道我死了嗎？

我和護士搭車去收容阿富汗平民的醫院。我們帶了禮物給孩童，有兒童玩具、糖果和餅乾。我拿到大約五隻絨毛熊娃娃。我們抵達醫院後，看見的是一長排簡易的木房，每個人只有一條被子。一位年輕的阿富汗婦人抱著一個孩子朝我走來，想對我說些什麼。十年來，這裡的人都學會了一些俄文。我把玩具拿給小孩，他用牙齒咬著，接了過去。我很驚訝地問：「為什麼要用牙齒咬呢？」阿富汗婦女拉掉嬌小身軀上的被子，原來小男孩沒有雙手。「是你們俄國人炸掉的。」當我跌向地板時，有人伸手扶住我……

我看見我們的格勒式飛彈如何將村莊夷為平地。我曾經造訪一長列宛如村舍的阿富汗墓園，有位年老的阿富汗婦女在墓園中央的某處吶喊。我想起在明斯克城郊的一座村莊內，當鋅皮棺材抬進一戶人家時，做母親的發出何等哀號。那聲音既不像人的叫喊，也不像野獸的叫聲……與我在喀布爾的墓園中聽見的喊聲很相似……

我承認，我並沒有立刻認清事實。我真誠地對待我的主角，他們也信任我。我們有各自通往認清事實的道路。去阿富汗之前，我相信人性的社會主義。從那裡回來以後，我再也不抱持任何幻想。和父親見面時，我說：「請原諒我，父親。你教導我相信共產主義的理想，但是，只要看過一次那些像你和媽媽教導的蘇聯學生（我的父母是村裡的老師）在陌生的土地上殺害素不相識的人，便足以使你們的話都化為烏有。我們是兇手。你明白嗎，父親？」父親哭了。

許多人從阿富汗回來時，已經認清事實。但是，我也遇過特例。在阿富汗時，有個年輕人朝我大聲地說：「你這個女人懂什麼戰爭？難道人死在戰場上的景象跟書中或電影裡一樣嗎？裡頭的人都死得很漂亮，可是我一個朋友昨天被殺死了，子彈射中他的頭之後，他還跑了十公尺左右，一面伸手想接住自己的腦漿……」七年過後，那個年輕人成了一位事業有成的商人，喜歡講述在阿富汗的故事。他打電話給我：「你出那些書做什麼呢？書的內容太可怕了。」他已經變了，不再是那位我在死亡之中遇見，不希望在二十歲時丟了性命的人……

我自問，我想寫出什麼樣的戰爭作品？我想寫一個不開槍，無法對另外一個人開槍，一個想到戰爭便感到痛苦的人。他在哪裡？我還沒遇見過。

我闔上日記……

當帝國瓦解的時候，我們面對什麼樣的情況呢？以前世界分為劊子手和受害者，即古拉格；兄弟和姊妹，代表戰爭；全國選民，意味著政治操作和現代世界。以前我們的世界還劃分為坐過牢和抓人入牢兩種……現今則劃分為斯拉夫派和西方派、通敵者和愛國主義者，以及買得起東西和買不起東西的人。我會說最後這項區分是社會主義之後最為嚴酷的考驗，因為不久之前，人人都還是平等的。「紅色的人」最終依然沒能進入以往在廚房裡夢想的自由國度。俄羅斯被瓜分殆盡，自己卻被屏除在外，沒能分一杯羹。它飽受屈辱，自覺被攫掠一空，因此變得極具侵略性又危險萬分。

以下是我在俄羅斯境內採訪時的所見所聞：

「我們國家要現代化，只能仰賴受到監禁的學者、工程師和科學家組成的祕密研究發展實驗室和行刑隊。」

「俄國人似乎不想致富，甚至會感到畏懼。那麼，他想要什麼呢？他永遠只想著一件事：希望別人不要致富。不要比他富有。」

「我們國家沒有誠實的人，只有聖人。」

「我們永遠盼不到不會受到鞭笞的一代；俄國人不懂自由，他需要的是哥薩克士兵和鞭子。」

「戰爭與監獄是俄文裡兩個重要的單字。一個人偷了東西，逍遙法外，入監服刑……期滿出獄，然後再次鋃鐺入獄……」

「俄國的生活必得是墮落又卑微的，唯有如此，心靈才能獲得提升，並意識到自己不屬於這個世界……愈是骯髒，愈是血腥，心靈的空間愈是寬廣……」

「人民無法發動新一波革命，因為既缺乏能量，也不夠瘋狂。革命精神已經喪失了。俄國人需要的，是會讓人起雞皮疙瘩的信念……」

「我們的生活就這樣擺盪在混亂與簡陋的住屋之間。共產主義沒有死亡，屍體依然活著。」

我要冒昧直言，我們錯過了九〇年代曾經有過的機會。面對國家應該變得強大，或是應該贏得敬重，使得民眾得以安居樂業這兩種抉擇時，人民選擇了前者——成為一個強大的國家。力量的時代再度降臨。俄國人和烏克蘭人征戰，和自己的兄弟征戰。我父親是白羅斯人，母親是烏克蘭人。許多人的情況和我一樣。現在，俄國的飛機正在轟炸敘利亞……

希望的年代被恐懼的年代取而代之。時光倒轉……成了二手時光……

現在我不敢篤定，自己已經寫完了「紅色的人」的歷史……

我有三個家鄉：我那白羅斯故土，我父親的故鄉，我居住一輩子的地方；烏克蘭，我母親的故鄉，我出生的地方；以及我萬萬無法缺少的偉大的俄羅斯文化。這些家鄉對我而言都彌足珍貴。但是，在我們這個時代，要談論愛是很困難的。

二手時代（2015 諾貝爾文學獎得主獲獎之作，長銷精裝典藏版）
（初版書名：二手時代：追求自由的烏托邦之路）

作　　者　斯維拉娜・亞歷塞維奇（Алексиевич С. А.）
譯　　者　呂寧思
選 書 人　張瑞芳
責任編輯　張瑞芳（一版）、梁嘉真（二版）
俄文編輯　安歌
協力編輯　莊雪珠
校　　對　張瑞芳、劉慧麗
版面構成　張靜怡
封面設計　陳恩安
行銷總監　張瑞芳
行銷主任　段人涵
版權主任　李季鴻
總 編 輯　謝宜英
出 版 者　貓頭鷹出版 OWL PUBLISHING HOUSE

事業群總經理　謝至平
發 行 人　何飛鵬
發　　行　英屬蓋曼群島商家庭傳媒股份有限公司城邦分公司
115 台北市南港區昆陽街 16 號 8 樓
劃撥帳號：19863813；戶名：書虫股份有限公司
城邦讀書花園：www.cite.com.tw　購書服務信箱：service@readingclub.com.tw
購書服務專線：02-2500-7718~9（週一至週五 09:30-12:30；13:30-18:00）
24 小時傳真專線：02-2500-1990~1
香港發行所　城邦（香港）出版集團／電話：852-2508-6231 ／ hkcite@biznetvigator.com
馬新發行所　城邦（馬新）出版集團／電話：603-9056-3833 ／傳真：603-9057-6622
印 製 廠　中原造像股份有限公司
初　　版　2016 年 10 月／二版 2024 年 9 月
定　　價　新台幣 750 元／港幣 250 元（紙本書）
新台幣 525 元（電子書）
I S B N　978-986-262-710-5（紙本精裝）／ 978-986-262-707-5（電子書 EPUB）

讀者意見信箱　owl@cph.com.tw
投稿信箱　owl.book@gmail.com
貓頭鷹臉書　facebook.com/owlpublishing

【大量採購，請洽專線】(02) 2500-1919

國家圖書館出版品預行編目資料

二手時代／斯維拉娜・亞歷塞維奇（Алексиевич C. A.）著；呂寧思譯 . -- 二版 . -- 臺北市：貓頭鷹出版：英屬蓋曼群島商家庭傳媒股份有限公司城邦分公司發行 , 2024.09
面；　公分 .
譯自：Время секонд хэнд
ISBN 978-986-262-710-5（精裝）

880.6　　113011682

本書採用品質穩定的紙張與無毒環保油墨印刷，以利讀者閱讀與典藏。

– У меня характер такой, что я должна быть на баррикадах. Меня так воспитали. Мой отец добровольцем поехал на ликвидацию последствий землетрясения в Спитаке. Из-за этого рано умер. Инфаркт. С детства я живу не с папой, а с фотографией папы. Идти или не идти – каждый сам должен решить. Мой отец сам поехал... а мог не ехать... Подруга тоже хотела пойти со мной на Болотную площадь, потом позвонила: «Понимаешь, у меня маленький ребенок». А у меня старенькая мама. Я ухожу, она сосет валидол. Но я все равно иду...

– Хочу, чтобы дети мною гордились...

– Мне это нужно для самоуважения...

– Надо попытаться что-то сделать...

– Я верю в революцию... Революция – это долгая и упорная работа. В 1905 году первая русская революция закончилась провалом и разгромом. А через двенадцать лет – в 1917 году рвануло так, что разнесло царский режим вдребезги. Будет и у нас своя революция!

– Я иду на митинг, а ты?

– Я лично устал от девяносто первого... от девяносто третьего... Не хочу больше революций! Во-первых, революции редко бывают бархатными, а во-вторых, у меня есть опыт: даже, если мы победим, будет как в девяносто первом. Эйфория быстро кончится. Поле боя достанется мародерам. Придут гусинские, березовские, абрамовичи...

– Я против антипутинских митингов. Движуха в основном в столице. Москва и Петербург за оппозицию, а провинция за Путина. Мы что плохо живем? Разве мы живем не лучше, чем раньше. Страшно это потерять. Все помнят, как настрадались в девяностые. Никому неохота опять сломать все нахер и кровью залить.

– Я не фанат путинского режима. Надоел «царек», хотим сменяемых руководителей. Перемены, конечно, нужны, но не революция. И когда швыряют асфальтом в полицию, мне тоже не нравится...

– Все проплатил Госдеп. Западные кукловоды. Один раз по их рецептам мы сделали перестройку, и что из этого вышло? Нас погрузили в такую яму! Я хожу не на эти митинги, а на митинги за Путина! За сильную Россию!

– За последние двадцать лет картинка несколько раз полностью менялась. А результат? «Путин уходи! Путин уходи!» – очередная мантра. Я не хожу на эти спектакли... Путин. И сядет на трон новый самодержец. Как воровали, так и будут... заплеванные подъезды, брошенные старики, циничные чиновники... дать взятку будет считаться нормальным... Какой... сами не меняемся? Ни в какую де... Феодализм... Попы вместо ин...

– Не люб...

Власт...

...я в ...как умирают. Бабы ...жил долго. Может, и вправду черт! ...после смерти ничего нет. Умер – и все, закопали. А ...ывый, и по ветрику походит, и по садику. А когда дух вышел, нет ...есть земля. Дух – это дух, а все остальное – земля. Земля – и все. Один в колыбели умирает, другой до седины живет. Счастливые люди не хотят умирать... и те... те, кого любят, тоже не хотят. Отпрашиваются. А где они, счастливые люди? По радио когда-то говорили, что после войны все счастливые будем, и Хрущев, помню, обещал... что скоро коммунизм наступит. Горбачев клялся, так красиво говорил... Складно. Теперь Ельцин клянется, на рельсы грозился лечь... Ждала и ждала я хорошей жизни. Маленькая ждала... и когда подросла... Теперь уже старая... Если короче, все обманули, жизнь еще хуже стала. Подожди-потерпи, за подожди-потерпи. Подожди-потерпи... Муж помер. Вышел на улицу, упал и все – отказало сердце. Ни метром не перемерить, ни на весах не перевесить, сколько мы всего пережили. А вот – живу. Живу. Дети разъехались: сын – в Новосибирске, а дочь в Риге с семьей осталась, теперь, считай, за границей. На чужбине. Там уже по-русски не говорят.

Иконка в углу у меня, и песика держу, чтобы было с кем поговорить. Одна головешка и в ночи не горит, а я стараюсь. Во-о-о... Хорошо, что Бог дал человеку и собаку, и кошку... и дерево, и птицу... Дал для того он это все, чтобы человек радовался и жизнь не показалась ему длинной. Не надокучила. А мне одно, что не надоело – глядеть, как пшеница желтеет. Наголодалась я за свою жизнь так, что больше всего люблю, как хлеба спеют, колосья колышутся. Мне это – как вам картина в музее... И сейчас не гонюсь за белой булкой, а вкуснее всего черный посоленный хлеб со сладким чаем. Подожди-потерпи... да подожди-потерпи... От всякой боли одно у нас средство – терпение. Так и жизнь прошла. Вот и Сашка... наш Порфирьич... Терпел, терпел, да не вытерпел. Притомился человек. Это телу в земле лежать, а душе на ответ идти. *(Вытирает слезы.)* Во как! Тут плачем... и когда уходим, тоже плачем...

Опять люди стали в Бога верить, так как нет другой надежды. А когда-то мы в школе учили, что Ленин – Бог, и Карл Маркс – Бог. Зерно в храмы ссыпали, бураки свозили. Так